Sándor Márai
Die Eifersüchtigen

PIPER

W0389812

Zu diesem Buch

Als der Vater im Sterben liegt, kehren Péter Garren und seine Geschwister in ihr Elternhaus zurück. Eifersüchtig beäugen sie sich, alte Streitigkeiten holen sie ein, und über allem liegt die Stimmung nervösen Wartens. Bedeutet das Ende des Patriarchen den Untergang ihrer Dynastie? – »Die Eifersüchtigen« gilt als ein Hauptwerk Sándor Márais, in dem er sein Lebensthema zusammenfasst. Atmosphärisch dicht und psychologisch meisterhaft erzählt es vom Verfall einer bürgerlichen Familie.

Sándor Márai, 1900 bis 1989, gehörte zu den gefeierten Autoren Europas, bis er 1948 mit seiner Emigration nach Italien und in die USA in Vergessenheit geriet. Mit der Wiederentdeckung des Romans »Die Glut« wurde er 1998 weltweit gelesen und als einer der bedeutendsten Schriftstellers des 20. Jahrhunderts erkannt. Der Niedergang des europäischen Bürgertums zählt zu seinen wichtigsten Motiven.

Sándor Márai

Die Eifersüchtigen

Roman

Aus dem Ungarischen
von Christina Kunze

PIPER
München Berlin Zürich

Mehr über unsere Autoren und Bücher:
www.piper.de

Von Sándor Márai liegen im Piper Verlag vor:

Die Glut
Das Vermächtnis der Eszter
Die Gräfin von Parma
Wandlungen einer Ehe
Schule der Armen
Bekenntnisse eines Bürgers
Die Möwe
Befreiung
Die Schwester
Ein Hund mit Charakter
Die Nacht vor der Scheidung
Das Wunder des San Gennaro
Die vier Jahreszeiten
Land, Land
Tagebücher 1984–1989
Die jungen Rebellen
Die Fremde
Literat und Europäer
Unzeitgemäße Gedanken
Die Frauen von Ithaka
Die dunklen Lichter von Paris
Himmel und Erde
Die Eifersüchtigen

Ungekürzte Taschenbuchausgabe
November 2016

Titel der ungarischen Originalausgabe:
»A féltékenyek«, Budapest 1937.

Umschlaggestaltung: Kornelia Rumberg, www.rumbergdesign.de
Umschlagabbildung: Vincent Clarence Scott O'Connor/Getty Images
Satz: Satz für Satz, Wangen im Allgäu
Gesetzt aus der Stempel Garamond
Druck und Bindung: CPI books GmbH, Leck
Printed in Germany ISBN 978-3-492-31021-5

In memoriam Lola

Brief, Reise

Der Brief lag zwischen einem Formular und einer Zeitung mitten auf dem Schreibtisch. Es war nach fünf Uhr, als Péter nach Hause kam, die Sonne schien noch. Das Sonnenlicht war böswillig und unbeständig wie immer Anfang April hier in den Bergen, es überzog die Erscheinungen des Frühlings mit einer kalten, theatralischen Beleuchtung: Seit zwei Wochen hatte man ständig das Gefühl, in einem patriotischen Volksstück mitzuspielen. Er ging durch das leere Zimmer, sah sich den Brief von Weitem an, erkannte die Schrift und wusste es, wusste es sofort. Anna benutzte noch immer dieses elfenbeinfarbene Briefpapier und schrieb mit lila Tinte, in bauchigen und zaghaften Buchstaben. Er ging zur Speisezimmertür und rief hinein: »Edit.« Aber Edit war um diese Zeit mit den Hunden unten am See. Er blieb an der Treppe stehen, lauschte und hörte aus dem Obergeschoss die Schreibmaschine der Baronin pochen. Die Baronin schrieb schnell, beinahe so schnell, wie sie sprach. Plötzlich stockte das Geräusch der Maschine, irgendetwas war oben geschehen, in einem Zimmer, in einem Hirn, die Baronin zögerte, vielleicht fiel ihr ein Wort nicht ein, vielleicht erschrak sie vor ihrer verantwortungslosen Handlung, dem Schreiben, und hielt für einen Moment dennoch inne, wie ein Mörder mitten in der blutigen Tat. Dann setzte das feine, traurige Rattern wieder ein – nein, die Baronin war nicht erschrocken, sie schrieb schon weiter. »Sie schreibt nicht einmal schlecht«, dachte Péter Garren. Die Baronin schrieb so, als erinnerte sie sich dunkel an irgendetwas, als suchte sie die Worte, wollte unbedingt etwas erzählen, aber die Worte waren alle nur ähnlich, sie erinnerten nur an etwas – und das, was sie sagen wollte, war irgendwo verschwunden, verloren gegangen im Leben oder in einer allgemeinen, internationalen Unordnung, vielleicht war es auch von einem geografischen Unglück verschluckt worden und ruhte nun tief unter der Erde, unter Granitschichten, in Bernstein eingeschlossen wie eine urzeitliche Mücke. Diese Mücke wollte die Baronin aus der Unordnung, dem Unglück, unter der Erde hervor-, aus dem Granit und dem Bernstein herausausgraben. Sehr schwierig, dachte Péter voller Anteilnahme. Dann dachte er: Vielleicht sind sie die Echten, die Dilettanten. Manchmal ist sie beinahe groß und erhaben. Für sie ist ein Mensch, der in den Roman hineinkommt, eine Figur von Fleisch und Blut, man muss ihn nur gut »einführen« und alles über ihn erzählen, dann lacht oder weint die Romanfigur, wie es ihr gerade in den Sinn kommt. Die Baronin ist unerschrocken. Anders kann es auch gar nicht sein. Sie ist es, die glaubt; an die Erinnerungen, an die Romanfiguren und die Zeitgeschichte. An irgendetwas glaubt sie auf jeden Fall. Außerdem leidet sie auch, die Ärmste. Und wie kühl sie schreibt, wie verschämt! Dann dachte er: Edit ist jetzt nicht hier, und ihr Fehlen empfinde ich als natürlich. Edit war niemals da, wenn ich sie wirklich gebraucht habe. Die beiden Vokale ihres Namens, hellblau und weißgrau, sind wie die angeschmutzten Abzeichen eines Ballspielvereins. Und: Wie feige ich bin. Ich muss den

Brief lesen. Er ging zum Tisch, öffnete mit kalten, zitternden Fingern den Umschlag, sah den Brief erst zerstreut und routiniert an, packte dann mit gierigem Blick die Sätze und las.

Der Brief war von Péter Garrens ältester Schwester, Anna, der Lehrerin. *Lieber Péter*, schrieb sie, *ich erfülle eine traurige Pflicht*. Und: *Vater liegt schon den dritten Monat, die Ärzte haben alle Hoffnung aufgegeben*. Immer schrieb sie solche Briefe. Als wolle sie sagen: Ich gestatte mir, dir mit untertäniger Ehrerbietung mitzuteilen, dass unser Vater im Sterben liegt. Péter zischte auf. Den Sachverhalt verstand er noch nicht, aber die billige Formulierung schmerzte. Als schickte einem jemand in braunem Packpapier die abgehackte Hand eines geliebten Menschen. So schrieb sie, alle drei Monate seit zwölf Jahren, am letzten Sonntag jedes dritten Monats auf demselben elfenbeinfarbenen Briefpapier und mit lila Tinte: *Sehr erfreut erfahren wir aus Deinem lieben Brief, dass Du bei Deiner Arbeit gut vorankommst*. Seit zwölf Jahren erfuhr Anna am letzten Sonntag jedes dritten Monats sehr erfreut, dass Péters Arbeit gut vorankam (oder dass er *mit seiner Arbeit* gut vorankam; denn manchmal verbündeten sich die Wörter gegen sie, revoltierten und verwirrten spöttisch die mechanischen Verbindungen, die sie aus ihnen schuf). Seit zwölf Jahren freute sich Anna, dass Péter und seine Arbeit in einem unbestimmten, verschämt verflochtenen Verhältnis vorankamen, und seit zwölf Jahren vergaß sie konsequent zu fragen, von welcher Natur denn Péters Arbeit sei, ob er Musik komponiere oder mit Sklaven handle oder vielleicht eine Spedition gegründet habe. Die Einzelheiten interessierten sie nicht. In ihren Briefen vermischten sich die Tatsachen sonderbar mit den in geschäftssprachlichen Wendungen ausgedrückten Traumbildern. *Es ist mir eine besondere Freude*, schrieb sie, und dann beendete sie den Satz: *gestern habe ich einen Vogel gesehen.* Oder: *Mit tiefem Schmerz gebe ich bekannt* – aber am Ende des Satzes hatte sie vergessen, was sie mit tiefem Schmerz bekannt geben wollte, und erwähnte für alle Fälle, dass es am Morgen geregnet habe. Sie verwendete die Wörter in ihren Texten wie Requisiten der Industriekultur, wie einen Überschuh oder einen elektrischen Staubsauger. All das brauchte man zum Leben. Auch die fertigen Wörter brauchte man zum Leben: Irgendwo hinter dem Überschuh und *mit schwesterlicher Liebe umarmt Dich* lebte sie, Anna, die geträumt und gestern einen Vogel gesehen hatte. Es war, als seufzte sie am Anfang jedes Satzes. Anders ging es nicht, Vereinbarungen verpflichten.

So schrieb sie, dass der Vater im Sterben lag. *Die hervorragendsten Ärzte der Stadt stehen ratlos am Krankenbett unseres armen, guten Vaters*, schrieb sie. *Wir rechnen ganz gewiss damit, dass Du nach Eintreffen meines Briefes in den Zug steigst und an Vaters Krankenbett eilst. Edgár kommt auch. Albert hat telegrafiert, dass er mit dem Postschiff kommt. Du weißt, schon mit dem Dreitausendtonner, mit dem Tamás auf die Inseln gefahren ist.* Péter erinnerte sich nicht. Er sah ein Schiff vor sich, Tamás steht an Deck, einen weißen Tropenhelm auf dem Kopf, er lügt noch irgendetwas, dann verschwindet er in der großen weiten Welt; Polizei, Gefühle, Gedanken können ihm nicht mehr folgen, man kann nicht wissen, wo er lebt, was er denkt, was er möchte. Er war mit dem Postschiff abgefahren. Wie einfach. Anna hatte jedenfalls mit ihren Gedanken für einen Augenblick bei dem Postschiff und den Inseln verweilt. Dann, als käme sie wieder zur Besinnung, als könne sie die Tatsachen nicht ertragen, die Wohnung, die Krankheit des Vaters, die Sterne, von denen am Sonntagnachmittag im Radio berichtet wurde, die Nierensteine und dass man manchmal durch das Zimmer gehen musste, in dem die Mutter gestorben war, dann begann sie zu schreien. *Komm sofort!*, schrieb sie brüllend. Und untertänig beendete sie den Brief, als wolle sie das Schicksal und die Wörter um Verzeihung bitten: *Wenn Du ihn noch lebend sehen willst.*

Der Brief war aufgeregt, voller Zeichensetzungsfehler, überflüssiger Ausrufe- und falscher Fragezeichen. Péter sah sich den Umschlag an: Der Brief war mit der Luftpost geschickt worden. Aus Annas Sicht musste die Luftpost ein Abenteuer sein wie für andere eine Weltumrundung an Bord des neuen Luftschiffs. Er sah Anna vor sich, wie sie auf die Post eilte, ihre gehäkelte Jacke straff zugeknöpft, um sich ja nicht zu erkälten während des Fluges in der großen Kälte! Irgendetwas von Annas Seele ist endlich einmal geflogen!, dachte er und lächelte traurig. Ein paar Worte, mit lila Tinte festgehalten, etwas von Annas Seele, war einmal im Leben hochgeflogen, über Berge und Länder hin. Er sah Anna vor sich, wie sie im Postamt vor dem Gitter stand, wie sie aufgeregt, mit entschuldigendem Lächeln und zitternden Fingern den Brief hinüberreichte – auf dem Kopf den Hut mit den Dohlenfedern – und plötzlich etwas in der Welt in Gang setzte, das Flugzeug startete mit Annas Brief, in der Tiefe regten sich große Berge und Wälder, als würde die Erde von einem Beben erschüttert, und mit entsetzlichem Brausen und Explodieren flog die

Nachricht über die Welt, die Nachricht, die Anna losgeschickt hatte, die entsetzliche Nachricht, die die Welt bewegen sollte, die Nachricht davon, dass der Vater sterben würde. Anna nickte und gab dem Schalterbeamten Geld. Jetzt war sie feierlich, ihr Gesicht gerötet.

Péter ging in den Erker und öffnete einen Fensterflügel. Der See hatte sich mit Nebel gefüllt, als hätte er gekocht und dampfte noch. Der Nebel lag in einer dünnen Schicht über dem Wasser; auf Aufnahmen von Seelenbeschwörern breitet sich so der Nebel im Dunkel aus, der Stoff, den das besessene Medium ausstößt, die fixe Idee, die einige kranke und entschlossene Fantasien materialisieren. Vielleicht bäumte sich gerade ein Selbstmörder in der Tiefe des Sees auf; er bereute es, wollte doch lieber leben, und jetzt gab er Zeichen … Oberhalb des Nebels war die Landschaft klar, scharf konturiert, sanft und frisch wie eine mit Wasserfarben kolorierte Prüfungszeichnung. Die Holzhäuser waren mit grüner Farbe gestrichen, die Fensterrahmen mit rotem Öl. Der Wasserfall durchzog wie ausgebreitete Nervenstränge das braune, festfleischige Gewebe des Berges. Ein alter Priester fuhr auf dem Fahrrad am Fenster vorbei, hinter ihm ein junger Gehilfe, auf dem Rücken die Tasche mit den Andachtsgegenständen; wahrscheinlich kamen sie von einem Sterbenden, hatten ihm die letzte Ölung gegeben, während der Sterbende mit glasigen Augen und sittsamem Grauen den Priester an- und in die Dunkelheit hineingesehen hatte. Aus der Landschaft strömte der Tod, als wäre etwas ausgesprochen worden. Péter wusste nichts über den Tod. Um die Toten gab es nach Aas riechende Blumen, große Ausgaben und Streit. Er verstand den Tod nicht. »Für etwas« sterben, sagte man; Péter schüttelte den Kopf. Man stirbt nicht für etwas. Der Tod schien manchmal ganz von Nahem auf, ausgezehrte Münder, Bärte und Zähne; er war schauderhaft und unwirklich, aber alles in allem so irdisch, so menschlich, etwas kindisch: Man konnte sich vor ihm schützen. Dann war da der andere Tod, vor dem man sich nicht schützen konnte, der Tod, der in uns sitzt, unser Tod; wenn eine Form zu reifen beginnt und nicht mehr hält, wenn eine schreckliche Hilflosigkeit den Takt des Lebens und der Arbeit lähmt und das schlechte Gewissen plötzlich losbrüllt, dass wir der Tod sind, dass wir ihn erfunden haben und verbreiten. Einmal, vor sehr langer Zeit, vielleicht vor zwanzig Jahren, hatte sich ein Junge im gelben Frack erschossen; unten in der Gaststätte spielte Musik, sie hatten an dem Tag ihr Abitur abgelegt, niemand ahnte etwas. Der Junge hieß Géza. Oder Ervin? Ernő? Er erinnerte sich nicht.

Die Nachricht flog durch die Luft, und die Welt füllte sich mit ihr. Die Tiere im Wald witterten und sahen zum Himmel auf. Der Traum ist zu Ende, dachte Péter. Jetzt wird man etwas anderes träumen müssen. Den Vater sah er in diesem Augenblick nicht. Die Krankheit, das Sterben, diese neue, unbekannte Lebensform, verbargen den Vater so tief, als wäre er verreist, als lebte er jetzt in ungewohnter Umgebung, gefiele sich in eigenartigen, neuen Sitten, stünde in weißem Kleid in der Mitte der Plantage, inmitten seiner Sklaven, oder hätte vielleicht Uniform angezogen und kommandierte laut mitten auf einem Kasernenhof. Mit dem Vater war etwas geschehen, das man mit dem Verstand nicht begreifen konnte. Vielleicht hätte man es mit Musik ausdrücken können oder lautlos, wie wenn eine Jahreszeit vergeht und ihre Requisiten der nächsten übergibt. Er fühlte keinerlei Schmerz. An seiner Hand spürte er Las Parfum; vor einigen Minuten, vor schrecklich langer Zeit, hatte er in Las Zimmer auf dem Sofa gelegen, gegenüber dem Fenster, durch die Spalten der locker hinuntergelassenen Jalousie lösten sich das Licht und die auf der Straße vorüberkommenden Gegenstände und Gestalten in die Bestandteile von Zeit und Materie auf, man konnte nur einen sekundenlangen Regenschirm sehen, einen momentlangen Hut, die zwischen zwei geometrischen Punkten vorbeizogen. Im Zimmer war es still, La badete. Diese halben Stunden mochte er, sie waren die reinsten und traurigsten in seinem Leben. Die Bewegungen und Klänge der Liebe lebten und wirkten noch irgendwo im Zimmer, wie Worte oder wie der Duft eines Menschen, aber ihn ging dies nichts mehr an, etwas ließ ihn schwimmen und trug ihn weiter, weg von La, vielleicht zu Edit, zwischen zwei Ufern, mit dieser schwebenden, schwerelosen Verantwortungslosigkeit. Das Erlebnis gab jetzt seine letzte Kraft ab, irgendetwas hatte ihn hergebracht, und etwas trug ihn nun von hier fort, langsam, gleichgültig und gnadenlos. Später hatte La ihn um Geld gebeten.

Er machte sich auf den Weg, um zu ihr zurückzugehen. Gegen sieben konnte er bei ihr sein; La würde sagen »Oh!« und »Mein armes kleines Hündchen!« und »Möchtest du einen Tee?« Oder etwas Ähnliches. La würde genau das sagen, was gesagt werden musste, und im selben Augenblick würde der Inhalt des Briefes konkret werden, Tatsachen würden ihn umgeben, Gepäckstücke, Erinnerungen, Schmerzen, man würde sich um die Fahrkarte kümmern müssen, sich das kranke Gesicht des Vaters vorstellen, eine Arznei gegen die Seekrankheit besorgen, schwarze Handschuhe und eine schwarze Krawatte. La würde sagen: »Reg dich nicht auf, die Ärzte machen heute schon vieles möglich.« Aber gewiss würde sie zum Abschied auch sagen: »Gott weiß, vielleicht ist es ja besser für den Ärmsten.« Er roch an seiner Hand, sog von der Handfläche tief Las billiges und dreistes Parfum ein wie ein Kokainsüchtiger das Rauschgift. Er konnte nicht ohne sie sein. Dann trug ihn die Welle wieder fort von ihr, diese tiefe und gnadenlose Welle, zurück zu Edit, die ihre Hand an die Stirn legen würde, zum Fenster gehen, Péters Schulter mit den Fingerspitzen berühren und ganz leise sagen: »Der Ärmste, der Ärmste.« Mehr würde sie nicht sagen. Sie würde ihm beim Packen helfen. Sollte er jetzt schon einen schwarzen Anzug mitnehmen? War es nicht Mord, wenn man zu einem Menschen in Gefahr heimlich einen schwarzen Anzug mitnahm? So töten wir einander. Vielleicht würde es helfen, wenn er Sommerkleidung mitnähme, einen weißen Smoking, wie man ihn in südlichen Gegenden trägt, einen Schläger und Detektivromane. Jetzt gab man dem Vater Arznei, Anna stand am Kopfende des Bettes und maß sorgsam die Tropfen ab. Er lebte noch, Péter wusste sicher, dass er lebte, er sah seine aderndurchzogenen, sehr weißen Hände, diese weibischen und unbarmherzigen Hände, die der Vater nach dem Mittag und Abendessen zum Kuss reichte wie der Oberpriester einer unverständlichen Religion. Péter hatte einmal geweint und war vor ihm niedergekniet; er hatte die Knie des Vaters umarmt und durch die Tränen zu ihm aufgesehen, aber von hier unten sah er nur die Weste und die Uhrkette, des Vaters Kopf verlor sich in der Höhe, in seiner schauderhaften, materiellen Bedeutsamkeit, in einer Art feinem Nebel. Diese Veränderung lenkte ihn ab und überraschte ihn; trotzig kniete er, aber er vergaß zu weinen. Der Vater ließ zu, dass Péter vor ihm kniete, mit der Hand berührte er zaghaft die Locken des Jungen und murmelte fremde Wörter. Niemals erfuhr er, ob der Vater ihm damals die Absolution erteilt hatte.

Er hatte das Gefühl, er müsse sich beeilen, und sah auf die Uhr. Gleich würde die Baronin herunterkommen, im blutroten Frisiermantel, sie würde mitten auf der Treppe stehen bleiben und sagen: »Mein Teuerster, welch ein Schlag! Wie sehr ich Sie bedauere! Was heißt Traubenzucker auf Englisch?« Er musste sich beeilen, denn er wollte zu La gehen, doch am Abend würden Gäste kommen, Emmánuel und die beiden Musiker. Mit Edit würde er noch etwas besprechen müssen, er musste nach Hause fahren, zum Vater, musste zusehen, wie er starb, den schwarzen Anzug anziehen, den er jeden Morgen im Schrank argwöhnisch betrachtet hatte – einmal werde ich ihn anziehen müssen, zu Vaters Beerdigung, hatte er jeden Morgen gedacht. So beginnt ein Tod. Den schwarzen Anzug hatte er bislang nur zu abendlichen Empfängen getragen, einmal war er in die Botschaft gegangen, einmal ins große Hotel, als ein Verwandter aus Sumatra auf der Durchreise gewesen war. Er hatte den Anzug benutzt wie ein spitzes und scharfes Messer: Man verwendet es, um Brot zu schneiden, aber im Geheimen weiß man, dass man mit ihm auch töten kann. Er musste sich beeilen; plötzlich hatte er das Gefühl, man hätte in der Ferne das Uhrwerk einer Höllenmaschine aufgezogen. Nun würde der Vater beerdigt werden, er würde seine Geschwister treffen und dann hierher zurückkehren, in dieses Zimmer, zwischen den Tiroler Schank und den Bauerntisch, und etwas würde beginnen, das man nicht mehr hinausschieben konnte. Etwas Persönliches würde beginnen. Péter Garren war sechsunddreißig Jahre alt. Der Vater lag im Sterben.

Im Zimmer breitete sich die Dämmerung aus, und Blumen standen auf dem Tisch, in einem Weckglas, gelbe Akazien und Kaiserkronen in Rot und Grün. Vor dem Sofa lagen Edits Pantoffeln, auf dem Sofa die Karten, die sie vor dem Einschlafen immer befragte. Das Zimmer war geräumig und schwebte über dem See, sein einziges, riesiges Fenster blickte dem Berg und dem Wald ins Auge wie ein vornehmer Herr mit Monokel einer Menschenmenge. Das Zimmer hatte etwas Freches und Uneingerichtetes an sich. Immer hatte Péter das Gefühl, gleich würde jemand klingeln und etwas hereinbringen, eine Lampe oder einen Stuhl, und dann wäre die Einrichtung des Zimmers vollkommen, man konnte sich beruhigen, endlich das Gefühl haben, zu Hause zu sein. Aber genau diese Lampe oder dieser Lehnstuhl wurde niemals gebracht. Vielleicht, weil es so ein Möbel auf der Welt nicht gab. Die Karten hatte Edit auf der Messe gekauft und schon zerknickt, die wichtigeren mit Eselsohren gekennzeichnet, der Braut mit rotem Buntstift einen Schnurrbart gemalt. Péter suchte den »Brief«, die »Reise« und den »Tod«. Der Brief sah ganz so aus wie ein offizieller und normaler Brief, mit rotem Siegel, die Reise zeigte einen jungen Mann im grünen Gehrock, wie er traurig einer Postkutsche hinterhersah, und der Tod lag im Sarg, ganz klein, in einem Kindersarg, beladen mit Kreuzen und Lilien. Er warf den Brief auf die Karten und ging zu La.

La und der Schmerz

La war seit anderthalb Jahren Péter Garrens Geliebte. Péter gab ihr an jedem Monatsersten Geld, und auch später, wenn sie darum bat, während des Monats. Ihr Vater war Zimmermann in Würzburg, mit bürgerlichem Namen hieß sie Karola Thinne. Mit sechzehn Jahren war sie mit einem Nürnberger Bauunternehmer durchgebrannt, einem älteren, knausrigen und in weiten Kreisen geehrten Bürger; von ihm bekam sie zum Schluss ein goldenes Kreuz zum Geschenk und dreihundert Franken. Dieses Kreuz hatte sie sich an einer dünnen Goldkette um den Hals schmieden lassen. Wenn sie nackt war, rutschte das Kreuz zwischen ihre vollen Brüste und glänzte dort wie ein glühendes, schmerzhaftes Stigma. Karola war tief und sanft religiös. Manchmal, wenn sie nackt im Bett lag, klammerte sie sich mit beiden Händen an das Kreuz wie eine Ertrinkende. Das Bett, dieses Behältnis der Leidenschaft, explodierte um La, die Sehnsucht riss sie mit sich fort, sie musste sich an etwas festhalten. Dann schlug sie die Arme nach hinten, schloss die Augen und warf sich in die Kissen. In diesen Augenblicken war sie wirklich eine Ertrinkende, die von der Strömung mitgerissen wurde, sie kümmerte sich um nichts mehr, es hätte ihr auch nichts ausgemacht, wenn man sie aufs Rad geflochten oder umgebracht hätte. Ihr grobes und kindliches Gesicht wurde dann schön und ernst.

Jeden Morgen ging sie zur Messe; manchmal direkt aus einem Vergnügungslokal oder zwischen zwei Umarmungen, aus den Armen verkaterter, vor sich hin murmelnder Gelegenheitsliebhaber. Péter wusste, dass man Karola nicht einschränken konnte. Sie hatten sich in der Bibliothek kennengelernt; Karola Thinne suchte Skizzen für das Kostüm, das sie zum Ball des Statthalters tragen wollte. Die Bücher erschreckten sie, und sie sah sich hilfesuchend um. Mit Péter, der ihr zu Hilfe kam, sprach sie in der ersten Stunde mit so demütiger und erschrockener Stimme wie ein ertapptes Stubenmädchen. Als sagte sie in einem fort: »Ja, gnädiger Herr. Nein, gnädiger Herr.« Aber als sie endlich das Kostüm gefunden hatten, begann sie vertraulich und zufrieden zu lachen. Als hätte sie unterdessen etwas über Péter in Erfahrung gebracht und könne im Besitz dieses Wissens nun mit ihm tun, was sie wollte. Zuerst wollte sie Eis essen gehen, und Péter gab sofort nach. Unterwegs kauften sie ihr ein Paar Schuhe. Eine Stunde, nachdem sie sich kennengelernt hatten, stritten sie schon auf einem verkehrsreichen öffentlichen Platz wie Eheleute. Karola ging rasch, schlug vor den Kirchen ein Kreuz, sah Péter von Zeit zu Zeit von der Seite her an und lachte zufrieden. Ihr Silberblick wirkte auf die Männer betörend und kindlich wie eine Hexengabe. Sie war sechsundzwanzig Jahre alt und schielte so unterhaltsam und selbstvergessen, als feixte sie nur aus Langeweile, zur Unterhaltung der Erwachsenen.

Die Erwachsenen waren für Karola die Männer; mit den Frauen stand sie auf Kriegsfuß. Nur die Nonnen mochte sie; den Ursulinen der Stadt brachte sie jeden Sonnabend Geschenke, und die Oberin, die ihr geduldig und besorgt zuhörte, überschwemmte sie mit ihren Bekenntnissen. Die Männer, erzählte Karola der Oberin, könnten einfach nicht ohne sie leben. Sie könne nichts dafür und wolle es auch nicht. Die Männer, jeder Mann, hätten eine persönliche Angelegenheit mit Karola, während der Arbeit, wenn sie einen Turm bauten oder gerade jemanden zum Tode verurteilten, würden sie plötzlich unruhig, weil sie auf der Erde lebe, Karola, gerade sie, gerade hier in ihrer Nähe lebe. Die Oberin mahnte sie zur Bescheidenheit. Karola versicherte, sie sei bescheiden. Sie gebe sich mit Tee und trockenem Brot zufrieden; sie, Karola, würde ganz bescheiden und am liebsten nackt den lieben langen Tag in ihrem Zimmer sitzen und in unanständigen Bildbänden blättern oder mit altmodischen Schmuckstücken spielen. Die Oberin seufzte. Von den Männern sprach Karola, als wären sie eine große Prüfung, die Gott ihr wegen ihrer Sünden auferlegt hatte, als wären sie eine der sieben ägyptischen Plagen, die Heuschrecken oder die Nacht. Die Männer brachen über sie herein wie das Verderben. Manchmal kreischte La und fuchtelte herum, wehrte sich gegen sie. Schielend kreischte sie wie in irrsinniger, schiefer und verzerrter Ekstase.

»Du bist ein gutes und einfaches Mädchen«, sagte die Oberin, »dein Vater war Zimmermann. Warum treibst du Späße? ... Der Pflegevater unseres lieben Herrn Jesus war auch Zimmermann. Du bist ein Kind des Volkes, du bist nah an der Krippe geboren. Beruhige dich, liebes Kind. Jeder Mann hat etwas von einem Tier, aber sie haben auch etwas Sanftes und Kindliches. Die Leidenschaft hat Gott den Menschen gegeben. Ertrage sie, denn das ist dein Schicksal.«

Karola weinte, küsste der Oberin die Hand, saß ihr schniefend zu Füßen, gab sich theatralisch kindlich und hilflos. Die Oberin duldete es, weil sie spürte, dass Karola rein war. Selbst wenn man sie eines Tages gefesselt oder mit verstümmeltem Leib tot in einer Spelunke gefunden hätte, wäre sie trotzdem rein, denn nicht die Absicht hatte sie in die Gefahren der Welt gejagt, sondern der Zwang des Dienstes. Karola hatte einen Dienst unter den Menschen.

Auch Péter hatte das Gefühl, dass Karola rein war. Manchmal verschwand sie für einige Tage, dann kam sie durchgeweicht und zerzaust nach Hause zurück, mit schwarzen Schatten unter den Augen und blauen und grünen Flecken am ganzen Körper, aus einem widerwärtigen und primitiven Kampf. Sie legte sich ins Bett wie eine Schwerkranke, drückte Péter die Hand, er musste ihr Kamillentee kochen, ihr Umschläge machen und die Wunden eincremen. Einmal wurde sie ins Wachzimmer gebracht und verprügelt, weil sie sich den Söldnern widersetzt und den Statthalter und den Erzbischof beschimpft hatte. Als hätte sie in einer wilden, einsilbigen, primitiven Sprache gesprochen, die nur einige Forscher verstehen. Sie sprach die Sprache eines vergessenen wilden Stammes. Irgendwo lebten die Frauen wie ein Stamm, die echten Frauen, die wilden. Sie hatten warme, braune Körper, die Brüste schmückten sie mit Blumenkränzen, sie saßen den lieben langen Tag am Meeresstrand und warteten auf die Männer, den Sturm, den Sonnenschein, sie sangen eintönige und klagende, psalmenartige Melodien wie orientalische Priester. In der Sprache dieses Stammes redete Karola. Die Liebe war für sie nicht nur Umarmung und Sehnsucht, nicht nur Traurigkeit und schielende Koketterie, sondern eine ständige, rituelle Bereitschaft, wie für die Frauen in den antiken orientalischen Tempeln, die sich der Göttin geweiht hatten.

Emmánuel verachtete Karola, er nannte sie »Dirne« und gab ihr nicht die Hand. La hatte Mitleid mit Emmánuel und fürchtete sich vor ihm. »Eines Tages wird er kommen«, sagte sie zu Péter, »und betteln. Hier im Zimmer wird er knien, sein Bart wird nass sein von Tränen, von Tränen und Rotz. Aber es kann sein, dass es dann schon zu spät ist und ich ihm nicht mehr helfen kann.« Karola sprach ihre wilde Stammessprache mit bayrischem Dialekt. Die Männer schnalzten, wenn sie sie sahen. Sie war das »gute Kind«, das sinnliche Abenteuer mit dem Silberblick. Aber Péter wusste schon, dass es gefährlich war, das Material dieses »einfachen Abenteuers« mit der Glut der Leidenschaft zu wärmen, weil es dann explodierte. Jetzt, als er zu La zurückging, weil inzwischen »etwas geschehen« war – er hatte einen Brief gelesen, etwas erfahren, und die Nachricht wirkte in diesem Augenblick noch so auf ihn wie ein kindisches, schreckliches Traumbild, als hätte er in der Zeitung gelesen, dass sich in Japan ein Erdbeben ereignet habe und dreihunderttausend Menschen umgekommen seien –, hatte er plötzlich das Gefühl, La sei das einzige Wesen auf der Welt, das diese Nachricht in persönlichen Schmerz verwandeln konnte. Den Tod des Vaters konnte man weder auffassen noch mitempfinden. La war die Einzige, die Péter die Freude und den Schmerz geben konnte, die aus dem gleichgültigen Material des Lebens ein persönliches Konzentrat zusammenrühren konnte; ansonsten war für Péter alles so geschmacklos und unbekannt wie eine Konserve oder wie die Bilder im Kino oder die Nachrichten in den Zeitungen, bei deren Lektüre man die umgekommenen Japaner bemitleidete, dann aber weiterblätterte und um Sahne für den Tee bat. La war das einzige Wesen, in dessen Gesellschaft Péter Worte zu sagen wagte wie »Morgen gehe ich zur Pediküre und lasse mir die Nägel schneiden« oder »Ich mag Debussy nicht, er langweilt mich« oder »Bleib im Unterkleid«. La musterte alles, was zu Péter gehörte: ein Gefühl, ein Wort, eine Sehnsucht oder einen Schmerz, und durch die Wärme ihrer Hände und ihres Atems löste sich alles wunderbar auf, wurde persönlich und wohlschmeckend. Péter kannte den Schmerz nicht. Jetzt ging er zu La, mit der Nachricht vom Sterben des Vaters, wie man eine ceylonesische Blumenzwiebel als Geschenk mitbringt, eine exotische Zwiebel, die man per Post erhalten hat und jetzt in eine schwache Lösung legen muss, damit sich die Blüte öffnet; innerhalb von Augenblicken wächst sie zu voller Höhe, ihre Farbe und ihr Duft entfalten sich. Nur La verstand sich darauf. Auch auf die Freude und auf die Langeweile verstand sich nur La. In ihrer Gesellschaft langweilte sich Péter, wie sich ein schlecht bezahlter Zeichner an einem Wochentagsabend in Gesellschaft seiner Geliebten, einer jungen Friseurin, langweilen mag, wenn sie einander schon geliebt haben, zerzaust auf dem Sofa sitzen und gähnen und das Geld nicht fürs Kino reicht. Auch die Langeweile war bei La wirklich und spürbar. Zu Hause und im Geschäft lebte Péter in einer anderen Art von Langeweile, sie war ätherischer und idealer; diese andere Langeweile hatte keinen Geschmack und keinen Geruch, die Dienstboten putzten sie jeden Morgen und wuschen sie mit Salmiakgeist ab, sie war ganz hell und farblos. In Las Gesellschaft begann die Langeweile zu glühen wie in einem Löwenkäfig.

Zu dieser Stunde war die Straße leer; die Menschen in den Büros, vor den Spiegeln der Waschnischen, feuchteten Kämme an und glätteten sich die Haare, die Frauen rieben sich den Leib mit Duftwassern ein und eilten zum Rendezvous, die Mütter nähten beim Nachmittagskaffee, die Ellbogen auf den wachstuchbedeckten Tisch gestützt, sie wiederholten mit ihren Kindern unverständliche Lateinlektionen und beugten schwierige Verben. Péter eilte die vertraute Straße entlang und brachte den Schmerz zu La, als wäre er ein Text mit unbekannter Schrift, den er gerade entdeckt hatte und für den es nur einen einzigen Sachverständigen in der Stadt gab, der seinen Sinn herausbekommen konnte. Als hätte Anna ihren Brief in Keilschrift oder Hieroglyphen geschrieben. Die Nachricht war von so weit hergekommen wie die Nachricht von einer historischen Entdeckung, von einer besonders blutigen antiken Schlacht, die sich vor Jahrtausenden zugetragen hatte, einer Schlacht voller Verwundeter, Heldentaten, Intrigen und Triumphzüge, in der vielleicht einer unserer Vorfahren gekämpft hat, vor schrecklich langer Zeit, noch vor unserer Kindheit; vielleicht trug er einen Spitzbart und eine blaue Tunika, seine Stirn war mit einem Goldreifen umkränzt, und er marschierte überheblich und mit finsterer Miene im Triumphzug mit. Über diesen Vorfahren war jetzt eine Nachricht angekommen. Inzwischen sind wir erwachsen geworden, Voltaire hat seine Bücher geschrieben, die Menschen haben fliegen gelernt, sie tragen weiche Seidenhemden, Péter hatte Edit kennengelernt, aber die Nachricht war erst jetzt bei ihm angekommen. Nun war er gezwungen, um etwas zu trauern, das schon lange zerstört war, aber auf wundersame Weise erst jetzt zu einem wirklichen und zeitgemäßen Schmerz für ihn wurde. Er ging an dem Palais vorbei, über dessen Tor goldene Buchstaben auf schwarzer Glastafel Emmánuels Namen verkündeten. Der Pförter hob die Hand an den Mützenschirm und salutierte stramm.

Dem Pförtner würde ich es vergeblich sagen, dachte Péter. Jetzt, angesichts dieses Bekannten, bemerkte er zum ersten Mal, dass der Inhalt, der wahre Sinn der Nachricht, nicht mitteilbar war. Etwas war geschehen, das man der Welt nur in Traueranzeigen und rituell übergeben konnte; die Menschen würden nicken und Telegramme und Blumensträuße schicken. Niemand würde den Inhalt dieser Nachricht in seine wirkliche Bedeutung übersetzen können, würde es vielleicht auch nicht wagen. Wenn Péter bisher das Wort »Schmerz« ausgesprochen hatte, hatte er immer ein Schlachtfeld vor sich gesehen, Verwundete, die auf dem Bauch lagen und stöhnten und wimmerten, oder ein einsames Tier, das sich in den Straßen einer Großstadt verirrt hatte, oder eine schwarz gekleidete Frau an einem Fenster oder ein Kind, das vergeblich darauf wartete, dass es im dunklen Zimmer zu dämmern beginnt, und nicht zu rufen wagt. Jetzt war es, als hätte er in einem Wörterbuch endlich die wirkliche Bedeutung des fremden Wortes entdeckt, und er sah sich erstaunt um.

Las Zimmer war leer. Auf dem Boden der Badewanne hafteten noch ein paar Wassertropfen und die duftendschmierige Schicht des Badesalzes. Er schloss die Tür ab, blieb in dem leeren, dunklen Zimmer stehen und horchte. In der Schlafkammer schrillte der Fernsprecher wie eine Alarmglocke. Raubvögel kreischen so, wenn sie in Gefahr sind. Er ging in die Schlafkammer, nahm mit zwei Fingern, angewidert, wie man etwas Unreines berührt, den Hörer ab und hielt ihn sich ans Ohr.

»Hallo«, sagte eine Männerstimme. »La? Bitte! Hallo!« Dann, verzweifelt, mit kindischem Beharren: »Hallo, hallo. Wer ist da? Hallo, bitte!«

Péter hielt den Atem an. Kann man einen Mann am Takt seiner Atmung erkennen? Péter wusste es nicht, aber ihm tat der Fremde leid, der jetzt da drüben aufstampfte, irgendwo am anderen Ende der Welt, in einem Zimmer oder auf der Straße, in einer öffentlichen Telefonzelle voller Bakterien und Reklamezettel, die sauer nach Atem roch. Einen Augenblick überlegte er, ob er mit ihm sprechen sollte. »La ist fortgegangen«, könnte er sagen. »Bitte beruhigen Sie sich. Sie wird wiederkommen. Am besten rufen Sie nachts an, da bin ich nie hier.« Die Stimme des Mannes war fordernd, als glaubte er trotzig, Rechte zu besitzen. Es war eine selbstgefällige und traurige Stimme, die Stimme eines einsamen Menschen, der schrecklich gekränkt ist, wenn die Welt nicht sofort vollkommen bereitwillig auf seinen Anruf reagiert. La kann doch nicht ewig auf ihn warten, dachte Péter entschuldigend. Vorhin war sie noch mit mir zusammen, dann ist sie fortgegangen. Sicher wird sie von anderen gebraucht wie ein hervorragender Arzt. Jeder kommt an die Reihe. Er atmete sehr leise. Der andere hatte jetzt begriffen, dass jemand am Ende des unsichtbaren Drahtes stand, dass die feine Drahtleitung sie beide in diesem Augenblick aneinanderkettete wie Handschellen Gefangene einer Razzia, und sie starrten einander im Dunkel an, spürten den Atem des anderen. Diese körperliche Gemeinschaft mit einem Fremden, der La vielleicht in ebenso einer Gefahr angerufen hatte wie Péter, diese Vertrautheit, die unverhohlene Innerlichkeit der fremden Stimme rührte ihn. Er hätte gern helfen mögen. Im Dunkel und in der Unbekanntheit stand ein Mann und rief La an, so ungeduldig trappelnd und quengelig wie ein krankes Kind seine Mutter. Die Stimme war heiß und verschleiert.

Dem Atem entströmte ein milder, orientalischer Tabakgeruch. Eine gepflegte Stimme, dachte Péter traurig, dieser Mensch kann ganz leise sprechen und sieht den Nachbarn nicht an, wenn er etwas Grausames sagt, ein Wort, das ein fremdes Leben tief verwundet. Er konnte ihm nicht sagen, er solle den Hörer auflegen, weil La fortgegangen war, wahrscheinlich zu einem anderen Mann, der sie genauso dringend gerufen hatte, mit allerlei Lügen, als wäre er in äußerster Gefahr. Er konnte ihm nicht sagen, dass La durch die Welt ging wie eine barmherzige Schwester übers Schlachtfeld zwischen den Verwundeten. Er konnte nicht sagen, dass er, Péter, den Telefonhörer in der Hand hielt und den Atem eines Fremden belauschte, das leichte, zerrissene Geräusch und Pfeifen einer fremden Männerlunge witterte wie ein Kranker, der sich versehentlich ins Sprechzimmer des Arztes verirrt hat und vor Langeweile mit den Befunden und dem Hörrohr zu spielen beginnt. Er konnte ihm nicht sagen, dass auch er gerade La suchte, diese gewisse La, die im Telefonbuch die und die Nummer hatte und vorhin noch hier mit ihm im Bett lag. Und er konnte nicht erzählen, dass er gerade einen Brief von Anna bekommen hatte, dass man ihm mit der Luftpost eine Nachricht geschickt hatte, deren Inhalt und Schmerz er jetzt La übergeben wollte, damit sie ihn gemeinsam enträtselten und ins Reine schrieben wie einen Fund aus dem Altertum. Nichts konnte er dem fremden Mann sagen. Deshalb schwieg er.

Der Fremde wusste bereits, dass ein Mann am Ende des Drahtes stand, in Las Zimmer; erschrocken und gekränkt verstummte er. Er wartete mit dem gemeinen, feigen und unentschlossenen Schweigen, mit dem einige Tiere sich im

Augenblick der Gefahr zu Boden werfen und sich totstellen, in gespielter Lähmung verharren, bis der Jäger oder das Unglück weitergezogen ist. La betrog oft mit dem Telefon; manchmal bedeckte sie gerade Péters Augen mit kühlen, nach Kamillentee schmeckenden Küssen, wenn das Gerät klingelte. Dann streckte sie nachlässig die Hand nach dem Hörer aus und log beiläufig und mechanisch. »Falsch verbunden!«, sagte sie und legte auf, oder sie begann ein unerwartetes, manchmal unterhaltsames und spannendes Gespräch mit einer nicht existierenden Freundin, redete über Kleider oder alltägliche Begegnungen. Péter wusste, dass am anderen Ende der Leitung nicht eine Freundin stand, sondern ein Mann, der zur Unzeit angerufen hatte. Und manchmal nahm Péter den Hörer ab, ließ seine Stimme hören und wartete auf die Antwort, aber lächerlicherweise antwortete niemand, der kleinlaut gewordene Mann am anderen Ende schwieg, er wartete, bis Péter vom Hallorufen genug hatte und auflegte. Einige Sekunden später klingelte das Gerät fein und spöttisch noch einmal, sehr leise, es gab gerade nur einen Ton von sich zum Zeichen dafür, dass der Aufdringliche dem Fallstrick entkommen war, Péter überschwiegen hatte und nun gleichsam auf Zehenspitzen aus dem Zimmer ging, hinaus aus dem unbeholfenen Abenteuer. In diesen Augenblicken warteten sie zufrieden auf den verräterischen Abschiedston des Geräts, La lachte leise, ging mit gesenktem Kopf im Zimmer umher, zuckte mit den Schultern, wie um zu sagen, sie könne ja nichts dafür, dass man das Telefon erfunden hatte und die Männer. Für all das konnte La nichts. Ratlos lächelnd sah sie sich um. Man musste ihr verzeihen. Den fremden Mann langweilten jetzt das

Versteckspiel und das Schweigen, er legte auf und ging zögernd hinaus in die Welt. Péter blieb allein in Las Zimmer und sah sich um.

Der Tatort

Dieses Zimmer war ein Teil seines Lebens. Noch nie war er allein hiergeblieben. Jetzt überraschte ihn die Unordnung. La war fortgegangen, als wolle sie von einem Tatort flüchten. Das Bett hatte sie nicht gemacht, in den Kissen zeichnete sich die Form eines menschlichen Rückens ab, gleichsam in der Sandform, wie bei Gipsabgüssen von verletzten Gliedern, die die Ärzte anfertigen. Diese Vertiefung hatte Las Schulter ins Kissen gedrückt. Mit vorsichtigen Fingern, als fürchtete er, das sensible Gleichgewicht eines sehr zarten Kunstwerks zu zerstören, berührte Péter das Muster. Mit den Fingerspitzen folgte er den Linien von Las Schulter und Rücken. Das Kissen und die Seidendecke lagen in tragischer Unordnung auf dem Bett wie Brocken und Splitter einer zerbrochenen weißen Marmorstatue, mit der schrecklichen Willkür von Gegenständen, und kündeten von dem Kunstwerk, dessen Teile sie einst gewesen waren. Dieses Kunstwerk war infolge eines barbarischen, klirrenden Unglücks in tausend Stücke zersprungen. Er betrachtete die Kissen, die Bettdecke, das feine, spitzenbesetzte Kopfkissen, das La mit einer willkürlichen und selbstvergessenen Bewegung aus dem Bett geschleudert hatte, und fühlte sich für einen Augenblick wie in der afrikanischen Wüste, in einer ausgegrabenen Stadt, wo bei sechzig Grad und cremeschwitzendem Sonnenschein die Stückchen einer heidnischen und unanständigen altertümlichen Statue zusammengesetzt werden. Diese Statue mochte ursprünglich den Titel »Sehnsucht« oder »Aphrodite« oder »Lust« getragen haben. Es war eine erhabene und banale Statue, erschreckend und schamlos. Das Bett war noch voll von dem Duft von Las Körper, mit dem Abdruck ihrer Bewegungen und mit allem, was sie um sich herum weggeworfen hatte, als sie liebte. Péter begriff, dass La von hier geflohen war wie ein Attentäter. Hier konnte man nicht mehr »Ordnung machen«. Nur verkommene Frauen richten nachher das Bett, ziehen die Bettdecke zurecht, lüften und gießen heuchlerisch frisches Wasser in die Blumenvase. Mit diesen Bewegungen kehren sie gleichsam aus dem gräulichen Abenteuer der Liebe in die bürgerliche Ordnung zurück, als käme jemand aus dem Kongo, wo er Nashörner und Menschen getötet hat, am Abend nach Hause in eine europäische Stadt und ginge mit unschuldigem Lächeln sofort ans Großreinemachen oder Einkochen. La war von hier fortgegangen und hatte alles so zurückgelassen, wie es sein musste und sich ergeben hatte, weil sie nicht anders handeln konnte. Péter verstand, dass La Zeit brauchte, bis sie wieder hierher zurückkommen konnte. Vielleicht hatte ein Mann sie gerufen, irgendwo in der Stadt, aber vielleicht saß sie jetzt auch im Kino und ließ sich im Dunkel von der mechanischen Musik umspülen, oder sie ging allein am Ufer des Sees spazieren und genoss, dass Abend und Wind sie wiegten, und wartete darauf, dass in ihr etwas stürbe, die Sehnsucht oder die Erinnerung – wie ein ferner Ruf, ein Aufschrei eines Tieres oder eines unbekannten Menschen, der eine unverständlich erregende und schmerzhafte Botschaft mitgeteilt hat, noch Stunden später in unserem Bewusstsein widerhallt, immer leiser und inniger, sich ins Gewebe der Seele hineinfrisst, bis wir ihn noch immer hören, aber nur mehr wie eine Stimme im Traum. Für La war das Erlebnis nicht in dem Augenblick zu Ende, in dem sie sich aus den Armen ihres Geliebten löste und begann, die Brennschere aufzuwärmen. Sie trug die Liebe noch lange mit sich, hinaus zu den Menschen, in die Welt hinein, wie ein Geheimnis, von dem sie gerade gehört hatte, das schrecklich war und kindisch wie die Geheimnisse der Zauberer, und dessen einziger Sinn vielleicht gerade darin lag, dass es Geheimnis blieb und man es nicht aufdecken durfte. La brauchte Zeit für die Liebe, sie beeilte sich im Bett nicht, jede ihrer Bewegungen war langsam wie die unbewussten Bewegungen einer Schlafenden. Sie griff nach der Liebe, wie sich die Pflanzen zur Sonne wenden, mit unfehlbaren, sehr sicheren, durstigen und bleiernen Bewegungen. Péter hatte im Bett oft Las Gesicht betrachtet: Die Zimmermannstochter mit dem Silberblick war in diesen Augenblicken ernst, als gäbe sie angespannt und ängstlich besorgt auf etwas acht. Sie sah in die Ferne, ruhelos wie ein Kind, das nur spielen wollte und sich im Wald verirrt hat; jetzt hörte es das Rauschen des Sturms und spähte mit glücklichem Abscheu nach den schwarzen Eiswolken zwischen den Laubkronen der Bäume. Es war, als hätte Las Wille Klimazonen ins Zimmer gezaubert: Irgendwo auf dem Meer schwamm ein Eisberg, zwischen Schrank und Klavier, in der anderen Ecke standen Palmen, kreischten Affen und saßen Paradiesvögel würdevoll und dumm in ihrem plumpen, üppigen bunten Schmuck auf Ästen. Wie ein Ungeborenes im Mutterleib, so durchlief auch La im Bett eine Entwicklung der Liebe;

zwischen zwei Küssen oder zwei Zärtlichkeiten wanderte sie weit fort in die ersten Kulissen der Sehnsucht, wo die Liebe nur Licht und Schatten war. Die Sehnsucht verdichtete sich in Las Körper langsam zu Bewegungen. Nie zuvor hatte Péter bei irgendeiner Frau eine solche Neugier kennengelernt. Die Zimmer, in denen er die Frauen geliebt hatte, waren einfach parfumduftend gewesen und wie die Zimmer der besseren Heilanstalten, wo mit einer gewissen heimeligen Eleganz ein bestürzender Zustand verdeckt werden sollte: die fürchterliche standesamtliche Tatsache, dass ein Körper zwischen Leben und Tod sein vergängliches Gleichgewicht in der Welt suchte. Die Frauen suchten in der Liebe die Zärtlichkeit oder den Frieden oder das Vergessen oder die Leidenschaft. La suchte die Liebe. Als hätte sie einmal gehört, als hätte ihr die Amme erzählt, dass es auch so etwas gab, die Liebe, irgendwo, hinter den sieben Bergen. Péter hatte lange geglaubt, alles über die Liebe zu wissen, doch als er zum ersten Mal dieses Zimmer betrat und La in die Arme nahm, stellte er verblüfft fest, dass er sich an nichts erinnerte. Hier war La, die Geliebte, die an jedem Monatsersten Geld bekam und ihn wahrscheinlich mit neugierigen und ruhelosen Männern betrog. Hier war dieses Zimmer, Las Zimmer, das auf geheimnisvolle Weise immer ein Bauernzimmer blieb, vergeblich hatten sie Seidenvorhänge für die Fenster gekauft und krummbeinige Glastiere auf die Kommode gestellt, vergeblich hatten sie die Frisierkommode mit silbernen Haarbürsten und Kristallfläschchen bestückt; an der Wand hingen unsichtbare Haussegen und hinter Glas gefärbte Wachsreliefs, und es hätte ihn nicht überrascht, wenn er in Las Wäscheschrank zwischen unanständigen Fummeln und nach Pisse riechenden Schlüpfern Einweckgläser gefunden hätte oder Meerrettich in Essig, für den Winter eingelegt. La schlug jeden Kreuzer zuerst gegen die Zähne, dann nahm sie beide Hände voller Kreuzer und Banknoten und warf mit einer einzigen, gut gelaunten Bewegung alles aus dem Fenster. Péter hätte sich nicht gewundert, wenn er im Kamin, über dessen marmornem Sims die Bilder französischer Landschaftsmaler hingen, eines Tages einen zum Räuchern aufgehängten Schinken gefunden hätte oder Pökelrippchen. La hatte ihr gesamtes Leben auf ihre weibliche Laufbahn mitgenommen. Manchmal, wenn sie schlief, wirkte sie auf ihn wie ein Zentner sehr alter, historischer Erde, in deren Schichten die Erinnerungen an die Vergangenheit zu finden waren; nichts war verloren in diesem Urmaterial, es war nur mürbe geworden in Las Körper und Bewusstsein, es hatte sich verwandelt: In der Tiefe schliefen vielleicht fränkische oder gepidische Reiter, Pferdegerippe mit Messingsätteln und Armspangen; hier gab es auch eine uralte Schelle, mit der La als kleines Mädchen gespielt hatte, und die Erinnerung an einen Schlag, die La zeitlos trug, wie Abdrücke von Trepanationen aus einem Jagdunglück oder einem Zweikampf zur Zeit der Sintflut; der Widerschein vergangener Klimaregionen spiegelte sich, es gab auch vertrocknete Abdrücke von eigenartiger Vegetation, von Riesenfarnen. Jeder Mensch trägt seine ganze Vergangenheit mit sich herum, dachte Péter, aber La hatte die Vergangenheit irgendwie einbalsamiert, sie hatte nichts weggeworfen, alle Erinnerungen lebten noch ein wenig in ihr; sie lebten in ihr jenes rätselhafte und zeitlose Leben wie überflüssige Gegenstände oder die Sagen und schönen Gedanken, die aus den großen Zeitaltern der Menschheit herüberdämmern. Dieses Zimmer, in dem er etwas gefunden hatte, nach dem er zuvor vergeblich auf der Suche gewesen war, war wahrhaftig ein Tatort. Als wäre das Leben die Tat, etwas Schreckliches und Selbstvergessenes, dessen einziger Sinn darin lag, dass man sich danach nicht mehr schuldig fühlte. La war unschuldig in der Liebe, und ihre Spießgesellen, Attentäter und Opfer zugleich, sprachen mit ihr in der Gaunersprache. In diesem Zimmer, das Péter immer mit einem interessierten, zurückhaltenden Lächeln betrat, etwas feierlich wie ein weltgewandter Privatdetektiv, der für alle Fälle auch hier vorbeischaut, mit der Herrin der Wohnung spricht, sich mit Handschuhen und Hut in der Hand verneigt und lächelt und niemanden konkret verdächtigt, aber erbarmungslos jede winzige Einzelheit in Augenschein nimmt, in diesem Zimmer hatte Péter etwas kennengelernt, das wirklicher war als das, was ihm die Frauen zuvor gegeben hatten, wirklicher als Edits Liebe, wohlschmeckend und abenteuerlich, und auf das man dennoch nicht sicher vertrauen konnte. Diese Erkenntnis brodelte ständig in ihm. Das Zimmer konnte dieses etwas nicht sicher und vollständig einschließen, es dampfte gefährlich und verflüchtigte sich wie sehr edle Parfums aus sorgsam verschlossenen Kristallfläschchen, wie die orientalischen Düfte, die Kamele und Schiffe in die Städte des Westens brachten und die eines Tages noch durch den Glaskorken verdunsteten, irgendwie in den Orient heimkehrten wie ein Gefühl oder ein Märchen. Dies war der »Tatort«, ja, jetzt betrachtete er ihn gründlich. An der Wand hingen französische Stiche mit erotischen Motiven, und hier gab es auch eine Nähmaschine, die La auf Raten gekauft hatte. Er öffnete den Schrank, und aus der wasserfallartigen Masse der duftenden und bunten Stoffe löste sich Las Gestalt, wie eine Schauspielerin aus ihrer Garderobe hervorscheint, zwischen den Kostümen, Perücken und Frisiermänteln hervor, auch, wenn sie sich nicht dort aufhält – aber diese Schauspielerin spielte nirgends. Der bunte Stoff strömte aus dem Schrank wie Fontänen bunten Wassers aus dem Springbrunnen eines Volksfests. Dieses Rauschen und Rascheln, diese Flut unbenutzter, zusammengeknüllter, beiseitegeworfener Kostüme, die Fülle, mit der sich La ausdrücken wollte, aber dann hilflos alles beiseitewarf und ein schlichtes Stoffkleid anzog, diese Rüschen und Bänder, die auf das einzige Fest warteten, an dem La sie anlegen würde und langsam die Treppe herabschreiten, wenn unten Musik spielt und die Bürger unter bunten Lampen tanzen, diese alltägliche, verborgene Theatralik war Las Geheimnis. All dies versteckte und verschloss sie sorgsam in ihrem Schrank, auch in der Seele verbarg sie es tief und besorgt wie eine Braut auf dem Lande ihre Sehnsucht, deren Gegenstand nicht der Bräutigam ist, sondern dieser bärtige Herr im seidenglänzenden Staubmantel, der einmal mit röhrendem Kraftwagen durch den Ort gebraust ist. Kinder spielen so Theater, im Geheimen, mit Mamas Morgenmantel und Onkels Gehrock, dachte Péter mitleidig. Aber vielleicht waren dieses Theater, diese Sehnsucht, diese versteckten Requisiten Las Wirklichkeit. In jedem Leben gibt es einen Augenblick, in dem es endlich die im Geheimen gesammelten Perücken und Kostüme anlegen und irgendeinen schwülstigen Text deklamieren darf, von dem es denkt, mit seinem klangvollen Schwung könne es alles besser sagen als in der Prosa, mit deren sachlichen

Worten es sich bisher ausgedrückt hat. Den meisten kommen dann die Tränen, und das Publikum wundert sich, rutscht unruhig auf dem Sitz hin und her und lacht. Péter dachte oft daran, eines Tages vor Emmánuel zu treten, etwas blass und ganz in Schwarz, und ihm »alles zu sagen« – diese Sehnsucht war so kindisch und zugleich so heftig, grob und erregend wie die Weltverbesserer-Abenteuer der Jugendzeit. Péter schämte sich für diese Sehnsucht, aber er konnte sich nicht von ihr lösen. Die Sehnsucht, diese kindliche Vorstellung, einmal »alles« sagen zu können – Emmánuel und der Welt –, zitterte hinter Péters Worten, sooft er mit Emmánuel sprach, und er musste auf sie achtgeben wie auf eine gezähmte Bestie, die eines Tages, inmitten des Spielens und Kosens, ausbrechen und ihren Dompteur mit einem einzigen Hieb ihrer schrecklichen Pranke in Stücke reißen kann. Hier war also Las Zimmer mit dem Schrank, den Fummeln und dem Geheimnis, und er stand diesem Geheimnis jetzt gegenüber. Plötzlich spürte er, dass der Augenblick nahe war. Der Augenblick, in dem die Sehnsucht Worte findet und er vielleicht Emmánuel, Edith, La und seiner ganzen Welt endlich dieses »alles« sagen konnte. Er spürte auch, dass diese Rede nicht lang sein würde. Vielleicht würde er nur sagen »Genug« oder »Ich gehe«. In einem einzigen Wort hatte Platz, was er mit seinem ganzen Leben ausdrücken wollte. Aber dieses einzige Wort durfte er keinen Augenblick zu früh aussprechen, sondern erst, wenn es an der Zeit war. Jetzt geschah etwas, in ihm und um ihn herum, vielleicht »geschah« zum ersten Mal seit seiner Geburt etwas. Er kniete sich vor den Schrank und griff mit beiden Händen in den weichen Stoff, streute Las heimliche Kostüme auf den Teppich, nahm einzelne Stücke in die Hand, zerknüllte den Stoff und roch daran. Aber selbst diese geheimen Stoffe strömten so einfache, gebügelte und gewaschene häusliche Düfte aus, als wären sie im Wäscheschrank einer Dorfwirtin aufbewahrt worden. Als würde La die Seidenfummel heimlich schlagen, mangeln und mit Waschblau und Stärke reinigen. La hatte etwas hoffnungslos Materielles an sich.

Karola Thinne, dachte Péter und hielt mit beiden Händen einen goldbestickten Brokatmantel mit Blumenmuster hoch, wie ihn die Knappen am Hof der deutsch-römischen Kaiser getragen haben mochten – der Stoff war alt und feierlich. Nach solchen Kostümen sehnte sich Karola Thinne im Geheimen. Aber im selben Moment ging sie im grauen englischen Kleid und flachen Schuhen irgendwo in der Stadt spazieren. Gerührt sah Péter sich den Stoff an. La hatte die Requisiten und Kostüme verschämt erworben und dann sorgsam versteckt, mit denen sie aus dem Leben, der Liebe, den Männern, dem Material der Welt eines Tages ein Fest zaubern wollte. Doch dieser Tag, dieser Augenblick war noch nicht gekommen. Péter wurde jetzt bewusst, dass er in Karolas Leben auch nie mehr eintreten würde. Die Requisiten und die Kostüme würden für immer in Las Schrank bleiben. Die Männer würden reihenweise kommen; er betrachtete das Bett, sehr aufmerksam. Die Männer zerschmetterten mit der Faust die Kunstwerke mit dem Titel »Sehnsucht« oder »Lust«, und hinter den vandalischen Eroberern blieben weiche, weiße Trümmer zurück. Er flanierte am Bett vorbei, den Stock in der Hand, mit Handschuhen und Hut, flanierte durch das Zimmer wie ein Fremder durch eine Gemäldegalerie.

Draußen war es jetzt bewölkt, und es regnete. Er wusste, dass er zum letzten Mal hier war. Deshalb bemühte er sich, alles so zu betrachten wie Exponate einer Ausstellung und als wäre er zum ersten Mal hier. Etwas war abgeschlossen, etwas war zu Ende gegangen. Vorhin hatte er noch hier gelebt, in Las Armen, jetzt stand er nur noch vor dem Schrank wie ein behördlicher Schätzmeister, der aus Langeweile in einer freien Stunde die Krone Karls des Großen schätzen will; draußen regnet es und wird schon dunkel, und die Sammlung wird gleich geschlossen. Höflich beugte er sich über einen Gegenstand, mit der nachsichtigen Zuvorkommenheit eines Sammlers und Sachverständigen. Er sah einen Kamm und zwischen den Zinken des Kammes einige Haare von La. Die Haarbürste roch nach Las Haar und nach Pomade. Auf den Stock gestützt, betrachtete er die Trümmer des Bettes, nahm mit zerstreutem und anerkennendem Kopfnicken Las schwarze Seidenschuhe in Augenschein. In Pompeji kann es einem so gehen, kam es ihm in den Sinn. Irgendwann einmal hat eine junge Frau hier gewohnt, eines Nachts hat die Asche des fieberhaften Ausbruchs ihren Körper und ihre Sachen begraben und für ewig aufbewahrt. In dem Zimmer lag eine bestürzende Reglosigkeit, alles war ohne Zeit und Laut wie am Meeresgrund.

Einmal habe ich hier gelebt, dachte er. Am Morgen würde er schon weit fort sein, in bedingungsloser Entfernung; die Ferne, in die ihn das Abenteuer der Nacht tragen würde, konnte man in Stunden und Kilometern nicht ausdrücken. Er trat vor die Frisierkommode und betrachtete erstaunt die farbigen Stäbchen und Tiegel, die karminfarbenen Lappen, die kleinen Scheren und Pinzetten;

hier hatte jemand um sein Leben gekämpft, um seine Jugend und Schönheit, wie ein Arzt, zu jeder Stunde des Tages. Er bedauerte La und das, was er jetzt, wenn er aus dem Zimmer ginge, für immer verließe. Wie würde das Leben werden? Was musste er noch erleben? Die Liebe? Oder den Tod? Wie in einem Roman, dachte er müde. Immer diese billige Romanhaftigkeit, das Erlebnis der Liebe oder des Todes, in gleichmäßigem Wechsel. Er streckte die Hand aus und berührte Las Sachen, befühlte noch einmal eines von ihren Haaren, besah die Linie ihres Rückens in den Kissen. Jetzt, da man ihn fortgerufen und etwas begonnen hatte, für das es keinen Namen gab, und er gehen musste, als hätte er von einem rätselhaften Bund, der außerhalb der Gesellschaft stand, einen Befehl bekommen, jetzt suchte er nach dem Wort, mit dem er La all dies übergeben konnte. Ein Wort, das alles erklärte, so vollkommen, dass La stumm und restlos den Sinn von allem annahm, was mit Péter geschehen war. Es gibt solche Wörter. Er verließ einen Kreis seines Lebens; es war, als träte er aus dem Traum in die ersten Geräusche des Tages. Neugierig war er und benommen. Die Liebe kannte auch La nicht, sie glaubte nur an sie wie eine Gläubige an das Wunder und die Erlösung. Jetzt fiel ihm plötzlich der Satz ein, das Wort, das La vollkommen verstehen würde. Er wunderte sich, wie einfach es war. Es lag etwas Unangreifbares darin. La konnte nicht antworten; wenn sie diese Nachricht las, würde sie sofort verstehen, vielleicht würde sie weinen, danach die Spieluhr aufziehen, sich umkleiden und ins Kaffeehaus gehen. Er nahm von der Frisierkommode ein Kohlestäbchen, mit dem sich La immer die Augenbrauen nachgezogen hatte, und malte mit unbeholfenen Buchstaben auf die Rückseite einer Miederrechung, die er auf Las Kommode gefunden hatte:

Vater wird sterben

Die Rechnung legte er aufs Bett. Langsam zog er seine Handschuhe an, sah sich um und verließ auf Zehenspitzen das Zimmer wie der letzte Besucher eine Kunstsammlung in der Provinz, in der er unabsichtlich etwas beschädigt hat.

»Der Traum«

Auf dem Rückweg, zwischen den Zimmern von La und Edit, geschah etwas, das Péter später als »den Traum« bezeichnete. Er sprach darüber wie über einen besonders charakteristischen Traum, den er nicht vergessen konnte. Insgesamt zweimal erzählte er diesen »Traum«: das erste Mal einige Jahre später Edgárs Frau Judit und dann noch einmal, ein Jahrzehnt später, dem sterbenden und erstaunten Bischof János. Zu anderen Gelegenheiten sprach er nicht davon. Einmal wollte er den Traum noch Edit erzählen, aber da lag Edit schon im Sterben und hörte ihm nicht zu. Beide Male erzählte er ihn mit denselben Worten, als sagte er einen auswendig gelernten Text auf wie ein Schauspieler seine Rolle. Als hätte sich der Traum mit ganz eigenen, unveränderlichen Worten in sein Bewusstsein gebrannt wie ein Gedicht, in dem jedes Wort festgelegt ist und sogar jedes Semikolon. So erzählte er ihn:

»Ich war damals auf dem Weg von der Wohnung einer jungen Frau nach Hause. Diese Frau war meine Geliebte.

Wir lebten in einem Zimmer, in dem es ein Telefon gab und elektrische Beleuchtung, schlimme Zeitschriften in den Schubladen, alles, was man für ein kultiviertes Leben braucht, die Sehnsüchte und Ängste, die irgendwie nicht einmal mehr persönlich sind: Wir haben in diesem Zimmer gelebt wie Wilde. Ich hatte diese junge Frau damals nicht zu Hause angetroffen, und jetzt, als ich ihre Wohnung verließ, wusste ich, dass ich sie auch nicht mehr sehen würde. Natürlich ahnte ich nicht, dass Karola – so hieß sie – bald sterben würde. Später munkelte man, sie habe Selbstmord begangen: möglich. In Wirklichkeit kam sie um wie ungebildete Frauen in Zeitungsnachrichten, aus dem Gasofen im Badezimmer schlug eine Flamme heraus, ihr Morgenrock fing Feuer, Karola rannte schreiend auf die Straße und brannte vor den Augen der Passanten wie eine Feuersäule, flammend und rauchend. Man sagt, der Rauch, der aus ihrem Morgenrock, den Haaren und ihrem Körper emporschlug, sei senkrecht in die Luft aufgestiegen wie einstmals der Rauch der reinen Opferfeuer. Aber das ist nur eine abergläubische Erklärung. Überraschend ist es jedenfalls, denn in dieser Stadt herrscht sonst niemals vollkommene Windstille. Dieser bedauerliche und billige Unfall ärgerte mich lange mehr, als er mich schmerzte; ich dachte an ihn mit der Scham des gebildeten Mannes, es war mir peinlich, dass die Frau, die ich geliebt hatte, umgekommen war wie in den Schlagzeilen eines Boulevardblattes, als hätte sie für die kleinbuchstabigen Spalten der Morgenzeitungen Lauge getrunken. Gewisse Todesarten verpflichten, dachte ich; eine Frau, die wir lieben, kann an Traurigkeit sterben, sie kann sich mit chemischen Mitteln töten, aber sie darf nicht auf einem öffentlichen Platz qualmen wie eine indische Witwe. An jenem letzten Nachmittag war ich zu ihr gegangen, weil ich eine schmerzhafte und erschreckende Nachricht von zu Hause bekommen hatte, eine Nachricht, deren Bedeutung, deren vollen Sinn ich damals noch nicht einmal ahnen konnte. Mein Körper hatte sich plötzlich mit Schmerz gefüllt wie mit einem langsam wirkenden Gift. Ich spürte noch nichts, nur ein sehr sanftes, feines Kribbeln und eine Betäubung. Ich ging mit dieser Nachricht zu Karola wie mit der Nachricht von einer außerordentlichen, fremdsprachigen Entdeckung; ich wartete, dass sie ihren Sinn deutete, den Schmerz erklärte oder mir vielleicht ein Gegengift gab, mich berührte, Zauberworte murmelte, und dann würde ich geheilt werden, und die Infektion würde sich nicht in meinem Körper ausbreiten. Einmal hatte ich eine Nikotinvergiftung, und sie hat mir einen Milchsprudel bereitet. So etwas erhoffte ich mir auch jetzt. Aber ich traf sie nicht zu Hause an, und als ich ihr Zimmer betrat, begann ich ihre Sachen zu durchsuchen, ich berührte ihre Kleider und die Dinge, die sie zur Körperpflege benutzte, ich musste feststellen, dass ich mich mitten in einem Unfall befand: Nicht ich war es mehr, der entschied, was in Zukunft mit Edit, Karola und mir werden sollte, wir alle drei reisten innerhalb dieser Geschichte irgendwohin wie in einem hinabstürzenden Omnibus und konnten nichts anderes tun, als einander etwas blass anzusehen und das Ende der Reise abzuwarten. Ich spürte, dass eine Kraft, die ich nicht benennen konnte, mich von Edit forttrug, fort auch von Karola, dass mein bisheriges Leben hinter mir zurückblieb, dass auch das Geschäft und Emmánuel irgendwo in der Ferne nach und nach versanken. Dieser Prozess verlief langsam und stockend wie die Traumbilder, die unmittelbar vor dem Erwachen in unserem Bewusstsein ausströmen und sich im ersten Augenblick unseres Wachseins zwischen den Ufern von Wirklichkeit und Traum manifestieren; einen Augenblick zuvor war noch alles Nebel und Traum, und jetzt sind die Traumbilder auf wundersame Weise bereits Bestandteile wirklicher Situationen, ich könnte sie sogar für die Polizei zu Protokoll geben als Details eines geschehenen Ereignisses. So war es auch in dieser kurzen Zeit in Las Zimmer, als würden sich alle Sehnsucht und Erinnerung, die mein Leben bis dahin ausgefüllt hatten, langsam in dem neuen Zustand auflösen; etwas durchdrang mich ganz und gar, die Erinnerungsschichten der Seele richteten sich in einer neuen Ordnung aus. Wäre es nach mir gegangen, so wäre ich vielleicht für immer zwischen La und Edit geblieben, wäre jeden Morgen ins Geschäft gegangen, hätte Emmánuel zugehört, die Post durchgesehen und die Anordnungen, die ich niemals ganz verstand, hätte bestätigt, dass unsere Schiffe mit unseren Waren den Stillen Ozean überqueren und dass im Eiswerk von Schanghai die Stromversorgung kaputtgegangen war, die wir geliefert hatten. All dies war nur so weit wirklich für mich, als hätte ich es in einem Buch gelesen. Ich war nie in Schanghai und auch nicht auf dem Stillen Ozean. Und wie ein Element, wie die Erde oder das Wasser, das von einem fernen Beben erschüttert wird, kamen die Schichten in mir plötzlich in Bewegung und sanken in einer neuen Anordnung hernieder: Was Oberfläche gewesen war und Wirklichkeit, versank in der Tiefe, und zugleich brachen von unten neue, laue und eisige Ströme auf. In diesem Augenblick begriff ich nur, dass La, das Zimmer, in dem wir uns bisher getroffen hatten, und auch sie selbst körperlich um mich herum verschwanden. In Gauklerbuden auf dem Jahrmarkt kann man manchmal sehen, wie ein Körper, zumeist der Körper einer Frau, vor den Augen der Zuschauer aufhört zu existieren, wie er sich in einen nebelartigen Stoff verwandelt und unsichtbar wird; man hört noch die Stimme der Frau, aber die Materie des Körpers ist verflogen. So verflog La für mich in diesem Augenblick. Ihre Stimme hörte ich noch lange. Wenn man eine Frau verlässt, die man liebt, sterben die Bestandteile dieser Liebe langsam in einem ab; schon glaubt man, man hätte sie endgültig vergessen, und dann, Jahre später, vielleicht, wenn man in eine Kirche tritt, in der man nie zuvor gewesen ist, hört man im Glockenklang oder in der Orgelmusik hell und klar die Stimme der vergessenen Frau. Oder man sieht manchmal beim Mittagessen ihre tote, abhandengekommene Hand, wie sie sich in die Luft erhebt und einen Gegenstand hält, eine Bürste oder eine Blume. Zuerst stirbt die Erinnerung an ihren Körper, an die charakteristischen Züge ihres Gesichts, danach die an ihre Stimme, an ihren Duft, an alles, was sie ausgemacht hat. Aber selbst dann bleibt immer noch etwas, nicht mehr Geruch, nicht Lachen, nicht Wort, nicht Bewegung, und doch: Auch später, für immer lebt in einem das Unsagbare, das sie war, nur sie. Diese unauflösbare Erinnerung ist stabil und wird von der Liebe zu anderen Frauen nicht aufgelöst. Das war sie!, denken wir am Ende des Lebens, wenn wir uns von allem verabschieden. Die Körper, die sich in der Leidenschaft einmal vermischt haben, erinnern sich ewig. So trat ich durch die Tür von Las Haus. Zu Ende!, dachte ich, zu Ende, in einem sehr kritischen, unwiderruflichen Sinn. Aber zugleich wusste ich auch, dass niemals etwas völlig ›zu Ende‹ ist: Solche Beschlüsse sind lächerlich. Was wird jetzt?, fragte ich mich und war weder traurig noch fröhlich. Und warum ist es ›zu Ende‹? Ich muss jetzt abreisen, und dann wird etwas geschehen, mein Gott, etwas sehr Trauriges. Vater ... ähm ... ist krank ... deshalb muss man aber noch nicht an das Schlimmste denken ... ich werde meine Geschwister wiedersehen, die Stadt, in der ich aufgewachsen bin, wo ich Kind war ... So ein Wiedersehen ist immer belastet, erregt vielleicht ein wenig Furcht, lässt das Herz höher schlagen, aber man kann es ertragen. Und wenn man sich auf das Schlimmste gefasst machen muss ... Sehr traurig wird es sein, aber auch darüber werden wir hinwegkommen. Mit solchen Worten dachte ich nach, mit Worten, wie sie Anna in ihrem Brief geschrieben hatte, mit vorgefertigten, schützenden Worten. Ich ging die Straße entlang, unter deren Arkaden mich mein Weg seit einem Jahrzehnt täglich entlangführte, zwischen den vertrauten Häusern mit den Spitzdächern, wo hinter den Vorhängen gleich Erscheinungen Männer und Frauen lebten – sie waren mir vertraut, aber nur so wie Tote –, ging an Emmánuels Palais vorüber, in dem an einer Tür im ersten Geschoss mein Name prangte, auf einem Flur, von dem auch das Zimmer meines Sekretärs abging; in einem ledergebundenen Buch mit Schnallenverschluss beim Registergericht stand meine Unterschrift – all das war Wirklichkeit, waren Beweise dafür, dass ich Kaufmann war, Péter Garren, internes Mitglied von Emmánuels Geschäft, ein geachteter und geschätzter Bürger. Wieso gehe ich also so unwiderruflich von Karola weg?, dachte ich auf der Straße, während ich an Emmánuels Palais vorbeiging. Was trägt mich fort von ihr? Und warum gerade jetzt, da der Vater so krank ist und man sich auf das Schlimmste gefasst machen muss? Um Gottes willen, was geschieht mit mir? ... Ich blieb stehen und sah mich um. Ich liebte das Leben, liebte alles, was Erde, Luft und Wasser gaben. Ich liebte die Körper der Frauen und auch ihre Kleidung, ich liebte die Musik, bemühte mich, an den Sorgen und Nöten meiner Mitmenschen Anteil zu nehmen. Dafür, dass Emmánuel angefangen hatte, mit Kriegsausstattung zu handeln, konnte ich nichts; das war Sache des Unternehmens, nicht meine. Ich fühlte mich unschuldig an allem, was die Menschen um mich herum taten. Wie kam es, dass in diesem Augenblick alles um mich herum so unheilverkündend, verhängnisvoll, so schwer und gefährlich war? In diesen Augenblicken ließ ich alles hinter mir, was Rahmen und Sinn meines bisherigen Lebens gewesen war, und ging einem neuen Zustand entgegen, wurde zu einem anderen Menschen. Gern hätte ich mich zurückgewandt: zu La oder zur Jugend. Ich spürte in meinem Körper, dass mit mir etwas geschah, vielleicht änderte sich in diesem Augenblick die Zusammensetzung meines Blutes, vielleicht wurden die roten Blutkörperchen mehr, vielleicht weniger, in Zukunft würde ich mich anders freuen und anders fürchten, mit anderem Mut vor die Menschen treten. Die Welt um mich herum drehte sich. Ich musste stehen bleiben. Vor mir erschienen die Kathedrale mit ihren Turmstümpfen und eine Litfaßsäule mit großen roten und blauen Anschlägen, auf denen die vielfältigen Kunststücke einer Zirkusvorstellung angepriesen wurden. Dieses Plakat sah ich mir gründlich an: Es zeigte Löwen, einen Dompteur in einem mit Posamenten besetzten Mantel, eine Dame im Tüllrock, die auf dem Rücken der Pferde strammstand, und Clowns mit gekalkten Gesichtern. Diese paar Figuren, besonders die Löwen und die Clowns, sind mir scharf in Erinnerung geblieben. Da, vor dem Plakat, begann der Traum. Ich stand gegenüber der Kathedrale, nicht weit von Edit und von Karola, nahe an Emmánuels Haus und dem Bischofspalais. Es ist doch einfach unmöglich, dachte ich, dass einem in einer zivilisierten, mit modernen Sicherheitsorganen ausgestatteten Stadt so etwas passiert! Wo bleibt die Feuerwehr? Der Rettungswagen? Das Militär? … Ein Ertrinkender mag sich so fühlen, zwischen zwei Ufern, in dem Augenblick, in dem seine Glieder zu erstarren beginnen; am Ufer stehen Menschen und unterhalten sich, in den Biergärten wird fröhlich getrunken, niemand hört sein Rufen, der Fährmann sitzt friedlich in seinem Boot und stopft sich die Pfeife … Und inmitten dieser großen Ordnung, zwischen Löwen, Anschlag, Edit und Karola, versank eine Welt! In diesem Augenblick hörte der Péter Garren, den ich bislang zufriedenstellend gekannt hatte, auf zu existieren, und ein anderer, den ich argwöhnisch und feindlich musterte, machte sich auf den Weg, fort aus dieser versinkenden Welt, fort aus der sich verdunkelnden, dichten und geordneten Fremde, er ging hin zur Morgendämmerung der Landschaft, in die er zurückkehren musste. Denn wie jemand, der auf dem Weg plötzlich eine Stimme hört und die Richtung wechselt, und die Reisegefährten um ihn herum kreischen auf und können ihm nicht folgen, so ging auch ich jetzt zurück in der Zeit und im Leben. Ich war nicht mehr der allgemein bekannte Péter Garren, nicht der brave Kaufmann, und ich verließ eine Welt, die sich mit ihrer welken Einfachheit in diesem Augenblick um mich herum in ihre

Elemente auflöste, ich ging zurück, sah eine Stadt, die geheimnisvoll vertraut war und doch schrecklich, und es war, als ob diese Stadt ein furchtbarer Schlag getroffen hätte, eine Feuersbrunst oder ein Erdbeben, nein, es musste ein noch entsetzlicheres Unglück gewesen sein, die Schande der Menschen klebte an den Hauswänden wie auf mittelalterlichen Stadtbildern nach einer Bartholomäusnacht, wenn die Söldner Säuglinge gegen die Torpfosten geschlagen haben. Hierher musste ich jetzt zurückkehren. Ich konnte nichts tun, schon hatte ich mich umgewandt, schon war ich auf diese Stadt zugegangen. Ich wusste, dass diese Stadt meiner Geburtsstadt ähnelte, in die ich am Morgen würde zurückkehren müssen, wo mein Vater jetzt in einem dunklen, nach Zigarrenrauch und Kölnischwasser riechenden Zimmer im Sterben lag und meine Geschwister murmelnd um ein Bett standen; aber die Stadt ähnelte meiner Geburtsstadt nur so, als hätte man sie aus der Vogelperspektive, vom Flugzeug aus, fotografiert, als erinnerten nur ihre Gestalt, ihre körperlichen Umrisse an die echte; jetzt sah ich aufmerksam hin. Ich sah den alten Brunnen und die Eiche, die seit einem Jahrhundert auf dem Marktplatz der Stadt stand. Auch den großen, unförmigen, fünfstöckigen Glockenstuhl sah ich, das Kaffeehaus und den Billardtisch, das Gesicht eines kahlköpfigen Schauspielers, der sich sorgenschwanger über die Elfenbeinkugeln beugte, den Queue in der Hand, mit aufmerksamem und gnadenlosem Blick. Ja, dies war die Stadt. Hier hatten meine Ahnen gelebt, und auf dem Dachboden, in der blau gestrichenen Holzkiste konnte ich noch die *Laterna magica* finden, mit der wir bunte Bilder an die Wand geworfen hatten, und Boccaccios Werke mit den pikanten Illustrationen. Aber auf dem Markplatz stand ein Obelisk, den ich zuvor noch nie bemerkt hatte, zuletzt hatte ich ihn in Paris gesehen, auf der Place de la Concorde. Etwas weiter weg sah und erkannte ich eine stählerne Brücke: Dies war die Eisenbahnbrücke, die in Basel über den Bahnhof hinwegführt. Vor dem Theater drehte eine Windmühle ihre Flügel wie auf den alten holländischen Bildern in Emmánuels Zimmer. Und über dem Ganzen lag eine so eigenartige Abenddämmerung wie einmal über Lyon, wo mich im Kaffeehaus eine fremde Frau ansprach und mir erzählte, dass sie ihren Mann hasste, dass sie jede Nacht aus dem gemeinsamen Ehebett aufstand, auf Zehenspitzen in die Küche schlich und dort bis zum Morgen saß und sich den Kopf mit Mordgedanken zermarterte. Ich sah die Straße, in der ich vor zwanzig Jahren gewohnt hatte, in meiner Studienzeit in Heidelberg; auf wundersame Weise war jetzt auch diese Straße Teil meiner Geburtsstadt. Der Fluss, von Pappeln gesäumt, strömte am Ende der Straße schon ins Meer, und am Meeresstrand stand Edit im weißen Kleid, lächelte kurzsichtig und sagte: ›Fahren Sie nicht Fahrrad, Herr Garren?‹ Da verstand ich, dass all das nur ein Traum war; ja, ein schrecklicher Traum, man kann sich nicht einfach ans Ende träumen, meine Geburtsstadt hatte sich in den vergangenen zwanzig Jahren unfassbar entwickelt, sie hatte bereits ein Meer, einen Obelisken und eine Edit – all das hatte es dort früher nicht gegeben. So aus der Vogelperspektive schien sie mir kaum größer zu sein als früher, aber wenn man genau hinsah, bemerkte man sofort, dass hier in den vergangenen zwanzig Jahren allerlei gebaut worden war; der Berg über der Stadt war wundersam gewachsen, seine Gipfel waren schneebedeckt wie der des Berges bei

Chamonix; mit Karola war ich vor einem Jahr dort gewesen, Karola hatte sich in den Schnee gelegt und gesagt, dies hier sei der Südpol und sie bedaure sehr, aber jetzt habe sie eine Verabredung mit Sir Ernest Henry Shackleton. Ängstlich blickte ich umher. Ich wusste, dass ich träumte, Radfahrer fuhren an mir vorbei, ich grüßte den Vorsitzenden der Musikfreunde, und der ältere Herr grüßte leutselig zurück und sah mich fragend an. Ich ging ein wenig beiseite, um die Litfaßsäule herum, und blieb vor dem Schaufenster eines Instrumentengeschäfts stehen, ich starrte auf die dicken Bäuche der Geigen und die Doppelkinne der Messinghörner. Als würden diese Instrumente erklingen, hörte ich auch Musik, weltliche Musik. Der Traum kam mit mir, egal, wohin ich mich wandte, und der Klang der Musik erfüllte ihn. Jetzt verschwamm das Traumbild langsam, es wurde dunkel und flammte dann wieder auf: als wäre ich in einer Kirche, in der Musik spielte, in der auf der Empore gesungen wurde, aber ganz profane Melodien; die Kirche war voller festlich gekleideter Menschen, die Gläubigen lachten und benahmen sich zwanglos. Die Sonne ergoss sich wie ein Strom durch die offene Kirchentür auf den Steinfußboden, und die Fenster leuchteten in kräftigen Farben wie die aus buntem Papier geklebten Fenster in den Laternen der Sternsinger, die die Kinder mit brennenden Kerzen durchleuchten. Eine sonderbare Stadt!, dachte ich unruhig. Und hierher muss ich jetzt zurückkehren? Was habe ich hier zu tun? Gibt es keine Möglichkeit, diese Reise zu verschieben? ... Bisher war das Leben ganz schön gewesen, in diesem Haus am See: Abends las die Baronin vor, was sie tagsüber geschrieben hatte, gegen elf ging ich ins Theater, um Edit abzuholen, ich gab acht, dass sie sich nicht erkältete, wenn sie, vom Gesang erhitzt, von der Bühne in den kalten Abend hinaustrat; manchmal aßen wir bei Emmánuel zu Abend, dann fuhren wir im Dunkeln mit dem Boot über den See ... In meinem Zimmer warteten Bücher auf mich, die ich noch lesen wollte. Karola kehrte vielleicht dennoch einmal von ihrem ruhelosen Spaziergang zurück. Hier hielt mich etwas und schloss mich ein wie eine Burg mit starken und massiven Mauern; wir ließen nur selten die Zugbrücke zu den Erlebnissen der Welt hinab. Und jetzt sollte ich alles verlassen und zurückkehren in diese sonderbare, beängstigende Stadt, wo man ständig die Sturmglocken läutete, als Totenglocke, und wo die Gemeinde in der Kirche lachte und wartete. Was würde mit mir geschehen in dieser Stadt? Wieso musste ich aus den sicheren Kreisen meines Lebens hinaustreten und zurückkehren in das neblige und furchtbare Bekannte, dem ich vor zwanzig Jahren für immer abgeschworen hatte? ... Wer wartete dort auf mich? Vater? Aber Vaters Gesicht sah ich nicht in der Menge; vielleicht war er schon gestorben, vielleicht verkündete die Totenglocke gerade sein Gedenken mit diesem kreischenden und zitternden Dröhnen. Die Menge löste sich langsam auf, Damen traten heraus auf den Treppenabsatz vor der Kirche, in schönen und geschmückten Kleidern, und vornehme Herren mit Orden an der Brust und dem Zylinder in der Hand, wie nach einer Hochzeit, wenn in der Kirche etwas Erfreuliches geschehen war, zwei Herzen hatten einander gefunden, der Priester hatte von der ewigen Liebe gesprochen, ein mit weißen Blumen geschmückter Wagen wartete auf die Hochzeitsgäste, die Braut begrüßte schon ihre Verwandten mit Küsschen, der junge Ehemann schritt mit feierlicher Strenge über den roten Teppich, als täte es ihm schon leid, aber er wagte nichts zu sagen. Was suchte ich in dieser Menge? Was für ein vergessenes Glück, welchen Schmerz? Wieso musste ich zurückgehen und alles hierlassen, was die Sehnsucht stillt, von der ich glaubte, sie sei schon verkümmert und schmerze nicht mehr? – Edit hierlassen und Karola, das Geld, Emmánuels Geschäft, meine französischen Stiche? Mit irgendjemandem musste ich dort sprechen, musste zurückkehren, hatte etwas zu erledigen; ich konnte diesem Treffen nicht länger ausweichen. Nun löste sich aus der Menge ein Mann, kam langsam auf mich zu und legte mir die Hand auf die Schulter. Er war so alt wie ich, jung und traurig. ›Kennst du mich nicht?‹, fragte er. Aber ja, ich kannte ihn. Ich wurde blass und murmelte etwas. ›Bist du es, Ábel?‹, fragte ich und senkte den Kopf. ›Ja‹, antwortete er still und nahm mich am Arm. ›Komm weg von hier. Hast du geglaubt, du könntest für immer weggehen?‹, fragte er traurig und spöttisch. ›Das wäre ja noch schöner. Aber so leicht bekommst du es nicht.‹ Wir gingen über den Markt zu dem alten Haus, ich erkannte das Praxisschild von Ábels Vater am Tor. ›Was ist das, was ich nicht so leicht bekomme?‹, fragte ich aufgeregt und zog meine Hand aus Ábels Arm. ›Warum hast du mich zurückgerufen? Nicht wahr, du hast Anna gesagt, dass sie mir schreiben soll? Was wollt ihr von mir?‹ Ich war blass, und meine Stimme zitterte. Ich spürte, dass das Unaufschiebbare geschehen war; vielleicht war ich in eine Falle geraten und musste jetzt achtgeben, auf jedes Wort und jede Bewegung. ›Von dir?‹, fragte Ábel mit singender, erstaunter Stimme, wie er in der Kindheit gesprochen hatte. Er sah aus, als erwachte er aus einem Traum. Sein Haar war noch immer seidig und blond, sein dunkelblauer Anzug abgetragen und etwas ausgewachsen wie die Kleidungsstücke tugendhafter, verarmter Herren; auf seinen Mantelkragen fielen Schuppen. Er war so sonderbar vernachlässigt wie ein herrschaftlicher Entflohener, der aus dem zusammenstürzenden Schloss entkommen ist und schon lange in Verschlägen und zwischen Strohschobern schläft. Jetzt sah er mich überheblich und mürrisch an. ›Nichts will ich von dir‹, sagte er langsam und nachdenklich. ›Du bist ausgerissen damals, vor zwanzig Jahren; und jetzt bist du zurückgekommen, weil jeder irgendwann nach Hause kommt und antwortet. Wir haben damals gespielt.‹ Er sprach ganz leise und so traurig und vorwurfsvoll, dass es mir die Tränen in die Augen trieb. ›Und du bist vor dem Spiel ausgerissen. Den Kostümen sind wir schon entwachsen. Komm!‹, sagte er resolut und griff nach meiner Hand. Das Tor öffnete sich, und wir traten in den Hof des alten Hauses. Dann wurde wieder alles finster. Wir gingen durch einen feuchten, dunklen Gang. Ich spürte den Druck von Ábels Hand, aber ich sah nichts. ›Ábel, ich fürchte mich!‹, rief ich in der Dunkelheit. Aber niemand antwortete mir. Da hörte ich plötzlich eine weibliche Stimme; im ersten Augenblick dachte ich, die Stimme meiner Mutter riefe nach mir, aber später erfuhr ich, dass dieser warme, volle Ruf schon Judits war. So begann der zweite Abschnitt meines Lebens, das Mannesalter. Später verstand ich, dass ich in diesen Augenblicken, vor dem Plakat an der Litfaßsäule, in den Traum hinuntersteigen musste wie in eine Unterwelt; ich musste noch einmal hinuntersteigen in die Kanäle der schrecklichen und vertrauten Stadt, weil ich dort etwas vergessen und damals auf eine Frage nicht geantwortet hatte.

Plötzlich kam ich zu mir und begann, auf der Straße zu weinen; rasch ging ich unter eine Tordurchfahrt und trocknete mir die Tränen. Jetzt konnte ich weinen und spürte auch den Schmerz. Ich lief los auf den breiten Straßen, der Wind trocknete mein Gesicht, und von der Schwelle des Gartentores sah ich Emmánuel und die beiden Musiker, wie sie sich über die Gartenwege meinem Haus näherten. Ich fürchtete mich nicht mehr vor ihnen, ich spürte Ábels Hand, schon war ich auf dem Weg nach Hause.«

Dies war der Traum, den Péter später zweimal erzählte, einmal Judit und einmal Bischof János.

Emmánuel

Péter erreichte sein Haus und blieb am Gartentor stehen, weil er Emmánuel und die beiden Musiker bemerkt hatte. Der jüngere, der Geiger, hielt seine Geige lässig in der Hand, er zog sie gleichsam hinter sich her, den schlanken Hals des Instruments mit der Faust erfasst, wie ein Jäger bei der Heimkehr eine erlegte Wildgans schwingt. Der andere trug die Flöte unter dem Arm, ängstlich sah er sich nach jedem Schritt um, als argwöhnte er einen Anschlag. Dieser Flötenspieler war schon älter, Emmánuel hatte ihn aus dem Orchester eines Provinzzirkus freigekauft. In dem zufälligen und abgerissenen musikalischen Ensemble hatte man nicht viel von ihm gehalten, sie behielten ihn nur aus Barmherzigkeit, er schlief im Stall, in der Nähe des Bärenzwingers auf Decken, und es kam öfter vor, dass er während der Aufführung seine Pflicht vergaß und einen Vogeltriller in die Luft schickte oder eine unerwartete, süßliche und sehnsüchtige Melodie hören ließ, bei deren Klang die dressierten Pferde aus dem Schritt kamen und die Braunbären jämmerlich zu heulen begannen. Emmánuel hatte dem Zirkusdirektor zweihundert Franken für ihn bezahlt und ihn mitgenommen; im Gartenhaus richtete er ihm ein hübsches und behagliches Zimmer, eine Art Mädchenzimmer, ein. Auch Kleidung kaufte er ihm, eine anständige schwarze Jacke und eine gestreifte Hose, aber Josua – so hieß der Musiker – trug am liebsten die golddurchwobene, grünseidene Jacke, die Uniform der Mitglieder des Zirkusorchesters. Wenn er in Emmánuels Gesellschaft sein Zuhause verlassen musste, trug er unter dem schwarzen Gehrock heimlich die grüne Jacke wie ein Verschwörer ein geheimes Abzeichen, das er im entscheidenden Augenblick zeigt, woraufhin alle aufschreien, die Gäste die Hände zusammenschlagen und zum Fernsprecher rennen.

Der alte Musiker war ein Mann von gewählten Manieren und ausgesucht höflichen Worten. Emmánuel nannte er »Meister«. Auch im Quartett beging er die Fehler, die ihm früher das Leben im Zirkusorchester schwer gemacht hatten: Er vergaß das Stück, das sie gerade spielten, unterbrach es unziemlich, kreischte schrill mit seiner Flöte oder begann wütend zu brummen, als wäre ihm gerade in diesem Augenblick eine unerträgliche Kränkung eingefallen und als müsse er jetzt sofort darüber reden, mitten in diesem Mozart-Satz, selbst wenn die Welt einstürzte. Die Musiker verstummten in solchen Augenblicken und warteten höflich, bis er wieder zu sich kam. Emmánuel ging in Nachsicht und Geduld mit gutem Beispiel voran. Diese Ausbrüche dauerten nur kurz: Josua bemerkte, dass er allein spielte und die Mitglieder des Quartetts mit gesenkten

Köpfen, nachsichtig und verwirrt, in die Noten blickten und ihre Instrumente streichelten; dann blies er rasch und entschuldigend noch drei oder vier sehr sanfte, tugendhafte Töne auf der Flöte, immer dasselbe Motiv, das die ureigene Musik seines Wesens und Charakters war und in seiner Sprache bedeutete: »Ich schäme mich, ich kann nichts dafür, verzeiht mir.« Wenn diese kurze Melodie, Josuas Bitte um Verzeihung, erklang, waren alle erleichtert; die Musiker lächelten und sahen einander nicht an, und sie setzten das Musikstück da fort, wo sie es zuvor, im Augenblick von Josuas Ausbruch, unterbrochen hatten. Später zog Emmánuel den revoltierenden Musiker regelmäßig beiseite in eine Ecke des Salons und redete ihm ins Gewissen, immer mit denselben Worten.

»Sie müssen zur Ruhe kommen, Josua«, sagte er leise und freundlich. »Jetzt sind Sie im Hafen angekommen. In meinem Haus haben Sie ein Zuhause. Niemand kann Sie mehr zwingen, Reitermärsche zu spielen. Den restlichen Teil Ihres Lebens können Sie vollständig der reinen Musik widmen.«

»Zu wenig«, sagte Josua untertänig und zähneknirschend. Er schüttelte den Kopf, aber er sagte nie, was also dieses »Mehr« war, nach dem er sich sehnte und dessen Mangel ihn so unerträglich peinigte, dass er zwischen zwei Läufen revoltierte und zu trillern begann.

Emmánuel behandelte ihn nachsichtig, ungefähr so wie einen gezähmten Hirsch, der einem zwar das salzige Brot aus der Hand frisst, aber von Zeit zu Zeit noch gegen den Zaun stürmt und sich das Geweih zerbricht. Man konnte nicht einmal davon träumen, dass Josua, der gefangene Hirsch, in den Wald zurückgelassen würde. In seinem Blick lag etwas Traumverlorenes und Fragendes wie im Blick edler Tiere, die in den Bann der Menschen geraten sind. Auch jetzt, als sie sich über die Gartenwege dem Haus näherten, legte ihm Emmánuel sanft die Hand auf die Schulter. Sie sprachen nicht, aber die Art, auf die Josua die Schulter unter der Berührung seines Herrn hielt, war so demütig, so rührend und hilflos, dass Péter am Tor stehen blieb und ihnen ergriffen hinterhersah. Jetzt spürte er Emmánuels Geheimnis wieder deutlich. Dieser Mann wollte gern gut sein. Seine Schiffe fuhren übers Meer, in den Fabriken arbeiteten in grünem Licht in wechselnden Schichten seine Arbeiter, er produzierte Kriegsgas und verkaufte Haartinktur, in der Hauptstadt erschienen Zeitungen und Bücher, die Emmánuels Ideen unter das Volk brachten. Er hielt junge Frauen, alte Schriftsteller und wohltätige Orden aus, kaufte Erfinder ein, die sich in Forschungslabors in fremden Städten über Mikroskope und Planzeichnungen beugten und bis ans Ende ihrer Tage für Emmánuel träumten und experimentierten. Er kaufte Gehirne, besondere Fähigkeiten, die vielleicht nur Produkte außerordentlicher oder kranker Drüsenfunktionen waren, er kaufte schöne Körper für alle Zeiten, schloss befristete Verträge mit der Stimme oder dem Blick eines Menschen. In einem dicken Buch, das immer auf seinem Arbeitstisch lag, waren Emmánuels »Werke« registriert und aufgelistet; dieses Buch, eine Art Namens- und Adressensammlung, erinnerte sich an jede Monteurswerkstatt und Musikakademie, die Emmánuel irgendwann irgendwo gegründet hatte. Hier gab es alles, ein Gesangsstudio in Vera Cruz, das bei einer Gelegenheit, nach der Versteigerung eines Kupferbergwerks, zufällig in Emmánuels Besitz geraten war, ein Krankenhaus in Hamburg, in dem die Kranken in Emmánuels Betten stöhnten und starben, durch Emmánuels Opiumspritzen träumten, und wo er auch den Priester zu ihnen schickte, wenn sie sich vor dem Tod fürchteten und wenn man ihnen die Augenlider schließen musste. Emmánuel hatte Eisenwerke gegründet, in deren Hütten Stahl geschmiedet wurde, er hatte Kanonen gegossen und war Vorsitzender des Vereins zur Friedensstiftung, der die intelligenten, friedliebenden und gewissenhaften Menschen in allen wichtigeren Städten des Erdteils zu Zusammenhalt und organisiertem Widerstand aufrief. Aber zugleich finanzierte er auch eifrig die mächtige politische Partei, die unmissverständlich zum Krieg aufhetzte und mit Waffengewalt wiedergutmachen wollte, was die vorhergehende Generation nach Ansicht der Parteiweisen durch schuldhafte Schwäche versäumt hatte. Er besaß Kaufhäuser und Theater. Den Prinzen eines entthronten südlichen Herrscherhauses nahm er als Hofprediger auf, ihm kaufte er den Königspalast seiner einstigen Residenzstadt, aber er selbst schlief am liebsten im Büro des Stammsitzes, auf einem Sofa, zumeist sogar ohne Bettzeug, oder in Hotelzimmern, die er spontan auswählte, sodass ihn der Kammerdiener bisweilen tagelang suchte und mit dem Fernsprecher seinen Spuren folgte, bis er ihn fand und ihm die frische Unterwäsche zum Wechseln hinterhertrug.

Über Emmánuels Vermögen kursierten auf den Märkten gute und schlechte Nachrichten gleichermaßen. Zeitweilig hieß es, er sei pleite, und die Aktien der einzelnen Unternehmen, hinter denen man seine Hand vermutete, stürzten an den Börsen in die Tiefe. Emmánuel registrierte alles genau, was mit seinen »Werken« zusammenhing; manchmal schrieb er seine Notizen und Anweisungen an den Rand von Zeitungsseiten, er wusste, dass der Firmenleiter einer seiner Reedereien befördert worden war; wenn die Direktion eines Unternehmens über die Rente eines entlassenen Angestellten entschieden hatte, wies er sie bei seinem Bankier persönlich an, und zugleich sorgte er ganz nebenbei dafür, dass der Kriegspartei fünf oder acht Millionen zu Organisationszwecken überwiesen wurden. Er war nicht großzügig und nicht kleinlich: Péter hatte lange geglaubt, er sei männlich und ruhig. Dem Geld sah er blinzelnd ins Angesicht, als schaute er in sehr helles, blendendes Licht. Manchmal stürzten Regierungen, weil sie sich Emmánuel und seinen Verbündeten widersetzt hatten, aber manchmal verwarf er Pläne für ganze Länder, weil einer seiner Günstlinge, eine der ausgehaltenen Frauen oder ein Denker, seine Unternehmung missbilligte. Sein Gesichtsausdruck war ruhig, sein Blick sachlich und aufmerksam. Er trug immer einen langen, zweireihigen, dunklen Gehrock, als wäre er gerade auf dem Weg in die Kirche oder zu einer offiziellen Feierlichkeit. In seiner schwarzen Kleidung mischten sich die Merkmale kirchlicher und weltlicher Kleidung; er trug einen hohen, steifen Kragen und eine fertig gebundene schwarze Fliege. Seine Kleidung wirkte immer feierlich und ein wenig nachlässig; selbst wenn er aus dem Automobil stieg, hatte er staubige Schuhe. Er war von niedrigem Wuchs, aber sein mächtiger Oberkörper, sein breiter Brustkorb und sein bärtiger Chow-Chow-Kopf, seine gesamte Erscheinung, wie er breitbeinig und mit den Händen auf dem Rücken mitten in einem Zimmer innehielt, ließen den Anschein einer geheimen körperlichen Größe entstehen. Er sprach einen Provinzdialekt wie seine Ahnen, mit voll tönenden und gedehnten Vokalen. Er hinkte, als müsste er für jeden Schritt erst Kraft sammeln; sein Lieblingshund hatte ihn einmal in den Knöchel gebissen, ein Wolfshund, den er jahrelang gefüttert und oft in seinem Bett hatte schlafen lassen. Emmánuel hatte ihn persönlich, mit den bloßen Händen, erwürgt; dann war er sofort verreist, und es war monatelang nichts von ihm zu hören. Doch als er zurückkam, kaufte er einen neuen Wolfshund und stellte neue Leute zu den alten an, gründete neue Krankenhäuser, Malerschulen und Kupfergießereien und erhöhte den Angestellten in seiner unmittelbaren Umgebung das Gehalt. Péter bekam damals das Haus von ihm geschenkt, in dem er jetzt mit Edit wohnte. Seitdem hinkte Emmánuel zwar, aber er benutzte demonstrativ und trotzig keinen Stock.

Edit war die Erste, die bald aussprach, dass der Hund Emmánuel gebissen hatte, weil er seine Güte nicht ertragen konnte. Péter überzeugte sich später von der Wahrheit dieser unbarmherzigen Meinung. Emmánuels Güte konnte man nicht ertragen, weil in dieser Neigung etwas Dilettantisches lag, etwas Verzweifeltes, Törichtes und Hoffnungsloses. Emmánuel wollte auf die Weise gut sein wie ein sehr reicher Herr, der aus Liebhaberei singen oder schreiben möchte. Er war nicht gerade unbegabt; nur fehlte seiner Güte der besondere Inhalt, den der Kunstverständige wahrnimmt und angesichts dessen er begeistert ruft: »Sieh da, ein echter Künstler!«

Emmánuel war manchmal schon ganz rechtschaffen gut. Allen schenkte er Blumen und Geld. Auf seinem Tisch, im Stammhaus, prangten winters wie sommers Rosen und Lilien in großen Kristallgefäßen, und er hatte stets eine offene Geldbörse voller Banknoten zur Hand. Seine leitenden Angestellten und seine Besucher ließ er niemals mit leeren Händen gehen: Den Männern schenkte er eine Rose oder eine Lilie, den Frauen Geld. Immer lächelte er, traurig und ein wenig verlegen. Er wollte die Güte mit solchem Ehrgeiz, wie ein sehr begabter, kultivierter und gebildeter Mann nach der schöpferischen Ekstase strebt. Péter vermutete manchmal scherzhaft, dass Emmánuel heimlich Unterricht in Güte nahm, dass er herausragende Meister unter Vertrag nahm, die das Gutsein mit ihm übten, kunstliebende Denker oder namenlose, umherschweifende heilige Franziskusse. In seinem Auftreten lag etwas vom Verhalten eines Missionars, der heimlich den Glauben verloren hat und jetzt in jedem Augenblick fürchtet, die wilden Gläubigen könnten hinter seinen Verrat kommen und ihn steinigen. Péter unterhielt sich mit Edit oft über Emmánuels »Güte«. »Es stimmt nicht«, sagte er, »dass Emmánuel keine Begabung hat; er will mit dem schrecklichen, Felsen zermalmenden Ehrgeiz eines Dilettanten gut sein, wie ein Sänger, der über ein angemessenes Stimmmaterial verfügt, bei den exzellentesten Meistern Unterricht genommen hat, der jeden Tag mehrere Stunden lang übt, die Vortragsweise der vortrefflichsten Künstler des Faches kennt, sich alle fachlichen Tricks abgeschaut hat und überhaupt alles weiß, alles gelernt hat, was er brauchen kann – er atmet richtig, setzt an den passenden Stellen das Tremolo ein, auch seine Bewegungen sind sicher und bühnenfest –, nur dann, im entscheidenden Moment, wenn er vor dem Publikum steht, presst sich ihm die Kehle zu, und er spürt verzweifelt, dass seine Begabung nicht ausreicht, dass alles Wissen vergeblich ist, dass er noch etwas bräuchte, was er nicht kaufen und auch nicht lernen kann, das, wodurch der Dilettant zum Künstler wird, gleichrangig mit dem Künstler aus Berufung.« Dieses Etwas fehlte Emmánuel. »Manchmal ist er schon ganz gut im Gutsein«, sagte Péter nachdenklich, »er ist nur kein Profi.«

Emmánuel ging jetzt langsam durch den Garten und berührte mit seiner müden, schwammigen Hand die Schulter des alten Musikers. Einmal werden sie ihn zerreißen, dachte Péter, entweder Josua oder der Franziskanermönch. Zerreißen, als hätte er mit gezähmten Pumas gespielt ... Emmánuel hielt sich schon seit Jahrzehnten Musiker. Er selbst spielte auch, gar nicht einmal schlecht, auf mehreren Instrumenten, aber die Musiker mochten es nicht, wenn er sich zu ihnen stellte, sie sagten ihm ins Gesicht, dass sein Mitwirken sie einenge; in seinem Spiel lag etwas von der Art eines hervorragenden Schülers, der sorgsam achtgibt, kein einziges Semikolon des aufgegebenen Texts auszulassen. Emmánuel spielte gut, aber man konnte nicht wissen, woran er dabei dachte. Die Musiker dachten an ihre Familie oder an eine versäumte Tilgungsrate einer Schuld, und unterdessen dachten sie, so, wie man atmet, ständig an die Musik. Aber Emmánuel dachte an anderes. Mit der Hand fasste er sicher den Bogen, seine Finger ertasteten auf den Saiten genau die Töne, mit dem Fuß schlug er auf dem Fußboden leise den Takt. Aber während des einen oder anderen Allegros warf er die Geige fort, und in der herben und gekränkten Stille, die auf seine brutale Bewegung folgte, nach dem erschrockenen Klirren, das sich anhörte, als wäre der Kristall der Musik in Splitter zerborsten, sagte er, von den benommenen und fachgemäß trunkenen, schweren Blicken der Musiker begleitet, zu seinem Sekretär: »Rufen Sie in Frankfurt an!« Und er winkte, dass das Orchester sich entfernen könne. Sie werden ihn zerreißen, dachte Péter. Manchmal ließ sich Emmánuel mit Musik wecken. Manchmal bestellte er zwischen zwei Geschäftsverhandlungen oder wenn er sich mit einem seiner Günstlinge vergnügte die Musiker zu sich, damit sie sich im Nachbarzimmer niederließen und ganz leise spielten. »Neureich!«, sagte Edit und zuckte mit den Schultern. Emmánuel ergab sich nicht so billig.

Auch jetzt brachte er Musiker mit und näherte sich mit ihnen die Gartenwege entlang dem Haus, demjenigen, in dem Péter mit Edit und der Baronin wohnte, wo jeder Rosenstock und Springbrunnen und alle winterfesten Pflanzen Geschenke von Emmánuel waren. Péter wusste, dass Emmánuel auch ihn einmal gekauft hatte, mit derselben Zielsetzung und auf dieselbe Weise, wie er Josua erworben hatte, für zweihundert Franken. Péter hatte an jenem Abend in der Ecke eines bürgerlichen Salons gesessen, auf einem Plüschsofa unter der üblichen verstaubten Palme, er wollte kein Geld verdienen, er wollte keine Laufbahn wählen, er wollte nichts weiter als zeichenlos zu leben, zu staunen und auf etwas zu warten, das in ihm und um ihn sprechen würde, dann würde die Trauer vergehen, die ihn seit seiner Kindheit gepeinigt hatte. Tagsüber stellte er das Verzeichnis einer Bibliothek zusammen, abends besuchte er bürgerliche Salons, in denen die Männer Bier tranken und die Frauen von neuartiger Literatur oder von der Schande sprachen, von dem geheimnisvollen Anschlag, der einzelne Gegenden des Landes mit dem Blut dunkelhäutiger und fremdrassiger Soldaten infiziert hatte. In einem solchen Salon trat Emmánuel zu ihm hin, vor zehn Jahren war das geschehen, an einem Mittwochabend nach Ostern. »Kommen Sie mit«, sagte Emmánuel sanft und leise und berührte Péters Schulter mit den Fingerspitzen. Im Nachbarraum spielte mechanische Musik, die Paare tanzten, aber alle Blicke waren auf sie beide gerichtet. Péter sah zu dem Fremden auf und hatte vom ersten Augenblick an das Gefühl, einem verfluchten und bockigen Missionar gegenüberzustehen. Auch an jenem Abend trug Emmánuel seinen langen, schwarzen Gehrock und war besonders feierlich. »Sie werden mit mir arbeiten«, sagte er ruhig. »Sie werden in meiner Nähe wohnen und das Handwerk lernen.«

»Was ist das Handwerk?«, fragte Péter, aber er blieb ruhig und wunderte sich auch nicht sonderlich. Emmánuel nahm ihn am Arm. Er fragte ihn nach seinem Vornamen und sprach ihn sogleich mit diesem an, wie ein älterer Verwandter, der lange im Ausland gelebt hat, aber jetzt endlich aufgetaucht ist und etwas für die jüngeren und vernachlässigten Mitglieder der Familie tun möchte.

»Sie werden Kaufmann«, sagte Emmánuel. »Sie wundern sich? Sie verstehen sich nicht darauf?« Er lachte und strich sich über den Bart. »Der Kaufmann ist derjenige, der etwas zu den Menschen kommen lässt«, fuhr er überheblich und vertraulich fort. »Die Menschen sind einsam und haben Sehnsüchte. Der gute Kaufmann füllt diese Einsamkeit mit Gebrauchsgegenständen, Luxus, Träumereien und Pflichten. Ich brauche Verkäufer«, sagte er etwas ernster und strenger, »die das Mangelgefühl der Menschen erspüren können. In Dakar sitzt ein Mann und braucht einen Sparherd, eine Frau, Gedichte, die Vorstellung von einer nördlichen Landschaft, einen Regenmantel oder ein Gebetbuch. Ich hoffe, Sie verstehen mich. Der gute Kaufmann lässt das zu den Menschen kommen, an das sie nicht einmal zu denken wagen, das sie krampfhaft von sich weisen. Sie sehnen sich so heftig nach etwas, dass sie lieber darauf verzichten, weil sich die Menschen vor ihren Sehnsüchten fürchten. Ich brauche einen Kaufmann, der die geheimen Sehnsüchte der Menschen erspürt, der sie in Versuchung führt, damit sie es wagen, das zu lieben, wozu sie zu faul, zu feige oder zu willenlos sind. Ich habe von Ihnen gehört«, fügte er beiläufig und höflich hinzu. »Kommen Sie morgen zu mir. Sie werden sich einarbeiten. Buchhaltung?«, fragte er lächelnd. »Nein, die Buchhaltung können Sie anderen überlassen. Sie werden einige Artikel aussuchen, das Lager ist reichhaltig und vielfältig bestückt. Sie können den Menschen alles aus meinem Lager verkaufen, was in der sichtbaren Welt Ware ist: Regenschirme, Bücher, Weinpressen; Sie können ihnen menschliche und tierische Kraft verkaufen, neue Maschinen, die das Leben unglaublich erleichtern und vereinfachen, und Ideen, die Zweifel in den Trägen wecken, in denen, die sich bereits abgefunden haben und glauben, es gehe gar nicht anders, als sie es gewohnt sind und es sich vorstellen. Ein guter Kaufmann wittert und beobachtet unablässig. Manchmal verraten die Menschen ihre Sehnsüchte, dann muss man ihnen hinterhereilen mit der Ware, zum Beispiel mit einer Landschaft in Afrika oder einem Paar weißer Überschuhe. Der Verbrauch muss neu organisiert werden«, sagte er gedankenschwer, als diskutierte er mit sich selbst, und streichelte mit seiner weichen Hand den zerzausten und und rechteckig geschnittenen, stellenweise unkrautartig in langen Strähnen sprießenden Bart. Sie gingen in den Nachbarraum hinüber, und Péter bemerkte, dass Gastgeber und Gäste ihnen mit untertänigen und feindlichen Blicken folgten; in Emmánuels Nähe hofften die Menschen immerfort auf Offenbarungen und hätten sich nicht gewundert, wenn er nach dem Abendessen einen Feuerwagen bestellt hätte und mit Péter in die Wolken geflogen wäre.

»Der Verbrauch«, fuhr Emmánuel im anderen, kühleren und dunkleren, leeren Raum fort, »muss organisiert werden. Ich habe den Verdacht, dass schon seit Hunderttausenden von Jahren ein guter Kaufmann auf der Erde fehlt, der ihnen zur rechten Zeit und zu sinnvollen, angenehmen Bedingungen alles zukommen lässt, was im Lager liegt. Stellen Sie sich einen Fabrikanten vor!« Er sprach leise und voller Leidenschaft, und sein heißer Atem strömte jetzt in Péters Gesicht, als hätte man mit unvorsichtiger Hand eine Ofentür geöffnet. »Einen Fabrikanten, der an alles gedacht hat, an das Nützliche und das Zweckmäßige, auch an das Überflüssige und sogar an das Unmoralische, der weiß, dass die Menschen, alle, die in den Rundbriefen meines Unternehmens spöttisch »hochverehrte Kundschaft« genannt werden, sich mit gleicher Innerlichkeit nach der Sünde und der Tugend sehnen, und der Fabrikant hält in seinem Lager alles für sie bereit, die Krankheit und das Einfamilienhaus mit Sonnenschirm auf dem Balkon, alles, was ihre Gedärme und ihr Bewusstsein anregt; von Zeit zu Zeit veranstaltet er riesige, denkwürdige Gesellschaftsreisen, weil sich eine Abteilung seines Warenhauses auch damit beschäftigt, er schließt Ehen und begräbt, verkauft Medikamente und Galgen. Das Sortiment ist reichhaltig und vielfältig. Die Feinheiten der Schattierungen können Sie nicht einmal ahnen. Sollen sie verbrauchen!«, sagte er leise und leidenschaftlich. »Selbst auf Kredit, sie werden es schon bezahlen, und wenn nicht sie, dann ihre Kinder und Enkel, bis ins siebte Glied!« Er lachte bösartig, sonderbar, zufrieden und ältlich. Péter schauderte bei diesem Lachen. Als würde ein Felsen zu lachen beginnen, dachte er. Jetzt nannte Emmánuel seinen Namen. Leise und beiläufig stellte er sich vor, und schon sprach er wieder von etwas anderem. Péter blieb stehen, sah ihn aufmerksam an und hob die Hand.

»Entschuldigen Sie«, sagte er. »Sie sind das also? Als würde jemand sagen: Ich bin Venedig, ich bin der Kilimandscharo.« Emmánuel lächelte selbstgefällig. »Aber ich kann Ihre Ware nicht verkaufen«, sagte Péter jetzt verzagt und unruhig.

»Es reicht auch schon, wenn Sie ihre Sehnsüchte ansprechen können«, erwiderte Emmánuel in höflichem, verzeihendem und ermutigendem Ton. »Ein guter Kaufmann ist immer auch ein Planer. Sie werden eine Abteilung mit Angestellten und einer Stenotypistin bekommen, wo Sie auf Ihre Weise planen können. Um die Ausführung kümmern Sie sich nicht. Sie werden nichts anderes zu tun haben, als in Worte zu fassen, was Sie über das Leben denken, was Sie möchten, was Sie mit den Menschen gemeinsam haben. Den Rest überlassen Sie mir. Ich bitte Sie nur, in exakter Handelssprache zu formulieren, verständlich und klar. Sie sind Kaufmann, merken Sie sich meine Worte gut, durch und durch Kaufmann. Den Rest überlassen Sie mir und der Firma. Also morgen, in meinem Hotel ... Die Bedingungen besprechen wir dann.« Jetzt wandte er sich plötzlich ab und ließ Péter allein in dem halbdunklen, leeren Saal, rückte mit kurzsichtigem, blinzelndem Blick seinen Kneifer an der Kette zurecht und ging, als wäre er etwas gekränkt, mit strengem Gesichtsausdruck zu den Tanzenden zurück.

Toller Kerl!, dachte Péter. Und was will er mit der nebulösen Theorie, dass alle auf die Ware warten und der Verbrauch organisiert werden muss? Sicher scherzt er nur. Oh, diese Reichen. Er schüttelte den Kopf und folgte Emmánuel zögernd, mit einem verlegenen Lächeln. Aber trotzdem ist es er, dachte er jetzt, er erschrak und blieb blinzelnd auf der Schwelle stehen, etwas geniert, als hätte er sich soeben auf einem Hausball zu vertraulichem, galantem Liebeswerben in einen dunklen Winkel zurückgezogen, während die anderen in den Sälen brav Zitronenwasser tranken und erhitzt herumalberten und tanzten. Er spürte neugierige Blicke auf sich gerichtet und stellte sich verschämt neben einen Vorhang, mit roten Ohren, als hätte man ihn auf frischer Tat ertappt. In diesem Augenblick hätte es ihn nicht gewundert, wenn die Frau des Hauses seinen Gruß nicht erwidert hätte, und er wäre nicht überrascht gewesen, wenn der Herr des Hauses zu ihm getreten wäre, ihn eiskalt und höflich beiseitegenommen und ihn gebeten hätte, sein Haus in Zukunft zu meiden. Aber die Blicke, die er wahrnahm und mutlos erwiderte, sprachen eher von verblüffter und andächtiger Ehrerbietung der Anwesenden, als hätte Emmánuel Péter einen ausländischen Orden um den Hals gehängt. Alle taxierten ihn neugierig, die Damen flüsterten sich hinter ihren Fächern etwas zu, und die jungen Mädchen und die schwarz gekleideten Mütter, von denen einige provinziell und altmodisch gekleidet waren und Kopfschmuck aus Federn trugen wie in Péters Kindheit die Leichenpferde, maßen ihn nun mit unverhohlener Berechnung und Kupplerblicken. Es ist eben er!, dachte Péter und spürte, wie seine Hände und Beine kalt wurden. Nein, unmöglich ... und warum habe ich ihn nicht erkannt, gleich im ersten Augenblick, als er den Saal betreten hat? Er versuchte, sich den Augenblick in Erinnerung zu rufen, in dem er Emmánuel zum ersten Mal gesehen hatte, irgendwo auf dem Ehrenplatz, in einem Lehnstuhl, zwischen beleibten und feierlichen Herren; und jetzt erinnerte er sich verblüfft, dass er seit seiner Ankunft von Emmánuel gewusst hatte, gespürt hatte, dass er hier war, dass er hier im Saal atmete, und er sich nur nicht getraut hatte hinzusehen. Er hatte gelächelt und geschwatzt, sich in einer fernen Ecke des Saals herumgedrückt und alles unternommen, die Anwesenheit dieses bärtigen Mannes mit dem Kneifer und dem vernachlässigten Äußeren nicht erkennen zu müssen. In jeder Illustrierten habe ich sein Bild gesehen, dachte er mit wachsender Beklemmung, eine Zeit lang hat dieses bärtige Gesicht von jeder Hauswand in die Welt gestarrt und mit ausgestrecktem Finger auf mich gezeigt, mich aufgefordert, gerade mich, ihm zu folgen, in seine Partei einzutreten, einen Eid auf ihn zu leisten. Aber ich wollte ihn nicht erkennen ... Dieses Plakat hatte zur Zeit der Wahlkämpfe die Hauswände geziert, als Emmánuel die Kriegspartei gegründet und mit Geld sowie persönlichem Einsatz unterstützt hatte. Unmöglich, was soll ich mit ihm anfangen?, dachte Péter jetzt plötzlich empört. Übelkeit überkam ihn, noch nie in seinem Leben hatte er sich so tief, mit so scheußlicher, widerlicher Inbrunst geschämt. Man kann sich nicht hinstellen und jemandem dienen, der einen von Plakaten herab auffordert, ihm zu folgen. Man kann keine Frauen lieben, die sich im Dreifarbendruck auf einem mehrfach überlebensgroßen Plakat anbieten, man kann kein Mundwasser benutzen, das seinen Namen von jeder Straßenecke schreit, und man kann nicht die Bücher von Schriftstellern lesen, die auch für Reklamebüros von Brauereien arbeiten. Man hat schließlich, auch heute, so etwas wie einen Rang. Man kann nicht in Emmánuels Geschäft dienen ... bei diesem Geschäft zahlt jeder etwas drauf, nicht nur die Käufer, sondern auch die Angestellten und Arbeiter. Er ging nach Hause und schlief unruhig ein. Gegen Morgen erwachte er in kalten Schweiß gebadet. Er sah Emmánuels Namen über den Kaufhäusern und den Firmengebäuden der Schifffahrtsunternehmen, diesen peitschenden, gnadenlosen Namen, den die Telegrafendrähte überall auf dem Kontinent umherschleuderten – der Reisende, der sich aus dem Eisenbahnfenster beugte, las diesen Namen auf dem Firmenschild eines Ölbrunnens, das Flugzeug schrieb diesen Namen mit Rauchschrift an den Himmel, Sterbende dachten an Emmánuel und verfluchten oder priesen ihn, junge Mütter nahmen Emmánuels Namen in ihre Gebete auf, legten das Schicksal ihrer neugeborenen Leibesfrucht in seine Hand, Verliebte fanden sich in Emmánuels Häusern und wuschen sich mit seiner Seife. Es verging kein Tag, es verklang kein Stundenschlag, ohne dass noch einige Hundert oder Tausend Menschen Emmánuels Namen kennenlernten. Was er wohl fühlt, wenn er allein ist?, dachte Péter. Er setzte sich im Bett auf, verschränkte die Arme und sah finster in die Morgendämmerung. Im Zimmer lagen Kleidungsstücke herum, die vielleicht in Emmánuels Fabriken gewebt worden waren, und auf dem Tisch Zeitungen und Bücher, die man auf Emmánuels Befehl gedruckt hatte. Ich kann ihm nicht entkommen, dachte Péter traurig. Er dringt in mein Leben ein, egal, wohin ich gehe. Die Welt gehört ihm, wir sind die Sklaven einiger solcher Emmánuels. Dieser benimmt sich etwas laut und wie eine Schauspielerin, aber es gibt stille und namenlose Emmánuels, einige Hundert Emmánuels, und in diesem Augenblick fährt ein Schiff über den Ozean nach Sumatra, vollgepackt mit chinesischen Dienern, die stumm im heißen Dampf auf dem Deck liegen, sie fahren zu den Sümpfen und Regenwäldern des einen oder anderen solchen namenlosen und tugendhaften Emmánuels, sie haben ihm ihr Schicksal vollkommen in die Hand gegeben und kennen nicht einmal seinen Namen. Morgen werde ich ergriffen sein oder revoltieren oder ich trete aufs Schafott, weil er es so will ... er oder ein anderer Emmánuel. Alexander der Große war niemals so mächtig. Auch Caesar nicht. Diese hier sind beinahe schon unpersönlich wie das Schicksal. Seit wann kannte er Emmánuels Namen? Jetzt schien ihm, er habe ihn schon in der Wiege gelernt.

Am Mittag des nächsten Tages ging er ins Hotel. Emmánuel empfing ihn zugleich; er war freundlich und zerlumpter und vernachlässigter als am Abend zuvor; er klagte über Kopfschmerzen und bat ihn, mit ihm an den Stadtrand auszufahren, weil er einen neuen Flugplatz besichtigen müsse. Péter hatte sich vorgestellt, dass um Emmánuel ein Heer von Sekretären und Leibwächtern zugange sein müsse, in seinem Zimmer unablässig der Fernsprecher brülle und kreische, sich auf seinem Schreibtisch jede Minute die Telegramme sammelten, mit denen die Mächtigen und Namenlosen der Welt den einflussreichen Unternehmer angriffen. Aber in dem Raum herrschten Stille und Unordnung; der Pförtner hatte ihm die Zimmernummer sofort genannt. »Gehen Sie nur hoch und klopfen Sie an«, sagte er vertraulich, »um diese Zeit ist er schon aufgewacht.«

Auf das Klopfen antwortete eine verschlafene und brummende Stimme. Emmánuel saß niedergeschlagen in einem zerknitterten Morgenrock vor dem Bett im Lehnstuhl. Im Zimmer waberte säuerlicher Männergeruch; als hätte man hier heute Nacht Kleister gekocht. Diesen unsympathischen Geruch konnten nicht einmal die Ausdünstungen der Blumen überdecken. Denn das Einzige, was Péter in diesem Hotelzimmer überraschte und an die Besonderheit des Treffens gemahnte, war die ungewöhnlich vielfältige und reichliche Ausstellung der Blumensträuße; überall standen Blumen in Vasen, Lilien und Gewächshausrosen und Fliederblüten an Zweigen, die namenlosen, bescheidenen Pflanzen des Frühlings waren auf dem Tisch verstreut, auf dem Boden, auf dem Schrank, aber doch anders als im Hotelzimmer einer Schauspielerin oder eines gefeierten Sängers am Morgen nach dem Gastspiel in der Provinz; Péter hatte noch nie im Zimmer eines Mannes Blumen in derartigen Mengen und derartiger Vielfalt gesehen. Mit solchen Büschen und Sträußen überhäufte man nur angesehene Verstorbene, dachte er; die Särge hochberühmter Toter wurden mit gefrorenen Rosen geschmückt, mit wachsartig erstarrten Kränzen, doch Emmánuel hatte alle Möbel des Zimmers mit Blumen bedeckt und auch den Teppich rund ums Bett. Das leere Bett, umgeben von Blumen, wirkte jetzt wie ein unordentliches Bestattungsgerüst, von dem man gerade den Sarg heruntergehoben hat. Péter blieb erschrocken an der Tür stehen. Was für ein Schicksal, dachte er. Was geschieht mit mir? Und jetzt werde ich mit ihm leben müssen.

Emmánuel saß zusammengesunken im Lehnstuhl wie ein Trauernder. »Ja, ja«, sagte er leise entschuldigend und schwach. »Sie sind das. Bitte kommen Sie näher. Hierher, mir gegenüber.« Er streckte die Hand aus und fegte die Rosen von einem Stuhl. »Wundern Sie sich nicht, ich kann nicht anders leben. Musik und Blumen brauche ich zu jeder Stunde des Tages und überall.« Er verstummte und brummelte vor sich hin. Emmánuel kauerte schmerzverzerrt im halbdunklen Zimmer, und Péter begann unwillkürlich, an seiner geschäftlichen Bedeutung zu zweifeln. Wie ein ruinierter Finanzmann am letzten Morgen, wenige Minuten vor seiner Verhaftung und seinem Selbstmord, der an sein Haus in der Provinz dachte, wo er sich mit seiner Familie rechtzeitig hätte verstecken können, wie jemand, der verzweifelt merkt, dass alles vergeblich ist, das Geheimnis, das ihn bedeutet, und einmal, trotz alledem einmal herauskommt …

»Bitte«, sagte Péter unwillkürlich und verlegen, »wenn ich Ihnen etwas helfen kann …«

Auch später kam es vor, dass er in solchen Augenblicken hilflos in die Tasche griff, als könne er Emmánuel mit einer bescheidenen Gabe retten. Den Kaufmann überraschte diese Bewegung nicht. Er war daran gewöhnt, dass ihm die Menschen im Allgemeinen opferten, jeder, immer, auch die Ärmsten. Péter konnte sich nie ohne einen solchen unwillkürlichen Tribut in Emmánuels Nähe aufhalten, es verging kein Beisammensein, bei dem er nicht gezwungen gewesen wäre, Geld für seinen Chef auszugeben. Emmánuel hasste die unmittelbare Berührung mit Geld. In fremden Städten blieb er manchmal auf der Straße stehen, weil ihm etwas eingefallen war, er feilschte, begeisterte sich, dann wühlte er verlegen in seinen Taschen, stellte fest, dass er »kein Kleingeld« hatte, den Mietwagen oder den gekauften Gegenstand nicht bezahlen konnte, sah seinen Reisegefährten mit einem schlauen und feigen Seitenblick an und sagte zu Péter: »Bitte zahlen Sie.« Diese Auslagen ersetzte er niemals. Emmánuel liebte es, wenn seine Angestellten Geld für ihn ausgaben. Es wurde nie zum Thema gemacht unter den Angestellten, aber sie bemühten sich, Emmánuels Gesellschaft zu meiden. Es kam vor, dass der Chef seinen Mitarbeitern ein Einfamilienhaus oder ein Motorboot zum Geschenk machte, aber zugleich nahm er etwas zurück, er verzeichnete in der Personalakte des Beschenkten einen strengen Vermerk oder sorgte dafür, dass ihm am Monatsersten die Überstunden nicht bezahlt wurden. Emmánuel wollte gut sein, aber im letzten Augenblick geriet seine Hand ins Straucheln; manchmal gab er mehr, als sich gehört hätte, und der Beschenkte verneigte sich verlegen und gekränkt, als spürte er, dass irgendetwas nicht in Ordnung ist, vielleicht verachtete man ihn wegen irgendetwas oder man wollte ihm eine Falle stellen. Emmánuel wusste, dass Gutsein das Größte war, zu dem der Mensch fähig ist. Er wusste, dass man nicht gleichzeitig gut sein und etwas für sich selbst retten kann. Er wollte das Größte, und er verstand sich nicht vollkommen darauf. Deshalb war er traurig.

»Ja, Sie können mir helfen«, sagte er murmelnd und untertänig zu Péter und verhielt sich an diesem Morgen, als wäre Péter der einzige Mensch auf der Welt, der Emmánuels Angelegenheiten noch in Ordnung bringen konnte. Und weil sich in dem Zimmer keine Spur von Sekretären und Telegrammen zeigte, erschrak Péter aufrichtig und begann, den Kaufmann zu trösten. Höflich und beklommen sprach er mit ihm wie mit einem hoffnungslosen Schwerkranken, der unserem Trost ohnehin keinen Glauben schenkt; bescheiden betonte er, er benötige kein Geld, eigentlich habe er ja auch gar keine Stelle gesucht, er habe sich noch nicht entschieden, er überlege noch. Die bescheidene Beschäftigung in der Bibliothek genüge ihm vollständig, er habe keine Ansprüche, er könne sehnsuchtslos leben und warte vorerst nur, beobachte sich selbst und die Welt. Emmánuels Angebot habe ihn natürlich erschüttert. Der Gedanke, Mitarbeiter des berühmten und mächtigen Emmánuel zu werden, feure seinen Ehrgeiz an, aber – ehrlich gesagt – er könne sich überhaupt nicht vorstellen, worin er dem mächtigen Mann behilflich sein könne. Er spreche zwar einige kleinasiatische Sprachen, so beispielsweise Türkisch und Armenisch, lese mit ziemlicher Leichtigkeit altgriechische Texte, aber er glaube nicht, dass diese seine Fähigkeiten in dem mächtigen und modernen Geschäft, in dem Emmánuel ihn beschäftigen wolle, von Nutzen sein könnten. »Ein wenig fürchte ich mich auch vor Ihnen«, sagte er schließlich mitteilsam und vertraulich. »Sie sind so mächtig, und Ihre Absichten so unbekannt. Sie sind einfach nur ein sehr begabter und reicher Mann, der es liebt, am Morgen zwischen Rosen zu sitzen, und Zehntausende von Menschen arbeiten für Sie, leben für Sie und sterben mit Ihrem Namen auf den Lippen. Ich möchte gern noch leben, träumen und warten. Noch bin ich jung. Mein Vater ist ein weiser und gütiger Mann, er ist geduldig und gut zu mir. Hier an der Universität mag man mich, in der Bibliothek kann ich mich nach Gefallen beschäftigen. Was kann ich für Sie tun? Vielleicht ist es klüger, wenn ich

Ihnen für Ihren guten Willen danke, den ich nicht verstehe, und meiner Wege gehe. Wer hat Sie zu mir geschickt? Und was wollen Sie von mir, der ich kein Kaufmann bin, ganz gewiss nicht, nicht einmal in dem sehr abstrakten und edlen Sinn, wie Sie es mir gestern Abend erklärt haben. Nein, Herr Emmánuel«, rief Péter jetzt und hatte das Gefühl, dies sei eine berechtigte und etwas vertrauliche Anrede, denn Emmánuel hatte ihn ja auch mit dem Vornamen angesprochen, »ich fürchte, Sie haben sich in mir geirrt. Ich sehe, wie traurig und niedergeschlagen Sie heute Morgen sind. Sicher bereuen Sie Ihre freundliche Aufforderung bereits. Ich stelle mir vor, dass Sie vielleicht einer meiner Lehrer auf mich aufmerksam gemacht hat, mit halbem Ohr habe ich etwas flüstern hören, man sagt, Sie ließen die Jugend beobachten, Sie suchten Hilfskräfte und neue Talente für Ihre berühmten Forschungsinstitute. Wenn das die Wahrheit ist, danke ich sehr für Ihre Güte, Herr Emmánuel, aber glauben Sie mir, Sie irren; auch meine Lehrer überschätzen meine Fähigkeiten, sie haben Sie falsch informiert.«

Emmánuel schwieg. Péter errötete und wischte sich mit der bloßen Hand über die Stirn. »Ja«, sagte Emmánuel dann, beinahe verträumt, als kenne er die Wahrheit seit Langem, diskutiere aber nicht gern. »Natürlich, ich kenne Sie. Ihre Lehrer ... ja, auch sie. Wir beobachten die jungen Kräfte.« Zufrieden lächelte er. »Die Baronin R. hat öfter von Ihnen zu mir gesprochen«, sagte er dann übergangslos. »Frau Edit hat unsere Einladung angenommen, im nächsten Jahr und auch später, solange sie will, singt sie in unseren Theatern. Sie werden sie natürlich begleiten. Sie ist noch sehr jung«, sagte er sorgenvoll und nahm Péter gründlich in Augenschein, als sähe er ihn jetzt zum ersten Mal.

»Ich wusste nicht, dass Sie die Baronin und Fräulein Edit kennen, Herr Emmánuel«, sagte Péter leise und blass. Der Kaufmann stand auf, trottete zum Telefon, bestellte einen Wagen und begann, sich mit zerstreuten Bewegungen anzuziehen.

In Emmánuels Umgebung lebte niemand in völliger Sicherheit. Er entließ seine Mitarbeiter nicht ohne Grund, bemühte sich, gerecht zu sein, verzieh Irrtümer, belohnte Ideen reichlich, dennoch fürchteten sie sich vor ihm wie vor einem plumpen Unfall. Péter leitete schon seit Jahren die Personalabteilung, als ihn noch immer Zweifel quälten, weil er das »Geschäft« nicht kannte, etwas nicht wusste, weil ihn Emmánuel in irgendeine geheime Absicht nicht eingeweiht hatte. Manchmal verstummte er mitten in einer Verhandlung, weil Emmánuel in Kurzschrift etwas auf einem Blatt Papier notierte, dann aus dem Fenster starrte, den Vortragenden wegschickte und urplötzlich mit Péter ausfuhr oder begann, Anekdoten zu erzählen. Er ist launisch, dachte Péter, aber später bemerkte er, dass sich hinter diesen »Launen« schlaue und vorsichtige Absichten verbargen. Es war, als würde Emmánuel in diesen »launischen« Augenblicken plötzlich etwas verstecken, eine Idee oder die Erklärung für Zusammenhänge; und Péter begann zu argwöhnen, dass gerade dieses Etwas, von dem Emmánuel nie sprach, in das er seine Mitarbeiter nicht einweihte, der einzige Sinn seiner Unternehmen und seiner Arbeit war.

All das ist völlig unüberschaubar, dachte Péter manchmal, man sammelt nicht im Akkord und ohne Grund Theater und Chemiefabriken, kauft nicht Güter in Südamerika und tschechische Glashütten, nimmt nicht weltberühmte Maler, ehrgeizige Generäle und zuchthauserprobte Anwälte unter Vertrag; irgendetwas will er mit dem Ganzen. Will er Geld? Das Geld kann nicht das Ziel eines solchen Unternehmens sein. Emmánuel strebt nach Vollkommenheit. Aber warum? Was plant er? Was verschweigt er? Warum weiht er mich nicht ein?

Dieser peinliche Informationsmangel beunruhigte auch seine Mitarbeiter; viele, und nicht die schlechtesten, flohen aus Emmánuels Dienst, weil sie die wirkliche Bedeutung ihres Arbeitsbereichs nicht verstanden.

»Als ob man mit verbundenen Augen auf einem Piratenschiff arbeitete«, hatte einer dieser Flüchtlinge zu Péter gesagt. Emmánuel reiste und hörte Musik, kaufte Flüsse und Sängerinnen, diskutierte über die Einzelheiten, aber über das »Ganze« schwieg er. Im dritten Jahr ihrer Bekanntschaft, nach einem besonders erregenden und heißen Theaterabend, als Edit die Hauptrolle in dem Singspiel des neuen russischen Komponisten gesungen hatte und Emmánuel unter der Wirkung der gewalttätigen, fragenden und angriffslustigen Musik völlig zusammengebrochen war – er hatte geweint, Péter die Hand gedrückt, schwer geatmet und leise keuchend gesagt: »Mein Gott! Die Kunst! Endlich wagt es jemand auszusprechen!« –, hatte Péter das Gefühl, jetzt sei der Augenblick gekommen, in dem auch er »es auszusprechen wagte«, und auf dem Heimweg, im Wagen, der mit ihnen durch den Winterwald flog, zwischen den verschneiten Bäumen, die erstarrt und traurig am Wegesrand Wache standen wie auf einem alten russischen Bild die Leibwächter, die den Wagen des Tyrannen schützen, nahm er die Hand des weich gestimmten, schniefenden und ächzenden Emmánuel und bat ihn leise: »Bitte sagen Sie, Emmánuel: Was ist das Ziel des Ganzen? Ich weiß jetzt schon viel über Sie und unsere Geschäfte, aber den Zusammenhang verstehe ich nicht. Was bereiten Sie vor, wonach streben Sie? Ich sehe nur die Einzelheiten, aber diese vielen Einzelheiten sind unverständlich. Sie sind so fein und sensibel, sicher wollen Sie die Vollkommenheit.«

»Ziel?«, fragte Emmánuel mit singender Stimme; er zog seine weiche Hand aus Péters Händen und sah sich im Halbdunkel des Automobils um wie ein Betrunkener, der durch eine unerwartete, grobe Berührung plötzlich nüchtern geworden ist. »Sinn?« Leise und brummend lachte er. »Ja, was ist denn das Ziel des Ganzen?«, fragte er wohlwollend, mit höflicher Überlegenheit, als spräche er zu einem fragenden Kind. Mit der Hand wies er auf die Bäume und Sterne. »Alles strebt nach Vollkommenheit«, sagte er kalt. »Es gibt Menschen, die sich mit den Einzelheiten nicht zufriedengeben können.« Und hochnäsig verstummte er und bedeutete mit einer Handbewegung, dass er auf diese Frage nicht ausführlich antworten wollte.

Emmánuel reiste viel, aber er mochte es nicht, wenn sich seine Mitarbeiter von ihrem Standort entfernten; er wollte alles und jeden »an seinem Platz vorfinden«, so sagte er und führte seinen Mitarbeitern, wann immer sie verreisen wollten und um Erlaubnis baten, sich zu entfernen, einen stetigen Lebenswandel als Vorbild vor Augen. »Reisen? Wozu?«, fragte er dann feindlich und kalt. »Die Blumen reisen nie.«

Péter hatte sich seit zehn Jahren nicht aus der Stadt hinausbewegt, in der Emmánuel ein Theater für Edit gebaut hatte; er lebte in einer sonderbaren Sklaverei wie edle Tiere in einem modernen Tiergarten. Von Gittern und Wärtern war nichts zu sehen, er konnte auf den Straßen dieser Stadt und in den umliegenden Wäldern frei auf- und abgehen, Emmánuel zeichnete ihn mit seiner Aufmerksamkeit aus, überhäufte ihn mit Geschenken, im Stammhaus hatte er Rang und Namen, seine Anweisungen wurden mit großer Aufmerksamkeit und Ehrerbietung angehört, seine Untergebenen sprachen ihn mit »Herr Generaldirektor« an – aber Jahre vergingen, bis er bemerkte, dass Emmánuel zwischen ihm und der Welt einen Abgrund angelegt hatte, dass seine Muskeln in dieser sonderbaren Gefangenschaft bereits erschlafft waren und er den Abgrund nicht mehr mit Leichtigkeit, mit einem einzigen Schwung seines Lebens, überspringen konnte. Irgendetwas musste geschehen, damit Péter endlich aus Emmánuels unsichtbarem Käfig ausbrechen konnte. Der Kaufmann behielt ihn ständig im Auge; auch aus großer Ferne, von entlegenen Erdteilen rief er ihn nachts an und bat ihn, die Stadt nicht zu verlassen; oft überhäufte er ihn mit überflüssigen und künstlichen Aufträgen, er verhielt sich, als wäre er ohne Péter hilflos, als würden seine komplizierten Geschäfte und Unternehmungen erschüttert, wenn Péter sich für einen einzigen Tag aus der Stadt entfernte, in der ihn Emmánuel gefangengesetzt hatte. Als hielte Emmánuel einen Harem aus Chemikern und Buchhaltern statt Odalisken und Freudenjungen, und als lebten in diesem unsichtbaren Harem, als dessen Pascha und Gebieter Emmánuel auftrat, auch die Günstlinge und Wachen in Sklaverei …

All dies hatte Péter lange nicht verstanden. Als er aber Emmánuels Absichten durchschaute, saß er schon hinter Gittern und wusste nicht, ob er überhaupt fliehen konnte und was für eine Welt ihn da draußen, außerhalb von Emmánuels Welt, erwarten würde. Wilde Tiere erinnern sich so an den Urwald wie Emmánuels unmittelbare Umgebung an das Leben. Seine Feinde hielten ihn für einen gewöhnlichen Ausbeuter. Aber Péter wusste, dass Emmánuel die Welt verachtete und die aufgehäuften Schätze nicht genoss.

»Vielleicht«, sagte Edit, »weil er sich unermesslich nach dem Leben sehnt.« Vielleicht trug er deshalb staubige Schuhe, schlief in drittklassigen Hotels, sammelte Menschen aus allen Gegenden der Welt und fütterte sie aus der Hand wie ein Dompteur die Wölfe. »Es gibt eine Art Hunger«, sagte Edit, »den das Geld nicht stillt und nicht die Küsse der Frauen, nicht die Musik und nicht einmal der Besitz von Landschaften. Es gibt einen Hunger, der so unersättlich ist wie die Sünde. Er will nicht gesättigt werden, und alle um ihn herum sollen darben, auf die komplizierte Weise, wie er sie darben lässt, mit Sekt und Leckerbissen. Als würden wir alle, die wir zu ihm gehören, unter Quarantäne leben.« Und sie sagte: »Oh, du kennst Emmánuel nicht. Kein Polizist passt auf uns auf, keine Spione folgen unseren Schritten, und dennoch können wir uns nicht bewegen, solange er es nicht gestattet. Halsabschneider!« Einmal sagte sie ihm ihre Meinung mitten ins Gesicht, da nickte Emmánuel und lachte schallend. »Dass so einen Menschen niemand abknallt!«, sagte Edit manchmal schäumend vor Wut. Aber Emmánuel lachte bedauernd, als würde auch er selbst die Menschen verachten, die kein Attentat auf ihn verübten, und schickte ihnen dreien Geschenke, auch der Baronin.

»Er wird vor Hunger krepieren!«, sagte Edit. »Es dauert nicht mehr lange, und er verrottet auf einem Misthaufen, der so groß ist wie die Alpen, dort krepiert er vor Hunger, und niemand ist da, der einen Schluck Wasser oder ein gutes Wort für ihn übrig hat.« Péter versicherte sanft, dass Edit die Erste sein würde, der Emmánuel dann leidtäte.

»Er ist doch gut, auf seine Weise«, sagte er nachdenklich. Und es vergingen zehn Jahre. Niemand hob die Quarantäne auf. Péters Gehalt wurde erhöht. Das Unternehmen erzielte in den letzten Jahren einen rätselhaften Gewinn.

»Jetzt gehe ich von dir weg, Emmánuel«, dachte Péter und drückte die Klinke des Gartentors hinunter. »Etwas ist geschehen, jemand hat mich fortgerufen, der stärker ist.« Emmánuel schritt nachlässig und dennoch vornehm voran: ein wenig, als nähme er das Haus in Besitz, in das er kam wie ein Gewaltherrscher, der bei seinen sehr vornehmen Untertanen zum Abendessen geladen ist, wobei es an ihm liegt, wann er die Bewohner aus dem Haus wirft. Jede seiner Bewegungen war die des Besitzers – langsam näherte er sich dem Haus, in dem man den ganzen Tag zu seiner Ehre geputzt, gebacken und gekocht hatte, und jetzt nahm er die fremden Leben langsam in Besitz. Er näherte sich dem Haus, als schritte er mit seinen Musikern eine Bühnentreppe hinauf, mit jeder Bewegung zog er das Haus und den Inhalt der Zimmer ein wenig näher zu sich heran, so vertraut und sicher, als kennte er den Platz jedes Gebrauchsgegenstandes; schon griff er nach den Büchern, berührte Edits Kleidungsstücke, wühlte in den Manuskripten der Baronin, schon gehörte auch das Badezimmer ihm, die intimen Waschutensilien, in den Schubladen kramte seine Hand, die er mit einer nachlässigen und heimischen Bewegung ausgestreckt hatte, um die Klingel zu berühren.

Péter stand am Tor und betrachtete den ankommenden Emmánuel. Er hat keine Macht mehr über mich, dachte er erstaunt und ergriffen. Mein Gott, ich bin erwachsen geworden. Und vor Verlegenheit begann er zu lächeln. Dieses Lächeln wich auch später, im Zimmer, nicht von seinem Gesicht, als er Edit gegenüberstand.

Josua mischt sich ein

Emmánuel kannte die Nachricht schon; feierlich verbeugte er sich und drückte Péter mit beiden Händen leicht die Hand. Dann wandte er sich ab, als hätte er das Gefühl, es sei taktlos, von solchen Privatangelegenheiten zu sprechen. Für Emmánuel waren alles »Privatangelegenheiten«, was nicht unmittelbar mit seiner Person und seinen Unternehmen zusammenhing. Über die Sterne beispielsweise sprach er wie über das Unternehmen eines Konkurrenten; seiner Stimme waren Argwohn und Zweifel anzuhören, als versicherte er höflich, aber ungläubig, er habe am Abend zuvor den Jupiter gesehen, sehr ansprechend und zweckmäßig, in der Tat. Auch der Tod war ein Konkurrent für ihn.

Péter wusste nicht, wann und wie Emmánuel von der Krankheit seines Vaters erfahren hatte – er war auf rätselhafte und kühne Weise über die Dinge der Welt informiert wie ein Alpengeier, der auch aus seinem Felsennest in mehreren Tausend Metern Höhe das im Gebüsch der Ebene krepierte Lamm bemerkt –, aber in Verhalten und Manieren spielte er an diesem Abend die Rolle des gekränkten Chefs im Lustspiel. Als würden Péter und seine Familienmitglieder, nicht zuletzt sein schwerkranker Vater, eine schwer zu beschreibende Intrige gegen Emmánuel und seine Unternehmen spinnen. Als wäre Péter drauf und dran, ein Geschäftsgeheimnis zu verraten oder eine persönliche und vertrauliche Mitteilung auszuplaudern. Als wäre Péter auf dem Weg zu einer Untreue, und Emmánuel wüsste schon von der Verschwörung, verhielte sich aber wie ein Tyrann, der auch am Abend des geplanten Attentats unter den Verschwörern erscheint und besonders leutselig und gnädig zu denen ist, die ihm nach dem Abendessen die Schlinge um den Hals legen wollen.

Emmánuel war ernst und kalt, vollkommen weltmännisch, und überhaupt führte er an diesem Abend die Konversation so, als wartete er auf ein geheimes Zeichen, als wäre er auf den Verrat vorbereitet, als behielte er jede Bewegung und jeden Blick im Auge und würde im kritischen Augenblick dreimal klatschen, die Türen würden sich öffnen und die Hellebardisten mit spitzen Spießen hereinstürmen.

Das Eigenartige ist, dass er recht hat, dachte Péter, der Verrat ist geschehen. Edit saß in dem großen Lehnstuhl am Fenster, reglos und feierlich. Sie trug ein schwarzes Seidenkleid mit weißem Stuart-Kragen und hielt den Brief in der Hand.

Josua und der junge Musiker setzten sich neben der Tür nieder, als gehörten sie nicht zur Gesellschaft, wie zwei edle Hunde, und beobachteten still. Noch zwei Herren trafen ein. Herr Albert, der Leiter der Züricher Filiale, ein ängstlicher Schweizer mit rotem Gesicht und gegerbtem Nacken, schien jeden Augenblick bereit, seine Abrechungen aus der Tasche zu ziehen, auf die Knie zu fallen und röchelnd und schwörend Emmánuel seiner Treue und Aufrichtigkeit zu versichern, und ein junger englischer Tanzmeister, der eine neue Kurzschriftmethode erfunden hatte, eine Methode, mit deren Hilfe jeder die Tanzschritte aufzeichnen konnte. »Jeder«, sagte er streng. Er war sehr dünn, beiläufig erwähnte er, dass er mütterlicherseits aus dem Geschlecht der Wyndhams stamme.

Wir können darauf schwören, dachte Péter, dass er mütterlicherseits von den Wyndhams abstammt.

Der englische Tanzmeister trug einen Abendanzug, sein rotes, feines Haar glänzte pomadig, als hätte ihn eine unsichtbare, ständige Anstrengung zum Schwitzen gebracht. Er war am Morgen angekommen und hatte ein Empfehlungsschreiben der berühmten russischen Tänzerin bei sich. Nun wollte er Emmánuel seine Erfindung verkaufen. Augenscheinlich langweilte er sich. Noch immer wurde über anderes gesprochen – diese Klage spiegelte sich in seinem ältlichen Jungengesicht, unruhig hin- und herrutschend saß er an seinem Platz und sah sich mit fragenden und missbilligenden Blicken um, als wäre es ihm unaussprechlich dringend und als verstünde er nicht, warum man nicht endlich zu verhandeln begann. Ständig wurde von anderem gesprochen, dabei hatte er doch seine Erfindung hier bei sich, sie mussten sie nur kaufen. In Zukunft würde jeder Tanzschritte notieren können. Aber auch er spürte, dass am Nachmittag etwas geschehen war.

Alle spürten, dass Péter am Nachmittag einen Brief von Anna bekommen hatte. Die Wohnung war voll von der Nachricht; wer ins Zimmer trat, wurde unwillkürlich aufmerksam. Den Inhalt des Briefes kannten nur Edit und Péter, und Emmánuel, dem Edit die Nachricht am Telefon mitgeteilt hatte. Aber auch der Leiter der Züricher Filiale spürte etwas. Sie schwiegen, als lauerten sie auf neuere Nachrichten, wie fremde Menschen, die zufällig am Schauplatz eines Unglücks aufeinandergetroffen sind, irgendwo in einem U-Bahn-Abgang, um einen ohnmächtigen fremden Passagier herum, dessen Namen niemand kennt, und jetzt auf die Sanitäter und irgendeine offizielle Maßnahme warten. Sie schwiegen, wie man immer schweigt, wenn man am Längenkreis des Schicksals vorüberkommt, angespannt, als wären sie Augenzeugen einer Ungebührlichkeit, aber diese Ungebührlichkeit war übermenschlich. Edit dirigierte das Schweigen wie die Stimmen eines Chorgesangs. Sie stand nicht auf, als Péter ins Zimmer trat, sie schrie nicht auf, seufzte nicht, sagte nicht: »Oh, Péter.« All dies tat und sagte sie irgendwie, aber ohne Laute und Zeichen.

Was für eine gute Schauspielerin sie ist, dachte Péter, aufrichtig beeindruckt. Er sah ihre Blässe und den toten, glanzlosen Blick ihrer Augen, und plötzlich verspürte er solchen Dank, wie wenn man jemanden liebt. Sie ist eben doch Edit, dachte er. Sie ist die Einzige, die es weiß, die alles über mich weiß. Sie kann nichts dafür, dass sie Schauspielerin ist. Sie ist echt, beinahe echt, und wenn sie einmal im Sarg liegen wird, wird sie auch Schauspielerin sein, selbst dann noch, wenn sie unter der Erde von den Würmern gefressen wird. Solange noch ein Knöchelchen von ihr unter der Erde bleibt oder eine Strähne ihres Haares, wird auch die noch eine Rolle spielen. Beinahe liebe ich sie, und sie weiß das. Wir wissen alles voneinander. Teure Edit. Wäre sie jetzt aufgestanden und zu mir gekommen, hätte mir ein Zeichen gegeben, mir nur in die Augen gesehen oder geseufzt oder den Brief versteckt, wäre das schon falsch gewesen und Theater, in dem unumgänglichen Sinn, wie man Theater spielen muss. Es kann nicht anders sein. Aber Edit ist gerade in solchen stummen Rollen groß, wenn sie ohne Worte und Zeichen ein Schicksal mitteilt: Wir wissen nichts, nur, dass ein Schicksalsmoment gekommen ist und eine schmerzliche Spannung das Leben durchdringt.

Jetzt bot der Diener Cocktails an, in rosafarbenen, muschelförmigen Gläsern. Der Tanzmeister saß mit dem Glas in der Hand da wie bei einer Turnübung, mit übergeschlagenen Beinen, so wohlerzogen unverschämt, wie es nur ein Engländer in der Fremde tun kann, der längere Zeit auf dem Kontinent gelebt hat. »Wenn jemand einen Fehler macht, bin ich sofort gekränkt und gehe zurück auf die Insel!«, drückten sein Blick und seine Beine aus. Péter sah ihn zerstreut an. Der Diener ging mit den rosafarbenen Gläsern durchs Zimmer und schlug vertraulich einen Bogen um Péter wie jemand, der die Bräuche der Hausbewohner kennt. Es war an der Zeit, mit dem Flugplatz zu telefonieren und den Flugschein für den Morgenflug zu bestellen. Wenn ich nicht abstürze, bin ich am Mittag zu Hause, dachte er. Zu Hause hat noch nie jemand Cocktails getrunken, dachte er traurig. Wir sind Puritaner. Tamás, ja, der hat bestimmt allerlei getrunken, jenseits des Meeres. Aber Albert verachtet Getränke, die in rosafarbenen, muschelförmigen Gläsern serviert werden. Anna trinkt abends Kaffee, heimlich, giftigen und starken Kaffee, mit Sahne, hemmungslos wie eine Trinkerin. Ohne Kaffee kann sie nicht leben. Irgendeinen Rausch braucht auch sie, eine Art kalten Rausch, durch den alles noch stärker schmerzt, noch klarer wahrnehmbar und fühlbar wird, was sie nicht ertragen kann. Nur ich lebe hier in solchen Kulissen. Ich weiß, sie verachten mich. Jetzt werden sie mich vielleicht verstehen. Es ist schon halb neun …

Er ging durch das Zimmer und suchte von der Tür aus Edits Blick. Sie saß aufrecht im Lehnstuhl, schlank, schwarz und blass wie eine trauernde Königin, den Brief in der Hand, den sie mit berechneter Selbstvergessenheit bewachte, und sah niemanden an.

Der Leiter der Züricher Filiale wunderte sich ein wenig. So sind sie von Nahem, dachte er wohl. Vielleicht sammeln sie auch persische Aschenbecher. Er war ein Mann von schlauem und jovialem Äußeren, mit rotem Nacken und Sommersprossen, seine Uhr trug er an einer goldenen Kette, in seinem schwarzen Rock bewegte er sich mit unbequemer Feierlichkeit, als hätte er ihn sich für diesen Anlass geliehen, sein Gesicht strahlte Ehrlichkeit und eine sinnliche, einfache Lebensfreude aus, als wäre er ein anständiger, steuerzahlender, kinderreicher und wohlhabender Lustmörder. Péter grüßte ihn im Vorübergehen mit einer Handbewegung und hörte, wie der Gast im Sitzen unter dem Lehnstuhl die Hacken aneinanderschlug. Man hatte schon die Lampen angezündet.

Alle Zimmer waren von der Nachricht durchdrungen, als hätte Edit in der Zeit, in der Péter bei La gewesen war und den »Traum« erlebt hatte, auch mit den Möbeln Konversation geführt. An solchen Tagen ändert sich auch der Geruch der vertrauten Möbel und Winkel. Péter spürte eine Unordnung in den Räumen, im Speisezimmer stand ein fremder Mann, ein Diener oder Lieferant, sah auf den gedeckten Tisch und flüsterte mit dem Stubenmädchen.

Der Mann sollte weggehen! Für einen Augenblick blieb auch Péter missmutig stehen, das Stubenmädchen trat rasch zu ihm und sagte entschuldigend: »Er hat den Fisch gebracht.« Ja, aber jetzt soll er gehen, dachte Péter. Er sagte nichts und ging weiter, er spürte, dass die beiden ihm kleinlaut hinterhersahen. Alle Fremden sollten weggehen. Plötzlich war er erschöpft. Drinnen im Zimmer saßen Fremde, und auch im Speisezimmer stand einer, sogar draußen im Garten und im Gärtnerhaus, alles Fremde. Auch die Stadt war voller Fremder. Jetzt plötzlich ertrug er sie nicht. Es ist schrecklich, so zu leben, jahrelang, ohne einen einzigen Bekannten. Nun war auch La nicht mehr da, man konnte nicht genau sagen, wie und warum, sicher war nur, dass es sie nicht mehr gab. Nun würde er sich vergeblich mit ihr treffen, den Schmerz konnte ihm niemand mehr abnehmen. Wie kindisch war es doch gewesen zu denken, ihm könne jemand helfen! Im ersten Augenblick, mit dem ersten Entsetzen, war er zu La gerannt, wie man nach einem Polizisten ruft in Kalifornien, wenn ein Erdbeben ein Stadtviertel auslöscht. Ein Polizist konnte hier nicht mehr helfen. Auch La nicht. Niemand konnte helfen. Péter war noch nie so allein gewesen. Alles versank in einer neuen, bläulichen Schattierung wie die Zimmer der Kindheit an einem regnerischen Nachmittag. Vielleicht wurde irgendwo im Obergeschoss Klavier gespielt, Edgár übte, schlug mit dem Fuß den Takt, und neben ihm saß Sebestyén im dunkelbraunen Gehrock und zählte leise: »Eins, zwei, drei, auf die Fingerhaltung achten, eins, zwei, drei, die Finger, bitte, eins, zwei, die Finger, Herr Edgár, *boze moj!*« Warum war das so unerträglich traurig? Was lag hinter den Erinnerungen? Als Péter jetzt durch das Speisezimmer ging, spürte er, dass nicht die Gegenwart so traurig war, nicht die Zukunft so unerträglich und bleiern tragisch, sondern die Erinnerungen, die Vergangenheit. »Irgendetwas muss vergessen werden!«, dachte er.

»Wie viele werden wir sein?«, fragte er das Stubenmädchen von der Tür aus. Zehn würden sie sein, zehn Fremde. Vielleicht würde auch Maestro Nello kommen, der Sänger, dann würden sie elf sein, elf Fremde. Worüber würden sie sprechen? Leise würden sie sprechen, weil Péter Kummer hatte, sie würden Messer und Gabel höflich halten, der Leiter der Züricher Filiale würde zu Edit sagen: »Frau Künstlerin, wir in Zürich sind auch große Bewunderer Ihrer Kunst!«, und Edit würde lächeln und nicken und sich zugleich so verhalten, als hätte sie das Kompliment nicht gehört. Und alle würden höflich und absichtlich von etwas anderem sprechen. Seit ich lebe, spricht man um mich herum von etwas anderem, dachte Péter.

Als er in seinem Zimmer war und mit dem Flugplatz redete, hörte er die Schritte der Baronin, wie sie vorsichtig und erschrocken vor seiner Tür stehen blieb; sie kam mit den Schritten eines Käfers, blieb gleichsam auf der Klinke sitzen und lauschte. Die Maschine würde früh am Morgen fliegen, sagte man ihm auf dem Flugplatz, und in diesem Augenblick sei die Passagierkabine noch beinahe unbesetzt. Herr Garren werde selbstverständlich einen Platz bekommen, sagte man, und dann sagte man noch: »Nordwind.« Aber in der Leitung rauschte es, und Péter verstand den Rest nicht.

»Was bedeutet das, Nordwind?«, fragte er, aber der Angestellte hatte schon aufgelegt. In der Leitung war ein feindseliges Rauschen zu hören. Nordwind, diese feine und kalte Kraft, die den Menschen fortfliegen lässt. Lass mich fliegen, Nordwind! Auch die Garrens sind von Norden gekommen. Diese Ungeduld hatte er noch nie verspürt. Jetzt wollte er endlich zu Hause sein. Das Zimmer, in dem er bisher gelebt hatte, hatte etwas von einem Schüler- oder Studentenzimmer. Edit kam selten dorthin. Über dem Schreibtisch hing das Porträt der Mutter und Las Porträt und das Porträt eines jungen Gardeoffiziers, eines gewissen Marquis von H., der Edit in einem Winter den Hof gemacht hatte, aber später in schmutzige Angelegenheiten verwickelt worden war und sich erschossen hatte. Péter hatte erst bemerkt, dass er diesen Menschen liebte, als er an dem blutigen Bett stand. Er war so jungenhaft und verlegen, schneidig gewesen, und in seinem Lächeln dämmerte etwas sehr Reines und Gekränktes; Péter kam oft spät in der Nacht nach Hause, und der kleine Marquis ging ihm dann bis an die Tür entgegen, zwirbelte seinen blonden Bart und sagte: »Sie liebt mich nicht, Péter, egal, was ich tue, sie liebt mich nicht. Sie sagt, im Grunde sei ich schlecht und ein Falschspieler. Bitte nehmen Sie mich in Schutz, Péter.«

Péter nahm ihn in Schutz, so gut er konnte. Aber Marquis von H. ertrug das Unglück nicht. Ständig brauchte er Geld, er borgte es sich von Edit, von Péter, von der Baronin, und alle gaben ihm etwas; allein Emmánuel verweigerte ihm die Erfüllung seiner Bitte, er sagte, dem Marquis könne man kein Geld geben, er sei kein »ernsthafter Mensch«. Nein, Marquis von H. war tatsächlich kein »ernsthafter Mensch«. Aber trotzdem hätte man ihm vielleicht Geld geben können. Péter hatte das Gefühl, er selbst war auch kein ernsthafter Mensch. Emmánuel sagte niemals ganz genau und bestimmt, wen er für einen ernsthaften Menschen hielt. Sicher war nur, dass der Marquis, der rettungslos unernst war, sich eines Tages erschoss. Dünn und blass lag er im Bett wie ein kleiner Junge, im Nachthemd, um den Hals eine kleine, eierförmige Goldmünze, auf der eine in Email gebrannte Jungfrau Maria das Kind in die Höhe hielt. Aber auch diese Münze hatte den Marquis nicht retten können. Er war Soldat und fiel im Bett, mit der linken Hand umklammerte er sein kleines Kopfkissen, und einen Augenblick vor dem Selbstmord hatte er geweint, sein weiches Gesicht war noch tränennass gewesen, als Péter es gestreichelt hatte.

Man kann auf viele Arten sterben, dachte Péter und trat nah an das Porträt des Marquis heran. Die Menschen starben erstaunlich schnell. Péter hatte lange geglaubt, das Leben sei ein Vorgang mit langer Laufzeit, etwas, das Anfang und Ende hat und zwischendurch allerlei Dienstgrade und behördlich genehmigte Zeiträume. Krankheiten und Unfälle, also außerordentliche Todesarten, wüteten irgendwo unter den Armen, in den Vorstädten oder Kolonien. So dachte er. Wen man persönlich kannte, der konnte nicht mit dreißig Jahren sterben, weil eine Bremse defekt war oder weil eine Riesenzelle eines Tages verrückt wurde und sich mit wildem Ehrgeiz zu vermehren begann. Bei den besseren Leuten kommt so etwas nicht vor, dachte Péter im Geheimen. Und wenn es doch vorkam, sprach man leise darüber wie über eine Schande, als trüge derjenige, den die Riesenzelle angriff, selbst schuld daran, vielleicht war er Opfer einer schändlichen Leidenschaft, vielleicht hatte er getrunken oder heimlich die Hunde geschlagen oder eine Beziehung mit dicklippigen Negerfrauen unterhalten. Die besseren Leute lebten und starben nach Regeln und Vereinbarungen, hatte Péter gedacht. Aber seine Mutter war mit siebenundzwanzig Jahren gestorben, als sie Anna geboren hatte, und Marquis von H. war gestorben, weil man eine Spielbank durchsucht und eine überflüssige Karo-Neun bei ihm gefunden hatte, und Péter hatte eines Tages bemerkt, dass die Polizei, die Medizin, die Exerzitien, die Wohnungsreinigung, das Händewaschen vor den Mahlzeiten, die Verkehrsregeln, dass all das die besseren Menschen nicht schützte; als hätte es in den Vorstädten und Kolonien einen Aufstand gegeben, als wären die Schlagzeilen in die Privatwohnungen eingedrungen und suchten sich nun dort ihre Opfer.

Edit sagte, alle müssten sterben, die nicht geliebt werden. Manchmal gab sie solch kühne und schwer beweisbare Vermutungen von sich. Sie sagte, die Liebe sei wie das Fruchtwasser um ein Lebewesen, es dringe kein Licht und kein Geräusch hindurch und keine Gefahr. Sie sagte, die Liebe sei stärker als der Tod. Die Liebe halte den, den wir lieben, so hoch und sicher wie ein riesiger Diener, vor dem sich alle fürchten, die Liebe habe ein Schwert und könne auch Blitze schleudern. Übertreibung, dachte Péter beklommen. Aber Edit neigte zu solchen Übertreibungen.

Die Baronin stand mit verweinten Augen vor der Tür, im roten Morgenrock, wie ein empfindsamer Henker, der vor dem Verurteilten niederkniet. Nur die Dilettanten können wirklich weinen, dachte Péter. Für sie ist alles ein »Erlebnis«.

»Ja, meine Liebe«, sagte er. »Sehr traurig.« Er versuchte, die Baronin zu trösten. Seit einigen Jahren, seit sie die siebzig überschritten hatte, färbte sich die Baronin ihr Haar feuerrot, als kreischte sie in einer frevlerischen Feuerbrunst. Sie ist die Einzige im Haus, die wirklich geweint hat, mit Tränen geweint hat, weil Vater sterben wird, dachte Péter. Bei ihr wurde alles zu Tränen oder Gekicher, wie im Kino. Die Baronin dachte in Storys, fühlte in kleinen, abgeschlossenen Geschichten. Die Geschichten hatten einen Anfang und ein Ende, und dazwischen lag immer etwas Unerwartetes und Rührendes, und dem Zuhörer oder Leser, der die Geschichten der Baronin hörte, kam der peinliche Verdacht, dass man nach dem Ende der Geschichte alle Fenster in der Wohnung würde öffnen müssen.

Sie standen auf dem Flur und sahen einander an. Wie traurig das ist!, dachte die Baronin hingerissen. Jetzt stirbt sein Vater, und er geht weg von uns. Ein echter Roman!

Péter nickte. Er nahm sie am Arm und begleitete sie langsam zu ihrem Zimmer. Die Geschichten der Baronin waren in mehrere Sprachen übersetzt worden. Einmal hatte sie einen Brief von einer Mutter aus New Jersey bekommen, die gestand, dass sie einige Gedichte der Baronin in ihrem Gebetbuch aufbewahrte und an Familienfeiern ihren halbwüchsigen Kindern vorlas.

Die Baronin hatte etwas Heldenhaftes an sich. Groß und dünn ging sie an Péters Arm, mit rotem Haar, blutrotem Morgenrock und verweinten Augen, als käme sie von einer Hinrichtung.

»Wen haben Sie getötet, Liebe?«, fragte Péter. »Welchen Helden heute Nachmittag?« Die Baronin lächelte unter Tränen.

»Ich bin nur ein Blaustrumpf, Péter«, sagte sie seufzend. »Aber ich empfinde so stark! Was soll ich tun?«

Jetzt weinte sie wirklich, ihre schönen, klugen Augen mit dem beseelten Blick füllten sich mit Tränen. Péter drückte ihren Arm. Oh, die Gefühle, dachte er traurig und mitfühlend. Was hätte die Baronin mit ihren Gefühlen anfangen können? Sie schrieb bei Tag und Nacht, und Péter blieb manchmal auf dem Flur stehen, der an der Tür der Baronin vorbeiführte, lauschte und wäre nicht überrascht gewesen, wenn er ein Rattern gehört hätte, auch wenn er sicher wusste, dass die Baronin nicht im Hause war. Die Schreibmaschine und alles Zubehör, das zur Schriftstellerei nötig war, schrieben wahrscheinlich auch in Abwesenheit der Baronin weiter, abgeschlossene und ergreifende Geschichten.

»Morgen früh reise ich«, sagte Péter. »Geben Sie auf sich acht, Liebe. Und auf Edit auch. So sehr man eben achtgeben kann. Ja, ich bin sehr traurig. Gut, bitte beten Sie.« Sie blieben auf der Treppe stehen.

»Wir haben einander wirklich geliebt, Péter«, sagte die Baronin und lächelte verlegen. Jetzt war sie so fein und zerbrechlich, so besonders weltgewandt in ihrem Frisiermantel und mit ihrem ehrlich nachempfundenen Kummer, mit den zerzausten roten Haaren, die zu kämmen sie in der Erregung der »Story« nicht die Zeit gefunden hatte, so erhitzt und edel, als kehrte sie von einem Abenteuer zurück und hätte sich noch nicht gewaschen; ihre Augen waren voll von Tränen des Glücks und der Hoffnungslosigkeit.

»Ja, wir beide haben einander wirklich geliebt«, sagte Péter. Sie stand so elegant auf der Treppe! Sie hatte etwas Wildromantisches und Diszipliniertes an sich wie eine Wahnvorstellung.

Vor ihrer Tür blieb sie stehen, sah zurück, lächelte über die Schulter. Ihre Haare hatte sie vor langer Zeit zum letzten Mal gefärbt, eine graue Strähne lugte zwischen den roten Locken hervor, als streckte sie verräterisch die Zunge heraus. Péter bedauerte sie jetzt.

»Aber der Teil«, sagte er schnell und senkte den Blick, »der Teil, wo sich das Waisenkind verirrt … Der war sehr schön.«

Und er wurde rot.

»Sie sind wirklich ein edler Mensch, Péter«, sagte die Baronin. Auch sie war rot geworden. Sie sahen einander nicht an.

So schieden sie voneinander, in Verlegenheit; die Baronin hätte vielleicht geschrieben, »sie stoben auseinander«.

Was es alles gibt, dachte Péter. Man muss nicht sagen, ich liebe dich, man muss nicht miteinander im Bett liegen, um ein Verhältnis mit jemandem zu haben, man muss dazu nicht jung sein, und es ist kein Problem, wenn man alt und unbegabt ist und sich die Haare schlecht färbt. Zwischen den Menschen sind vielerlei Komplimente möglich. Viele Verhältnisse. – Jetzt war er so erschöpft, dass er auf der Treppe stehen blieb, sich an einen Pfosten lehnte und in die Vorhalle hinuntersah. Ein Negergott stand am Fuß der Treppe, die Statue war obszön und andachtsvoll, Péter streichelte sie immer im Vorübergehen. Vielleicht müsste man sie verhüllen, dachte er. Vielleicht ruft sie Herrn Alberts Entrüstung hervor. Er spürte Schwäche und wollte mit jedermann Frieden schließen, den Menschen Komplimente und Nettigkeiten sagen, bevor er sie verließ, damit eine gute Erinnerung zurückbliebe. Emmánuel könnte er vielleicht loben, wie gut er gestern gewesen sei, als er den Werken neue Waschbecken und Duschhähne zugestanden hatte. Maestro Nello war leicht zu erobern, man musste nur seine schönen Hände preisen. Geben, allen geben, dachte er. Alles hingeben.

Im Salon sagte der Schauspieler, der inzwischen gekommen war, mit falscher Stimme: »Ich möchte so singen wie die Sklaven, wenn sie nach der Arbeit allein sind und es regnet.«

Er war schon dick und fürchtete sich vor dem Misserfolg. Edit hatte erzählt, dass er andauernd in ihre Garderobe komme und sie in verdächtige Hotels einlade, in der Nähe des Bahnhofs, dass er widerliche Witze erzähle und dabei den Bauch einziehe. Jetzt stand er mit seitlich geneigtem Kopf mitten im Raum, etwas gebrochen, wie am Ende der Rolle eines Intriganten. Er war der Einzige, der von Péters Kummer nichts spürte. Die Lampen waren schon angezündet worden. Péter setzte sich neben den Engländer und sah aus dem Fenster. Heute Abend hatte man vergessen, die Vorhänge zuzuziehen. Über den dunklen See fuhr ein Boot mit einer roten Lampe, der See um das Boot herum war blutig, als hätte man jemanden getötet und ins Wasser geworfen. Josua und der junge Musiker begannen zu stimmen. Jetzt sprachen alle durcheinander, nur der Engländer und Péter schwiegen. Wie nett, dass er mit mir schweigt!, dachte Péter gerührt. Heute rührte ihn jede Kleinigkeit. Ein netter Mensch. Er könnte auch fragen, warum ich schweige, oder nach irgendeinem Wettbewerbsergebnis. Das sind die kleinen Geschenke im Leben: ein Mensch, der im passenden Augenblick schweigt, oder, wie die Baronin vorhin, von der Tür zurücksieht, als wäre sie achtzehn Jahre alt, oder wie man gerade laut am Telefon gesagt hatte: »Nordwind!«, und mir fällt die Jugend ein, eine sehr alte Jugend, vielleicht die Jugend meines Vaters oder meiner Großmutter. Es wäre gut, oben im Zimmer zu bleiben und zu packen. Gehört es sich bei solchen Gelegenheiten, Geschenke mitzunehmen? Und was für ein Geschenk könnte ich Vater mitbringen? Etwas, worüber er sich so freut, dass er mit dieser höflichen, rufenden Bewegung seine kraftlose Hand hebt, als riefe er mit einem breiten und allgemeinen Signal eine große, mutlose Gesellschaft zusammen zu einer Vergnügung außerordentlichen Ausmaßes, die auf Kredit veranstaltet wird und deren Kosten niemals jemand bezahlen kann. Vater konnte so wunderbar Menschen einladen. Und er schaute immer so ernst und mild, wenn er die Arme ausbreitete. Als wolle er sagen: »Bitte, belieben Sie sich alle wohlzufühlen, alles, was ich habe, gehört den Gästen, mein Haus, meine Kunstschätze, sogar meine spärlichen Zigarren.« Und für einen Augenblick vergaß jeder, den er so einlud, dass der Vater nichts mehr hatte. Péter schickte ihm jedes Jahr zu Weihnachten Havannas in Glasröhrchen, in einem kleinen, herb riechenden Kästchen von der Art einer Schmuckschatulle. Der Vater rauchte schon lange nicht mehr, aber er konnte solche glasummantelten Havannas entzückend an den einen oder anderen Träger oder Fahrkartenkontrolleur verschenken. Vielleicht könnte er ihm Krawatten mitnehmen, schöne Krawatten hatte er immer gemocht, besonders die ganz vornehmen, schneeweißen Pikeekrawatten, und im Sommer auch die weiß gepunkteten dunkelblauen Fliegen, die er weit und locker band, etwas auf Künstlerart. Vielleicht könnte er ihm einen Spazierstock mitbringen; niemand konnte sich so elegant und beiläufig auf seinen Spazierstock stützen wie der Vater, niemand konnte so auf der Straße stehen bleiben, den Spazierstock heben, demonstrativ, wie ein Dirigent, als würde er einem unsichtbaren Orchester die Anfangstakte anzeigen, womit er seinen Begleiter, die Kathedrale, die Passanten auf der Straße um allgemeine Aufmerksamkeit bat, und dann so, mit erhobenem Spazierstock, mit einem leutseligen und würdevollen, aber sehr höflichen Lächeln bedeutungsvoll etwas sagen, das vielleicht gar nicht so bedeutungsvoll war, und nur der Spazierstock, das Stehenbleiben, die Vorbereitung und die Persönlichkeit des Vaters gaben dem Gesagten besonderes Gewicht und Interesse. Ja, bei solchen Gelegenheiten beugten sich auch die Fahrgäste der kleinen braunen Straßenbahnen, die in der Nähe vorbeifuhren, aus dem Fenster, sahen den Vater, wie er gerade mit erhobenem Spazierstock etwas sagte, und dachten: Herr Garren sagt seinem Begleiter jetzt etwas sehr Interessantes und Bedeutendes!

Was konnte er dem Vater mitbringen? Emmánuel war so reich, er produzierte auch Email und Prothesen, aber vielleicht fände er in all seinen Geschäften und Fabriken, in allen Lagern und neonbeleuchteten Schaufenstern, in denen Emmánuels Waren gezeigt wurden, nichts, worüber sich der Vater freute. Was konnte man einem sterbenden Vater mitbringen?

All das ermüdete ihn ein wenig, als hätte man ihn um fünf Uhr am Nachmittag beauftragt, die Welt umzuorganisieren. Das Boot mit seinem schaurigen Geheimnis war schon über den See gefahren und hatte am Fuß der milden, von Lampen erleuchteten Häuser das Ufer erreicht. Der Engländer schwieg und lächelte mit der interessierten Höflichkeit, als sähe er am Kongo zu, wie ein wilder Stamm über dem offenen Feuer einen Eingeborenen brät, der nicht in den Interessenbereich des englischen Reichs gehört. Herr

Albert sagte: »An Devotionalien zeigt sich jetzt eine gewisse Nachfrage.« Und rieb sich erfreut die Hände.

Emmánuel sagte: »Ja. Auch an Literatur. Und an Politik. Die Menschen hungern nach einem Wunder.«

Und er sah den Schweizer kalt, gleichgültig und mit stechendem Blick an. Edit begann jetzt zu lachen; über die Köpfe des Schweizers und des Engländers lachte sie Péter zu, laut und etwas theatralisch, als hätte sie sich davon überzeugt, dass es nicht lohnte, sich weiter zurückzuhalten. Sie stand auf, den Brief in der Hand, und ging mit entschlossenen, langen Schritten durch das Zimmer auf Péter zu. Emmánuel wich ihr mit einer unwillkürlichen Bewegung aus. Edit ging so sicher, als ginge sie auf die Polizei und hielte einen Beweis in der Hand. Auch der Engländer stand höflich auf und sah Péter fragend an.

»Nichts«, sagte Péter. »Beruhigen Sie sich. Gleich essen wir zu Abend.«

In diesem Augenblick mischte sich Josua ein. Blitzschnell hob er die Flöte an die Lippen wie ein Meuchelmörder den Dolch. Péter erinnerte sich nicht, dass er irgendwann so wütende Töne von sich gegeben hatte. Er stieß drei kräftige, kreischende Triller aus, wie wilde Vögel in der Dämmerung, wenn sich der Nebel über die Wiesen senkt, wenn man die Welt nicht mehr klar sehen und nicht mehr verstehen kann, wenn das Gefühl von Angst und Wut sie zwischen den Felsen überrascht. Der Engländer blickte in die Richtung des Tons, mit angespanntem und interessiertem Blick, und verschränkte abwartend die Arme. Der Schweizer schlug schnell und kaum merklich mit einer feigen, kleinen Bewegung ein Kreuz. Maestro Nello trat heldenhaft zu Emmánuel und vollführte mit einem Arm eine schwungvolle Bewegung, als wolle er den reichen Mann auch mit seinem Körper decken und verteidigen.

»Josua!«, sagte Edit leise.

Josua entlockte der Flöte jetzt einen mittelhohen, langen Ton. Dann ließ er das Instrument los und sah sich erstaunt, trotzig und gekränkt um. In diesem Augenblick meldete der Diener, dass serviert sei.

An der Tür berührte Edit Péters Schulter. »Du Armer, du Armer!«, murmelte sie leise. Und: »Wie ist es? Tut es sehr weh?«

»Nein«, flüsterte Péter. »Ich spüre es gar nicht. Es tut noch nicht weh. Morgen früh reise ich ab.«

»Ja«, sagte Edit. Und ganz leise: »Heute Nacht komme ich zu dir.«

Sie sah Péter tief in die Augen, als hätten sie ein geheimnisvolles und sündiges Stelldichein verabredet. Dann ging sie zu Emmánuel und reichte ihm den Arm.

Edits Bekenntnis

Unten im Garten unterhielten sich die Gäste noch unter den Platanen, von der Straßenecke her war das Brummen von Emmánuels Kraftwagen zu hören; der Mond schien, und die Nacht war bewölkt, Péter hatte das Fenster nicht geschlossen. Edit kam keuchend herein, sie trug ein großes schwarzes Seidentuch, das Péter noch nie an ihr gesehen hatte. Er hätte sich nicht gewundert, wenn er gehört hätte, sie habe sich dieses Tuch aus dem Theater bringen lassen, jetzt um Mitternacht, mit besonderer Rücksicht auf die veränderten Umstände. An der Tür hielt sie inne und lehnte sich gegen die Wand, ruhte gleichsam aus, als wäre sie von einer Flucht gekommen. Sie schwiegen und warteten, bis der Pförtner die Gäste durch die Gartentür gelassen hatte. Mitternacht war schon vorüber. Péter stand inmitten seiner Gepäckstücke. Er war schon seit geraumer Zeit mit dem Packen beschäftigt – Emmánuel und die Gäste hatten nicht bemerkt, wie er die Gesellschaft verlassen hatte –, er hatte einige Schränke geöffnet, Kleidungsstücke auf dem Bett verstreut und Bücher von dem kleinen muldenförmigen Bücherständer genommen, der vor der Revolution am Bett eines französischen Bischofs gestanden hatte, vollgepackt mit den Werken von Bossuet und Pascal und hinterhältigen Flugschriften, die die schelmischen Abenteuer der österreichischen Frau in Versen vortrugen. Péter mochte diesen Bücherständer, denn er hatte schon zu der Zeit existiert und war schon im Gebrauch gewesen, in der er selbst auch gern gelebt hätte; mit der pikanten Vertraulichkeit der Gegenstände aus dem achtzehnten Jahrhundert stand er in dem fremden und späteren Zimmer, er war aus Birkenholz, und ihm schien bewusst zu sein, dass neben Bossuet und den Flugschriften auch die ersten Ausgaben der Enzyklopädisten auf seinen Regalen Platz gefunden hatten. Dies war der einzige Gegenstand aus dieser Zeit, der einzige alte Gegenstand in Péters Zimmer. Alles andere war so zusammengewürfelt wie in einer möblierten Wohnung, in der ein Philosoph oder angehender Tierarzt von einem bescheidenen Monatsgeld seine Jugendjahre fristet. Das Zimmer war, als wäre Péter ihm entwachsen; strenge und eifersüchtige Mütter statten ihre Söhne mit solchen zu klein gewordenen Kleidern und Kinderzimmern aus; sie können sich nicht von ihnen trennen, wollen sie vor den Büchern beschützen, vor dem Sport, den Frauen, den Geschlechtskrankheiten und der Politik und sie gleichsam im Topf heranziehen wie die Frauen der afrikanischen Zwergstämme die Männer. Péter wusste selbst nicht, wer das Zimmer so und auf solch mutwillige, provisorische Weise »eingerichtet« hatte. Emmánuel war nie in Péters Zimmer gewesen, und auch Edit kehrte nur selten hier ein, abends, vor dem Schlafengehen, ohne anzuklopfen. Niemals setzte sie sich, mit raschen Schritten lief sie zwischen den Gegenständen und Möbeln hindurch, wie feinfühlige Menschen durch gefährliche Gassen schreiten, berührte mit den Fingerspitzen Gegenstände und Bücher, als hätte sie dieses Zimmer mit Hut und Handschuhen betreten, in der Art eines eiligen, weltgewandten Besuchers, der gerade nur für einen Augenblick vorbeigekommen war, um einen Verwandten zu besuchen, einen kranken Sonderling. Irgendwie schien sie auch Hut und Handschuhe zu tragen, wenn sie nackt oder im Nachthemd kam, sie blieb dann an der Tür stehen und entführte Péter von hier in ihre eigene Welt, in ihre Zimmer, die von deutschen Planern und französischen Tapezierern mit auffallenden und weniger für den Gebrauch geeigneten Möbeln und Stoffen vollgepackt und bezogen worden waren.

In Péters Zimmer gab es einen Schaukelstuhl und einen Globus, es gab ein Messingbett mit einer Daunendecke und ein Nachtschränkchen mit Topf, den Péter zimperlicherweise niemals benutzte; dennoch hätte er es bedauert, wenn er eines Tages festgestellt hätte, dass man ihm diesen lächerlichen und aus der Mode gekommenen Hygieneartikel geraubt hatte. Das Zimmer hatte niemand »eingerichtet«; die Möbel waren irgendwie im Zimmer zusammengekommen, als wären sie hierhergeflohen wie arme Verwandte, die auf dem Dachboden hausen und ihr vorsichtiges, gekränktes Leben fristen, während die reichen und vornehmen Familienmitglieder in den unteren Räumen gotische Objekte sammeln oder jeden Morgen reiten gehen, und wo die missratene Tochter des Hauses ein Verhältnis mit dem Briefträger unterhält. Das Zimmer hatte nichts mit Emmánuels Haus zu tun.

Péter hatte nie entschieden, was er in diesem Zimmer »sammeln« wollte, all dies war um ihn herum zusammengekommen, denn dies war er, war die Welt, die er nach seinem Bild geschaffen hatte und die er selbst dann nicht hätte ändern können, wenn er die Möbel und Bücher um sich herum mit einer Ladung Dynamit in die Luft gejagt hätte. Edit bat ihn manchmal, sich »zeitgemäßer« anzuziehen und das Messingbett und das Nachtgeschirr aus seinem Zimmer zu werfen. *»Natura non vincitur nisi parendo«*, antwortete Péter dann mit erhobenem Zeigefinger wie ein Schulinspektor im Familienkreis und erklärte, dass dieser Spruch von Bacon stamme und bedeute, dass man die Natur nur auf eine einzige Weise besiegen könne, indem man nämlich ihren Gesetzen gehorcht.

»Als ob du ein bisschen im Wachstum stecken geblieben wärst«, sagte Edit manchmal, wenn sie Péters Zimmer betrat und mit gefalteten Händen an der Tür stehen blieb. Ganz offensichtlich fürchtete sie sich davor, sich hier zu setzen. In Péters Bett legte sie sich, als käme sie zu einem Abenteuer, aus der Ferne, aus ihrem Palast, als warte unten an der Straßenecke der geschlossene Wagen mit schwarzen Pferden und einem treuen Kutscher mit Radmantel und Zylinder. Sie wisperte in diesem Zimmer so leise, als müsse man befürchten, dass jemand ihre Worte hörte, die Dienerschaft ihre Anwesenheit entdeckte und am Morgen in den Zeitungen der Skandal ausbräche. Jetzt, Mitternacht war vorüber, Péter bereitete sich auf die Abreise am Morgen vor, und Josua hatte sich vorhin eingemischt, schien sich im Zimmer alles bewegt zu haben, was zu Péter gehörte. Zimmer von Abreisenden haben immer etwas von einer Revolte an sich, am Boden liegen Barrikaden aus Büchern und Gepäckstücken, lange nicht gesehene Krawatten über der Stuhllehne geben dem Feind geheime Zeichen, alte und verdächtige Hosen sitzen finster auf dem Sofa wie Angehörige der Bürgerwehr, die nach der Herzverfettung und Gleichgültigkeit der Friedenszeit endlich eine Knarre in die Hand nehmen können; und auf dem Schreibtisch machen sich geheime Gegenstände aus ihren Verstecken auf den Weg, Gegenstände, die wir uns selbst nicht gern eingestehen und von denen wir im Augenblick der Abreise verblüfft bemerken, dass sie unverzichtbare Werkzeuge unseres Lebens geworden sind: ein Foto einer verstorbenen Verwandten aus der Kindheit, ein zusammenklappbarer Korkenzieher mit Meißel und Feile, eine Blechdose mit Hirschtalg oder ein Verhütungsmittel, für dessen Zuverlässigkeit der Hersteller nach einer gewissen Zeit nicht mehr garantierte – jetzt, da sich das Zimmer um Péter herum bewegt hatte und aus den Schubladen, Schränken und Manteltaschen diese rätselhaften Begleiter eines lieb gewordenen Lebens hervorkrochen, diese unterweltlichen Scheusale, begann Edit zu bibbern. Jetzt verstand auch sie, dass etwas begonnen hatte. Die Gegenstände hatten schon ihren angestammten Ort verlassen. Erregt und zugleich furchtsam blickte sie sich um.

Dies hier war Péter und dies hier das Zimmer, vor dem Fenster die Platanen, weiter weg der Turmstumpf der Kathedrale, der für ewig Latein zu singen schien, und hinter ihm das pyramidenförmige Dach des Schnürbodens des Theaters, von wo die Wasserfälle und französischen Gärten und orientalischen Serails auf die Bühne hinunterschwebten, wenn Edit sang; und noch weiter weg die Häuser und Wege, Emmánuels zuckelnder, arroganter und schadhafter Kraftwagen auf den Straßen, mit dem schweigsamen deutschen Chauffeur; dieser von innen her vornehme, schweigsame Mann wickelte Edit immer so demütig die Staubdecke um die Beine, wie ein ausgewanderter Offizier eine vertriebene Herzogin bedient, die im Ausland eine Nähwerkstatt eröffnet und den Oberleutnant des einstigen Hausregiments ihres Vaters in Dienst genommen hat; im Wagen Emmánuel, schweigsam und neugierig – gegen Morgen würde er gewiss noch anrufen, sich erkundigen, ob Péter abgereist sei, dann würde er sich räuspern und in den Apparat ächzen, bis Edit den Hörer auflegen würde –, und auf dem Beifahrersitz der gekränkte, aufgebrachte Josua und der junge Musiker, an dessen Gesicht sie sich nie erinnern konnte, als wäre er gar kein Mensch, sondern nur ein Klang. Sie alle gehörten zu ihr. Es gab eine Rangfolge in dieser Zusammengehörigkeit. Josua schien ihr näherzustehen, erst dann folgte Emmánuel, mit den Platanen schien sie in einem vertrauteren Verhältnis zu stehen als mit dem jungen Musiker, und das Theater kam wohl zuerst und danach erst Péter. Was sollte sie tun, wenn sich die Rangfolge so entwickelt hatte? Sie schloss die Augen und spürte für einen Augenblick einen süßen Schwindel wie einmal in ihrer Mädchenzeit, als sie mit dem Wagen zur Erstkommunion gebracht worden war; in weißen Strümpfen und Lackschuhen hatte sie ihre langen Beine in dem bequemen Wagen ausgestreckt, sich auf dem blau gepolsterten Sitz zurückgelehnt. Das Haar lag ihr in Korkenzieherlocken auf den Schultern, sie trug ein weißes Spitzenkleid und gehäkelte Handschuhe mit kurzen Fingern, hielt in der Hand das Gebetbuch und den Sonnenschirm; die Sonne schien, sie fuhren in glänzendem Staub das Ufer entlang, am Rande des Löschplatzes standen Fischer, auf den Köpfen Lederhüte mit hochgeschlagener Krempe, das Meer lag hellgrau, leidend und hilflos in der dunstigen Hitze; auf dem Fischmarkt saßen barfüßige Frauen, zwischen Fliegen und silbrigen Fischen fächelten sie sich Luft zu, und alle riefen laut, als sie im Wagen vorbeifuhr, zur ersten Kommunion, im Sonnenschein, dreizehn Jahre alt, so fein und zierlich, ganz rein, mit dem Gebetbuch in der Hand, im Herzen diese nie gekannte, später nie mehr empfundene Ergriffenheit und Demut, als wäre heute ein unbenennbarer Feiertag auf die Welt gekommen, das Fest der Reinheit oder einfach nur Edits Fest – und ihr wurde schwindlig, sie lächelte und winkte den Fischern und Marktweibern einen Kuss zu.

Die Erinnerung an diesen Augenblick lebte und leuchtete hinter allen Erinnerungen, die sich mit der Zeit in den Landschaften des Lebens angesammelt und abgesetzt hatten. Die Erinnerungen waren zu gestaltloser Materie verdichtet worden, und alles zusammen war Edits Leben, aber in diesem sedimentierten Material zeichnete sich dieser eine Augenblick kristallklar und leuchtend ab, wie ein ganz kleiner Rubin in der Erde reift, unter der sichtbaren Welt, und wie dieser kleine, unbekannte und verborgene Rubin der einzige Sinn und Wert der kahlen Gegend ist. Von diesem Augenblick wusste niemand. Und Edit konnte niemals irgendjemandem erklären, warum sie in diesem Augenblick so glücklich gewesen war, so glücklich wie später nie wieder, zu keinem weltlichen oder heiligen Fest des Lebens. Nur dieser kleine Schwindel war von der Erinnerung geblieben und dieses Lächeln, das jetzt ihr Gesicht erleuchtete. Sie empfand Demut.

Ein sonderbares Fest, dachte Edit. Schon am Morgen, beim Aufwachen, hatte etwas Feierliches in der Beleuchtung des Zimmers gelegen. Vor Edits Schlafzimmerfenster standen Platanen, und heute Morgen, als die Kammerfrau die Fensterläden geöffnet hatte, hatten sie sich mit ihren regennassen, giftgrünen Blättern ins Zimmer gebeugt, mit glänzendem und feuchtem Gesicht, als hätten sie des Nachts geweint. Und der Wind, der durch das offene Fenster ins Zimmer blies, war wie ein Angriff, wie eine unmissverständliche und persönliche Botschaft unbekannter Kräfte; er hatte alles im Zimmer berührt, hatte den Schwanenpelz der Pantoffeln vor dem Bett zerzaust, einen galanten Brief vom Frisiertisch gefegt, den ihr am Tag zuvor der Wirtschaftschef des Hofes des Statthalters geschrieben hatte, eine Blumenvase umgeworfen, die Blumen zerrauft, war schließlich bis zum Bett gestürmt und hatte Edits Körper berührt. So hatte der Tag begonnen. Der Wind war nicht schamlos, er fasste mit kühlem Griff nach Edits Körper, ohne Sehnsucht, fachgemäß wie ein Krankenpfleger. Sie saß im Bett, sah dem Toben des Windes im Zimmer zu und dachte, dass sie lebte und dass heute etwas geschehen würde. Jeden Tag feierte sie dieses Gefühl: im Augenblick des Erwachens, wenn das Licht oder der Wind durchs

Fenster strömte, wenn ihr die Kammerfrau den kleinen Tisch auf Rädern ans Bett schob und ihr der Duft von Tee und Toastbrot in die Nase stieg, wenn ihr das Mädchen in einer kleinen Silberschale parfumiertes Wasser und einen Schwamm reichte und sie sich Hände und Gesicht waschen ließ, wenn sie dann noch lange so dasaß, reglos, und ins Licht sah oder in den Regen – jeden Tag feierte sie dieses Gefühl, zu leben. Das Leben konnte man nicht verstehen. Edit wollte sich das Leben nicht erklären lassen. Emmánuel begann manchmal, fachmännisch zu erklären, aber dann winkte Edit ab und ging aus dem Zimmer. Hier gab es nichts zu erklären. Man lebte und spürte seinen Körper, den Geruch des Tees und das Licht zwischen den Platanen; all das war großartig, man konnte es gar nicht verderben. Man musste nur reglos im Bett bleiben und sehr genau auf das achten, was man sah oder berührte, die Seide der Bettwäsche fühlen oder das raue, getoastete Brot in die Hand nehmen oder auf das Lächeln und die Figur des jungen Mädchens achten, wie es um einen herum zugange war und einen ergeben, träge, vertraulich und eifrig ansah – und wissen, dass Péter schon in Emmánuels Stammhaus gegangen war und dort so tat, als täte er etwas, aber in Wirklichkeit nur träumte und an La dachte oder an ein Buch oder an Edit, und dass eine besondere, sanfte Kraft in ihm war, die Edit spürte wie das Licht oder den Wirbelsturm, der jetzt hier das Zimmer in Unordnung brachte. Auch das reichte schon. Man musste nur ganz und gar annehmen, was das Leben gab, und plötzlich wurde alles so feierlich. Man musste achtgeben, warten und beobachten. Jetzt begann der Tag. Die Erinnerung an die Nacht zerfloss schon in ihrem Bewusstsein; sie hörte noch den Applaus, spürte die Blicke fremder Menschen an ihrem Körper, wie sie sie aus der Dunkelheit beobachteten, das Augenlicht von tausend fremden Menschen glühte zu ihr hin wie aus einem Wald, aus dem Unterholz, hungrig und durstig – und sie stand im Licht und sang. Sie hörte noch die Melodie und den Klang, die Stimme stieg in dem großen Saal auf wie eine Bitte, so voll und reichlich, süß und traurig war diese Stimme, und die wilden Tiere im Dunkel hörten ihr reglos zu, betört, und wagten nicht, sie anzugreifen, solange sie sang. In einer Loge saßen Emmánuel und Péter, wortlos, alle Blicke ruhten auf ihr, und die Menschen wussten, dass sie mit diesen beiden Männern etwas zu tun hatte. In der Pause in den Korridoren des Theaters und hernach in den Salons und Redaktionen wurde getratscht, und auch das war gut so und gehörte zu dem Ganzen dazu. Sie hatte nie gewollt, dass Péter und Emmánuel zusammen in einer Loge saßen und sie singen hörten. Sie konnte nichts dafür, dass sie Péter eines Tages bemerkt und lieb gewonnen hatte, und dass ihr später klar geworden war, dass diese Liebe nicht die richtige war, dass sie da aber nicht mehr ohne Péter leben konnte. Und da rief Emmánuel Péter in die Loge und später ins Stammhaus, denn Emmánuel wollte alles haben, was zu Edit gehörte. Und weil man Emmánuel nicht »regeln« konnte – das war sein Wort, Emmánuels Wort, der ewig alles »regeln« wollte wie ein Schriftstück oder ein Geschäft, mit Schläue oder Gewalt, und der es nicht duldete, dass etwas, ein Mensch oder ein Gefühl, eine Beziehung, sich von selbst »regelte« wie das Leben der Wolken oder des Meeres –, musste sie mit ihm und mit Péter zusammenbleiben. Und schließlich liebte sie Péter. Ja, Edit liebte Péter.

Jetzt stand sie in der Tür, stützte die Schulter leicht an die Wand, mit einer Körperhaltung und einem Blick wie auf einem französischen Stich – Edit spürte stark die künstlerischen Möglicheiten und Erinnerungen eines jeden Augeblicks, einer jeden Bewegung –, bis zu den Füßen in dem schwarzen Seidentuch und unter dem Tuch in Spitzenwäsche, ganz wie die Franzosen menschliche Situationen gezeichnet haben, einen Mann und eine Frau im Zimmer, mit Titeln wie *Avant* oder *Aprés*, und sie wusste, dass sie Péter liebte. Das Fest, dieses beunruhigende Fest, mit Regen und Wind, mit dem Frühling, dem Brief, mit Josua, der wieder dazwischengekreischt hatte, mit diesen Kleidungsstücken, die Péter auf dem Bett verstreut hatte, mit den Koffern, die sie lange nicht benutzt hatten und die aus einer anderen, historischen Epoche aufgetaucht zu sein schienen, aus Edits und Péters Urzeit – all das zusammen wies sie darauf hin, dass im Haus und in der Nacht etwas geschah, was man nicht mehr aufschieben konnte, und dass am Morgen alles anders sein würde als in den vergangenen Tagen und Jahren. So wandelte sich das Leben, mit so bescheidenen Zeichen mahnte es; eines Nachmittags kam ein Brief von Anna, die Edit nicht kannte, eine Benachrichtigung über die Krankheit eines fremden und alten Menschen, von dem sie bisher nur Fotos gesehen hatte – aber immer nur beiläufig, denn sie liebte es nicht, die Gesichter zu betrachten, die Péter aus seinem anderen Leben mitgebracht hatte –, und am Morgen würde das ganze Leben in einem anderen Licht erscheinen. Ihr wäre es lieber gewesen, wenn Péter nicht von ihr weggegangen wäre. Mit ihm ging das Gefühl der Sicherheit und der Beruhigung, dass nichts Schlimmes geschah, solange er hier im Haus lebte, in ihrer Nähe, in diesem lächerlichen Zimmer, dem er längst entwachsen war. Jetzt holten sie ihn fort von ihr, riefen ihn zurück. Sie sah feindselige Gesichter vor sich, Hände, die gierig nach Péter griffen, die Hände der Familie. Noch nie hatte sie die Familie gesehen. Péter sprach manchmal über sie, und einer von ihnen, ein gewisser Tamás, hatte einmal in der Nacht aus Kalifornien angerufen und um Geld gebeten. Péter konnte nichts »regeln«, Péter verstand sich nicht auf Emmánuels Geschäfte, Péter verstand sich auch nicht aufs Theater; er verstand sich einfach nur auf Edit wie auf eine Konstruktion. Sie hatte das Gefühl, es gehe der einzige Mensch, der sich auf sie verstand, und jetzt geriete sie Stümpern in die Hände. Péter war nicht treu, er war kein Ehemann, er war nicht einmal ein Liebhaber in dem Sinn, wie Maestro Nello das gern gewesen wäre, in Hotels in der Nähe des Bahnhofs, mit eingezogenem Bauch, den er später loslassen würde, wenn er ins Bad ginge. Péter war ein Verwandter.

Sie betrachtete die Koffer und den schwarzen Anzug, den Péter bereitgelegt hatte – immer kleidete er sich so ungeschickt, als ginge er zu einer Prüfung in der Musikhochschule oder auf ein bürgerliches Fest, wo der Erzbischof oder der Bürgermeister ihn möglicherweise ansprechen könnte; diese vorsichtige und ungeschickte Bereitschaft und Feierlichkeit hatte er von zu Hause mitgebracht, und Edit konnte nichts daran ändern, ganz wie sich ein Chinese vergeblich europäische Kleidung anzieht! Sie betrachtete Péters Kleidung und seine kleinen, rührenden Utensilien, einen Füllhalter, den sie noch nie in seiner Hand gesehen hatte, einen Taschenkamm, einen Hosengürtel – all das war so fremd. Péter packte allein, als fürchtete er sich, dem Diener diese Gegenstände zu zeigen. All dies hatte Péter aus jenem anderen Leben mitgebracht, aus einer Zeit, in der es Edit und Emmánuel noch nicht gab. Schon diese Gegenstände zogen ihn zurück, hinab ins tiefe Wasser einer anderen Welt, wie den Schiffbrüchigen einige in der Tasche vergessene Ballaststücke. Was sollte sie Péter jetzt fragen? Sollte sie fragen, für wie lange er fortging? Oh, er würde zurückkommen, ganz sicher käme er zurück. Dann würden sie wieder hier stehen, in diesem Zimmer, und Péter würde auspacken. Aber dann würde alles anders sein. Edit bibberte.

»Was hat die Baronin gesagt?«, fragte sie leise.

Péter, in der Hand die Krawatten, sah auf. »Die Baronin?«, überlegte er. »Sie hat gesagt, dass ich wirklich ein edler Mensch bin.«

Natürlich, die Baronin. Edit ging zum Bett und setzte sich zwischen die ausgebreiteten Kleidungsstücke. Die Baronin konnte gar nichts anderes sagen: Mit einem schönen, klingenden Satz erledigte sie alles. Tut es mir weh, dass Péter jetzt fortgeht?, fragte sich Edit. Ja, es tat weh. Es schmerzte anders, als wenn ein Ehemann fortgeht, anders, als wenn ein Geliebter oder Verwandter geht. Edit bibberte wie am Morgen im Bett, wie am Nachmittag, als sie mit den Hunden vom Spaziergang gekommen war, auf dem Sofa Annas Brief entdeckt und es sofort gewusst hatte, auch sie hatte es gewusst. Jetzt war der Augenblick gekommen, wie eine fixierte, sachliche Erregung; der Augenblick, in dem sie sich Péter zum Abschied gut ansehen musste, in dem sie einen Menschen beim Namen nennen musste, in dem man sich nicht mehr mit Hilfsausdrücken zufriedengeben konnte, nicht sagen konnte, »sieh her, Péter Garren«, und auch nicht einfach »Péter, mein Péter«, auch die Kosenamen galten nichts. Jetzt musste sie Péter plötzlich beim Namen nennen, ohne Ton, ohne Worte, mit geschlossenen Augen, auf diesem Bett, in diesem Haus, in dem sie lebten und einander so sonderbar liebten, so anders, als es die Vereinbarungen zwischen Mann und Frau erforderten. Ja, sie lebten wie Mann und Frau, lebten »vorschriftsmäßig«, und irgendwie hatte sich in diesen zehn Jahren immer noch nicht herausgestellt, was Péter Edit eigentlich bedeutete. Jetzt musste sie es sagen. Dazu war dieses Fest da, schon den ganzen Tag, dieses ruhelose Fest. Fröstelnd zog Edit das Seidentuch fester um sich.

»Schließe das Fenster«, sagte sie. »Ich friere.«

Sie fror sehr. Am liebsten hätte sie sich mitsamt der Kleider ins Bett gelegt. Wie schmerzhaft so ein Leben sein konnte – schmerzhaft, kalt wie eine Todesart. Man unternahm alles gegen diesen Schmerz, man sang, ging spazieren, aß, liebte sich, pflegte den Körper, sprach mit Männern über Überflüssigkeiten und mit Frauen über das Wesentliche, und mit Péter konnte sie auch schweigen, was im Augenblick des Schmerzes mehr ist, als zu reden. Edit schrie und sang über den Schmerz hinweg. Aber jetzt meldete sich dieses Stechen und verlangte nach einem Wort.

Wie fremd er jetzt ist!, dachte sie und sah Péter neugierig an. Will er gar keine Antwort auf die Frage, was ich ihm bedeutet habe? Ich war Edit. Und Emmánuel? Der war der große, verhasste, verrückte, interessante Emmánuel. Als hörte er nebenbei stets noch eine andere Rede, hat er gar nicht ganz auf unsere Worte geachtet; vielleicht hat er nur auf das Lied gehört, wenn er mit Emmánuel in der Loge saß und ich für sie sang. Ich habe ihn nicht so geliebt wie eine Frau einen Mann. Irgendwie habe ich ihn so geliebt, wie eine Frau eine andere Frau liebt. Oder so, wie ein weiblicher Mann jemanden liebt, vielleicht eine männliche Frau. Ein schreckliches Durcheinander ist das. Man sagt »Péter« oder »Edit«. Und man glaubt, damit habe man alles gesagt. Immer habe ich ihn zuerst geküsst. Dann hat er den Kuss erwidert, da war ich die Frau und er der Mann. Aber später, als wir uns gegenseitig geküsst haben, geschah noch etwas, ohne Worte und Bewegungen, als schwömmen wir beide in einem Strudel, aber ihn trüge eine andere Welle als mich, weiter, weg von mir, weg aus der Gefahr, hin zu Karola. Irgendetwas habe ich ihm nicht gegeben, habe ein Wort zu wenig gesagt, eine Note zu wenig gesungen; da ist er weggegangen, um diese Note zu suchen, und ist zu Karola gegangen. So musste es sein. Und ich war niemals richtig eifersüchtig auf Karola ... ich war nicht eifersüchtig, wie ein Mann nicht eifersüchtig ist auf die Freundin einer geliebten Frau. Was kann ich zu ihm sagen? Péter. Er bekommt schon graue Haare. Wie still er ist. Jetzt räumt er herum wie ein Schuljunge nach der Prüfung, wenn er das Quartier gekündigt hat, seinen Kram zusammenpackt und nach Hause fährt. Morgen wird er echtes Brot essen und echtes Wasser trinken und echte Frauen sehen und echte Tote. Diese Wirklichkeit kann ihm Emmánuel nicht geben. Alles kann er ihm geben, aber kein echtes Brot und keine echten Toten. Jetzt sind sie stärker.

Sie sagte: »Nimm auch einen Zylinder mit.«

»Mache ich«, sagte Péter.

»Und dann«, sagte Edit, »schreib über alles. Du kannst so liebe Briefe schreiben. Die Briefe, die sind deine kleine Literatur. Auch über das Essen. Über alles. An Karola sollst du nicht schreiben. Sie versteht deine Literatur nicht ganz. Schade darum. Ich werde manchmal zu ihr gehen und nach ihr sehen.«

»Das ist gut«, sagte Péter.

»Péter, lieber Péter«, sagte Edit. Sie legte sich aufs Bett, trat die Schuhe von den Füßen und stützte ihre bestrumpften Beine gegen das Kopfende. »Was soll ich dir mit auf den Weg geben? Du weißt, dass ich dir immer geben wollte. Du brauchst nicht rot zu werden. Siehst du, du gehst jetzt in diese schamhafte Welt zurück, in der die Leute erröten, wenn sie gestehen, was sie empfinden. Aber du sollst dich nicht schämen, wenn du etwas empfindest; weine oder küsse, wie es kommt, und egal, wie scheel man dich dafür ansieht. Du hast dir das Erröten schon so sehr abgewöhnt. Darauf bin ich stolz. Weißt du, wie viel du von mir gelernt hast? Wenn früher jemand zu Besuch kam, wärst du am liebsten sofort aus dem Zimmer gegangen oder hast, wenn es eine Besucherin war und sie dir gefiel, überlegt, sie um ihre Hand zu bitten und sie zur Frau zu nehmen, weil das am einfachsten ist. Mir hast du es zu verdanken, dass du dir das abgewöhnt und keine zur Frau genommen hast.«

»Nein«, sagte Péter. Seine Hände waren immer noch voller Krawatten; er hatte gar nicht gewusst, dass er so viele Krawatten besaß. »Jetzt kommt alles heraus«, dachte er. Er warf die Krawatten in den Schrank zurück.

»Irgendetwas hat dir hier gefehlt, hier bei uns«, sagte Edit und hob eines ihrer bestrumpften Beine. Langsam bewegte sie den Fuß wie einen wertvollen Gegenstand und sah ihn nachdenklich an. »Ich habe viel darüber nachgedacht, was dir wohl fehlen mag. Die Küche war gut genug. Ich habe dich nicht gestört. Die Baronin hat dich geliebt, weil du so edel bist. Emmánuel, das ist natürlich etwas anderes. Du hast mit ihm niemals so gesprochen, wie es hätte sein müssen … hast nie mit ihm gesprochen wie mit einem Mann. Ein bisschen hast du immer so mit ihm gesprochen, als wäre er einer Sage entsprungen, im schwarzen Mantel. Weißt du, dass auch er sich die Haare schneiden lässt? Warum sprichst du mit ihm nicht wie mit jemandem, der sich die Haare schneiden lässt?«

»Das ist es nicht, worüber du sprechen wolltest«, sagte Péter bescheiden. Er setzte sich neben sie aufs Bett, nahm ihren Fuß in die Hand und hüllte ihn in seine beiden Hände wie einen Vogel.

»Nein«, sagte Edit. »Ich wollte davon sprechen, dass du abreist und es mir zu verdanken hast, dass du keine zur Frau genommen hast. Auch mich nicht. Dafür kannst du dankbar sein. Jetzt könnte ich sagen: Du bist frei. Aber diese Freiheit ist nichts wert. Das ist für sie …« Sie winkte mit einer unbestimmten Bewegung ab, sah in die Luft und fuhr mit dumpfer Stimme fort: »… für die Menschen. Sie sind anders frei und anders Sklaven und so ganz anders glücklich. Ich glaube, wir existieren gar nicht in Wirklichkeit und in drei Dimensionen; sie werden anders geboren und sterben anders als wir. Du sollst nicht unter meinen Worten leiden. Ich wollte niemanden kränken. Es tut mir leid, dass du weggehst. Du hast dich hier so schön entwickelt. Wir sind alle stolz auf dich. Niemals hast du einen Fehler gemacht. Du warst wie ein Vogel. Auch Emmánuel hat dich geliebt … ja, auf seine Weise. Man wusste, dass du hier bist und ganz und gar du bist, unverwechselbar, im Nachbarzimmer oder auf der nächsten Straße, dass du dich nicht einmischst wie Josua und trotzdem alles weißt.

Du wolltest kein Liebhaber sein. Du wolltest kein Generaldirektor sein. Du wolltest nicht mein Mann sein. Küsse meinen Fuß. Da. Ja, da auch. Und die Sohle. Danke. Also, du wolltest nichts. Ich glaube, du hast auch nichts Wesentliches getan, jedenfalls sagt das Emmánuel. Du warst einfach nur, das ist sehr viel. Wenige Menschen können das.«

»Danke«, sagte Péter und lächelte.

»Jetzt fliegst du weg wie ein Zugvogel«, sagte Edit. »Du fliegst nach Hause. Ich hätte Lust, dir einen Aluminiumring um den Hals zu legen, wie einem lieb gewonnenen Zugvogel. Damit du zurückfindest. Oder damit man dich zurückschickt, wenn du dich unterwegs verirrst. Denn du hast zwei Zuhause, vergiss das nicht. Das ist dein Geheimnis, Péters Geheimnis! Es ist wie der Name eines Parfums. Jetzt sage ich es dir. Solche Menschen sind selten. Du hast zwei Zuhause, eines im Sommer und eines im Winter, wie die ruhelosen, kälteempfindlichen Vögel. Dies hier war dein Winterzuhause, das ausländische. Emmánuel konnte dir so sehr eine Heimat sein wie die Kirche von Karnak den Störchen; sie taucht in den Lesebüchern auf, aber zwischen den zerfallenen Marmorsäulen kann man auch Nester bauen. Und die Baronin ist wie eine feuerrote Furt in den heiligen Sümpfen, ein Vogel mit winzigem Kopf und roten Augen, mit weißen und roten Federn. Und überall stehen schiefköpfige Götter mit Tier- und Reptilienhäuptern und sehr vornehme Gegenstände in den Häusern, goldenes Essbesteck und Schildpattkämme. Dies war unser Leben, dies war für dich die Palme, der Sonnenschein und die Wüste. Hier bist du zu Hause. Vergiss niemals, dass auch das dein Zuhause ist, ohne das du nicht leben kannst. Und jetzt fährst du noch einmal nach Hause, weil sich die Jahreszeit um dich herum geändert hat. Wie wirst du nach Hause finden? Erinnerst du dich noch? An die Richtung? Ich höre, du wirst fliegen ... Du fährst nach Hause und wirst dort sagen: So ist es eben doch richtig. So anders. Einfacher. Hier bin ich geboren. Hier müsste man sterben. Alles wird vertraut sein, auch die Todesangst. Und die Speisen: so vertraute Schlangen und Frösche, wunderbare Nattern. Und die Wolken am Himmel. Und was die Leute auf den Feldern singen. Du wirst sehr glücklich sein. Und alles, was geschieht, wird dir sehr wehtun; es wird so echt wehtun wie früher, im Kinderzimmer. Aber dann beginnst du eines Tages zu frieren, und dir fällt dieses andere, dieses besondere Zuhause ein, mit den Furten und Kirchen. Und ich falle dir auch ein. Dann wirst du bibbern und dich auf den Weg machen. Pass auf, dass du nicht unterwegs herunterfällst! Dass dir nicht schwindlig wird, wenn du auf der Reise hinabsiehst! Dann wirst du erfahren, dass es zwei Jahreszeiten gibt, zwei Zuhause und zwei Welten, dass man ewig wandern muss, und dass beide gleichermaßen wehtun und fehlen können. Das ist in dir: Vergeblich möchtest du an einer Stelle bleiben. Manchmal glaube ich, du hast diese Koffer seit zehn Jahren nicht ganz ausgepackt. Hast immer auf irgendetwas gewartet. Aber auch zu Hause packst du nicht ganz aus. Du packst niemals mehr ganz aus.«

»Frierst du nicht?«, fragte Péter. »Ich decke dich zu.«

»Doch«, sagte Edit. »Wenn ich jetzt singen könnte, könnte ich es dir vielleicht besser sagen. Aber alle schlafen schon, ich kann ja nicht nach Mitternacht anfangen zu singen. Auch ich habe einen eigenen Text, eine eigene Melodie; die habe ich noch niemandem vorgesungen. Manchmal glaube ich schon, ich könne sie gar nicht mehr singen. Jetzt singe ich nur die *Aida* und den *Rosenkavalier*. Das ist so anständiger, offizieller Gesang. Aber der echte, den ich möchte … nein, unmöglich. Es wäre ein Skandal. Komm näher. Gib mir die Hand. Schade, dass du auch nicht der Richtige warst. Du warst nicht genügend Mann für mich, oder ich war nicht genügend Frau für dich … ich weiß es nicht. Dann ist uns Emmánuel passiert. Wir haben gelebt, in irgendeinem Haus, und dieses Haus hat Emmánuel plötzlich besetzt und kolonisiert. Man kann nicht mehr fliehen. Weißt du, dass dich viele beneiden? Und plötzlich ist alles anders geworden. Als hätten wir in unserer Kinderzeit andere Gebete gelernt. Noch erinnere ich mich manchmal an das Meer. Vater trug immer Uniform und hatte das Fernglas um den Hals. Er schwieg immer. Einmal stach er ein Messer in sein Reitpferd. Warum? Ich denke nur noch selten an ihn. Und die Baronin, die plötzlich aufgetaucht ist und seither hier lebt, ist sozusagen in Behandlung, und man kann sie nicht wegschicken. Sie ist vater- und mutterlos, eine Waise. Und schon über siebzig. Wohin soll ich sie schicken? Waisen kann man nicht auf die Straße setzen. Ich glaube, sie hat heimlich ein Verhältnis mit Walter Scott. Péter, was wird aus mir?«, sagte sie laut und setzte sich im Bett auf.

»Meine Liebe«, sagte Péter. »Lass uns Abschied nehmen. Leg dich hin. Es ist gleich Morgen.« Er dachte nach.

»Vater wird sterben«, sagte er traurig und trotzig.

»Ja«, sagte Edit. »Verzeih mir.«

»Es gibt nichts zu verzeihen«, sagte Péter.

»Und schreib. Über alles. Auch über das Wetter. Über die anderen. Sind sie dir ähnlich?«

»Ich glaube schon«, sagte Péter. »Sie sind meine Verwandten.«

»Natürlich«, sagte Edit großzügig. »Aber wir sind auch deine Verwandten. Vergiss das nie. Auch uns schuldest du etwas. Wenn du träumst, werden in deinen Träumen immer auch ein bisschen Emmánuel sein, Josua, die Baronin und ich. Du wirst uns manchmal hören wie das Meer. Wer einmal am Meer gelebt hat, hört es immer, auch wenn er wach ist. Du gehst jetzt in die Berge. Man sagt, dort ist das Wetter so ebenmäßig, ganz wie es sein muss. Am Morgen geht die Sonne auf, und am Abend geht sie unter. Wir haben hier in so wirren Verhältnissen gelebt. Manchmal war am Nachmittag um halb vier Mitternacht. Und der See hier vor dem Fenster strömte manchmal gegen Morgen wie das Meer und roch, als lebten in der Tiefe Polypen und Korallen. Manchmal war Südwind, und es gab Dämmerungen wie in der Sahara. All das war in uns. Du wirst dich daran zurückerinnern, und es wird dir wehtun. Heimweh wirst du haben. Jetzt gehst du in die Tiefe, so tief … nimmst du keinen Taucheranzug mit? Oder einen Hut mit Gamsbart? Ich will hier nicht mehr weggehen«, sagte sie leise und sah in die Luft.

Sie sprach melodisch, ihre Stimme beschrieb leichte Hebungen und Senkungen, als sänge sie sehr sanft die Tonleiter. Was will sie sagen?, dachte Péter besorgt. Das war alles noch nur Melodie, winzige Variationen; noch war der Augenblick nicht gekommen, in dem plötzlich etwas in Edits Stimme aufschreien würde, mit so wunderbarer Schärfe und Klarheit, dass die Zuhörer im Theater schauderten und es nicht wagten zu applaudieren, nicht wagten aufzusehen, sondern mit gesenktem Blick saßen, als hätte sie jemand persönlich angesprochen und gekränkt. In solchen Augenblicken sah Edit den Dirigenten nicht mehr und hörte nicht das Orchester. Wie in der Liebe näherte sie sich diesem Augenblick, während des Singens oder manchmal in diesem Zimmer, gegen Morgen, im Gespräch. Vielleicht koche ich ihr einen Tee zum Abschied, dachte Péter besorgt. Edit war jetzt, als schliefe sie. Ihr Gesicht war leer, gepeinigt angespannt und bleich. Sie war weit weg, irgendwo bei der Kirche von Karnak. Das Licht der Lampe fiel auf ihr Gesicht wie sehr starker Sonnenschein. Draußen im Garten wurde es schon hell, und der Wind begann zu rauschen. Péter sah auf die Uhr, vorsichtig, wie ein Verräter. Langsam musste er losgehen. Den schwarzen Anzug hatte er noch nicht eingepackt. Edit sah auf, sie spürte den Verrat.

»Ich habe dich anders geliebt«, sagte sie ruhig und sachlich. »Wie ein Chinese. Oder wie ein Tier. Vielleicht habe ich dich nicht gut geliebt. So eine Liebe wie meine würde ein Priester niemals segnen.«

»Komme ich zurück?«, fragte Péter.

»Ja«, sagte Edit. »Aber nur noch zu Besuch. Ich werde mich sehr freuen«, sagte sie höflich. Sie setzte sich im Bett auf, legte den Kopf in den Nacken und strich sich die Haare aus der Stirn. »Wir werden uns unterhalten … als wärst du von der Löwenjagd zurückgekommen. Gib mir bitte meine Schuhe.«

»Löwenjagd«, sagte Péter traurig.

Er umarmte sie und hob sie aus dem Bett. Edit war leicht, Péter hob sie mit beiden Händen hoch und trug sie aus dem Raum, über die kühlen Flure, die Treppe hinunter, zu ihrem Zimmer. Edit hatte einen Arm um Péters Nacken gelegt, jetzt war sie ganz leicht und still. Sie gingen am Zimmer der Baronin vorbei, sie horchten und lächelten im Dunkeln. Sie gingen am Negergott vorbei, beide streckten sie abergläubisch und gleichzeitig die Hände aus und streichelten die frivole und erhabene Statue. Sie hatten viele gemeinsame Aberglauben. Unter den Fingern spürte Péter Edits zarte Glieder, manchmal berührte der anisduftende Atem ihres weichen und schmalen Mundes sein Gesicht wie ein Streicheln. Jetzt hielt er diesen Körper noch einen Augenblick in den Armen und erschrak, weil er plötzlich bemerkte, dass er ihn nicht kannte. Dieser Körper hatte etwas an sich, was Péter nicht kennengelernt hatte. Jetzt ist es zu spät, dachte er. Schon standen sie vor der Tür zu Edits Zimmer. Ich habe es versäumt, diesen Körper kennenzulernen, dachte er erstaunt. Immer war von etwas anderem die Rede. Immer war von Edit die Rede oder von der Liebe oder von Karola oder von einem neuen Regenmantel oder davon, wo wir am Abend hingehen.

»Soll ich dich hineinbringen?«, frage er leise an der Tür.

Aber Edit nahm den Arm von seinem Nacken und stieg mit einer leichten Bewegung aus seinen Armen auf die Erde wie ein Fisch, wenn er aus dem Netz rutscht, in seinem Element ankommt, und sich in die Tiefe gleiten lässt. Sie stand im Halbdunkel gebeugt an der Tür, als wolle sie noch schnell etwas sagen. Aufmerksam, mit brennenden Augen sah sie ihn an und dachte nach. Dann hob sie die Hand und schlug Péter ins Gesicht. Der Schlag war leicht und heiß. Sie drehte sich um, verschwand in ihrem Zimmer und schloss die Tür hinter sich ab.

Der Wind ging laut und mit scheppernden Schritten um das Haus. »Und sie hat es doch gesagt!«, dachte Péter erstaunt. Er befühlte sein Gesicht, ging auf Zehenspitzen zurück in sein Zimmer, sah auf die Uhr und pfiff leise. In einer Stunde würde seine Maschine starten. Der Maschinist schaltete schon das Licht an und kramte unten im Maschinenraum herum. Es war wirklich an der Zeit, endlich mit dem Packen zu beginnen.

Nordwind

Auf dem Flugplatz dämmerte es schon, aber nur wie in einem Gedicht. Das Flugzeug stand weiß im gespenstischen, kalten Licht; auf einem Flügel saß ein blonder Mann in ölfleckiger Bluse mit flatterndem Haar und trank Milch. Der Himmel war klar, wolkenlos und feindlich, so leer und ziellos. Ein Beamter hob die Finger an den Mützenschirm, salutierte nachlässig und sagte mit frischer und angenehmer Höflichkeit: »Sie werden eine gute Reise haben, mein Herr. Nordwind.« In der Passagierkabine saß eine einsame alte Frau mit misstrauischem Blick, in Flor und Pelze gehüllt, und aß eine Apfelsine. Das Feld erwachte und keuchte gänsehäutig im kalten Licht wie ein junges Mädchen, das in einer Aprilnacht nackt eingeschlafen ist, unwillkürlich die Decke weggeschoben hat, jetzt davon aufwacht, dass seine Haut kalt ist, und plötzlich Angst bekommt. Es war nicht mehr Nacht und noch nicht Tag.

Das ist ganz gut so, dachte Péter, er zog die Handschuhe aus und zündete sich eine Zigarette an. Diese Bewegung empfand er als weltgewandt; der Mann mit der Schirmmütze, die Maschine, der Wind, der die Aluminumflügel tätschelte, und die Bewegung, wie er mit seinen unbehandschuhten Händen das Streichholz wegwarf, der Windsack, diese märchenhafte Wurst, die dem Tornister eines Wetterzauberers entsprungen war und jetzt über ihren Köpfen flatterte, die kleinen Fahnen im Gras auf dem Flugplatz, die aussahen, als wäre zu einem halb kultivierten Feiertag geflaggt worden, und die Bäume, die in der schroffen Totenbeleuchtung erblassten wie eine erschrockene Landschaft in der frostigen Lichtflut, erträumt von einem verrückten Maler: All das war weltgewandt. Er kannte kein anderes Wort dafür.

Der Beamte mit der Schirmmütze begann mit militärischer, strammer Höflichkeit eine Unterhaltung. Er sagte, das Barometer steige.

»Wohin?«, fragte Péter zerstreut. Dann wurde er rot und sah den Beamten vor Verlegenheit gereizt an. Auf Instrumente wie Barometer, Kompass oder Fahrplan hatte er sich noch nie verstanden. Emmánuel hat mir das Reisen abgewöhnt, dachte er verlegen. Ich weiß nichts mehr über die Welt. Schon seit Jahren denke ich nur noch in Bach-Sätzen. Aber jetzt ist die Welt da, ich muss neu anfangen. Er streifte sich die Handschuhe wieder über und stieg mit beinahe unbefangenen Bewegungen in die Passagierkabine.

In der Kabine roch es nach Wachstuch, Benzin und Öl und leicht nach Apfelsine, weil die alte Frau einige Apfelsinenschalen auf den Fußboden hatte fallen lassen. Ein ganzer Korb voller Früchte lag noch vor ihr auf dem Tischchen, ein Buch mit dem Titel *Der schwarze Schwan* und ein paar dicke, gestrickte Handschuhe, ein Glas Wasser und Medikamente gegen die Luftkrankheit.

Wie schade, dachte Péter. Die zerkaut und bekrümelt jetzt die Welt. Die Tür der Passagierkabine wurde zugeschlagen, der Beamte blieb vor der Maschine stehen und gab das Zeichen zum Start wie ein Bahnwärter im Weltraum, der die Weichen an den Parallelen stellt. Der Beamte freute sich über den Anlass, hob rasch die Finger an den Mützenschirm und salutierte noch einmal. Seine neue Mütze war ganz neu. Der blonde Mann hatte die Milch ausgetrunken, er kletterte in die Kabine zum Steuerknüppel und grinste die Passagiere durch die Scheibe der Klapptür freundlich an, mit einem schadenfrohen und netten Lächeln, als wäre er drauf und dran, eine riesige Gemeinheit zu begehen, sie würden es ja gleich sehen. Sein struppiges, verdorbenes und nettes Kindergesicht erinnerte an Puck; er war der Puck, der fliegen konnte, über die Häuser und Zeiten, der beim Fliegen grinsend den schlafenden Menschen und schlummernden Landschaften ins Gesicht starrte, in Krater und Blumenkelche blies und die Empfindungen der Menschen vertauschte. Puck kann fliegen, dachte Péter achtungsvoll. Es gibt einen neuen Puck. Ein wenig Monteur, ein wenig Aristokrat, und er sieht das Leben jeden Tag aus viertausend Metern Höhe. Bitte, da haben wir's, dachte er.

Schon flogen sie.

Der Beamte verschwand vom Feld, als hätte ihn der Windstoß der Maschinenschraube weggeblasen; sein Kopf mit der Mütze zerstob wie der Kopf einer Pusteblume, angehaucht von einem Riesen. Dann verschwand auch das Feld, schon überflogen sie in geringer Höhe die Stadt. Herr Puck ist neugierig, dachte Péter. In einigen Häusern wurde schon geheizt. In den vornehmeren Häusern stand um fünf Uhr früh der Mechaniker auf und heizte den Kessel der Zentralheizung an. Die Lehrlinge und Küchenmädchen schliefen um diese Zeit noch. Nur der Mechaniker und der Gärtner waren in diesen Häusern wach, zu dieser Zeit stahlen sie in den noch ungereinigten Zimmern Obst, Wein und aus den Schalen auf dem Tisch Gebäck für ihre Kinder. In einigen Häusern hatte man nach dem Lüften die Salonfenster über die Nacht offen gelassen, der Wind hob vorsichtig die schweren Vorhänge, auf den Tischen in den Blumenvasen hoben verwelkte und von ihrem weltlichen Schicksal ermattete Blumen die Köpfe und erinnerten sich. Péter liebte es, früh am Morgen auf Zehenspitzen durch solche leeren Salons zu gehen, wo feiner Tabakrauch und der rohe Geruch der Körper und Kleider der Frauen über Nacht in die Seidenbezüge der Möbel eingezogen waren, wo auf den Marmortischen mit den vergoldeten Beinen halb leere Stielgläser standen und in der Luft der herbe Duft von Sekt und kaltem Rauch stand wie nach einem unterbrochenen Trinkgelage, wenn beim ersten, warnenden Klingeln des Morgens Philosophen, Revolutionäre, Bankiers und Frauen aus einer sehr vornehmen Verschwörung auseinanderstieben. Einige Häuser erkannte er. Dort, unter dem spitzen, hohen Dach schlummerte der Statthalter mit seiner Geliebten, der alten Julia, im gemeinsamen breiten Bett, in dem am Ende des vergangenen Jahrhunderts ein deutscher Herzog geliebt hatte und gestorben war; der Statthalter zeigte jedem vertrauten Besucher das Bett wie ein Eroberer die besetzten Gebiete, in denen er auf seine Weise, als Alleinherrscher, regiert. Die alte Julia stand dann hinter ihm, ängstlich und feierlich, von Kopf bis Fuß in lila Seide gehüllt, unter den alten, klugen Augen lila Farbe wie eine Erscheinung im Nordlicht, und sagte mit tiefer, männlicher Stimme brummend: »Ágoston liebt historische Orte.« Und sie lachte dröhnend, als finge eine Mörserkanone an zu lachen.

Julia ist im Bett sicherlich auch wie eine bemooste und verräucherte Burgruine in einer historischen Landschaft, dachte Péter. Die Bevölkerung der Provinz mochte Julia, man applaudierte ihr, wenn sie ausfuhr, man dachte nachsichtig an sie wie an eine ungesetzliche Tante. Der Statthalter schläft jetzt ohne Zähne, dachte Péter, Julia liegt mit Kopftuch neben ihm, eingewickelt in lila Spitze, Leinen, in muffiges Reispulver und Cremes wie eine Mumie. Sie taten ihm leid. Vor dem Tor sah er plötzlich die blauen Dolmane und die roten Tschakos der Wächter, die vor den Fenstern der Schlafenden langsam auf- und abgingen und einen Traum bewachten, der so peinlich, verwirrt und verzagt sein musste, voller Schreckensbilder und schweinischer Gestalten, dass Péter bei der Vorstellung mit einer leichten und unwillkürlichen Bewegung ein Kreuz schlug. Sie flogen über die beiden Türme der Kathedrale hinweg, über das Palais des Erzbischofs, über den Glockenturm, und durch das Rauschen der Maschine hörte Péter das Morgengeläut, das mit schwerfälligem, wütendem Dröhnen auf die schlafende Stadt einbrüllte, wie ein cholerischer Gelähmter am Morgen die ersten Worte spricht, klagend und unversöhnlich. Dies war der letzte Ton, den Péter aus der Stadt mitnahm. La schlief leise atmend in der Tiefe, in einem der sittsam in eine Reihe gestellten kleinen Häuschen, mit offenem Mund, die Fäuste krampfhaft auf die nackten Brüste gepresst, allein oder mit dem Mann, der sie am Nachmittag so klagend und ruhelos in der Wohnung gesucht hatte und den sie in der Nacht vielleicht doch gefunden hatte, unter einem Baum, in einem Vergnügungslokal, ranzig geworden in jener wütenden und gefühlvollen Männerverbitterung, in der alle Triebe gerinnen und süßlich werden wie edles Obst, wenn es in Salicyllösung eingelegt wird. Jetzt löffelte La diesen Sirup, mit kleinbürgerlicher Hingabe und Sachkenntnis, sparsam wie jemand, der weiß, dass er aufgegessen werden muss, weil er bis zum nächsten Tag schlecht wird. Den Zettel mit der Nachricht hatte sie sicher schon gefunden; vielleicht hatte sie geweint, als sie sie gelesen hatte, aber es konnte auch sein, dass sie sich nur nachdenklich und schniefend die Nase damit geputzt hatte. Arme La, dachte Péter. Auch sie hat ein Schicksal. Niemand kann ihr helfen. Niemand kann irgendjemandem helfen. Ich reise zwischen Liebe und Tod wie in einem Gedicht. Vielleicht kann nur die Liebe helfen.

Er sah noch die Stadt, die Türme der Kathedrale, die Häuser, in denen La, Edit, der Erzbischof, der Statthalter und die alte Julia schliefen und weitere hunderttausend Menschen oder zweihunderttausend – solche Zahlen wusste er nie genau, er war der Ansicht, es reiche vollkommen aus, wenn man bis vier oder fünf zählen konnte wie die Tiere; jede Zahl, die über diesen Einheiten lag, war unwahrscheinlich und nicht zu erfassen! –, er sah die Stadt so scharf und detailliert wie nie zuvor. Noch spürte er nicht, dass er alt war, aber er war nicht mehr ganz der Péter Garren, der sich gestern um diese Uhrzeit im Bett gerákelt hatte, sich aufgesetzt und das Landschaftsbild betrachtet hatte, das sich im Schatten des ersten Lichts abzeichnete. Es war, als wäre er nur ein sehr naher, vertrauter Verwandter des anderen, sein Zwillingsbruder, mit dem er lange in einer gemeinsamen Wiege geschlafen hat. Noch nie hatte er die Stadt so gesehen; jetzt, aus der Höhe, war sie wirklich wie nie zuvor, als er noch tief unten ihre Straßen entlanggegangen war und ihre Steine berührt hatte. Emmánuel schien die Stadt verzaubert zu haben; und in diesem Augenblick, in dem Péter sie und Emmánuels Bannkreis verließ, zeigten sich die Häuser und Menschen endlich in ihrem wahren Wert und ihrer Wirklichkeit. Er flog und spürte, dass er jetzt auch auf andere Weise flog, wie durch einen Explosionsmotor. Er stieg auf, aber nicht mehr nur der Wille des blonden Puck war es, der ihn über die Stadt, den See und den Berg erhob; er spürte, dass jetzt auch eine andere Höhensteuerung zu wirken begann, die ihn über die Wolken und Wirklichkeiten hinweghob. Die alte Frau spuckte aus, räusperte sich und sah sich mit ihren winzigen Affenaugen hilfesuchend um. Sie hält das Fliegen nicht aus, dachte Péter mitleidig, diese Art fühlt sich nur auf der Erde und auf Bäumen wohl. Soll es kommen, wie es will. Und aufmunternd lächelte er seine Reisegefährtin an.

Vielleicht konnte nur die Liebe helfen. Daran hatte er nie gedacht. Er glaubte an die Liebe und wusste, dass er sterben würde. Es war schon ganz hell, unerwartet und mit großem Getöse ging die Sonne auf. Sie hatten sich über die Wolken erhoben. Die Berggipfel glänzten schneebedeckt. Hinter den Gipfeln und dem Schnee konnte man das Meer spüren, als läge es hinter der Welt auf der Lauer und gäbe auf seine eintönige Weise ewig eine Antwort auf eine Frage. Über der Liebe und dem Tod war etwas, was Péter vermutete, aber nicht gut kannte. Jetzt fiel ihm der Name ein. Er sah die Stadt noch, aber nur mehr wie einen geografischen Punkt auf der Landkarte. So einfach veränderte sich und verschwand alles auf der Welt. Vor einigen Augenblicken hatte es für Péter noch eine Stadt gegeben, so laut und aufregend wie eine Straftat. Jetzt hatte sie sich in ihre Bestandteile aufgelöst, war verflogen. Die Liebe war der Name und der Sinn von allem, was der Mensch zwischen Verliebtheit und Tod erleben konnte. Er dachte auf eine Weise an sie, als wäre ihm ein Name eingefallen, ein Begriff, von dem ihm vor schrecklich langer Zeit jemand erzählt, den er aber dann vergessen hatte. Als erinnerte er sich gar nicht mehr an den wirklichen Sinn. Man musste die Bedeutung des Wortes irgendwo nachschlagen, in einem Fachbuch. Viele predigten darüber, aber von der Liebe konnte man nicht sprechen. Er presste das Gesicht an die Fensterscheibe, beugte sich gleichsam über die Welt. Die Welt war voller Tod und Verliebtheit. Aber die Liebe gehörte dem Menschen, nur ihm. Péter hatte das Gefühl, endlich sein Reiseziel zu kennen: Er reiste zur Liebe hin. Unten im Nebel lebten die Flüsse, Wälder, Menschen und Tiere. Sie lebten nach den Gesetzen des Lebens und den Regeln des Todes. Aber die Liebe war mehr. Wo habe ich gelebt?, dachte er erschrocken. In was für einer Taubheit? Er schien einen Klang zu hören. Irgendwo dämmerte ein Gesicht, zwischen Himmel und Meer, dann verschwamm es. Er konnte es noch nicht klar sehen. Noch viel würde er leben und leiden müssen, um dieses Gesicht zu erkennen. Ich habe unter Fleisch und Steinen gelebt, dachte er, aber die Liebe ist anders. Vielleicht ist, im letzten Augenblick, dies der einzige Sinn des Lebens. Etwas, was nicht »stärker ist als der Tod« – nur Edit glaubte verzweifelt und voller Hoffnung, die Liebe könne den Tod hinausschieben. Aber am Ende schien ein weder durch Worte noch durch Melodien oder durch sonst eine menschliche Äußerung ausdrückbarer Sinn alles zu verdichten, was im Leben sinnlos war und schmerzte. Reiseziel!, dachte er und lächelte selbstvergessen. Sie flogen tief über eine kleine Stadt; vor einer Brücke stand eine Kuh im Regen und sah ohne Staunen zu ihnen hoch.

Man kann nicht genug lieben, dachte er, wann werde ich es lernen? Bisher habe ich nur zwischen Affekten gelebt, zwischen Sehnsüchten und Ängsten. Die Liebe ist wahrscheinlich frei von Sehnsucht. Sie will nicht mehr geben und nicht mehr nehmen. Die Liebe, dachte er und sah zu der Kuh zurück, ist anscheinend auch erbarmungslos. Alle Wahrheit ist erbarmungslos, sie feilscht nicht, man kann nicht mit ihr diskutieren. Wie wird Vaters Gesicht aussehen? Auch mein Gesicht ist in Vaters Gesicht, und jetzt wirft er es weg wie eine Maske. Und: Wer ist Vater? Wer war er in der Welt, in dem geschlossenen und dunklen Haus, zwischen seinen Büchern und unförmigen Gegenständen? Woher hat er mich geholt, aus welcher Welt? Ich weiß nichts über diese Welt.

Jetzt sah er den Vater ganz scharf vor sich und spürte auf einmal, dass der Vater wirklich »weltgewandt« war, in dem alten Provinzhaus, zwischen seinen altmodischen Möbeln, Kleidungsstücken und philosophischen Fachbüchern; nicht Emmánuel und nicht der englische Herr, nicht die anderen, die auf dem Schiff nach Bombay gefahren waren, im weißen Smoking, mit Scheckbüchern und Ölverträgen in der Tasche, nicht das ganze Leben in der Stadt, in Emmánuels verzauberter Stadt, wo er auch die Steuern so zahlte, als würde er einem unbekannten, schmalbrüstigen und bärtigen Gott Lämmer und Tauben opfern, dieses Leben war nicht »weltgewandt«, es war eher nur eine verrückte Dummheit. Der Vater wusste etwas über die Welt, während er in seinem Zimmer herumkramte, er wusste etwas, was die anderen an den Börsen, in Emmánuels Chemiefabriken, in den Kühlhäusern, den Kanonenfabriken und auf den Tanzböden nicht wussten. Der Vater wusste etwas Persönliches und Sicheres über die Welt, was die anderen nicht wussten. Er lebte in der kleinen Welt, im engsten Kreis, aber er behielt den Kontakt zur großen, zur echten Welt. Vielleicht würde er es jetzt auch sagen, zum Abschied, dachte Péter hoffnungsvoll. Vielleicht gibt er mir auch eine Ohrfeige, oder er sieht mich an oder sagt etwas. Und dann werde ich wissen, was die Liebe ist …

»Krieg!«, sagte laut seine Mitreisende. Sie zeigte in die Tiefe und grinste. Sie war entsetzlich hässlich, als hätte das Leben alle Heiterkeit von diesem Gesicht gewischt, als hätte die Natur einmal, nach dem Mittagessen, nach Lust und Laune mit dem Material herumprobiert und dann gelangweilt und missmutig, ohne jede Verfeinerung und Verschönerung, dieses Gesicht herausgeknetet. Aus einer Papiertüte nahm sie unentwegt Erdnüsse, so einen richtigen Affenfraß, und pausenlos knabberte sie und spuckte, in sechshundert Metern Höhe. Sie flogen niedrig. Unten in der Tiefe lagen Menschen auf matschigen Feldern, Fahnen wehten, aus dem Rachen unsichtbarer Kanonen flatterten kleine weiße Rauchwolken auf. Sollte es schon begonnen haben?, dachte Péter zerstreut. Ihm war, als hätte Edit am Vortag so etwas erwähnt. Aber vielleicht war es nur ein Manöver. Er sah in die Tiefe hinab, auf die Menschenmenge, die mit Fahnen, Pferden, Panzern und Kanonen auf eine Brücke zustürmte, dann wandte er plötzlich den Kopf ab. Er sah zum Himmel.

»Krieg!«, wiederholte krächzend die Mitreisende, als wäre ihr ein hervorragender Scherz eingefallen, eine Idee und ein Gleichnis, von dessen pointierter Kraft sie nicht genug bekommen konnte.

Péter nickte. Was für eine Visage, dachte er, lehnte sich zurück und sah neugierig zum Himmel hinauf. Ja, mag sein, dass Krieg ist. Auch der gehörte zu Emmánuels Geschäften. Aber das, wohin Péter jetzt reiste, gehörte nicht in Emmánuels Geschäftsbereich. Die Liebe, der Vater, die Familie lagen außerhalb von Emmánuels Kreisen. Die Menschen fürchteten sich, zähneklappernd fürchteten sie sich: vor dem Krieg, vor der eitrigen Blinddarmentzündung, vor Verkehrsunfällen, vor dem Krebs und dem Wertverlust des Geldes. Das Leben war ein zitternder und flüchtiger Stoff: der Körper, ja, auch die Meteore und Kristalle. Die Zeit war das Leben, die Zeit, dieses unsichtbare, unertastbare Material, in dem sich alle Stoffe auflösten und verflogen. Wovor fürchten sie sich?, dachte er beiläufig und sah für einen Augenblick auf die Menschen hinab.

»Keine Angst!«, rief er höflich der Mitreisenden zu, denn die alte Frau hatte das Gesicht traurig in den Händen verborgen und nickte, als hätte sie eine endgültige, unabänderliche Nachricht über ein Unglück bekommen.

Jetzt flogen sie durch eine Eiswolke, in der Passagierkabine wurde es plötzlich dunkel, das Eis pochte laut auf die Aluminiumflügel, mit dichtem und eintönigem Klackern wie von Kugeln eines Maschinengewehrs. Manchmal blitzte es im Dunkeln. In der Tiefe, unter der Wolke, leuchtete ein Berggipfel weiß im Sonnenlicht.

Ich reise zwischen Feuer und Eis, dachte er und lächelte.

Und das ist auch gut so. Man muss durch Feuer und Eis gehen, wenn man noch einmal dort hinabsteigen will ...

Puck wandte sich zurück und zeigte den Reisenden die Zähne. Jetzt sah er aus er wie eine Negermaske: Eine glänzende, braune Ledermütze spannte sich über seinen Schädel, man sah nichts anderes von ihm als die schwarze Brille und das Gebiss. Ihm ging es ausgezeichnet in dem Eisregen zwischen den Blitzen. Endlich ist er in seinem Element, dachte Péter. Der Pilot sah spöttisch nach hinten zu den Landmenschen und beobachtete die Wirkung. Péter winkte ihm zu, dass er auch dieser Meinung sei, und das Gebiss lachte und stimmte zu. Puck zuckte mit den Schultern und jagte ganz hoch über den Eisregen hinauf, flog aus dem Strahlenkreis der Blitze hinaus, so gut gelaunt und jugendlich schwungvoll, als galoppierte er in ein frisches und taunasses Universum, seine Hufe schlugen Funken an den Wolken. Er warf sich in das kalte Element, mit ausgebreiteten Flügeln schwamm er und schlug Purzelbäume, prustete und schüttelte sich über dem einen oder anderen Gipfel, legte sich auf die Seite, baumelte so, auf eine Luftschicht gestützt, über der erwachenden Welt. Sie flogen unter der Sonne, sichtlich nah am Licht; die Sonne stand schon hoch, aber die Erde unten erwachte gerade erst, bereitete sich auf den Frieden vor und auf den Krieg. Puck schwelgte in der Luft, als wolle er sich an der Zeit rächen, an all der Zeit, an einigen Jahrmillionen, die er gezwungen war, am Boden zu kriechen. Als hätte man ihn endlich erlöst, hatte er sich mit einem einzigen Tritt von den Ufern der Erde abgestoßen und schwamm jetzt frei und glücklich, ohne Richtung in dem vertrauten, kalten und sacht nach Zinn schmeckenden Element. Wohin fliegt er?, dachte

Péter unruhig. Wir sind Menschen, Herr Puck, unsere Reise hat ein Ziel. Bitte, lieber Puck, bring mich nach Hause. Die Unendlichkeit hat keinen Sinn. Unsere Reise kann immer nur ein Ziel haben: die Erde, die Familie. Auch wenn wir fliegen.

Er sah hinab und erkannte Städte, sehr alte Städte, Kirchtürme und Burgzinnen, Plätze mit Statuen, dann den vertrauten Bogen des großen Flusses, die weiblichen, sanften Bewegungen seiner Biegungen mit Schlössern und Felsen am Ufer und blonden Frauen, die ihre Haare trocknen, auf einem Felsen sitzen und leise singen. Schiffe fuhren ins Landesinnere, und am Ufer behüteten giftgrüne Wälder mit ihrem Laub ein Geheimnis: Helden, Echsen und Köhler. Die Landschaft war schmerzlich vertraut. Jedes ihrer Rechtecke zeigte ein neues und bekanntes Bild wie die Bildfragmente der im Kinderzimmer verstreuten Spielwürfel; man musste sie nur zusammensetzen, und das Bild, das sie ergaben, war dann die Heimat. Reichhaltig war dieses Bild, Länder bildeten seine Ränder, Städte mit heiligen, in Eisen gegossenen Königen mit Panzerhemden, die das Kreuz blitzen ließen, mit Schilderhäuschen an den Grenzen und farbigen, gestreiften Schlagbäumen, mit Palmen und Flakbatterien an den Meeresufern, mit Menschen in den Zimmern der Städte, die verschiedene Sprachen sprachen und in jeder Sprache an dasselbe dachten: an Hunger und Schlaf, an Liebe und Geld, an den Geruch der Sommerschürze ihrer Mutter, an den Tod und an die Mehrwertsteuer. Die Armen saßen auf Bänken an den Ufern des Flusses, die Mütze auf dem Kopf, die Hände in den Taschen, im Mund eine Zigarettenkippe, mit ausgestreckten Beinen, und dachten an die Armut. Irgendwo inmitten der Landschaft in einer Stadt, die sich über Hügel erstreckte und sichtlich sehr alt war, am Fuße eines Pulverturmes, saß ein Mann im Kaffeehaus, den Kopf voller Gedichtzeilen, und suchte einen Reim auf das Wort »Zicklein«. Finster sah er vor sich hin, vor Anstrengung war sein Gesicht verzerrt. Und die ganze Gegend, die Wälder, Städte und die Erzstatuen der heiligen Könige, waren von einem hellgrünen, historischen Belag überzogen wie die kupfernen Kuppeln alter Paläste. Dies war die Heimat. Sie flogen schon seit Stunden, manchmal sahen sie für einen Augenblick das Meer, dann Glockentürme aus schwarzweißen Marmorwürfeln, dann die Steppe mit Ziehbrunnen, dann eine neue Stadt mit hohen und glatten Häusern aus Stahlbeton, auf deren Dächern sich nackte Frauen sonnten – all das sprach nur sehr leise in der Tiefe, es sprach in dreißig Sprachen, mit wahnsinnigem Surren. Hin und wieder erkannte Péter die eine oder andere Stelle. Von diesem unvollendeten Turm hatte er in der Schule gehört; und eine Stunde weiter fort, am Fuß einer Burgmauer hatte er einmal gesessen, vor zwanzig Jahren, in der Hand die *Göttliche Komödie*, in der Tasche Johannisbrot und im Herzen eine glückliche, erwartungsvolle Beklemmung. Die Pflaumenbäume an der Burgmauer waren hochgewachsen und wiegten sich im Morgenwind. Er sah Felsen und Soldatenfriedhöfe, zehntausend weiße Kreuze wie eine Ingenieurszeichnung, deren Formel erst noch errechnet werden muss. Mitten auf einem Feld, unter einer Eiche, im Kreis seiner ruhenden Lämmer, saß ein junger Hirte, blies auf der Schalmei und las Zeitung.

Die alte Frau bot ihm ratlos und ängstlich eine Apfelsine an. »Wir fliegen schnell!«, rief sie. »Der Nordwind!«

»Ja!«, sagte Péter, und seine Augen leuchteten. »Wir fliegen nach Hause!«

Er nahm die Apfelsine an, weil er seine Reisegefährtin nicht verletzen wollte. Großmütterchen!, dachte er freundlich. Solche wie du sind früher auf dem Besen geritten.

Die Affenaugen der alten Frau glänzten aufmerksam, sie sah alles, die Landschaft und die Wolken, aber zwischendurch blinzelte sie ständig und kramte in ihrer Tasche, als hätte sie genau hier, zwischen Wolken, Sonne und Erde, etwas verloren, eine Häkelnadel oder das Porträt ihres Enkels, und als könne sie nun nicht zur Ruhe kommen, ehe sie es gefunden hatte. Der Wind hob und schob die Maschine. Sie flogen über der bekannten Landschaft dahin, und der Nordwind jagte sie, der Wind, der zeitlos und ohne Erinnerung in dieser Landschaft herumgestreift war und den Garrens schon vor sechshundert Jahren in die vom Raureif bedeckten Bärte gefahren war und sie gezaust hatte; denn hier waren sie entlanggewandert, im Winter, mit Frauen und Hunden, in Lumpen und Leder gehüllt, mit Tornistern und Äxten auf dem Rücken. Hier waren die Garrens entlanggekommen, von Norden her. Der Wind war vertraut. Am Flussufer, das den Norden vom Süden trennte, hatten sie angehalten, sie spähten, rochen in die Luft, die hier schon sanft war und mit milderen Lüften vermischt; ihre Augen tränten noch von Hagel und Wind, sie sprachen leise, kosteten vom Wasser und von den Beeren. Nun musste die Entscheidung getroffen werden: Sollten sie sich gen Osten halten oder gen Westen, oder sollten sie geradeaus, den warmen Gerüchen nach, gen Süden ziehen? Lange beobachteten und berieten sie. Die Frauen wollten nach Süden gehen. Sie sagten, dort wachse das Brot an den

Bäumen, und die Kinder erkälteten sich nicht jeden Augenblick, man müsse keine Häuser bauen, es reiche, wenn man den lieben langen Tag Steine behaut, Kirchen baut, Bilder malt, fischt oder singt. Aber die Älteren waren misstrauisch und hießen die geschwätzigen Frauen schweigen. So eine Heimat gibt es nicht, sagten sie, wo es zum Leben reicht, wenn man Kirchen baut oder singt. Man baut nicht Kirchen, um davon zu leben. Dummes Gerede.

Die Garrens hatten im Norden hart gearbeitet, das hatte sie misstrauisch und schweigsam werden lassen. Damals grassierte im Norden die Arbeitslosigkeit, deshalb waren sie fortgezogen, mit dem Boot und später zu Fuß, immer die Flüsse entlang. Ihre Körper rieben sie mit Tran ein, um sie vor der Kälte zu schützen. Einer von ihnen, Róbert der Geschwätzige, der niemals wirklich arbeitete und den der Stamm nur duldete, weil er auf den Festen angenehm sang und die Vornamen der berühmteren Familienmitglieder in gereimte Verse flocht, dieser Róbert der Geschwätzige, dessen Erinnerung im familiären Sagenkreis erhalten geblieben war, flehte die Stammesältesten an, sich nach Westen zu wenden. Was war im Westen? Niemand wusste es. Die Ältesten zuckten mit den Schultern. »Einfältiges Gerede«, sagten sie mitleidig und verächtlich, »was willst du im Westen, Róbert, du Geschwätziger?« Aber der Verrückte jammerte, schwor, dass der rechte Weg in diese Richtung führe, er habe von dem Weg geträumt, irgendetwas flüstere ihm zu, der Stamm könne dort und nur dort glücklich werden – »Wir werden alle lernen zu reden!«, versprach er aufgeregt. Man lachte ihn aus. Die Alten beschlossen, nach Osten zu gehen; nicht ganz genau nach Osten, ein wenig zwischen Norden und Osten, immer den

Fluss entlang. Die Frauen nahmen die Kinder auf die Schultern, die Männer packten ihre kurzstieligen Äxte; Róbert der Geschwätzige, der sich wie besessen widersetzte und dem Stamm nicht nach Osten folgen wollte, wurde schließlich in Fesseln gelegt und auf einem Schlitten mitgeschleppt. Aber in der Nacht entfloh er. Eine Frau, der er leidtat, ging mit ihm, aber auf halbem Weg packte sie die Angst, sie kehrte um und fand nach Monaten die Fährte des Stammes wieder. Auch diese Frau konnte die Gesellschaft Róberts des Geschwätzigen nicht ertragen. Sie erzählte, der Flüchtling habe an seiner fixen Idee festgehalten, er sei tatsächlich gen Westen gezogen und habe unterwegs ständig Gedichte gestammelt und gesungen. So verschwand er aus dem Leben der Familie. Niemand hörte mehr von ihm.

Aber die Garrens blieben ihrer Gewohnheit treu und führten aus, was sie einmal beschlossen hatten. So zogen sie gen Osten, genauer gesagt immer zwischen Norden und Osten, als wanderten sie zwischen zwei anziehenden Polen.

Hier sind sie entlanggekommen!, dachte Péter. Er beugte sich hinunter und sah tief in den Fluss. In dieser Erde lagen schon hier und dort ihre Verstorbenen. Sie flogen über winzige, spitze Städte; in einigen von ihnen hatten auch schon Garrens gewohnt, Häuser gebaut und sich besonders im Kunsthandwerk ausgezeichnet. Sie flogen über Friedhöfe, und auf den Friedhöfen verwesten Skelette mit vertrautem Körperbau, mit den hohen Stirnen, den breiten Wangenknochen und den langen Händen der Garrens. Er sah auf die Uhr. Es war schon beinahe Mittag, und sie flogen seit dem Morgen. Die alte Frau hatte aufgehört zu essen und war eingenickt. Auch Puck flog ermattet, missgelaunt, als wüsste er, dass jedes Abenteuer einmal zu Ende geht und man schließlich auf der Erde landen muss. Péter hatte das Gefühl, sie reisten schon sehr lange. Dann erkannte er einen Berg, einen See, eine Turmruine. Sie flogen ganz niedrig über dem Friedhof. Auf diesem Friedhof lagen, dort links, neben der Kapelle, seine Großeltern und ihre Geschwister.

So kam Péter Garren nach Hause, weil Anna einen Brief geschrieben hatte und weil dies der Augenblick war, in dem man noch einmal aus der Welt nach Hause fahren musste. Er flog über vertraute und alte Landschaften nach Hause, neugierig und traurig. Im Augenblick der Ankunft bemerkte er, dass er unterwegs Hunger bekommen hatte. Für das billige Gefühl in dieser feierlichen Sekunde schämte er sich ein wenig. Auf dem Flugplatz legte sich der Wind, als hätte er nichts mehr zu tun. Puck stieg aus der Steuerkabine, rieb sich die Augen und lächelte verlegen. Jetzt, auf der Erde, war er ganz anders; weniger Puck-artig, eher wie ein nicht sehr gut bezahlter Monteur. Alles war anders. Auf dem Platz stand Tamás mit einem breitkrempigen weißen Filzhut und sah sehr feierlich aus.

»Wer ist das denn?«, fragte er argwöhnisch und sah die alte Frau von der Seite an.

»Es spielt keine Rolle«, sagte Péter. »Sie hat mir nur geholfen zu fliegen.«

Er sah sich um und breitete hilflos die Arme aus. Alles war so vertraut, auch Tamás' weißer Hut. Jetzt, auf der Erde, in dieser Vertrautheit, wurde ihm schwindlig.

Die Legende

Die Familie Garren stand in dem Ruf, eine Künstlerfamilie zu sein. In der Stadt, in der Umgebung, in Gegenden der Provinz, wo Verwandte und Bekannte lebten, hätte man sich sehr gewundert, wenn einmal jemand – beispielsweise ein haarspalterischer Fremder – gefragt hätte, warum und worin denn die Mitglieder der Familie Garren »Künstler« seien. Diese Frage hätte bei den Zuhörern wahrscheinlich Erschütterung und Staunen ausgelöst. Wie eine Vereinbarung, die so weitbekannt und allgemein ist, dass nur die Übertreiber und Wichtigtuer ihre Richtigkeit bestreiten, wie ein behördlich registriertes und genehmigtes, schon vor Urzeiten verkündetes Abkommen, so lebte im Bewusstsein der Einwohner der Stadt die Meinung, dass die Garrens Künstler sind. Vor beinahe eineinhalb Jahrhunderten war in der Stadt ein Komponist namens Adalbert geboren worden und hatte hier gelebt; er schrieb gefällige Sonaten und komponierte auch ein paar Messen, sein Name wurde in den Fachschulen gelehrt und in den Handbüchern genannt. Von hier stammte auch der wohlbeleumundete Architekt vom Jahrhundertbeginn, der in der Hauptstadt den Tierpark und das Schwimmbad gebaut hatte. Die Tochter eines lokalen Kerzengießers namens Ambrus war vor zehn Jahren und nach skandalösen sowie peinlichen Szenen mit einem Schauspieler durchgebrannt und im Ausland umhergestreift, später hatten die Stadtbewohner sie in Filmen wiedergesehen, wo sie sich feixend in frivolen und nicht ganz erstklassigen Rollen präsentierte. Vor hundertfünfzig Jahren – zur selben Zeit wie der Komponist Adalbert – hatte in der Stadt ein Bildhauer gelebt, der in der Abendstunde seines Lebens, einige Tage vor seiner letzten Ausstellung, zum Hammer griff und all seine Statuen zerschlug, weil er sein Lebenswerk nicht den Fremden zeigen wollte. Kurz vor dem Krieg war auch ein Mörder hier geboren worden. In der Stadt wurde Musik unterrichtet, hier lebte ein Dichter, ein gewisser Ábel Z., dessen Gedichte eine Zeit lang auch die Seiten der Hauptstadtzeitungen geziert hatten, hier lebten Schauspieler und Maler, Letztere konnten – gleichsam als Geduldete – von Gnaden der Honoratioren in zu diesem Zweck bestimmten, etwas abgelegenen Häusern mit Glaswänden ihre Kunst ausüben, aber die »Künstler« waren dennoch nur die Garrens. Worin waren sie also Künstler? Malten sie, musizierten sie oder schrieben sie vielleicht? Niemand wusste von Werken der Garrens, sie selber brüsteten sich nie mit solchem Ehrgeiz. »Tja, die Garrens!«, sagte man manchmal in der Stadt, wenn die Rede auf Absonderlichkeiten kam, beispielsweise darauf, dass der eine Kirchturm dreihundert Jahre alt war, aber man den anderen vergessen hatte fertigzubauen, oder darauf, dass jetzt die Fremden hier waren und ein neues Rathaus bauen wollten; bei solchen Gelegenheiten sahen sich die Alten, die Alteingesessenen, an, schüttelten die Köpfe, lächelten und machten irgendwie die Garrens für alles verantwortlich, was in der Stadt geschehen oder nicht geschehen war, auch für den Turmstumpf, der vor dreihundert Jahren halb fertig stehen geblieben war – als hätten die Garrens mit dem Bau des Turms aufgehört. Hatten sie? Warum? Mein Gott, nur deshalb, weil sie solche Künstler sind. Darüber musste man nicht extra sprechen. Die Übereinkunft, dass die Garrens Künstler seien, gehörte zum familiären Jargon der Stadt.

Lächelnd dachte man an die Familie mit der künstlerischen Neigung, und dieses Lächeln war etwas überheblich, wie nur Menschen lächeln können, die in ihre gegenseitigen Familiengeheimnisse eingeweiht sind und über die Eigenbrötlerei eines lieben Familienmitglieds schmunzeln; es war ein überhebliches Lächeln, aber nicht gerade lieblos. All das gehörte zum Allgemeinwissen wie die Höhe der Berge rund um die Stadt oder die braun und blau angestrichene Statue des Schutzpatrons der Provinz vor dem Ordenshaus der Dominikaner oder wichtigere Bewegungen und Tonfälle einzelner bekannterer Bürger. Dieses Allgemeinwissen bestand jederzeit – auch wenn die Ernte mager war oder vandalische Eroberer vorübergehend die Provinz besetzten – trotzig darauf, dass die Garrens so eine Art Künstlerfamilie waren.

Sie selber wussten auch davon, aber sie erwähnten dieses Allgemeinwissen nie. Der alte Mátyás Garren, Péters Großvater, war zwei Jahrzehnte lang Bürgermeister der Stadt gewesen. Während seiner Amtszeit hatte sich nichts Nennenswertes ereignet. Weder war die Stadt abgebrannt noch hatte eine Seuche die Bevölkerung dezimiert, und Mátyás Garren hatte seine Geburtsstadt auch nicht mit besonderen Gebäuden oder landesweit bekannten Kunstwerken beschenkt. Gewiss, in der Zeit, in der Großvater Mátyás Bürgermeister gewesen war, hatte man einen Raubmörder aufgehängt, der eines Nachts in dem Glauben, der Postdirektor nehme die öffentlichen Gelder am Abend mit nach Hause und bewahre sie dort auf, in die Wohnung dieses hohen Beamten eingebrochen war. Als er in der Wohnung keine Werte fand, hatte er vor Verlegenheit und Schreck die Frau und die beiden Kinder des Postdirektors erschlagen und aus der Speisekammer mehrere Kränze getrockneter Pilze und einige Dosen Leberpastete geraubt. Er wurde nach alter Tradition auf dem Krähenhügel gehängt, denn die Stadt besaß das Recht der öffentlichen Hinrichtung. Mátyás Garren sah sich an, wie der Verbrecher gehängt wurde, nicht gerade von Amts wegen, sondern eher zu seiner eigenen Unterhaltung, und weil er das Gefühl hatte, es gehöre sich, dort zu sein, wenn in der Stadt so ein bedeutendes Ereignis geschah. Aber später, als Mátyás Garren nicht mehr lebte, an Winterabenden, wenn die Bürger in den Trinkstuben mit Eichenholztäfelung und niedriger Decke pfeiferauchend und weintrinkend zusammenkamen, um sich zu wärmen und das Leben und die gemeinsame Geschichte der Stadt durchzukauen, erinnerten sich die Alten beinahe mit einem Zungenschnalzen an die Hinrichtung, vielleicht, weil Jahrzehnte vorher und nachher niemand auf dem Krähenhügel gehängt worden war – die zeitgenössische Gerichtsbarkeit führte die Hinrichtungen auf dem Hof des Gerichtsgebäudes in Gegenwart einiger geladener Zeugen aus –, vielleicht, weil diese Hinrichtung noch zur Erinnerung an das Goldene Zeitalter gehörte; die Greise nickten und brummelten, na klar, damals sei ja auch noch Mátyás Garren Bürgermeister gewesen. »Eine große Familie«, sagte dann einer von den Alten. Und immer fand sich jemand, der hinzufügte: »Eine Künstler-Familie.«

Mátyás Garren hatte seiner Stadt insgesamt einen Feuerlöschturm bauen lassen, das war alles. Ja, sein Porträt wurde rechtzeitig gemalt, und er hängte es persönlich an der Ehrenwand im Rathaussaal auf. Mit in die Stirn gekämmtem, pomadigem Haar, ein schiefes Lächeln in seinem faltigen, schlauen alten Bauerngesicht, im schwarzen Dolman mit Silberknöpfen und einer Silberkette um den Hals, hing er etwas gekrümmt mit untertäniger Körperhaltung an der Wand in dem würdevollen Saal mit seinem düsteren Pomp, zwischen Vorgängern und Nachfolgern, und sah sich so vorsichtig um, als hätte er sich hier nur eingeschlichen und wundere sich selbst, dass er in dieser ernsthaften und strengen Gesellschaft geduldet wurde. Der Porträtmaler hatte ihn in seinem vollständigen Amtsschmuck verewigt, wie er gerade dabei war, mit vorsichtigen und komplizierten Antworten die Zeit hinauszuschieben und seine Würde zu wahren. Wann immer Péter den Saal betrat und das Bild betrachtete, musste er lächeln. Wahrscheinlich mussten auch andere, Fremde, lächeln. Aber insgesamt war dennoch alles so geschehen, wie der Alte es gewollt hatte und wie es nach einhelliger Meinung der alteingesessenen Stadtbewohner hatte geschehen müssen: Es gehörte sich, dass wenigstens einmal ein Garren auf dem Bürgermeisterstuhl Platz nahm; dieses Vorrecht stand der Familie zu. Ein wenig atmete man auch auf, als der alte Garren starb und man die Insignien des Bürgermeisteramtes, vor allem die Silberkette, einem anderen übergeben konnte. Die Älteren waren erleichtert und blinzelten auf der prunkvollen Beerdigung händereibend und zufrieden, weil die Stadt ohne Seuche, Feuer und Schulden – also ohne besondere Probleme – dieses schwere, ja, nicht ganz ungefährliche Abenteuer, die Bürgermeisterschaft von Mátyás Garren, überstanden hatte und nun, sieh an, alles stand an Ort und Stelle, nichts war eingestürzt, und man hatte sogar einen Feuerlöschturm dazubekommen. Es war eben doch eine begabte Familie. So dachte man.

»Aber worin sind sie denn begabt, um Gottes willen?«, könnte ein Uneingeweihter fragen. Vielleicht darin, Vermögen anzuhäufen? Alle wussten von den Garrens, dass sie in in wohlhabenden Verhältnissen lebten, manchmal in beunruhigend guten Verhältnissen, die allgemein Besorgnis auslösten; und zugleich wussten alle, dass sie im Sinne der bürgerlichen Praxis arm waren, vielleicht ärmer als die schmierigen Bettler vor dem Domtor. Auch in Geldsachen sind sie, sieh an, so begabt!, dachte man heiter in der Stadt. Gábor Garren, Péters Vater, hatte fünf Kinder aufgezogen, war dreimal verheiratet gewesen, wobei er alle drei Male ein armes Mädchen zur Frau genommen hatte, und die dritte Frau, Edgárs Mutter Erzsébet, war hässlich und alt, als der Vater sie heiratete, hässlich und arm. In der Stadt verstand man auch das. Aber man hatte auch Verständnis dafür, dass der alternde Garren nach dem Tod seiner ersten Frau, der Mutter von Péter und Anna, ein rothaariges, achtzehnjähriges Mädchen mit Namen Lucy zur Frau nahm, ein Mädchen, das bei einer durchreisenden Theatertruppe zu Gast war und nur kurze Zeit mit Gábor Garren lebte, Tamás gebar und an einem Wintermorgen – »zur Zeit des Winterhochwassers!«, wie der enttäuschte Ehemann verzweifelt erzählte, als wäre das am wichtigsten! – mit einem Filmregisseur durchbrannte. Krisztina, die erste Frau, hatten alle in der Stadt geliebt und geachtet, sie war so jung und ernst und passte so gut zu Gábor Garren und zu allem, was man sich in der Stadt von den Garrens vorstellte! Im Sommer ging sie im Florentinerhut mit breiter Krempe auf den Markt, und sie lächelte immer, auch auf dem Markt, wenn sie mit den Fischweibern feilschte. »Eben die Garrens!«, dachten die Bürger bewundernd, wenn Krisztina lächelte und mit dem großen Hut über den Platz ging, schlank und wohlgeformt, mit Farben wie der milde Sommer. Aber dasselbe dachten sie, als Krisztina starb und der alte Garren mit gefärbten Haaren und hellblauer Krawatte nächtelang in Lucys Gesellschaft im Kaffeehaus saß und Knickebein trank. Er hatte bestimmt keine Wahl. Einem Künstler muss man vieles verzeihen. Michelangelo hat sogar Männer geliebt. Villon allen Anzeichen zufolge Geld gestohlen. Dem alten Garren musste man Lucy auch verzeihen. Dies war die Zeit, in der im Garren-Haus manchmal in der Nacht Musik spielte und vor den erleuchteten Fenstern Wagen standen. Die Bürger, die am wasserfarben dämmernden Wintermorgen zur Messe eilten oder zum Schlachthof einkaufen gingen, blieben für einen Augenblick neugierig vor dem erleuchteten Haus stehen, lauschten, schüttelten die Köpfe und lächelten. Bei den Garrens amüsierte man sich. Zu Krisztinas Zeiten waren solche winterlichen Musikvergnügungen bis in die Morgenstunden nicht vorgekommen. Aber jetzt geschah mit dem alten Garren etwas, und was man niemandem, ja nicht einmal dem alten General, der doch Junggeselle war, verziehen hätte, durfte Gábor Garren tun. Wahrscheinlich bereitete er sich auf etwas vor, auf ein größeres Werk. Die Stadt zuckte mit den Schultern und wandte liebevoll den Kopf ab. So außerordentlich begabte Menschen, wie die Garrens es allgemein waren, die ohne Seuche und besonderes Skandale zwanzig Jahre lang die Stadt regieren konnten, durften nicht an den allgemeinen Ansprüchen gemessen werden. Gábor Garren bereitete sich auf etwas vor, deshalb heiratete er Lucy, deshalb saß er schweigsam, mit durchgeistigtem Lächeln und hellblauer Krawatte um den dünnen Hals im Kaffeehaus unter Offizieren, Pfandhausschätzern und durchreisenden Pseudojournalisten aus der Hauptstadt, deshalb spielte nachts Musik im Garren-Haus. Er sucht etwas, dachten die Stadtbewohner. Ein Wort, eine Idee. Vielleicht träumt er beim Gelage. Und auf Zehenspitzen gingen sie weiter.

Fremde verstanden das nicht. Die Stadt verbarg mit komplizenhaftem Ehrgeiz die Sonderlichkeit der Garrens. Ein Fremder sah nur einen traurigen, lächerlichen, alternden Mann im Kaffeehaus, einen Mann von sechzig Jahren, der in unwürdiger Umgebung herumsaß und nach der Gunst einer verderbten jungen Frau gierte. Aber in der Stadt wusste man, dass Lucy nur ein Mittel war, eine Art billige Muse. Die Kaufleute gaben ihm Kredit, sie drängten ihm Bänder und Seide auf, denn es gehörte sich, dass sich die Muse von Gábor Garren schön kleidete. Lucys Rolle in Gábor Garrens Leben war durchaus kostspielig, man musste Geld beschaffen, ein Gespann halten. All das bezahlte die Stadt: die Sparkasse, einige wohlhabendere Honoratioren, die Kaufleute. Gábor Garren konnte man die kleineren und größeren Kredite nicht verweigern, jetzt, da er am Zenit seines Lebens endlich seine Muse gefunden hatte und sich auf sein erstes größeres Werk vorbereitete. Das Militär kostete Geld, die Schulen und die Krankenhäuser. Da war es ganz natürlich, dass auch Gábor Garren Geld kostete. Und wenn einmal jemand im Stadtrat das Wort ergriffen hätte – ein kühner und origineller Geist – und die Einführung einer neuen Zusatzsteuer vorgeschlagen hätte, einer Zusatzsteuer, deren einziger Sinn und Zweck es gewesen wäre, Gábor Garren in guter Verfassung zu erhalten, wäre diese besondere Steuer nach heftigen Diskussionen vielleicht befürwortet worden. Die Kanalisierung konnte warten, aber Gábor Garren nicht. Wer das nicht verstand, war völlig verbohrt. Die Stadt zahlte den Garrens freiwillig Steuern, weil in der Tiefe, in den Zimmern, Werkstätten und Menschen, eine Sehnsucht lebte, die niemand zu denken und beim Namen zu nennen wagte, nur gerade sie, die Garrens, die Künstler. Deshalb sind sie Künstler!, dachten die Bürger stolz. Wer sonst hätte es gewagt, Lucy zu heiraten? Niemand von der Steueraufsicht. Vielleicht hätte es auch der Tierarzt nicht gewagt, dabei war er adlig und schritt gleichsam mit dem Recht auf Blutgerichtsbarkeit unter den niederen Menschen und Tieren einher. Die Stadt ernährte die Garrens wie personifizierte Sehnsuchtsbilder. Die Garrens waren hier geboren und aus demselben Stoff gemacht wie sie, die hiesigen Fleischer, Ärzte und Beamten. Dennoch hatten sie auch etwas anderes an sich, etwas Schreckliches und Anziehendes, das man nicht verstehen konnte, mit dem man sich einfach abfinden musste. Als wären in der Stadt eines Tages Zypressen statt Pappeln gewachsen.

Die Garrens gehörten ebenso zum Leben wie das Wissen darum, dass weit weg irgendwo Seehunde lebten, dass aus dem Meer hier und da Koralleninseln hervorwuchsen und dass ein Mensch manchmal mit einfachen und wohlklingenden Worten aussprach, wovon die anderen jahrhundertelang nur geträumt hatten. Die Bürger verehrten die Garrens auf ihre vorsichtige Weise, ungefähr so, wie man einen Schutzheiligen oder die Wettererscheinungen verehrt. Wenn ein Garren die Straße entlangging, traten die Menschen in den Geschäften und den Wohnungen mit den Gewölbedecken ans Fenster, sahen ihm hinterher und hatten das Gefühl, jetzt geschehe etwas. Und niemand wäre überrascht gewesen, bei der Heimkehr eines Mitglieds der Familie Garren die öffentlichen Gebäude beflaggt zu sehen. Vor Monaten, als sich die Nachricht von Gábor Garrens Krankheit verbreitete, hatten einige wohlhabendere Bürger der Stadt, der Kerzengießer, der Zunftmeister der Fischer und Kalb, der alte Pfandleiher, der ein Kupferbergwerk am Rand der Stadt besaß, Geld gesammelt und einen berühmten Professor aus der Hauptstadt zu ihm kommen lassen. Vor dem Garren-Haus stand in diesen Wochen bei Tag und Nacht ein Polizist und zwang die vorbeifahrenden Wagen zur Ruhe und dazu, langsam und lautlos zu rollen. Die Ehefrau des Schwerkranken, die dritte Ehefrau in Gábor Garrens Leben, die alte und fremde, auf Autorität bedachte Erzsébet, wurde mit Zeichen der Aufmerksamkeit und des Zartgefühls überhäuft. Alle wussten, dass der Bischof in der Morgenmesse für Gábor Garrens Gesundheit betete. In dieser Zeit kam es vor, dass in Gábor Garrens Geschäft am Vormittag Käufer erschienen, Menschen mit ernsten und beschäftigten Gesichtern, die mit verschämter Bereitschaft ihren Kaufwunsch ausdrückten. Diese Gelegenheitskäufer empfing Sebestyén, der Gehilfe und Verwandte, höflich und verlegen und antwortete abwehrend geduldig, er werde das gewünschte Instrument oder Notenheft unbedingt bestellen. Die Käufer bedankten sich für den guten Willen, erkundigten sich nach dem Zustand des Firmeninhabers und entfernten sich dann, als hätten sie ihre Pflicht getan, aber ohne Hoffnung darauf, jemals in den Besitz der bestellten Ware zu kommen. Sie wussten, dass Sebestyén die Gepflogenheiten des Geschäfts eifersüchtig bewahrte; Gábor Garren verkaufte nicht gern. Es gab auch nichts zu verkaufen in dem

Geschäft. Sebestyén, aber auch Gábor Garren selbst wären zutiefst verwundert, vielleicht auch ein wenig gekränkt gewesen, wenn jemand einmal ernsthaft gewünscht hätte, dass sie einen Bestellbrief an eine Fabrik oder ein Lager in der Hauptstadt schrieben. Das Garren-Geschäft kaufte manchmal noch ein – beispielsweise Goldfische oder schöne alte Holzkronleuchter, die dann zum Eigengebrauch im Büro aufgehängt wurden –, aber verkauft hatte der Firmenchef noch nie gern. Jeder Eingeweihte in der Stadt wusste, dass eine derartige Tätigkeit den Traditionen des Garren-Unternehmens zuwiderlief.

Auf den Geschäftsraum des Stammhauses waren alle in der Stadt stolz, auch die Bewohner aus dem Umland. Das Haus hatte der Urgroßvater von Mátyás Garren vor hundertdreißig Jahren bauen lassen, und die Garrens hatten es mehrmals, so zuletzt vor etwa zwanzig Jahren, in Lucys Zeit, verkauft, doch es war immer in den Besitz der Familie zurückgekehrt. Dieses Haus gehörte den Garrens, wie das Bischofspalais dem Bischof gehörte und der Dom Gott; niemand anders durfte es benutzen. Beim letzten Verkauf hatten sich die Banken der Stadt und der Umgebung eines Besseren besonnen und am letzten Tag, unmittelbar vor dem Auszug der Familie, das Geld zusammengelegt, zu sehr vorteilhaften Bedingungen, und so konnte Gábor Garren schließlich doch im Haus seiner Ahnen bleiben. Alle atmeten auf. Gábor Garren nutzte das Haus auch für kleine Erpressungen. »Dann verkaufe ich es eben!«, sagte er manchmal zu den Banken oder den Privatleuten, wenn er um Geld bat und zu befürchten stand, dass er nichts bekommen würde. Er wusste, dass dieses letzte Argument nützte. Leichtsinnige und verderbte Jungen erpressen so, drohen mit Selbstmord und wissen, dass die schwachen Väter und Verwandten sich diesem Argument im letzten Augenblick und zähneknirschend beugen. Aber Gábor Garren war nicht verdorben. Er war auch nicht leichtsinnig, jedenfalls nicht im alltäglichen Sinn des Wortes, wie ein ausschweifender Soldat oder ein trunksüchtiger Grundbesitzer. Das Haus, ja, die Firma, diese Berühmtheit der Stadt musste man retten. Es war nicht vorstellbar, dass die Stadt eines Morgens aufwachte und über dem Geschäftsraum im Erdgeschoss des niedrigen, breiten, einstöckigen Hauses nicht die Goldbuchstaben glänzten und nicht den mit altertümlichem Geschmack gewählten Firmennamen verkündeten, das Jahr der Gründung und den Namen des Firmeninhabers. *Aiolos* stand auf dem Ladenschild der Firma, schon seit über vierzig Jahren, und darunter mit kleineren, altertümlichen Buchstaben *Notendruckerei* und die Jahreszahl und der Name des Gründers Mátyás Garren. Auf all das konnte man nicht verzichten.

Aiolos, der Gott, der den Winden gebietet, hat sich eigentlich nie mit Musik beschäftigt. Gábor Garren freilich auch nicht. Mátyás, der Gründer, hatte in diesem Geschäft irgendwann einmal Hafer verkauft. Der Firmeninhaber wollte mit der Benennung eher nur an etwas Schwebendes erinnern, an etwas Vornehmes und Ätherisches, gleichsam an den Geist des Geschäfts. Von »Aiolos« konnte man natürlich leicht auf die Äolsharfe schließen, und tatsächlich, im Schaufenster stand an auffallender Stelle eine alte Harfe mit abgeplatzten Saiten, eine Harfe, die der Firmeninhaber noch für Lucy gekauft hatte. Von dem Instrument, das die Hand der unwürdigen, aber geliebten Frau berührt hatte, hätte er sich um keinen Preis getrennt. »Aiolos« schwebte und erinnerte an etwas, was jeder möchte, was in jedem lebt, an etwas Leichtes und Schwereloses. Die Namensgebung hielten alle in der Stadt für gelungen. Das Haus, das im Laufe der Jahrhunderte mehrfach abgerissen worden war, hatte sich in den letzten hundert Jahren wenig verändert. Gábor Garren hatte nur die Keller auf dem Hof umbauen lassen, mit jugendlichem Unternehmungsgeist und für die Zwecke der Notendruckerei. Als sich die erste Aufregung gelegt hatte, vergaßen die Hausbewohner, aber auch das städtische Publikum diese Werkstatt. Zweifellos lag etwas Beruhigendes und Erhebendes in dem Bewusstsein, dass in der Stadt auch eine Notendruckerei aktiv war, genauer gesagt, dass sie aktiv sein könnte, wenn sie eben wollte und gebraucht würde. Aber zum Einsatz der Druckerei kam es nie, vielleicht weil Adalbert, der einzige Komponist unter den Stadtbewohnern, der zu Recht in der Werkstatt hätte arbeiten lassen können, schon vor eineinhalb Jahrhunderten gestorben war, vielleicht weil sich auch Gábor Garren selbst nicht ausreichend ernsthaft mit dem Notendruck beschäftigte; ja, ein missgünstiger, aber scharfsichtiger Mann hätte dem Firmeninhaber nicht ganz grundlos vorwerfen können, dass er die Noten gar nicht mochte. Gábor Garren war zweifellos ein Künstler, aber er las nicht gern, vor allem keine Noten; die Kunst nährte er aus seinem Herzen und seinen Nerven, und alles in allem war er eher unsystematisch. Aber es schickte sich nicht, davon in der Stadt zu reden. Die Notendruckerei arbeitete nicht, und es war überhaupt fraglich, ob sie jemals gearbeitet hatte. Aber die Firmenräume der Notendruckerei gehörten so unverrückbar zur Stadt wie der Krähenhügel oder die seligen Gebeine der drei lokalen Märtyrer in der Krypta der Kathedrale: mit dieser schwebenden Aufschrift *Aiolos*, mit den goldenen Buchstaben über dem Schaufenster und der Harfe darin, mit der Glastür mit Klingel und Vorhang, mit den Gewölbebögen, den Büchern, Noten, Instrumenten und interessanten, nur eben etwas schwer verkäuflichen Kunstobjekten, mit den vollgepackten Regalen, den bequemen Sesseln, in denen vormittags die Freunde der Garren-Firma saßen und in historischen Büchern blätterten – denn Gábor Garren hatte in letzter Zeit nicht nur Goldfische gekauft, sondern auch Bücher, natürlich nicht zu hastigen, primitiven Verkaufszwecken, aber mit kaufmännischer Weitsicht, in größeren Posten, vor allem apologetische Memoiren von Generälen, die im vergangenen Jahrhundert und in neuester Zeit Schlachten verloren hatten –, und im Hintergrund das Kontor, ebenfalls mit Glastür, in dem Gábor Garren an seinem Schreibtisch mit den vielen Schubladen saß, die Füße auf einem Schemelchen, die Knie in Pelzdecken gewickelt, umgeben von seinen Lieblingsdoggen, leutselig und immer bereit, jedem Besucher, der sich aufrichtig nach dem Alibi eines der Verlierer-Generäle erkundigte, Vanillelikör aus Kristallflaschen einzuschenken, die mit farbigem, sirupartigem Funkeln bereitstanden. Die Firma war ein Wert der Stadt. Unter kaufmännischem Aspekt wäre es natürlich schwierig gewesen, ihre praktische Bedeutung zu beurteilen, und wahrscheinlich wäre sie auch nicht so leicht zu verkaufen gewesen, aber wollte überhaupt jemand die Garren-Firma verkaufen? Dies gehörte wie alle materiellen Fragen im Leben der Familie in den Zuständigkeitsbereich von Sebestyén, dem Verwandten und Gehilfen.

In diesem Haus waren die Garrens geboren, und hier

hatte Gábor Garren, der Künstler, zu verschiedenen Zeiten mit seinen drei Frauen gelebt. Über dem Schreibtisch im Kontor hing in vergoldetem Rahmen Gábor Garrens Musiklehrerdiplom; denn Gábor Garren war einst Musiklehrer gewesen, ein echter Musiklehrer mit Diplom und universitärer Vergangenheit, aber er übte seinen gewählten Beruf niemals aus, weil die Kunst ihn ihm schon früh abspenstig gemacht hatte. Er selbst sagte, er wage es nicht, die Menschen die Musik zu lehren, er zweifelte und befürchtete, dass man niemandem die echte Musik beibringen könne. Die Prüfungen bestand er, beiläufig und souverän, aber er nahm nie bei einem Konzert den Dirigentenstab in die Hand und schrieb niemals auch nur eine einzige Note. Sofort nach den Prüfungen war er heimgekehrt, hatte sich das Diplom rahmen lassen, die Notendruckerei gegründet und sich der Kunst geweiht. Fremde verstanden das vielleicht nicht. Aber die Stadtbewohner verstanden es. Sie verstanden es so, wie man im Geheimen das versteht, was man an verstummter Sehnsucht oder verkümmertem, moralisch gezähmtem Willen in sich trägt. Alles, wovon man in der Stadt nur zu träumen wagte, lebte in den Garrens noch, beunruhigte sie und zeigte sich auch in ihren Handlungen wie ein lebendiger und wirkender Wille. Darüber musste man nicht sprechen. In der Stadt lebten Arme und lebten Reiche, und dann gab es, außerhalb des Kreises der Reichen und der Armen, die Garrens. Ein Großteil der Familie war ständig unterwegs, und diese Neigung zum Umherziehen beklagten die Stadtbürger zutiefst; aber sie verstanden sie, weil eine Vielzahl von Beispielen belegte, dass die Künstler, und so natürlich auch die Garrens, von ihren künstlerischen Absichten von Zeit zu Zeit in fremde Gegenden getrieben wurden. Nun schien der alte Garren, der Vater und Firmengründer, in der letzten Zeit ein wenig verfallen zu sein. Eigentlich hatte er auch bisher nicht das Werk geschaffen, in so sichtbarer und wahrnehmbarer Form, wie es mancher von ihm erwartet hätte; aber alle, die die Zusammenhänge kannten, spürten, dass das Werk, die Notendruckerei und die Kinder irgendwie zusammengehörten, und es würde der Augenblick kommen, in dem all dies in glücklicher Harmonie miteinander verschmolz. Die Künstler, so dachte man, sind besondere Wesen, und es ist nicht unbedingt nötig, dass sie auch ein Werk schaffen. Es ist schon allein ein Wunder, dass es sie gibt, eine wunderbare und beunruhigende Erscheinung. Nur wenige menschliche Gemeinschaften können sich mit ganzen Künstlergenerationen schmücken. Aber die Garrens waren hier, Gott sei Dank, sie waren alle Künstler, auf ihre ganz eigene Weise, und sie hatten im Leben ihrer Geburtsstadt eine schwer zu bestimmende Rolle und Berufung.

In diesen Wochen träumten viele in der Stadt von den Garrens. Als sich die Nachricht verbreitete, dass nicht nur Edgár und Albert, sondern auch Tamás und Péter heimkommen würden, erfasste einen Teil der Bewohner eine angenehme Erregung wie vor einem Manöver oder der Ankunft einer Theatergesellschaft. Die Künstler kommen heim!, dachte man. Und alle lächelten erleichtert und nachsichtig, denn die Legende besänftigt.

»Irgendetwas ist hier hoffnungslos«, sagte Tamás. Er stand mit verschränkten Armen vor dem vergitterten Fenster, in der Hand eine Reitgerte; den breitkrempigen, weißen Hut hatte er auf den Tisch geworfen. Er wandte sich halb zum Licht und starrte in den Garten. Sein Gesicht war ernst. »Schon am ersten Tag habe ich es gespürt, sozusagen im Augenblick meiner Ankunft. Für so etwas habe ich einen besonderen Sinn. Weißt du, etwas, zu dem wir drüben sagen: okay oder nicht okay«, sagte er leise mit düsterem Tonfall. Er trug eine Pepitahose und eine schwarze Jacke mit Fliege. Nachdenklich blickte er in den Garten.

Péter trat zu ihm und legte ihm die Hand auf die Schulter, und jetzt sahen sie gemeinsam hinab in den alten Hof, auf die Bäume mit ihren Blätterknospen. Hinten am Zaun stand ein steinerner Schuppen, den sie früher mit echt Garren'scher Übertreibung »Gartenhaus« genannt hatten. Eine Akazie breitete sich auf dem Hof aus wie ein verbannter Eroberer, eine große, alte Akazie, die sich jedes Jahr nur schwerfällig und unter Mühen zur Blüte entschließen konnte; immer war sie ein wenig zu spät dran, wie ein alter Bär mit verbrauchten Organen, der die Erscheinungen des Weltuniversums nicht mehr so ganz genau wahrnimmt, die Zeit und die Jahreszeiten vergisst und seinen Winterschlaf vereinbarungswidrig lange ausdehnt. Die alte Akazie war jedes Jahr zu spät dran.

»Dreihundert Jahre alt«, sagte Tamás zerstreut. Aber Anna wusste ganz genau und warf bescheiden und störrisch immer wieder ein, dass Akazien in dieser Gegend noch vor hundert Jahren unbekannt waren; vor hundert oder hundertfünfzig Jahren hatte man zum ersten Mal welche aus Asien mitgebracht, der Baum hatte sich den lokalen Gegebenheiten angepasst, seine Blüten waren blasser geworden, weißlicher. Die Garrens, die schon immer bestrebt waren, auf der Höhe der Zeit und der Mode zu sein, hatten es vor hundert Jahren eilig gehabt, diesen neuartigen Baum auf ihrem Hof anzupflanzen. Der Vater erinnerte sich noch, dass die Akazie hier in der Gegend einst eine Sensation gewesen war. Inzwischen waren überall in der Provinz Akazien gepflanzt worden, die Landstraßen waren vielerorts von staubigen Kugelakazien gesäumt, die kaum Schatten gaben, deren mageres Laub im Sommer verzagt und matt dahinwelkte. Aber die ausländischen Bäume erfüllten die Umgebung im Frühling mit ihrem südlichen, fremden Duft, mit diesem schrillen und außergewöhnlichen Geruch, der so angriffslustig war, als hätten sich die Bäume aus ihrer Heimat hierher verirrt und würden nun, schreiend vor Verzweiflung, Botschaften nach Hause schicken.

»Es ist die älteste Akazie«, sagte Tamás. Aber diese lässige kräuterhistorische Behauptung überzeugte niemanden. Sicher war nur, dass der hierher verpflanzte Baum auf dem Hof des Garren-Hauses in die Höhe gewachsen war und sich nach allen Seiten ausgebreitet hatte. Seine blassen Blüten, die er jedes Jahr planlos, missmutig auf die Welt brachte, berieselten die Umgebung mit sonderbar welken Gerüchen, mit einer moderigen, dürren Süße, als ob nicht ein lebender Baum blühte, sondern ein alter Schrank künstlichen Duft verströmte. Und weil die Akazie immer ein bisschen zu spät blühte, wurde man in den Nachbarstraßen auf diesen welken Geruch aufmerksam. »Der Sommer ist da«, sagten die Nachbarn schnuppernd, »die Garren-Akazie blüht.« Diese Verspätung erregte kein besonderes Aufsehen, man hielt es für ganz natürlich, dass sich im Hause Garren auch die Akazie willkürlich und individuell benahm.

Jetzt, in der auflebenden Jahreszeit, war sie noch fast kahl, wirkte nackt und alt. Péter nahm Tamás am Arm und betrachtete den Baum. Akazienblüten hatte er zuletzt vor sehr langer Zeit, in Edits Zimmer, gesehen, in einer Glasvase, aber das waren gelbe Akazien gewesen, wilde, asiatische. Wie gebildet und gezähmt diese hier ist, dachte er jetzt voller Anerkennung. Der Baum hier war mit ihnen alt geworden, er hatte mit den Garrens gelebt, die in diesem Haus geboren waren; der Duft der Kindheit war unvergesslich verflochten mit dem feierlichen Geruch dieses fremdländischen Baumes, wenn er, in der Woche seiner Blüte, alle Zimmer des Hauses und die ganze Umgebung mit dem Lärm seiner rasenden und ältlichen Unruhe erfüllte. Der Geruch hatte etwas Unschickliches an sich. Anna ging in diesen Wochen mit blassem Gesicht einher, sie schlug die Augen nieder und warf der Akazie von Zeit zu Zeit vorwurfsvolle Blicke zu. Der Baum wuchs aus dem Hof und aus der Erinnerung hervor wie die Gestalt einer Erscheinung, die wir erst im Traum gesehen haben und die uns eines Tages zu unserer größten Verblüffung auf der Straße entgegenkommt und mit tiefer Verneigung dienert und grüßt. In alledem lag etwas Hoffnungsloses, hatte Tamás gesagt. Péter stand jetzt nah bei ihm und spürte, dass der junge Bruder sich die Haare oder das Gesicht mit irgendeinem Duftmittel einrieb, mit einem groben, etwas erstickenden Duft, ja, Péter hatte jetzt das Gefühl, dass die Salbe oder das Haarwasser, mit dem Tamás seinen Körper pflegte, unschicklich und nicht ganz moralisch war. Der Geruch, der dem krausen Haar und dem dicken, roten Nacken des Angereisten entströmte, erinnerte an den Geruch an Deck von Schiffen, die auf südlichen Gewässern kreuzen; Schiffe, die Ingwer, Zuckerrohr, Ambra und Sklaven transportieren, mögen solche Düfte ausdünsten, in großer Hitze. Die beiden Brüder waren gleich groß, Tamás schien inzwischen gewachsen und Péter etwas kleiner geworden zu sein. Auch Tamás sah zerstreut in den Hof hinab. Am Fuß der Akazie stand der Springbrunnen, der gestern Mittag, in der Stunde der Ankunft, noch nicht in Betrieb gewesen war, doch heute Morgen hatte ihn jemand, wahrscheinlich der sorgsame Sebestyén, in Gang gesetzt. Nun schoss aus der Mitte einer bemoosten Felsengruppe ein Wasserstrahl in die Höhe, der einen goldfarbenen Kautschukball tanzen ließ, denn es gehörte sich, dass alles feierlich und gefällig war, wenn die Garrens ins Stammhaus zurückkehrten. Péter betrachtete den Springbrunnen, der hier so sonderbar unpassend war und vielleicht gerade deswegen zu den heimlichen Sehenswürdigkeiten der Stadt gehörte. Zwischen Schuppen und Akazie, etwas vom Tor entfernt, empfing den Eintretenden eine improvisiert scheinende, aber in Wirklichkeit mit großer künstlerischer Sorgfalt zusammengesetzte Felsengruppe, ganz grundlos, so überraschend, als hätte jemand in der Mitte eines städtischen Salons eine Oase mit Palmen, Kamelen und jugendlichen Odalisken eingerichtet. »Rousseau!«, sagte Gábor Garren manchmal zufrieden, wenn er an dem Springbrunnen vorbeiging, und winkte beiläufig, als hätte er einen großen Gedanken erwähnt, den vollkommen aufzufassen und zu verstehen seine Umgebung noch nicht reif war. Der französische Revolutionär war Gábor Garrens Lieblingsautor. In derlei Dingen war der Vater groß: Mit der einen oder anderen beiläufigen Bewegung, einer scheinbar ungezielten Schöpfung, beispielsweise einer hingeworfenen Felsengruppe in der Nähe des Schuppens, aus der Wasser emporsprang, konnte er unerwartete und riesige Perspektiven erahnen lassen. »Rousseau!« war die Kunst, das komplizierte Aufbegehren eines emotionalen und anspruchsvollen Menschen gegen die schickliche, aber nicht ganz moralische Gewohnheit und Tradition des Alltags. »Rousseau!« war die Erinnerung, eine Art jungfräulicher Protest und demonstrativer Aufstand, die sich für einen Künstler schickten. Péter und Tamás verstanden diese Zusammenhänge. Die Frage war, ob man sie auch in der Stadt verstand, ob Anna oder Albert sie mit allen Konsequenzen begriffen. Frau Erzsébet beispielsweise verstand sie nicht ganz, sie hatte auch mehrfach darauf angespielt, als schämte sie sich für diese Außerordentlichkeit, diese unschickliche Übertreibung, wie sie sagte, diesen »Tand«. Aber der Vater, der in den vergangenen Jahren wundersam und schmerzlich still geworden war – »verfiel«, wie es in der Stadt hieß –, hatte störrisch und unnahbar mit innerem Widerstand auf der Felsengruppe bestanden. So hat man wohl Angst um sein Werk, wenn man weiß, dass man die große Prüfung zu bestehen hat und, unabhängig vom persönlichen Schicksal, mit Beendigung seines Werkes vor dem Richtstuhl der Zeit erscheinen muss. Ja, Péter und Tamás verstanden diesen Springbrunnen in der Mitte des Hofes, wo ihr Urgroßvater noch Rinder und Pferde gehalten hatte. Und überhaupt, dies war der einzige Springbrunnen in der Stadt.

Daran dachten sie, blickten in den Hof, schwiegen und lächelten. Péter hatte am Nachmittag, in der Stunde nach seiner Ankunft, beim Vater vorbeigesehen, aber er konnte nur von der Schwelle aus einen Blick auf ihn werfen, weil der Kranke schon seit zehn Tagen meist schlief, tief schlief, nicht mehr im Rausch der Schlafmittel, sondern in einer eigenartigen Mattheit, ernst und streng. Am Abend, als Péter wieder nach ihm sah, schlief er ebenfalls, und die Garrens schlenderten etwas gekränkt im Haus herum. Der Vater verschlief die Ankunft der Kinder, viele schöne und ergreifende Szenen verschlief er so, Gruppenbilder, die ihn unter anderen Umständen wahrscheinlich amüsiert hätten, Wiedersehenskonstellationen, gefällige und würdevolle Bewegungen verschlief er, auf die sich die Heimkehrer im Geheimen alle vorbereitet hatten; und jetzt, als die Gruppenbilder wegen des Vaters unerwarteter Schläfrigkeit ausblieben, saßen sie enttäuscht und unbefriedigt in den Zimmern, ein wenig wie Schauspieler, die ihre Rolle vollkommen gelernt haben und im letzten Augenblick erfahren, dass die Vorstellung ausfällt. Das Haus war durchdrungen von dieser Enttäuschung, die ganz leise war, mit Rücksicht auf den Kranken, den selbst ein Gedanke im Schlaf stören könnte; die Brüder spürten diese heikle Empfindlichkeit, selbst ihre Gedanken bewegten sich auf Zehenspitzen. Der Abend war kalt und leer.

Aber die Nacht, Péters erste Nacht im Garren-Haus, war tief und taub wie die erste Nacht in einem Grab, wo Verwandte liegen, deren Namen der späte Nachkomme nicht mehr kennt. Für Péter hatte man im Kinderzimmer das Bett gemacht. Dieses Zimmer ging auf den Hof, das Fenster war mit einem Gitter geschützt, mit berechtigter

Vorsicht, damit die Garrens, die schon in der Kindheit eine auffallende Neugier für die Außenwelt verraten hatten, nicht hinausfielen. Das Zimmer war seit anderthalb Jahrzehnten nicht benutzt worden. Es roch ein wenig nach Gummi arabicum, als hätten Péter oder Tamás eine Arbeit geschrieben oder gebastelt und vergessen, danach die Klebstoffflasche zu schließen; es roch ein wenig nach Kinderkrankheiten, Kamillentee, leichtem Abführmittel, Perusalbe und Jod. Das Jodzeitalter hatte mit der Herrschaft Erzsébets im Haus begonnen, denn die dritte Frau fürchtete sich besorgt und krankhaft vor Infektionen und hätte am liebsten alle Garrens, auch den Vater, von Kopf bis Fuß mit Jod eingerieben, zum Schutz vor unvorstellbaren Gefahren und Infektionen. Im Kinderzimmer hatten diese Gerüche seit einem Jahrzehnt ein eigenwilliges, ungestörtes Leben geführt. Durch das vergitterte Fenster sah man auf die berühmte Akazie, aber das Zimmer war auch verräuchert, als wäre dieser hehre Ort seit einem bestimmten historischen Zeitpunkt – beispielsweise seit dem Moment, als die Garrens erwachsen geworden waren – nicht mehr gelüftet worden. Das Zimmer war kalt und fremd. Auf den Regalbrettern lagen Spielsachen, Lehrbücher, alte, tintenfleckige Lineale, Landkarten mit Eselsohren, Jules Vernes Werke und ein Globus, dessen Landschaften willkürliche Pfeile und komplizierte Wegweiser mit roter Buntstiftschrift schmückten. An der Wand hingen Bilder ohne Rahmen, mit Reißzwecken befestigt, Edgárs, Annas und Alberts Werke. Anna hatte sogar mit Öl gemalt, einen Wasserfall mit Tannen und Tulpen in einer Vase. Edgár hatte mit Kreide symbolische Zeichnungen angefertigt, in sehr kräftigen Farben, in Tuscheschwarz, in Mord-Rot, in Nachtblau, Zeichnungen, die nur im übertragenen Sinn die Erscheinungen der Natur nachahmten; manchmal konnte man im ruhelosen Wettstreit der Farben eine Nase oder einen Stiefel erkennen, und Edgár hatte die Bilder willkürlich mit Titeln wie »Abscheu« oder »Erdrutsch« oder »Péter sucht das Kaninchen« versehen. Dazwischen hingen Alberts Bilder, es waren eher kolorierte Zeichnungen, beispielsweise Häuser, sehr genau und gewissenhaft, das Haus des benachbarten Fleischers oder die große Kaserne, in einer ängstlichen, sorgfältigen Ausführung, jedes Fenster war an seinem Platz, als hätte man es im Architekturbüro skizziert, mit unverkennbarem Kunstfleiß und Proportionsgefühl; er hatte auch Gegenstände gemalt, Möbel und Haushaltsaccessoires, wie sie ein gewissenhafter Kunsttischler zeichnen konnte. Auf den ersten Blick waren dies die sorgfältigen, detaillierten und gründlich zusammengepfriemelten Werke einer Seele mit Neigung zum Kunsthandwerk, die erst bei näherer Untersuchung verrieten, dass ihr Schöpfer einen ganz individuellen Blick auf die große weite Welt besaß: Der Kaserne beispielsweise fehlten die Fenster, dem Renaissance-Stuhl fehlte ein Bein, denn Albert vergaß schließlich immer etwas, als ob seine ängstliche und ehrliche Seele mitten bei der Arbeit am Werk ihrer selbst und der Welt überdrüssig geworden wäre und ein Stuhlbein vergessen hätte oder die Augen in einem menschlichen Gesicht, weil er an dem Ganzen zweifelte und mit plötzlich erwachter Kleingläubigkeit dasselbe Gefühl hatte wie Tamás, nämlich dass »alles ziemlich hoffnungslos« war. Die Bilder hingen unsystematisch und durcheinander an den Wänden. Neben Edgárs »Abscheu« ein »Morgenröte im Wald« von Anna und ein grundrissartiges Werk von Albert, eine Kirche von sichtlich außergewöhnlichen Maßen und Bedeutung, mit dreifachem Schiff und Säulen, die die beachtliche Gewölbedecke und Türme trugen, nur das Tor hatte der Planer vergessen; in diese Kathedrale führte – als wäre die Menschheit unwürdig, sie zu benutzen – nirgends ein Eingang. Albert hatte das Gerüst etwas willkürlich ausgemalt – die Kirche war rot und die Kaserne blau – und unter jedes Werk sorgsam seine Signatur gesetzt, als hätte er seine Sache gut erledigt und übernehme auch vor der Nachwelt die Verantwortung für seine Taten. Auf dem untersten Regalbrett lagen defekte Spielzeuge wie in einer Rumpelkammer, eigenartige Zubehörteile und Seltenheiten aus einer Zeit, die spurlos vergangen war und schon in den Schulbüchern gelehrt wurde.

Ja, das war die Heldenzeit, hatte Péter gedacht, als er am Abend das Zimmer betreten hatte, und den Gummi- und Jodgeruch tief eingeatmet. Aber es gab hier auch noch andere Gerüche, im Verborgenen. Er zündete kein Licht an, einige Zeit stand er reglos in dem dunklen Zimmer. Als ob er mit jeder Bewegung, jedem Atemzug die erstarrte Ruhe, die sich zwischen den Möbeln gezwungen und gekränkt ausgebreitet hatte, aufwühlen und mit unabsehbaren Folgen in Bewegung setzen würde. In dem Zimmer, das die Kinder verlassen hatten, um ihr Leben in anderen Zimmern zu führen, in fremden Betten zu schlafen, eigenartige und beängstigende Bücher zu lesen und andere Arten von Spielen zu spielen, in dem Zimmer lag etwas Gekränktes. Péter wagte lange nicht, sich zu rühren. Die vergangene Zeit haftete fein an den Möbeln und Gegenständen wie eine historische Glasur. Auch ein hauchfeiner, leichter Geruch nach Rattengift kam unter den Schränken hervor. Alles war an seinem Platz, aber so schmerzhaft und kalt wie in einem kleinen Tollhaus, das man eine Weile nicht benutzt hatte, weil die Insassen vorübergehend freigelassen worden waren. Das Gitter am Fenster, die Tapetentür, die ins Badezimmer führte, über der Tür das Gruppenbild vom Abitur und eine Uhr an der Kette, die trotzig und eingebildet halb zwei zeigte und schon seit anderthalb Jahrzehnten nicht mehr ging, der Schatten des Globus an der Wand, der kalte Rauchgeruch des Ofens, das Eisenbett, in dem immer der Älteste schlief – derjenige, der gerade der Älteste war, denn in der Rangfolge des Kinderzimmers rissen das Erstgeborenenrecht von Zeit zu Zeit andere an sich: Es kam vor, dass Tamás plötzlich voranstürmte und Péter in der Nacht aus dem Bett und dem Zimmer vertrieb, und dann wuchs Albert unerwartet, ohne Übergang, zwischen Abend und Morgen, und forderte seine Rechte ein, Rechte, die man ihm nicht verweigern konnte, weil die ungeschriebene Kinderzimmerordnung, die mehr als alle willkürlichen Entscheidungen galt, keine Rechtsverletzung duldete, und wer unschicklich gegen diese Vereinbarungen revoltierte, wäre wahrscheinlich geächtet worden! –, das Eisenbett, das Anna jetzt ungebeten Péter als unstreitig »Ältestem« zugewiesen hatte, als jemandem, der von so »weit« kam, wenn auch nicht im geografischen Sinn, dass er das Recht hatte, diese Lagerstatt von symbolischer Bedeutung zu usurpieren, und Krisztinas koloriertes Foto an der Wand, gegenüber dem Bett, mit Florentinerhut, lächelnd, in der Hand Blumenstrauß und Fächer: Alles blieb fremd, zurückhaltend und kalt. Die Gegenstände nahmen den Ankömmling nicht auf. Er setzte sich auf die Bettkante und wartete. Sechs Jahre lang hatte er in diesem Zimmer gewohnt, in den letzten sechs Jahren im Elternhaus, mit einer gewissen Würde hatte er jede Nacht das Eisenbett in Besitz genommen, gegen Tamás' zähneknirschenden Protest, der mit Händen, Füßen und in allen Tonlagen versicherte, jetzt sei seine Zeit gekommen. Das Bett war schmal und hart. Es war ein tugendhaftes Bett; es ließ sich mit keinem anderen Bett vergleichen. Péter zog sich vorsichtig aus, wagte die Beine nicht ganz auszustrecken, das Bett war kalt, das kleine Kopfkissen ganz klein – so vereinbarungswidrig, garrenhaft klein, als wäre es einmal in der Vergangenheit, vor hundert Jahren, in der Zeit von Seuche und Hungersnot, von einer Garren-Urahne so zugeschnitten worden und als wagten es die Nachkommen nicht, etwas an den gewohnten Maßen zu ändern. Es ist ungefähr ein Drittel so groß wie ein normales kleines Kissen, dachte Péter misstrauisch. Manchmal, in bestimmten Dingen, war die Familie sparsam. Er knüllte das kleine Kissen vorsichtig unter den Kopf und überzeugte sich, sooft er in der Nacht aufwachte, mit einer unruhigen Bewegung davon, dass es noch da war. Die ganze Nacht spürte er den leichten Geruch von Rattengift.

Jetzt, als sie das Gartenhaus und den Springbrunnen gründlich ansahen, fragte er Tamás höflich: »Möchtest du im Eisenbett schlafen?«

»Nein, das will ich nicht mehr«, antwortete Tamás.

Traurig und trotzig sah er sich um. Tamás war im Hotel abgestiegen, im »schönsten Zimmer«, wie er gesagt hatte, etwas spöttisch, mit unnachahmlicher Intonation, mit dem gekränkten Tonfall desjenigen, der müde war zu beweisen, der die Menschen nicht in jedem Augenblick bekehren konnte, nicht an den Straßenecken predigen, der sich mit dem Unveränderlichen abgefunden und gezwungenermaßen das »schönste Zimmer« im Hotel bezogen hatte, das freilich ziemlich armselig und bescheiden war, denn er, Tamás, war »drüben«, in Übersee oder auf dem Mond oder Gott weiß wo, ganz andere Zimmer gewohnt. Zum Morgen hin hatte sich der Wind gelegt. Péter wagte nicht, Tamás zu fragen, ob er am Morgen geritten sei und ob er überhaupt zu reiten pflege, und wenn ja, ob er dann zum Reiten immer einen weißen Hut und eine schwarze Jacke trage, und ob er an dieser gesunden und weltläufigen Gewohnheit des Reitens auch hier daheim, in der Geburtsstadt, festhalte, in diesen Wochen oder Tagen, in denen der Vater so krank war und das Verhalten der heimgekehrten Garrens in der Stadt mit einer gewissen Erwartung und Wachsamkeit beobachtet wurde. Die Reitpeitsche, die Tamás keinen Augenblick losließ, als wäre er jeden Moment bereit, aufs Pferd zu springen und davonzugaloppieren oder die Familie und die Einwohner mit ungewohnt eleganten Reitkunststücken zu blenden, beunruhigte Péter etwas. All das war, mit Tamás' Worten, die Péter nicht ganz genau verstand, nicht vollkommen »okay«; und Tamás schwieg auffällig und beunruhigend. Er ging durch das Zimmer, etwas geringschätzig, berührte mit der Spitze der Reitgerte das Eisenbett, sah sich zerstreut um, als wolle er von alledem nichts mehr wissen, als sei er darüber hinweg und danke auch schön. Irgendwann, ja, wäre er vielleicht bereit gewesen … aber jetzt war es zu spät. Péter hatte noch nicht ernsthaft mit Tamás gesprochen. Die kurze Zeit seit ihrer Ankunft war mit Höflichkeit und Schweigen gefüllt gewesen. Eigentlich hatten sie andauernd nur gegessen seit gestern Mittag – Anna oder Erzsébet hatten zu unterschiedlichen Zeiten mit leiser Stimme, beinahe unterwürfig, gemeldet, dass man wieder etwas essen könne, als ob die Tagesordnung vollkommen durcheinandergekommen wäre und die ungewohnten Mahlzeiten gewissermaßen immerhin die allgemeine Zeit des Wartens ausfüllten; sie aßen, als hätten sich die Familienmitglieder in der dunklen und verdächtigen Zeit ihrer Abwesenheit nicht ernährt, als sei es höchste Zeit, dass sie sich »echte« Speisen einverleibten und zu Kräften kämen.

Ach, das ist nicht das Brot von Karnak, dachte Péter, als er sich zum ersten Mal im braunen Speisezimmer an den erlesen gedeckten Tisch setzte, und plötzlich stand Edit vor ihm, mit glänzenden Augen, neugierig und gnadenlos. Er biss in das Brot, das nach einer alten, beinahe heiligen Regel gebacken worden war, aus Roggen- und Weizenmehl mit Kümmel, und das, leicht bucklig gebacken, in einer Blechdose mit offenem Deckel in Annas Nähe stand – Frau Erzsébet sträubte sich in diesen Tagen, an den gemeinsamen Mahlzeiten teilzunehmen, »für mich ist es auch in der Küche gut, mein Junge!«, sagte sie unverständlich störrisch zur Verzweiflung der Ankömmlinge. Es war vertrautes Brot, Péter kostete es zerstreut. Das Brot ähnelte unleugbar dem anderen, dem vertrauten – sein Geschmack, seine Beschaffenheit und sein Geruch riefen Erinnerungen hervor, aber es war nicht mehr, war doch nicht »das« Brot. Was ist geschehen?, dachte Péter erschrocken. Er schluckte schwer, achtete darauf, dass man nicht bemerkte, wie er sich quälte, biss nach Atem ringend ab und konnte das Brot kaum hinunterbringen. Auch das Eisenbett ähnelte. Und das Kinderzimmer. Als wäre von allem nur das Charakteristische, Symbolische geblieben, und die Gegenstände, Geschmäcke und Gerüche selbst wären zerfallen, als hätte sich die Wirklichkeit längst aufgelöst. Vielleicht war es das, wozu Tamás in seiner gekränkten und verallgemeinernden Weise ruhelos sagte, es sei nicht ganz »okay« und hoffnungslos.

»All das muss man einmal gründlich durchsehen«, sagte Tamás jetzt. Er sagte es geringschätzig, aber in seiner Stimme zitterte etwas. Er sprach wie ein großer Herr, der auf eines seiner Erbgüter zurückkehrte und die Ställe, den Park und die Gesindehäuser in Augenschein nahm, aber nur so beiläufig, mit der Reitgerte in der Hand, mein Gott, das ist doch nicht so wichtig! ... Vielleicht fehlten einige Herden oder Wälder oder der alte Zirkel im blausamtenen Futteral – was zählte das schon für Tamás! Aber seine Stimme bebte.

Offenbar, dachte Péter, zählt es doch. Sie gingen an den Regalen entlang, mit dieser lässigen, vornehmen und lächelnden Überlegenheit; man konnte das Ganze gar nicht ernsthaft schätzen und berechnen. Tamás war inzwischen schon mit dem Schiff gereist und hatte fremde Sprachen gesprochen, und von Péter wussten alle, dass er in Emmánuels Geschäft über ganz andere Lager regierte, über Kanonen und Musikschulen – was zählte es da, ob der Globus, den Tamás damals mit geheimnisvollen Pfeilen und Wegweisern bemalt hatte, noch da war oder nicht und in welchem Zustand. Lächelnd, mit einer herablassenden Bewegung nahm Tamás den Globus in die Hand, aber dann stellte er ihn sofort, erschrocken und linkisch, wieder an seinen Platz zurück. Als hätte er Angst, ihn zu berühren, dachte Péter. Wahrscheinlich hatte er hier einmal mit seinem rotem Buntstift eine Reiseroute gezeichnet, die er später, bei seinen Wanderungen, nicht ganz genau eingehalten hatte. Tamás hatte leider immer mit Begeisterung Stifte gestohlen, schon im zartesten Kindesalter, besonders Buntstifte aus den Schubladen der Firma Aiolos und auch von Vaters Schreibtisch; seine Vorliebe für farbige Stifte, die er normalerweise für nichts benutzte, schien er vom Vater geerbt zu haben, der jedes Jahr ganze Batterien von Stiften auf seinem Tisch aufmarschieren ließ, in allen Farben, als bereitete er sich auf eine riesige, farbige Zeichenskizze vor, denn auch das gehörte zur Kunst!

Aus zwei Schritten Entfernung, mit zurückgelegtem Kopf und zusammengekniffenen Augen betrachtete er sorgenvoll den Globus. Sein roter, pausbäckiger, mit Kraushaar bedeckter gekränkter Kinderkopf sah in diesem Augenblick traurig aus; das Gesicht eines Halbwüchsigen, der sich heimlich rasiert, sich ein Zimmer im Hotel nimmt und nach Übersee reist, wenn er auch hier zu Hause im Eisenbett schlafen könnte.

Tamás hat man gekränkt, dachte Péter. Sichtlich gekränkt hat er sich die Regale, die Zimmereinrichtung, die zerbrochenen Spielsachen, die Werke von Jules Verne angesehen. Wann und wo hat man Tamás gekränkt? Péter erinnerte sich nicht. Die Familie lebte und wanderte, von Zeit zu Zeit schrieb man sich Briefe oder telefonierte, und dann traf man sich manchmal, veranstaltete peinliche und beängstigende Treffen, deren wirkliche Bedeutung und Sinn niemand kannte und auch gar nicht mit allen Konsequenzen zu denken wagte, man traf sich und freute sich, Anna schrie leise auf und küsste alle Ankommenden auf die Stirn, mit kalten Lippen, genau über der Nase, wo sich die Augenbrauen berühren – und zwischendurch, zwischen Abwesenheiten und Treffen, war ständig die Rede von irgendetwas, von einem Gefühl, einem Zustand, über den man nicht sprach. Darüber konnte man nicht sprechen. Der Himmel, dieses sonderbare Firmament, das sich über der Familie spannte, mit Wolken und Sonnenstrahlen, wäre vielleicht eingestürzt, wenn man darüber einmal zu sprechen begonnen hätte. Was war dieses Gefühl? Dieser Zustand? Dieser Gedanke oder diese Erinnerung, auch jetzt, auch in diesem Augenblick im Kinderzimmer, wo Tamás und er sich scherzhaft eingestellt hatten, um durch das vergitterte Fenster die Akazie anzusehen und den Globus und die Erinnerungsstücke des goldenen Zeitalters in Augenschein zu nehmen, was war diese Erinnerung, die in diesem Augenblick so gekränkte und sorgenvolle Falten in Tamás' rasiertes und mit unschicklichen Duftmitteln gepflegtes Halbwüchsigengesicht malte?

Sie starrten so vertieft, mit zu Boden gesenktem Gesicht, mit ängstlichen, beinahe finsteren Blicken vor sich hin, mitten im Kinderzimmer, als rechneten sie. Tamás' fleischige Lippen bewegten sich lautlos. Er rechnete, suchte etwas, konnte irgendetwas nicht zusammenrechnen oder teilen. Wie zwei Rentmeister auf einem Gut, dessen Eigentumsrecht etwas unklar ist, zwei Rentmeister mit nicht ganz sauberen Händen, die sich nicht in die Augen zu sehen wagen und irgendetwas nicht finden: eine Zahl oder einen Morgen Luzerne oder eine Geldsumme, über die sie jetzt, da die Zeit der Abrechnung naht, Rechenschaft ablegen müssen. Irgendetwas war hier, was zu Hause und draußen – in jenem geografisch schwer zu bestimmenden

»Draußen«, das Edit als »Kirche von Karnak« bezeichnete und von dem Tamás mit diesem lächerlichen und unverständlichen Fremdwort behauptete, dort sei alles »okay« und nicht so hoffnungslos – ständig fehlte. Wer Schuldner war und wer Gläubiger, wussten sie nicht. Da war eine Spannung, ein Schuldgefühl, etwas Unabgerechnetes, über das man eines Tages doch würde reden müssen. Tamás starrte vor sich hin, so finster und gekränkt, als hätte er diese Schulden im Geheimen schon längst verloren gegeben und bringe es nur nicht fertig, sich mit dem Verlust abzufinden. Man hat ihn gekränkt, dachte Péter.

Doch jetzt bemerkte er zu seiner größten Verwunderung, dass man auch ihn selbst gekränkt hatte. Bisher hatte er nur höflich gelächelt und Hände geküsst, Gesichter und Nacken, die man ihm hinhielt, und seiner Natur nachgegeben. Schon gestern Abend, als er das Zimmer betreten hatte, hatte er seine Gekränktheit empfunden, aber andere, heftigere und aufregendere Gefühle vermischten sich in den Träumen dieser ersten Nacht so abenteuerlich, dass er keine Zeit gehabt hatte, darauf zu achten. Aber jetzt, Tamás gegenüber, der mit der Reitgerte gegen sein Pepitahosenbein schlug und finster den mit Wachstuch bezogenen Fußboden anstarrte, überströmte das Gefühl der Gekränktheit die Erinnerungen und Manieren. Der Fußboden war fleckig, als würden alte Blutspuren an dem feuchten, zerfasernden Stoff kleben, Blutspuren aus den Punischen Kriegen.

Hoffen wir, dass er nicht handgreiflich wird, dachte Péter. Das wäre sehr peinlich und unschicklich, jetzt, wo Vater so krank ist. Ich kann nichts dafür, dass ich der Ältere bin, und außerdem habe ich ihm das Eisenbett angeboten … Er hätte gern gelächelt, Tamás auf die Schulter geschlagen und die düstere und herbe Sentimentalität des Augenblicks mit weiteren scherzhaften Angeboten vertrieben; vielleicht sollten wir etwas spielen, dachte er, unten im Schuppen, in einer blau gestrichenen Kiste, könnten wir die Laterna magica finden. Aber seine Hände waren schwer, völlig ungeeignet für scherzhafte und leichte Bewegungen. Als wäre alles vergeblich, die Küsse und Umarmungen und die großen grimmigen Mahlzeiten, mit denen Anna wie ein Schutzengel auf ihre primitive Weise versuchte, die heimkehrenden Erregungen zu besänftigen. Es waren gleichsam Opfermahle, deren eigentlicher Sinn nicht in der Ernährung lag, sondern in der Befriedung, in der Erinnerung an gemeinsame Gerüche und Geschmäcke, die in den Mägen und Nerven der Familie bewahrt werden; und all das vergeblich. Tamás wollte sich nicht versöhnen. Wahrscheinlich wollte sich auch Albert nicht versöhnen. Und Péter räusperte sich und wandte sich ab, weil er jetzt, da er dem Eisenbett und Jules Vernes *Gesammelten Werken* gegenüberstand, verblüfft spürte, dass er sich auch nicht versöhnen wollte.

»Tja«, sagte Tamás sehr entschlossen, als setzte er einen Punkt hinter einen langen Satz. »Was suchen wir hier?« Er schüttelte den Kopf und lächelte verlegen und bitter. »Weißt du, ich bin schon seit einer Woche hier und habe alles gesehen. Was denkst du, wie lange … ich meine … aber nein, hier weiß niemand etwas. Ich sage ja, in dem Ganzen liegt etwas Hoffnungsloses.« Er trat ans Regal und nahm mit einer zerstreuten Handbewegung ein Buch heraus, *Die Kinder des Kapitän Grant*, begann zu blättern und nickte, als sei er mit dem Inhalt einverstanden. »Es ist traurig, und es beunruhigt mich, dass ich nicht lange bleiben kann. Meine Geschäfte warten.«

Péter wusste, dass davon kein Wort stimmte. Auf Tamás warteten keine »Geschäfte«, und wenn doch, dann waren diese Geschäfte wahrscheinlich von einer Art, dass sie noch eine Weile ganz geduldig warten konnten. »Da eilt man nach Hause, mit den besten Absichten …«, sagte Tamás jetzt plötzlich wütend und erregt, aber dann brach er den Satz ab und fügte mit einem leichten Seufzen verwundert hinzu: »Tja!« Er hieb mit der Reitgerte über die Federdecke auf dem Eisenbett und ging zur Tür. »Sebestyén möchte auch mit dir sprechen. Als Ältestem«, sagte er spöttisch und deutete eine Verneigung an. »In Geschäftsangelegenheiten, wie er sagt. Du weißt, jetzt, wo Vater krank ist … da muss jemand das Inventar ansehen.«

»Was für ein Inventar, Tamás?«

Die Reitgerte hob sich in die Luft, mit einer nachlässigen und verächtlichen Bewegung: »Wahrscheinlich das Ganze«, sagte Tamás gekränkt. »Alles, was war.«

»Aber das haben wir schon durchgesehen«, sagte Péter, »jetzt gerade. Was gibt es noch?«

Seit dem Treffen auf dem Flugplatz, seit der etwas schwindligen Sekunde der Ankunft war dies der erste Augenblick, in dem Tamás Péter in die Augen sah. Er sah ihn von der Seite an, mit weit geöffneten Augen, als verstünde er selbst nicht, warum sie nicht endlich anfingen, »davon« zu sprechen – »davon«, wovon zwischen ihnen die Rede war seit dem Augenblick der Geburt; zwischen ihnen, zwischen allen Garrens. Er schaute, als gäbe er alles darum, vielleicht auch seine Geheimnisse in Übersee, wenn dieses Gespräch endlich einmal geführt würde. Und als wüsste er, dass man über alles sprechen kann, auch über das Entsetzliche, nur nicht über das, was die Garrens einander verschwiegen, und dass auch er, Tamás, nicht stark oder verantwortungslos oder gnadenlos genug wäre, dass er niemals so mächtig wäre, über das zu reden, was die Garrens aneinander band, weil sich innerhalb des Zusammengehörens alle voreinander fürchteten, als wüsste er um all das, senkte er den Kopf, wandte sich um, blieb auf der Schwelle stehen und begann, mit der Reitgerte gegen seine Schuhspitze zu schlagen.

Er hat recht, man kann nichts tun, dachte Péter. Irgendetwas war zwischen ihnen, das man nicht in Ordnung bringen konnte. Vielleicht könnte es nicht einmal Emmánuel regeln. Etwas, von dem die Rede ist, seit wir leben. Und wenn Vater stirbt oder die Kathedrale einstürzt oder ein Krieg ausbricht, kann man es auch nicht in Ordnung bringen. Aber darüber hinaus … Was für ein Problem hat Tamás eigentlich?

Tamás braucht Zuneigung

Vom Hotel sah man auf einen wohlproportionierten öffentlichen Garten, in dessen Mitte die Statue des nicht sehr berühmten, aber eroberungswilligen Generals stand, eines Generals, der zu den Fremden und zum Feind gehörte, der nicht in der Stadt geboren und niemals hier gewesen und vor beinahe zwei Jahrzehnten im Osten gefallen war. Tamás sah aus dem Fenster des schönsten Zimmers auf die Statue des unbekannten Generals. Der Anblick wirkte jeden Morgen von Neuem empörend und bedrückend auf ihn. Der General trug eine fremde Uniform, die Schirmmütze eines Offiziers und einen Regenmantel, die eine Hand hatte er in die Tasche gesteckt, und mit der anderen zeigte er angreifend und drohend in Richtung des Theatergebäudes, als wäre der baufällige Getreidespeicher die Ursache für alles Übel, für die Intrigen und das Unglück, das den Eroberer hier und im Osten heimgesucht hatte. »Zerstört es bis auf die Grundfesten!«, schrie der General mit seinem weit aufgerissenen, stummen Erzmund, schmetternd und unbarmherzig. Tamás stützte die Ellbogen aufs Fensterbrett und sah die Statue lange an. Der General konnte von der Vergangenheit des Theaters nichts gewusst haben. Aber Tamás, der von vielem etwas wusste, erinnerte sich.

Er hatte nicht gelogen, als er zu Hause etwas prahlerisch verkündete, er sei im schönsten Zimmer des Hotels abgestiegen – gelogen hatte er nicht, aber es war nicht sicher, dass er sich in dem Zimmer wohlfühlte. Es konnte selbstverständlich nicht die Rede davon sein, dass auch er nach Hause zog wie die anderen, nach Hause, ins Garren-Haus. Die Aufforderung, Annas Einladung, hatte er mit blitzenden Augen, gesenktem Kopf, verzerrtem Gesicht und brummig zurückgewiesen. Warum hatte er nicht eingewilligt, warum hatte Tamás das Angebot gekränkt, warum blieb er noch jetzt jeden Morgen mit ausgebreiteten Armen und nach Luft schnappend in der Mitte des schönsten Zimmers stehen, und warum sagte er leise, beinahe röchelnd: »Was? Nein! Unmöglich!«

»Na, wenn es unmöglich ist …«, hatte Anna verzichtend genickt; niemand hatte darauf bestanden, und Tamás konnte ins Hotel gehen, in das schönste Zimmer.

Aber aus dem Fenster des Zimmers bot sich nicht nur eine Aussicht auf die Statue des fremden Generals und nicht nur auf das Theater; wenn sich Tamás sehr weit hinausbeugte, konnte er auch den Erker des Garren-Hauses sehen, das Eckzimmer, hinter dessen geschlossenen Rollos die Möbel und die stadtweit berühmten Einrichtungsgegenstände des »grünen Salons« standen. Die Möbel des grünen Zimmers waren schon mehrfach neu bezogen worden, und zwar einmal mit blauem und einmal mit rotem Stoff, aber auch mit den neuen Bezügen blieb er der »grüne Salon«, mit trotziger und unveränderter Bezeichnung, so, wie die älteren Bürger von Oslo noch heute unverändert von Christiania träumen, was dasselbe ist und auf rätselhafte Weise doch nicht dasselbe. Das Eckzimmer mit den rot bezogenen Überbleibseln des grünen Zimmers und den berühmten Porzellanmöbeln konnte man von Tamás' Fenster aus ziemlich gut sehen. Auch das Schaufenster der Firma Aiolos war gut zu erkennen, die Goldbuchstaben des Firmenschilds und mit einem guten Fernglas sogar die Harfe im Schaufenster. Tamás hatte natürlich ein Fernglas, das beste, das man überhaupt bekommen konnte, so sagte er jedenfalls. Oft stand er mit diesem Fernglas samt Riemen um den Hals am Hotelfenster, zum ehrerbietigen Staunen der Passanten und Marktverkäufer, die verwundert zur Kenntnis nahmen, dass der junge Garren im Hotel wohnte und aus dem Fenster des Zimmers im ersten Stock hinausschaute, dass er mit einem Fernglas um den Hals mit interessierten, aber vollkommen unnahbaren, kalten und höflichen Blicken die Statue des Generals, das Theater und das Garren-Haus betrachtete, ganz wie ein vornehmer Fremder, der nur auf Durchreise hier ist, der die Umgebung und die Sehenswürdigkeiten der Stadt nicht kennt und am ersten Morgen die Fenster seines Hotelzimmers weit aufsperrt, im Nachthemd und ungekämmt, ein ausgezeichnetes, ausländisches Fernglas an die Augen hält und sich mit so taktvollem Interesse umsieht, als fänden die schmucken Sehenswürdigkeiten, die Stadt und vor allem das Garren-Haus zwar sein Gefallen, als bliebe ihm aber zugleich alles, was er sah, bedrückend gleichgültig, seht doch, er gähnt sogar, wendet sich vom Fenster ab, kehrt in sein Zimmer zurück, zu seinen vornehmen, mit Aufklebern ausländischer Hotels vollgeklebten Koffern und seinen kostspieligen, nach Kölnischwasser riechenden Reiseutensilien. So stand Tamás am Fenster: Er sah sich nachlässig, taktvoll herablassend um, aber wirklich nur so, als besichtigte er auf der Durchreise den Marktplatz einer fremden und nicht sehr bedeutenden Stadt.

Dennoch stand er jeden Morgen dort am Fenster und jeden Abend und manchmal auch in der Nacht. In der Nacht bemerkten ihn natürlich nur wenige auf seinem Posten, denn nach elf Uhr, gegen Mitternacht, war diese Ecke des Marktplatzes ziemlich verlassen. Er stand am Fenster, manchmal lange, mit oder ohne Fernglas, mit so auffälligem Trotz, den man nicht mehr missverstehen konnte; ein vornehmer Fremder auf Durchreise hätte sich bei so häufigem und langwierigem Stehen wahrscheinlich schon gelangweilt. Manchmal stand er im Nachthemd am Fenster und manchmal im Frack; zuweilen versetzte er nämlich das Hotelpersonal in diszipliniert verborgene Verblüffung, indem er den Frack anzog und in derart weltgewandtem Aufzug unten, im großen Restaurant, zu Abend aß. Aber nach dem Abendessen ging er nirgends hin, sondern kehrte auf sein Zimmer zurück, ließ sich Rotwein kommen, französische Flaschenweine von ausgesuchter Qualität, und saß allein und im Frack lange am kalten Ofen seines Hotelzimmers, rauchte stumm Zigarren und schüttete ein Glas französischen Rotwein nach dem anderen hinunter, wortlos und einsam. Nur manchmal stand er aus seinem nach Mundwasser riechenden Plüschsessel auf, spazierte zum geöffneten Fenster und beugte sich hinaus, als wolle er sich davon überzeugen, dass alles an Ort und Stelle war, insbesondere dass das Garren-Haus heute Nacht an seinem Platz geblieben war. Dann setzte er sich zurück an den Tisch und trank weiter.

Tamás hatte nicht im Garren-Haus Quartier genommen, aber er sah jeden Morgen und jeden Abend aus dem Fenster nach, ob es noch da war. Tagsüber kam er sogar mehrere Male durchs Tor herein oder durch die klingelnde Glastür im Kontor der *Aiolos*, eilig, als hätte er auch hier in der Stadt schrecklich viel zu tun und könne sich wirklich nur einen Augenblick Zeit nehmen, als könne er gerade nur fragen, was mit dem kranken Vater geschehen sei. Nichts war natürlicher, aber die Weise, in der Tamás dem Garren-Haus seine Besuche abstattete, war irgendwie doch nicht ganz natürlich. Sogar Sebestyén hegte einen Verdacht.

»Mit Herrn Tamás ist irgendetwas nicht in Ordnung, Herr Péter«, sagte er; denn Péter war nicht der einzige in der Familie, den der Verwandte und Gehilfe mit »Herr« ansprach.

»Was ist mit Tamás, Péter?«, fragte Anna, nachdem die Tafel aufgehoben war, in der kurzen Zeit zwischen den beinahe pausenlos andauernden Mahlzeiten der ersten beiden

Tage, sie fragte leise, zerstreut und besorgt, aber schon eilte sie weiter, sie wartete die Antwort nicht ab, denn der Vater war aufgewacht, oder eine neue Pflegerin war gekommen, die nicht wusste, dass man das Demalgon in einem Schnapsglas auflösen musste; ruhelos, mit etwas übertriebener und betonter Ruhelosigkeit, als hätte die Krankheit eine ganz neue Ordnung im Haus vorgeschrieben, eine Ordnung, die einen fast religiösen Charakter hatte, und als wäre Anna ihre Priesterin, niemand sonst.

Péter antwortete nicht. Albert und seine Familie – denn Albert hatte eine extra Familie, mit der er sich spürbar zurückzog, sich gleichsam im Hintergrund hielt; mitsamt seinem Stamm wartete er ab und lauerte auf seinen Augenblick, in dem er sich einmischen und gründlich seine Meinung sagen konnte –, Albert und seine Familie erkundigten sich vorerst nicht nach Tamás, aber Péter bemerkte, dass Alberts düsterer, ständig beobachtender, dunkel glänzender Blick bei den gemeinsamen Mahlzeiten unversöhnlich auf dem von Übersee heimgekehrten Bruder ruhte. Albert war bekannt dafür, dass er »immer schaute«, mit besonderer Neugier, wie ein wildes Tier vor der Fütterung, es schaut immer, sein Blick ist keinen Augenblick leer, er kennt keine Tagträume, sein Blick hält jederzeit etwas fest. Jetzt sah Albert Tamás an, stundenlang. Auch Edgár hatte sich noch nicht bei Péter erkundigt; Edgár war in diesen Tagen damit beschäftigt zu lächeln und zu essen. Und Judit sagte einmal, als das Eis aufgetragen wurde, furchtsam: »Habt ihr gemerkt? Tamás bekommt graue Haare.«

Ja, Tamás bekam graue Haare. Alle beugten sich über ihre Teller und aßen wortlos weiter. Bei den Garrens war es nicht üblich, laut über den körperlichen Zustand des anderen zu sprechen. Zu jenem Mittagessen, bei dem Judit feststellte, dass er graue Haare bekam, war Tamás nicht erschienen. Auch zu den gemeinsamen Mahlzeiten kam er unregelmäßig, seine weitreichende Beschäftigung ließ es leider auch jetzt nicht zu, dass er sich zusammen mit den anderen an den Familientisch setzte. Wahrscheinlich hatte er gerade zu tun, während die anderen zu Mittag aßen, vermutlich jagte er einen Leoparden oder telefonierte nach Übersee. Oder er kam erst später, wenn die anderen schon beim Obst waren, und fragte Anna lächelnd und überlegen, was sie zu Mittag gekocht habe; scherzhaft aufgebracht wies er selbst den Gedanken von sich, dass er, Tamás, jetzt noch irgendeinen Rest mit ihnen essen könnte; er bat nur um einen Kaffee, einen sehr starken Mokka, zog ein Paket aus der Manteltasche, dessen Inhalt er zerstreut und mit einer beiläufigen Bewegung der Allgemeinheit überließ: sehr feine Bonbons oder Südfrüchte oder Lachs, und er bat alle, zuzugreifen, sich nicht bitten zu lassen. Nein, Tamás wollte von nichts etwas, Gott bewahre. So saß er unter ihnen. Der weiße Hut und die Reitgerte lagen auf dem Fensterbrett des Speisezimmers, beiläufig, weil er sie bei seiner Ankunft dort hingeschleudert hatte, als könne er sie in jedem Augenblick brauchen; den Hut hängte er nie an den Kleiderhaken im Vorzimmer. Wahrscheinlich hatte auch er einen Zylinder mitgebracht, dachte Péter unruhig. Wahrscheinlich? Ganz sicher hatte er einen Zylinder mitgebracht, jeder spürte, dass Tamás zu Hause, in seinem Hotelzimmer, einen Zylinder aufbewahrte wie ein ausländisches Tier, dass er mit ihm spielte, ihn streichelte und – so peinlich und unschicklich dieser Gedanke auch sein mochte – kaum den Augenblick erwarten konnte, in dem er sich diese Erscheinung mit dem glänzenden Fell auf den Kopf setzen durfte. Wahrscheinlich, ja, hatte er ihn auch schon getragen, im Geheimen, vielleicht in der Nacht, war in Nebenstraßen spazieren gegangen, den Zylinder auf dem Kopf, denn die Nachricht von den einsamen Abendessen im Frack war auf Umwegen schon zu den Garrens gelangt.

Mit dem weißen Hut konnten sie sich auch nicht anfreunden. Der Hut war eigentlich gar nicht weiß, eher erschien er in der frühen Jahreszeit so verflucht und unmoralisch hell – im Sommer, beispielsweise im August, hätte man selbst unter diesen traurigen Umständen nicht gegen ihn protestieren können. Aber Ende April, in den Bergen, während der Vater krank darniederlag, weckte er wahrscheinlich sogar die Aufmerksamkeit der Polizei. Es wäre schwer gewesen, ein Verfahren gegen den Hut einzuleiten – sein Träger kam aus dem Ausland, und auch die feindlichen fremden Behörden wussten über die Garrens, dass sie bei Bedarf andere Hüte trugen als ein Kerzengießer oder Rechtsanwalt! Aber wenn Tamás durch die Straßen zog, den »gottverfluchten Hut« auf dem Kopf – Péter, den er besonders beunruhigte, bedachte ihn manchmal mit so scharfen Bezeichnungen. Es kam vor, bei diesem aus Cremeweiß und Hellgrau zusammengesetzten Werk mit breiter Krempe, in der Mitte nachlässig eingedrückt, vorn hochgeschlagen und hinten mit hinuntergelassenem Schirm, dass die Polizisten vor Verlegenheit salutierten. An dem Hut konnte man nicht gleichgültig vorbeigehen. Mit diesem Hut konnte man auch nicht auf die gewohnte und in bürgerlichem Sinn normale Weise grüßen; allein schon deshalb nicht, weil Tamás die Krempe vorn, über der

Stirn, hochrollte wie die Seefahrer die glänzenden Ledermützen, in denen sie wie Seehunde aussahen und Wind und Sturm trotzten. Ja, vielleicht hätten sie sich schneller mit dem Hut abfinden können, wenn Tamás die Krempe nicht hochgerollt hätte. Denn der Hut war zweifellos würdevoll, so, wie ihn in südamerikanischen Städten die Spanier tragen, die von motorradfahrenden Räubern und kaugummikauenden Pferdehirten zu Automobilagenten gezähmt wurden, oder wie sie in Filmen, die die amerikanische Biedermeierzeit heraufbeschwören sollen, die väterlich gütigen »Sheriffs« tragen. Aber Tamás war kein »Sheriff«, jedenfalls sagte er nicht, dass er einer sei; aber er bestand auf dem Hut. Und er aß nicht mit den Garrens. Manchmal kam er auch zum Abendessen, aber dann setzte er sich nicht an den Tisch, sondern nahm nur so am Ende des Tisches Platz, in etwas Entfernung von den Speisenden; neugierig und fachmännisch besah er den Inhalt der aufgetragenen Schüsseln, lächelte kalt und angestrengt wohlwollend, nickte, nahm seine kurze Holzpfeife hervor und bat murmelnd um die Erlaubnis zu rauchen, die ihm jedermann mit übertriebener Bereitschaft erteilte; dann nahm er mit umständlichen und nicht ganz natürlichen, etwas eingeübten Bewegungen Tabak aus einem Beutel aus kariertem Wachstuch, stopfte seine Pfeife, zündete sie an, rieb sich die Hände und paffte so zufrieden, als hätte sich ihm gerade ein Lebenstraum erfüllt.

Er kam, was hätte er auch anderes tun können? Die Pflicht rief. Aber er aß nicht von den gemeinsamen Speisen, er kommunizierte nur, indem er mit den Brauen zuckte, Pfeifenrauch verströmte und kränkend leutselig lächelte, mit »Eh!«s und fremden, zumeist indianisch klingenden Ausrufen wie ein wohlwollender, etwas sonderlicher, braun gebrannter sechzigjähriger Schiffskapitän, dessen Schiff irgendwo da unten in einem südlichen Hafen vor Anker liegt, während er selbst auf einen Sprung nach Hause gekommen ist. Ein wenig ungewohnt ist ihm die Gesprächskultur der Stadt und des Festlandes schon geworden, jedenfalls hatte es den Anschein. Sein krokodilledernes Gepäck wagt er gar nicht, in die sauberen Zimmer der Familie zu stellen, aber er hat Geschenke mitgebracht: ein Pfund Goldstaub, Haifischzähne und einige Liter Rum, nur hat er noch nicht ausgepackt und kann deshalb die Geschenke nicht übergeben ... »Ja, ich bin nur noch so ein brummiger, ungeschickter alter Seebär«, verkündete sein Verhalten. »Ein alter Mann und Sonderling. Von Wind und Hitze gegerbt, ein alter Kapitän! Ich sitze nur hier am Ende des Tisches und paffe aus meiner alten Pfeife, höre mir die städtische Konversation an, ich bin ein anspruchsloser, einfacher Mann, des Lebens der Welt entwöhnt! Auf meine Weise denke ich natürlich viel an die Familie, aber von den Speisen will ich nicht, Gott bewahre! Die Speisen mögen nur Péter, Albert, Edgár und Anna essen und die lieben Schwägerinnen, ich esse sie ihnen nicht weg, ich nicht! Vertraut mir, in meinem Testament habe ich jeden bedacht! Zum Glück habe ich da draußen bei den Rothäuten ein paar Lot Goldstaub gesammelt – keine Sorge, ich brauche nichts. Leider bin ich schon etwas zu alt und gebrechlich, um an solchen Familienspektakeln teilzunehmen wie Taufen, Tod oder gemeinsamen Mahlzeiten. Ich habe nur gerade mal bei euch vorbeigesehen, für einen Augenblick, aus Peru!« Das sagte sein Schweigen.

Tamás war in dieser Zeit einunddreißig Jahre alt und

bewahrte zu Hause, im Hotelzimmer, keinerlei Goldstaub oder Haifischzähne auf. In Peru, vergraben, hatte er vielleicht derartige Dinge, aber über dieses Peru, über Tamás' fremde Länder, über seinen Vermögenszuwachs und Familienstand konnte man nichts Sicheres wissen. Gewiss war nur, dass man ihn gekränkt hatte, dass er erregt und verschämt war, dass er seinen Platz in der Familie nicht fand und nicht am runden Tisch, dass er weiße Hüte und Geschenklachse zur Schau trug und unablässig auf einen unverständlichen, gegen seine Person gerichteten Angriff reagierte. In diesem Augenblick hatte er wahrscheinlich, weil sich die Überweisungen verspäteten, keinen einzigen Fillér. »Die Post arbeitet langsam«, sagte er, und die internationale Lage sei ohnehin unsicher. Kurz angebunden sagte er es, sehr kalt, mit dem fachmännischen und vorwurfsvollen Ton eines ernsthaften Geschäftsmannes, in der Art eines Mannes, der daran gewöhnt ist, seine materiellen Angelegenheiten in allen Lebenslagen, auch bei den Rothäuten, mit peinlicher und ängstlicher Genauigkeit zu regeln, und der jetzt unangenehm berührt und enttäuscht zur Kenntnis nimmt, dass im vertrauten Westen nicht alle in geschäftlichen Angelegenheiten so genau und zuverlässig behandelt wurden, wie Tamás es gewohnt war und vorausgesetzt hatte. Die Post ließ sich Zeit, und Tamás hatte Péter schon auf dem kurzen Weg vom Flugplatz in die Stadt, im Automobil, mit halben Worten und wirklich nur so ganz nebenbei, während er an seiner Pfeife schmatzte, aufgefordert, er möge ihm rasch »etwas inländisches Geld« geben – so sagte er es, ganz beiläufig, und legte die Betonung unmissverständlich auf »inländisch«. Als hätte er gar nicht um Geld gebeten, als wäre nur von Bedeutung, dass diese Dinger, die Banknoten, unbedingt und streng inländisch sein mussten, wie ein leidenschaftlicher Sammler und Forscher von einem Eingeborenen irgendeinen wertlosen Volkskunstgegenstand erbittet, dessen Sachwert gering ist, an dem aber der Sammler dennoch ein gewisses volkskundliches Interesse hat. So bat er um Geld. »Ich habe nämlich nur Dollar«, sagte er noch zur Erklärung, zerstreut. Und er griff nachlässig in die Außentasche seines Sakkos und zog tatsächlich eine Dollarnote hervor, eine einzige, wie Péters geübtes Auge bemerkte, eine längliche Ein-Dollar-Note, eine alte Emission, sehr zerknüllt, aber unleugbar eine gültige Dollarnote, von deren Zeichnung die Zahl eins weit schrie. Péter nickte und gab Tamás sofort, noch im Auto, »inländisches Geld«, und er gab ihm auch später etwas, nach einigen Tagen, als Tamás, nach einem gemeinsamen Mittagessen, zerstreut und brummelnd wieder die Dollarnote hervorzog und etwas von inländischen Geldscheinen sagte.

Albert passte Péter am ersten Abend ab und fragte flüsternd: »Hat er schon um Geld gebeten?«

Sie standen im Treppenhaus; Albert zeigte mit einer neugierigen und schadenfrohen Bewegung auf Tamás, der gerade wegging. In der Bewegung und in der Betonung der Frage lag etwas Kränkendes und begierig Gewöhnliches. Péter wurde ärgerlich, wie immer, wenn Albert ihn zum Komplizen einer schwer bestimmbaren Intrige machen wollte. Er wandte das Gesicht ab und sah Albert nicht in die Augen. Der Verdacht verletzte ihn, der heimtückische Versuch, wie Albert bemüht war, auch ihn in die gemeinsame Familienintrige hineinzuziehen, in den Nachrichtendienst und die Spionage der Privatpolizei, mit denen die

Familie den Anzeichen zufolge die Schwächen des heimgekehrten Tamás beobachtete.

»Nein«, antwortete er züchtig.

Albert hüstelte verlegen, wie immer, wenn er seine Natur verraten und ein Zeichen seiner unverbesserlichen Gewöhnlichkeit gegeben hatte. Péters Antwort war nicht misszuverstehen; aus ihr klang zweifelsfrei heraus, dass Tamás auch Péter schon um Geld gebeten und Péter ihm etwas gegeben hatte, und dass er sich jetzt gegen diesen Verdacht verwahrte, sich für Tamás und das Ausland einsetzte und für all das Rätselhafte und Aufständische, das aus Tamás' weißem Hut und seinem geldlosen Zustand folgte.

»Ich bitte dich«, sagte Albert, feige und mit gemeiner Unterwürfigkeit. »Mich hat er auch schon gefragt. Aber ich habe ihm nichts gegeben.«

»Warum nicht?«, fragte Péter von oben herab und in verächtlichem Ton.

Er konnte nicht anders mit Albert sprechen. Albert war Familienvater und arm, er »hatte zu kämpfen«, wie er oft und gern sagte, und nebenher hatte er Geld auf der Sparkasse. Aber er hatte Tamás nichts gegeben, vor allem hatte er nichts gegeben, obwohl er gebeten worden war, und in dieses Nichtgeben, in diese tugendhafte und nüchterne kleine Gemeinheit, wollte er Péter mit hineinziehen wie alle anderen Familienmitglieder; er suchte Verbündete gegen Tamás, weil er spürte, dass er allein zu schwach war. Tamás selbst war es, mit seiner Pfeife und verspäteten ausländischen Überweisungen, mit seinem Hut und Peru, was Albert nicht anerkennen konnte, was er mit allen verfügbaren Mitteln ungültig machen wollte. Am liebsten hätte er das Publikum mit Plakaten oder in den offenen Spalten der Zeitungen wissen lassen, dass er gezwungen war, an allem, was sich auf Tamás bezog, zu zweifeln, also auch an der Existenz von Peru. Albert hatte ihm nichts gegeben, und darauf war er stolz. Péter hatte ihm etwas gegeben, in der ersten Stunde und auch später, wann immer in Tamás' äußerer Jackentasche die inländischen Banknoten aufgebraucht waren und er noch nicht das Gefühl hatte, dass der Augenblick gekommen sei, in dem man die Ein-Dollar-Note vorteilhaft wechseln konnte. Er hatte ihm etwas gegeben wie früher, wenn Tamás manchmal in der Nacht anrief, aus dem Ausland, sehr lange und für immer weitere drei Minuten, als wolle er nach mehrmonatigem oder mehrjährigem Schweigen nur zur Kenntnis geben, dass es über der Gegend, in der er sich gerade aufhielt, am Morgen einen Windsturm gegeben hatte. Doch dann bat er beiläufig um eine kleine Summe, manchmal um überraschend wenig, wahrscheinlich um weniger, als das Telefongespräch von Übersee kostete. Péter gab Tamás Geld und schämte sich. Man musste sich damit abfinden, dass Tamás sich Geld lieh. Er war erst einunddreißig Jahre alt, vor zehn Jahren war er mit dem Schiff weggefahren und hätte um keinen Schatz der Welt zurückgesehen, aber dann hatte er dem Vater unerwartet ein Kästchen voller feiner, gepresster Datteln geschickt. Als wolle er nur zeigen, dass er nicht böse war. Auf ihre Briefe antwortete er nicht. Seine Post ließ er sich an amerikanische Banken schicken, an Banken, die wahrscheinlich wenig Ehrgeiz verrieten, Tamás zu ihren ständigen Kunden zählen zu dürfen. Er war einunddreißig Jahre alt, bekam graue Haare, und jetzt, da der Vater krank war, war er eines der ersten Familienmitglieder, die eilends nach Hause gekommen waren, doch er zog sofort ins Hotel und aß nicht mit ihnen. Einmal beobachteten sie ihn, wie er mit Erzsébet in der Küche aß, er hatte den Hut nach hinten geschoben und lümmelte sich auf den kleinen Küchenschemel, schnitt sich Speck mit dem Taschenmesser ab und hatte sehr gute Laune. Die Dienstboten mochten Tamás.

Aber am zweiten Vormittag nach seiner Heimkehr sprach Kalb, der Pfandleiher, Péter auf der Straße an und erwähnte beiläufig, dass Tamás ihn auch um Geld gebeten habe.

Am nächsten Tag, nach einem besonders langen Abendessen, ging Péter ins Hotel. Er fand Tamás allein, er saß auf dem Bett, mit einem weichen Wolltuch um den Hals, schliff ein Taschenmesser mit langer Klinge und Messinggriff an einem Lederriemen und war traurig. Zerstreut sah er Péter an, als hätte er ihn erwartet, als wäre er nicht im Geringsten erstaunt über diesen Besuch, dann wurde er plötzlich rot, sprang vom Bett auf, warf das Messer fort und begann, im Zimmer zu räumen. »Was für eine Unordnung!«, sagte er mit falscher Empörung. »Das Personal! Ich bin ein einsamer Mann!« Péter winkte ab und beruhigte ihn. Er setzte sich an den Kamin und sah sich neugierig um. Auf dem Tisch lagen ein Tabaksieb und eine Taschenflasche. In der Ecke stand ein Koffer, ein bescheidener Koffer mit vielen und grellbunten Hotelaufklebern. Das war sichtlich alles, was er hatte. Und vielleicht der Zylinder im Schrank. Tamás war arm. So sonderbar arm wie ein Leopard, dachte Péter.

Aber laut, mit einem milden Vorwurf und nachdenklich, fragte er: »Warum bittest du Fremde um Geld, Tamás?«

»Fremde!«, sagte Tamás.

Er schlug die Hände zusammen, mit stummer Entrüstung, schüttelte den Kopf, eilte ans Fenster und lehnte sich hinaus, als erwartete er jemanden. »Fremde!«, wiederholte er leise, heiter, als hätte ihn eine außerordentliche Kränkung betroffen, eine Kränkung, auf die es sich nicht lohnte, ernsthaft und laut zu antworten.

»Ist der Kerzengießer Ambrus vielleicht fremd?«, fragte er triumphierend und blieb mit in die Seite gestützten Händen mitten im Zimmer stehen. »Wieso …? Ach so, du denkst an diesen neuen Arzt …«

»Den Arzt hast du auch um Geld gebeten?«

»Ich verstehe nicht«, sagte Tamás, und es war zu sehen, dass er sich aufrichtig wunderte. »Wen soll ich denn sonst um Geld gebeten haben? Ich kann immer nur den bitten, der gerade da ist, wenn …«

»Wenn was, Tamás?«, fragte Péter besorgt. »Ich höre, Kalb hast du auch gebeten.«

»Ja, Kalb«, sagte Tamás fachmännisch und zuckte mit den Schultern. »Kalb soll nur still sein. Er hat ja auch Vater etwas gegeben.«

»Das stimmt«, sagte Péter.

Sie sahen einander an und nickten. Ja, Kalb hatte auch dem Vater Geld gegeben, und deshalb war er gar nicht so ganz fremd. Tamás sah zur Decke. Er hatte die Gewohnheit, an der Oberlippe zu knabbern, so nachdenklich, als bisse er auf fremdem Material herum, beispielsweise auf einem Kaugummi. Er stand vor Péter, als ob er rechnete.

»Du verstehst das nicht«, sagte er dann bestimmt und sanft. Er setzte sich Péter gegenüber und begann, seine Pfeife zu stopfen; er sprach lebhaft und freundschaftlich, als hätte er sich entschlossen, einem wohlwollenden, aber etwas begriffsstutzigen Menschen endlich etwas zu erklären, das sehr einfach ist, wenn man nur genau achtgab.

Péter gab acht. Seit einunddreißig Jahren verstehe ich Tamás nicht, dachte er. Ich erinnere mich daran, wie er neugeboren war und rot in der Wiege lag, auch da habe ich ihn nicht vollkommen verstanden. Es steht zu befürchten, dass er jetzt auch lügt. Aber er spürte, dass man die Sache von Tamás nicht mit dem einfachen Vorwurf der Lüge regeln konnte.

»Du verstehst das nicht«, wiederholte Tamás freundlich. »Du glaubst doch wohl nicht, dass ich Geld brauche?«

Er sah Péter offen und sanft an, mit einem frischen Blick.

»Aber Tamás«, sagte Péter. »Heute Vormittag hast du mich auch um Geld gebeten. Dabei ist nichts. Und Ambrus und den Arzt ... wir werden es zurückgeben. Warum bittest du darum, wenn du kein Geld brauchst?«

Sie schwiegen. Tamás zog zufrieden an seiner Pfeife. Er warf seinen kurzen, einen leichten Bauchansatz zeigenden Körper in den Sessel, legte die Beine auf den Tisch, paffte in kleinen Stößen und blinzelte oft und zufrieden, sehr gut gelaunt, wie ein schlauer, listiger Geschäftsmann, der nicht duldet, dass man ihm in die Karten sieht, der seine Geschäftspartner überlistet und geduldig und schlau zusieht, wie sich der andere windet und es nicht erträgt, weil man als einfacher Sterblicher das Rätsel dieses hochrangigen Mannes nicht durchschauen kann, das in Tamás, dem Hut, der Taschenflasche und seinen Geschäften besteht. Er saß da, als handelte er planvoll und freute sich über die Verwirrung seiner Feinde. Mit den Füßen auf dem Tisch sah er aus wie ein Grundstücksagent in einem amerikanischen

Film. Er sah zur Decke und dann in Péters aufmerksames und besorgtes Gesicht, und als hätte man ihn bei etwas ertappt, hüstelte er und sagte unvoreingenommen, mit unschuldiger Betonung und natürlich: »Aber ich brauche ja gar kein Geld. Wenn ich um Geld bitte, dann brauche ich eher Zuneigung.«

»Albert ist gesund!«

Natürlich, wenn Tamás Zuneigung braucht, dann ist das wieder etwas anderes, dachte Péter und hörte aufmerksam zu.

»Vielleicht verstehst du es, wenn ich dir sage, was ich fühle, wenn ich bitten muss«, sagte Tamás wohlwollend in etwas belehrendem Ton. »Es beginnt so, dass ich aufwache, und es ist, als würde ich übers Meer fahren oder über eine Brücke gehen. Ich weiß, es ist nicht gefährlich. Viele, viele Menschen fahren übers Meer. Die Brücken sind im Allgemeinen gut gebaut. Ich habe auch schon Brücken gesehen, die waren dreißig Kilometer lang und haben geglänzt wie Silber«, sagte er beiläufig und kaltblütig. Péter nickte. »Ich setze mich im Bett auf und denke zufrieden: Wieder ein Tag. Ich bin gesund. An den Börsen steigen die Papiere. Ich bitte dich, Péter, glaube mir, ich verstehe etwas von der Börse. Es ist ein Gefühl, als würde ich fliegen. Man weiß ein paar Sekunden vorher ganz genau, dass gleich die Pik Neun kommt oder dass in der Mittagsausgabe der Zeitung die gute Nachricht über die Ölpapiere stehen wird. Ich reibe mir die Hände, bestelle eine Tasse Schokolade. Du musst wissen, dass man die Schokolade dort drüben ganz anders zubereitet. Viel dünner. Vielleicht gesünder. Bei uns war Schokolade so ein Geburtstagsgetränk, sehr dicht, mit viel Sahne und extra Zucker. Das ist ungesund. Später, als ich mein eigener Herr war – du weißt, Péter, wie früh ich mich auf meine eigenen Beine gestellt habe, alles zurückgelassen, das Haus, das Geschäft, die Beziehungen, und mit dem ersten Schiff weggefahren bin, weil ich niemandem zur Last fallen wollte ... Nein, bitte, protestiere nicht, es ist so, wie ich sage«, und er sog an seinem Zahn. »Also, die Schokolade. Man hat sich, sehr jung, auf die eigenen Beine gestellt, zu einer Zeit, als andere noch zu Hause gewohnt und von der Familie schmarotzt haben ... ja, ich spreche es aus, Schmarotzer waren sie, denn wir sind ja hier allein, und du selber bist ja auch früh ausgezogen. Péter, mit dir ist ein Wunder geschehen, vielleicht, weil dich Krisztina elf Monate lang gestillt hat, ich weiß es nicht, aber mit dir kann ich reden. Du bist der Einzige, der nichts denkt, wenn ich von inländischem Geld spreche, du verstehst mich. Denn ausländisches Geld habe ich immer bei mir, das hast du ja gesehen. Aber ich habe es vergeblich bei mir, und vergeblich wache ich am Morgen gut gelaunt auf, und vergeblich sage ich: Heute werden die Papiere steigen, okay! – plötzlich spüre ich so eine sonderbare Unruhe. Als würde ich rennen, verstehst du? Nein, ich weiß, dass du es nicht verstehst. Stell dir vor, ich liege im Bett, man bringt mir die Schokolade, etwas dünn, natürlich, aber trotzdem so, als hätte man eine Prüfung bestanden und dürfte jetzt Schokolade trinken oder Bier, wann immer man will ... und dennoch ist dir, als ob du vor jemandem oder etwas davonläufst. Als würdest du dich vor etwas fürchten. Kennst du das? Nein, ich sehe, du kennst es nicht. Aber du kannst nie sagen, wovor du dich fürchtest. Es ist so ein allgemeines Gefühl … und immer muss etwas in der Nähe sein, zum Beispiel dieses Messer mit dem Messinggriff oder ein sechsschüssiger Revolver … er ist hier irgendwo, warte, ich zeige ihn dir.«

»Zeig ihn mir nicht«, sagte Péter. Dann sanft: »Aber Tamás, das kann man doch behandeln lassen.«

»Nein, kann man nicht«, sagte Tamás sehr bestimmt und versiert.

»Aber man muss es auch nicht«, sagte er leiser. »Man muss es nicht, weil das Messer oder der Sechsschüsser niemals zum Einsatz kommt. Du musst wissen, dass ich ein sehr genauer und systematischer Mensch bin. Ihr kennt mich nicht. Ich habe mich sehr verändert.« Er überlegte. Kniff ein Auge zu und sah dann schlau und etwas schielend an die Decke. »Ich liebe die Ordnung. Mir ist es wichtig, dass immer alles um mich herum in Ordnung ist. Am Abend, wenn ich die Dinge aus meinen Taschen räume, beispielsweise das Taschenmesser, ein kleines Stück Strick – eine liebe Erinnerung – oder diesen Franzosen, den Schraubenschlüssel hier, den ich immer in der hinteren Hosentasche trage – ein großartiger Schlüssel, eigentlich nicht aus Frankreich, sondern aus Belgien, ihr habt ja keine Ahnung, wofür man diesen Schlüssel alles verwenden kann! –, dieses eiserne Maßband und dieses kleine, holländische Gebetbuch – sieh einmal, es ist ganz klein, nicht größer als mein Daumen, und in ihm haben das Alte und das Neue Testament Platz, ich werde Holländisch lernen! –, dann bringe ich das alles in eine Ordnung, eine bestimmte Reihenfolge. Zuerst das Messer, dann den kleinen Strick … du verstehst schon. Die Ordnung ist für mich sehr wichtig. Danach lege ich mich hin und klopfe. Du brauchst nicht zu lachen, ich klopfe. Mit dem Zeigefinger und dem Ringfinger klopfe ich, an das Kopfende des Bettes oder an die Tür des Nachttischs, sprich, auf Holz eben ... denn es ist wichtig, dass man vor dem Einschlafen immer Holz berührt, das ist meine Gewohnheit, und ich halte daran fest. Sonst kann ich nicht einschlafen. Und ich klopfe in einer bestimmten Reihenfolge, dreimal nacheinander. Und dann wieder dreimal. Du klopfst nicht? Sonderbar. Sehr viele Leute machen das. Sie schämen sich nur und geben es nicht zu. An dieser Gewohnheit ist nur wichtig, dass man immer Holz berührt – *toucher le bois*, weißt du –, alle Völker kennen das, diese Gewohnheit ist so alt wie die Menschheit. Sogar in der Antike haben sie schon geklopft. Auch Alexander der Große, immer, bevor er die Welt erobert hat. Du glaubst es nicht? Und meistens reicht es, wenn ich die Reihenfolge einhalte, zuerst das Taschenmesser, dann die Bibel, dann das Klopfen, dann schlafe ich gut und wache ruhig auf und bestelle am nächsten Morgen fröhlich die Schokolade, als hätte ich eine Prüfung hinter mir, und alles wird gut, die Papiere steigen, und jetzt beginnt das Leben. Aber manchmal vergesse ich etwas in der Reihenfolge – nein, Péter, lach nicht, das ist fürchterlich! Ich bin müde oder gebe nicht acht, und am Morgen wache ich mit dieser andersartigen Unruhe auf, als würde mich jemand aus dem Bett jagen und ich müsste den ganzen Tag wandern, ins Kaffeehaus oder in einen Garten oder einfach nur gehen, immer gehen, bis ich sehr müde bin. Das ist nur, weil ich an die Ordnung gewöhnt bin, und wenn ich einmal einen Fehler mache, weißt du, wenn ich etwas auslasse, die Reihenfolge durcheinanderbringe, dann beginnt die Unruhe. Dann bekomme ich das Gefühl, dass ich niemanden habe, dass mich niemand liebt, und um mich herum breitet sich eine gefährliche Stimmung aus. Man kann das nicht ganz genau sagen ... Ich habe niemandem etwas getan, habe mich auf der Polizei angemeldet, es gibt keine wilden Tiere in der Nähe, auf dem Flur putzt das Zimmermädchen, ich kann jeden Augenblick klingeln oder die Polizei anrufen. Trotzdem fürchte ich mich. Und alles nur deshalb, weil ich die Reihenfolge nicht eingehalten habe. O Péter, das ist das Schlimmste, wenn man die Reihenfolge nicht einhält. Erzähl Albert nichts von dem, worüber wir jetzt sprechen. Anna auch nicht. Sie würden es nicht verstehen. Auch Edgár würde es nicht verstehen, weil er noch klein ist; da hilft es nichts, dass er verheiratet ist und Judit ein Kind erwartet; sie verstehen so etwas noch nicht. Es ist auch besser, wenn sie nichts davon wissen. All das ist nur, weil ich so eine ordentliche Natur habe und die Unordnung nicht aushalte. Genauer gesagt ... weißt du, wenn ich mir mein ganzes Leben ansehe, ich meine, alles, was ich möchte und wie ich lebe – das Ganze zusammen, weißt du, dann ist das vielleicht gar nicht so zielbewusst und plangemäß ... es ist, als wäre ich ein wenig unordentlich ... man kann nicht genau sagen, warum ich hier oder dort lebe, warum ich mich mit dem beschäftige, womit ich mich gerade beschäftige. Manchmal verstehe ich es selber nicht ... Aber die Einzelheiten, siehst du, die Einzelheiten sind immer zielbewusst und systematisch, ja, sie sind vollkommen. Beispielsweise wie ich mich kleide ... Mir ist es sehr wichtig, mich ordentlich zu kleiden ... Albert trägt fertig gebundene Krawatten, hast du das bemerkt? Mir ist schon der bloße Gedanke ein Gräuel. Ich bin nicht gerade ein Dandy, ich kleide mich nur so, wie es sich für einen ernsthaften Mann gehört. Auf dieses Taschenbuch, siehst du, habe ich notiert, welche Krawattenfarben zu welchen Anzügen passen – willst du es hören? Ein Portugiese hat es aufgeschrieben, er war ein sehr vornehmer Mann. Zu einem grauen Anzug beispielsweise dunkelblau oder bordeauxrot ... Es interessiert dich nicht? Aber ich fühle mich nicht wohl, wenn ich zu einem grauen Anzug eine grüne Krawatte umbinde. Ich weiß, mein Hut ist euch auch aufgefallen, das haben mehrere erwähnt. Aber ich kann nichts dafür, versteh doch, Péter, ich kann nicht schlafen, wenn ich daran denke, dass ich einen anderen Hut tragen müsste. Ich bin nämlich etwas nervös«, sagte er unbeholfen und bescheiden.

»Ach was«, sagte Péter höflich.

Tamás war die Bescheidenheit in Person, verlegen und scheu. Mit starrem Blick sah er Péter an, den weißgrauen Hut, der auf dem Bett lag, den in Erz gegossenen General, der glänzend im Mondlicht stand und wütend zum Theatergebäude zeigte. Er sah weiter hinaus, über die Statue hinweg, zum Hügel, wo die Kapellen des Krähenberges standen, die Grabkreuze des Friedhofs, unter ihnen auch die Gruft der Garrens. Er starrte mit weit geöffneten Augen und unbeweglichem Blick, als wartete er auf ein Zeichen. Péter hüstelte. Er hätte Tamás sehr gern Geld gegeben, viel Geld, in- und ausländisches, wenn ihm das hätte helfen können. Aber jetzt spürte er, dass Tamás tatsächlich Zuneigung brauchte.

Ich weiß nichts über ihn, dachte er. Immer wollte er mit uns spielen, aber wenn wir ihn schließlich gerufen haben, war er beleidigt und ist weggegangen. Und jetzt sitzt er hier und kann nur leben, wenn er abends die Dinge in einer bestimmten Reihenfolge aus seinen Taschen packt ...

»Tja, so ist das«, sagte Tamás jetzt und lächelte vornehm und überlegen. »Diese verfluchte Ordnungsliebe, weißt du.«

»Ja«, sagte Péter. »Das ist nichts. Es wird vorbeigehen.«

»Es geht nicht vorbei«, erwiderte Tamás streng. »Der Arzt hat auch gesagt, dass es nicht vorbeigeht. Vielleicht, weil ... wir Garrens allgemein ziemlich ordnungsliebend sind. Edgár, der lächelt noch und achtet nicht darauf, wenn über etwas Wichtiges gesprochen wird, und er denkt immer an etwas anderes, er ist so höflich und schlau. Nein, vielleicht auch nicht schlau, ich will nicht ungerecht sein. Er ist wie jemand, der sich seiner Sache sicher ist, er ist eben doch noch zu Hause, in diesem Haus, dank Erzsébet, die ihn am liebsten noch heute windeln würde, jeden Abend, bevor sie ihn zu Judit ins Bett legt. Und Anna war niemals ein Feind, immer will ich ihr etwas schenken, einen Mann oder Datteln. Aber Albert – nein, Péter, darüber müssen wir sprechen, wenn du schon zu mir gekommen bist.«

»Was für ein Problem hast du mit Albert?«, fragte Péter in beruhigendem Ton.

»Albert ist gesund!«, rief Tamás. Er rief es laut, als klagte er jemanden an. Mit einem Ruck nahm er die Füße vom Tisch; in diesem Augenblick war er nicht mehr der Grundstücksmakler aus Übersee; sein Gesicht war verzerrt wie früher bei den gemeinsamen Spielen, wenn er bei einem Wettrennen mit freiwilliger Anstrengung auf das Ziel zuraste, mit heraushängender Zunge, schwitzend, blass und keuchend – er raste auch noch, wenn das Spiel zu Ende war, wenn die Wettläufer nach Luft schnappten und sich erholten, unter der Akazie saßen und spöttisch und verblüfft dem wie besessen im Kreis rennenden Tamás zusahen, der »nicht aufhören konnte« – denn das war charakteristisch für alles, was er tat; schon als Säugling war er bekannt dafür, dass er »nicht aufhören konnte«, dass er alles so krampfhaft tat, über das normale und schickliche Maß hinaus, auch Sehnsucht und Wut brachen so maßlos aus Tamás hervor. Vielleicht braucht er deshalb so unschicklich, so beängstigend die »Ordnung«, vielleicht ist er deshalb gezwungen, jeden Abend diese sonderbaren Dinge in einer bestimmten Reihenfolge aus seinen Taschen zu packen, vielleicht gibt es deshalb Peru und den weißen Hut, dachte Péter jetzt.

»Albert ist gesund!«, rief Tamás noch einmal anklagend, gedehnt, mit singender Stimme. Péter hätte sich nicht gewundert, wenn sich sein verzerrtes Gesicht im einfältigen Frieden des Weinens geglättet hätte. Ja, Albert war »gesund«; Péter verstand diese Anklage sofort, mit all ihren Nuancen. Als lebte jemand in der Familie, der die anderen ununterbrochen im Auge behielt. Denn Edgár war ein Duckmäuser und zimperlich, ganz wie ein kleines Mädchen; Edgár war schön und schlug die Augen nieder, seine Gedanken drehten sich immerfort um Süßigkeiten und Delikatessen, beispielsweise um das Glück oder die Zerstreuung – aber er lachte immerhin. Manchmal, wenn alle in ein großes und beinahe feierliches Gelächter ausbrachen, wenn eine geheime und nur mit dem familiären Rätselschlüssel lösbare Szene aus dem Erinnerungsschatz der Familie zum Vorschein kam, wenn Anna sagte: »Tamás! Die Spritze! Weißt du noch?«, wenn Tamás erst einmal gekränkt umhersah wie jemand, der nicht möchte, dass er, der Erwachsene, mit unerwarteter Vertraulichkeit an die

Spritze erinnert wird, aber dann sofort zu lachen begann, erst leise, dann immer krampfhafter, dann schwitzend und nach Atem ringend, und wenn dann alle mit ihm lachten, sogar Erzsébet, die doch ein bisschen außerhalb des familiären Sagenkreises stand und nichts von der Spritze wissen konnte, wenn sich Tamás manchmal in der Erschütterung einer großen Lachsalve aufs Sofa legte, um besser lachen zu können, und Anna einmal, auf dem Höhepunkt der allgemeinen Heiterkeit, einen Lachkrampf bekommen hatte, gab sich Albert damit zufrieden, ärgerlich zu lächeln und halblaut und schlecht gelaunt zu sagen: »Die Spritze! Na und! Schämt ihr euch denn nicht?«

Ja, Albert war gesund. Er war so »beschämend« gesund – so sagte jedenfalls Tamás. Jetzt stand er händereibend und erregt vor Péter, als hätte er die Formulierung für die Anklage seines Lebens gefunden.

»Beruhige dich«, sagte Péter. »Es geht jetzt nicht darum, dass Albert gesund ist. Jetzt geht es darum, dass Vater krank ist.«

»Rede dich doch nicht heraus«, sagte Tamás lebhaft. »Das ist dasselbe. Du weißt genau, dass es letzten Endes dasselbe ist. Beide Symptome gehören zum Werk. Als ich die Nachricht bekam, dass Vater krank ist, sehr krank, wollte ich gerade angeln gehen. Du angelst nicht? … Es ist großartig. Es beruhigt … Man packt alles Zubehör ordentlich um sich herum, gleichförmig, regelmäßig … Gut, gut, wenn du nicht willst, erzähle ich es nicht. Jedenfalls habe ich sofort gepackt und bin abgereist. Dabei hätte ich noch bleiben können: Ich wusste, dass Vater krank ist, dass aber noch nicht das Schlimmste zu befürchten steht, wie Márta sagen würde. So etwas weiß man. Ich bin mit dem

Schiff gefahren, dann mit dem Zug, habe weder Kosten noch Mühe gescheut, dabei hatte ich gerade viel Ärger mit dem ausländischen Geld. In letzter Zeit hat irgendwie nichts zusammengepasst. Ich habe dir ja schon gesagt, dass ich mir nur Geld leihe, weil ich aufgeregt bin, weil ich das Gefühl habe, dass man mich aus irgendetwas ausgeschlossen hat, aus einem Spiel oder einer Verteilung, und dass ich mir jetzt Genugtuung verschaffen muss … Habe ich das nicht gesagt? Ja, deshalb. Und dann ist das Leihen so spannend … man muss gar nicht vorher entscheiden … es ist wie die Jagd … Ich stelle mir vor, dass ich in der Vergangenheit lebe, als die Menschen noch Jäger und Fischer waren, ich mache mich im Urwald auf den Weg, und auf einmal kommt auf einer Fährte das arglose Wild … sagen wir, Kalb … er bleibt stehen, wenn er mich bemerkt, sieht sich unruhig um, wittert, weil er sofort spürt … Erstaunlich, wie zuverlässig sie das spüren! Alle Menschen! Sicher umgibt uns in diesen Augenblicken dasselbe, dieselbe Sehnsucht und Furcht, wie das Wild und den Jäger. Er möchte fliehen, traut sich aber nicht, weil er weiß, dass ich ihn bemerkt habe und auf ihn zukomme. Péter, ich weiß, dass es nicht schön ist, was ich sage, aber es ist so aufregend … In solchen Augenblicken vergesse ich jegliche Angst und auch, dass ich abends die Dinge auf meinem Nachttisch in die richtige Ordnung bringen muss … Ich sehe nur noch Kalb, wie er mir auf der Fährte entgegenkommt, wie er sich eine Zigarre anzündet und auf mich zuhinkt, sehe ihn durch die Streichholzflamme und den Zigarrenrauch. Er kommt von zu Hause, reibt sich die Hände … und plötzlich stehe da ich, ihm gegenüber. Jetzt muss ich auf jedes Wort achten, denn wenn ich sage, ›Guten Tag, Herr Kalb, was für ein Nebel!‹ und ihn sanft ansehe, gleichmütig und zerstreut, mein stoppeliges Kinn reibe und zum Himmel sehe wie ein angehender Priester – dann ist das so, als würde ich mit erhobener Waffe auf ihn zielen. Jede Bewegung ist verdächtig. Wenn man etwas von einem anderen Menschen will, können Worte nichts verbergen. Und Kalb sieht mich an wie ein Reh, er würde gern weglaufen, traut sich aber nicht. Jetzt unterhalten wir uns eine Weile, ganz beiläufig, über das Wetter, über ferne Länder, die Gesundheit, und dann kommt der Augenblick, wo ich abdrücken muss ... keinen Augenblick früher oder später, denn wenn ich ihn nicht treffe, entwischt er mir. Kalb weiß das. Ich sehe durch den Zigarrenrauch noch seinen flehenden, glasigen Blick, dann drücke ich mit leisem Klacken den Abzug hinunter und sage: ›Ja, Kalb, ich brauche wirklich Geld‹ oder nur ›Gut, dass wir uns treffen ...‹ Oder ich ziele einfach auf sein Herz und sage: ›Geben Sie mir Fünfhundert.‹ Dann stürzt Kalb zu Boden, sieht mich mit gebrochenem, glasigem Blick an und gibt mir die Fünfhundert. Aber da ist das Geld gar nicht mehr wichtig, wichtig ist, dass jemand, schwerfällig und widerstrebend, als würde er es sich aus dem Leib reißen, mir etwas gibt ... mir persönlich, Tamás Garren, der ich allein bin auf der Welt, der ich niemals klage, aber der ich Zuneigung brauche. Denn das Geld bedeutet Zuneigung. Verstehst du es jetzt?«

»Vollkommen«, sagte Péter.

Er verstand es tatsächlich. Emmánuel gab Geld, als wolle er eine Erbsünde beweisen; triumphierend und schadenfroh überreichte er es, als würde er eine Strafe vollstrecken. Aber wie Tamás es Fremden wegnahm ... nein, ohne Zuneigung konnte man wahrscheinlich nicht leben. Péter hätte Tamás gern seine Zuneigung gezeigt. Jetzt, wo Tamás davon erzählt und es zugegeben hatte, fiel die Larve von ihm ab, die er all die Zeit bei sich getragen hatte. Die Hände auf dem Rücken verschränkt, mit leicht geöffnetem Mund, träumerisch und in Erinnerungen versunken stand er jetzt vor Péter.

»Trotzdem«, sagte Péter, »was machst du immer in Peru, Tamás?«

»In Peru? Aber ich war noch niemals in Peru«, antwortete Tamás etwas gereizt. »All das verbreitet Albert, das mit Peru, und Anna redet es ihm nach. Ich war nur einmal in Übersee, vor Jahren, als ich dich aus Kalifornien angerufen habe. Damals war ich auch nicht in Peru. Ich will auch nicht nach Peru gehen«, sagte er widerwillig. »Dort essen sie gebratene Igel.«

Er feixte und zog die Nase kraus.

»Aber du stiehlst nie mehr, Tamás?«, fragte Péter besorgt.

Jetzt sprach er so leise, als wolle er sich nur erkundigen, ob Tamás sich im Herbst manchmal erkältete. Tamás spürte die Betonung und sah Péter liebevoll an.

»Nein«, sagte er warm. »Ich stehle nicht mehr.«

»Denn früher hast du gestohlen«, sagte Péter freundlich.

»Früher ja. Aber jetzt habe ich damit aufgehört. Es hat mir keinen Spaß gemacht. Früher hat es mir gutgetan zu stehlen, es war so ein warmes Gefühl. Besonders am Morgen, wenn Vater ins Bad gegangen ist und seine Börse im Schlafzimmer gelassen hat. Ich weiß, du hast nie gestohlen. Edgár hat gestohlen, glaube ich, aber er hat es nicht zugegeben. Damals waren wir mehrere, die gestohlen haben, alle, die zur Clique gehört haben. Du erinnerst dich nicht mehr an die Clique.«

»Doch, ich erinnere mich«, sagte Péter, und ihm wurde warm ums Herz.

»Ja«, sagte Tamás. »Damals haben wir also gestohlen. Aber dann später, allein ... da war es nicht mehr lustig. Ich habe gehört, dass es auch vom Gesetz verboten ist ... Ach, die Menschen!«, sagte er missmutig und winkte ab. »Als ich nach Hause gekommen bin, habe ich sofort nach der Clique gesucht. Aber alle sind weggezogen. Auch Havas ist weg, der Pfandleiher, dessentwegen sich Ernő erschossen hat. An ihn erinnerst du dich auch nicht? Nur Ábel wohnt noch hier, der Zauberer. Er wollte Dichter werden, aber dann ist er Zauberer geworden. Er wohnt jetzt ihm Haus seines Vaters, und er hat sogar Telefon.«

»Was macht er?«, fragte Péter leise.

Er spürte, wie ihm das Blut zum Herzen strömte, so heiß, so unruhig, als würde er im Traum jemanden treffen, dessen Namen er tagsüber, im Wachen, nicht auszusprechen wagte. Tamás hatte Ábels Namen ausgesprochen, und es war, als hätte er etwas berührt. Jetzt lebte der Name, er war erklungen, der Klang verdichtete sich, etwas Materielles war zwischen ihnen, diese Materie bestand in der Erinnerung an die Clique. Nur das war noch von ihr geblieben. Tamás ist der Einzige, der es wagt, »davon« zu sprechen, dachte Péter bewegt. Wir sprechen pausenlos von anderem. Er ist der Einzige, der nicht zu Vater hineingeht, sondern auf der Schwelle stehen bleibt, wenn Vater schläft, und von dort zum Bett hinüberspäht, ihn lange ansieht, dann ärgerlich die Reitgerte durch die Luft pfeifen lässt, als sähe er im Bett etwas Unverständliches und Empörendes, und der forteilt und nicht mit uns zu Abend isst. Tamás ist der Einzige, der zuzugeben wagt, dass er wegen der Clique nach Hause gekommen ist. Er ist der Einzige, dem all das wirklich wehtut, was jetzt mit Vater, mit dem Haus geschieht, ja, sogar das, was mit Albert geschieht. Er war schon bei Ábel ... Und ich habe noch nicht einmal gewagt, nach Ábel und der Clique zu fragen. Tamás lebt noch, auf seine eigenartige Weise, mit seiner beunruhigenden Ordnungsliebe, aber er lebt noch, so stark, wie wir alle hier gelebt haben, vor fünfzehn oder zwanzig Jahren.

»Was er macht? Er zaubert«, sagte Tamás leise und vertraulich. »Er erwartet dich auch, er weiß schon, dass du gekommen bist. Er weiß alles, und er zaubert auch am Telefon. Er hat gesagt, dass du am Ende der Woche zu ihm hochgehen wirst. Mir hat er auch Brom gegeben«, sagte er erfreut, als wäre ihm die Lösung eingefallen, und zog mit breitem Lächeln glücklich ein Fläschchen aus der Tasche. »Das ist das einzige Brompräparat, von dem man keine Pickel bekommt. Aber auch von den Papieren hat er Ahnung, leider habe ich keine Papiere mehr. Als ich nach Hause gekommen bin, habe ich sofort gespürt, dass hier irgendetwas hoffnungslos ist, und bin zu ihm gegangen. Péter, was wird mit Vater? Ich kann es mir nicht vorstellen ... Weißt du, dass ich noch nicht mit ihm gesprochen habe? Für mich ist jetzt alles, als würde ich reisen; es lohnt nicht, unterwegs etwas zu sagen, man muss abwarten, was man zu Hause vorfindet, nach dem Auspacken und wenn man die Post durchgesehen hat. Weshalb soll ich mit Albert streiten? Weshalb Edgár erziehen? Ja, er hätte es nötig, aber es lohnt sich nicht. Es kann nicht mehr lange dauern.« Jetzt klang seine Stimme ganz leise. »Ábel glaubt auch, dass es nicht mehr lange dauern kann. Er sagt, jetzt muss man noch ein wenig warten, dann wird etwas geschehen, und es wird etwas zu Ende sein, wird seinen Abschluss finden. Dafür gibt es einen genauen Termin, er hat ihn schon ausgerechnet. Damals hat alles angefangen, mit dem gelben Frack und dem Sattel, als wir gestohlen haben, als sich Ernő später erschossen hat und der Schauspieler aus der Stadt getürmt ist. Wir waren alle beteiligt, waren mitschuldig. Das Spiel ist noch nicht ganz zu Ende, sagt Ábel, und ich glaube ihm. Man glaubt, man wäre erwachsen, weil einem eines Tages ein Bart wächst, weil man mit Frauen schläft und sich auch bei bedächtigen, reifen Männern Geld leiht. Oder weil man reist, wohin man will, und morgens im Hotel aufwacht und nach Gefallen Schokolade bestellt. Aber das sind nur Äußerlichkeiten«, sagte er etwas gereizt. »Man wird erwachsen, wenn man eines Tages bemerkt, dass man vergeblich dahin zurückkehrt, in das Zimmer oder zu den Menschen, mit denen man dieses andere Spiel gespielt hat, jenes eigentliche … etwas ist verdorben, das Spielzeug zerbrochen, die Menschen gestorben, alles ist zu Ende. Dann ist man erwachsen und kann sich den Schnurrbart zwirbeln. Als ich nach Hause gekommen bin, habe ich sofort gewusst, dass ich hier eine Aufgabe habe, dass ich etwas in Ordnung bringen, etwas suchen muss. Albert hatte freilich einen Verdacht … er war immer so gesund, auch vor zwanzig Jahren. Er wird sich nie mehr von der Gesundheit erholen. Aber ich bin, Gott sei Dank, noch krank … manchmal glaube ich, das ist der einzige Sinn meines Lebens, diese Krankheit. Ich weiß, dich beunruhigt das alles, was ich von der übertriebenen Ordnungsliebe, der Zuneigung und dem Leihen gesagt habe.

Aber das ist mein Werk. Weißt du, dass man uns hier in der Stadt für Künstler hält? Dein Werk besteht darin, dass du irgendwo lebst, in der Nähe des berühmten Kaufmanns. Du bist der Freund von Herrn Emmánuel, und man kann nichts Sicheres über dich erfahren. Gestern hat man sich im Kaffeehaus erzählt, dass du auf Auftrag von Herrn Emmánuel den griechisch-türkischen Krieg gemacht hast. Sie haben von dir gesprochen, als hättest du die *Götterdämmerung* geschrieben. Gut, gut, ich frage nicht … Aber dann darfst du dich nicht wundern, wenn ich nicht aufhören kann mit der Ordnung und dem weißen Hut und mir ab und an von Kalb und von anderen etwas leihe und wegen des Zaubers zu Ábel gehe. Ich muss hier etwas finden«, sagte er sorgenvoll und sah sich um.

»Möchtest du es sehr gern finden?«, fragte Péter.

»Sehr.« Tamás lächelte. Jetzt lächelte er wie Krisztina auf dem Bild. »Ich würde gern mit Vater sprechen, denn er weiß sehr viel. Aber ich wage ihn nicht zu fragen, ich mache mir Sorgen, dass ich ihn aufregen könnte. Er war ein wirklich großer Künstler, das weißt du genau. Jetzt darf man ihn nicht stören … es ist, als würde er ständig träumen. Vielleicht ist diese Krankheit das letzte Kapitel in seinem Werk, in dem er auf seine Weise alles sagt. Man muss gut aufpassen. Ich passe den ganzen Tag auf. Ich war auch vorher schon in dem Zimmer, in dem du schläfst, und habe mir alles angesehen, habe die Schubladen und Schachteln geöffnet; ich war im Gartenhaus und habe die *Laterna magica* und die Fahrradhupe gesucht, aber das hilft nun nicht mehr. Jetzt bin ich sehr allein. Niemals war ich so allein wie jetzt, hier zu Hause, bei euch. Wir sind wie acht- oder neunbuchstabige Wörter im Kreuzworträtsel, jedes für sich bedeutet nur einen lateinischen Ausruf, einen spanischen Dichter oder eine nordische Vogelart, aber das Ganze zusammen hat vielleicht einen Sinn … Vielleicht wird uns jetzt jemand erraten«, sagte er leise und träumerisch.

»Ich möchte dir helfen«, sagte Péter.

»Ja, du«, sagte Tamás nachsichtig. »Vielleicht. Mag sein, dass du mir helfen möchtest. Aber das wird nicht so einfach!« Seine Stimme klang drohend. »Mir kann man nicht nur so nebenher helfen. Wer mir helfen will, muss mit mir dahin kommen, wo wir aufgehört haben, vor zwanzig Jahren, als Ernő begraben wurde und Ábel sich den gelben Frack und den Sattel als Erinnerung mitgenommen hat. Oder noch weiter zurück, ich weiß nicht. Mir kann man nicht nur so mit einer Hand helfen, indem man herkommt und Rechenschaft über das Geld verlangt, das ich Kalb und den anderen weggenommen habe; denn seit ich hier zu Hause bin, friere ich immer und habe einen gesteigerten Bedarf an Zuneigung. All dies ist keine sichere Weise, mir zu helfen. Helfen!«, sagte er gereizt und verächtlich. »Komm doch mit mir mit, wenigstens für einen Augenblick, aber ganz.«

»Gut«, sagte Péter. »Aber versprich mir, dass du nicht stiehlst.«

»Ach«, sagte Tamás großzügig und zuckte mit den Schultern. »Wenn dir das wichtig ist … Ich kann es versprechen. Mir ist jetzt anderes wichtig. Sag mal, Péter, aber ehrlich: Glaubst du, dass es für das alles, für mich, für die Ordnung, für die Welt, für das, was die Menschen füreinander empfinden, und das, wie wir Garrens etwas zwischen uns nicht regeln können, dafür, und wie dieses ganze Leben nicht gut ist … denn es ist nicht gut, Péter … und für Vaters Krankheit und das Werk, und dafür, dass ich mich immer in irgendeinem Peru aufhalten muss, weil ich mich schäme, zu Hause zu Abend zu essen ... glaubst du, dass es für all das noch Hilfe gibt? Denkst du nicht auch, dass hier nur noch ein Zauber helfen kann?«

»Doch, unbedingt«, sagte Péter.

Er wollte lächeln, aber sein Mund zitterte. Tamás stand am Fenster, die Hände in den Taschen; jetzt war er überhaupt nicht überlegen. Sie sahen einander streng an, und beide stellten erstaunt fest, dass der andere Tränen in den Augen hatte.

Der Verräter

Albert, der Verräter, war allein angereist, vorsichtig, mit Wachstuchtaschen und Geräten wie ein Forscher, der zu den antiken Ruinen heimkehrt und die Geländeverhältnisse gründlich prüft. Márta und die beiden Kinder folgten erst einige Tage später, als Albert schon alles gründlich in Augenschein genommen und wahrscheinlich auch das Trinkwasser analysiert hatte, als er die Notendruckerei entdeckt und als zum Wohnen geeignet befunden hatte und der Ansicht war, nun sei es an der Zeit, dass ihm seine »kleine Familie« nachkomme. Albert liebte es, alles zu verkleinern. Seine »kleine Familie« brachte in ihrer »kleinen Bescheidenheit« alles mit, das Alberts Ansicht nach unbedingt mitgebracht werden musste; denn die »kleine Armut«, in der Albert, Márta und die beiden Kinder zu Hause, am Ufer des Flusses, in der malerischen Fabrikstadt lebten, war ständiges Gesprächsthema in der Familie.

Sie kamen ordentlich und schicklich an, richteten sich leise und ohne Aufsehen im Haus ein und brachten irgendwie vom Morgen bis zum Abend unablässig irgendetwas an seinen Platz, das – jetzt war es erst zu sehen – bisher nicht ganz und gar und so an seinem Platz gewesen war, wie es sich geschickt hätte. Aus diesem Regelwerk folgte ganz von allein, dass sie auch Geschenke mitbrachten, weil es der Anstand und die Familienpraxis so verlangten – bescheidene Geschenke, aber immerhin. »Nur, was unsere kleine Armut hergibt«, sagte Márta mit niedergeschlagenem Blick und überreichte Anna einen gebrauchten Stickrahmen. Dem Vater brachte Albert ein Bruchband mit, es war etwas aus der Mode, aber immer noch ein sehr zweckmäßiges und nützliches Bruchband, das die Ärzte nur deshalb nicht verwendeten, weil der Vater keinen Bruch hatte. Péter brachte Albert einen kleinen, alten Kalender als Geschenk mit, Tamás ein Tabaksieb, Frau Erzsébet Pulswärmer und Edgár zwanzig billige ausländische Zigaretten. Judit, die in anderen Umständen war, brachte Márta die kleine Glasglocke mit dem Gummiball mit, mit deren Hilfe stillende Frauen in den Tagen der Entwöhnung die angesammelte, überflüssige Muttermilch aus ihren geschwollenen Brüsten pumpen. Judit, die ihr erstes Kind erwartete und in durchgeistigtem Staunen lebte, drehte den Glasgegenstand befremdet in den Fingern. Sie sagte, sie habe noch nie ernsthaft daran gedacht, dass sie einmal Milch haben würde.

Albert kam an, sah sich um und entdeckte sofort die Notendruckerei. »Man muss das verstehen«, sagte er in bedauerndem, sehr bescheidenem Ton, der keinen Widerspruch duldete. »Ich hoffe, alle werden verstehen, dass es so am besten ist. Anna gibt ihr Bett her. Erzsébet gibt auch ihr Bett her. Dann gibt Anna uns noch den Spiegeltisch aus ihrem Zimmer, und Erzsébet gibt Márta ihr Federbett. Bitte, versteht mich. Danke. Ihr seid wirklich nett. Vielen Dank.« Händereibend, mit besorgtem Gesichtsausdruck, spionierte er in der ganzen Wohnung herum, nahm am Nachmittag nach seiner Ankunft allen ihre Betten weg und sorgte dafür, dass Leute ins Haus kamen, die den Schaukelstuhl aus Vaters Krankenzimmer nach unten brachten. Er hätte gern auch Vaters Schreibtisch hinuntertragen lassen und den venezianischen Lehnstuhl. Aber Anna widersetzte sich mit ermatteter Kraft im letzten Augenblick allen Raubversuchen, die sich gegen das Zimmer des Vaters richteten. Den Schreibtisch und den Lehnstuhl musste Albert vorerst im Krankenzimmer lassen, gegenüber dem Krankenbett des Vaters.

»Ich verstehe«, sagte Albert nach kurzem Nachdenken und starrte Anna unter seinen gerunzelten Augenbrauen sorgenvoll und leutselig an. »Oh, ich verstehe vollkommen. Du willst nicht, dass unser lieber Vater ... Du meinst, wenn er manchmal zu sich kommt ... du möchtest nicht, dass etwas in dem Zimmer fehlt, in dem er gelebt hat. Wie zartfühlend!«, rief er hingerissen. Anna weinte.

»Aber Albert!«, sagte sie. »Der Tisch! An dem er gearbeitet hat!« Albert nickte.

»Ja, gearbeitet«, sagte er dann misstrauisch und rieb sich das Kinn. »Ja. Wie du willst.« Es war ihm anzusehen, dass er den Schreibtisch und den venezianischen Lehnstuhl nur unter Zweifeln und mit schmerzendem Herzen im Zimmer des Vaters ließ.

Binnen weniger Tage räumte er die Wohnung im Obergeschoss leer. Als hätte eine feindliche Besatzung in den Zimmern ihr Lager aufgeschlagen: Überall fehlte etwas, nicht viel, gerade nur der Gegenstand, der dem Zimmer seinen Sinn gab. Aus dem Salon ließ er das Klavier und den porzellanenen Lehnstuhl hinunterbringen. Nun war der Raum kahl und verstümmelt wie nach einer Operation. Péter erkannte ihn kaum wieder. In den Zimmern von Anna und Erzsébet fehlten die Betten; Anna schlief auf dem Sofa, aber später verlangte Albert auch das Sofa, für das kleine Mädchen, und von diesem Augenblick an konnte man mehrere Wochen lang nicht mehr ganz genau in Erfahrung bringen, wo Anna eigentlich nächtigte. Péter erfuhr später, dass sie in dem ausgeraubten Zimmer auf der Erde schlief, auf einer Matratze, wie die Sklaven im Mittelalter. Von Zeit zu Zeit erschien Albert in der Wohnung, schaute forschend und eifrig umher, und immer wieder konnte man ihn die Treppe hinuntergehen sehen, zufrieden und sorgenvoll, im Arm eine riesige Blumenvase oder den Spiegel mit dem goldenen Rahmen. Wie ein Kunstsammler zeigte er die gefundenen Gegenstände begeistert vor und erwartete, dass sich alle mit ihm freuten. Aus dem Speisezimmer nahm er beispielsweise die Lederstühle mit hinunter, den Samowar und das gesamte Frühstücksservice. »Wie schön es ist!« Er zeigte Péter oder Tamás glücklich die goldgeränderten Tassen. »Sieh doch, Péter, welch edle Formen! Wie wird sich Márta freuen! Und die Kleinen auch! Glaub mir, man trinkt ganz anders aus solchen Tassen! Eigentlich haben sie gar keinen wirklichen Wert. Wenn ich sie verkaufen würde … was meinst du, was bekommt man heute für so etwas?« Er blieb auf der Treppe stehen, in der Hand das Silbertablett voller Goldrandtassen, und rechnete fachmännisch. »Man müsste einen Kunstkenner finden, der für solche Stücke etwas übrig hat!«, sagte er resigniert, mit dem Tonfall eines Mannes, der in dieser groben und gierigen Welt mit wehmütiger Begeisterung an der überflüssigen Schönheit festhält. Er versteht es, Albert!, dachte Péter und sah ihm hinterher.

Albert war den lieben langen Tag unterwegs, forschte in den Zimmern, leerte Schubladen und schrie hingerissen auf: »Sieh doch! Altes englisches Silber! Eine kleine Zuckerzange! Aber Anna, warum benutzt ihr sie denn nicht?« In seiner Stimme lag ein freundlicher Vorwurf. »Ein echtes kleines Kunstobjekt ... und liegt hier in der Schublade! Einen Sachwert hat sie sozusagen nicht. Wie wird sich Márta freuen!« Er steckte sich die silberne Zuckerzange in die Tasche und nahm sie sofort mit hinunter in die Notendruckerei, kopfschüttelnd und mit milder Empörung, als hätte er eine Unterlassungssünde der Familie endlich wiedergutgemacht – was für eine leichtsinnige Familie, da lag doch die Zuckerzange tatsächlich in der Schublade und wurde nicht benutzt! Auf Annas sanften, eher entschuldigenden als protestierenden Einwand, dass die Zuckerzange eigentlich in der Schublade am rechten Ort liege, dass man sie dort eingeschlossen habe als liebes Andenken, das noch aus dem Nachlass der Großmutter übrig geblieben sei, und dass alle von ihrer Existenz wüssten, die davon wissen müssten, dass sie manchmal auch benutzt werde, natürlich nur zu feierlichen Anlässen, und dass Albert irre, wenn er glaube, dieses Familienstück »gefunden« zu haben, das eigentlich niemals verloren war. Auf diese zaghaften Entschuldigungen antwortete Albert mit heiterem, aber ungläubigem Lächeln, das sei ja jetzt auch egal, wichtig sei, dass dieser hübsche Gegenstand nun zum Vorschein und endlich in gute Hände gekommen sei. Jeden Tag fand er etwas. Einmal fand er im Herrenzimmer den zwölfarmigen, vergoldeten, mit Kristallen geschmückten Kronleuchter, der seit dreißig Jahren an der stuckverzierten Decke des Zimmers hing – er fand ihn und stand schon auf der Leiter, um ihn abzunehmen, als Péter ins Zimmer kam. »Stell dir vor, hier hängt er!«, sagte Albert von der Leiter herab, blinzelnd und mit leutseliger Empörung. »Er verstaubt hier, und niemand kümmert sich um ihn. Ich dachte, ich nehme ihn mit hinunter.« Aber als Péter schwieg, stieg er von der Leiter herunter und sagte unsicher und etwas unwillig: »Er kann ja auch hierbleiben, wenn ihr wollt. Ich dachte eben nur, wenn ich ihn schon gefunden habe … und ihr euch sowieso nicht um ihn kümmert …« Er verstummte und schlich sich, verlegen blinzelnd, aus dem Zimmer, wobei er sich immer wieder umsah.

Péter erinnerte sich, und er erinnerte auch Tamás daran, wie gern Albert schon in zartem Jugendalter Dinge gefunden hatte; ja, einmal trieb er einen braven Bernhardinerhund von der Größe eines Kalbs von der Straße nach Hause, eine zahme Bestie, den Hund des Bürgermeisters, der hingebungsvoll zuließ, dass der fremde Bengel ihn an den Ohren packte und heimzerrte. »Den habe ich auf der Straße gefunden!«, sagte er stolz, er mochte damals sechs Jahre alt gewesen sein. Die gemeinsamen Gebrauchsgegenstände des Kinderzimmers entdeckte Albert von Zeit zu Zeit wieder – ein Lineal, einen Zirkel, ein Bilderbuch oder Kleidungsstück, deren Eigentumslage bisher niemand genau bestimmt hatte, die man einfach nur benutzt hatte, wie man Gemeinsames benutzt; an einem Tag hatte Péter mit dem Zirkel gezeichnet, am nächsten Edgár oder Anna, bis ihn Albert endlich fand. Gegen seine Okkupationen protestierte in den allermeisten Fällen niemand. Tamás duldete zähneknirschend, dass Albert das zerknitterte und geliebte Exemplar des Romans *Die 500 Millionen der Begum,* das bislang frei im Regal gelegen hatte, entdeckte, in sein Schubfach steckte und dieses abschloss. Albert war der Einzige in der Familie, der einen Schlüssel besaß, und diesen Schlüssel hatte er sich im Alter von zehn Jahren anfertigen lassen – für die Schublade des gemeinsamen Arbeitstisches! Tamás stiefelte tagelang blass umher und murmelte leise und fluchend in Selbstgesprächen, bis er seine Wut hinausgeschnaubt und Alberts Funde vergessen hatte. Die Familienetikette duldete es nicht, dass die Schwächen eines Familienmitglieds laut zur Kenntnis genommen wurden – »bemerken« war das Kunstwort, die Blutanklage, der gnadenloseste Vorwurf, mit dem die Familienmitglieder einander belegen konnten. In der Familie Garren schickte es sich nicht, gewisse Verfahren, Manieren und Gewohnheiten zu bemerken. Anna beispielsweise aß jeden Nachmittag um vier Uhr – anderthalb Stunden nach dem reichlichen Mittagessen und eine Stunde vor dem Nachmittagskaffee mit Sahne und Kuchen. Sie aß, als hätte sie ein Krampf gepackt, hastig und atemlos, ein paar Schnitten Brot oder kaltes Fleisch vom Mittag, oder Gemüse und harte Eier zugleich; dies war ihre Stunde, wenn sie im Laufschritt in die Küche oder Speisekammer eilte und mit vollem Mund, krampfhaft kauend und schluckend zurückkam. Dann war die peinliche Spannung aus ihrem Gesicht verschwunden, die ihre Züge einige Minuten vor vier Uhr immer in Unordnung brachte. Die Familienmitglieder wussten von diesem schamlosen Magenkrampf, der Anna jeden Tag wie ein Wecker dazu zwang, zwischen den normalen Mahlzeiten etwas in sich hineinzuschlingen – sie wussten davon, aber sie »bemerkten es nicht«. Sie wussten auch, dass Anna sich bei den gemeinsamen Mahlzeiten auffallend bescheiden und maßvoll ernährte. Es war, als würde jeden Nachmittag um vier Uhr in Annas Organismus eine Revolution der Leibesbeschaffenheit ausbrechen – ein Aufstand, ein Erdbeben, eine beschämende und elementare Erschütterung, gegen die man sich leider nicht schützen konnte. Wer hätte es gewagt, so etwas zur Kenntnis zu nehmen? Nicht einmal Albert; ein Wort, eine Andeutung reichte in solchen Fällen aus, und der höfische Anstand, der ihr Zusammenleben regelte, wäre zusammengebrochen. Albert konnte finden, was er wollte; es schickte sich nicht, es zu bemerken. Und als wüsste er das, gab er sich frei, wenn auch nicht ganz ungehemmt, aber doch systematisch seiner Entdeckungs- und Sammelleidenschaft hin.

Die Notendruckerei hatte der Vater vor einem Vierteljahrhundert im Erdgeschossflügel in zwei geräumigen Zimmern mit Gewölbedecken untergebracht. Dort standen einige niedrige Nussbaumschränke mit bunten chemischen Tinten, glatt geschliffenen Stein- und Zinkplatten, Stahlmeißeln, wertvollen Kupferplatten, sogar mit altmodischen, beweglichen Noten, die der Setzer in einem Holzrahmen befestigen konnte. Als der Vater die Notendruckerei eingerichtet hatte, war er um Vollständigkeit bemüht gewesen, pietätvoll hatte er italienische Holzplatten aus dem sechzehnten Jahrhundert gekauft, die aus der Werkstatt von Petrucci stammten, hatte aus Paris Steindruckanlagen kommen lassen, und so erinnerte die Druckerei schon im Augenblick ihrer Gründung eher an den Ausstellungsraum eines musikhistorischen Museums als an ein Geschäftsunternehmen. Dem Vater hätte es wahrscheinlich missfallen, wenn die sauberen, weiß gekalkten Gewölbezimmer von Arbeitern verunreinigt worden wären, und vielleicht war der Komponist noch gar nicht geboren, dessen Werke es wert gewesen wären, in dieser Druckerei, im Unternehmen der Garrens, herausgegeben zu werden. Albert war in die Notendruckerei gezogen, weil das am bequemsten war. Und weil er von zu Hause alles mitgebracht hatte, was seine kleine Armut hergab – zwei Liegestühle, einen Kessel für die große Wäsche, seine Zeichengestelle, mit einem Wort: alles, was er im Garren-Haus in diesen Tagen oder Wochen, in denen sie auf die Wende im Schicksal des Vaters warteten, nur schwerlich brauchen würde! –, und weil er zu allem Überfluss die Gegenstände, die seiner Ansicht nach zweckmäßig oder nur wohlgefällig, auf alle Fälle aber notwendig waren, um die Notendruckerei für Wohnzwecke geeignet und gemütlich zu zaubern, aus der Wohnung im Obergeschoss heruntergeschleppt hatte, verloren die beiden Zimmer unter Alberts Händen binnen Stunden den feinen, musealen Werkstattcharakter, auf den der Vater und die Einwohner der Stadt so stolz waren, und verwandelten sich in eine Notwohnung, in eine Art Massenquartier, wie es die Unterkünfte waren, in denen in außerordentlichen Zeiten, beispielsweise nach einem Krieg oder einer Revolution, geflohene Bürger hausten mitsamt ihren jämmerlichen und gekränkten Bündeln, in Waggonwohnungen, mit zimperlich tickenden Standuhren, aus dem Granatenfeuer geretteten Anrichten, die in der unwürdigen Umgebung mit arroganter Zurückhaltung auf ein besseres und städtischeres Schicksal hofften. So wohnte Albert im Garren-Haus. Und er hatte sich offensichtlich auf einen längeren Aufenthalt eingerichtet.

Dieses Einrichten, dieses Niederlassen, dieser ungenierte und summende Nestbau schien etwas unzeitgemäß in dem Haus, in dem jeder laut hoffte, der Zustand des Vaters möge sich noch einmal zum Besseren wenden, wo aber im Geheimen alle wussten, dass das Familienoberhaupt sehr bald – innerhalb von Tagen, vielleicht Stunden, aber spätestens in ein oder zwei Wochen – sterben würde. Auch die Ärzte versprachen nichts anderes und Besseres. Es konnte nicht davon die Rede sein, dass sich Albert mit geheimen Eroberungsabsichten im Haus niedergelassen hätte: Seine schöne Stelle, sein Einfamilienhaus und seine Umstände hielten ihn in der Fremde, in der malerischen Fabrikstadt fest. Nein, Albert hatte nicht die Absicht, in der Notendruckerei ein »trojanisches Pferd zu bauen« – Anna sagte so, flüsternd, eines Abends, als Péter und sie sich über das sonderbare Benehmen der Erdgeschossbewohner unterhielten. Es schickte sich freilich nicht, es zu bemerken, aber Anna konnte es nicht lassen, ihren Gefühlen von Zeit zu Zeit mit einem richtig angewandten Vergleich aus der Sagenwelt Ausdruck zu verleihen. Albert wollte sich nicht im Schatten der Schutzherrschaft des sterbenden Vaters, die Gnade und Schonung gebot, ins Garren-Haus zurückstehlen, sich Zimmer und Gegenstände aneignen, gleichsam einen Putsch veranstalten und einen Staat im Staat gründen! Von so etwas konnte nicht die Rede sein. Wahrscheinlich würde er die Gegenstände, die er in den Zimmern gefunden hatte, zurückgeben, und wenn das

Schlimmste eintrat – morgen, in einer Stunde oder in einem Monat –, wäre Albert der Erste, der den Vater mit ehrlicher Verzweiflung auf seinem letzten Weg begleiten würde, der gebrochen inmitten der Ruinen sitzen, den ganzen Tag lang weinen, sogar ein wenig schamlos und unschicklich jammern würde und nicht den Wunsch hätte, das Haus und den Garten in Besitz zu nehmen und sich wie ein lachender Erbe zu benehmen – »et gaudet heres!*« –, sagte Anna. Dennoch, warum hatte er sich also so breit eingerichtet, mit so rülpsender Bequemlichkeit, so unschicklich reichlich, für lange Zeit, warum hatte er in der Nähe des Krankenbettes einen Hausstand gegründet, wo er einfacher und schicklicher das Gästezimmer im Obergeschoss hätte beziehen können?

»Weil er ein Verräter ist!«, sagte Tamás. Zornig schlug er mit der Reitgerte, pfiff, lachte wütend und ging sofort zur Tür, als ertrüge er die Luft in dem Zimmer nicht, in dem sich ab und an auch Albert aufhielt.

Aber es schickte sich nicht, Alberts Verrat zu bemerken, genauso wenig, wie es sich gehörte, Tamás' zurückhaltende und nervöse Besuche zur Kenntnis zu nehmen und Annas krampfartiges Essen zu ungewohnter Stunde, so, wie niemand Péter nach seinem Freund Emmánuel und seiner Freundin Edit und allgemein nach Karnak und dem fremden Leben fragte. Und was sich nicht schickte, das war irgendwie auch gar nicht mehr da; in den Augenblicken, in denen diese Fragen zwischen den Familienmitgliedern aufkamen, gingen die Garrens nebeneinander her wie die Schatten. Mit Alberts Verrat ist es nicht so einfach, dachte

* Und der Erbe freut sich.

Péter. Er verrät gratis jemanden oder etwas. An dem allgemeinen, schamhaften und erschrockenen Warten nahm Albert auf seine Weise teil, mit praktischer Gründlichkeit; die anderen lungerten nur im Haus herum, liefen bei jedem Türenschlagen und Klingeln zusammen, das Personal und die Verwandtschaft lebten in ständiger Bereitschaft, nur Albert war ruhig. Als erspürte er irgendwie körperlich den Zustand des Vaters, kam und ging er, richtete sich ein, wohlwollend und gründlich – als wüsste er, dass noch keine Gefahr bestand, dass es nicht lohnte zu übertreiben und sie ruhig auch noch ins Kino gehen konnten. Er ist tatsächlich gesund!, dachte Péter erstaunt mit naserümpfender Anerkennung. So sanft und schnaufend gesund! Die Welt gerät für ihn irgendwie in Ordnung; er nimmt Anfang und Ende wahr, und mit seinem sonderbaren, wahrscheinlich sehr gewöhnlichen und simplen Zeitgefühl weiß er, wann man sich aufregen muss, wann jammern, und wann man zwischen Aufregung und Jammern Zeit hat, in Ruhe zu frühstücken. Die Sorgen des Essens nahmen ihn vollständig in Anspruch. Vor einigen Jahren hatte er ein Magengeschwür gehabt. Jetzt aß er wenig, suchte sich aber die Bissen sehr sorgfältig aus, ging vor dem Essen in die Küche, achtete auf die Gewürze und die Fleischqualität. Jeden Morgen, Nachmittag und Abend ging er zum Vater hinein; er blieb neben dem Bett stehen, seufzte, sah mit ehrerbietiger Sorge den schläfrigen Kranken an, richtete etwas auf dem Nachttisch, brachte die Arzneimittelfläschchen in eine Reihenfolge oder betrachtete mit anerkennender Aufmerksamkeit eine neue Art von Arznei, und, mit einem leichten Seufzen, als würde er gern sein Leben opfern, aber als sei es vorerst an der Zeit zu essen oder zu schlafen, entfernte er sich auf Zehenspitzen aus dem Zimmer. Albert tat seine Pflicht. Währenddessen empfand er wahrscheinlich auch etwas. Albert interessierte alles, was sich auf den Vater bezog: Er löcherte die Ärzte täglich mit seinen Fragen, hörte sich morgens den Bericht der Nachtschwester an, nickte, rieb sich das Kinn, seufzte, und manchmal geschah es, dass er ohne jeden besonderen Grund sein Taschentuch hervorzog und sich Tränen aus den Augenwinkeln wischte. Albert war hier, er war an seinem Platz, er wachte wie die anderen über das Leben des Vaters, wachte am Krankenbett, drückte den Besuchern die Hände, aß maßvoll bei Tisch, ging am Abend früh zu Bett, wie es der Anstand und sein etwas schwacher Organismus verlangten. Warum war er also ein Verräter? Tamás wusste es und flüsterte es Péter zu. »Weil er währenddessen Urlaub macht«, sagte er. Und er wurde rot vor Wut.

Immer muss Tamás übertreiben, dachte Péter geniert. »Urlaub machen«, was für ein Ausdruck! Man macht nicht Urlaub, wenn man auf die Genesung oder den Tod des Vaters wartet. Man macht nicht in einer Notendruckerei Urlaub, im Haus der Familie, wo man zu vorübergehendem Aufenthalt eingezogen ist – man macht nicht Urlaub, selbst dann nicht, wenn man den vorläufigen Wohnort für die Übergangszeit mit hübschen oder zweckmäßigen, etwas willkürlich gefundenen Dingen schmückt. An Alberts Benehmen gab es nichts auszusetzen. Die Gegenstände würde er zurückgeben. Er hatte sich von niemandem etwas geliehen. An der gemeinsamen, dem Ereignis vorausgehenden sanften Trauer, die die Zimmer durchzog, nahm er teil, zwar auf seine eigene Weise, aber er nahm teil – etwas trocken und systematisch, aber wahrscheinlich konnte er nicht anders. Mit dieser Trauer beweinten sie noch nicht den Vater. Sie war wie die Dämmerung im September, wenn zwischen Mittagssonne und Abendgrauen noch ermattet und reif der Sommer dampft. Sie trauerten noch nicht um den Vater – sie standen nur mit ihrer Trauer bereit wie mit einer auswendig gelernten Rolle, mit der textlosen Rolle der Gefühle, die sie heimlich schon einstudiert hatten, und die sie, wenn der Augenblick käme, im Chor singen könnten, lauthals und ohne zu stocken. Noch trauerten sie nicht um einen lieben und vertrauten Kopf, um verwandte Haare, eine vertraute Niere, sondern eher um eine Erinnerung, die Erinnerung an den Vater, die vor ihren Augen abstarb, sich wandelte. Der Körper, zu dem die Erinnerung gehörte, funktionierte noch und lebte; die Erinnerung lag schon im Sterben. »Was für Feinheiten«, hätte Albert gesagt. Wären ihm solche Überlegungen zu Ohren gekommen, so hätte er wahrscheinlich mit den Schultern gezuckt und wäre kopfschüttelnd aus dem Zimmer gegangen, mit einer gleichgültigen und sachlichen Verachtung. Das sind keine Feinheiten!, dachte Péter. Es ist, als würden wir jetzt, in der Zeit von Vaters Tod, alle intensiver leben … intensiver und vielleicht nur um die Schattierung eines einzigen Grades heißer und entschlossener!

Die Erinnerung, die der Vater war, verblasste, und zugleich starb jetzt auch in der Wohnung die Erinnerung an Zustände und Zeitalter. Deshalb ging man auf Zehenspitzen. Im Speisezimmer siechte die Erinnerung an ein gemeinsames Geburtstagsessen dahin: Am Kopfende des Tisches saß Krisztina, ihr gegenüber der Vater, gelbe Rosen standen auf dem edel gedeckten Tisch, ringsum saßen Gäste und Verwandte, der Diener servierte auf silbernen

Tabletts Rehschenkel und bordeauxfarbene Preiselbeeren, alle lachten, der Vater hob das Kristallglas mit dem ölig dichten, goldenen Wein, schwang mit einer weiten Bewegung den Arm wie ein Dirigent, der Sonnenschein rieselte, gefärbt von der grünen Wasserfarbe des Akazienlaubes, durchs Fenster, unten auf dem Hof sprudelte der Springbrunnen und ließ die Bälle tanzen, alle saßen im Sonnenlicht, in der Mittagsstunde des Lebens, fröhlich und farbig. Dies musste man im Speisezimmer betrauern. Im Bibliothekszimmer galt es den Augenblick zu begraben, in dem der Vater, die Brille auf der Nase, den in rotes Leder gebundenen, handgroßen Rousseau weit vor sich haltend, weitsichtig und triumphierend, mit einem überlegenen Lächeln in der Ecke las, wahrscheinlich zum Ärger von Bischof János und umgeben von der unsichtbaren Hochachtung der Stadt. In jedem Zimmer lag irgendetwas im Sterben. Die Räume waren von einer Art Vortrauer überflutet, die noch kein Schatten war, sondern nur fehlendes Licht. Für diese Trauer brauchte man noch keine dunklen Anzüge anzulegen, hier tat es auch eine Krawatte in gedämpften Farben oder ein leiserer Gesprächston beim Mittagessen. Die Gegenstände und Zimmer schienen auf ihre Weise irgendetwas vorwegzunehmen, das noch nicht eingetreten war, so wie die niederen Körperteile absterben, wenn das Herz noch schlägt, und wie das Hirn zweifelt, aber die Nägel sich schon bläulich färben. Auf diese Weise hatte sich auch das Zimmer blau gefärbt, aus dem Albert den Kronleuchter mitnehmen wollte. Auf diese Weise war das Zimmer bläulich, in dem Péter schlief und in dem noch die Schatten und Lichtbrüche der Kindheit an den Möbeln klebten, als hätte ein nachlässiger Diener vergessen, die Möbel mit dem Staubtuch der Zeit abzuwischen; auf diese Weise waren auch die Spielzeuge und Heiligtümer der Jugendzeit blau, die in diesen Tagen langsam zu verfallen und sich aufzulösen schienen. Das war eine Zeremonie, deren Reihenfolge und Text die Teilnehmer willkürlich bestimmten. Das Haus, die Zimmer, die Möbel machten sich langsam bereit, vor den Tod zu treten. Die Erinnerungen des Lebens zerfielen zu sehr feinem Staub wie Gewebe, an die lange keine Luft herangekommen ist. In dieser sanften und stillen Vortrauer machte Albert Urlaub.

»Wir wollen unparteiisch bleiben«, sagte Péter zu Tamás. »Er denkt sich nichts Schlechtes. Er kann nur nicht anders. In diesen Wochen hat er sich so verhalten, wie er es für gesund und schicklich gehalten hat. Er hat mit der Situation abgerechnet, ehrerbietig und routiniert. Es war nicht mehr Winter und noch nicht Frühling, und Albert und Márta haben wahrscheinlich nicht davon gesprochen, aber sie haben diese Reise, den Ortswechsel, den außerordentlichen Zustand, das Warten und die Zeit des Übergangs tatsächlich ein wenig als gesundheitlichen Zeitvertreib aufgefasst, als wollten sie sagen: ›Sieh an, unerwartete, obgleich nicht besonders glückliche und erfreuliche Umstände haben mich gezwungen, mein Heim und meine Arbeit zu verlassen, ich muss ein paar Wochen in fremder Umgebung verbringen. Ich werde diese Zeit auf alle Fälle nutzen, und während ich taktvoll trauere und pflege, ruhe ich ein wenig meine Nerven aus.‹« Das war Alberts »Verrat«, aber es schickte sich nicht, ihn zu bemerken. Der Verräter platzierte sich mit besorgtem und höflichem Interesse in der allgemeinen Stimmung der Familie, wollte sich an der

Pflege und der gemeinsamen Beklommenheit beteiligen, aber zwischendurch ließ er seine Kinder turnen, übte manchmal mit ihnen das Klavierspiel – Albert wiederholte auf dem Klavier, das er gefunden und in seine Höhle geschleppt hatte, mit Adél und János sehr taktvoll Trauermelodien, traurigere Sätze von Chopin, sehr leise, und aus Tschaikowskis Werken alles, was hochtrabend und traurig war – und dabei setzte er sich von Zeit zu Zeit in eine Ecke, faltete die Hände über dem Bauch, drehte die kurzen Daumen und sah so zufrieden und selbstvergessen vor sich hin, als wäre er gezwungen, auch mitten in der allgemeinen Traurigkeit die Vorteile eines sich ergebenden und bequemen Ausflugs auszunutzen. Der Verräter machte Urlaub, auf seine eigene, bescheidene und zweckmäßige Weise – er machte Urlaub zwischen Winter und Frühling, zwischen Leben und Tod, für einen Augenblick, und manchmal sah er sich so unbeholfen und mit entschuldigendem Blick um, als wolle er seufzen: »So ist das Leben!« War das Leben so? Nein, Tamás' Meinung nach war nur Albert so.

Aber was soll er tun, wenn er so ist?, dachte Péter. Die Varianten der Familie konnte man nicht gemäß den Ansprüchen einer idealen Formel vereinfachen. Albert blinzelte, bangte, wartete und machte Urlaub. Er war klein und trug immer schwarze Kleider, bereit für feierliche und erhabene Eventualitäten. Er war der Einzige in der Familie, der im Sommer einen schwarzen Lüstermantel trug und einen schwarzen Strohhut. Gern verwendete er Wendungen wie »Hab doch bitte die Güte, dies zu beherzigen«. Die Zigarren schnitt er entzwei, und wenn er etwas hörte, eine Anekdote, einen Scherz oder eine interessante Mitteilung, erzählte er sie nicht sofort jemand anderem, sondern erst später, bei einem feierlichen Anlass, beispielsweise wenn er einen Vorgesetzten bestechen wollte; denn er war von Natur aus sparsam. Manchmal weinte er auch und war traurig, aber nur wie jemand, der vor dem Frühstück Turnübungen macht.

Vom Kamel und von der Wüste

Anna stand um sechs auf, betete, klopfte die Matratze aus, auf der sie schlief, brachte ihr Zimmer in Ordnung, lief in die Küche hinunter, bezahlte die Milch, trank auch selbst eine Tasse und biss dazu einige Bissen von dem trockenen Brot von gestern ab, weil es ihr um das frisch gebackene schade war, gab der Köchin flüsternd ihre Anordnungen fürs Mittagessen, ging auf Zehenspitzen zum Zimmer des Vaters hinauf, blieb vor der Tür stehen, lauschte, presste die Hand aufs Herz, drückte leise die Klinke hinunter, gab der Pflegerin ein Zeichen, hörte stumm und nickend den Bericht über die Nacht an – »der Kranke war um elf eingeschlafen, um halb zwei aufgewacht, hatte Wasser gelassen, wollte später Kompott essen, hatte aber von den Pflaumen nichts genommen, sondern nur ein paar Stücke Birnen und einige Sirupnüsse, dann hatte er wieder Wasser gelassen, darum gebeten, man möge das Fenster einen Spalt öffnen« –, und jetzt wachte der Kranke gerade auf; Anna ging zu seinem Bett, küsste ihm die Hand, lächelte, brachte Kölnischwasser und lauwarmes Waschwasser und wusch den Vater mithilfe der Pflegerin vom Scheitel bis zur Sohle sauber. Dann zogen sie dem Kranken ein frisch gebügeltes, nach Lavendel duftendes Hemd an und machten im Zimmer sauber. Anna schnitt dem Vater die Fingernägel und las ihm halblaut einen Abschnitt aus Machiavellis staatsphilosophischem Werk *Il Principe* vor, auf Italienisch, stockend und melodisch. Um halb neun machte sie sich auf den Weg in die Schule. Auf der Straße ging sie rasch mit kleinen Schritten, als liefe sie. Beim Gehen beugte sie sich ein wenig nach vorn, und wenn sie angesprochen wurde und man sie um Auskunft bat, wurde sie rot und lächelte. Sie schnarrte ein wenig beim Reden, sehr leise, nur wie wenn sich jemand nicht traut, die Wörter mit ihrer vollen Betonung auszusprechen, weil er sich nicht wichtig oder bedeutend genug findet, um mit lauter Stimme Wörter von sich zu geben wie »April« oder »Entzücken«. Vor der Kirche schlug sie ein Kreuz, kehrte für einen Augenblick ein, tauchte die Fingerspitzen ins Weihwassergefäß, stellte sich in eine dunkle Ecke unter das rot leuchtende ewige Licht, zog die Handschuhe aus, als schickte es sich nicht, mit Handschuhen zu beten, und sandte lautlos mit gefalteten Händen ein Stoßgebet zum Himmel. Sie betete Dinge wie: »Mein Gott, gib, dass mein lieber guter Vater gesund wird.« Oder: »Mein Gott, gib, dass er einen leichten und schönen Tod hat.« Aber vor dem unmoralischen Inhalt dieser Bitte erschrak Anna, denn den Tod empfand sie als unmoralisch, ohne dass sie hätte sagen können, warum. Der Tod mit seinen körperlichen Begleitsymptomen war für Anna schon an sich nichts Moralisches; und ein »leichter« und »schöner« Tod war nun ganz besonders unmoralisch, ihn empfand sie als geradezu schamlos. In jedem Tod lag eine raue, unausdrückbare Körperlichkeit, vor der es Annas Seele schauderte. Aber das konnte sie Bischof János nicht beichten. Der Beichtvater der Garrens setzte sich jeden Mittwochnachmittag zwischen vier und sechs in den aus dunklem Holz geschnitzten Beichtstuhl, stellte sich einen kleinen Samtschemel unter die Füße in den Überschuhen, weil er leicht fror und sich auf den kalten Steinen der Kirche auch im Sommer schnell erkältete, und hörte stundenlang die Herrinnen und Dienerinnen der Stadt an, alle, die zur geistlichen Familie der Stadt gehörten. Anna Garren hörte er seit sechzehn Jahren an. Anna hatte Bischof János alles gesagt. Sie hatte erzählt, dass sie auch gern im Ausland leben wollte, irgendwo da, wo Péter und Tamás lebten, und dass sie manchmal voller Hass an Péter dachte, weil er sie nie anrief und auch auf ihre Briefe nur selten antwortete, und immer so sonderbar, beispielsweise: *Danke für Deine lieben Zeilen, heute Nacht habe ich von Dir geträumt, von Dir und Vater, gerade wurde im Haus ein Schwein geschlachtet, und ihr wart beide draußen in der Küche und habt geschnuppert, es umarmt Dich Dein liebender Bruder Péter*. Solche Briefe wühlten Annas Seele auf, tagelang war ihr auf der Straße schwindlig, nachmittags um vier meldete sich mit heftigem Zwang der unschickliche Magenkrampf, Anna aß viel an diesen Tagen, und auch das beichtete sie Bischof János. Und sie erzählte ihm, dass sie gern Edit kennenlernen wollte, mit der Péter »nur so« lebte, aber davon durfte man in der Familie nicht sprechen. Sie, Anna, könne Péter nicht böse sein, manchmal habe sie auch schon daran gedacht, zu den beiden zu fahren und ihre Dienste anzubieten, ja, sie wäre gern Edits Ankleidedame, sie könnte sie ins Theater begleiten und wüsste immer, wo der Büstenhalter lag und wer den schönen Blumenstrauß geschickt hatte – und als sie dies gestand, verdeckte sie ihr Gesicht mit den Händen und schluchzte im Beichtstuhl. Der Bischof beruhigte sie und erlegte ihr Gebete auf. »Komm auch ein andermal«, sagte er ihr zerstreut zum Abschied und hielt ihr den Zipfel seiner Stola zum Kuss hin. Dann hustete er, lehnte sich im Beichtstuhl zurück und nahm eine Pille.

Aber alles konnte sie dem Bischof nicht sagen. Über Márta konnte sie nicht sprechen. Was für eine Schande! Manchmal verstummte sie schon bei der Beichte, suchte nach Worten, aber es war, als wäre ihr Mund gelähmt – und in solchen Augenblicken war tatsächlich der Organismus gelähmt, Annas Mund bewegte sich leer, lautlos, die Wörter verdichteten sich in ihrem Mund nicht zu Lauterscheinungen, die man mit dem Verstand wahrnehmen konnte – so beichtete sie, stumm, und der Bischof hörte auch dies geduldig und ohne zu fragen an, als kenne er die seelische und körperliche Struktur der Garrens. Bei dieser lautlosen Beichte sprach sie von Márta. Aber diese komplizierte und heikle Unterschlagung war unmoralisch wie der Tod: Sie war auf andere Weise unmoralisch, gemeiner und praktischer, denn Anna hatte die Qualität der Unmoral sehr fein und taktvoll festgelegt; eine wahre Wertungs- und Qualifikationstabelle hatte sie ausgearbeitet, und sie kannte keine andere Bezeichnung für gewisse Verschweigungen, Gefühle oder Handlungen. Beispielsweise empfand sie das Verhältnis von Péter und Edit nicht als unmoralisch; sie wusste nicht viel über dieses Verhältnis, so, wie es Anna bei allem, was »da draußen« vor sich ging, vorkam, es existierte nur in einem Buch, das sich nicht in allen Details zu lesen schickte. »Draußen«, das war alles, Länder und Städte, in die man Briefe schicken musste, oder Worte, an die Anna nicht zu denken wagte, und alles, von dem sie manchmal träumte. Die Welt, scharf und abgegrenzt, teilte sich in zwei Weltteile. Hier waren der Vater und alles, was Garren war oder was die Garrens benutzt und berührt hatten; ein Glas, aus dem die Vorfahren getrunken hatten, Gegenstände, die die verstorbenen und lebenden Garrens einmal verwendet hatten, Worte, die sie gern ausgesprochen hatten, Gefühle, die die Geschwister bei gewissen Anlässen gleichermaßen empfunden hatten, beim Essen, bei der Nachricht von einem Mord oder nach dem Sonnenuntergang, auch, wenn sie weit voneinander entfernt lebten. Das war die eine Welt. Diese Welt kannte Anna gut. In dieser Welt wagte sie es zu lachen und zu singen, gestattete es sich, sich vor Edgár oder Péter in unvollständiger Kleidung zu zeigen und verschloss nicht die Badezimmertür, wenn sie sich wusch. In dieser Welt gab es nichts »Unmoralisches«, irgendwie verletzten auch die unschicklichen Gedanken nicht Annas empfindliches Moralgefühl, auch nicht die Körperlichkeit. Unmoralisch wurde die Welt für Anna mit dem Tod und der Krankheit – als beobachtete jemand die Garrens beim Leben. Von diesem Verdacht konnte sie dem Bischof wirklich nicht erzählen. Das war die andere Welt mit Erdteilen, mit Erfindungen, mit Entfernungen, mit Kängurus und mit Márta. Vor dieser Welt fürchtete sich Anna. Besonders vor Márta fürchtete sie sich. Márta gehörte nicht zu den Garrens.

Denn Edit gehörte nach einer eigenartigen, nur Anna bekannten Wertordnung zu ihnen; ein wenig wie Róbert der Geschwätzige oder wie ein Kind, das heimlich vom Blut der Familie geboren, nachts auf der Schwelle des Findelhauses ausgesetzt und dann irgendwo weit weg im Kloster erzogen wurde. Für Anna waren nicht alle Menschen fremd, die nicht durch Blut oder Eroberung unbedingt zur Familie gehörten – für sie war auch die Familie eine Art Kraftfeld, eine irdische, natürliche Erscheinung, die die materiellen Phänomene des Lebens durchdrang und eine bestimmte Ausstrahlung auch auf fremde Menschen ausübte, sie zähmte und sich anverwandelte. Bischof János beispielsweise war nicht fremd und viele andere in der Stadt auch nicht. Auch Judit war nicht fremd, nur stand sie in Annas Augen auf einer geringeren Rangstufe, als hätte sie denselben Glauben, absolvierte aber noch eine Probezeit wie eine Novizin in einem Orden. Frau Erzsébet war nicht fremd, denn sie hatte mit dem Vater geschlafen und gab ihm Einläufe, und das Blut und die Körperlichkeit des Vaters hatten sie zum Familienmitglied geweiht – und Anna konnte ohne Abscheu und Angst an diese Körperlichkeit denken wie an alles, was sich mit dem Blut und dem Gewebe der Familie vermischte. Anna ging nicht ins Filmtheater, weil sie gehört hatte, dass sich die Leute in den Filmen küssten, und der Kuss fremder Menschen genierte sie und erfüllte sie mit Scham, aber der Gedanke, dass Frau Erzsébet mit dem Vater geschlafen hatte, war für sie weder peinlich noch unmoralisch, er war irgendwie nicht anders oder sonderbarer als die Erinnerung an Péters Lungenentzündung oder ein Waschtag. Aber Márta – nein! Márta war fremd, unmoralisch und unerträglich.

Anna ging die Straße entlang, mit gesenktem Kopf, dicht an den Häusermauern, im grauen Mantel; in ihrem blassen Gesicht, das etwas kräftige Wangenknochen, aber einen zarten Mund hatte, lag das selbstbewusst-zerstreute Garren-Lächeln, auf dem Kopf trug sie den Hut mit den Krähenfedern, am Arm die große gehäkelte Tasche, darin die korrigierten Arbeiten, das Gebetbuch und in einer kleinen Flasche den Urin des Vaters, den sie unterwegs in der Apotheke zur Untersuchung abgeben wollte, um den Ärzten, die am Mittag kamen, das Ergebnis mitteilen zu können. Sie trug in Ölpapier eingeschlagene Butterbrote bei sich, eine angefangene Handarbeit und die Winterhandschuhe eines armen Zöglings, die sie am Tag zuvor mit nach Hause genommen und geflickt hatte. Bekannte grüßte sie mit kurzem und züchtigem Nicken, vor einigen Häusern wurde sie angehalten, aus den Fenstern, hinter den zum Lüften hinausgehängten Federbetten flogen ihr besorgte Fragen entgegen, die Kaufleute winkten ihr durch die Glastüren zu, bei ihrem Anblick eilten sie vor das Geschäft hinaus und fragten, wie der liebe Vater, die Zierde der Zunft, der Besitzer der Firma Aiolos, die Nacht verbracht habe, und ob sie ihr nicht etwas helfen könnten. Sie ging rasch, dies war eine Art kleiner Triumphzug, jeden Morgen, der Triumphzug des Garrentums und der Krankheit; denn Anna ahnte, dass diese beiden irgendwie zusammenhingen, aber auch dieser Zusammenhang war unmoralisch. Deshalb seufzte sie nur. Und lächelte, sehr schüchtern. Und dankte für das Interesse. Diese Wochen, die Wochen der Krankheit des Vaters, waren die Zeiten von Annas irdischer Verklärung. »Hier geht Anna Garren!«, sagten auch Fremde, die sie zuvor nur von Weitem und ehrfürchtig gegrüßt hatten, aber jetzt traten sie zu ihr, lüfteten den Hut und erkundigten sich nach dem Befinden des Vaters. Anna wurde ein wenig schöner in diesen Wochen.

Denn zu anderen Zeiten war sie eher männlich und wirkte mit der Harmonie ihrer Züge auf niemanden. Hässlich war sie freilich auch nicht, und das wusste sie sehr gut.

Sie wusste es wie ein verkanntes Talent, das im Besitz seines Geheimnisses und seiner Kraft mit schweigendem Gleichmut die Erfolge der Dilettanten beobachtet und ruhig ist, weil es weiß, dass irgendwann auch seine Stunde kommen wird. Annas breite Wangenknochen, die besonders nachmittags, gegen vier Uhr, in den Minuten vor dem unschicklichen Appetit, gleichsam krampfhaft angespannt waren, die schmalen Lippen, der breite Mund, der eckige Kieferknochen, der gelblich-kreolische Farbton ihrer Haut erinnerten irgendwie an Nordlicht und Robbenfett. Anna spürte, dass es um sie herum immer etwas kalt war. Aber ihre grauen Augen schwammen im Nebel, und dieser Nebel leuchtete manchmal, als flammten hinter ihm weit abgeschweifte, ultraviolette Sonnenstrahlen, Lichter und warme Landschaften. Auch ihre Stirn war hoch, hoch und gewölbt; das Haar kämmte sie glatt nach hinten, und die offene, helle Stirn herrschte über das gedrungene Gesicht mit den breiten Wangenknochen und den schmalen Lippen wie eine Kuppel über eine arme, oft von Söldnern geplünderte menschliche Landschaft. Nein, Anna war nicht schön, aber irgendwo lebte ein Mann – und in dem Augenblick, in dem Anna in die Schule eilte und auf ehrerbietige, sanfte Fragen antwortete, stand dieser Mann vielleicht gerade in einem Untermietzimmer in Hemdsärmeln vor dem blasigen Spiegel und rasierte sich! –, irgendwo lebte ein Mann, der bei Annas Anblick eines Tages erstaunt blinzeln und dieses hässliche Gesicht mit den breiten Knochen und der gewölbten Stirn als vertraut empfinden würde. Anna wusste, dass dieser Mann irgendwo lebte. Jetzt hat er noch viel zu tun, er kann nicht kommen, dachte sie manchmal zerstreut und ruhig. Jetzt legt er noch Prüfungen ab oder verdient Geld oder lebt in der Gefangenschaft einer anderen Frau. Jedenfalls blickte sie manchmal zurück oder sah mit zerstreutem und beiläufigem Blick in Toreinfahrten und Geschäfte, ob sie ihn nicht irgendwo sähe. Bisher hatte sie ihn noch nicht gesehen. Macht nichts, es ist noch nicht dringend, dachte sie. Soll er nur ruhig noch eine Weile herumstreifen. Sie verließ die Kirche und ging in die Schule.

Die Garrens bemitleideten Anna und sprachen schuldbewusst mit ihr: »Liebe Anna«, sagten sie, »näh dies, erledige das, antworte, bitte darum, gib es ihm, sag es ihm.« Und dabei wandten sie den Kopf ab und sahen Anna nicht in die Augen. Anna erledigte, gab und sagte Bescheid. Aber die Geschwister wussten, wussten mit dem gnadenlosen und vergeblich mit Schweigen wattierten Wissen, dass all das nur eine Rolle war. Irgendjemand musste diese Rolle in der Familie übernehmen. In der Familienlandschaft gab es Wüsten, und in einer solchen Wüste war Anna das Kamel. Alle verrieten sie wie eine knochige, nicht sehr gefällige, aber für die Hausarbeit noch nutzbringend verwendbare Sklavin auf dem alten Markt von Smyrna. Kamel war sie und Sklavin und noch vieles andere, und man sprach ein wenig von ihr und auch mit ihr wie in Traueranzeigen: Die beste Schwester, Tochter, Verwandte und Freundin Anna nähte den Knopf an, fragte Judit, was sie geträumt habe, und gab acht, dass auf der Toilette immer Seidenpapier von guter Qualität bereitlag. Anna wusste die monatlichen Tage der weiblichen Familienmitglieder wie ein uraltes Stammesereignis, das mit seiner eintönigen und einfachen Körperlichkeit zu den Geheimnissen des Familienorganismus gehörte. Anna wusste, dass Albert jeden Montagmorgen Bitterwasser trank, dass Edgár von Paprika Nesselausschlag bekam und Tamás der Kopf wehtat, wenn er Süßes aß. Nur Anna wusste, wo Péter in der Kindheit und auch jetzt jeden Morgen seine Zahnbürste, den Massageschwamm und die Seife versteckte, mit ängstlicher Sorge vergrub er sie beinahe wie ein Hund seinen Knochen, zitternd und geizig, mit einer Vorsicht, die über die Ansprüche einer einfachen hygienischen Empfindlichkeit weit hinausging. Anna wusste, was Albert in den intimen Wahrnehmungen seiner achtjährigen Ehe noch nicht bemerkt hatte, ja, vielleicht war Anna die Einzige, die wusste, dass Márta ein Hühnerauge zwischen den Zehen hatte und dass sie dieses Hühnerauge manchmal heimlich mit den Nägeln abriss und dass dann ihre Zehen bluteten; und sie wusste auch, dass Márta sich mit Alberts gebrauchten Rasierklingen an ihren eingewachsenen Nägeln herumsäbelte, aber die Klingen später knausrig in die Hülle zurückschmuggelte und schwieg, und dass Albert sich weiter mit den entehrten Messern rasierte. Anna wusste, dass Frau Erzsébet dem Vater seit Jahren Geld stahl, dass sie die gestohlene Summe in einer alten, flachen Zigarrenschachtel aufbewahrte, in einer von Péters Havannaschachteln, und dass sie von Zeit zu Zeit kleinere Summen gegen hohe Zinsen an ihre alten, in Not geratenen, berenteten Freundinnen verlieh. Anna wusste, wo der Henker wohnte, jedenfalls kannte sie seine Adresse, und sie sagte niemandem in der Familie etwas von dieser Entdeckung. Manchmal ging sie am Haus des Henkers vorbei, in der Vorstadt, mit eiligen Schritten und arglosem Gesichtsausdruck, sie sah nicht hoch, hielt den Kopf gesenkt, und zu Hause saß sie am Abend schweigend da und verriet nicht, wo sie am Nachmittag gewesen war. Anna wusste, dass der Vater noch vor drei Monaten jeden Mittwoch- und Sonnabendnachmittag um fünf Uhr in ein Hotel am Hafen gegangen war und dort zwei Stunden in einem Zimmer im ersten Stock mit heruntergezogenen Rollos mit einer blatternarbigen, jungen Druckertochter verbracht hatte, und dass er nach diesen Rendezvous mit besonders erhabener und gütiger Stimmung heimgekehrt war und Frau Erzsébet und Anna immer irgendein kleines Geschenk mitgebracht hatte, gezuckerte Kastanien oder eine ausländische Modezeitschrift.

Anna wusste all dies und noch vieles mehr. Wie sie von der Familie organische Besonderheiten und Knoten kannte, wie sie die Funktion und den Bau der inneren Ausscheidungsorgane der Familienmitglieder kannte, wie sie wusste, wo, in welcher Schublade Albert die Spritze aufbewahrte, mit der er die galante jugendliche Krankheit kurierte, die er sich zwei Jahre vor dem Abitur zugezogen hatte, und wie sie auch von den Toten wusste, so wusste sie auch, dass im Armenhaus der Stadt eine alte Frau lebte, die einst Tabakhändlerin und die Geliebte des Großvaters Mátyás Garren gewesen war, und wie sie die Erinnerung an einen Traum bewahrte, den Krisztina vor fünfundzwanzig Jahren geträumt hatte und in dem Robben und ein Husarenmajor vorkamen, so wusste Anna auch von der anderen Familie, von der Stadt; in Annas Bewusstsein berührte die Stadt sehr vorsichtig, durch Kanäle, durch unterirdische Quellen und durch geheime Gänge tief in den Häusern, die andere Welt, die feindliche, und deshalb ging sie auf der Straße vorsichtig und nahm alles mit beiläufigen, aber sehr scharfen und aufmerksamen Blicken gründlich in Augenschein. Sie wusste, dass die Rolle, die sie in der Familie einnahm, noch nicht ganz sie war, Anna Garren, die vielleicht gar nicht so wohltätig war, gar nicht so sehr Kamel und Wüste, kein solcher Clown, wie man in der Familie glauben wollte. Denn – auch das wusste Anna – die Familienmitglieder hatten sich gegen sie verbündet, sie unterstützten ihre Rolle; wenn sie einmal einen Aufstand gewagt hätte, so wäre er von den anderen vielleicht sogar mit Spott und Gewalt unterdrückt worden, aber wenn sie sie baten, sie möge Dinge erledigen, weitergeben oder annähen, wussten im Geheimen alle auch von der anderen Anna, die nur das Kostüm trug, das man ihr angezogen hatte, und die es nur so lange tragen würde, wie sie Lust dazu hatte und es ihr guttat. Das Kostüm war bequem. Im Haus wurde Anna behandelt wie die gute Fee, die, nebenbei gesagt, nicht ganz vollkommen war. Aber die Wahrheit, das brennende, heiße, aufregende Geheimnis, das Annas Wahrheit war, konnte man nicht verschweigen. Im Haus wussten alle von der anderen Anna, die vorerst im Keller gehalten wurde, bei Gefangenenkost. In diesem Bewusstsein blieb Anna die wohltätige und nicht besonders gefällige Idiotin, sie trug das Kostüm und spielte ihre Rolle.

Sie ging die Straße entlang und wusste, dass der Augenblick kommen würde, in dem sie schön wäre und niemand mehr so wohlwollend höflich mit ihr sprechen würde, nein, hart und fordernd würde man mit ihr sprechen, wie echte Menschen im Leben mit denen sprechen, die geben und nehmen können und von denen man etwas verlangen kann, von denen es sich lohnt, etwas zu verlangen, weil sie etwas zu geben haben. Anna ging nicht ins Filmtheater und träumte niemals davon, einst in einem Treppenhaus

aus Marmor die Stufen hinabzuschreiten, im glitzernden Kleid, mit einem Diadem auf dem Kopf, fantastisch und glänzend, am Arm eines Mannes im Frack, der seinen Zylinder in der Hand trägt und die Fotografen und Flügeladjutanten durchgeistigt anlächelt. Anna wusste, dass sie sich eines Tages schütteln und schön werden würde, aber dafür würde sie kein Treppenhaus und keinen Kopfputz brauchen und auch keinen Mann mit Frack und Zylinder. In den letzten Wochen hatte sie manchmal im Traum schaudernd gespürt, dass diese Zeit vielleicht nicht mehr fern war. Jetzt, da sich das Haus mit den Garrens gefüllt hatte, da der Vater hilflos und stumm in seinem Zimmer lag und auf seine besondere Weise das letzte Kapitel seines Lebenswerkes glättete – Anna kannte dieses unsichtbare Werk in all seinen Einzelheiten, und sie war durchdrungen von der Bewunderung und Begeisterung für dieses Werk! –, jetzt fühlte Anna im Wachen und im Schlaf, dass in der Familie etwas geschah, dass sich der Augenblick näherte, dessen Inhalt und Bedeutung sie sich nicht einmal vorstellen konnte. Dennoch würde dies der Augenblick sein, in dem sich etwas herausstellte, in dem sie, Anna, schön werden und alle anderen staunen würden. Diesen Augenblick wollte sie gern hinausschieben. Sie wagte nie, ihn sich vorzustellen. In den vergangenen Wochen hatte sie oft in den Spiegel gesehen, als wolle sie sich von ihrem Gesicht verabschieden. Anna wusste, dass die Zeit mit wunderbaren Maßstäben arbeitet, sie wusste von den Zahlen und Kreisen, die sich drehen und sich wiederholen; den Augenblick, den Moment von Annas Verklärung, konnte man weder beschleunigen noch hinausschieben. Anna wusste um die Bedeutung der Zahlen sieben und siebzehn. Sie ging die Straße entlang, im Herzen eine unruhige Erwartung, die ein wenig der Erregung ihres unschicklichen Appetits ähnelte und dennoch anders war, ja, vielleicht noch viel unschicklicher als die willkürliche Unruhe des Körpers. Zu Hause frühstückte jetzt Péter, der Vater ruhte gewaschen und mit der morgendlichen Feierlichkeit Kranker im frisch bezogenen Bett, weiß inmitten weißer Laken, wie angekleidet für eine Feier, die jeden Morgen neu begann, die Feier der Krankheit, blass, wartend und aufmerksam wie ein Mönch vor der Liturgie. Und Albert kochte in der Notendruckerei persönlich die Schokolade für Márta und die Kinder, für János, der gern alle anstarrte, der es liebte, unter dem Klavier zu sitzen und überall, wo man ihn kaum sofort bemerken konnte, und für Adél mit dem dicken Bauch. Anna wusste, dass Márta unter der Decke zerzaust und ihr Gesicht von der Nachtsalbe verschmiert war. Sie war nicht ganz gepflegt; zwar badete sie jeden Tag, salbte und massierte sich allenthalben mit Fetten und Duftwässern, und dennoch war sie nicht ganz gepflegt, denn es gibt Körper, die von den Ausdünstungen der Seele durchdrungen sind, und solche Körper weichen vergeblich in Bädern mit Salz und Lavendel. Anna wusste um Mártas Unreinheit und dachte mitleidig an Albert. Dieses Mitleid vermischte sich in Annas Seele mit Verachtung, diesem scharfen und benebelnden Gefühlsstoff. Als kenne sie eine geheime Leidenschaft von Albert, dem beispielhaften Familienvater. Als wäre Albert Sklave einer schädlichen, ekelerregenden, Verachtung hervorrufenden Leidenschaft. Aber Albert, der Gesunde, der Sparsame, der Familienvater, konnte nicht wissen, dass diese Leidenschaft, die vor Gott und den Menschen als Ehe und Verbindung zählte, krank und unmoralisch war. Alberts Leidenschaft war Márta; Anna sah sich verstohlen um, und weil sie das Gefühl hatte, dass es niemand sah, spuckte sie vorsichtig aus. Dann hob sie den Kopf, sah sich trotzig um wie jemand, der sich im Verhältnis zu seinen Lebensumständen zu einer leidenschaftlichen Handlung hatte hinreißen lassen, und ging mit kämpferischen Schritten weiter.

Sie kam am Bischofspalais und am Theater vorbei und bog durch die Gewölbegasse in die Schwesternstraße ab. Unter den Toreinfahrten wurden Zwiebeln und beißend riechende Südfrüchte verkauft. Der Schuster saß im Fenster seiner dunklen Werkstatt und besohlte beim Licht einer Karbidlampe einen hochhackigen, silbergrauen Damenschuh. Neuerdings tragen die Damen auch farbige Schuhe, dachte Anna, blaue, rote und grüne Schuhe, die die Augen beleidigen und das Begehren der Männer anstacheln. Sie seufzte und lächelte. Die Welt war voll von Neuartigem. Die Damen, so hatte sie von Márta gehört, drehten ihr Haar zu Schnecken wie die unmoralischen orientalischen Tänzerinnen vor zweitausend Jahren. Sie kaufte eine Apfelsine und versteckte sie in der gehäkelten Tasche wie das Beweisstück eines neckischen Verlangens. Sie ging an dem Haus vorbei, in dem Ervin wohnte, der Hautarzt, Péters Schulkamerad, der Anna einmal, vor zwanzig Jahren, auf dem Weg aus der Schule, in der Tordurchfahrt des Garren-Hauses ins Ohr gebissen hatte. Dann war er erschrocken weggelaufen; eine Zeit lang hatte er nicht einmal gegrüßt. Anna besah sich das Praxisschild des Hautarztes und spürte am Ohrläppchen den zwanzig Jahre alten Biss brennen, und dieses Kribbeln, diese willkürliche Erinnerung des Körpers, tat ihr gut und erfrischte sie. Anna war nicht gekränkt, weder damals noch jetzt, zwanzig Jahre später; sie hielt Ervins Ohrbiss für eine völlig verständliche und korrekte Handlung. Ervin hatte schon vor vier Jahren geheiratet, er schlief jetzt im Obergeschoss hinter den geschlossenen Rollläden, zwischen Spritzen, wie sie Albert zu Hause in einer Schublade aufbewahrte, an der Seite einer blonden und weichen Frau, die für Ervin ein wenig Dienstmädchen war und ein wenig gute Ehefrau, eine echte Dienerin, sie trug keine Verkleidung und plante nicht während ihres Dienstes, die Verkleidung einmal abzulegen und schön zu werden. Anna beneidete diese Frau nicht, sie wollte ihren Platz an Ervins Seite nicht einnehmen. »Trotzdem hat er mich ins Ohr gebissen, vor zwanzig Jahren«, dachte sie zufrieden und ging gut gelaunt weiter.

Das war ihre Stunde, diese etwas neblige Morgenstunde, dieser kurze Weg vom Garren-Haus in die Schwesternstraße, zur Schule, wo Anna Französisch und Italienisch unterrichtete; ein kurzer Weg, aber nicht ganz frei von Aufregungen, gefüllt mit den zerfasernden Erinnerungen der Nacht, mit den Erscheinungen des Tages, die sich sanft aus dem allmählich erwachenden, herben Traumdunst herausschälten, und ganz durchdrungen vom Selbstbewusstsein der echten Anna, die am Ende dieses kurzen Weges, in der Schule, in der Familie, unter den Fremden, schon wieder nur Rolle und Kostüm sein würde, Kamel und Wüste. In diesen Augenblicken, jeden Morgen, zwischen Gerüchen und Erinnerungen, ging noch die echte Anna die Straße entlang, mit der gehäkelten Tasche am Arm, und alles in allem glücklich. Dieses schmerzhafte und wirre Glücksgefühl verbarg Anna tief wie ein gefundenes Schmuckstück, das man lange Zeit, vielleicht jahrelang, nicht ungestraft tragen kann und darf. Vater war krank, die Familie hatte sich im Haus versammelt, Anna schlief auf dem Boden auf einer Matratze, weil sie ihr Bett Márta hatte überlassen müssen, der Unreinen. Tamás benahm sich beängstigend, als hätte er von innen her graue Haare bekommen, er erregte Aufsehen, schlug auf der Straße mit der Reitpeitsche um sich; Péter schwieg und starrte aufmerksam herum, als wartete er auf ein Zeichen und suchte etwas; Edgár und Judit hingen an Erzsébets Rockzipfel und verhielten sich verdächtig still, wie Kinder, wenn sie etwas Unschickliches oder Verbotenes spielen; und Erzsébet aß mit gekränkter Untertänigkeit draußen in der Küche. Und für alles war Anna verantwortlich. Schwere Zeiten!, dachte sie – und lächelte. Sie konnte nichts dafür, sie war unruhig und musste lächeln; sie fürchtete sich und lächelte, dachte an den Vater, und ihre Augen wurden tränenfeucht vor Besorgnis und Liebe, aber im folgenden Augenblick lächelte sie wieder. Der Stern des Todes dämmerte über dem Garren-Haus, und Anna wachte und betete, weinte und brachte Urin zur Untersuchung, machte sauber und unterrichtete, litt und zweifelte, aber dabei lächelte sie, weil etwas, von dem sie weder den Namen noch die Bedeutung kannte, sie zum Lächeln trieb – zu einem sehr zärtlichen, sehr bescheidenen, überhaupt nicht spöttischen, schicklichen und ergriffenen Lächeln. Als würde etwas geschehen oder in Vorbereitung sein, das nur den äußeren Anzeichen nach schrecklich war, und als wäre sie, Anna, die Einzige in der Familie, die das ahnte und witterte, was dieser Schrecken an Erlösung und Erklärung bereithielt. Nein, all das konnte sie Bischof János wirklich nicht sagen. Sie konnte nicht sagen, dass die stille, überhaupt nicht spöttische, sondern eher nickende und zustimmende Feierlichkeit, mit der die Bewohner der Stadt die Heimkehr der Garrens aufgenommen hatten – als hätten sie sich endlich versammelt, der Meister, seine Kinder und Schüler, um mit vereinter Kraft und gemeinsamem Willen das Werk zu schaffen und zu vollenden –, dass diese Feierlichkeit auch auf Anna ausgestrahlt hatte und sie in diesen Wochen von einem so besorgten, feierlichen und beklommenen Frohlocken erfüllt war wie ein Tier, wenn sich die Jahreszeiten ändern und mit dieser Veränderung etwas Höheres, Gnadenloses und Gesetzmäßiges beginnt. Anna konnte sich nicht vorstellen, dass es den Vater eines Tages nicht mehr geben könne. Aber die Künstler sind angekommen, und das Werk oder die Vorstellung beginnt – dachte sie. Und die Unsittlichkeit, die zwangsläufige und alberne Unschicklichkeit, die die Krankheit und der Tod sind, würde eines Tages eine Erklärung und einen Sinn bekommen, und dann würde Anna schön werden. Sie betrat das Schulgebäude; mit leichten und erregten Schritten eilte sie die Treppen hinauf, ging ins Lehrerzimmer, grüßte leise, schloss den Hut mit den Krähenfedern im Schrank ein, nahm die Apfelsine aus der gehäkelten Tasche und roch heimlich daran.

Die beiden Anfänger

Dann ging sie in den Klassenraum, nahm ihren Platz am Katheder ein und sagte befangen: »Es folgen die unregelmäßigen Verben der französischen Sprache.« Im Raum wurde noch geheizt. Ein großer, geflochtener Holzkorb stand neben dem Ofen, gefüllt mit dreißig Zentimeter langen Scheiten aus Hainbuchenholz. Den Raum beheizte außerdem die Wärme von sechzig jungen Mädchenkörpern, sechzig jugendlichen Heizkörpern, und jeder von ihnen strömte eine so geruchsreiche, dunstige Wärme aus, die Wärme von Seife und Kinderkörpern, von mangelnder und übermäßiger Gepflegtheit – ein dichter, lauer Geruch, in dem sie alle atmeten und sich räkelten, auch Anna, wie eine Katzenmutter im Korb, wenn die halb blinden Neugeborenen um sie herumwimmeln und an sie drängen. Anna mochte diesen Geruch, denn er erinnerte sie ans Leben. So etwas Ähnliches muss das Leben sein, dachte sie, so ähnlich wie dieser Geruch, ein wenig stinkend und ein wenig duftend, ein wenig kränkend vertraulich und wohltuend gewöhnlich. Und vorsichtig, unbemerkt, atmete sie diesen Geruch tief ein, als erfrischte sie sich vor der Stunde mit Übungen der Leibeskultur und Atmung, als gäbe sie sich morgens einer geheimen, nicht ganz zulässigen Körperpflege hin. Die Burgherrinnen, dachte sie, die alten Burgherrinnen haben jeden Morgen im Blut junger Mädchen gebadet. Anna badete jeden Morgen im Atem und in den Ausdünstungen von sechzig Mädchenkörpern. Sie wusste, dass dieses Schnuppern, dieses Versinken in diesem gewöhnlichen Geruch verboten und schamlos war. »Die französischen unregelmäßigen Verben«, sagte sie und schnupperte unmerklich. Da war etwas, jenseits von Regeln und Vereinbarungen, etwas Verbotenes, noch nicht Tat, noch nicht einmal Gedanke, etwas, das man nicht beim Namen nennen konnte, weil es sich im selben Augenblick krankhaft verzerrte und pathologisch unschicklich wurde; aber dennoch war es da, ohne Worte und Bilder, und Anna konnte es nicht beichten, weil es von diesen morgendlichen

Schnuppereien nichts zu beichten gab. Das war das Leben, dieser Geruch, und der Durst, mit dem Anna einatmete, war nicht ganz unschuldig. Sie »dachte« dabei nichts, aber sie wusste: Was uns ausmacht, das ist wirklich, und es existiert auch dann, wenn wir nicht daran denken. Sie schnupperte und referierte flüssig über die französischen unregelmäßigen Verben. Die Seele wendete sich nicht von dieser Erregung ab, der Verstand protestierte auch nicht dagegen, denn das lohnte sich nicht. Es ist kein Geheimnis, dachte Anna, es ist nichts, ich kann nicht dafür. Ich will es ja auch gar nicht. Die sechzig Körper verdichteten sich für Anna in solchen Morgenstunden zu einem einzigen Körper, zu einer Vorstellung, die nicht Körper war, sondern nur Körperlichkeit. Ganz einfach Körperlichkeit, die keine Sehnsüchte weckte. Ganz einfach?, dachte Anna. Was ist schon »ganz einfach«, wenn es um die Sehnsucht geht? Sie senkte die Lider, als wäre ihr schwindlig, und öffnete ihre dunkelblauen Augen gewaltsam und energisch – jetzt war der Reiz vergangen, sie sah nun sechzig Gesichter, gleichgültige und nette Gesichter. Die formlose Körperlichkeit, die jeden Morgen wie ein Ungeheuer über sie hereinbrach, zerfiel bei der Berührung durch den Strahl des Verstandes, und mit den einzelnen Gesichtern hatte sie nichts zu schaffen. Erleichtert atmete sie auf. So begann der Morgen.

Gern hätte sie formuliert, durchaus auch auf Französisch oder Italienisch, worin diese Unreinheit bestand, die sie an Márta spürte und die sie abstieß, über die sie schweigen musste wie über eine Familienschande, ein Karbunkel, das am Körper der Familie zum Ausbruch gekommen war, über ein schwelendes Übel. Schließlich badete sie ja. Márta stammte aus einer bürgerlichen Familie, sie konnte Klavier spielen und hatte ein Einfamilienhaus mit vier Zimmern und Garten als Mitgift bekommen. Auch Schmuck besaß sie, den sie nur abends trug: eine Brustnadel, einen Ring mit Diamanten und eine dünne Perlenkette, wie es sich gehörte. Sie hatte die Gewohnheit, beim Essen die Ellbogen dicht an die Taille zu pressen, sie krümmte die Handgelenke etwas und hielt Messer und Gabel so steif und vorsichtig, als quälten sie Muskelschmerzen. Auf ihrem Teller ließ sie stets ein Anstandsstück zurück, denn auf dem Internat in Wien hatte sie gelernt, dass es sich schickte, beim Essen die Begierden zu zähmen, und dass der letzte Happen der beste war, auf den zu verzichten eine edle und vornehme Handlung sei, das »Opfer«. Anna wählte den letzten Bissen, den schmackhaftesten, schon zu Beginn des Essens sorgsam aus und bewahrte ihn am Rand des Tellers auf, bis er an die Reihe kam. Schon im Voraus freute sie sich auf diesen Bissen, während sie die langweiligeren Fleischteile oder die Beilagen aß – sie freute sich, wie sich ein duckmäuserischer Beamter auf seine Belohnung zu Weihnachten freut. Mártas Vater war Beamter gewesen, und zugleich hatten sie sich auch einen Diener gehalten. Diesen Diener hatten Mártas Eltern nach Annas Überzeugung in ihrer Vierzimmerwohnung überhaupt nicht nötig. Aber die sind alle so, dachte sie sorgenvoll. Und als ihr der Diener von Mártas Familie einfiel, biss sie sich wütend in die Unterlippe.

Aber es lag nicht an dem Diener, und auch an der Brustnadel und dem Diamantenring lag es nicht; Márta war auf andere Weise unrein. Sie sagte beispielsweise manchmal: »Die Frau soll ihrem Mann ein Freund und Helfer sein.« Übergangslos sagte sie so etwas, sogar mitten beim Essen.

Anna schlug dann Messer und Gabel nieder und sah sich stumm und hilfesuchend um. Aber alle schwiegen. Péter senkte den Kopf, Edgár hüstelte, und Judit sah zur Decke, unschuldig, als hätte sie die Worte des Attentats gar nicht gehört. Oder sie sagte: »Bitte, meine liebe Judit, gib mir doch die Schüssel mit dem Eingeweckten. Ich habe gerade darüber nachgedacht, ob ich mir die beiden gezuckerten Birnen nehmen soll. Und sieh an, die Selbstsucht hat gesiegt.« Tamás stand in solchen Augenblicken auf und ging hinaus. Die anderen blieben, hilflos. Aber das Traurigste war, dass Albert sich nach solchen Sätzen zufrieden umsah, dass er Márta wohlwollend betrachtete wie jemand, der stolz ist auf seine prächtige Frau. Márta, die die Familienmitglieder mit »meine liebe Judit«, »mein lieber Péter« ansprach, die schamlos anmerkte, es gebe »kein edleres Gefühl als das Bewusstsein gut verrichteter Arbeit und Pflichterfüllung«, die manchmal sagte, die Augen niedergeschlagen und lächelnd: »Lassen wir die Männer, setzen wir Frauen uns doch zu einem vertraulichen Gespräch zusammen«, die mit wogendem Busen da und dann lachte, wenn andere vor peinlicher Verlegenheit lächelten und hastig von etwas anderem sprachen; Márta war der Schatten der Familie. Anna hätte am liebsten auch um zwölf Uhr mittags Licht angezündet, wenn Márta ins Zimmer trat. Die Art, wie sie Handlungen, Erscheinungen oder Situationen guthieß, brachte auch die braveren Garrens zur Empörung und war ein Vorwand, plötzlich nicht zu lieben oder gutzuheißen, was Márta anerkannt hatte. Was sie ansah, was sie in die Hand nahm, wen sie ansprach, alles und jeder veränderte sich wundersam: Bei der Berührung von Mártas Händen oder Worten verloren alle Gegenstände und Menschen ihren willkürlichen und unerklärbaren Zauber, alles wurde irgendwie »zweckmäßig« oder »edel einfach« oder »erhaben ideal« oder »bedauerlich schädlich«. Alles wurde unklar um sie herum. Die Tanagrafigur, die der Vater einst, zu Lucys Zeiten, von der Insel Kreta mitgebracht hatte, verkümmerte in Mártas Hand, wenn sie sie einen Augenblick hochhob und ansah – oder, mit Alberts Worten: »fand« –, sie verkümmerte plötzlich zu einer einfachen Töpferarbeit, als wäre sie nicht vor zweitausend Jahren geformt worden, als wären die Glieder des kleinen, farbigen, anmutigen Körpers nicht von der Harmonie und der Heiterkeit durchdrungen, die in einem Zeitalter, das von jedem Schuldbewusstsein frei war, träumend solche Überflüssigkeiten schuf. Die Tanagrafigur wurde in Mártas Hand einfach zu einem Schmuckgegenstand, zu unerträglichem Nippes für die Vitrine. Aber auch das Schumann-Lied klang in ihrem Vortrag, als verrichtete die Musik Zwangsarbeit in einem elektronischen Klavier, denn Márta sang auch, manchmal stickte sie, und das eine oder andere »gute Buch« las sie immer gern.

Albert starrte Márta verträumt an, und ein Lächeln umspielte seinen Mund, dann blickte er der Reihe nach zu den anderen, mit einem abwartenden und durchgeistigten Lächeln, als wolle er jeden Augenblick aufstehen und mit kräftigem Händedruck für die unausweichlichen Glückwünsche danken.

»Was willst du, ihm tut sie gut«, sagte Péter, als Anna ihm ihr Herz ausschüttete und sich über Albert beklagte. »Aber um einen solchen Preis, Péter!«, sagte Anna flehend. »Natürlich tut sie ihm gut! Aber schickt es sich für einen Garren, das Glück zu einem solchen Preis anzunehmen?«

Annas Einschätzung nach durfte ein Garren dasRanggefühl nicht verlieren – gewiss, für das Glück musste man bezahlen, aber ein Garren konnte nicht unter seinem Rang heiraten. Sie sprach auch über Albert wie über einen verirrten Großherzog. Péter lächelte.

»Ich verstehe dich ja, Anna«, sagte er dann in beruhigendem Ton und strich Anna ernsthaft mit einer Hand übers Haar, die Hand ließ er im feingliedrigen Nacken der Schwester ruhen, der nicht schön war, aber in der Haltung und den Linien dennoch edel wie alles, was Anna ausmachte und zu ihr gehörte. »Ich verstehe dich, und wenn ich ehrlich bin, spüre ich etwas Ähnliches. Das Ranggefühl, ja …«, ärgerlich, erschrocken und mit etwas spöttischem Lächeln sahen sie einander an. »Aber hast du noch nicht daran gedacht, dass Albert den besseren Teil gewählt hat? Jeder wählt den besseren Teil, der sein Ranggefühl opfert und das morganatische Glück akzeptiert.«

»Das Glück ist gewöhnlich«, sagte Anna überheblich. Sie schloss die Augen, die Wangenknochen in ihrem Gesicht schoben sich wütend vor.

»Aber wenn das der Preis ist!«, sagte Péter und lachte laut. »Das ist der Preis, liebe Anna. Wir Garrens haben unser Glück immer gern irgendeinem nebulösen Ideal geopfert oder einer Rolle oder einem Werk, wie du sagst. Ich weiß, auch das Ranggefühl gehört zu den Bedingungen dieses Werkes. Aber manchmal macht mein Rang mich todmüde, liebe Anna, todmüde, und ich denke daran, dass es vielleicht besser wäre abzudanken, der Welt diese nebelhafte Würde, das Garrentum, zurückzugeben und in ein Land mit klebrigem Klima auszuwandern, wie es das Leben von Márta und ihren Kindern und Albert ist. Vielleicht hat er trotzdem den besseren Teil gewählt – er, der er Klavier und Kronleuchter gefunden hat und Tamás' Meinung nach in Vaters Krankheit Urlaub macht.«

»Das glaubst du?« Anna wurde blass vor Empörung.

»Nein, wie könnte ich!« Péter war plötzlich erschöpft. Am liebsten hätte er sich auf die Erde gesetzt, so erschöpft war er. Er konnte nicht Schritt halten mit diesem Anspruch, mit dem Ranggefühl der Garrens. Er hatte manchmal in Karnak schon heimlich abgedankt. Wo mochte La jetzt sein? Was tat sie wohl? Es war elf Uhr am Vormittag; La ging jetzt im Garten des Statthalters spazieren, im dunkelgrünen Kleid. Sie hatte den einen Handschuh ausgezogen, aß eine Brezel und unterhielt sich mit dem alten Gartenwächter, der in der Nähe der griechischen Trinkhalle Laub verbrannte. La war schon so ein milderes, kleineres Abdanken; ein zweitrangiges Verhältnis, weniger im gesellschaftlichen als im idealen Sinn, nach den Hausgesetzen der Garrens formuliert. La setzte sich jetzt in der griechischen Halle nieder, trank Mineralwasser mit etwas Bittersalz, trank feixend durch das Röhrchen das nach Metall schmeckende Wasser, sah in die Luft und dachte: In zwei Wochen kann man schon im See baden. Péter ist weggefahren, zu den Garrens eingezogen worden (ich werde ihm schreiben). Péter hätte gern abgedankt. »Aber es geht nicht«, sagte er erschöpft und unwillig. »Ich meine, man kann nicht verzichten. Du hast recht, es gehört sich nicht. Man soll an dem Rang und der Rolle festhalten, die man einmal hat. Vielleicht sind wir ungerecht zu Albert, manchmal beneide ich ihn. Aber zum Glück bist du hier, Anna, du lässt nicht davon ab und senkst den Blick, wenn Márta beim Essen sagt: ›Das Leben lehrt uns Geduld.‹ Ja, dann muss man weinen und protestieren. Danke, dass du auch in unserem Namen protestierst!«, sagte er fein und höflich; er küsste ihr die Hand und ging fort, denn jetzt war er wirklich sehr erschöpft.

»In der französischen Sprache treffen wir wunderbare Schattierungen an«, sagte Anna. Die sechzig Körper waren ermattet in der Wärme, in der französischen Sprache, in den wunderbaren Schattierungen, inmitten von sechzig Schicksalen. Anna versank in dieser Mattigkeit, sie schwamm mit einer Hand, teilte nachlässig die Wellen, aber dabei sah sie in die Ferne, zum Ufer. An dem mit einem Bühnenbild geschmückten Ufer standen die Garrens in einer malerischen Gruppe, in ruhigem und würdevollem Warten, und mitten unter ihnen Márta, die kein Künstler war. Einzig und allein darin bestand ihre Schuld. Jetzt begriff Anna: Márta war unrein, wie eine Ungläubige unter Gläubigen, wie ein Kafir in einer Moschee. Márta zog keine Filzpantoffeln über ihre Schuhe, wenn sie das Garren-Gebetshaus betrat. Sie war unrein, weil sie anderen Glaubens war. Von Albert glaubte Anna – auch jetzt, da er mit Márta im selben Bett schlief und aus derselben Schüssel aß wie die Unreine –, von Albert glaubte Anna trotzdem, dass er mit den Andachtsworten der Garrens an eine Jahreszeit dachte, an die Welt, an eine Traurigkeit. Man konnte hoffen, dass Albert manchmal vor einem Baum stehen blieb und etwas dachte oder zu dem Baum sprach wie zu einem Lebewesen. Sehr verschwommen, verwelkt, in einer verblassten und verzerrten Version bewahrte Albert aber doch etwas vom Garrentum auf. Márta hatte diesen Glauben nicht angenommen, sie hatte die Andacht nicht gelernt, hatte keinen einzigen Seufzer, kein Lächeln und keinen Blick gelernt. Sie stand am Ufer, neben Erzsébet, zwischen den Garrens, mit einem Hut, den sie aus Wien mitgebracht hatte, weil »nur der Wiener Filz edel ist«, wie sie sagte. So eine Gans, dachte Anna. Sie hätte weinen mögen.

Die sechzig Körper strömten in warmen Wogen auf sie zu wie ein kleiner, lauer, dampfender und brausender Bergsee, der in der Tiefe, durch die haarfeinen Röhrchen unbekannter Quellen, mit dem Meer und dem Golfstrom in Berührung steht und früh am Morgen Flut spielt. Am Ufer stand auch Tamás, das Zaubertuch um den Kopf, das rote Seidentaschentuch des Großvaters, das Tamás, gleichsam beurkundet, geerbt hatte, und das er sich immer um den Hals oder um den Kopf band, wenn er erkältet war oder ihn Nervenschmerzen peinigten. Durch das Zaubertuch wurde Tamás untrüglich gesund, manchmal in überraschend kurzer Zeit. Mit dem Zaubertuch um den Kopf sah er ein wenig aus wie ein verwundeter dalmatischer Kämpfer, der für edle, aber fremde Dinge am Meeresstrand zwischen Felsen verblutete. So stand er am Ufer, mit dem roten Tuch um den Kopf, die Hände in die Seite gestützt, und er hatte etwas von Blutrache an sich. Anna verstand Tamás, das rote Tuch und die Blutrache. Immerhin einer, dachte sie zufrieden, einer, der sich für die Kränkungen rächt, die an der Familie begangen wurden, bis ins siebte Glied. Vielleicht wohnt er deshalb nicht zu Hause, und vielleicht isst er deshalb nicht am gemeinsamen Tisch: Weil er sich auf die Blutrache vorbereitet. Ja, die Schattierungen der französischen Sprache sind wunderbar. Ein Fremder versteht gar nicht ganz genau den umgedeuteten, familiären Sinn der einzelnen Wörter. Nur die Familie versteht ihn. *Darioleur* bedeutet beispielsweise Pogatschenbäcker.

Aber im siebzehnten Jahrhundert wurden auch die Pastetenbäcker so genannt. Es reichte nicht, die Wörter mit Kreide an die Tafel zu schreiben, man musste sie erleben, manchmal zu einem schrecklichen Preis, nur dann gaben sie all ihren Geschmack, ihren vollständigen Sinn, her. Anna hielt sich nicht streng an den Lehrplan. Ein Wort tauchte auf – *darioleur* –, und Anna sah einen Kamin vor sich, ein Gewölbezimmer, Kupferkessel, eine Schlafmütze und Menschen in weißen Strumpfhosen und Lederpantoffeln, einen alten Mann, der am Fenster stand und auf die dunkle, verregnete, schmale Pariser Gasse sah und über die Schulter mit zahnlosem Lispeln jemandem, der vor dem Kamin hockte und mit seinem Atem das Feuer anfachte, zurief: »Bestell für morgen den Pastetenbäcker.« Hinter jedem Wort bewegten sich Bilder, aschefarbene Bilder, schon beinahe schwarz geworden von der Zeit, wie die Porträts, deren Malfarbe zu viel Asphalt enthält. Anna wäre gern unwissend und unbefangen geblieben zwischen den verschwommenen Bildern, manche Wörter hätte sie am liebsten mit Weingeist abgewaschen, damit sie ihre alten Farben und ihren ursprünglichen Glanz wiederbekamen. Sie sprach über die Regeln der französischen Sprache und sah aus dem Fenster. Anna wusste, dass zur Sprache, die nicht nur ein einfaches Mitteilungsinstrument ist, sondern auch die Geheimschrift des Lebens, neben dem Regelmäßigen auch die Unregelmäßigkeit gehört, auch das, was die Regel verlässt. Das Leben ist nicht nur Regel; alles, was unregelmäßig ist, schafft und bedeutet das Leben mindestens ebenso sehr, dachte sie. *»Les verbes irréguliers«**, sagte sie

* Die unregelmäßigen Verben.

und errötete, als hätte sie etwas Unschickliches gesagt. Die *»participes passés«** der unregelmäßigen Verben hatten etwas Schamloses an sich. Aber darüber schwieg sie, denn den Skandal dieser Schamlosigkeit konnte sie den ihr anvertrauten Kindern nicht zumuten.

Jetzt sah sie die malerische Gruppe am Ufer ganz aus der Nähe: Tamás, gleichsam mit dem Messer zwischen den Lippen, Péter, der einem Vogel hinterhersah, sorgenvoll und höflich gelangweilt, Albert und Márta, etwas abseits der Gruppe, unter Quarantäne, in der Abgeschiedenheit ihrer Unreinheit, und Edgár und Judit, die sich mit unbeholfener und vorsichtiger Zurückhaltung zur Rechten und Linken der bescheidenen Erzsébet versteckten. Die beiden Anfänger!, dachte Anna. Edgár schlug die Augen nieder, mit einem frech-feigen Matrosenkleidchenblick, wie ein empfindlicher Schüler nach der Prüfung, deren Ergebnis noch nicht bekannt gegeben war und bei der nicht einmal ausgeschlossen werden konnte, dass sie nicht doch ganz gut gelungen war. Blass war Edgár und blond, aber so gesund blass wie ein junger Chinese aus guter Familie, der in Oxford studiert und Renan gelesen hat und sogar fechten kann. In gut geschnittenen Kleidern stand er da, einen halben Schritt hinter Erzsébet, in der Familie versteckt, anspruchsvoll und gleichgültig. Der Mund stand ihm offen, er hielt das Gesicht in die Sonne, lächelte erstaunt und schwieg. Er trug einen hellgrauen, sorgsam gebügelten Anzug, ein weißes Seidenhemd und eine getüpfelte, hellblaue Krawatte. In den feinen, weißen Händen hielt er einen Strohhut mit grauem Seidenband. Er sah zum Himmel, ein

* Passiv-Partizipien.

zweifelndes und abwartendes Lächeln auf den leicht verzogenen Lippen. Dass er sich nur nicht erkältet, die Rotznase!, dachte Anna. Und sie verstummte, vergaß die *participes passés* und lächelte mit halb offenem Mund, als hätte sie Edgárs Lächeln – diese feine, ansteckende Kinderkrankheit – bekommen.

Edgár war so schön! Anna schlug das Heft zu. Die sechzig Körper begannen leise zu summen. Dies war der Augenblick, eine Viertelstunde vor dem Pausenklingeln, in dem Anna die Zügel wegwarf und die sechzig Körper spürten, dass von diesem Augenblick an niemand mehr über sie herrschte. Anna duldete den Aufstand hilflos, aber nicht gänzlich gegen ihr Gefallen. Edgár war sehr schön. Irgendetwas hatte er aus Erzsébets Familie mitbekommen, von denen aus dem Süden: den Mund, edel schmal mit vollen Lippen, und sein immer leicht spöttisches und schweigsames Benehmen, als verschwiege er etwas, nicht einmal aus Trotz, sondern eher aus Geringschätzigkeit. Edgár hatte gute Laune, aber er teilte den Grund für seine Heiterkeit niemandem mit. Als würde er mit zweifelnder Betonung sagen: »Wirklich? Sieh an! Sehr interessant! Sagt bloß …« Für keinen einzigen Augenblick fiel er aus der Rolle. Er war der Jüngste, aber er hatte immer alles zurückgewiesen, was die Familienmitglieder ausgewachsen oder abgenutzt hatten; niemals war er bereit gewesen, umgenähte Hosen des Vaters oder gewendete Jacketts der Brüder und frisch besohlte, »noch sehr gut brauchbare« Schuhe zu erben. Edgár wollte nur das, was vollkommen neu war, als wäre vor seiner Ankunft etwas gereift und abgeschlossen und als begönne die Familie jetzt in ihm von Neuem. Vorsichtig, mit den Fingerspitzen, leise, aber streng und entschieden wies er alles zurück, was die Garrens bei ihm abladen wollten: Ja, sehr nett, aber er wolle das alles nicht haben. So schob er, mit den Fingerspitzen, die ausgemusterten Krawatten des Vaters von sich oder das eselsohrige Exemplar der *Fünfhundert Millionen der Begum,* als wäre das Buch, diese beliebte Unterhaltungslektüre der jungen Garrens, sein Zauber und Inhalt bereits angetastet, als hätten die, die es vor Edgár gelesen hatten, dem Märchen seine Stimmung genommen, es ein wenig ausgeraubt, und als wolle er nun die wertlosen Überreste nicht mehr haben. Edgár hatte keinen Anteil an dem Gnadenzustand, der die Garrens durchdrang, wann immer eines der Heiligtümer der Familie berührt wurde, mit Worten in Erinnerung gebracht oder mit Gefühlen verehrt wurde: das rote Tuch, das der Großvater getragen hatte, eine Redewendung oder ein Attribut, das Lucy oder Krisztina gern verwendet hatten, eine Stimmung, die die Garrens in bestimmten Zimmern bei wiederkehrenden Anlässen erfasste. Edgár wünschte nicht, an dieser gemeinsamen Ergriffenheit teilzunehmen. Er sagte es nicht, aber sein Blick und sein Verhalten verrieten, dass er das Ganze von vorne begann.

»Erstens: Ich bin schön!«, verkündete er stumm, aber unmissverständlich, duckmäuserisch, aber entschlossen, sooft er nach Hause kam, aus einer anderen Stadt oder nur aus dem Nachbarzimmer, und unter die Garrens trat. Die Garrens waren nicht schön. Annas Stirn, Hände, Hals und Augen waren für sich genommen vielleicht schön, aber das Ganze zusammen wirkte nicht anziehend, sondern eher, als hätte man die Gestalt einer Dame aus den Teilen eines Würfelpuzzles falsch zusammengesetzt. Tamás war eine wilde Erscheinung, das ungeschliffene Produkt der verkörperten, nur gerade in der Praxis nicht unbedingt gefährlichen Blutrache und fremder Klimaströmungen. Albert musste man sofort vergessen, sobald er aus dem Zimmer ging, es war, als würde sogar der Stuhl ihn vergessen, von dem er gerade aufgestanden war. Péter war geschmeidig, nicht von Statur, sondern eher von innen, als wäre er im Wachstum geblieben. Strazzist, dachte Edgár argwöhnisch. Aber schön war nur er. Und wie wenn in jemandem eine Formel von vorn beginnt, die bekannt ist und der alten ähnelt, aber doch von einem ganz und gar neuen Geist und Denken zustande gebracht wurde: So wies er störrisch und stumm alles zurück, was die Familie bei ihm abladen wollte. Als wüsste er, dass alle, die im Zeichen einer vertraulichen Verschwörung leben, bemüht sind, auch ihrer eigenen Sicherheit zuliebe, den Ankömmling, den ein zufälliger Blutvertrag mit ihnen verbindet, auf geheime Ideale zu vereidigen.

Nein. Edgár hat den Eid niemals abgelegt, dachte Anna. Schon im Steckkissen lag er so, mit so zurückhaltender und beobachtender Vornehmheit wie ein vertauschtes Kind, dem es gegen den Geschmack geht, gegen seine Zwangslage zu protestieren, das aber niemals, mit keinem Blick, mit keiner Bewegung den Gewohnheiten seiner fremden Umgebung zustimmt. Man hatte gar nicht gewagt, ihm das alte Steckkissen zu geben – auch nicht den Kinderwagen, der Tamás, Péter und Anna gedient hatte –, Edgár bekam alles neu. Sein Anspruchsgefühl war natürlich und unwiderstehlich.

Edgár musste man aushalten. Er lieh sich nie etwas wie Tamás; Zuneigung schien er gar nicht nötig zu haben! Er erschien im Garren-Haus, als käme er aus der Fremde, als hätte man ihn einquartiert, und nun sähe er sich vornehm um und wolle den Hausbewohnern nichts zuleide tun.

»Es ist schon in Ordnung so!« So stellte er sich bei ihnen ein. »Aber bitte, ich will Ihnen nicht zur Last fallen.« So zuvorkommend war er. Die Garrens erstarrten vor Andacht. Es gehörte sich selbstverständlich, den vornehmen Gast zu bedienen, wie es sein Rang, den er wahrscheinlich nur aus Taktgefühl verschwieg, forderte. Er lebte und wuchs zwischen ihnen auf wie ein in Pflege gegebenes Kind, von dem nur die alten, ins Exil getriebenen Staatsmänner wussten, dass seine Herkunft ein Staatsgeheimnis war und dass sich das Rätsel seiner Abstammung im Dunkel der beschnittenen Lauben des französischen Hofes verlor. Aber Erzsébets Vater war Pfarrer gewesen, ihr Großvater Knecht. Sie selbst aß am liebsten in der Küche und verriet auch ansonsten nicht, dass sie Kontakte mit der vertriebenen französischen Königsfamilie pflegte. Nur Edgár benahm sich so herablassend. Seine Ansprüche brachte er in einfachen, frei formulierten Sätzen vor. »Ich brauche einen neuen Mantel!«, sagte er leise, und alle im Haus spürten, dass Diskussionen nicht mehr möglich und auch nicht sinnvoll gewesen wären. Den neuen Mantel kaufte der Vater einige Tage später. Wenn Edgár eines Tages eine Dampfmaschine gewollt hätte, hätten sie ihm auch die gekauft, sie hätten sich ein wenig gewundert, aber es wäre ihnen nicht in den Sinn gekommen, sich zu widersetzen. Edgárs Ansprüche strömten ein sanftes Selbstbewusstsein aus. Kleiner Strizzi!, dachte Albert wütend und neidisch. Aber Péter sah den jüngsten Bruder lange an und dachte andächtig: Ja, er beginnt von vorn. Anna hat recht. Edgár hat noch Rechte. Wir haben nur noch Pflichten.

Wie jeder schöne Mensch war Edgár vollkommen mit seiner Schönheit beschäftigt, manchmal blickte er sich beinahe entschuldigend um, als wüsste er, dass sein Benehmen nicht besonders feinfühlig war, aber als könne er nichts dafür, als hätte er vorerst noch keinen Blick für die Welt. Er war zäh, vorausschauend und entschlossen, als hätte man ihm einen Edelstein anvertraut, der um jeden Preis zu schützen war. Dieser Edelstein, Edgárs Schönheit, wurde von der Zeit und von Krankheiten angegriffen, aber auch ein schlechter Schneider konnte ihr einen Kratzer beibringen. Edgár war noch nicht einmal zehn Jahre alt, als er das Badezimmer schon mit überheblicher Strenge allein benutzte, jeden Morgen anderthalb Stunden lang, und wenn er es endlich verließ, musste man lüften, weil er in dem mit lauwarmen Dämpfen gefüllten dunklen Gewölberaum Duft- und Reispulverwolken hinterlassen hatte. Für Edgár wurde immer extra gekocht; im Alter von zwölf Jahren begann er eine Schlankheitskur, wies bestimmte Speisen leise und entschlossen zurück, aß viel Obst, und selbst mit Stockschlägen konnte man ihn nicht dazu bringen, Wild oder Eier zu verzehren. »Es schadet mir!«, sagte er halblaut und felsenfest. »Von Wild bekomme ich Pickel.« Anna wollte ihn einmal zu einem Kinder-Schönheitswettbewerb schleppen, aber Edgár protestierte mit solchem Hochmut, ja mit solcher Erhabenheit gegen diese volkstümliche Ausstellung seiner Schönheit, dass Anna schließlich vor ihm niederkniete – Edgár mochte damals acht Jahre alt gewesen sein –, ihm die Hände küsste und ihn um Verzeihung bat. Edgár duldete den Handkuss, blinzelnd und ruhig. Mit sechzehn Jahren riss er von zu Hause aus, mit einem baumlangen und romanhaften österreichischen Baron; den neuen Freund hatte er in der Fechtschule kennengelernt, und später hatten sie sich auf dem Motorrad in den Alpen herumgetrieben. Nach zwei Monaten kam er nach Hause, in nagelneuen Kleidern, am Handgelenk einen goldenen Armreif, ruhig und überheblich. Auf die beklommenen, vorwurfsvollen Fragen des Vaters verweigerte er die Antwort. »Wir sind gerudert!«, sagte er gelangweilt und zuckte mit den Schultern. Niemand wagte es, nach dem wirklichen Grund seiner Abwesenheit zu forschen. Edgár, mit dem goldenen Armreif am Handgelenk, saß lange im Fenster des Salons, feilte sich die Fingernägel, sah aus dem Fenster und seufzte manchmal. »Gretchen!«, flüsterte Anna beim Vorbeigehen. Und Erzsébet, flüsternd, antwortete ergriffen: »Ja, er hat Kummer.«

Aber Edgár vergaß schnell, er war noch sehr jung. Aus Wien brachte er hellblaue und rosafarbene Seidenhemden mit und Unterhosen in ähnlichen Farben, edle Batisttaschentücher mit gestickten Monogrammen, Hosengürtel, nach Heu duftendes Haarwaschpulver und ein originelles, flaches, goldenes Feuerzeug, in dem man auch Zigaretten und Visitenkarten aufbewahren konnte. Mit interessiertem Blick sah er sich in der Familie um, eines Morgens ließ er Handwerker kommen und seinen Hirtenmantel hellblau anpinseln. Manchmal bat er Anna, mit Schere und Kamm eine unbändige Haarlocke zu richten, oder er hielt Albert sein heuduftendes Haar zum Probeschnuppern unter die Nase. Zu alledem lächelte er, ein wenig ironisch, als wüsste er, dass er die Geschwister damit ärgerte, und ein wenig rätselhaft, als wolle er sein Geheimnis nicht verraten und als sei es überhaupt nicht unmöglich, dass er in naher Zukunft alle Verdächtigungen Lügen strafen und die Familie mit einer originellen Wendung überraschen würde. Zur Feier seiner Volljährigkeit bat er um eine riesige Torte mit brennenden Kerzen, um Saffianlederpantoffeln und eine bordeauxrote Krawatte, und als er all dies bekommen hatte, ging er vormittags im Straßenanzug mit leichten und zerstreuten Schritten für eine Stunde weg, kam erst zum Mittagessen nach Haus, am Arm Judit, die er eine halbe Stunde zuvor geheiratet hatte. Die Garrens kannten Judit vorher nicht, sie war in der Nacht angekommen aus einem Ort in zwanzig Stunden Entfernung. Aber Edgár kannte sie schon seit drei Jahren. Jetzt erfuhren sie, dass sie auch in jenem Sommer zusammen gewesen waren, Judit, der österreichische Baron und Edgár. Beim Anblick der neuen Verwandten lächelte Albert verlegen und verbeugte sich, Anna wurde rot und brach in Tränen aus. Der Vater küsste seiner Schwiegertochter die Hand, taktvoll und etwas verlegen, dann zuckte er mit den Schultern und ging aus dem Zimmer. Judit saß mitten im grünen Zimmer wie ein Ausstellungsobjekt, in ihrem grauen Straßenkleid, mit interessierter Miene, etwas verstört und in staunender Verzauberung. Edgár ging händereibend um sie herum und zeigte auf sie.

»Die habe ich gefunden, Albert«, sagte er zufrieden.

Aber Anna setzte sich stumm Judit gegenüber, mitten im Zimmer, in den grünen Lehnstuhl, und sah das neue Familienmitglied lange an. Sie besah sich Judit so gründlich und unbehelligt wie ein Kunstkenner ein Bild. Judit duldete die Prüfung. Anna betrachtete, beroch und berührte die neue Verwandte, stellte ihre Augenfarbe fest, sah ihr ein wenig ins Ohr, forderte sie auf, den Hut abzunehmen, und bat sie dann sehr freundlich, aufzustehen und sich ein wenig zu bewegen. Judit gehorchte, sie stand auf, setzte sich hin, nahm den Hut ab, ließ zu, dass Anna sie berührte und mit ihren kurzsichtigen Augen ihre Augenfarbe prüfte und an ihrem Atem roch. Erst als Anna sie am Ende der Untersuchung aufforderte zu lächeln, brach sie in Tränen aus.

»Ich glaube, Edgár, es gibt kein Problem«, sagte Anna ruhig und sachlich, während Judit weinte. »Es sieht so aus, als hättest du gut gewählt. Judit ist noch Anfängerin, aber es ist nicht ausgeschlossen, dass sie sich hier bei uns gut entwickelt.«

»Das glaube ich auch«, sagte Edgár zufrieden.

Judit wischte sich die Tränen aus den Augen und begann zu lachen. Alle lachten, nur Erzsébet stand in der Ecke, die Hände über ihrer schwarzen Seidenschürze gefaltet, um den Hals das goldene Kreuz, besorgt und fremd.

»Ich werde schon aufpassen«, sagte sie streng.

Das war vielleicht der erste Augenblick, seit sie mit dem Vater zusammengekommen war, in dem Erzsébet sich laut einmischte. Sie ging zu Judit, nahm sie an der Hand und zog sie mit sich, wie eine Priesterin, die eine Kandidatin für die Probezeit einkleidet. Niemand wagte, ihnen zu folgen, nicht einmal Edgár. Die neue Ehefrau kehrte erst zum gemeinsamen Essen zurück. Sie nahm den Ehrenplatz zur Rechten des Vaters ein, und alle bemerkten zufrieden, bereits bei der Suppe, dass Judit gelehrsam war; sie aß, schaute, dankte, brach sogar das Brot schon ein wenig wie eine beginnende Garren. Als hätte Erzsébet ihrer Schwiegertochter das Zauberwort verraten. Stumm aßen sie die

Suppe und sahen einander nicht an. Dann fuhr Edgár mit dem neuen Familienmitglied an einen Ort in zwanzig Stunden Entfernung und forderte Anna, Albert, Péter oder den Vater manchmal auf, ihm Geld zu schicken. Edgár schickten alle Geld, sogar Albert; Edgár lieh sich nichts, er pfiff auf die Zuneigung, er erteilte eher nur höfliche und trockene Befehle. Edgár musste man aushalten. Der Vater sagte einmal in entschuldigendem Ton, es gebe in jeder Familie jemanden, den man unbedingt aushalten müsse.

Anna seufzte. Sie klappte das Lehrbuch zu und verließ den Klassenraum, durch Vorstadtstraßen ging sie nach Hause, mit gesenktem Kopf, nachdenklich, am Haus des Henkers vorbei, nach Hause, ins Garren-Haus, wo der Vater schon mit den Ärzten verhandelte wie ein Dramenschreiber mit den Schauspielern und die Künstler am Mittagstisch saßen, außer Tamás, und auf Anna warteten. An der Tür zum Speisezimmer blieb Anna stehen und schickte ein Stoßgebet zum Himmel. Sie dachte: Gott, gib, dass es gelingt. Natürlich dachte sie in diesem Augenblick an das Werk. Dann ging sie ins Speisezimmer, nahm ihren Platz am Ende des Tisches ein, entfaltete die Serviette, sah sich sorgenvoll um und antwortete auf die fragenden Blicke leise: »Ja, heute hatte er weniger Eiweiß.«

Ritual und Praxis

Manchmal war es weniger Eiweiß und manchmal etwas mehr, und an manchen Tagen war auch Blut dabei. Manchmal schlief der Vater und nahm Nahrung zu sich, manchmal duldete er in der Nacht niemanden im Zimmer und wies ein oder zwei Tage lang jede Nahrung zurück. Im Haus herrschte Stille. Albert hatte die Saiten des Klaviers mit einer Wolldecke bedeckt und übte so in der Notendruckerei mit seinen Kindern, in halber Lautstärke. Manchmal verlangte der Vater nach einem seiner Kinder, aber meistens wollte er niemanden sehen. Die Garrens versammelten sich jeden Mittag und jeden Abend im Speisezimmer und aßen lange. Erzsébet ließ in diesen Wochen mit besonderer Sorgfalt kochen. Vor dem Abendessen ging Anna in die Küche hinaus und kostete die Speisen. Auch den Wasserkrug brachte das Stubenmädchen in diesen Wochen anders herein: ein wenig wie eine Amphore an einem Feiertag mit unbekanntem Inhalt und Ziel. Manchmal zündete jemand ohne jeglichen Grund am Nachmittag um vier Uhr im Salon die Lampen an, als erwarte man Gäste. Péter hatte schon zweimal auch am Wochentag den schwarzen Anzug angezogen, als übte er. Die Wohnung war in diesen Wochen so sonderbar, beängstigend sauber wie vor großen Feiertagen, wenn die Hausbewohner verzweifelt sauber machen, wenn sie sogar den Bücherschrank von seinem Platz rücken, die Bilder von der Wand nehmen und Weingeist in die Ritzen der Bilderrahmen schütten. Péter ertappte Anna dabei, dass sie versunken im Rezeptbuch las – nicht in dem verdächtigen Heft, in das die Ärzte ihre täglichen Verordnungen eintrugen und das wie eine Prüfungsarbeit mit Zeichnungen, Zahlen und zweifelhaften Endergebnissen auf seine Interpretation wartete, sondern in dem ledergebundenen, dicken Buch, in dem die Garren-Mütter, diese großen Frauen und Köchinnen, seit einem Jahrhundert ihre Erfahrungen festgehalten hatten, ihre Vorstellungen von Rehkeulen oder Biskuitrollen, Fantasien von Fasan und Ferkelklein, Möglichkeiten einer Faschingsvariation des in Wein marinierten Schinkens. Péter mochte dieses Buch. Es war wie ein klassisches Werk, in Leder gebunden, ein Buch, das mehrere Menschen geschrieben hatten, nicht mit ihrem Bewusstsein und ihrem Verstand, sondern mit ihren Magennerven. Manchmal schlug er es auf und las auf den vergilbten Seiten mit verblasster Schrift winzige Gedichte, kleine Sonette der einzelnen Garren-Urahnen in Prosa. Das Gedicht begann mit: *Man nehme acht Eier und schlage sie schaumig …* Manchmal endete das Geknittel mit einem tragischen Klappern, beispielsweise: *Man lasse es im eigenen Saft schmoren und serviere es am Spieß.* Der Stil der kleinen Erfindungen, Vorstellungen und Variationen war andächtig und fachgemäß. Nirgends eine frivole, oberflächliche Wendung, dachte Péter ergriffen. *Es ist ratsam, das Rindfleisch drei Stunden lang kochen zu lassen.* Das ist das Ritualbuch der Familie, das Ritualbuch einer bewährten Lebensweise und eines festen Anspruchs, das Anna jetzt als die älteste Garren der weiblichen Linie verwahrte, nur vor Feiertagen wurde es aus Annas Kommode hervorgeholt. Erzsébet wagte nie, um das Buch zu bitten; als Zugezogene gab sie sich damit zufrieden, wenn ihr Anna manchmal einige Ferkelgulasch- oder Entenfrikassee-Variationen von den geheimen Seiten abschrieb. Aber Márta mit ihrer unreinen Gewöhnlichkeit bat ganz einfach und natürlich um das Buch, denn sie fand – so sagte sie – »interessant, was die alten Garrens so zusammengepanscht haben«. Sie bat darum auf diese gewöhnliche Weise, und natürlich bekam sie es nicht. So weit sind wir noch nicht, dachte Anna.

Aber Péter durfte in das Werk mit dem Ledereinband und dem Spangenverschluss hineinsehen, Tamás auch. Manchmal baten sie Anna vor dem Abendessen um das Ritualbuch und lasen laut darin. Mártas Tonfall und Benehmen, die Weise, wie sie sich über das Buch geäußert hatte, empörten auch die sanfteren Garrens. Als würde sich jemand das einzige, originale und beglaubigte Exemplar des Korans ausleihen, nur weil er sich an einem regnerischen Nachmittag langweilt oder weil er hofft, darin die Beschreibung einer heiligen Salbe zu finden, mit der er seine schwitzigen Beine einreiben will. Bei solchen Gelegenheiten zeigte sich, wie wenig Márta die Garrens verstand! Judit, die kleine Judit, dachte Péter nachsichtig und voller Freundschaft, würde niemals eine solche Taktlosigkeit hören lassen. Judit sah über Mártas schlechte Gewohnheiten hinweg, aber ihr war anzumerken, dass sie ein wenig gleichgültig war und dass das siebenmal heilige Kochbuch sie nicht besonders interessierte. Anna ließ in diesen Wochen ganz alte Speisen kochen. Sie wollte von niemandem einen Rat – diese alten Speisen kamen jetzt aus der zeitlosen Tiefe des Familienlebens und der gemeinsamen Erinnerung zum Vorschein wie vergessene, feierliche, etwas düstere Melodien, mit denen sich der Stamm in Stunden der Gefahr tröstete; und wie in den heiligen Stammesmelodien lag in jeder von ihnen ein düsterer und altertümlicher Klang, ein aus der Mode gekommener und dennoch bekannter Geschmack, den sie mit erinnerndem Gaumen kauten und kosteten. Dieser Geschmack, dieser Duft, diese Melodie brach aus der Küche hervor, und Anna ging wie eine Dirigentin durch die Wohnung, in der Hand die Partitur, das Buch mit dem Spangenverschluss, das seit einem

Jahrhundert die erhabeneren, persönlichen Schöpfungen des Geschmacks der Garrens bewahrte, und sie dirigierte die feierliche Melodie. Manchmal beim Abendessen, beispielsweise wenn Anna Wildschwein mit Hagebutten servieren ließ und dazu als Beilage mit Schinken gefüllte Kartoffelpuffer und Rote Bete, war es, als klängen einzelne vergessene, düstere Sätze der Garren-Vergangenheit auf. Sie aßen, schwiegen und erinnerten sich.

Wann immer Péter später an diese Zeit zurückdachte, erinnerte er sich vor allem an Geschmäcke und Gerüche. Das Haus war in dieser Zeit voller kräftiger Gerüche. Aus dem Zimmer des Vaters strömte scharfer Äthergeruch mit Donnerschall wie eine Unheil verkündende Wolke durchs Obergeschoss. Trat ein Fremder ins Haus, schnupperte er und spürte: In diesem Haus geschieht etwas. Der Äthergeruch aus dem Zimmer des Vaters verdünnte sich im Speisezimmer und vermischte sich mit den kunstreich heraufbeschworenen Dünsten und Dämpfen der Vergangenheit der Garrens. Anna ließ selbst in die einfachsten Gerichte Vanille kochen, als kleidete sie sich vor Verlegenheit und Kummer in ein dunkellila Kleid. Die Geschmäcke kehrten in Péters Erinnerung zurück, wie wenn man eine fremde Sprache lernt und überrascht feststellt, dass man die fremden Wörter irgendwoher kennt. Jetzt stellte er fest, dass auch der Magen eine Muttersprache hat. Diese Erinnerungen erklangen wortkarg, aber mit unmissverständlicher Kraft. Als gäbe es deshalb das Ritual und die Praxis, in deren Geist sie alle zusammengekommen waren, um etwas zu schützen oder aufzulösen; als wären sie zusammengelaufen, damit etwas, eine Welt, verschwände oder von vorn begänne oder vielleicht durch irgendein

Wunder und Opfer noch eine Zeit lang aufrechterhalten werden könne – als müssten sie entscheiden, ob Amerika existieren sollte oder nicht! So aßen sie, warteten, schwiegen, räusperten sich, bereiteten sich vor und übten. Denn sie hatten schon die düstere Ahnung – Péter und Tamás argwöhnten es unmissverständlich, und vielleicht ahnte auch der linkische und etwas lächerliche Albert etwas, ja, vielleicht merkte sogar die grobe und wahrhaftig gewöhnliche Márta manchmal auf! –, dass über den Vorwand hinaus, der sie zusammengebracht hatte, jenseits des alltäglichen Sinnes ihr Zusammentreffen noch ein anderes Ziel und einen anderen Sinn hatte. Sie argwöhnten, dass Anna nicht vergeblich Vanille und Wildschwein kochen ließ. Sie beobachteten die Atmung des Vaters ganz genau, und währenddessen mussten sie zur Kenntnis nehmen, dass sie auf ein Zeichen warteten; als könne man hoffen, dass alles, was bisher geschehen war, mit ihnen und mit ihren Vorfahren, das ganze Leben, die persönliche Erfahrung, die Wahrnehmung und die Erinnerungen, dass all das jetzt plötzlich ausdrückbar sein würde, mit einem einzigen Wort oder vielleicht sogar ohne Worte. So aßen sie, saßen in den halbdunklen Zimmern herum, wo manchmal planlos das Licht angezündet wurde, so rochen sie den Äthergeruch, der sich in den oberen Zimmern unliebsam mit dem palavernden Geruch von Mártas etwas groben und unschicklichen Parfums vermischte. »Denn Márta verwendet – der Himmel weiß, warum – auch Düfte!«, sagte Anna einmal argwöhnisch und naserümpfend zu Tamás. So beobachteten sie und unterhielten sich halblaut. Von Zeit zu Zeit zogen sie eine Schublade auf oder nahmen ein Buch vom Regal oder blieben mit verschränkten Armen vor einem alten Familienbild stehen und besahen sich bei dem einen oder anderen die Nase, die Augen, einen alten Mantel oder Zylinder. Jetzt waren sie viele in der Wohnung. Auch mit den Verstorbenen hatte sich die Wohnung gefüllt, als hätten sie ständig Geister zitiert. Sie öffneten einen Schrank, und aus dem Schrank trat Mátyás Garren heraus, in seinem altertümlichen Dolman, etwas moderig und nach Fuchsloch riechend, und sagte ruhig: »Ja, ich bin auch hier.« Alle waren da in diesen Wochen. Onkel tauchten aus einem Buch auf oder aus dem Emailledeckel eines Bierglases, mit Vollbärten und mit der erschreckenden Koketterie, mit der die vor hundertfünfzig Jahren gestorbenen Onkel und Tanten im Augenblick ihrer Rückkehr und der Geisterbeschwörung »Kuckuck« sagen. Nach dem Abendessen unterhielten sie sich über Japan, aber nach einer Weile bemerkten sie, dass sie über Gábor sprachen, der das Aspirin nicht mochte. »Sein Herz hat es nicht vertragen«, sagte Albert neunmalklug, und alle nickten.

Denn das Inventar, das Tamás so sorgenvoll und verächtlich in Augenschein genommen hatte, war reichhaltiger, als sie glaubten. Nicht nur der Globus gehörte dazu, auf dessen Karte Tamás einmal mit rotem Stift eine unsichere und komplizierte Reiseroute aufgezeichnet hatte, die er später nicht ganz genau einhalten konnte. Zwischen Frühstück und Mittagessen, dem Lampenanzünden, der Ankunft der Ärzte, den Berichten der Pflegerin, den Besuchen der Stadtbewohner, den Gerüchen und Temperaturen, die in gleichmäßigen Versionen durch die Tagesordnung und die Zimmer strömten, gehörte zum Inventar auch ein Bart aus dem achtzehnten Jahrhundert, an den sie sich nicht erinnerten und der jetzt plötzlich zum Vorschein kam; der Bart von Viktor, dem Schiffsarzt, der zur Zeit der Französischen Revolution umgekommen sein musste, irgendwo in Vorderindien. Viktor kannten sie bisher nur von einem englischen Stich aus seiner Jugendzeit, auf dem er bartlos, mit einem mädchenhaften, errötenden Lächeln dargestellt war; aber jetzt suchte Sebestyén aus dem Inventar auch den bärtigen Viktor heraus, einen energischen und enttäuschten Viktor, der sich in den Jahren der Französischen Revolution einen Bart hatte wachsen lassen und dann auf englischen Auftrag gekränkt nach Vorderindien gegangen war. Sie gaben den Stich, der den bärtigen Viktor darstellte, von Hand zu Hand, sie hatten das Gefühl, reicher geworden zu sein, und staunten. Und tatsächlich, es schien, als ob Sebestyén, der Verwandte und treue Verwalter, sich davor fürchtete, dass die verschwenderischen Erben die geheimen Schätze der Familie verschacherten: Nur einzeln und in Raten überreichte er ihnen diese Familienbärte, die auf Münzen, mit Wasserfarben oder auf kolorierten Fotos verewigten Gesichter, Briefe, in denen ein Garren vor achtzig oder vor acht Jahren etwas erbeten, versprochen oder gesagt hatte – denn für Sebestyén floss alles zusammen, was Vergangenheit und Gegenwart war im Leben der Garrens, er empfand sowohl als Geschichte, dass einem buchstabengießenden Garren am Ende des siebzehnten Jahrhunderts wegen Verbreitung frevlerischer Nachrichten die rechte Hand abgeschnitten worden war, als auch, dass Tamás in seiner Jugend gern rohe Holundersuppe gegessen hatte.

Nach dem Abendessen kam Sebestyén, müde und feierlich, zwischen den Regalen und Schränken der Firma

Aiolos hervor, nahm bescheiden eine Tasse Tee an und saß schweigsam zwischen den Unternehmensmitgliedern; für Sebestyén teilten sich die Garrens in Senioren und Junioren, das war alle Unterscheidung, die er anerkannte. Er kam irgendwie übergangslos aus der Vergangenheit der Familie, als spürte er keinen wesentlichen zeitlichen und formalen Unterschied zwischen dem Gründer Mátyás und Edgár. Ruhig, blinzelnd sah er die Garrens an, musterte sie und dachte: Sie sind alle aus demselben Material, aber Herr Péter ist schon ein wenig verbraucht. Er versäumte nie, auch nicht in Gedanken, das Wörtchen »Herr« zu verwenden, alle Garrens waren für ihn mehr oder weniger Herren, selbst der wortlose junge János, Alberts Sohn, der sich am liebsten immer nur versteckt hätte, als fürchtete er, man könnte ihn suchen kommen. »Ein Garren sitzt nicht unter dem Klavier, Herr János!«, flüsterte Sebestyén entrüstet und beugte sich dabei, im Sitzen, zu dem Jungen hinunter. Er hatte Bilder mitgebracht und Briefe. Auch er war »aus diesem Stoff«, ein Verwandter, den es sich im Geäst des Familienstammbaums nicht aufzuführen schickte, denn er war nur ein entfernter Verwandter aus dem weiblichen Zweig, aber ein Tröpfchen Garrentum floss auch in Sebestyéns Adern, ein Tropfen von dem, was man ihm nicht verweigern konnte; doch war es kein Blut, vielleicht nur Erinnerungen, die Gemeinsamkeit der Erinnerungen der Verwandtschaft.

Sebestyén war angenehm selbstbewusst und diszipliniert. Die Garrens sprach er mit »Herr« an, aber auch er selbst übernahm einen Anteil an der komplizierten Würde der Familie – er war schweigsam, musterte denjenigen, der sprach, nachdenklich, als wäre er es etwas leid, jedem einzeln zu erklären, was das Garrentum war, was in den Geschäftsräumen der Firma Aiolos verkauft wurde, womit sich der Firmenchef beschäftigte und wieso er, Sebestyén, unentbehrlich war für das Werk; sein kurzsichtiger Blick wirkte, als wäre er etwas müde. Aber von seiner Würde ließ er keinen Fingerbreit ab. Schließlich war auch Sebestyén ein bisschen Garren, wenn auch nur auf dem weiblichen Zweig. Nur Tamás nannte er »Meister«.

Warum? Sebestyén schuldete niemandem Rechenschaft. Er kam am Abend, brachte etwas aus dem Inventar mit und überreichte seinen Fund wortlos Péter als stellvertretendem Familienoberhaupt, und dann versammelten sich alle um Péters Lehnstuhl, steckten die Köpfe zusammen und besahen sich den Fund. So brachte er Viktors Bart, und so brachte er eine Klementine, die gefällig gesungen hatte und vor siebzig Jahren am Meer gestorben war, an Windpocken, im Alter von fünfundvierzig Jahren. »Belieben Sie doch zu sehen«, sagte Sebestyén in seinem leidenschaftslosen, etwas gedehnten und nasalen Singsang, »dies ist die gewisse Klementine, die ich neulich erwähnt habe. Das Foto ist erträglich und zeigt sie in der Zeit, in der sie noch angenehm gesungen hat. Ihre Nasenform erinnert stark an die Nasenform von Maria, der Frau von Imre I. Garren. Der Fund ist schon fünfzehn Jahre alt. Unser Herr hat das Foto von einer Reise in den Westen mitgebracht. Bitte, Meister, beachten Sie nur die Ähnlichkeit ...« Und er reichte Tamás mit derselben Ruhe und kurzsichtigen Höflichkeit, mit einer langsamen Bewegung das Bild wie vorher Péter; als würde er mit eingeübten Bewegungen etwas wenden oder anheben, als wäre er im Dienst, ein wenig als Marktschreier und ein wenig als Hofmeister.

Sebestyén kannte die Rituale. Kurzsichtig sah er sich um, blieb nur für kurze Zeit, als hätte er sich davon überzeugt, dass alles und jeder an seinem Platz war, und sagte mit seiner hölzernen Stimme gleichmütig: »Belieben Sie, sich an den Unfall zu erinnern, als die Stadtpolizei den Meister blutig geschlagen hat.« Und als hätte er eine Hausaufgabe erteilt, stand er ruhig auf, verneigte sich und zog sich zurück. Sebestyén lebte so tief in der Gemeinschaft der Familie wie das Wort des Gewissens im Charakter eines Trunksüchtigen, wie die Sehnsucht nach Treue und Reinheit in den Traumbildern einer unzüchtigen Frau. Die Garrens ließen sich manchmal zu unwürdigen Handlungen oder Äußerungen hinreißen, aber dann erschien in ihrem Bewusstsein das Bild Sebestyéns, des Sekretärs und Verwandten, kahl, im Sitzen etwas aufgerichtet, mit blinzelndem Blick und flehend ausgebreiteten Händen, wie er sagt: »Belieben Sie zu beherzigen, dass schon Jenő II. Garren eine ähnliche Handlung in Unannehmlichkeiten gestürzt hat.« Niemand wusste, wo er wohnte. Früh am Morgen kam er ins Stammhaus, öffnete die Geschäftsräume der Firma Aiolos, fegte den Fußboden und begoss ihn mit Wasserachten, dann zog er sich hinter die Ladentische zurück und räumte. Ein Fremder hätte denken können, Sebestyén habe keine ernsthafte Arbeit. Gewiss, er musste nicht die »tägliche Post« erledigen, denn die Firma Aiolos schrieb selten und erhielt noch seltener Briefe, er musste keine Bestellungen aufgeben, denn in den vergangenen Jahren hatte sich der Vater davon überzeugt, dass das Geschäft reichlich ausgestattet war und insbesondere von den apologetischen Memoiren der unterlegenen Generäle noch einige Bände im Lager waren, er musste nicht säumigen Schuldnern mahnende und tadelnde Briefe schreiben, denn die Bilanz der vergangenen Jahre hatte Sebestyén überzeugt, dass der einzige säumige Schuldner in diesem Geschäft, den man ernsthaft ermahnen musste, Gábor Garren war, der Firmeninhaber. Was es an Kaufmännischem und an irdischen Gedanken im und um das Geschäft gab, hatte in der Praxis der Firma Aiolos langsam seinen Sinn verloren. Sebestyén stützte sich mit den Ellbogen auf das Schreibpult, die Feder hinter dem Ohr, und löste minutiös und eifrig eine Garren-Formel. Denn das Geschäft kaufte schon lange nichts anderes mehr als alte Bilder, Briefe oder Gebrauchsgegenstände, deren Garren-Ursprung der Verkäufer belegen konnte.

Sebestyén wusste um die Rituale und achtete darauf, dass auch die leichtsinnigeren Garrens sich nicht gegen sie vergingen. Nach Einschätzung der Allgemeinheit war er einfach nur ein Gehilfe, der Gehilfe der Firma Aiolos, so wurde er auch in der Stadt genannt, aber über diese Bezeichnung konnte man nur lächeln. Denn Sebestyén, der Verwandte, war nicht einfach nur ein »Gehilfe« – gewiss, er akzeptierte diese Bezeichnung ohne zu lächeln, blinzelnd und ernst, als kennte er den tieferen und geheimeren Sinn des Wortes. Gehilfe, ja! – jemand, der hilft, der zum Werk dazugehört, ohne den der Schöpfer hilflos ist; Gehilfe in dem Sinn, in dem jeder große Handelnde einen namenlosen Gehilfen braucht, ein penibles Genie der Ausführung, das andere, graue Genie, dessen Rolle am Werk nicht weniger wichtig ist und ohne dessen Betriebsamkeit das Kunstwerk unbeholfen bleibt und der Schöpfer hilflos. »Alter Gehilfe!«, sagten sie in der Stadt, aber Sebestyén blinzelte nur und schwieg. Er wusste, dass jede Familie ein Kunstwerk ist, die eine oder andere große Familie vielleicht das einzige wirklich aufregende, in jeder Hinsicht groß angelegte Kunstwerk. Er wusste, dass in diesem Kunstwerk jeder ein wenig Schöpfer war und zugleich Bestandteil, dass die Rollen verschwammen, dass jede Einzelheit gleichermaßen wichtig war, auch, dass Alberts Sohn, der kleinste Garren, etwas einfältig war und gern beunruhigend lange unter dem Klavier saß. Diese Nebengestalt gehörte zur Schöpfung, die die Familie war, wie die kleinen Engel auf alten Gemälden, die in der Handlung des Bildes keine besondere Rolle haben, aber für alle Fälle erst einmal etwas dämlich dahocken. Sebestyén trug eine Pepitahose wie früher die Fotografen, und man konnte nicht ganz genau wissen, wo er wohnte. Er spielte sichtlich eine Rolle, aber diese Rolle war schon untrennbar mit seinem Charakter und Leben verwachsen. Vielleicht vergisst er einmal für einen Augenblick seine Rolle!, wagte Péter manchmal zu hoffen. Eitle Hoffnung! Sebestyén konnte nicht mehr »aus der Rolle fallen«, weil er mit ihr zusammengewachsen war, das Kostüm war bereits Charakter, und der Charakter hatte sich den Maßen des Kostüms angepasst. Sebestyén kramte tagsüber zurückgezogen zwischen den Ladentischen der Firma Aiolos herum, informierte die Interessierten über den Gesundheitszustand des Firmenchefs, wies die seltenen Käufer, zumeist Fremde, die etwas kaufen wollten, höflich ab und erschien jeden Abend im grünen Salon, setzte sich umständlich nieder, zog aus der Tasche seines schwarzen Salonrocks immer wieder interessantere Funde und kontrollierte still, aber mit stechendem Blick das Ritual. Er hatte die Gewohnheit, sich, sobald einer der Garrens aufstand, mechanisch von seinem Platz zu erheben, und er setzte sich nicht, ehe man ihn von dem übertriebenen und überflüssigen Charakter dieser Ehrenbezeigung überzeugt hatte. »Sebestyén ist ein hochmütiger Mann«, sagte Tamás, der Meister. »Hochmütig, aber von reiner Hand. Man kann ihm die Firma anvertrauen.« Und er sah sich verstört um.

Wie Auswanderer vornehmer Abstammung, die aus der Verbannung heimgekehrt sind, die nun in den Zimmern ihrer Vorfahren herumlungern, in denen sie einst gewohnt haben, und mit jedem ihrer Worte den alten Rhythmus und Takt suchen, als hätte ein schmerzlich zerstreutes, einstmals berühmtes Orchester unerwartet wieder zusammengefunden, und nun stimmten seine etwas abgenutzten und ermüdeten Mitglieder ihre Instrumente und bereiteten sich auf ein spontanes Konzert in ihrer Geburtsstadt vor, so saßen sie am Mittag und am Abend um den runden Tisch, so sprachen sie in der Nacht, unter Sebestyéns vorsichtiger und taktvoller Leitung, im grünen Zimmer. Sie übten das Ritual, und manchmal bemerkten sie verblüfft, dass sie den Grundton nicht mehr so scharf und unmissverständlich hörten und sich nicht mehr an die einzelnen Verbeugungen, Lächeln und Durchführungsweisen erinnerten. Als wäre die Familie, dieses Kunstwerk, in die Hände von Pfuschern oder in den Besitz aufgeblasener Grundherren geraten. Die Zimmer waren von den mutlos traurigen Sätzen des Vorfeiertages durchdrungen, sie waren voll von Gegenständen aus dem Inventar, aber zugleich waren sie auch aufregend leer, als hätte Albert oder jemand anderes alles gefunden und weggetragen, das es einstmals wert gewesen war, hier zu leben.

Péter suchte Spuren, und manchmal, wenn er eine Schranktür öffnete und eine Schublade herauszog, flog ihm der Duft von Krisztina, der jungen Mutter, entgegen. Auch von Lucy gab es noch Spuren im Haus; ein etwas grelles und kreischendes Band kam zum Vorschein und ein Notenheft, dessen Text den Garrens, mit taktvoller Verachtung, niemals über die Lippen gekommen wäre, und man spürte: Ja, auch Lucy hatte hier gelebt. Nicht, dass der Liedertext mit unanständigen Worten für Empörung gesorgt hätte, er war nur auf so andere Weise unschicklich; er war nicht so, wie es die Garrens ein für alle Mal für ihre Möglichkeiten der Rede und der Liedertexte vereinbart hatten. In einem Glasschrank fand Péter auch Knickebein, und wie ein Archäologe, der während seiner ermüdenden Suche endlich den untrüglichen Beweis für ein versunkenes Zeitalter findet, eine Armspange oder eine Schelle, deren Material und Verzierung unbestreitbar die Herkunftszeit des Gegenstandes beweisen, zeigte er der versammelten Familie seinen Fund, und alle, sogar der unmusikalische und farbenblinde Albert, riefen bei seinem Anblick:

»Oh, Lucy!«

Gerüche waren von den Verstorbenen zurückgeblieben, in den Winkeln und in den Stoffen. Auch ihre Namenszüge hatten sie hinterlassen. Sie lebten in den Zimmern auf ihre tote Weise, etwas farblos, mit dem hochmütigen und rätselhaften Takt, wie nur Verstorbene mit Lebenden in Kontakt treten können. Am Rand eines Glases spürte Péter den Geschmack von Krisztinas Lippen. Auch den Florentinerhut fand er: Das Stroh war schon ganz gelb, und auch das hellblaue Band war ausgeblichen. Sie gingen in der Wohnung umher wie auf einer Entdeckungsreise in einer lang zu Staub zerfallenen Stadt, deren Säulen, Gebrauchsgegenstände und Kleiderreste die Forscher einzeln aus der Tiefe zutage fördern und deren Trümmer sie mit vorsichtiger Hand zusammensetzen. Etwas geschah im Haus, gleichzeitig mit der Krankheit des Vaters. Die Garrens grüßten einander zuvorkommend, Albert und seine Familie machten schamhaft, aber unmissverständlich Urlaub, Tamás war in der Stadt unterwegs und erpresste dort ein wenig Zuneigung, wo es sich eben ergab, Anna machte ständig hinter Márta sauber, weil alles etwas schmutzig wurde, das die fremde Frau ansah, Edgár und Judit lebten schweigsam in Erzsébets Schatten und sagten nicht, was sie von alledem dachten. Péter war immer noch manchmal schwindlig. Nachts wachte er im Kinderzimmer auf, sah auf die Akazie vor dem Fenster, roch an dem sonderbar geschnittenen, winzigen Kopfkissen mit seinen außerordentlichen Maßen und spürte den Geruch von Krisztinas Haar auf dem alten Leinen. Der Vater lag irgendwo weit weg, hinter den Zimmern, verborgen in der Sphäre der Krankheit, die gleichzeitig ein Heiligtum ist und eine Höhle. Die Nacht war lang und fremd. Aus Karnak hatte er überhaupt keine Nachrichten. Unter dem Fenster gingen mit derben Schritten fremde Menschen entlang und sprachen laut in einer nie zuvor gehörten Sprache. Alles war vertraut hier zu Hause, weit entfernt von Karnak, aber so schmerzlich und fremd vertraut; so fühlt man sich im Traum, wenn man sich in dem vertrauten Zimmer, in dem man ein Leben lang gewohnt und geschlafen hat, verirrt und nicht mehr weiß, wo das Fenster ist und wo der Bücherschrank steht.

So lebten sie und warteten auf etwas. Sie speisten feierlich, nicht ganz so, wie man zu Hause isst; nach dem Mittag- und Abendessen saßen sie feierlich im Salon und bemerkten, dass sie nicht ganz so schwiegen, stöhnten, seufzten oder stammelten, einander ins Wort fielen, wie die Instrumente eines Familienorchesters einander zu antworten pflegen; sie führten einfach nur Konversation, als hätten sie sich gegenseitig zu Gast. Oft verstummten sie und sahen abwartend in die Luft. Jetzt, da alle angekommen waren, da jeder seinen Platz eingenommen hatte und Anna jeden Morgen den Urin des Vaters in die Apotheke brachte, der manchmal sogar blutig war, da sich alle eingerichtet und gleichsam eingekleidet hatten und jeder seine Rolle kannte, da sie auch in der Stadt mit einem gewissen Interesse und voller Erwartung beobachtet wurden, jetzt wagte es schließlich keiner von ihnen, die Frage auszusprechen, die sie zusammengeführt hatte und beisammenhielt, in einer Spannung und Magie, wie sie sie ähnlich noch nie erlebt hatten. Und als Tamás sie endlich aussprach, nach einem gemeinsamen Mittagessen, von dessen Gängen er nur beiläufig und brummend gekostet hatte, sahen sie einander so verstört an, als hätte sie jemand gefragt, warum sie so seien und warum sie gerade so gelebt hätten, wie sie waren und wie sie gelebt hatten. Die Frage erklang, und eine erschrockene, furchtsame Stille blieb hinter ihr im Zimmer zurück. Erstarrt sahen sie einander an, als wäre gerade von dieser Frage bisher noch nie die Rede gewesen. Als hätten sie sich einfach nur so versammelt, die Garrens, die Künstler, ohne jeden besonderen Grund, zu ihrer und anderer Unterhaltung. Aber jetzt war die Frage gestellt worden, und einmal musste geantwortet werden. Sie spürten, dass man mit Worten nicht mehr antworten konnte. Sie würden mit ihrem Leben antworten müssen. Deshalb schwiegen sie, blass, ein wenig mit der Blässe und dem Schweigen historischer Wachsfiguren.

Tamás hatte gefragt: »Was wird eigentlich, wenn Vater stirbt?«

»Ja«, sagte Albert hastig. »Was wird aus uns?«

»Nicht nur aus uns«, rief Tamás würdevoll und sah den Bruder hasserfüllt an. »Ich meine: Was wird aus der Welt?«

Die Fremden

Über das Erdbeben

Die Stadt war nicht ganz an Ort und Stelle. Péter machte einen Spaziergang auf den Hügel, auf dem zur Zeit von Mátyás Garren die Hinrichtungen stattgefunden hatten, und sah sich besorgt um. Die Stadt schien sich ein wenig von der Stelle bewegt zu haben. Über seine Zweifel wagte er nicht zu sprechen. Er legte die Hand über die Augen und sah vom Fuß des Galgens auf die Türme und Statuen herunter. Die Stadt lag ständig in feinem Nebel und schien verschämt zu keuchen. Etwas Schreckliches war mit ihr geschehen. Péter lehnte sich an den Galgen und stand eine Zeit lang da wie ein Gehängter, den man rechtzeitig abgeschnitten hatte.

Bei einer anderen Gelegenheit lud er Tamás zu einem Inspektionsgang ein. Zu ihrem Ausflug nahmen sie auch das Fernglas mit, Krisztinas Theaterglas mit dem Perlmuttgehäuse. Sie schlugen den vertrauten Weg über den Friedhof ein. Tamás schnaufte, er konnte Steigungen nicht vertragen, schlecht gelaunt las er die verschimmelten Aufschriften auf den Grabsteinen der alten Toten. Diesen Friedhof benutzten nur noch die alteingesessenen Familien. Die Neubürger begruben ihre Toten verschämt und neidisch unten im Tal, während die alten Familien in hochherrschaftlicher Absonderung hier oben ruhten. Die Familiengruft der Garrens war geräumig und gepflegt: Anna und Erzsébet unternahmen jeden Monat einen Ausflug hierher, sie speisten gleichsam die Toten, mit der besonderen, ätherischen und materiellen Nahrung, auf die ein Toter aus gutem Hause nicht verzichten kann: mit Blumen, Erinnerungen und etwas Hochmut. In der Krypta hatten nicht alle Garrens Platz gefunden. Schon am Ende des vergangenen Jahrhunderts war sie voll gewesen, und einzelne Garrens wurden nach einer Ordnung, die nur Sebestyén kannte, auf dem umgebenden Gelände begraben, sozusagen in Untermiete. Diese Gräber pflegte Anna mit besonderer Aufmerksamkeit, als wolle sie die Toten dafür entschädigen, dass sie aus dem Familienheiligtum ausgeschlossen waren. Nach neuester Gewohnheit waren an die Grabkreuze Fotos der Verstorbenen genagelt worden, emaillierte Bilder, die scheue Gesichter zeigten: Pomadenschöpfe, hier einen Käsehändler und dort einen Beamten vom Waisenamt, wie sie mit patriotischer Vertraulichkeit, mit kleinlautem, zwinkerndem Blick mit etwas oder jemand Unbekanntem kokettierten. Hier ruhte eine Frau, ihr Grab war von den rotbeerigen Zweigen der Lampionblume überwuchert, eine gewisse Eta, sie hatte sechsunddreißig Jahre lang gelebt. Diese Frau gehörte zu den Garrens, aber nicht einmal Sebestyén wusste genau, warum. Wahrscheinlich war sie vor fünfzig Jahren einfach im Leben eines Garrens aufgetaucht. Ihr Grab war hügelförmig wie ein Diwan im Schlafzimmer einer vor hundert Jahren geschiedenen Frau. Es hatte etwas Schamloses an sich. Anna hatte das Grab dicht mit Thymian bepflanzt; das duftende Unkraut bedeckte es vollständig wie ein lila Tuch, das jemand eilig über den Leib einer Selbstmörderin, einer Frau mit nicht ganz tugendhaftem Lebenswandel, breitet.

Sie gingen über den Friedhof, schnupperten, zogen dornige Zweige von den Grabsteinen, suchten nach Bekannten. Hier lag Katinka Derén, die beste Mutter. Katinka Derén war die erste Frau, die Péter geküsst hatte. In der Waschküche hatte er sie geküsst, bei den Deréns, in der Waschküche voller Laugendampf, und dabei hatten sie sich gegen die Mangel gelehnt. Ihr Kuss schmeckte nach frischer Mandelmilch. Er dauerte lange, Péter war siebzehn Jahre alt gewesen, Katinka dreißig. Inzwischen waren zwanzig Jahre vergangen, und der Kuss schien noch immer anzudauern. Vielleicht, weil sie tot ist, dachte Péter. Solche Küsse, die Küsse von Toten, trennen sich von denen, die sie gegeben und empfangen haben, und wirken eigenständig weiter wie das Licht im Weltall. Die Welt, aus deren Chaos sie stammen, ist vergangen, aber das Licht, der Kuss, lebt weiter. Péter setzte sich an Katinka Deréns Grab. An diesen Kuss hatte das Leben später alles angeknüpft: jeden neuen Kuss, jede Berührung und jede körperliche Freude. Tamás sprach nicht gern von zärtlichen Erinnerungen, er war eine schamhafte Seele. Von Frauen sprach er nur beiläufig und ließ dabei seine Reitpeitsche durch die Luft pfeifen wie ein Dompteur.

»Sie war nicht mehr jung.« Péter wühlte mit seinem Stock in dem Unkraut um Katinka Deréns Grab. »Zwei Kinder hatte sie, und eines hatte sie sogar schon begraben. Was für ein Kuss das war!«, sagte er andächtig und leise.

»Erinnerst du dich an den Abgang zur Waschküche? Aus dem Keller kamen bei Regen die Ratten dutzendweise gekrochen. Hinter der steinernen Mauer stand ein Nussbaum, im September schlugen wir mit Teppichklopfern vom gegenüberliegenden Hof aus die Nüsse des Nachbarn ab, und Katinka stand in der Wohnungstür, den Säugling auf dem Arm, und lachte. Ihre Haut war walnussfarben, jetzt fällt es mir wieder ein. Sie hatte ein so offenes, einfaches Gesicht … manchmal träume ich davon. Wir lernen Körper kennen, die so tief, mit so zartem Dämmerlicht in uns leben, wie der Leib der Jungfrau perlmuttfarben geglänzt hat, als der Engel kam und ihr die Botschaft brachte. Ich habe mich nicht gewundert, dass sie älter war als ich, dass sie stillte, lachte und sich nicht wunderte, als ich sie küsste. Heute nennt man das einen Flirt. Aber damals gab es das noch nicht. Diese Kunstgattung haben die Amerikaner erfunden, ebenso wie das Bidet und den Scheck. Damals gab es auch noch keinen Sex-Appeal, es gab nichts anderes als das Zeichen der Zeit und das Lächeln und den Körper von Katinka Derén. Alles, was später folgte: der Weltkrieg, die bewegten Bilder, die eine Million Dollar kosten, die Atomspaltung, der Nachmittagstee mit Tanz in den Foyers der Hotels, die elektrischen Eisschränke, der Flirt, Edit und Emmánuel – all das nährt sich von der Erinnerung an diesen Kuss. Derén muss damals schon fünfzig gewesen sein. Zwei Tage nach dem Kuss traf ich ihn auf der Straße. Er trug einen Bart, ging traurig dahin und grüßte mich, den jungen Mann, so tief, so untertänig, als wüsste er etwas, als hätte er eine himmlische Botschaft vernommen. Ich errötete heftig. Dann starb Katinka, an Weißblütigkeit. Seit zwanzig Jahren berühre ich jetzt zum ersten Mal etwas, das zu ihrem Körper gehört.«

Er beugte sich hinunter und begann, ein abgerissenes Efeublatt zu zerbröseln, ein welkes und trockenes Blatt, das er vom Grabkreuz seiner einstigen Liebsten gerissen hatte.

»Derén lebt noch«, sagte Tamás verlegen. »Er hat wieder geheiratet. Aber er hat sich den Bart abnehmen lassen. Er hat eine Jüngere zur Frau und will selbst auch jünger aussehen.«

Péter mochte diese verschämte Verlegenheit. Feuchte, veilchenfarbene Wolken zogen über ihnen dahin, blieben über dem Grab der verstorbenen Frau stehen und weinten wohlerzogen ein wenig. Er saß gemütlich hier, stützte sich auf seinen Stock, sah über die Gräber hinweg auf die weiß gekalkten Stationshäuschen des Kreuzwegs, die verwitterte Steinmauer und die Zypressen. Zwischen den Zypressen standen vereinzelt Pappeln wie ausgewählte Einheimische zwischen den hochgewachsenen Kameraden einer ausländischen Leibwächtertruppe. Die Zypressen standen mit Gänsehaut in dem fremden Klima und zitterten unablässig. Zwischen den beiden Reihen Zypressen und Pappeln sah er das Tal, die Stadt, und weiter entfernt die Felsen, die das Meer bewachten. Die Landschaft wirkte, als protestierte sie noch immer gegen den menschlichen Willen: Hinter der zivilisierten Gegend, hinter der Stadt, spürte er Widerstand in den Felsen, der Wald hütete seine Geheimnisse, und nur die Burgbasteien des einstigen Zwingherrn auf dem Gipfel des Berges bewahrten noch einen Rest menschlicher Willkür und planenden Lebens. Hier oben auf dem Friedhof wehte ein lauer Wind wie der Atemzug einer träumenden Frau. Diese Brise kam von den Felsen herüber, vom Meer, sie brachte den Hauch der geheimnisvollen warmen Strömung, die sich nach einem unverständlichen Fahrplan auf ihrem nordwestlichen Wanderweg auch in diese Bucht verirrt hatte und Stadt und Landschaft von Zeit zu Zeit mit einem würzigen, warm duftenden Seufzer anhauchte. Hinter dem Berg konnte man unablässig das Meer spüren, auch nachts oder im Winter. Durch die Spalten der Felsen sickerte, als wäre der Tank der Welt gesprungen und ausgeströmt, dieser feine, laue Geruch, der Duft des Meeres. Ein wenig war es auch der Geruch des Todes. Er war so dicht, so körperlich. Péter schnupperte.

»Der Hautarzt«, sagte Tamás verschämt, »der Anna in der Toreinfahrt geküsst hat ... erinnerst du dich?«

»Er lebt noch«, sagte Péter und nickte.

Diese Art der Konversation verstanden nur sie. Der Geruch des Meeres, der erste Kuss. Das Grab von Katinka Derén und das, was sie hier auf dem Berg suchten: All das ergab die Aufgabe, die in diesem Augenblick zu lösen war. Auch vor dreißig Jahren hatten sie einander schon so geholfen, im Kinderzimmer, über ihre Rechenaufgaben gebeugt, wenn man die Daten der Welt auf einen gemeinsamen Nenner bringen musste: Man hat zehn Bündel Buchenholz und befeuert drei Stunden lang vier Öfen ... Tamás sagte manchmal vor. Die Einzelheiten, so einfach und durchschaubar auch jede für sich war, konnte man nur in ihren Zusammenhängen ganz verstehen. Hier war das Grab von Katinka Derén, unten in der Stadt lebte und wirkte der Hautarzt, der Anna in einer Toreinfahrt zum ersten Mal geküsst hatte, und zwischen den Zypressen und Pappeln hindurch hauchte sie das Meer mild und überlegen mit seinem warmen Atem an, das Meer, das man nur ahnen konnte hinter dem Berg, der sein Geheimnis und seine Willkür verbarg und diese warme Strömung behütete, die die Schiffe mit sich trug. Auf einem dieser Schiffe, auf einem kleinen, dreitausend Tonnen schweren Postdampfschiff, war Tamás vor vielen Jahren in die große, weite Welt hinausgefahren, aber zuvor hatte er noch an Deck gestanden, gewinkt und irgendetwas gelogen. Jetzt gingen sie zum Galgen, aber auf dem Weg zu ihm mieden sie die Garren-Gräber, so gut es ging. Da der Vater im Sterben lag, wäre es taktlos gewesen, im Vorübergehen in die Gruft zu schauen. Péter ging gebeugt voran, mit leichtem Schritt, als hätte er sich in Karnak etwas von der Frische der Jugend bewahrt und könne auch von pflanzlicher Nahrung leben. Die Landschaft, die vom Dunst und von der Vorfrühlingsluft schwül berieselt war, füllte sich mit dem Geheimnis der Wanderer. Still, auf Zehenspitzen gingen sie zwischen den Toten und den Erinnerungen an erste Küsse hindurch. Überall lagen Bekannte. Als hätte sich die Stadt, die echte, zum Schutz vor dem Attentat hierher zurückgezogen, mit stillem Trotz, in diese diskrete und hartnäckige Verbannung, in den Tod.

Vielleicht hat sich alles, was von der Stadt unverletzt geblieben ist, hier in der Burgruine des einstigen Zwingherrn versteckt, dachte Péter. Und Tamás sprach es aus:

»Die hier sind vertrauter.«

»Ja, viel vertrauter.«

»Die Lebenden betrügen.«

»Betrügen?« Péter dachte nach. »Nein, Tamás, sie fürchten sich nur.«

Aber er spürte, dass Tamás recht hatte. Edit hat mich schon ganz verdorben, dachte er. Sie hat mich gezähmt. Immer und ewig finde ich Entschuldigungen für die Menschen … dabei betrügen sie. Mit den Lebenden unten im Tal, in den Häusern und Geschäften, zwischen den Schränken, Träumen und Fotos, war tatsächlich etwas geschehen. Es war, als wären sie ein wenig verzerrt. Péter war auf der Straße schon bekannten Gesichtern begegnet, und die Gesichter hatten sich in den Jahren erschreckend verändert, anders, als Alter, Krankheit und Enttäuschung die Gesichter in der Werkstatt der Zeit zeichneten. Es war, als hielten die Lebenden den Blick gesenkt. Nur die Toten sahen den Besuchern noch ins Gesicht; die Toten mit alten, schmerzlich vertrauten, rührend freundschaftlichen Blicken. Die Lebenden schienen sich ein wenig von ihrem Platz fortbewegt zu haben, von dem schwer zu bestimmenden Platz, auf den sie ursprünglich – nach dem Gesetz des zeitlos alten Anfangs – berufen worden waren. Alles hatte sich von der Stelle bewegt, in der Stadt und in den Menschen. Im vierhundert Jahre alten Glockenturm hing die Glocke, aus ihr hatte man manchmal eine Kanone gegossen, und dann, nach dem Friedensschluss, aus der Kanone wieder eine Glocke, aber sie hing ein bisschen schief wie der Kopf eines Menschen, den der Schlag getroffen hat. Der Turm der Kathedrale war eingedrückt, wie wenn ein Mensch vor Scham in sich zusammensackt, auch körperlich. Die Stoffe und Materialien, aus denen die Körper der Stadt und ihrer Bewohner bestanden, waren mit der Zeit verkümmert. Tamás sagte, die Stadt kränkele. Vielleicht quäle sie das schlechte Gewissen.

»Wieso, was hätte sie denn tun können?«, verteidigte Péter die Stadt.

»Lieber stirbt man«, sagte Tamás. »Manchmal sterben auch Städte. Sie sterben lieber, als die Schande zu ertragen.«

Wortlos kamen sie oben auf dem Hügel an. Péter freute sich, dass der Galgen auch in der neuen Zeit hier stehen geblieben war. Er stand über der Stadt wie ein vertrautes Erkennungszeichen, wie das Symbol für etwas Vertrautes und Gewohntes, das nur die Eingeweihten verstanden. Um die einstige Hinrichtungsstelle herum hatten die Alteingesessenen Ruhebänke aufgestellt. Unter den Bänken lagen Salamihäute und fettiges Papier. In der Tiefe unter diesem Aussichtspunkt war die Stadt ganz klein, als hätte sie sich zusammengekrümmt. Sie umrundeten die Hügelkuppe und betrachteten die Stadt aus allen Himmelsrichtungen, mit unschuldigem Gesicht, wie Spione, die als Gaswerk-Angestellte mit Regenschirm verkleidet sind. Der Feind verbarg sich dort irgendwo in den Gassen. Tamás glaubte zu wissen, dass die Stadt schon unterminiert worden war, für den Fall von Angriffen. Auf dem Flugplatz landeten und starteten unablässig die Flugzeuge. Die Luft war voll von fernem, drohendem Motorengedröhn.

»Ich sage ja, sie hat sich verschoben«, sagte Péter.

Sie lehnten sich gegen den Galgen, nahmen sich gegenseitig das Fernglas aus der Hand und beobachteten aufgeregt. Von hier oben konnte man die Stadt endlich in aller Ruhe und gründlich in Augenschein nehmen. Auf den Straßen kamen einem ständig Fremde entgegen und störten einen. Péter, Krisztinas Fernglas vor den Augen, drehte sich langsam im Kreis und sah sich jeden Winkel gründlich an. Jetzt, da er den Gegenstand ans Auge drückte, durch dessen Glas Krisztina einst die durch Possenreißer verzerrten, spaßhaften und packenden Variationen des irdischen Spiels betrachtet hatte, schien es ihm, als sähe er seine Geburtsstadt für einen Augenblick mit den Augen seiner Mutter. Die Stadt war so erschrocken. Vornehme Menschen erschrecken so, wenn ein unsichtbarer Feind sie angreift, gegen den weder Titel noch Rang oder Bargeld helfen, wenn sie am Morgen im geheizten Büro, nach Tabak und Kölnischwasser riechend, mit der Spitze ihrer siegelringgeschmückten Finger in der fälligen Akte herumstochern und keine Lust mehr haben, Maßnahmen zu treffen. Wie wenn jemand zum ersten Mal wirklich, mit allen persönlichen Konsequenzen, das Wort »Stoffwechsel« hört.

Die Stadt war vornehm und schien im Vorzimmer des Todes zu kauern. Es gibt eine Zeit im Leben von Städten, ein paar Minuten oder Jahrzehnte, in denen sie in Sachbüchern noch im Zusammenhang mit ihrer »blühenden Industrie« erwähnt werden, in denen ihr »lebhafter Zementhandel« gelobt wird, aber die Bewohner, wortlos und schuldbewusst, schon wissen, dass die Straße, über deren Pflaster sie jeden Morgen beim lebhaften Zementhandeln gehen, in den internationalen Reisebüchern binnen kurzer Zeit schon ein »romantisches, malerisches Gässchen« sein wird, die Kirche, in der sie am Morgen noch ihre lebendigen Sünden gebeichtet haben, in einiger Zeit eine Prüfungsaufgabe für beginnende und störrische Kunsthistoriker, und dass das Leben, das sie in dieser Stadt noch mit Händen und Füßen führten, schon ein wenig historisch ist – in dem blassen, gespenstischen Sinn, wie ein General dreißig Jahre nach einer verlorenen Schlacht noch immer ein historisches Leben lebt, nun in Zivilkleidung, wie er jeden Morgen auf der Promenade saures Wasser trinkt und so tut, als bemerke er gar nicht, dass die neuen, jüngeren Polizisten ihn nicht mehr grüßen. So war in der Stadt in den vergangenen Jahren etwas gestorben. Sie war noch hier, die Stadt, in voller Bereitschaft, mit Türmen und einem ebenerdigen öffentlichen Haus, einer Bibliothek, einem Schlachthaus, mit Tratsch und mit Grabstätten; aber ein wenig war sie schon Kunstdenkmal mit Fremdenführern und Volkskunst. Péter reichte Tamás das Fernglas.

»Irgendwann war sie der Mittelpunkt der Welt«, sagte er. »Was ist aus ihr geworden?«

Tamás dachte nach.

»Ein Eisenbahnknotenpunkt.«

Gegenüber der Kathedrale, wo vor dreihundert Jahren ein frommer König begraben worden war und wo sich Péter einmal im Winter beim Ministrieren erkältet und einen Blasenkatarrh bekommen hatte, hatten die Neubürger ein Kaufhaus aus Glas errichtet. In diesem Glashaus wurden nach dem Gefühl sämtlicher Garrens und der Mehrheit der Alteingesessenen billige, aber verdächtige Gegenstände verkauft: Überschuhe, Puder für Kinder, fremdsprachige, bebilderte Druckwerke mit historischen Inhalten, Turngeräte, Detektivromane und Verhütungsmittel. Die dreistöckige Glasdose stand mit der anmaßenden Sicherheit eines Eroberers zwischen den Häusern mit den Spitzdächern, vollgestopft mit Requisiten einer verdächtigen Kultur, gleichsam mit Rum, Federn und Glasperlen. Jedes Mal, wenn Péter an diesem Haus vorbeiging, wandte er den Kopf ab.

Die Engel über dem Eingang der Kathedrale hatten Handwerker gehauen, und sie lächelten, weil der alte Meister auch etwas von seiner Seele und seinem Glauben in den gelben Stein hineingehauen hatte. Auch die Garrens hatten an diesen Statuen gearbeitet, an dieser Kirche, vor dreihundert Jahren. Alle alten Familien hatten irgendwann an dieser Kirche gearbeitet: mit dem Meißel oder mit Handarbeiten, oder sie hatten Geld dazugegeben, oder sie hatten sie die hundertzehn Jahre lang, in denen sie gebaut wurde, jeden Tag angesehen oder in ihre Gebete den Wunsch aufgenommen, sie möge fertiggebaut werden, ihr Turm möge hoch und schwungvoll sein und ihrer würdig wie der menschliche Wille, der sie errichtete: und mit solchem Schwung suchte sie sich einen Weg und eine Richtung zwischen der Erde und Gott. Gegenüber dieser Kirche hatten die Fremden das Kaufhaus mit dem Flachdach gebaut, aus Zement und aus Glas. Jedes Mal, wenn Tamás an dem Glashaus vorbeiging, ballte er die Hände zu Fäusten. Die Fremden hatten auch in den Außenbezirken Häuser gebaut, zwischen dem Friedhof und der Besserungsanstalt, kleine, weiße Häusergruppen, und hier lebten sie, schliefen auf schmalen Diwanen, in Zimmern, die durstig, mit riesigen Fenstermäulern, die Sonnenstrahlen verschlangen, und in denen Wasser, warme und kalte Luft und Licht aus den Wänden flossen sowie allerlei andere Annehmlichkeiten, aus modernen Tanks; und auf den Diwanen träumten sie fremde Träume in den weißen Häusern mit den großen Fenstern, und sie analysierten die Träume auch, nach modernen Methoden, den Zwangsvorstellungen fremder Wortspiele gehorchend. Diese Häusergruppen hatten sie außerhalb der Stadt gebaut. Péter betrachtete jetzt durch Krisztinas Fernglas den Gebäudeblock der Besserungsanstalt. Einmal war er dort gewesen, vor sehr langer Zeit, er hatte jemanden gesucht, sie waren mehrere, und jetzt fiel ihm ein, dass auch Ábel, der Zauberer, sie auf diesem Weg begleitet hatte und noch andere – ihm kamen Gesichter in den Sinn, die jetzt von Masken bedeckt zu sein schienen. Die Bewohner der Anstalt, die Jungen, hatten eine Art netten und verschämten Sträflingsanzug getragen – nicht gerade solch einen mit Streifen, aber sie trugen alle gleiche, dunkelblaue Uniformjacken, die Fenster der Schlafräume und Arbeitssäle waren vergittert, am Tor stand eine Wache mit Degen und Gewehr. Auch Nonnen waren auf den Gartenwegen umhergegangen, mit gestärkten Hauben und dem Rosenkranz an der Hüfte, und das Ganze blieb für Péter so erstaunlich, als wäre er in einem verrückten Wildgarten gewesen, wo man hinter einem Zaun edles junges Wild gefangen hielt. Dieser Besuch hatte in ihm eine Traurigkeit zurückgelassen, die später auch Karnak und Emmánuel nicht vertreiben konnten. Jetzt sah er den Gebäudeblock wieder. Ihm war, als würden dort kleine, begabte, aufstrebende Mörder, Miniaturbösewichte, festgehalten. Er hatte das Gefühl, dass sie ihn immer noch etwas angingen, nur, weil er irgendwann eine komplizenhafte Beziehung zu dieser anderen, winzigen, kriecherisch planenden Menschheit hatte – als hätten sie damals, vor vielen Jahren, mit Zeichen und Geheimschrift einen Bund geschlossen und etwas besprochen, was Péter dann nicht eingehalten hatte. Als hätte er sie ein wenig verraten.

»Ábel geht noch zu ihnen«, flüsterte Tamás.

Der Wind ließ ihre Haare wehen. Vom Meer her fiel Licht auf die Stadt. Da war die Besserungsanstalt, und von ihrem Tor führte eine mit Sträuchern und Pappeln gesäumte Straße in die Stadt. Im ersten Haus, neben dem Zoll, wohnte der blinde Militärarzt, der einmal auf der Straße Péters Kopf in die Hände genommen hatte, mit den Fingern das Gesicht, die Nase und die Augen des Kindes befühlt und schließlich zufrieden und heiser gesagt hatte: »Du bist ein Garren. Ich fühle es.« Und mit den Daumen hatte er sanft Péters Kiefer und Augenbrauen gedrückt. Gegenüber dem Militärarzt wohnte der englische Gärtner, der auch im Krieg hiergeblieben war. Niemand hatte ihm etwas getan, er ging frei in seinem Garten und in der Stadt umher, und von Zeit zu Zeit reiste er in die Hauptstadt und randalierte auf Englisch auf der Pferderennbahn, weil man die Pferde manchmal anders platzierte, als er es gern gehabt hätte. Aber als die Fremden kamen, weinte dieser Gärtner und beschimpfte die Eroberer auf Englisch, hängte die alte Fahne aus seinem Fenster und die englische Fahne dazu, aber niemand wagte es, ihm etwas anzutun. Neben der Wohnung des Gärtners wohnte die Friseurgehilfin, die ein möbliertes Zimmer an durchreisende Schauspielerinnen vermietete. Die Fenster des Zimmers im Erdgeschoss gingen auf die Straße, und im Winter kräuselten die Schauspielerinnen in der Dämmerung, beim Licht einer Petroleumlampe, vor dem grünlichen, blasigen Spiegel in dem Zimmer ihr Haar und probierten auf dem gelblichen Zeitungspapier des Lokalblatts das heiße Brenneisen aus; in dem halb dunklen Gewölbezimmer hingen allerlei Unterröcke, farbige Unterhosen und Wollhosen, denn im Theater zog es, und die Schauspielerinnen erkälteten sich schon Anfang Oktober leicht beim Cancan. In diesem Zimmer war Péter zweimal gewesen – zuerst im Alter von vierzehn Jahren, als er einem dünnen, schwarzen Mädchen, das in der Hauptrolle des *Trilby* aufgetreten war, Blumen und einen Brief geschickt hatte. Die Schauspielerin hatte Péters Brief höflich beantwortet und ihn zum Tee eingeladen. Über diesen Besuch wurde damals in der Stadt viel geredet. Auch der Bischof wusste davon. Das Mädchen war die Geliebte eines Maklers, und Péter hatte sich für diesen Anlass Großvater Mátyás' dunkelblaue Fliege mit den weißen Punkten umgebunden. Als er blass und feierlich im Zimmer erschien, herrschte dort eine verdächtige Ordnung; auf dem Waschtisch standen in einem gesprungenen Krug Péters Blumen, und sie achteten beide auf die Manieren. Tee bekam der Besucher nicht, nur Apfelwein. Sie saßen auf dem Diwan, dem Fenster gegenüber, und die Schauspielerin trug ein schwarzes Kleid mit hochgeschlossenem Kragen und hatte sich an diesem Nachmittag die schwarzen Locken besonders sorgfältig gebrannt und in die Stirn gekämmt.

»Für mich sind Sie Ernestine«, sagte Péter.

Auch er war für diesen Anlass schwarz gekleidet, er trug einen Anzug und geknöpfte Halbschuhe. Der Vater wartete vor dem Rathaus auf ihn. Er war ernst und ergriffen.

»Wie war es?«, fragte er und nahm Péter an die Hand. So gingen sie nach Hause, durch kühle Straßen, und viele standen hinter den Fenstern und wussten, dass Gábor Garren jetzt seinen ältesten Sohn, den vierzehnjährigen Péter, nach Hause begleitete, der heute Nachmittag zum ersten Mal in seinem Leben bei einer Schauspielerin zu Besuch gewesen war. In der Zeitung des Bischofs gedachte der Redakteur zwischen den Zeilen des Stimmungsartikels, der den persönlichen Nachrichten voranging, mit verhüllten Worten dieses gesellschaftlichen Ereignisses.

»Ich weiß nicht, Vater«, sagte Péter. »Es war so anders. Ich habe gesagt, dass sie Ernestine ist für mich. Aber sie wusste nichts von einer Ernestine. Sie hat auf ihre Schuhe gesehen und gesagt, sie sei Erzsike, einfach Erzsike. Nur ihr Künstlername sei Kamilla. Dann haben wir nur gesessen und geschwiegen. Es war sehr warm im Zimmer, und es hat so sonderbar nach Fett gestunken. Dieses Band hat sie mir zur Erinnerung gegeben.«

Sie blieben unter einer Gaslampe stehen. Im schwachen, flackernden Licht besah sich Gábor Garren sachverständig das schmale, nicht ganz saubere hellblaue Band. Er roch daran und sagte leise:

»Ein Miederband.«

Dann nahm er Péter wieder an die Hand und ging mit ihm nach Hause. Er war etwas unzufrieden. Am Tor sagte er leise:

»Sag Erzsébet nichts. Und geh vor allem nicht zu dieser Frau zurück. Ich werde ihr nach dem Schlachten Wurst und etwas Geld schicken lassen.«

Das Haus stand noch, aber die Friseurgehilfin hatte alle Kontakte mit dem Theater aufgegeben und ging in den letzten Jahren zu den Fremden, um sie zu massieren. In dem Zimmer wohnte jetzt ein länger dienender Wachtmeister. Péter suchte das Zimmer auf, und der Wachtmeister gestattete ihm, für einige Minuten allein unter dem Gewölbe zu bleiben und zu schnuppern. »Ich verstehe, ein Souvenir«, sagte er grinsend. Von dem Petroleumgeruch war etwas geblieben, aber der alte, starke Pomadenduft war verflogen. Der Wachtmeister rieb sich die Beine mit Franzbranntwein ein, dieser grobe Geruch durchdrang alles. Ja, auch das Zimmer hatte sich von seinem Ort »verschoben«. Und jetzt, da sie mit Krisztinas Fernglas die alten, festen Punkte suchten, auf denen sie die alte Stadt hätten aufbauen können, mit ihren Türmen und ihrem Lächeln, mit ihren Gerüchen und ihrem Schneefall, stellten sie erschrocken fest, dass mit der Stadt körperlich, materiell etwas geschehen war. Wie wenn sich in einer Druckerei durch einen Unfall die Platten verschieben und der Maschinist die dreifarbigen Blätter der Beilage um jeweils einen Millimeter versetzt auflegt, sodass die Farben einander nicht ganz genau überdecken und die Nase des Helden ein wenig grün und der Busen der Heldin leicht hellblau wird: So deckten sich die Platten der alten Zeichnung der Stadt nicht mehr.

»Sie ist verschoben«, sagte Péter mit der nervösen Verzweiflung des Kunstkenners und reichte Tamás mit einer hilflosen Bewegung das Fernglas. Tamás, etwas wichtigtuerisch wie immer, wenn er mit Péter allein war und nicht den Goldgräber und versierten, auch im Ausland angesehenen Herrn spielen musste, erwiderte: »Ja, sie scheint sich ein bisschen verschoben zu haben!« Sie standen im Wind, rochen das Meer, blinzelten und rauchten sorgenvoll.

Aber zugleich war die Stadt auch erwachsen geworden. Sie hatte etwas Kummervolles und Gleichgültiges an sich wie die Erwachsenen, die die Wahrheit schon kennen. Als hätte sie ein Schicksal auf sich genommen, als würde sie ihre Erinnerungen nur noch in seltenen Augenblicken hegen und hätte sich damit abgefunden, dass man sich in der neuen Zeit anders kleiden muss, dass die Häuser flache Dächer haben und sich auch die Großmütter schminken und tanzen gehen. Die alte Stadt versteckte sich in der Krypta, wo die Knochen des kämpferischen Königs und ein oder zwei rostige, zeitgenössische Hellebarden aufbewahrt wurden, und sie versteckte sich in den polierten Schränken mit den Flügeltüren, die mit der schamvollen Zurückgezogenheit gekränkter Gegenstände in den alten Häusern wohnten und allerlei verbargen: Pulswärmer, fünfzig Jahre alt und älter, gehäkelte Unterwäsche, die Briefe der Toten, Banknoten, die ihren Wert längst verloren hatten, alte Wandanschläge, die die Bevölkerung vor dreißig Jahren sachkundig auf die Hundesperre, die Gefahr der Milzseuche oder den Geburtstag des Königs aufmerksam machen sollten und jetzt, da drei Jahrzehnte den Inhalt aus den Buchstaben gesaugt hatten, genauso wichtig und wertvoll waren wie die alten Pergamente im Museum, die den alteingesessenen Stadtbewohnern Freiheitsansprüche sowie mit Blut und Geld erkaufte städtische und bürgerliche Vorrechte gesichert hatten, die ihnen inzwischen abhandengekommen waren.

Auch in den Schränken hatte sich etwas von der Stelle bewegt. Kaum zu bemerken. Manchmal nur für einen oder zwei Millimeter.

»Hunderttausend Teufel«, sagte Tamás und schlug seine Pfeife am Galgen aus. »Was ist hier geschehen?«

»Ein Erdbeben«, sagte Péter.

Und als hätten sie erst jetzt endlich verstanden, beugten sie sich über die Landschaft. Das Erdbeben, das die Stadt zerstört hatte, musste ein sehr feines Beben gewesen sein: Die Bewohner waren nicht aus den Betten gesprungen, die Schränke nicht umgefallen, die Feuerwehrleute waren nicht auf ihren Leiterwagen zur Rettung der Frauen und Kinder herbeigeeilt. Es musste ein so leichtes Erdbeben gewesen sein, dass die öffentlichen Meldeeinrichtungen es vielleicht nicht einmal bemerkt hatten. Vielleicht hatten es nur die Sekundenzeiger der Uhren und die Stammhirnnerven der Alteingesessenen wahrgenommen. Und die Gegenstände in den Schubladen. Und die Nerven, die das

Lächeln der Augen regelten. Denn die Stadt und alles, was sich darin angesammelt hatte, Menschen und Gegenstände, Fleisch und Stein, hatte sich etwas von seinem Platz bewegt. Jetzt sahen sie es: Durch das Fernglas, ganz besonders durch Krisztinas Fernglas, konnte man es hervorragend sehen. Etwas war geschehen in der Welt, und die Stadt reagierte auf ihre Weise auf diese Veränderung. Tamás tippelte ungeduldig auf der Stelle und fluchte halblaut. Zögernd und hilflos standen sie in dem ruhelosen Windstrom.

»Kann man das noch in Ordnung bringen?«, fragte er ratlos.

Péter lächelte. »Ich weiß nicht«, sagte er müde. »Es liegt nicht an uns. Die Fremden haben es gemacht.«

Tamás ließ einen Pfiff hören. Drohend schwang er die Reitpeitsche und sagte entschlossen:

»Man muss mit den Fremden reden.«

Die Fremden

Die Fremden waren gegen fünf Uhr am Morgen gekommen. Die Stadt schlief noch. In der Nacht war der erste Schnee gefallen. Und als hätten sich die Pässe und Pfade der verschneiten Berge gegen die Fremden verschworen, waren die Hilfstruppen, die zur Unterstützung der Eroberer über die Berge herbeieilen sollten, auf den überfrorenen, glatten Wegen stecken geblieben; wochenlang saß der »Nachschub« in den Höhlen des Waldes fest, und der Großteil der Truppen ließ sich erst gegen Ende des Frühlings zwischen den Felsen herab, als die Schneeschmelze einsetzte. Der Wald tat seine Pflicht und schützte die Stadt, solange es möglich war. Die Wölfe fraßen in diesem Winter mehrere Fremde. Das Eis baute Basteien um die Stadt herum, die jedoch eines Tages schmolzen. Die Fremden kletterten aus ihren Eiskellern; mit roten Nasen und blauen Händen kamen sie ihren in Bedrängnis geratenen Kameraden zu Hilfe, tranken den ganzen Tag Tee mit Rum, wärmten sich, mordeten und organisierten die Verwaltung.

Die erste Besatzungsmannschaft kam übers Meer. »Das Meer ist international«, sagte Gábor Garren auf einer geheimen Sitzung halblaut und erregt, »ihm ist es egal. Es hat die Fremden hergebracht und ans Ufer gelassen.« Es waren nicht viele. In den ersten Tagen mochten es etwa zweihundert gewesen sein. Sie kamen in nagelneuen Uniformen; alles an ihnen war voller Riemen und Leder, als hätten sie sich die Uniformen extra anfertigen lassen. Die Offiziere trugen flache Mützen und Lederriemen und hohe Schnürstiefel. Sie waren wie westliche Offiziere, wie die Soldaten der großen Zivilisationen in den illustrierten Wochenblättern von Paris und London. Aber nur ihre Kleidung war so westlich. Im öffentlichen Haus, das sie in der ersten Nacht nach ihrer Ankunft aufsuchten, bemerkten die Mädchen sofort, dass einige der Offiziere in ihren hohen Schnürstiefeln Fußlappen statt Strümpfe trugen. Ein dicker, bärtiger Oberleutnant hatte seine Füße mit Zeitungspapier umwickelt, er sagte, das sei im Winter wärmer als Fußlappen. Diese Nachrichten verbreiteten sich rasch, einerseits durch das Gerede der Mädchen, andererseits durch andere, rätselhaftere Informationen, und steigerten das allgemeine Entsetzen.

Die Stadt schlief tief, als die ersten Fremden auf dem Hügel ankamen, wo der Galgen stand. Am Abend zuvor hatte in der Stadt ein Ball stattgefunden, ein schriller und kühner Ball, der Wohlfahrtsausschuss hatte ihn veranstaltet. An diesem Morgen war noch ein kleiner Nachballgeruch in der Stadt geblieben: der Geruch nach Moschus, Kölnischwasser, Pomade, durchgeschwitzten Frackhemden, ausgeschüttetem und sauer gewordenem Sekt und der kalte, sinnliche Geruch vom Rauch der Kolonialzigarren. In den ausgekühlten Zimmern, hinter den heruntergelassenen Rollos, schliefen die jungen Mädchen, die Hände zur Faust geballt, mit struppigem Haar, die verschwitzten, jungen Körper in der schwülen Wärme der Federbetten begraben. Ihre Beine tanzten unter dem Federbett noch mit selbstvergessenen, leichten Schritten, und sie lächelten schmachtend in der Verzückung des Traums. Auf dem Stuhl vor dem Bett lagen Strümpfe, zerknüllte Schlüpfer, zerrissene Büstenhalter, beschmutzte Seidenkleider und durchgetanzte kleine Seidenschuhe. Alle vornehmeren Männer und Frauen schliefen zu dieser Stunde. Nur die Armen waren wach. Eine Schar Frauen ging in der frühen Morgendämmerung los, um im Stadtwald Holz zu stehlen. Diese armen Frauen trafen als Erste auf die Fremden. Sie wurden sofort umzingelt, die Offiziere fluchten, fuchtelten mit den Schwertern und schrien herum. Aber die Frauen verstanden ihre Worte nicht. Die Fremden hielten vor dem Kaffeehaus an, stellten sich zu einer kämpferischen Formation auf und richteten eine Maschinenpistole auf das Theater. Dann gingen die Offiziere ins Kaffeehaus und verlangten in gebrochener Rede Frühstück, Kaffee mit Sahne und zwei Eier im Glas.

Die alte Statthalterschaft hatte die Stadt schon Tage vorher verlassen; die Sachverständigen hatten diesen Punkt der Provinz für nicht verteidigungsfähig erklärt. In der Umgebung kursierten Schreckensnachrichten. Manche glaubten zu wissen, dass eine Besetzung unumgänglich sei, dass die Fremden mit einem Orchester kommen und mit Messinghörnern falsch-fremde Melodien blasen würden, dass sie grob sein würden, von niemandem zu verstehen, und dass sie alles äßen, weil sie von Norden kamen und schon seit Jahren Hunger litten. Die Bevölkerung der Provinz bangte verstört und benommen. Die Fischer meldeten, dass die Reste der Flotte aus dem Hafen abgezogen worden waren und sogleich ein fremdes U-Boot erschienen sei, aus dem Wasser aufgetaucht wie ein hungriges Seeungeheuer, dass es nun in der Bucht herumschwamm und mit seinen spitzen Antennen die Umgebung beobachtete. Zu diesem U-Boot gesellten sich einige Tage später zwei Truppentransportschiffe, auf denen die ersten Fremden kamen. Aber sie gingen noch lange nicht an Land, sie schienen auf eine Erlaubnis zu warten.

In der Stadt glaubte die Mehrheit der Bürgerschaft den Nachrichten nicht. »Was haben die Fremden hier zu suchen?«, fragten sie. »Wir gehen sie nichts an.« Und: »Wenn sie kommen, werden sie sich auch wieder davonmachen.« Der Krieg hatte die Stadt verschont, aber jenseits des Berges waren manchmal die Vorposten der Feinde aufgetaucht, waren eine Weile durch die Dörfer der Umgebung gestreift, hatten gestohlen und die Frauen erschreckt und sich dann davongemacht, wie sie gekommen waren. Die Stadt lag außerhalb der Gefahrenfelder der Weltgeschichte. In den vergangenen achthundert Jahren hatte kein Feind ihr Gebiet betreten.

Der Ball war die Idee von Gábor Garren gewesen. In

jenem Winter hatten sie noch keinen einzigen Ball veranstaltet. Als die Fischer die erste Nachricht brachten, ließ Gábor Garren den Wohltätigkeitsausschuss zusammenrufen, dessen Vorsitzender er war. In einer kurzen, formvollendeten Rede erklärte er, es bestehe akute Gefahr, die Großmächte hätten die Stadt allen Anzeichen nach – entgegen den Vereinbarungen – ihrem Schicksal überlassen, die ersten Schiffe der Feinde ankerten im nahen Hafen, man müsse etwas tun. Die Verwirrung der Bürger wirkte erbärmlich auf ihn. Blass und weißhaarig stand er auf dem Podium, im schwarzen Anzug und mit gefalteten Händen, genau unter dem silberknöpfigen Porträt von Mátyás Garren. Die Bürger erwarteten vielleicht von Gábor Garren, dass er sie zu bewaffneter Verteidigung aufriefe, dass sie ihre Arbeitsplätze verlassen müssten, die Praxen mit den Röntgengeräten und Quarzlampen, die Anwaltskanzleien mit den Schreibmaschinen und Grundbuchauszügen, die warme Bäckerei, wo sie in vertrautem und gärigem Teiggeruch gesessen hatten und reich geworden waren. Gábor Garren betrachtete seine Mitbürger voller Mitleid. Und als wüsste er, dass man mit Waffen nichts mehr bewirken konnte, hob er die weiße Hand und bat um Ruhe. In der ersten Reihe, etwas separat, saß Bischof János. Er saß ganz allein, der Bürgermeister und zwei Ratsherren hatten ihre Lehnstühle ehrfürchtig aus seiner Nähe weiter nach hinten gezogen. Der Bischof trug einen violetten Talar, auf dem Kopf die kleine Seidenkappe, die Arme verschränkt, den gebrechlichen Oberkörper leicht vorgebeugt, den Kopf zur Seite geneigt, als träumte und hörte er nur. Um den Ratssaal herum brauste der Wind. Die Wächter standen mit ihren Hellebarden vor den Saaltüren und wiesen neugierige Passanten ab. »Wir wollen einen Ball veranstalten!«, sagte Gábor Garren in die andächtige Stille. »In diesem Jahr gab es bei uns noch keinen Ball. Die jungen Mädchen werden erwachsen, und es vergeht ein Jahr ohne Ball. Das wäre schade!«, sagte er streng und ruhig. Alle begannen, miteinander zu flüstern. Dann sahen sie dem Bischof forschend ins Gesicht. Seine blassen, cremefarbenen Züge zeigten keine Regung. Mit klugem und beobachtendem Blick sah der Bischof Gábor Garren an, dann wandte er langsam den Kopf ab und blickte an die Decke. Da verstanden sie, dass der Bischof ihr Schicksal, das Schicksal der Bewohner dieser Stadt, das Schicksal aller Menschen, Gott übergeben hatte. Beinahe gleichgültig saß er zwischen ihnen. »Der Ball!«, sagten sie. »Ein großer, echter Ball! Wie es ihn im Krieg noch nicht gegeben hat! Wann soll er stattfinden? Dummheit! Die Schiffe sind in der Bucht vor Anker gegangen! Sie rauben unsere Sparbücher! Was wird aus unseren Kindern? Der Ball, der Ball!« Dieses Wort echote aus dem Stimmengewirr heraus, immer trotziger, wie eine Melodie. Sie begriffen, dass man jetzt tanzen musste. »Er ist eben doch ein Künstler!«, sagte wieder jemand. Und wirklich, in diesem Augenblick verstanden sie, dass die Anwälte, Ärzte, Soldaten, der Bürgermeister, die Räte, ja selbst der Bischof nichts mehr für sie tun konnten. Nur der Künstler konnte noch etwas für die Stadt tun. Gábor Garren stand aufrecht und ernst da und sah seine Mitbürger aufmerksam an. Sie verstanden, dass etwas verloren war, dass man jetzt tanzen musste, gleichsam religiös. Der Bischof stand auf, breitete plötzlich die Arme aus und segnete die Versammlung. Die Wachen mit den Hellebarden vor der sich öffnenden Tür erstarrten zu Pfählen. Eilig ging er die breiten Treppen hinunter und stieg allein in seine Chaise. Niemand begleitete ihn.

Als sie allein geblieben waren, wurden eilends Unterkommissionen gebildet und die Einzelheiten des Balls besprochen. Die Luft knisterte vor Betriebsamkeit. Sie waren so traurig gewesen, aber jetzt durfte getanzt werden! Sie umringten Gábor Garren, strichen ihm über die Schultern und drückten ihm die Hand. Ein Anwalt, ein gewisser Tokár, lief in die Druckerei und bestellte Plakate für den Ball. Sie verstanden, dass man zusammenhalten musste und auf irgendeine Weise ein Zeichen geben, vielleicht den fremden Mächten, vielleicht dem Universum: dass sie lebten und dass ihnen Gefahr drohte, ihren Bräuchen, ihren Erinnerungen, allem, was ihnen lieb und wert war. Drei Orchester nahmen sie zu diesem Zweck unter Vertrag. Die Frauen verstanden sofort, dass gekämpft werden musste, und bestellten die Schneiderinnen zu sich. Auf der Versammlung diskutierten die Männer noch eine Weile: Es war die Idee aufgekommen, dass es vielleicht doch klüger wäre, bewaffneten Widerstand zu leisten und, wenn es nicht anders ging, vor den Toren der Stadt zu fallen. Gábor Garren machte den Redner darauf aufmerksam, dass die Stadt schon lange – seit der Mitte des siebzehnten Jahrhunderts – keine Tore mehr hatte. Die Idee des bewaffneten Widerstands wurde verworfen. Als die Garnison aus der Stadt abgezogen war, hatten die Bürger begonnen, heimlich ihre Jagdwaffen zu fetten und sich hinter verschlossenen Türen vorzubereiten. Gábor Garren gab ihnen jetzt zu verstehen, dass sich mit der Waffe nichts regeln ließ. Er bot an, auf dem Ball persönlich die Française zu leiten. Als hätte er gesagt: »Ich werde persönlich das Freikorps auf die Barrikaden führen.« Er stand in der Mitte des Saals wie Andreas Hofer. Die anderen standen um ihn herum, in den Augen glitzerten die Tränen. Sie spürten, dass der Augenblick gekommen war, in dem Gábor Garren für die Stadt eintrat und nach seiner eigenen Art – der Art eines Künstlers, der auch ein wenig Priester und Schamane ist! – tat, was er tun konnte. Deshalb hatte er den Ball vorgeschlagen. Deshalb würde er persönlich die Française kommandieren. Irgendwie musste man protestieren. Die Einfältigen verstanden von dem Vorschlag nur, dass es ein Problem gab, dass der Feind vor ihren – leider nicht existierenden – Toren stand, und dass der Ball die Aufmerksamkeit der Bevölkerung von der drohenden Gefahr ablenken und die erregten Gemüter beruhigen sollte. Kalb, der Pfandleiher, und Tokár, der aufgeregte Anwalt, verstanden nur so viel. Aber der Bischof ahnte den wirklichen Sinn des Balls, und als wahrer Diplomat, der seit Jahrzehnten unermüdlich und ziemlich ergebnislos zwischen Gott und den Menschen vermittelte, verließ er die Versammlung, drückte gleichsam ein Auge zu, als wolle er das göttliche Gesetz nicht verletzen, stimmte aber der hinfälligen, irdischen Verteidigung stillschweigend zu und wandte sich von den menschlichen Lösungen ab.

Der letzte Wagen rasselte gegen vier Uhr am Morgen durch die Gassen. Einige erhitzte junge Männer begleiteten Gábor Garren im Schneefall nach Hause. Hinter den Fenstern brannten noch die Lampen, die Frauen saßen auf der Bettkante und zogen sich aus, mit verträumten, matten Augen, etwas zögernd, flüsternd und erfüllt von dem heiser-sinnlichen Ausklang des Erlebnisses erörterten sie die Ereignisse des Balls. Schon in den Anfangsstunden der Feierlichkeit hatte sich gezeigt, dass es einen solchen Ball in der Stadt noch nie gegeben hatte. Die Frauen und jungen Mädchen waren beinahe unvorbereitet auf den improvisierten Ball gestürmt, in den kurzfristig eingerichteten Ballsaal, wie die jungen Bürgerwehren beim ersten Alarm auf die Barrikaden; die Friseurinnen verrissen die Frisuren, die Näherinnen hatten am Nachmittag nur die allernotwendigsten Rüschen an die jahrealten Ballkleider nähen können. Gábor Garrens Plakate, auf denen er den Zeitpunkt und Ort des Balls bekannt gab, hatten die Stadt überrascht. Als wäre plötzlich ein Feuer verkündet worden oder ein Belagerungszustand. Am Nachmittag wurde schon in allen Häusern genäht, und zwischen Fetzen und Spitzen, Brenneisen und Masseusen bereiteten sie sich auf den Ball vor, kreischend und seufzend, mit der unverschämten Kopflosigkeit, mit der man sich auf die ernsten Abenteuer des Lebens vorbereitet. Die Männer kamen an diesem Nachmittag früher nach Hause, und während die Frauen die Wohnungen mit dem kreischenden Gewirr der Ballvorbereitung füllten, kramten sie allein in ihren Zimmern herum, ordneten Akten, traten im dunkel werdenden Zimmer ans Fenster und sahen in den Schneefall hinaus, seufzten, dann begannen sie finster und seufzend, sich ebenfalls anzukleiden wie altmodische Verschwörer vor einem geheimen Treffen, und legten schwerfällig ihre zu eng gewordenen Fräcke an. Vom Hafen her waren in der klaren, kalten Luft Gewehrschüsse zu hören, auf den Schiffen wurde exerziert. Und Gábor Garren kleidete die Bürgerschaft in Kostüme, als wüsste er, dass gefährdete menschliche Gemeinschaften die Augenblicke der Krise nur im Kostüm irgendwie ertragen können. Als sie angekleidet und gekämmt, pomadisiert und mit ausgeschnittenen Kleidern, die Büste mit Safran geweißt, in frisch gebügelten Röcken, in glänzenden, zu eng gewordenen Fräcken, mit altem Schmuck in den Ohren und an den Armen, befangen und mit glänzenden Augen den Ballsaal betraten, als das Orchester einen Tusch spielte und dann die vertraute Melodie des ersten Walzers zu wogen begann: Da verstanden sie, dass sie jetzt kämpften, auf die einzig mögliche Weise, mit kompliziertem Heldentum, in ihren schönsten Kleidern, mit ihrem feinsten Lächeln und den elegantesten Bewegungen. Sie kämpften mit etwas Höherrangigem gegen das Niedere, Grobe und Gefährliche, das in ihrer Nähe lauerte und auf ihr Verderben aus war. Sie verstanden, dass die Musik, die Gábor Garren für diese letzte Nacht gegen das Gewehrknattern bestellt hatte, die Musik, dieser süße und reine Walzer, mit dem das leise Quietschen der tappenden Lackschuhe und das Knistern der Seidenröcke verschmolzen, und dieses leichte kleine Lächeln, die blitzartigen Aufschreie und hingeseufzten Halbworte, die die vertraute und erhabene Stimmung des Balls den keuchenden Busen und den rasierten, hier und dort warzigen Hälsen entlockte – dass all das Protest war, ein wenig Gaunersprache und ein wenig Hilfeschrei, die Fächer waren gleichsam Bajonette und Bombenwerfer, und wenn sie sich voreinander verneigten, sich im Geist einer jahrhundertealten Praxis in die Augen sahen, lächelten und die angebotenen Arme annahmen, war dies alles Verteidigung, die einzig mögliche Verteidigung. Sie verstanden, dass die Stadt in dieser Nacht allein auf der Welt war. Irgendwo wurde noch in ihrem Interesse telegrafiert, ein Botschaftssekretär hielt das Telegramm mit zwei Fingern gegen die Lampe, faltete es kopfschüttelnd zusammen, dann legte er es in eine Ledertasche zu den übrigen. Heute Nacht hatte der Botschaftssekretär keine Zeit mehr, und morgen würde es zu spät sein. Und wie im letzten Augenblick jeder immer mit seinem Schicksal allein bleibt – die Schwerkranken, wenn es nicht mehr lohnt, einen Arzt zu holen, weil es völlig egal ist, ob der Arzt noch eine Spritze gibt oder das Fenster öffnet oder einige lateinische Worte sagt, und die Familien, wenn sie spüren, dass Vergangenheit und Zusammenhalt vergeblich sind angesichts des Augenblicks, in dem die Familie sich auflöst und die vornehmen Verwandten nichts mehr für sie tun können, und wie Völker manchmal spüren, dass sie sich ganz nutzlos mit Freunden und Gegnern verbündet haben, dass die Verträge in den kritischen Sekunden nichts mehr gelten und anstelle der Abmachungen und Vereinbarungen etwas ganz anderes beginnt: die Wirklichkeit, die man ertragen muss –, so spürte die Stadt, dass sie in dieser Nacht gegen das Drohende, das Niedere nichts anderes tun konnte als das, was Gábor Garren vorgeschlagen hatte, dass sie sich nicht anders schützen konnte als dadurch, dass sie sich die etwas zerknitterten Kostüme der städtischen Kultur anzog, die feine und vertraute Musik spielen ließ und tanzte, sich in der vornehmen Komplizenschaft eines alten Gemeinschaftstanzes verflocht, in diesem Augenblick wirklich gegen den Tod, in Frack und Seidenrock, im Dreivierteltakt! Jetzt endlich begriffen sie, dass etwas Höherrangiges in ihnen war – vielleicht die Sprache, in der sie sprachen, zwischen dem Berg und dem Meer, oder die goldgeränderten Tassen daheim in den Wohnungen, in den Vitrinen, oder die Weise, wie sie einander auf der

Straße grüßten, in strenger Rangfolge und mit routiniertem Kopfnicken, oder die Bewegung, wie sie nach dem Abendessen im Licht der Stehlampe das Buch hielten, oder wie sie weinen mussten, wenn andere gut gelaunt und gleichgültig blieben, oder die Form der Häuser, in denen sie wohnten, die Gestalt der Birnenholzmöbel, oder was sie vor dem Einschlafen über ihre Vorfahren und über den Tratsch dachten, über verstorbene Könige und zu Staub zerfallene Heilige, über Weinlesen und Beerdigungen, oder vielleicht Gábor Garren selbst, den sie in der Stadt so glücklich ausgetragen und großgezogen hatten und der sie jetzt im Augenblick der Gefahr mit seinem künstlerischen Instinkt die einzig mögliche Form der Verteidigung gelehrt hatte. Sie verstanden, dass in ihnen etwas Höherrangiges war und dass sie sich nur damit gegen die Fremden schützen konnten. Deshalb tanzten sie. Am Anfang tanzten sie etwas düster. Auch später, als die heiße Emotion des Tanzes die Schamhaftigkeit der Glieder und die steife Feierlichkeit löste, als sie schon verzweifelt und hingerissen tanzten, wahrten sie noch immer die Form, besonders, wenn sie sich vor den Damen verbeugten oder wenn die Tänzer ihre Tänzerinnen zum Sofa zurückgeleiteten. Gegen Morgen tanzten sie bereits wortlos, mit zusammengebissenen Zähnen. So tanzten sie sich, mit vorgeschriebenen Bewegungen, aus dem alten Leben in das neue hinüber. Als der Ball sich auflöste, hüllten sie die durchgeschwitzten Damen im Treppenhaus in die Pelzmäntel, riefen einander im Durchzug heiser beim Namen, vor dem Tor fuhren Schlitten und Wagen unter Peitschenknallen mit den Ballgästen nach Hause, und im Saal blieb nichts als das müde Orchester, das bis zum letzten Augenblick gespielt hatte, wie es an Deck sinkender Schiffe üblich ist, und hier ein zertretener Blumenschmuck, dort ein verlorener weißer, langer Handschuh, und Gábor Garren und einige junge Männer in einer Ecke. In dieser Stunde waren die Fremden schon auf den verschneiten Straßen der Vorstadt unterwegs.

Gábor Garren verabschiedete sich am Tor von seinen Begleitern. Die jungen Männer waren ernst und drückten ihm lange die Hand. Einer von ihnen begann mit brennendem Blick zu sprechen, er stammelte eindringlich, dass es vielleicht doch besser sei zu sterben. Gábor Garren dachte nach. Er sah empor zum klaren, mit funkelnden Sternen gespickten Dezemberhimmel, sah hoch über die Dächer der Stadt hinaus, betrachtete die Sterne und dachte nach. Die jungen Männer versicherten leise, sie hätten nun schon getanzt, sich verneigt und alles getan, was Gábor Garren, dessen Ansehen und Instinkt sie diskussionslos anerkannten, für richtig gehalten habe, aber vielleicht sei es doch besser zu sterben oder nach Hause zu gehen, die Jagdmesser zu schleifen, Pech zu kochen und sich noch auf andere Weise gegen den Anschlag zu verteidigen; auf altertümliche Weise, wie sich die Vorfahren verteidigt hatten. Gábor Garren antwortete nicht. Er betrachtete lange die Sterne, dann sah er den jungen Männern in die Augen, drückte einzeln die ihm hingestreckten Hände, nahm seine Pelzmütze ab und ging mit unbedecktem Haupt ins Treppenhaus und die Treppe hinauf. Sebestyén und eine ältere Dienerin erwarteten ihn am Fuß der Treppe mit hochgehaltenen Handlaternen. Anna und Erzsébet waren schon früher heimgekehrt. Gábor Garren ging an den Räumen der Frauen vorbei, betrat wortlos sein Zimmer und wusch sich im eisigen Wasser Gesicht und Hände. Dann setzte er sich an seinen Schreibtisch, zog Schubladen auf und sortierte ihren Inhalt. In einem Schubfach fand er den Revolver des Großvaters, eine ungestalte Pistole, die man noch mit Pulver und Blei laden musste. Er sah sich diese Waffe lange mit einem geringschätzigen Lächeln an, dann legte er sie mit einer verächtlichen und beiläufigen Bewegung in die Schublade des Nachtschränkchens. Danach sah er Briefe durch, die Briefe der Jungen, Tamás' etwas schwülstige Briefe von Übersee, in denen er um Geld bat, und Péters Briefe aus Karnak, diese wortkargen, schamhaften Briefe, in denen er ständig etwas zu verschweigen schien und dem Vater beiläufig Geld schickte, »für wohltätige Zwecke«, wie er vornehm schrieb, mit etwas mutlosen Buchstaben – und es war, als errötete er beim Schreiben, als hätte er etwas Unschickliches gesagt, indem er diesen wohltätigen Zweck nicht genauer definierte. Péter hatte das starke Gefühl, dass ein lesebuchreifer, barbarischer Edelmut, zugleich aber auch eine übermenschliche Unschicklichkeit darin lag, dass ein Sohn dem Vater Geld schickte. Gábor Garren schob sich mit dem Zeigefinger die Brille auf die Stirn, hielt sich mit den feinen, langen Fingern Péters wohltätigen Brief vor die Augen, buchstabierte kurzsichtig die Zeilen und dachte nach. Dieser wohltätige Zweck, für den Péter in seinem Brief gespendet hatte, konnte natürlich nichts anderes sein als die Kunst – und deren tieferer Sinn und Inhalt war der Vater selbst. Gábor Garren wurde nicht rot. Das Werk musste mit gemeinsamer Kraft geschaffen werden. Jetzt, da die Jungen erwachsen waren und jeder von ihnen auf seine eigene Weise noch etwas am Werk glätten konnte, schien es ihm natürlich, dass Péter aus Karnak, wo er im Dienst des verdächtigen Emmánuel stand, zu den Kosten des Werks beitrug. Für das Werk musste man alles hingeben – auch Gábor Garren hatte alles gegeben, drei Frauen, die Kinder, die Notendruckerei, das Vermögen, den weltlichen Besitz. Er knöpfte den Kragen auf und strich sich das lange weiße Haar zurück. Albert schrieb auf liniertem Briefpapier davon, dass seine Vorgesetzten sich zufrieden über sein Voranschreiten geäußert hätten. Gábor Garren nickte und schob den Brief mit den Fingerspitzen weg. Das Werk kann nicht ganz vollkommen sein, dachte er, auch die Schlacke ist nötig, ein billigeres Material, das es bindet, das es gleichsam an der Welt festbindet. Ein solches Material in dem Werk war Albert. Und Edgár bat auf seine beiläufige Weise um eine Jagdwaffe, weil er in einem Kaffeehaus vornehme Männer kennengelernt und die feste Absicht hatte, in Zukunft zu jagen. »Nichts kann schöner sein als eine Morgendämmerung im Herbstwald. Ich möchte sechshundert«, schrieb er. Gábor Garren ordnete die Briefe. Dann blieb er vor dem Fenster stehen und sah in die Morgendämmerung hinaus.

Im Zimmer war es angenehm warm, weil die Öfen die ganze Nacht vom äußeren Flur aus geheizt wurden. Hinter den Fenstern der gegenüberliegenden Häuser erloschen nach und nach die Lampen. Er kannte jedes Gesicht, das jetzt hinter den Fenstern die strenge, tödliche Maske des Schlafes anlegte, jedes Herz, das jetzt hinter den Rollos in der Erregung des Sekts, der Feier, der Erinnerung, des Tanzes und des Wartens schlug. Er sah über den Hauptplatz – die Schornsteine der Häuser standen noch im Nebel, als ob ein Wanderer, ein blutarmer Teufel, bibbernd in den schlafenden Häusern heizte, und die Straße wurde schon hell, weiß und blutlos wie eine alternde Nonne, wenn sie an einem Wintermorgen erwacht und sich in ihrer muffigen, nach Blumen riechenden Zelle auf die erste Andacht vorbereitet. Gábor Garren presste beide Hände gegen die Fensterlaibung und blieb so stehen, mit ausgestreckten Gliedern, als wolle er jemanden umarmen. Jetzt hatte er die Stadt kennengelernt, alles, was hier in Steine gebettet lebte; hundert Jahre in die Vergangenheit und hundert Jahre in die Zukunft hatte er sie kennengelernt. Jetzt war er tatsächlich Künstler – er spürte nicht mehr, sondern beobachtete bloß. Er sah die Gesichter von Toten und von Schlafenden, und alles, was in der Stadt individuell war, war Erinnerung, eine persönliche Verpflichtung. Er spürte den Frühlings- und Sommergeruch der Stadt, er nahm die Stadt wahr wie einen geliebten Körper, der in einer erniedrigenden, schamlosen Lage hilflos in unseren Armen ruht und für den wir nichts mehr tun können, selbst dann nicht, wenn wir unser Leben für ihn hingäben. In diesem Augenblick fühlte er sich ein wenig als Schöpfer – als Vater und als Künstler, der alles für sein Werk hingegeben hatte und ihm jetzt nicht mehr helfen konnte. »Jetzt kommen die Kritiker!«, dachte er blass. »Sie werden es anfassen und beschmutzen.« Niemals hatte er die Stadt so geliebt wie in diesem Augenblick, in dem er sie der Welt übergeben musste. Eifersüchtig sah er auf den Hauptplatz hinunter, hilflos vor Sehnsucht und Schmerz. Er verstand den Bildhauer, der vor hundertfünfzig Jahren in einem Haus am Stadtrand gewohnt hatte und einen Tag vor der Ausstellung zum Hammer gegriffen und sein Lebenswerk zertrümmert hatte, weil er es den Fremden nicht zeigen wollte. Ihm schien, als hätte er alles geschaffen, was in dieser Morgenstunde, nach dem Ball, in der Stadt atmete und hauchte. Mit einer Hand stützte er sich ans Fenster und legte den Kopf auf den Arm. Vielleicht müsste man die Stadt vernichten, dachte er. Jetzt werden sie in die Schubladen und in die Herzen sehen, in der Bibliothek und in den Seelen wühlen. Blass stand er da, mit blutlosem Gesicht und zitterndem Mund, und sah zu Boden. Der Platz war schon ganz hell, als er die Fremden bemerkte.

Sie kamen mit waagerecht vor sich gehaltenen, stoßbereiten Spießen und kleinen, grüngrauen Maschinengewehren, die von maultierartigen, kleinen Pferden getragen wurden. Am Fuß der Marienstatue luden sie sofort ab und sahen sich argwöhnisch um. Ein dicker Offizier, wahrscheinlich ein Hauptmann oder Oberstleutnant, in gefüttertem Pelzrock und gestrickten Handschuhen, auf den Wangenknochen samtene Ohrenschützer, sorgte dafür, dass zwei Maschinengewehre das Theater ins Visier nahmen. Die Soldaten traten in Dreiergruppen ab und blieben, die Handgranaten schwingend, vor den Toren des Rathauses, des Bischofspalais, der Inspektorenschule, der städtischen Musikschule und der Kathedrale stehen. Eine kleine Gruppe blieb auch vor dem Schaufenster der Firma Aiolos stehen und besah sich ratlos die ausgestellte Harfe. Nachdem sie sich so aufgeteilt und alle gefährlich scheinenden Tore und Vorplätze vorsichtig besetzt hatten, fassten sie ihre Spieße und Schusswaffen fester, sahen sich unruhig um und warteten ungeduldig. Sie hätten sichtlich gern gehabt, wenn endlich etwas geschehen wäre, wenn die Stadt ein Zeichen gegeben hätte, dass sie zum Widerstand bereit war, wenn man aus den Fenstern Pech oder kochendes Wasser geschüttet hätte, wenn blasse Gestalten im

Nachthemd und mit wehender Mähne oder Frauen mit dem Küchenmesser zwischen den Zähnen aus den Toreinfahrten hervorgestürmt wären. Aber nichts dergleichen geschah. Die Stadt schlief. Nur der Schnee fiel. Die blau-golden-rote Marienstatue war schon ganz vom Schnee überzogen. Maria hatte das Jesuskind auf dem Arm und sah die Fremden mit seitlich geneigtem Kopf erstaunt und befremdet an. Jetzt waren sie hier angekommen, weil die alte Flotte aus dem Hafen abgezogen war, weil ein Botschaftssekretär ein Telegramm mit zwei Fingern zusammengefaltet und in eine Ledertasche gelegt hatte, weil in der Welt noch vor Kurzem der Krieg getobt hatte und vor allem, weil sich ihnen unterwegs niemand in den Weg gestellt hatte, und nun sahen sie sich etwas erstaunt um. Ihren unrasierten Gesichtern war anzusehen – die meisten Eroberer sind unrasiert, dachte Gábor Garren in seiner ersten Erregung und sog zischend die Luft ein –, dass sie ihre Rolle nicht verstanden, dass sie beweisen wollten, dass jeder Widerstand zwecklos war, dass sie hier waren, Helden, vielleicht edle und großherzige Helden, die nur ihre Pflicht erfüllten, wenn sie unter Gefahr und Intrige die Stadt einnahmen. Unsicher sahen sie in den Schneefall, blickten auf den mit bunten Ziegeln gedeckten Turm der Kathedrale, auf die geschlossenen Fensterläden des Bischofs, auf die schlafenden Häuser. Am liebsten hätten sie erobert, aber das war nicht möglich, weil die Stadt schlief. Diese unvorhergesehene Situation verwirrte sie sichtlich. Dann bemerkte ein Soldat Licht im Fenster von Gábor Garrens Zimmer, hob die Waffe, zielte und schoss. Die Kugel durchschlug die Fensterscheibe, pfiff an Gábor Garrens Ohr vorbei und kam im Wandschrank zum Stillstand, am Buchdeckel eines veterinärmedizinischen Buches, bevor sie mit einem scharfen Klicken zu Boden fiel. Dies war das erste Mal seit achthundert Jahren, dass in dieser Stadt eine Kugel auf einen Menschen abgefeuert wurde. Der Soldat sah zu dem erleuchteten Fenster hoch und schaute der Kugel mit offenem Mund hinterher. Alle Soldaten starrten zu dem Fenster hinauf. Tiefe Stille herrschte in diesem Augenblick, tief und dicht. Eine Sekunde später ertönte in dieser Stille wie Gewehrgeknatter das Fluchen des Oberstleutnants. Es war ein konsonantenreiches Fluchen. Gábor Garren schüttelte den Kopf.

Durch die zerbrochene Fensterscheibe strömte feine, scharfe Kälte ins Zimmer. Diese kalte Luft erfüllte Gábor Garren mit Abscheu, als hätte sich jemand unschicklich benommen. Er trat an den Bücherschrank, hob die Kugel vom Boden auf, nahm sie angewidert zwischen zwei Finger und betrachtete sie sorgfältig. Ganz klein war diese Kugel, so groß wie eine Haselnuss. Aus Stahl war sie und spitz. Gábor Garren schüttelte den Kopf. So sind ihre Mittel, dachte er und verzog spöttisch den blutleeren Mund. Es klopfte an der Tür, sehr furchtsam. Jetzt war ihm, als hätte er verstanden, das alles umsonst gewesen war, was die Menschen bisher getan hatten; vergeblich hatten sie Bücher geschrieben und Bilder gemalt, vergeblich stand die blaue und goldene Marienstatue auf dem Hauptplatz, vergeblich hatten sehr verständige Menschen nachgedacht, und auch er selbst, Gábor Garren, hatte sechzig Jahre lang vergeblich am Werk gearbeitet – plötzlich packte ihn die Wut, und er stöhnte auf. Diese Erkenntnis schmerzte. Er betrachtete die Kugel, die zerbrochene Fensterscheibe und stöhnte leise. Alles war vergeblich, seit vierhundert Jahren.

Jetzt würde man die Stadt übergeben müssen. Die Häuser übergeben, in denen Péter und Anna und die Kleinen geboren waren. Man müsste die Zimmer übergeben, in denen die Menschen schliefen, die genauso grüßten wie er, die den Hut mit einem Lächeln weit herabnahmen und dabei sagten: »Wir freuen uns, dich zu sehen!« Man müsste die Harfe aus dem Schaufenster übergeben, die Erinnerung an den Abend, an dem er mit Krisztina aus dem Theater gekommen war und Krisztina ganz jung gewesen war, als im Salon serviert wurde und sie Sekt tranken und Krisztina vom Sekt bibberte und er die Schultern der fröstelnden Krisztina in ein cremefarbenes chinesisches Seidentuch gehüllt hatte. Dieses Tuch musste noch irgendwo sein, vielleicht in den unteren Zimmern, in einer Schublade. Jetzt würde er auch das Tuch übergeben müssen. Und die Gebeine, die Gebeine der Garrens, auf dem Friedhof. Und alles, mit dem die Lebenden und die Toten über achthundert Jahre hinweg die Stadt gezeichnet hatten: die Abdrücke ihrer Finger oder ihrer Münder an einem alten Glas. Oder den Abdruck ihrer Stirn an einer Fensterscheibe, den etwas fettigen Fleck, der an der Scheibe kleben bleibt, wenn jemand verzweifelt und ratlos seine heiße Stirn gegen sie presst. Jetzt klopfte es wieder. Anna stand vor der Tür, in Hemd und Pelzmantel, züchtig und ruhig.

»Sie sind da«, sagte sie.

Gábor Garren ging an ihr vorbei. Er freute sich, dass Anna nicht weinte. Krisztina hätte auch nicht geweint, dachte er. Er ging die Treppe hinunter, nun schritt er entschlossen aus, ohne Hut, den Kragen am Hals aufgeknöpft, langsam und gleichmäßig. Die Soldaten am Tor wichen ihm aus. Rings um den Platz hatten sich schon die

Fenster geöffnet, zerzauste Menschen im Nachthemd beugten sich hinaus, stumm, als würden sie träumen. Im Turm begann die große Glocke zu läuten. Dieses Glockengeläut klang jetzt, als würde man irgendwo mit Kanonen schießen. Als hätte die Stadt mit rätselhaften Batterien auf das Feindliche zu schießen begonnen, das in diesem Augenblick über sie hereingebrochen war. Auch die Soldaten spürten das. Die Batterie der Töne beschoss den Feind regelmäßig und rhythmisch. Gábor Garren blieb mitten auf dem Platz stehen, zwischen den Soldaten, sah zum Turm hoch und zählte die Schläge. Die Glocke schien von selbst zu schlagen. Der Bischof setzte sich in seinem Bett auf und schlug ein Kreuz. Eine junge Frau, die Ehefrau des Devotionalienhändlers, die vor einigen Tagen auf Abwege geraten war und ihren dicklichen, traurigen Mann auf dem Friedhof hinter der Kapelle mit dem Musiklehrer betrogen hatte, sprang neben ihrem traurigen Mann aus dem warmen Bett, und als das Glockengeläut sie erreichte, kniete sie im Nachthemd und aufgewühlt vor dem Fenster nieder und begann zu weinen. Sie beschloss, es nicht wieder zu tun. Sie weinte, weil sie spürte, dass sie gern mit ihrem Opfer das Schicksal der Stadt erleichtert hätte, und sie weinte, weil sie spürte, dass sie nichts für die Stadt tun und überhaupt nicht gegen ihre Natur kämpfen konnte – immerzu sah sie die großen, glänzenden Augen des Musiklehrers vor sich, diese leeren, rührenden Kalbsaugen! – und den Devotionalienhändler in drei oder vier Wochen wieder betrügen würde. Vielleicht schon eher. Kalb, der Pfandleiher, ging brummelnd in seinem Zimmer umher, im Frack, weil er die Ballkleidung noch nicht abgelegt hatte, er roch nach Trester und sagte immerfort: »Was für eine Rechtsordnung!« Er war aufgeregt und spürte seine Leber. Viele schliefen noch, das Glockengeläut drang durch die Oberfläche ihres Traums und störte ihre Traumbilder; jungen, hübschen, nackten Frauen wuchs im Traum plötzlich ein Bart, und Erwachsene wurden weiß wie die Toten. Der Bürgermeister stand vor dem Spiegel und kämmte sich den Bart, mit zitternder Hand hielt er den Kamm und suchte nach würdevollen Worten – nach Worten, die zugleich protestierten und anklagten. Aber ihm fiel nichts Besonderes ein. Immer kam ihm nur in den Sinn: »In meiner öffentlichen Eigenschaft.« Sein Mund zitterte. Das Glockengeläut beschoss langsam die Fremden. Denn in diesem Augenblick zog auch etwas anderes in die Stadt ein, nicht nur die Soldaten, die Maschinengewehre und die kleinen, maultierartigen Pferde. Die Fremdheit, die über die Stadt hereinbrach, kam von weiter her und bestand nicht nur aus Menschen, Spießen und Gewehren. Es lag etwas Überpersönliches in diesem Angriff.

Gábor Garren ging über den Platz. Beinahe in jedem Fenster stand ein Mann oder eine Frau im Nachthemd mit zerzaustem Haar. Jetzt wachten sie auf und starrten mit glasigen Augen auf den Platz hinunter. Sie hatten nicht geglaubt, dass der Verrat so schnell eintreten werde. Nun starrten sie hinunter auf den Platz, mit dem Abscheu, der gläubige Menschen immer erfasst, wenn sie der Wirklichkeit begegnen. Die Wirklichkeit war nicht so abscheulich, aber sie war auch nicht gerade tröstlich; sie war viel einfacher und viel unsinniger als alles, was sie sich vorgestellt hatten. Die Wirklichkeit stand dort auf dem Platz, trug Ohrenschützer, war vierschrötig und von Soldaten umgeben. Gábor Garren blieb vor ihr stehen und verneigte sich.

Es war keine übermäßig tiefe Verneigung, nur so weit, wie es sich für den Brauch der Stadt schickte am Morgen, am Morgen der Eroberung, in unvollständiger Kleidung und gegenüber Fremden. Er verneigte sich und breitete die Arme aus. Mit unbedecktem Haupt stand er vor dem fremden Soldaten, die Arme ausgebreitet, das Hemd am Hals aufgeknöpft, und der Morgenwind spielte mit seinem weißen Haar. Er breitete die Arme aus wie jemand, hinter dem Massen stehen und der etwas verteidigt. Sein Atem stieg wie ein dünnes, nebliges Band empor. Der Oberstleutnant sah ihn verwundert an. In der einen Hand hielt er ein Schwert, in der anderen einen Revolver.

»Wer sind Sie?«, fragte er in gebrochenem Französisch.

Er hätte ebenso Portugiesisch sprechen können. Oder Schwedisch. Gábor Garren überraschte die schlechte Aussprache des Fremden. Nicht einmal Französisch können sie, dachte er verächtlich. Er hat niemals Rousseau gelesen.

»Ich bin ein Bürger«, sagte er, »ein Bürger der Stadt.«

Er richtete sich auf und sagte mit einer weiten Bewegung, die die Häuser des Platzes einschloss, die Hügel und das Tal, alles, was zur Stadt gehörte, mit einer verantwortlichen und bescheiden selbstbewussten Bewegung und erhobenem Haupt:

»Bürger und Künstler.«

Sie schwiegen. Die Soldaten staunten. Der Oberstleutnant fror. Das Glockengeläut war jetzt verklungen, als wäre endlich etwas gereift und hätte angefangen. Es brauchte kein Glockengeläut mehr dazu. Jemand hatte die notwendigen Worte gesagt, und jetzt begann die Wirklichkeit. Gábor Garren schämte sich ein wenig. Wie primitiv die Wirklichkeit war!

»Gehen Sie nach Hause«, sagte der Oberstleutnant streng.

»Gehen Sie nach Hause«, sagte er leiser, »sonst lasse ich Sie erschießen.«

Vor Verlegenheit begann er zu husten und hielt sich, als hätte er an einem fremden Ort etwas Unschickliches oder Taktloses gesagt, die Hand vor den Mund.

Die Schande

So besetzten die Fremden die Stadt, und so verteidigte sich Gábor Garren auf seine Weise gegen die Besetzung. Über diese morgendliche Szene sprachen die Alteingesessenen natürlich auch viel später, nach Jahrzehnten, noch gern.

Gábor Garren erwähnte diese Szene nie. Auch Péter und Tamás hörten erst jetzt von den Details. Seit dem Morgen der Geschichte waren zwanzig Jahre vergangen, die Worte hatten sich in verzerrten Zusammensetzungen verändert, die Geschichte hatte schon ein Eigenleben entwickelt, sie war ein wenig historisch geworden und hatte sich auf rätselhafte Weise mit fremden Elementen gefüllt, die nur einen lockeren Bezug zu den tatsächlichen Ereignissen aufwiesen. Beispielsweise erzählte man sich, der Leutnant hätte Gábor Garren mit der Reitpeitsche ins Gesicht geschlagen. Andere versicherten, der Oberstleutnant sei ein General gewesen, nicht nur einer, sondern mehrere Generäle, die der Vater der Stadt verwiesen hätte – »mit einfachen, aber entschiedenen Worten hat er sie hinausgewiesen«, hieß es. Gábor Garren bestritt diese Versionen nie, er schien sich ein wenig zu schämen für das, was geschehen war. Viel später, fünfzehn Jahre darauf, als Péter und Tamás wieder in die Stadt kamen, sprach man schon so über diese morgendliche Szene, als hätte der Vater die Fremden aus der Stadt geworfen. Als hätte er dem Polizisten an der Ecke gesagt, er solle sie verjagen, diese aufdringlichen Streuner. Nachrichten kursierten, die zu wissen glaubten, dass die Generäle Gábor Garren nach dieser Szene in einen Keller verschleppt hätten. Von alledem war kein einziges Wort wahr. Nach der morgendlichen Szene war Gábor Garren mit ungebrochener Würde vom Platz zurück in seine Wohnung gegangen und hatte um ein warmes Bad gebeten. Nach dem Waschen hatte er Sebestyén rufen lassen und ihm befohlen, an diesem Tag den Geschäftsraum der Firma Aiolos zu öffnen, ganz wie an anderen Tagen. Und wenn Käufer kämen, sollten sie bedient werden, genau wie sonst, sagte er. Sebestyén sah den Firmenchef erstaunt an.

Alle, die in dieser Zeit um Gábor Garren lebten, sahen ihn erstaunt an. Er ordnete an, dass alle mit plangenauer Pünktlichkeit leben sollten, genau wie vor der Ankunft der Eroberer. Sie verstanden, dass der Vater, der Künstler, etwas retten wollte, das man mit ungeschlachten Händen angetastet hatte; er zog die Stadt auf wie einen Mechanismus, sie sollte genau im alten Takt weiterticken, dann konnte man vielleicht hoffen, der äußersten Gefahr zu entgehen. Vielleicht würde die Stadt über die kritische Zeit hinwegticken. Mit dem Proportionsgefühl und dem behütenden Instinkt des Künstlers achtete der Vater darauf, dass das alte Leben nicht aus seinen Formen geriet. Die Fremden mussten spüren, dass es in der Stadt jemanden gab, der auf die alte Zeiteinteilung und die Formen achtgab. In ihrer ersten Eile und Panik hätten sie am liebsten alles geändert: das Wetter, die Zeiteinteilung, und aus der Sonnenseite hätten sie gern eine Schattenseite gemacht. Wie alle, die nicht recht haben, hätten sie gern das Universum zu Hilfe gerufen, die Winde und das Wetter, damit sie der Gewalt Geleit böten. Wenn die ganze Welt umgestürzt würde, hätten die Fremden natürlich recht. Aber die Welt wurde nicht umgestürzt, und Gábor Garren gab acht. Die Stadt empfing die Veränderung in beispielhafter Hausordnung. Angepasst an den strengen Maßstab dieser Ordnung fiel die Unordnung, die die Fremden in der Stadt verursachten, noch mehr auf. Diese Ordnung konnten sie mit Spießen nicht durchdringen. Im Vergleich zu dieser Ordnung schien die neue Ordnung, die Ordnung der Fremden, die sie mitgebracht hatten wie die fremde Sprache, andere Träume und ein fremdes Rechtssystem, eine unverschämte und plumpe Unordnung zu sein.

Die Stadt leistete Widerstand auf die einzig mögliche Weise: Sie verschloss sich in ihre inneren Formen. Die Verteidigung musste nicht auf geheimen Versammlungen besprochen werden. Als Gábor Garren am ersten Mittag, an dem Mittag nach der heftigen und historischen Szene am Morgen, über den Hauptplatz ging, im schwarzen Pelzmantel und einer edlen Pelzmütze, um den Hals die schwebende Fliege, zu genau derselben Zeit wie sonst, grüßte er genauso und lächelte, bescheiden und wohlwollend, hielt mehrfach Bekannte an und unterhielt sich mit ihnen, fragte, wie sie nach dem Ball geschlafen und ob sie angenehme Erinnerungen an den Ball behalten hätten, ob sie nicht dächten, dass man die nächste Feier vielleicht im Freien abhalten solle, unter Eichen und Lampions, in Sommerkostümen? Als sie sahen, dass der Künstler Gábor Garren sein Werk weiterschuf, als wäre nichts geschehen, dass er sich nicht um die Maschinengewehre und die bibbernden, wütenden und argwöhnisch schauenden fremden Soldaten scherte, beruhigten sie sich und verstanden. Die Soldaten sahen Gábor Garren feindlich an, aber sie wussten mit ihm nichts anzufangen. Wenn sie ihn ansprachen und in der fremden Sprache grob drängten, nicht herumzustehen, sondern endlich weiterzugehen, hob er mit zwei Fingern ein wenig seine Pelzmütze an und sah die Fremden so leutselig und lächelnd an – gewiss, mit einem kurzsichtig blinzelnden, kalten und höflichen Lächeln –, als stünde er Touristen gegenüber, deren Sprache er nicht verstand, denen er aber auf jeden Fall helfen wollte. Innerhalb der Zivilisation ist man ständig verpflichtet, einander zu helfen!, sagte sein Blick. Die Soldaten hörten verlegen seine höflichen Worte. Die Sprache, in der der Vater zu ihnen sprach, verstanden sie nicht, aber diese andere Mitteilung, die aus dem Wesen des fremden, vornehmen Herrn mit der Pelzmütze zu ihnen sprach, begriffen sie natürlich. Sie murrten und wandten sich ab. Gegen die Höflichkeit konnten die Fremden nichts ausrichten. Der Vater ging in diesen Tagen mit scharf geschliffener Höflichkeit in der Stadt umher und ließ seine Waffe überall blitzen wie einen dreischneidigen Degen.

Die Fremden standen eine Zeit lang auf dem Hauptplatz, fachten an der Marienstatue ein Feuer an und schossen ein paarmal in die Luft. Einige Tage später kamen Hilfstruppen vom Meer, aber auch diese Neuankömmlinge standen tatenlos herum. Sie stellten fest, dass man nur erobern kann, wo Widerstand geleistet wird. Nichts ist schwerer, als jemanden zu erobern, der sich nicht verteidigt. Sie wollten die Stadt gern überzeugen, aber die Stadt diskutierte nicht. Zwei Tage später bekam der Oberstleutnant einen Obersten zur Hilfe, dann zwei Generäle voller Riemen und goldener Verschnürungen. Die Generäle kamen in einem Automobil, im Komitatshaus wurde für sie der Festsaal geräumt, jetzt schliefen sie dort auf Feldbetten. Sie schliefen schlecht, denn in dem Saal, in dem mehrere Jahrhunderte alten Gewölbesaal, zog es, und man konnte nicht heizen. Sie hätten ebenso gut im Hotel schlafen können, in schönen, alten Nussbaumbetten, in sauberen Gästezimmern, wo seit Jahrzehnten alle Fremden, die in die Stadt kamen, wohnten, wo auf dem Tisch Wasser in einem Krug stand und die Betten jeden dritten Tag frisch bezogen wurden. In dieser Jahreszeit, in dieser historischen Zeit, stand das Hotel beinahe völlig leer, und der Besitzer hätte sich vielleicht sogar gefreut, wenn so vornehme Gäste gekommen wären. Aber ihnen kam gar nicht in den Sinn, dass man auch im Hotel Quartier nehmen könnte. Sie hatten das Gefühl, dass diese Unterbringung nicht zu ihrer historischen Rolle gepasst hätte, überhaupt passt ein Hotel nicht zu Eroberern. Deshalb schliefen sie lieber beispielsweise im Theater, wo sie mit ihrer Gegenwart die Aufführungen der Theatertruppe behinderten, schliefen im Festsaal des Komitatshauses, kochten Suppe auf dem Hauptplatz und in den Kellern des Rathauses und tauchten überhaupt überall auf, wo sie nichts zu suchen hatten, wo sie den Stadtbewohnern zur Last fielen und sich selbst Unbequemlichkeiten verursachten. Die Stadt beobachtete diese sinnlose und lächerliche Betriebsamkeit der Fremden mit abgewandtem Kopf, wortloser Schadenfreude und Verblüffung. Schon hätte man ihnen gern geholfen, hätte die Generäle auffordern mögen, in die bequemen Zimmer des Hotels zu ziehen, hätte die Soldaten anweisen wollen, die leeren, luftigen, heizbaren Mannschaftsräume der alten Kasernen zu beziehen, in den großen Küchen zu kochen und ihre Kleidung in den Waschküchen zu waschen, die für diesen Zweck viel besser geeignet waren als die Theatergarderoben. Aber die Soldaten und ihre Vorgesetzten bestanden vor Verlegenheit störrisch darauf, im Theater und im Komitatshaus zu bleiben. Als wollten sie beweisen, dass ihre Gegenwart in der Stadt gleichbedeutend sei mit der Schändung aller Traditionen. Als wollten sie vom Morgen bis zum Abend, mit streberhaftem Eifer und im Akkord erobern. Die Stadt, gebildet und alt, wandte den Kopf ab, und die Fußgänger lächelten wirklich nur aus Höflichkeit nicht, wenn die alten Generäle, voller Riemen und goldener Verschnürungen, am Morgen unrasiert und unausgeschlafen vor dem Komitatshaus erschienen, husteten, sich umsahen und ratlos und eifrig zu erobern begannen.

Aber das Erobern ist, wie sie bald bemerkten, keine so ganz einfache Sache. Gegen die Gewalt wehrte sich die Stadt mit kleinen Gesten. Sie schlug nicht zurück, sie beugte sich nur ein klein wenig zur Seite, sah weg, wenn sie angesprochen wurde, lächelte, schüttelte den Kopf und ging weiter, als verstünde sie die Worte nicht. Die Fremden sprachen am liebsten nur in Konsonanten. Der Klang ihrer Rede war hart, als würden sie Kieselsteine knabbern. Sie beklebten alle Mauern mit Bekanntmachungen. Aus dem Text dieser Anschläge kreischte schrill das fremde und doch in allen Sprachen vertraute Wort für »Tod« heraus. Als hätten sie die Detailfragen satt, drohten die Fremden allgemein mit dem Tod. Sie versprachen den Tod, wenn man in einer Gruppe von mehreren die Straße entlangging, den Tod, wenn jemand nach neun Uhr abends im Fenster Licht brennen ließ, den Tod, wenn jemand seine Waffen nicht ablieferte. Sie besetzten die öffentlichen Gebäude, verhafteten den Bürgermeister und einige Ratsmitglieder, aber dann wussten sie nicht, was sie im Gefängnis mit ihnen anfangen sollten, und ließen sie wieder frei. Sie ordneten an, dass das Gebäude, das bisher zweihundert Jahre lang der Sitz des Steueramtes gewesen war, in Zukunft die öffentliche Unterkunft der Liquidatur sein sollte, dass die Korpskommandantur ins Gebäude des alten Krankenhauses einziehen sollte und die Ärzte und Kranken des Krankenhauses in das Palais der Liquidatur umziehen müssten. Dann, einige Monate später, als sie zu den Panzern, Kanonen und Flugzeugen Beamte, Unteroffiziere und rätselhafte Schmarotzer bekamen, die dem erobernden Heer folgten wie die Marketenderinnen und Dirnen den alten Armeen, wurde angeordnet, dass die Kranken wieder ins alte Krankenhaus ziehen sollten und auch das Steueramt sein altes Palais zurückbekam. Die Beamten, die mit den Eroberern gekommen waren, lächelten verlegen, tranken unablässig Bier – in der alten Stadt war Wein getrunken worden –, trugen auch wochentags schwarze Festtagskleidung und dazu gelbe Halbschuhe. Sie gingen mit der Aktentasche unterm Arm durch die Ämter, grinsten, wenn sie die Alteingesessenen trafen, etwas verlegen und mit unverschämter Vertraulichkeit, gründeten neue Ämter und verliehen sich pompöse, mit Konsonanten überfüllte Titel. Sie mieteten die schönsten Wohnungen der Stadt, aber sie aßen draußen in der Küche, und alle fingen sie ein Verhältnis mit dem Dienstmädchen an.

Die Soldaten hatte die Stadt noch irgendwie ertragen. Sie brachten eine internationale, über den Arten stehende Ordnung mit sich, gingen mit dem Zentimetermaß durch die Stadt, wussten genau, wie viele Knöpfe an die Uniform genäht werden mussten, zogen von Zeit zu Zeit mit ihren Panzern über den Hauptplatz, aber eher nur aus Pflichtgefühl und zur Übung. Die Soldaten besetzten schließlich die Kasernen und lebten ihr sprödes und zweckmäßiges Leben. Aber die bürgerlichen Ankömmlinge gaben keine Ruhe. Die meisten von ihnen waren klein und untersetzt, schwarz; mit glänzenden Augen sahen sie in die Welt, das Haar rieben sie sich mit billiger Pomade ein. Ihre Büros heizten sie übermäßig, saßen schwitzend über den nagelneuen Akten, und die Büroräume füllten sich mit dem Geruch nach ranziger, schmelzender Pomade. Überhaupt rochen sie schlecht. Sie rieben sich auch mit Parfums ein und verbreiteten abends im Kaffeehaus Übelkeit erregende Düfte wie heruntergekommene Rosensträucher. Sie hatten mächtig viel zu tun. Zuerst nahmen sie die Straßenschilder ab, dann strichen sie die Schranken um, dann wiesen sie die Kaufleute an, ihre Firmenschilder im Geist der Staatssprache ummalen zu lassen. Auch Gábor Garren war gezwungen, ein neues Firmenschild aufzuhängen. Jetzt schrieb er nur noch ein einziges Wort darauf, mit goldenen Lettern: »Aiolos.« Die Fremden verstanden dieses Wort nicht. Eines Vormittags erschien einer der zivilen Neubürger im Geschäft und redete lautstark und aus voller Lunge; er forderte, man möge ihm das Inventar zeigen, und benahm sich in jeder Hinsicht so, als wüsste er bereits irgendetwas, verriete aber seine geheimen Kenntnisse – aus Schläue – vorerst nicht. Gábor Garren und Sebestyén führten ihn wortlos im Geschäft und im Lager herum. Die Notendruckerei überraschte den Beamten, er sprach leiser, sah sich verwirrt um, begann plötzlich, höfliche Konversation zu machen, lächelte und betonte, er erfülle nur seine Pflicht. Gábor Garren erwiderte leise, auch er erfülle nur seine Pflicht. So standen sie in der Notendruckerei, wo schon lange nicht mehr geheizt worden war, sie froren sehr und sahen einander ratlos an. Der Vater schämte sich ein wenig. Sebestyén stand hochmütig und offiziell da und sah an die Decke. Sebestyéns Standpunkt seit dem Augenblick, in dem die Fremden ihren Fuß in die Stadt gesetzt hatten, war einfach und unwiderruflich, dass die Fremden im Geheimen etwas gegen das Geschäft vorbereiteten. Nicht die Stadt hatten sie also besetzen wollen, sie waren auch nicht auf die Eroberung der Provinz aus – und die Besetzung von alledem, dem Meer, den Bergen, den Städten und Dörfern, war in Wirklichkeit nur ein Vorwand dafür gewesen, sich auf irgendeine intrigante Weise, mithilfe von Panzern und Truppen, das Vertrauen der Familie Garren zu erschleichen und die Geschäftsgeheimnisse der Firma Aiolos zu erfahren, vielleicht auch die Hand auf das entstehende Werk zu legen oder etwas Ähnliches. All das sagte er nicht so genau, er gab seinen Verdacht eher nur mit Augenblitzen, Schulterzucken und Handbewegungen kund. Für alle Fälle hütete er sich, die Fremden zur Kenntnis zu nehmen. Für ihn schienen sie gar nicht da zu sein, auf der Straße wandte er den Blick ab, sooft er ihren Panzern begegnete, die mit entsetzlichen Absichten an ihm vorüberzogen; er sah in die Luft, wenn er die Generäle erblickte, und jetzt, wo einer der Ankömmlinge persönlich im Geschäft erschienen war und sich nach der Notendruckerei erkundigte, starrte er mit beinahe zufriedener Miene, mit erbostem und zugleich strahlendem Blick vor sich hin, als sähe er endlich einen schweren Verdacht bestätigt, schließlich hatte er es ja schon lange und im Voraus gesagt! So standen sie in der Notendruckerei dem ersten Fremden gegenüber, der seinen Fuß in die Werkstatt der Garrens gesetzt hatte.

Der Vater schämte sich eher nur. Der fremde Beamte war nach den ersten stänkernden, gemeinen und überheblichen Worten zahm wie ein Lamm geworden. Vielleicht hatten ihn die Werkzeuge der Musik gebändigt. Vielleicht der Anblick der Notendruckerei. Er mochte aus einer Gegend gekommen sein, wo höchstens mit dem Taschenmesser aus Schilf Flöten geschnitzt wurden, eine Notendruckerei gab es in jener Gegend ganz gewiss nicht, wo der Fremde geboren war und bisher gelebt hatte. Vielleicht hatte ihn auch das Wesen des Vaters eingeschüchtert, denn jetzt schien er sich zu fürchten, er schaute hier- und dorthin, wiegte anerkennend den Kopf, als schämte er sich, dass man ihn mit einem so peinlichen Auftrag hergeschickt hatte, sah er doch erst jetzt, was für ein hervorragender Mann der Vater, was für eine vornehme Firma Aiolos war. Er gestand ein, dieses »ausländische Wort« – so sagte er – nicht zu kennen und bat inständig um freundliche Aufklärung. Überhaupt benahm er sich wie ein Mann, den seine Vorgesetzten mit einer erniedrigenden Arbeit betraut haben, der aber seinem Herzen nach mit denen fühlt, die er von Amts wegen an der kurzen Leine würde führen müssen. Der Vater schämte sich; in diesem Augenblick spürte er erstmals sehr deutlich, dass die Stadt geschändet worden war. Vielleicht hätte er diese Schande nicht so peinlich empfunden, wenn die Fremden auf dem Hauptplatz einen Galgen aufgestellt hätten oder mit der Peitsche unter den Alteingesessenen gewütet hätten. Aber der Beamte mit der Aktentasche, der zu allem Überfluss eine vorgebundene Krawatte und einen Celluloidkragen trug und jetzt so leutselig grinste und versicherte, mit dem Vater zu fühlen und sich heimlich, wenn seine Vorgesetzten nicht hinschauten, gern mit Sebestyén und Gábor Garren treffen zu wollen, um über die Vorgesetzten zu schimpfen wie die Dienstboten in der Küche über ihren Herrn – diese angebotene Komplizenschaft brachte ihn auf. Er senkte den Blick und stand reglos lange da, dem Beamten gegenüber; dann eilte er, vor Ärger und Scham puterrot im Gesicht, aus der Notendruckerei. Der Beamte sah ihm verstört nach, aber Sebestyén wandte hochmütig den Kopf ab und sagte nichts. Das war der Augenblick, in dem – beinahe offiziell und feierlich, mit einem scharfen Tonfall – zwischen der Stadt und den Fremden etwas begann, gleichsam eine Melodie erklang, die von da an mit jedem Jahr schriller tönte: die Melodie der Beschämung.

Alle schämten sich, die Fremden und die Alteingesessenen. Und weil die Fremden vor Scham nichts anderes tun konnten, begannen sie auf einmal laut zu sprechen. An öffentlichen Orten, in Ämtern, in Kaffeehäusern und Gaststätten sprachen sie, als ob sie fluchten. Sie sagten beispielsweise: »Seien Sie so gut, das Fenster zu schließen, denn ich habe Kopfschmerzen und fürchte mich vor dem Luftzug!«, und auch das sagten sie, als ob sie fluchten. Das Bewusstsein, dass die Fremden mit ihren in Fußlappen gehüllten Füßen in den Zimmern der Stadt herumlungerten, sich in Betten legten, vom alten Geschirr aßen, mit den alten Mädchen und Frauen schliefen, aus dem artesischen Brunnen tranken und irgendwie in alles hineingriffen, hineinatmeten, alles anfassten, die Spuren ihrer Körperlichkeit an der Stadt abwischten, das Bewusstsein dieser Schande spornte die Stadt zu einer Verteidigung an, als wäre in der Umgebung und in den Vororten eine Seuche ausgebrochen, die durch die Fremden verbreitet wurde: Zu Hause musste man das Wasser abkochen, es war geraten, sich ständig die Hände zu waschen, an öffentlichen Orten war es am klügsten, sich ein Taschentuch vor Mund und Nase zu halten, und es war richtig, den Rachen mehrmals am Tag mit desinfizierendem Mundwasser zu spülen. Die Panzer hatten sie noch irgendwie ertragen. Die Generäle hatten den Festsaal des Komitatshauses nach einer Weile sattgehabt und waren ins Hotel gezogen. Die Soldaten lebten abgesondert, in ständiger Bereitschaft, in strenger, aber städtisch gemilderter Schützengraben-Bereitschaft. Aber die fremden Zivilisten gaben sich nicht mit der Tatsache der Eroberung zufrieden, sie wollten etwas anderes, wollten sich untermischen, den Geschmack ihrer Gerichte mit den Speisen der Alteingesessenen vermischen, ihr Lachen, ihren Speichel, die Ausscheidungen ihrer Küsse und ihre Traumbilder mit den Träumen und dem Leben der Eroberten vermengen.

Die Schande klebte sichtbar an der Stadt. »Man ekelt sich davor, eine Klinke anzufassen«, sagte Gábor Garren zu Sebestyén. »Und die Frauen!«, sagte er. »Ich wage es nicht mehr, sie zu küssen. Die Frauen, siehst du, sind zu allem fähig.« Im vertrauten Kreis sprach Gábor Garren von den Fremden wie von einer Art Geschlechtskrankheit. »Ich will nicht mehr gerecht sein«, sagte er. »Du meinst, sie sind auch Menschen? Möglich. Aber ich will nicht mehr gerecht sein«, wiederholte er laut und erregt. Er ging nicht mehr jeden Abend ins Kaffeehaus hinunter, wo er einst mit Lucy gesessen hatte, die blau gepunktete Fliege um den Kragen, in Gesellschaft von Pseudojournalisten, etwas unwürdig; er hatte das Gefühl, jetzt sei dort unten alles noch viel unwürdiger. Im Kaffeehaus saßen fremde Offiziere, lasen Fachzeitschriften, vor allem ausländische militärische Fachzeitschriften, auch das schmerzte irgendwie wie eine Taktlosigkeit. Die zivilen Neubürger tranken Himbeersirup und saßen so fremd und sparsam im Kaffeehaus, als hätten sie sich an diesen glanzvollen Ort noch nicht gewöhnt und fürchteten, der Oberkellner könne sie zur Ordnung rufen. Gábor Garren zufolge tranken sie den Kaffee »mit lautem Schlürfen«. Ja, der Vater war ungerecht – aber wenn er auch überall verdächtige Geräusche hörte, Schlürfen und Geräusper, wenn für ihn alles unsauber war, das Kaffeehaus und auch das alte, schöne Theater, seit die Generäle dort geschlafen hatten! Er ging nirgendwohin. Die Fremden ließen sich sonderbare Witzblätter ins Kaffeehaus kommen, Witzblätter, die der Vater überhaupt nicht verstand; über die neumodischen Witze konnte er nicht lachen. Auch das Essen nahmen sie anders zu sich – am liebsten aßen sie beispielsweise in Zitronensaft geschmorten Kalbsfuß –, und dem Vater wurde wirklich übel, und bei einem Anlass erbrach er sich auch, als ein neu angekommener Steueraufseher am Nachbartisch mit gutem Appetit einen Kalbsfuß verzehrte. In dieser Zeit war der Vater schon ein wenig empfindlich.

Die Stadt war still, ganz still, wie wenn jemand vor einer großen Gefahr die Augen schließt und sich schämt. Die

Gefahr ist immer anders, als wir sie uns vorstellen. Die Bewohner der Stadt hatten geglaubt, die Gefahr würde mit Kanonendonner über sie hereinbrechen, aus der Luft würden Bomben fallen, auf den Plätzen werde allgemeine Unordnung herrschen, abgerissene, dicke, blutige Schenkel, verdrehte Säulen und verstreute goldgeränderte Scherben von Alt-Wien-Tassen würden herumliegen. Von alledem war nichts zu sehen. Die Fremden waren so in die Stadt gekommen, hatten sich so eingerichtet, als würden sie auf der Grundlage eines Abkommens hier herumräumen. Als der fremde Soldat vor Verlegenheit seine Waffe abgedrückt und Gábor Garrens Fenster zerschossen hatte, weil er nicht wusste, was er mit seinem schlechten Gewissen anfangen sollte, hatte die Stadt in der ersten Verwirrung und dem ersten Entsetzen aufgestöhnt. Mehrere ältere Männer verbargen Messer und Schusswaffen in ihren Mänteln und eilten auf den Hauptplatz. Aber der Oberstleutnant hatte den Vater schon nach Hause geschickt, und die Soldaten lungerten ratlos herum. Die Verwirrung und Beschämung waren so allgemein, dass die Stadtbewohner den Soldaten hilflos gegenüberstanden, die ihre erschrockene Hilf- und Ratlosigkeit wiederum mit lächerlichen Anordnungen bemäntelten. Sie verboten den Stadtbewohnern beispielsweise, an den beiden Seiten des Hauptplatzes spazieren zu gehen. Daraufhin gingen diese einige Tage lang, bis ein General in dunkelblauer Uniform die lächerliche Verordnung zurücknahm, überhaupt nicht auf dem Hauptplatz spazieren. Ebenso hätte man verbieten können, zu Hause zum Mittagessen Wasser zu trinken, oder man hätte anordnen können, wer vor dem Einschlafen was zu denken hatte. Die Stadt sah sich dieses hilflose Herumgepolter in den ersten Monaten mit der ruhigen, verächtlichen Überlegenheit alter, sehr alter Gemeinschaften an. Aber als der General in der dunkelblauen Uniform am Ende des ersten Jahres der Fremdherrschaft mit einem achthufigen und geflügelten Märchentier im Wappen einen Ball zu wohltätigen Zwecken gab und auch die alten Familien der Stadt einlud, verstanden sie, dass die Schande schon mit dem Spülwasser ausströmte und alles hinwegfegte und dass man sich verteidigen musste. Sie verteidigten sich auf die einzig mögliche Weise, auf die Weise, wie es sich Gábor Garren vorstellte: Sie wandten sich von der Wirklichkeit ab und nahmen die Gegenwart der fremden Soldaten und Zivilisten nur so wahr wie eine Art übermenschliche, rohe Naturkatastrophe, wie einen Regenbogen oder einen Schneesturm. Auf den ersten Ball, den der fremde General gab, gingen sie nicht, so, wie man nicht mit seinen Familienmitgliedern in einen Cholerabezirk geht. Der General und seine Gäste, die fremden Offiziere und die eingeladenen Zivilisten, tanzten mit Bürofräulein, mit fremden Stenotypistinnen, die ihnen aus dem feindlichen Land hinterhergeschlichen waren. Man erzählte sich, dass der neue Bürgermeister, den bereits der General ernannt hatte, früher Zirkusdirektor gewesen sei, und der Frack, in dem er auf dem ersten Ball des Generals erschien, sei früher ein roter Zirkusfrack gewesen, man habe ihn umgefärbt für diesen kompliziert traurigen und feierlichen Anlass, einen Tag vor dem Ball.

So veranstaltete der fremde General im ersten Jahr den Ball. Aber im folgenden Winter erschienen auch Stadtbewohner auf dem öffentlichen Fest. Die Fremden empfingen sie besonders zuvorkommend. Sie begrüßten die

Alteingesessenen ein wenig so, wie neureiche, ungehobelte Nachkommen ihre verarmten Verwandten edlerer Abstammung begrüßen. Sie waren übermäßig leutselig zu ihren Gästen. Der General erwartete den ehemaligen Bürgermeister und seine Frau im Treppenhaus, zu seiner Rechten standen die Stabsoffiziere, zu seiner Linken der ehemalige Zirkusdirektor, der sich für diesen Anlass bereits einen ganz neuen Frack hatte nähen lassen. Alle trugen nagelneue Orden, kleine Gehänge im Knopfloch, grelle Bänder und kleine Bronze- und Emaille-Tierchen. Der General bot der Gattin des ehemaligen Bürgermeisters den Arm und verneigte sich tief, als er mit der älteren Dame den Tanz eröffnete. Sie tanzten schlecht. Ihr Tanz war, als hätten sie in der Schule gelernt, sich zu bewegen, und als wäre es gar nicht lange her, dass sie anmutige Verneigungen kennengelernt hatten. Sie tanzten mit ungestalten und übertrieben gezierten Schritten zur Musik von Blechblasinstrumenten. Die Stadtbewohner tanzten zähneknirschend mit gesenkten Köpfen. Dies war ein ganz anderer Ball als der, den Gábor Garren in der kritischen Nacht veranstaltet hatte. Jetzt erinnerten sie sich an diesen letzten Ball, bei dem sie noch im alten Takt getanzt, mit der alten Bewegung den Kopf geneigt und einander in die Augen gesehen hatten. Ein ganz anderer Geruch breitete sich jetzt in dem prächtig mit Blumen geschmückten Saal aus als vor einem Jahr auf dem letzten Garren-Ball. Die Fremden hatten den Saal frisch gemalert und vergoldet, wie alles, was ihre Hände berührten: die Kilometersteine an den Landstraßen, die Bahnhofsschilder und die Nebenräumlichkeiten der öffentlichen Gebäude. Auch diesen alten, berühmten Saal, den die Vorfahren der Garrens erbaut hatten, hatten sie nagelneu gemalert, und alles war von erstickendem, klebrigem Farbgeruch erfüllt. Mehrere Damen bekamen von dem Geruch während des Tanzes Darmkrämpfe, ihnen wurde übel, sie gingen hinaus auf den Balkon, erbrachen sich und weinten. Aber da oblag bereits dem General die Entscheidung, wer auch im nächsten Jahr im Dienst der Stadt bleiben würde, wem man Pension zahlen würde, wer Bahnwärter, Psalmendichter oder Notar würde. Deshalb tanzten die Damen mit den Offizieren. Der General war zu allen sehr höflich. Nach der Quadrille verhielt er sich wie ein Dompteur, der mit gefährlichen Bestien eine komplizierte Nummer aufgeführt hat und dann den Löwen Zucker gibt, Kusshände ins Publikum wirft und mit einer tiefen Verbeugung den Applaus quittiert. Der Bürgermeister stand strahlend an seiner Seite und verbeugte sich ebenfalls. An der Art, wie er sich nach der Nummer verbeugte, konnte man erkennen, dass er tatsächlich einmal Zirkusdirektor gewesen war. Anna versicherte, dass der Bürgermeister leicht nach Stall und Menagerie roch.

Dann gingen sie vom Ball nach Hause und weinten. Sie saßen allein oder zu zweit in den alten Zimmern, mit gebranntem Haar, legten den Männern die von Reispuder und Tränen verschmierten Gesichter auf die Schultern und weinten. Sie weinten wie die geschändeten Frauen in den alten Städten, nachdem die vandalischen Horden abgezogen waren und nichts zurückgelassen hatten als verstümmelte Männer und Mädchen und Frauen, denen die bestialischen, halb nackten Kämpfer Gewalt angetan hatten. Sie verstanden, dass die Stadt mit Schande gefüllt war, dass die Eroberung beinahe zu Ende war und sie sich tatsächlich ergeben hatten, weil sie auf dem Ball des Generals getanzt hatten. Deshalb weinten sie. Die Männer sahen auf den zerzausten Haarschmuck der weinenden Frauen und streichelten ihnen mit zitternder Hand die zuckenden Schultern. Jetzt konnte man nichts mehr tun. Der General war wie eine mit Pelzen und Federn geschmückte Figur aus einem Sagenkreis der Geschichte herabgestiegen, in deren Gaswolken er gekommen war, er lebte höflich unter ihnen und hatte ein Verhältnis mit der Witwe eines Apothekers angefangen. Die Schande war inzwischen öffentlich, als hätte man sie in der Abendzeitung verkündet. Alle waren erblasst. In den folgenden Jahren starben viele an Herzkrankheiten und Zucker. Die Ärzte sagten, die Stadt habe schwache Nerven.

Ja, die Stadt hatte etwas nicht regeln können. Sie empfand Schuldbewusstsein, schämte sich und lebte mit gesenktem Blick, bis zum Hals in der Schande.

Trauer und Rache

Im dritten Jahr nach der Besetzung, als die Fremden auch schon ihre Familien aus dem Norden hatten kommen lassen und in den neuen Ämtern eine ganz neue Art von Ordnung vorschrieben – sie erhoben den ganzen Tag am liebsten nur Steuern und Abgaben –, schien die Stadt allmählich aus der Erstarrung der Schande zu sich zu kommen. In dieser Zeit dachten die Stadtbewohner zum ersten Mal ernsthaft an Rache. Anfangs verhielten sie sich unsinnig wie jemand, der aus dem Schluchzen einer Trauer zur Besinnung kommt, in der ersten Verzweiflung den Täter sucht und heiser das Schicksal verflucht.

Am Ende des dritten Jahres bemerkten sie, dass sie in einem Zustand ständiger Trauer lebten. In der Trauer ging ihnen, wie in einem Chorlied, Gábor Garren voran. Die Trauer zeigte sich in der Stadt, als wäre ständig ein wenig ein Feiertag, ein düsterer Feiertag mit Ratschen, Prozessionen und Fasten. Der Bischof mischte sich nicht ein. In diesen Jahren bewegte er sich immer seltener aus seinem Schloss. Meist saß er in den Balkonzimmern, in Pelzdecken gehüllt, weil er fror, auch in der sengenden Sommerhitze. Die Balkontüren im großen Eckzimmer wurden geöffnet. Von diesem Balkon sah der Bischof ins Tal hinab, weit unten, jenseits des Nebels, sah er manchmal das Meer glänzen. Er saß den lieben langen Tag hier, manchmal sogar in der Nacht, als wäre er auf der Lauer und blickte mit einer festen Absicht zum Tal und zum Meer hin.

Der Bischof duldete die Trauer, aber er erhob die Hände nicht zum Segen. Er hatte das Gefühl, in dieser Trauer läge etwas Heidnisches. Als wäre die Stadt von allem enttäuscht, auch von dem alten Glauben. Gewiss, die Kirchen füllten sich wie nie zuvor, morgens und abends, auch an den Wochentagen. Der Bischof nahm jeden Mittwochnachmittag in der Kathedrale die Beichte ab, in dem aus dunklem Holz geschnitzten, nach Weihrauch und Naphthalin riechenden Beichtstuhl saß er in dicke Pelze gehüllt und verbarg das Gesicht hinter der Stola. So saß er unsichtbar da, als hörte er die Selbstanklagen der Menschen aus einem unterirdischen Versteck und duldete mit Demut den Strom von Elend und Schmutz, der mit heißem und zischendem Wellenschlag in die dunkle Kabine und auf ihn zufloss. Die Stadt kam allmählich zu sich, schlug sich an die Brust und begann zu beichten. In diesen Jahren, in den

Jahren der Trauer und Selbstanklage, meldeten sich auch Leute zur Beichte, die vorher jahrelang nicht zur Messe in der Kirche gewesen waren – die »Aufgeklärten«, die nicht gerade ungläubig waren, die aber immer nur weise und höflich lächelten, wenn es um die Religion ging: Sie zahlten Kirchensteuern und kehrten am Sonntagvormittag beim Spaziergang manchmal vielleicht sogar zum Hochamt in die Kirche ein, in festlichen Kleidern, den steifen Hut in der Hand. Die brennende Morgenzigarre verbargen sie so lange zwischen den Fingern, denn sie kamen gerade von zu Hause, vom Zeitunglesen und vom Träumen am feierlichen Frühstückstisch, und wollten Gott geben, was Gottes ist, hatten aber keine Lust, die halb gerauchte Zigarre wegzuwerfen. Jetzt kamen auch die Aufgeklärten zur Beichte. Der Bischof saß jeden Mittwochnachmittag von drei bis sieben stumm in der dunkelbraunen Kabine und hörte zu. Er fragte die Sünder niemals nach Einzelheiten, er gab sich mit dem zufrieden, was die Gläubigen ihm freiwillig sagten. Und er erlegte ihnen allen dieselbe Buße auf, drei Vaterunser, niemals mehr. Er stellte keine Fragen, als wüsste er schon alles im Voraus, was ihm die Gläubigen stammelnd gestanden, als wären alle Sünden gleichermaßen hoffnungslos und würden derselben Absicht entspringen. Die Beichtenden sahen sein Gesicht in diesen Stunden nicht, und er verriet nie, ob er die Gesichter hinter der Stola hervor und durch das Gitter hindurch erkannte. Die Stadt beichtete, und auch diejenigen, die früher im Sommer ins Ausland gereist waren und Bücher in ihren Regalen stehen hatten, die die Kirche verbot, erschienen jetzt im morgendlichen Gottesdienst. Der Bischof wusste, dass dieser Eifer verdächtig war wie alle Absichten und jeder

Eifer, der von der Angst geboren und erzogen wurde. Er wusste, dass die echte Tugend nicht inbrünstig ist. Aber er setzte sich am Mittwochnachmittag in die kalte Kabine, die sich in den Jahrzehnten mit dem Naphthalingeruch der zur Wärmung der Beichtväter bereitgelegten Winterkleider und Tücher gefüllt hatte, verdeckte sein Gesicht, hörte die Sünden der Stadt an und erteilte allen die Absolution.

Die Absicht, die der Bischof als Heidentum, künstliche Reue, als verdächtigen und erschrockenen Vertrag von Zweifel und Intrige empfand, warf die gütige Maske von Andacht und Eifer bald fort und zeigte ihre echte, jämmerliche Fratze. Der Heidenglaube führte die Herzen in Versuchung; etwas hatte sie enttäuscht, und jetzt standen sie mit gesenktem Kopf um den alten Altar herum, wollten Zeichen sehen und Stimmen hören. Aber der Bischof wusste, dass die Zeichen und Stimmen, auf die die erschrockenen Gläubigen hofften, nur von einem Menschen stammen konnten. Die Fremden waren Heiden, auf lächerliche und primitive Weise noch immer Heiden, sie forderten neue Priester aus ihrer Heimat an, Priester, die an künstlichen und lächerlich neu erfundenen, willkürlichen Feiertagen mit spitzen, mit Edelsteinen besetzten Hauben auf dem Kopf, bärtig und im schwarzen Seidengewand, Prozessionen veranstalteten, in der Hand die widerlichen und kindischen Insignien aus Gold und Ebenholz, die ein wenig an die Insignien des Kreuzes erinnerten und ein wenig an die liederlichen Zeichen der Apokalypse. So zogen sie durch die Stadt. Sie bauten zwei Kirchen aus rotem Stein. Und sie hatten einen Heiligen, dessen Namenstag sie jedes Jahr mit besonderem Eifer begingen, einen »Heiligen« – natürlich nur nach ihren Begriffen; es war ein lächerlicher und plumper Heiliger, der niemals in den Himmel gekommen war, aber hier auf Erden vor einigen hundert Jahren einen Aufstand gegen die Herren angezettelt hatte und deshalb später in heißem Harz gekocht worden war – seinen Namen stickten sie auf ihre Fahnen. So gingen sie die Straßen entlang, mit wehenden Fahnen, die profan den Namen des gewalttätigen, fremden Heiligen verkündeten. Ansonsten waren sie gottlos. Ihren Unglauben gestanden sie nicht ein, sie versteckten ihn aus »Staatsinteresse«, wie Gábor Garren sagte. Er, der es mit Rousseau hielt, fühlte sich dem wahren Gott noch immer näher als diese Neugläubigen, und in seiner traurigen und trotzigen Ungerechtigkeit ließ er sich dazu hinreißen, die Fremden des Heidentums und der Götzenanbetung zu beschuldigen und herumzuerzählen, dass sie den ekelerregenden Gebräuchen eines verdächtigen, verborgenen Ritus huldigten! Er sprach es nicht aus, ließ aber Bemerkungen fallen, die darauf anspielten, dass dieser Ritus vor allem niederträchtig und Übelkeit erregend war – ja, vielleicht auch entsetzlich, vielleicht gehörten auch Kinderblut und Katzenleber dazu, und er wurde von allerlei hässlichen Wörtern und Bewegungen begleitet; das Ganze sei vernunftwidrig, es fehle der Sache die Demut des Glaubens und die Andacht der Einfalt! Solche Beschuldigungen sprach er aus.

Die Fremden kümmerten sich nicht weiter um diese Nachrede. Sie schienen sich mit den Steuern zufriedenzugeben und damit, dass sie im Kaffeehaus und in den Kneipen nun mit den Alteingesessenen zusammensaßen, dass es schon Frauen gab, die sich den Fremden in die Betten legten – mit einem billigen, gewöhnlichen Wirklichkeitsgefühl hatten sie die Stadt übernommen, und mit Gott und den zarteren Erinnerungen gaben sie sich nicht weiter ab. Sie produzierten leidenschaftlich neue Gesetze, aber mit diesem Vorrat an gierigen und mit grober Laune zusammengeschusterten Verordnungen wollten sie nur die Oberfläche des Lebens umorganisieren. Sie kümmerten sich nicht um den Glauben, sie taten den alten Kirchen nichts, und als ob das, was die Menschen von Gott denken, nicht so wichtig wäre wie alles, was die Menschen denken und wünschen können, gingen sie gleichgültig an den alten Kirchen vorbei, sie zogen nicht einmal den Hut und bedeuteten manchmal mit Gesten und Mienen, dass all das in ihren Augen gleichgültig war und dass die alten Bewohner der Stadt Gott auf die Weise und nach dem Ritus opfern konnten, wie es ihnen guttat.

Den Bischof erfüllte diese Gleichgültigkeit mit tiefer Sorge. Er hätte es lieber gehabt, wenn die Fremden die Religion verfolgt hätten, wenn sie die Alteingesessenen gezwungen hätten, den verdächtigen und lächerlichen Nationalheiligen anzubeten; es hätte ihn nicht gestört, wenn die Gläubigen manchmal mit Waffen aus den alten Kirchen gejagt worden wären oder die Fremden über die Andacht der Stadtbewohner gespottet hätten. Aber nichts dergleichen geschah. Der Bischof sah mit Schmerz und Sorge, dass der dunkelblaue General die Mannschaften der Kasernen an den großen Feiertagen der Religion der Alteingesessenen Paradeuniform anlegen ließ, und dass die Truppen auf die Straße zogen und ein Spalier bildeten, wenn der Bischof unter dem Purpurbaldachin mit dem Allerheiligsten in der Hand in einer Weihrauchwolke im getragenen Takt des Chors der knienden Stadtbewohner durch die

Straßen schritt. Die Soldaten salutierten und sahen brav mit geduldiger, blinzelnder Einfalt der Prozession zu, die Offiziere trugen an diesen Tagen nagelneue Ledergürtel und weiße Handschuhe und betrachteten die Prozession so ernst und mit angespannter Schamhaftigkeit, als würden sie in einer Kolonie eine Feier von Eingeborenen beobachten: Sie wollten niemanden bekehren, sie sahen sich auch gern die Tänze an und hörten die Lieder, Hauptsache, der Gummi und die Baumwolle würden trotzdem rechtzeitig eingebracht. So starrten sie. Der Bischof kehrte nach den Prozessionen müde heim und empfing an diesen Tagen niemanden. Die gleichgültig beobachtende Prüfung der fremden Blicke schien ihn gedemütigt und aufgebracht zu haben. Die Fremden betrachteten die Feiertage der Urreligion ohne Erregung; und diese Gleichgültigkeit kränkte den Bischof. Alle stören, sagte er, die nur Betrachter bleiben bei den göttlichen und den menschlichen Feiertagen.

Am Ende des dritten Jahres ließ er Gábor Garren zu sich rufen. Er empfing ihn rituell. Aber als sich die Flügeltüren hinter dem Gast geschlossen hatten und sie in dem großen Zimmer allein geblieben waren, von dessen Erkern man das Meer sehen, genauer gesagt, nur ahnen konnte, ergriff er die Hand des Gastes, schloss die feinen Finger zu einer weichen Faust und drückte sie lange und zerstreut. Bischof János war in diesem Jahr noch nicht besonders alt, fünfundsiebzig Jahre. Und als hätte sich der jugendliche Körper gehorsam der reiferen Seele angepasst, war sein feines Haar watteweiß geworden, und an seinen Händen traten dicke blaue Adern hervor. Er stand auf seinen Stock gestützt im Zimmer, das Tal und das Meer im Rücken.

»Mein Sohn«, sagte er. »Ich habe dich wegen der Trauer rufen lassen.«

In der Öffentlichkeit, vor den Fremden sprachen sie einander mit vollem Titel an. Der Bischof duzte Gábor Garren jetzt zum ersten Mal. Es war, als wäre die Anrede der Gefahr geschuldet, dem unheilverheißenden Augenblick, in dem alle Schnörkel und Höflichkeiten sinnlos sind. Seine tiefe und routinierte, am Reden und am Schweigen geübte Stimme füllte sich mit dem dumpfen Ton aufrichtigen Schmerzes. Gábor Garren verneigte sich. Mit dem Bischof hatte er damals schon seit einem Jahrzehnt nicht mehr unter vier Augen gesprochen, wegen Rousseau, Lucy und der Pseudojournalisten. Aber jetzt nahm der Bischof seinen Gast am Arm, drückte ihm die Hand, führte ihn zum Tisch und schob einen bequemen Lehnstuhl vor ihn hin.

»Was weißt du über sie?«, fragte er leise.

Der Vater fühlte, dass der Bischof ihn in äußerster Not hatte rufen lassen. Der ehemalige Bürgermeister, der pensionierte Stadtrat, die in Zivil gekleideten ehemaligen Offiziere hatten ihm wahrscheinlich schon alles gesagt. Nicht nur die einstigen Offiziere hatten in diesem Jahr Zivilkleidung angelegt. Alle alten Bürger der Stadt schienen ein wenig in Verkleidungen umherzugehen. Sie trugen Straßenkleider, aber so wie ein Stabsoffizier, der mit einem vertraulichen Auftrag in der Stadt unterwegs ist; sie zogen Regenmäntel über wie früher, die aber jetzt wie Kostüme wirkten, als würden sich Menschen, die eigentlich Schornsteinfeger sind, unerwartet und mit geheimem Ziel wie Fischer anziehen. Nur Gábor Garren war in der Kleidung, in seiner äußeren und inneren Tracht, derselbe geblieben: Als wechsele ein Künstler, vielleicht als Einziger in der Gesellschaft, niemals sein Kostüm. Als hätte er auch früher, vor der Ankunft der Fremden, immer ein wenig fremd hier gelebt und sich gekleidet. Der Bischof betrachtete ihn aufmerksam, er sah ihm abwechselnd auf die Krawatte, in die Augen und auf die Hände.

»Sprich von der Trauer«, sagte er und seufzte.

»Eure Eminenz weiß alles«, erwiderte Gábor Garren kühl. Das ist das Zimmer, dachte er. Mit einem taktvollen, aber scharfen Blick sah er sich um. Auf dem Schreibtisch lagen eine Lupe mit grünem Griff, Arzneidöschen und ungeöffnete Briefe. Schreibzeug sah er nirgends. Der Bischof schrieb schon lange nicht mehr und las auch keine Briefe. Meistens betete er nur noch und dachte nach. Als wäre er künstlich gealtert. Auch er, der Bischof, war ein wenig so, als hätte er in letzter Zeit ein Kostüm angezogen. Nicht sein Priestergewand war dieses Kostüm und auch nicht der violette Gürtel und die Goldkette um seinen Hals und das Kreuz; sein Blick und die Bewegungen, wie er seine edle Hand hob, wie er den Kopf zur Seite neigte, all das war etwas theatralisch.

»Wir haben gegeneinander gekämpft«, sagte er leichthin und lächelte.

»Eure Eminenz ist viel stärker«, sagte Gábor Garren und verneigte sich.

»Es hat keinen Sinn mehr zu kämpfen«, sagte der Bischof ernst und streng. »Wir haben stumm gekämpft, mit echten Waffen, wie es sich gehört. Du hast zu Hause gesessen, in dem schönen Haus, und anders gedacht als ich in diesem Zimmer. Wir haben unser Leben in derselben Stadt gelebt, aber unterschiedlich gedacht. Das ist ein echter Kampf. Alles andere ist nur seine Folge. Und jetzt sind die gekommen«, er wies mit einer beiläufigen Bewegung zum Meer und zu den Fremden hin, »und ich habe das Gefühl, dieser Kampf hat keinen Sinn mehr. Deshalb habe ich dich rufen lassen. Du bist Künstler, vielleicht kennst du die Wahrheit.«

Gábor Garren schwieg.

»Ich will die Rache, gnädiger Herr.«

Jetzt, als er es ausgesprochen hatte, atmeten beide auf. Der Bischof wandte sich ab, ging langsam zum Balkonfenster und schloss es. Als fürchtete er, dass aus dem Tal mitgehört wurde, sah er sich um und bedeutete dem Gast mit einer Geste zu schweigen. Gábor Garren fühlte es um sein Herz warm werden. Dies sind die letzten echten Gefühle, dachte er. Gegen Ende seines Lebens trifft man sich mit anderen in der einzig möglichen Verbindung, im Bund der Rache. Alles andere, was davor war – die Liebe, die Träume, der Ehrgeiz –, schienen erstaunlich billige und verwässerte Erlebnisse gewesen zu sein, gemessen an dieser echten, einzigen Sehnsucht, dem Gefühl der Rache. Jetzt hatte er es endlich ausgesprochen, hatte es zum ersten Mal in Worte gefasst. Er spürte, dass in diesem Augenblick etwas begann, vielleicht der letzte Abschnitt seines Lebens oder der erste Augenblick seines Todes. Mit solchen Worten beginnt der Tod, wenn man endlich dem ins Auge sieht, was man sehr stark will, einem Gefühl oder einer Sehnsucht, die einen völlig ausfüllt, die einen ganz bedeutet. Es war, als hätte er sich schon sehr lange nach Rache gesehnt und nur keinen Anlass dafür gefunden. Er wunderte sich nicht, dass er sich gerade mit dem Bischof für die Rache verbünden würde; ja, sie hatten hier gelebt, in zwei Häusern, zwischen den alten Möbeln in ihren Zimmern gesessen und mit Gedanken gegeneinander gekämpft, mit Gedanken, die man nicht niederschreiben und auch nicht aussprechen musste. Als hätte er sich schon lange auf diesen Satz vorbereitet, als hätte er immer gewusst, dass irgendwann einmal die Fremden kommen würden und sie beide, der Bischof und der Künstler, sich in diesem Zimmer treffen würden, im Bund der Rache. Unter halb geschlossenen Lidern sahen sie einander aufmerksam an. Schließlich trifft man sich mit seinem Feind, dachte Gábor Garren; man trifft sich und stellt plötzlich fest, dass man einander etwas angeht, dass man verbündet ist. Man führt nur mit dem Krieg, der einen etwas angeht, dachte er. Das Leben ist damit vergangen, dass wir im Zimmer saßen und Feinde waren. Jetzt haben wir uns endlich getroffen. Neugierig sahen sie einander an.

Das Zimmer war sehr einfach, aber die Gegenwart des Bischofs verzauberte diese Einfachheit zu einer Art Kulisse. Ein Eisenbett stand im Zimmer wie in den Schlafräumen von sehr vornehmen Menschen, Kaisern und selbstkasteienden großen Priestern, und in den gemeinsamen Schlafsälen der ganz Armen, der Polizisten, Eisenbahner und Straßenfeger.

»Sprich!«, sagte der Bischof schlicht in verdrießlichem, befehlendem Ton. Gábor Garren spürte jetzt zum ersten Mal, dass auch er ein Priester war, vielleicht ein heidnischer, aber in seinem Leben hatte immer etwas Priesterliches gelegen. Lucy, Krisztina, Erzsébet, die Kinder, die Ausflüge in das Haus am Hafen, der viele Knickebein, all das zählte nicht. Auch er war ein Priester und hatte auf die Seelen achtgegeben, ein Leben lang, nur nach der Vorschrift eines anderen Glaubens. Der Bischof nahm ihn beim Arm, sie gingen in dem großen Zimmer umher. Gábor Garren begann mit der Anklage. Es sei schwer zu glauben, sagte er, dass es an einem Botschaftssekretär gelegen habe, der ein Telegramm mit zwei Fingern aufgehoben und zu den anderen gelegt, es vielleicht sogar in der Ledertasche vergessen hatte. Niemand wisse mehr von dem Telegramm. Überhaupt, was sei das eigentlich, ein Telegramm? Ein Stückchen Papier mit schmieriger Schrift, deren Sinn der elektrische Strom durch einen Draht übermittelt hat. Der Bischof könne sich wahrscheinlich mit einer solchen Erklärung nicht zufriedengeben. Er, Gábor Garren, schlafe schon seit Monaten nicht ruhig, er suche die Antwort und die Erklärung und könne sich mit so gewöhnlichen Antworten, wie dass es die Großmächte so gewollt hätten, nicht abfinden. Die Großmächte wussten von der Stadt gar nichts. Sollte sich der Bischof einmal die Mühe machen, in die Geschäftsräume der Firma Aiolos zu kommen, würde der Vater ihm die großen ausländischen Handbücher zeigen, die die Stadt in zwei Zeilen abhandelten. Blühende Industrie. Knotenpunkt. Kathedrale aus dem dreizehnten Jahrhundert. All das zog die Großmächte nicht an. Ja, Mächte fielen die Stadt an, echte Großmächte, aber in einem anderen Sinn, als es jetzt in den Schulen der Fremden gelehrt wurde. Gábor Garren bestritt diese Mächte nicht. Man könne sich nicht damit abfinden, dass alles, was geschehen sei, vom Willen von Generälen und diplomatischen Jacketträgern abgehangen haben solle. Es gehe nicht darum, dass die eigenen Generäle mit falschen strategischen Absichten gewisse Anhöhen »gehalten« hätten. Es gehe nicht darum, dass der Feind mit seinen Kanonen genauer gezielt habe. Es sei unmöglich zu glauben, dass die Witwe des Apothekers, diese schamlose Nutte, jetzt ein Verhältnis mit dem fremden General haben konnte, nur weil vor fünf Jahren der Nachschub zu spät kam oder eine Brücke gesprengt wurde. Sehr vieles habe geschehen müssen, bis die Fremden eines Tages im Hafen erschienen und für den General im Komitatshaus das Quartier bereiteten. Vielleicht liege auch alles an einer Frau, die in Paris oder Stockholm lebte und eines Tages grausam zu einem Mann gewesen war. Der Krieg sei etwas Allgemeines. Gábor Garren habe nachgedacht und sei davon überzeugt, dass der Krieg nicht nur Privatangelegenheit der kriegsführenden Parteien war, sondern gemeinsame Sache aller Lebewesen, der Nonnen, die nur den Rosenkranz beteten und nicht zum Schwert griffen, und der Alten in den Asylhäusern, ja, auch die Säuglinge seien kriegsführende Partei, denn Krieg könne es nur da und dann geben, wo alle zustimmten. Der Bischof wisse und glaube wahrscheinlich, dass alles an der Bereitschaft der Seele liegt. Nicht an den Kanonen. Nicht an den Unterständen. Als die Fremden ihren Fuß in die Stadt gesetzt hatten, hatten sie eigentlich nur noch dem obersten Gebot gehorcht, hatten etwas durchgeführt. Warum waren sie nicht hundert Jahre früher gekommen? Sie hätten ebenso gut damals kommen können. Es stimme nicht, dass das Heer schlecht funktioniert habe. Das Heer habe genau so funktioniert wie achthundert Jahre lang, immer in der Vergangenheit. Manchmal habe das Heer eine Schlacht verloren, manchmal eine gewonnen, aber die Fremden hätten sich nicht der Stadt genähert, weil ein Widerstand sie ferngehalten habe, der stärker war als alle Basteien und Türme. »Wenn etwas reif ist«, sagte er verlegen und sah aus dem Fenster, »muss es stürzen.«

»Du hast einen Ball veranstaltet«, erwiderte der Bischof.

»Ja, Vater.« Sie sahen einander in die Augen. »Ich habe einen Ball veranstaltet, weil ich geglaubt habe, dass die Menschen nur mit dem wirklich gegeneinander kämpfen können, was edler in ihnen ist. Es musste noch einmal gezeigt werden ... Wem? Ich weiß es nicht. Der Welt. Es gibt irgendeine höhere Kontrolle. Ich bin hier geboren«, sagte er leise, »und ich will hier sterben. Eure Eminenz wird mich begraben«, sagte er höflich mit einem leichten Neigen des Kopfes. Und als der Bischof mit einer Handbewegung und lächelnd protestierte: »O doch. Ich weiß es. Die Stadt trauert jetzt, und verwirrt, wie sie sind, gehen die Leute sogar auf den Ball des Generals, weil sie um ihr Brot fürchten. Wie traurig das ist ... Sie sprechen nicht mehr in der alten Sprache. Die Wörter sind noch die alten, aber ihr Klang ist anders. Ich höre, man tanzt zu ganz neuen Melodien. In den Geschäften nehmen die Kunden den Hut nicht ab, sie reden zerstreut, mit den Händen in den Taschen und dem Hut auf dem Kopf. All das war früher anders. Ich fürchte, es wird noch schlimmer werden. Ich habe alles gegen sie versucht«, sagte er laut. »Ich habe es ihnen gesagt, am Morgen, auf dem Platz. Eure Exzellenz hat damals noch geschlafen.«

»Ich habe nicht geschlafen«, sagte der Bischof leise.

»Verzeihung«, sagte der Vater. »Ich glaubte, Sie schliefen. Ich stand allein auf dem Platz, den Waffen gegenüber, mit unbedecktem Kopf. Ich fürchte nicht um die Stadt wegen der Geschichte. Ich fürchte um sie, weil ich glaube, sie könnte ihre Trauer verlieren. Die Art, wie ich ihnen beigebracht … nein, sagen wir, wie wir ihr beigebracht haben zu grüßen, sich zu erinnern, ein Glas zu heben, die Hand zu küssen, den Einband eines alten Buches in die Hand zu nehmen und anzusehen, ein solches Buch lange in der Hand zu halten und liebevoll anzusehen, ohne dass man auf den Inhalt des Buches neugierig wäre. Sie hatten schon viel gelernt. Und jetzt ist es geschehen, dass die da herkommen konnten. Warum ist das geschehen?« Seine Frage klang ganz leise. »Wer hat etwas falsch gemacht? Wahrscheinlich waren wir Sünder. Eure Eminenz weiß das besser. Eure Eminenz kennt die Sünden der Stadt. Vielleicht lebt ein Sünder unter uns, der heimlich schlechte Literatur liest oder nichts empfindet, wenn es im Winter schneit und man zu heizen beginnt. Vielleicht haben wir einen Verräter unter uns. Auf den Schiffen, im Sturm, wurden solche Leute über die Reling geworfen. Eure Eminenz weiß es, weil die Stadt am Mittwochnachmittag alles erzählt.« Er schwieg verlegen.

Der Bischof lächelte. Traurig und verwundert lächelte er. Jetzt verstand er endlich den Ball und auch, warum man in der Stadt glaubte, Gábor Garren sei ein Künstler. Der Bischof hatte vierzig Jahre lang geglaubt, Gábor Garren sei ein Verräter und Revolutionär. Er ist doch ein Künstler, dachte er mit einem leichten Schaudern. Er möchte die Welt und die Formen bewahren. Auch entgegen den Vereinbarungen möchte er die Formen bewahren. Er spürte, dass er sich ihm nicht nähern konnte, dass ihre Methoden verschieden waren. Aber im Ziel, das nicht das »allerletzte« war – der Bischof kannte und billigte die feine Scham, die künstlerische Scham und Zurückhaltung gegenüber den energischen Festlegungen, von der Gábor Garren erfüllt war –, trafen sie sich. Die Menschen hier in der Stadt konnte man nicht mehr retten, weil sie Menschen waren, weil in ihnen etwas zerbrochen war, weil sie sich von innen heraus gegen das auflehnten, auf das Gábor Garren und der Bischof so betriebsam achteten, sie lehnten sich gegen das Höherrangige auf. Der Bischof wusste, dass das Höherrangige nicht nur während der heiligen Handlung zugegen war; es war auch in den Schlafzimmern, Küchen und auf den Toiletten zugegen, überall, wo Menschen lebten, noch die plumpesten Handlungen strahlten es aus, denn der göttliche und der menschliche Wille berührten sich ständig an irgendwelchen Reibungspunkten. Die Menschen konnte man nicht mehr retten, denn es war die Zeit gekommen, in der in ihnen nach der langen, Jahrhunderte währenden Erziehung die gierige Sehnsucht nach dem Gewöhnlichen, dem Heidnischen, dem Niedrigen zum Ausbruch gekommen war, das die Fremden in die Stadt gebracht hatten – vorerst schämten sie sich noch dafür, verheimlichten es, verbargen es hinter Beichten und eifriger Frömmelei. Die Sehnsucht war in ihnen ausgebrochen, deshalb trauerten sie, deshalb beichteten sie, deshalb bereiteten sie sich auf die Rache vor, deshalb hätten sie, wenn der Bischof und Gábor Garren es zugelassen hätten, sinn- und zwecklose, vielleicht blutige Kundgebungen veranstaltet, aber all das konnte der Stadt nicht mehr helfen. Jetzt war die Zeit gekommen, in der sich die Tore der Unterwelt geöffnet hatten und sich die hundsköpfigen und lächerlichen Bestien, die Affekte der Niederträchtigkeit, die mit der Praxis und dem Ritual des neuen Heidentums nur notdürftig gezügelten Ungeheuer, der Stadt bemächtigten. Hier konnte kein Ball mehr helfen und auch keine fromme Festlichkeit. Der Bischof sah mit gesenktem Kopf auf seine welken, weißen Fingernägel und biss sich in die blutleere Unterlippe.

»Was kannst du noch tun?«, fragte er sachlich.

Sie traten zum Balkon und blickten ins Tal hinab. Aus dem Fenster sahen sie die Marienstatue. Die Bürger gingen um die Statue herum spazieren, vermischt mit den fremden, in Duftmitteln marinierten, goldverschnürten Offizieren. Irgendwo spielte immer Musik, als würde sich ständig jemand bei Grammofonmusik, zu Negermelodien, rasieren. Ein lokomotivenartiges, dunkelrotes Automobil stand vor dem Komitatshaus, der Wagen des taktvollen Generals. An der Ecke stand ein neuer Polizist in einer lächerlichen Kolonialuniform, mit Tropenhelm, als hütete er in irgendwelchen Fantasietropen die Ordnung, die Automobile und die Löwen. Von alledem stieg ein grober Geruch auf, der Geruch nach billigem und gewöhnlichem Männerparfum, nach Benzin und Maschinenöl, nach Fußlappen und Tinte, nach neuen Akten und nach der Ölfarbe, mit der die alten Firmentafeln überstrichen worden waren und die Schranken an den Straßen, alles, was an die alte Ordnung und Bezeichnung erinnerte – dieser grobe Geruch, der Geruch der Unterwelt, war ein wenig der Geruch einer öffentlichen Bedürfnisanstalt und ein wenig der eines Büros. Dem Bischof wurde übel. Gegen diesen Geruch konnte der Künstler nichts machen. Der Bischof zog mit einer taktvollen, unwillkürlichen Bewegung ein Taschentuch aus der Tasche seiner Soutane und hielt sich das zusammengeknüllte Tuch vor die Nase. Ja, dies war der Geruch des niederen Lebens, mit dem sich die Stadt jetzt gefüllt hatte. Der Geruch jenes andersartigen, verdächtigen Lebens, das nichts anderes will, als gierig zu besitzen und sich zu befriedigen. Aber der Bischof und Gábor Garren wussten, dass man nichts ungestraft und vollständig besitzen und sich nicht ungestraft befriedigen konnte. Traurig und mit stummer Schadenfreude sahen sie auf die Stadt, die sich selbst der Eroberung ergeben hatte, diesem groben Geruch, diesen barbarischen Sehnsüchten und der unmoralischen Musik, dem Heidentum. Die Stadt tat ihnen leid, doch sie konnten nichts mehr für sie tun.

»Was wird die Rache sein?«, fragte der Bischof leise und eindringlich.

Gábor Garren sah sich im Zimmer um. Dann trat er mit einer raschen Bewegung zum Bischof, formte aus seinen Händen einen Trichter, stellte sich ein wenig auf Zehenspitzen, weil er einen halben Kopf kleiner war als dieser, streckte sich und flüsterte dem Oberpriester ins Ohr:

»Das Werk«, sagte er mit heißem, zitterndem Mund. »Ich werde das Werk vernichten.«

»Was für ein Werk?«, fragte ebenso leise, tief verwundert der Bischof.

»Das Werk«, wiederholte er fieberhaft. »Ich gebe es ihnen nicht. Ich werde es vernichten, gnädiger Herr.«

Er stand blass da, mit ausgebreiteten Armen, und verneigte sich tief, mit derselben Bewegung wie Jahre zuvor in der Morgendämmerung auf dem Platz, als er den Eroberern seinen Protest verkündete. Der Bischof nickte. Und weil der Vater nichts mehr sagte, senkte er seinen Blick in die brennenden Augen und geleitete seinen Gast zur Tür. Dann, sobald Gábor Garren gegangen war, schlug der Bischof mit einer raschen, schützenden Bewegung ein Kreuz.

Tamás beginnt nachzuforschen

Als die Garrens aus Karnak und Peru heimkehrten, war all das schon ein wenig verblasst. Die Stadtbewohner und die Fremden erinnerten sich noch an die Trauer und das Heidentum, aber nur noch gelegentlich, wie jemand in der Blüte seiner Jahre, inmitten von beruflichen Sorgen, an ein peinliches Abenteuer seiner Jugend denkt. Das Leben war in seiner Form und Farbe dem alten ähnlich, aber die ganze Stadt wirkte, als wäre sie neu gestrichen worden. Nicht nur die Schranken und Firmenschilder hatten die Fremden übermalt. Was Péter und Tamás vom Hügel, an den Galgen gelehnt, beobachteten, und bei dessen Anblick sie das Gefühl hatten, in der Stadt hätte ein »Erdbeben« gewütet und etwas hätte sich »von seinem Platz bewegt«, war die Folge eines viel langsameren, kaum wahrnehmbaren Prozesses gewesen; die Bürger der Stadt beispielsweise hatten ihn gar nicht bemerkt. Dieses Erdbeben war ihnen tatsächlich zugestoßen, mit leichten Verrutschungen, millimeterkleinen Verschiebungen – die Kathedrale war spürbar nicht mehr an ihrem Platz, nicht ganz so und nicht ganz da, wo die Vorfahren der Garrens sie gebaut hatten, und auch die alten Empfindungen hatten sich ein wenig von ihrem Platz bewegt, aber all das war so langsam und schrittweise geschehen, dass die Stadtbewohner nur manchmal nervös hüstelten, an einer Straßenecke stehen blieben, sich umsahen, oder dass zu Hause vor einem Schrank ihr Blick hängen blieb, als hätten sie etwas gesucht, doch dann gingen sie kopfschüttelnd ihren Angelegenheiten nach. Die Veränderung, das Erdbeben, jenes feine Rutschen und Verschieben – Péter und Tamás bemerkten es jetzt, als sie nach langer Abwesenheit heimgekehrt waren, mit tastenden Bewegungen und fremden, forschenden Blicken auf Schritt und Tritt –, hatte nicht die Gegenstände aus den Schränken geworfen, hatte die Menschen nicht erschreckt. Doch die Älteren spürten etwas, sie gingen selten auf die Straße, räumten unablässig in den Schubladen herum und ordneten ihre Andenken. Rechtsanwalt Tokár, einer von Gábor Garrens Vertrauten, gründete zehn Jahre nach der Ankunft der Fremden den Gedenkausschuss der Alteingesessenen; und obwohl er nie ganz genau sagte, was die Aufgabe dieses Ausschusses sei, weckte diese Gruppierung Erregung bei den Stadtbewohnern; ungeheuer viele meldeten sich an, auch körperschaftlich, beispielsweise die Fischerzunft – diese bedachten Männer, die immer ein wenig von den Angelegenheiten der Stadt zurückgezogen lebten, die sich auf ihr Handwerk berufen und mit gekünstelter Bescheidenheit versichert hatten, dass sie, die Männer des Meeres, sich nicht auf Kanalisierung und Stadtverschönerung verständen, die aber in Wirklichkeit nur hochmütig und argwöhnisch waren, die Stadt ein wenig verachteten wie jemand, der Verwandte in der großen weiten Welt hat und wenn er will, sogar nach Indien reisen kann, der doch wirklich nicht hier versauern muss! – und auch die Zunft der Steinschleifer und der Glasmaler. Diese vornehmen Körperschaften hatten es jetzt eilig, sich zu melden und um ihre Aufnahme in den Ausschuss zu bitten. Die Fremden, die sich mit jedem Jahr neugieriger, hastiger und unverschämter mit dem Leben der Stadtbewohner vermischten, nahmen die Nachricht von der neuen Vereinigung misstrauisch auf, konnten aber offiziell nichts gegen sie tun. Ein Gedenkausschuss, was mochte das sein? Sie wussten es nicht. Ganz genau wussten es auch die Stadtbürger nicht. Aber wie man in großer Gefahr, beispielsweise im Sturm oder im Kanonenfeuer, den Mitgliedern einer Gemeinschaft nicht lange erklären muss, was richtig ist, so spürten jetzt die Stadtbewohner, dass man sich in der Deckung dieses Ausschusses verstecken musste. In den Statuten wurden ganz allgemein gemeinnützige Zwecke erwähnt – es war beispielsweise von »Stadtbewahrung« und der »Pflege edlerer Gefühle« die Rede. Die Fremden, besonders die Beamten, hörten und lasen diese Ausdrücke etwas finster, blinzelnd und verwirrt. Gegen edlere Gefühle konnte die fremde Macht nichts sagen. Die Stadt zu bewahren war unleugbar rechtens. Und weil die Statuten des Ausschusses nicht verrieten, vor wem oder was seine Mitglieder die Stadt bewahren wollten, duldeten sie die Versammlungen, wenn auch murrend und mit scheelem Blick.

Tokár wollte in der ersten Begeisterung Gábor Garren zum Vorsitzenden wählen, aber der Vater ging dieser Ehrung aus dem Weg. Er gestand, dass er die Stadt in Zukunft nur noch auf seine eigene Weise bewahren und die edleren Gefühle nur mit individuellen Methoden pflegen wolle. Später übernahm der Obermeister der Steinschleifer, ein vorsichtiger und reicher Mann, errötend das Amt des Vorsitzenden, als hätte er einen Mahnruf gehört. Sie spürten, dass man etwas tun musste. Der Ausschuss hielt monatlich Sitzungen ab. Meist wurde nichts Besonderes beschlossen. Manchmal protestierten sie bei den fremden Behörden dagegen, dass Statuen, Anschlagsäulen oder Straßenbänke verrückt worden waren, oder gegen den Abriss des alten Gefängnisses. Tokár forderte, man solle das alte Gefängnis unter Denkmalschutz stellen. Die Fremden wiesen die Beschwerde ab. In einer offiziellen Niederschrift antworteten sie, dass das neue Gefängnis viel schöner sein würde, ganz zeitgemäß, mit fließendem Wasser und Gasheizung. Sie bauten tatsächlich eines, mit Dachterrasse und Tennisplatz, aber den Platz durften nur die Gefängniswärter benutzen. Später wurden die Mitglieder des Ausschusses in dieses moderne Gefängnis gesperrt.

Der Ausschuss war gegründet worden, er trat in Aktion und schloss im zehnten Jahr nach der Besetzung alle in sich ein, die etwas mit dem Geheimnis der alten Stadt zu tun hatten – und die Mitglieder hatten nie in lebendigen und exakten Worten formuliert, was denn dieses Geheimnis sei! Sie wussten nur, dass es existierte. Und sie wussten, dass man es nicht an die Fremden verraten durfte. Auf den Sitzungen des Ausschusses sprachen sie von der Kanalisation, und dabei wussten sie, dass es um das Geheimnis ging. Die Fremden konnten die Häuser und den Fluss besetzen, sie konnten sich in der Kirche und im Theater einnisten, sie konnten einen Ball veranstalten, auf dem sie zähneknirschend, feige und ängstlich und außerdem mit einer Gier und Neugier nach dem »anderen« Leben, das verdächtig war und mit Befriedigung lockte, am Leben der Alteingesessenen teilnahmen – all das war niederträchtig und traurig, aber solange das Geheimnis nicht verraten wurde, blieb die Eroberung unvollkommen und symbolisch. Die weltliche Macht gehörte den Fremden, aber sie spürten selbst, dass das zu wenig war. Als lebte jemand in der Stadt, der eine Formel oder einen Schwur versteckte, eine Art Zauberwort, mit dessen Hilfe die Stadtbewohner unter sich bleiben konnten und ohne das man sich jenen innersten Inhalt, der die Stadt war, nicht aneignen konnte.

Die Fremden lächelten die Alteingesessenen leutselig an, sie ließen auf dem Hauptplatz die kindisch schrecklichen, rumpelnden und fürchterlichen Panzer lüften, sie informierten die alten Stadtbewohner auf Plakaten, auf denen es vor Konsonanten nur so wimmelte, nach welchen Regeln man leben und sterben durfte – aber in die Nähe des Geheimnisses kamen sie nicht. Das Geheimnis verriet niemand. Wie eine Parole, von der nur die Eingeweihten wussten, lebte im Bewusstsein der alten Stadtbewohner das Wissen um dieses Geheimnis. Wer die Parole nicht kannte, konnte die Hindernisse um den echten Bereich der Stadt nicht überwinden.

Die Fremden spionierten. Als das neue Gefängnis gebaut war – und das neue Gefängnis war tatsächlich eines der ansehnlichsten Gebäude der Stadt, mit Dachterrasse, luftigen, sonnigen Korridoren und Blumen vor den Zellenfenstern –, wurden die Alteingesessenen unter wirren und feigen Vorwänden manchmal dort hingebracht, wurden die älteren Bürger wochenlang in den gasbeheizten Zellen gefangen gehalten, und man führte mit ihnen langwierige Verhöre. Die Alteingesessenen stritten alles ab, sie leugneten umso mehr, als sie das Geheimnis nicht hätten verraten können, selbst wenn sie es gewollt hätten. Die Fremden erkundigten sich ständig nach »Papieren«, wollten Verträge sehen, Fahnen finden, Fahnen mit den alten Farben der Stadt. Aber die Fahnen waren von den Behörden schon vor langer Zeit, kurz nach der Ankunft der Fremden, hastig eingesammelt worden. Dann fahndeten sie nach Waffen; aber es gab in der Stadt nur noch einige alte belgische Jagdgewehre und Küchenmesser. Sie hatten schon alles mitgenommen und eingesammelt und wussten selbst, dass ihre Suche aussichtslos war. Umso wütender und sorgfältiger suchten sie. Die Gefangenen behandelten sie zuvorkommend, mit einer künstlichen und abscheulichen Höflichkeit. Diese Höflichkeit war, als würde man einem Verurteilten in der Todeszelle noch rasch Diätnahrung anbieten. Ständig beriefen sie sich auf den Westen, als pflegten gerade sie, die Fremden, entfernte Blutkontakte dorthin, als wollten sie sagen: Wir erhängen ganz anders, auf westliche Art. Die Stadt gehorchte erschrocken und brav. Die festgenommenen Bürger gestanden die Küchenmesser und die Jagdgewehre, aber von einem Vertrag wussten sie überhaupt nichts. Von dem Geheimnis wussten sie, aber die meisten wurden blass und begannen zu stammeln, wenn sie dazu befragt wurden, sie wurden blass, weil die Erwähnung des Geheimnisses in ihnen eine furchtsame und erregte Stimmung aufleben ließ, als hätten sie sich tatsächlich nachts bei Fackellicht in einem Keller verbündet, als hätten sie sich zu Taten verschworen. Die Vernehmungsbeamten tasteten sich hilflos und mit gereizter Höflichkeit auf dieses heikle Gebiet vor. »Was ist noch?«, fragten sie, wenn die Vernehmung ins Stocken geriet und die Bürger stammelten, schwitzten und blass an die Decke sahen. »Gibt es da noch etwas anderes?« Aber gerade dieses »Noch« und dieses »Andere«, das es tatsächlich »gab«, unbenennbar und dennoch wirklich, das man nicht finden konnte und das – hier trog die Beamten ihr Instinkt nicht – beinahe materiell irgendwo existierte, in einer Schublade oder unter einem Felsen vergraben oder in der Seele der Verdächtigten, was aufs Gleiche hinausläuft, dieses »Noch« und dieses »Andere« wollte nicht ans Tageslicht kommen. Die Vernehmer und die Verdächtigten quälten sich und spürten, dass sie auf der richtigen Spur waren, ihr mussten sie folgen, hier war dieses Etwas – vielleicht eine Vereinbarung, vielleicht gab es auch etwas Schriftliches darüber? –, das man eines Tages würde ausgraben müssen, und dann würden die Fremden tatsächlich die Herren sein in der Stadt. Und sie spürten auch, dass ihre Herrschaft ohne dieses Geheimnis, ohne dieses »Noch«, wankte und auf Sand gebaut war: Dagegen halfen weder das schöne, moderne Gefängnis noch die fremden Soldaten mit den Tropenhelmen an den Straßenecken, vergeblich war die geistreiche neue Art, die Steuern einzutreiben, und selbst der Ball war umsonst. Sie spürten, dass sie gerade dieses Geheimnis, das die Stadt so krampfhaft verschwieg, nicht herausbekommen konnten, dass die Stadtbewohner es weder für Geld noch für Schmeicheleien verrieten und selbst die Drohungen und Panzer und westlich höflichen, unverschämten und erniedrigend disziplinierten Verhörmethoden nichts halfen! Und wenn auch eines Tages einer der Stadtbürger zum Verräter würde, würde man ihn vergeblich bezahlen, weil er eine falsche Spur zeigen würde. Denn was das »Geheimnis« der Stadt war, worauf man sich verschworen hatte, im Ausschuss und außerhalb des Ausschusses, konnte man nicht verraten.

»Warum kann man es nicht?«, fragten die Fremden leise und zähneknirschend. Die Bürger räusperten sich, sahen blinzelnd an die Decke, starrten verlegen auf den Boden und antworteten nicht. »Es gibt da nichts«, sagten sie müde und schlecht gelaunt. Und der Beamte schlug auf den Tisch, stand auf, verschränkte die Hände hinter dem Rücken, sah aus dem Fenster und spürte mit hilfloser Wut, dass es da tatsächlich »nichts gab«, was man in ein Protokoll schreiben konnte, dass es aber darüber hinaus durchaus etwas gab, was man den Stadtbürgern nicht einmal mit den Methoden chinesischer Henker entlocken könnte, und dass dieses Etwas das einzig Wertvolle in der Stadt war. Nur dies war wertvoll. Und der Beamte begann leise und nervös zu pfeifen.

Aber dieses Etwas, dieses Geheimnis, dieses Zauberwort gaben sie nicht preis – als wäre das Geheimnis stärker geworden als die, die es bewahrten. Vielleicht hätten sie es sogar preisgegeben, wenn es an ihnen gelegen hätte. Manchmal waren sie schon erschöpft. Sie sahen die Fremden, die schon seit fünfzehn Jahren in der Stadt kampierten – mit Spionen, Gerichtsvollziehern, Generälen, Flammenwerfern und Aktentaschen! –, immer noch ein bisschen so an, als wäre eines Nachts ein Wanderzirkus gekommen, ein Wanderzirkus mit wilden Tieren, und die fremden Wärter hätten eines Morgens die Gittertüren der Menageriekäfige offen gelassen, weshalb jetzt keine Vorstellung stattfinden konnte und sogar zu befürchten stand, dass ein Löwe im Kaffeehaus unter dem Billardtisch saß. Etwa so wurden die Fremden betrachtet. Sie hatten einen anderen Geruch, so eine Art billigen, gezähmten Tiergeruch. Ein wenig wurden sie so angesehen wie das Verhängnis, das, als Mensch verkleidet, peitschenschwingend zwischen ihnen umherging und sie für ihre Sünden züchtigte. Ein wenig wurden sie verachtet, man machte sich heimlich mit scheuem Lächeln über sie lustig. War es etwa nicht unterhaltsam, dass diese mächtigen Fremden, die die Kasernen mit langsam sprechenden Soldaten mit niedriger Stirn vollgestopft hatten und ihre bombenwerfenden Flugzeuge über der Stadt kreischen ließen, die sich auf ihre großartigen Beziehungen beriefen, auf ihre ausländischen Kontakte, auf die Freundschaft vornehmer Diplomaten und der Regierungschefs mächtiger Länder, und die schon alles, was man in der Stadt finden, zählen und benennen konnte, in dicke, in Wachstuch eingebundene Bücher geschrieben hatten, die schon mit den liederlicheren Frauen der Stadt schliefen und in ihrer modernen Folterkammer Gummiknüppel hatten, war es nicht unterhaltsam, dass diese mächtigen Fremden so hilflos waren? Es war, als wäre auf Plakaten und Versammlungen immer von etwas anderem die Rede gewesen. Wie jemand, der in zackigem Stil, überheblich und schreiend, Befehle austeilt und Verordnungen verkündet, aber eigentlich ständig von etwas anderem predigt. Sie waren furchterregend und zugleich hilflos wie die heidnischen Eroberer, die die alten Gläubigen nur ihres Lebens berauben konnten. Die Fremden waren sogar dazu zu schwach. Einmal richteten sie zwei der Spionage verdächtigte Holzfäller hin, aber dann, als wären sie vor dem stummem Ekel und Abscheu erschrocken, der die Seelen auf die Nachricht von dieser Hinrichtung hin erfasst hatte, verurteilten sie lange niemanden mehr zum Tod. Die Gläubigen der alten Zeit konnten die heidnischen Herren den Löwen zum Fraß vorwerfen, aber ihren Glauben konnten sie ihnen nicht nehmen. Und der Bischof wusste, und die alten Bewohner der Stadt spürten, dass die Fremden gegen diesen »Glauben«, der nicht nur ein religiöser Glaube war, sondern ein gemischter, schamhafter, etwas heidnischer und dennoch so andächtiger Glaube, wie ihn die Urchristen gehabt haben mochten, diesen anderen, weltlichen Glauben, in dessen Dienst sich die Stadt stumm und ohne Feierlichkeiten verschworen hatte, nichts ausrichten konnten. Deshalb waren und blieben sie ein bisschen lächerlich.

Worin bestand dieser Glaube? Dieses Geheimnis? Dieses »Noch« und dieses »Andere«? Der Bischof trat auf den Balkon und sah auf die Stadt herab, jeden Abend sah er auf den Platz und ins Tal hinunter und atmete den Geruch des Meeres ein. Menschen, die nach der Formel eines inneren, familiären Gesetzes jahrhundertelang zusammengelebt, in gemeinsamen Zimmern zu Mittag gegessen hatten und gestorben waren, die Menschen und der Rahmen, in dem sie lebten, hatten mit der Zeit einen Glauben hervorgebracht, den Fremde nicht verletzen konnten. Nicht einmal diese Menschen selbst konnten ihn verletzen. Der Bischof nickte und ging in sein Zimmer zurück wie jemand, der gesehen und geurteilt hat.

Tamás konnte nicht so ruhig urteilen.

In der zweiten Woche begriff er, dass er etwas suchte, nach etwas forschte. Bis dahin war er nur aufgestanden und schlafen gegangen, im schönsten Zimmer des Hotels, wie es sich ganz von selbst verstand, hatte im Garren-Haus vorbeigesehen, war an der Tür zum Zimmer des Vaters stehen geblieben, mit einem quälend gespannten, aufmerksamen und misstrauischen Gesichtsausdruck, ein wenig auf Zehenspitzen, hatte mit zusammengezogenen Augenbrauen zum Bett gesehen, wo etwas geschah, was in der Stadt und in der Familie gemeinhin als »der Vater ist krank« bezeichnet wurde – aber Tamás war misstrauisch, als wüsste er im Geheimen, dass das nur die primitive und offizielle Bezeichnung war, dass die Wahrheit viel fürchterlicher und nicht so einfach aussah. So stand er misstrauisch an der Tür. Denn im Zimmer und besonders in dem großen, breiten Doppelbett, in dem der Vater lag, geschah gleichzeitig etwas – es geschah nicht nach den inneren, häuslichen Gesetzen der Krankheit, nach dieser sonderbaren Ordnung, die an die hexenhafte Andacht und den Zauber eines Stammes einer Südseeinsel erinnerte. Es geschah in einem so wirklichen Sinn, wie wenn ein Vulkan ausbricht oder ein Haus abgerissen wird oder sich Menschen in Massen auf den Weg machen und etwas Abscheuliches und Unverständliches vollbringen. Tamás sah sich im Zimmer um, aber er trat nie über die Schwelle. Er dachte, das habe noch Zeit. Der Vater bemerkte Tamás manchmal und sah ihn aus den Kissen, aus der Ferne der Krankheit, aufmerksam an. Er rief ihn nicht zu sich und schickte ihn nicht weg, er betrachtete ihn mit aufmerksamem und sachlichem Blick, als wenn man etwas bestimmt, das einen etwas angeht, aber nicht mehr davon Gebrauch machen kann und auch nicht will, nicht mehr kämpfen kann, weder damit noch dagegen. So sahen sie einander an. Ist das Liebe?, dachte Tamás misstrauisch. Ist das väterliche Liebe? Schaut so ein Sterbender auf seinen Sohn?, fragte er sich gekränkt. Aber wenn er das Zimmer verlassen hatte und auf der Straße unterwegs war oder zu Hause im Hotel saß, spürte er plötzlich, dass die Worte »Liebe«, sogar »väterliche Liebe« und auch »Sterbender« in der Beleuchtung der Wahrheit in anderem Glanz und Feuer strahlten. Diese Wörter strahlten in ihrem echten Licht, weil das Licht der Wahrheit auf sie gefallen war. Solange der Vater gelebt hatte und gesund gewesen war – denn jetzt im Krankenbett war er bereits in eine neue Rangstufe des Lebens eingetreten, als hätte er Rang und Titel bekommen –, hatten diese Ausdrücke, »väterliche Liebe« und »Sterbender«, nicht ihren echten Gehalt freigegeben, nicht ihren wahren Sinn verraten. Jetzt kamen ihm diese Ausdrücke viel einfacher vor. Die »väterliche Liebe« war in Wahrheit etwas ganz anders als ein Mann, der im schwarzen Gehrock und mit Bart seine Hände zu einer segnenden Bewegung über einen jungen Menschen erhebt. Es war viel einfacher. Worte brauchte man nicht dazu. Weder besondere Kleidung noch eine bestimmte Bewegung war nötig. Es war so einfach und zugleich so komplex wie die Luft. Die Chemie der Gefühle konnte diese Erscheinung nicht in ihre Elemente zerlegen. Was war darin? Zwei Teile Verantwortung, ein Teil Sorge? Tamás wusste es nicht. Er spürte jetzt nur, dass es sie gab und dass sie ganz anders war, ja, viel gleichgültiger und einfacher, als er zuvor geglaubt hatte. Und von der Schwelle aus atmete er tief diese gleichgültige Güte ein, die immer allgemeiner wurde. Sie hatte schon alles überströmt, auch die Möbel. Manchmal bat der Vater um Zitronenwasser, und es war zu sehen, dass ihm das wichtiger war als alles andere. Und trotzdem liebte er Tamás. Sie sahen einander an, jeden Tag, mittags und abends, aus der Ferne, sachlich und aufmerksam. Der Vater könnte noch etwas sagen, dachte er; wenn er es wollte, wenn seine Kraft es zuließe, dass er noch etwas sagt, mahnende oder belehrende oder zustimmende Worte. Aber er sagte nichts.

Als wäre alles versteckt worden. Der Vater in seiner Krankheit. Auch die Stadt hatte man versteckt, die alte Stadt, die – jetzt begriff er es – nicht nur Stein war und Statuen und öffentliche Bedürfnisanstalten, eine Kathedrale und ein Archiv, sondern viel mehr etwas Unsichtbares, etwas, von dem man vielleicht nur in den alten Briefen geschrieben hatte, das nicht einmal Ereignis war im aufschreibbaren Sinn des Wortes und nicht einmal die Privat-Weltgeschichte – Derén und seine Frau und der Hautarzt und alles, was Tamás im Alter von sechs Jahren vor einem Tor gedacht oder gefühlt hatte –, sondern all das zusammen und darüber hinaus noch etwas Persönliches, die Wirklichkeit der Stadt, die von den Steinen und den Körpern der Menschen nur unzulänglich verborgen wurde. Diese andere Wirklichkeit war den Körpern und den Häusern anzusehen, aber sie war weder Licht noch Ton, und sie hatte auch keine Gestalt. Aber diese Wirklichkeit hatte trotzdem ein Schicksal wie ein Mensch. Tamás blieb am Fuß der Marienstatue stehen, atmete tief durch und sah sich um. Am Ende der Straße sah er die Statue des fremden Generals, die lächerlich und tragisch auf das Theater, in Richtung des Galgens und des Hügels gestikulierte und starrte. Tamás schaute vor sich hin, rauchte seine Pfeife, die Fremden machten sich zu ihrem Abendspaziergang auf dem Hauptplatz auf, so hastig, mit so wirrer Eile, als wäre jede Minute teuer, weil vielleicht am Morgen ein Befehl kommen oder die Natur protestieren könnte, und dann müsse man sich hier davontrollen. An den Fenstern bemerkte er einige bekannte Gesichter, alte Gesichter, ein wenig bleich, mit der gespenstischen Blässe der Veränderung; sie sahen auf den Platz hinab, dann zogen sie sich rasch hinter den Vorhang zurück, verschwanden hinter der Fensterscheibe wie schuldbewusste Traumgestalten. Hinter den Fenstern der Stadt lebten viele solche veränderten Traumgesichter. Auf den Straßen fuhren zweispännige Mietwagen, die Zeitungsjungen riefen die Schlagzeilen ausländischer Zeitungen aus. Im Theater bereitete man sich auf die Vorstellung vor, die Lampen brannten schon, aus der Vorhalle strömte der kühle Geruch nach dem offiziell vorgeschriebenen Desinfektionsmittel, nach Zivilisation und Theaterzubehör, der Tamás überall, auch in der Fremde, zu gut gelauntem Niesen reizte. Dies war der Geruch des ewigen Festes, der Geruch des Unwahrscheinlichen und des Spiels, er war zeitlos, und die Fremden konnten nichts gegen ihn ausrichten. Auch jetzt strömte er sanft aus der Vorhalle des Theaters, jetzt, da dort ausländische Musik gespielt wurde und die Generäle vor fünfzehn Jahren für einige Nächte auf der Bühne geschlafen hatten. Tamás schnupperte und sah erregt zu den Fenstern, den Mietwagen hinterher, zum Theater.

Er beschloss, dass er mit den Fremden reden würde. Schließlich hatte er es Péter versprochen. Er dachte darüber nach, wie er es anfangen sollte. Natürlich konnte er zum General gehen; ihn, einen Garren, würde dieser sicherlich empfangen, wenn er nur auf seinem Vorhaben bestand. Aber er hatte den Verdacht, dass der General in seinem beschränkten militärischen Wirkungsbereich in dieser Angelegenheit nichts tun konnte. Denn Tamás spürte, dass es sich um eine »Angelegenheit« handelte, um etwas, das man auch schriftlich vorbringen konnte, vielleicht mit einer Briefmarke und einer Überschrift versehen wie eine Anzeige. Er ging zur Statue des Generals hinunter, besah sich gründlich das strenge und traurige Gesicht mit dem Ziegenbart, zuckte mit den Schultern und verfasste in Gedanken die Anzeige. Mit den Worten würde er, so beschloss er, vorsichtig sein. Schließlich konnte er nicht zum nächstbesten Polizisten gehen, zu diesem lächerlichen Tropenpolizisten, und die Fremden als unbekannte Täter anzeigen. Von einer Straftat konnte nicht die Rede sein. Die

Dämmerung überzog die Häuser mit ihren grünen Schleiern, über dem Theater flogen Fledermäuse. Eine Straftat in dem Sinne, wie sie die fremden Polizisten und Untersuchungsrichter formulierten, war bisher wahrscheinlich nicht geschehen. Tamás suchte nach dem Wort, ging geplagt zum Theater zurück, umrundete das alte Gebäude, las die fremdsprachigen Ankündigungen, buchstabierte hilflos die unverständlichen und romantischen Namen der Helden des fremden Singspiels. Der Wirklichkeit, der Wirklichkeit der Stadt, war schwerer nahezukommen, als er gedacht hatte. Nur ein Blinder sah nicht, dass inzwischen etwas mit der Stadt geschehen war – sie hatte sich von der Stelle bewegt, in eine bestimmte Richtung, und diese Richtung war unheilverheißend und schicksalhaft. Etwas war geschehen, etwas Ähnliches wie mit dem Vater oben in dem Zimmer, in dem es nach Äther und Lavendel roch. Dieselbe Handlung, dachte er unruhig, dasselbe Attribut passt zu ihr. Doch welches Attribut war das? Tamás ging am Schaufenster der Firma Aiolos vorbei und sah zu den Fenstern im Obergeschoss auf; im Zimmer des Vaters hatte man die Rollos hinuntergelassen, aber im grünen Salon brannten die Lampen; die Familie hatte sich wahrscheinlich vor dem Abendessen versammelt, empfing Besucher, erwartete die Ärzte. So mochten die vornehmen Verbannten im Vorzimmer Napoleons gesessen haben auf der Insel St. Helena. Schon seit Jahren erinnerte der Vater an eine verbannte Hoheit. Ein ganz neues Ritual hatte sich um ihn herausgebildet, auch früher schon, als er noch nicht bettlägerig war. Auf wundersame Weise fand sich in diesen Monaten auch Geld, die Familie gab ihre geheimen Reserven preis, ein Verwandter meldete sich und gab die zweitausend zurück, die der Vater ihm Jahre zuvor geliehen hatte. Tamás kannte diese Erscheinung. Auch in Übersee war es vorgekommen, dass man nicht mehr auf gesunde Weise Geld verdienen konnte – nicht einmal mehr Kupfermünzen –, und dann, in der Panik der Krankheit, als man für das Geld nur noch Eis oder Verbandsmaterial bekam, erschien auf einmal spöttisch das Geld, lag am Morgen auf dem Tisch. Für Abenteuer findet sich immer Geld, dachte Tamás. Man steht lange nur auf und legt sich schlafen, aber dann bricht plötzlich das Abenteuer aus, eine Frau oder eine Reise oder eben eine Krankheit, und dann hat man auch plötzlich das Geld dazu. Es gab ein Abenteuer, das man nicht ganz genau bestimmen konnte, hinter den Teilabenteuern schwebte ständig etwas, das Urabenteuer, in dem alles enthalten war, auch Geld. Das Leben ist das Abenteuer, dachte er und schämte sich.

Gegenüber dem Garren-Haus blieb er stehen, den Mund weit offen, die Pfeife in der Hand, den weißen Hut in den Nacken geschoben, und sah aufmerksam zu den Fenstern hinauf. Die Spaziergänger auf der anderen Seite des Gehwegs blieben ebenfalls stehen und sahen ihn an. »Das hier ist Tamás Garren«, sagten sie leise, »der mittlere Garren, der in Peru gelebt hat. Jetzt ist er nach Hause gekommen, weil der alte Garren auf dem letzten Loch pfeift. Was hat er da draußen gemacht? Man weiß es nicht. Ein ruheloser Mensch. Alt ist er geworden und dick. Eine sonderbare Familie. Künstlerfamilie.«

Tamás hörte diese halblauten Bemerkungen; es waren gar nicht die Wörter, die er hörte, sondern ihr Sinn. Traurig stand er inmitten der Bemerkungen und betrachtete die hellen Garren-Fenster. In alldem lag etwas Offizielles, als hätte sich eine Schande herausgestellt. Es wäre gut abzureisen, dachte er verlegen, aber vorher muss man noch einmal durch diese Straßen ziehen, mit Federn und mit Pferden, mit Musik, als würde eine Schande verkündet. Man muss es zu Ende bringen. Aber bis dahin ... Und jetzt spürte er wieder die Wut, die ihn schon einmal ergriffen hatte, jenseits des Meeres. Diese hilflose Wut darüber, dass er hier lebte, Tamás Garren, einer aus der Familie, und nichts für das Werk tun konnte; irgendwo hatte er seine Sache verdorben, das Werk entstand und verging ohne ihn. Er sah zu den Fenstern, hinter denen die Garrens zusammensaßen wie in der Feierlichkeit eines alltäglichen, weltlichen Rituals, und er, Tamás, stand hier unten auf der Straße, unter den Fenstern, und konnte nicht an der Feier teilnehmen, gehörte nicht ganz zu ihnen. Aber ich könnte ja hinaufgehen!, dachte er aufgebracht. Sie decken den Tisch immer auch für mich! Die Pfeife steckte er in die Tasche. Natürlich könnte er hinaufgehen. Er hätte jederzeit hinaufgehen können. Es lag nicht nur an den Treppen und nicht nur daran, ob einem die Tür geöffnet wurde, wenn man klingelte. Er ahnte jetzt schon etwas, er, Tamás, war vielleicht der Einzige aus der Familie, der die Wahrheit ahnte. Das Schicksal des Vaters und seines Werks hing nicht von Ärzten ab, jetzt wusste er es. Der Zusammenhang war viel einfacher, als die da oben glaubten. Der Vater, das edelste Organ der Stadt, so etwas wie im menschlichen Körper der Wandernerv, war in eine Krise geraten; der Vater war dem Schicksal der Stadt nur gefolgt, von dem er abhing und dessen Teil er war. Als die Ärzte um das Krankenbett des Vaters standen, wussten sie nicht, dass die beiden Schicksale, das Schicksal des Vaters und das der

Stadt, organisch aufeinander wirkten und dass es schon beinahe gleichgültig war, wie der Urin war und ob der Vater am Mittag Schnee-Eier zu sich genommen hatte. Die »Krankheit«, dieses Attentat, diese Straftat, dieses etwas, was Tamás so gern irgendwo angezeigt hätte, war gegen den Vater und gegen die Stadt gleichzeitig ausgebrochen. Tamás sah sich um. Kranke Häuser sah er überall und kranke Türme und sieche Statuen. Jetzt verstand er es. Konnte er es denen da sagen? Würden sie es verstehen? Der Stadt konnte man schließlich kein Schlafpulver oder Abführmittel verschreiben …

Geistesabwesend ging er in Richtung des Hotels, am Palais des Bischofs vorbei, griff nach der Torklinke, ließ die Fingerspitzen einen Augenblick auf ihr ruhen, ein wenig wie jemand, der an einem feinen, kalten Handgelenk das Pulsieren des Aderschlags erfühlt. Die Klinke hatte Fieber. Auch das Haus des Bischofs war krank. Tamás sah sich erschöpft um. Jetzt wusste er, er allein, die Wahrheit in der Stadt, und dieses Wissen hatte ihn erschöpft. Sein Kopf schmerzte, er griff sich mit einer langsamen Bewegung an die Stirn.

Durch das Tor des Garren-Hauses trat Péter heraus. Der eine Doktor begleitete ihn, der junge, der den Vater um jeden Preis mit Strahlen behandeln wollte. Sie gingen zusammen bis zur Statue, dann bemerkte Péter Tamás am Tor.

»Worauf wartest du?«, fragte er traurig.

»Ich kenne jetzt den Zusammenhang«, sagte Tamás und lächelte matt.

»Was fängst du damit an?«, fragte Péter ernst und mutlos.

Tamás sah zu den Fenstern des Vaters hinauf.

»Ich zeige sie an«, sagte er entschlossen.

Sie gingen aufs Theater zu. Péter schwieg. Gerade hatte er den Vater gesehen und verstanden, dass alles zu Ende war. Zerstreut und ohne Überheblichkeit hörte er Tamás zu. Vielleicht hat Tamás den Zusammenhang erkannt, dachte er missgelaunt. Die Wirklichkeit ist so einfach, man muss sie nur bemerken. Aber das hilft auch nichts.

»Wie zeigst du sie an?«, fragte er ratlos.

»Komm mit, Péter«, sagte der jüngere Bruder bestimmt. Er nahm den weißen Hut ab und sah sich energisch um. »Genug von den Ärzten. Genug von den Fremden. Man muss etwas tun. Komm, jetzt sofort. Wir gehen zum Zauberer.«

Er nahm Péter beim Arm und zog ihn zur Gasse der Steinschleifer hin.

Nachrichten aus Karnak

Der Brief, der in Péters Tasche steckte, als sie zum Zauberer gingen, war am Nachmittag mit der Luftpost gekommen. Er war maschinengeschrieben, Tippfehler waren mit roter Tinte korrigiert worden. *Lieber Péter*, schrieb die Baronin, *als Sie abgereist sind, haben wir uns ein wenig gefreut. Man freut sich immer, wenn jemand weggeht, den man sehr liebt. Es war, als wäre das Haus erleichtert gewesen. Edit hat für den nächsten Tag Großreinemachen befohlen, und es wurde den ganzen Tag gescheuert. Am ersten Tag haben wir auch nicht ordentlich kochen lassen. Wir aßen alles Mögliche durcheinander wie vor den gro-*

ßen Abreisen im Sommer, wenn schon alle Zimmer nach Kampfer riechen, oder wie wenn jemand stirbt. Je älter ich werde – und manchmal bin ich schon so alt wie ein skandinavischer König –, desto ruheloser spüre ich, dass es immer eine Befreiung ist, wenn jemand weggeht, den wir lieben. Es schickt sich nicht, darüber in meinen Erzählungen zu schreiben, aber im Brief kann ich davon reden. In meinen Erzählungen sind die Menschen so anständig, sie sehen einander immer in die Augen, legen die Hand aufs Herz, sehen dann zu den Sternen hoch und stammeln: »Ich liebe dich.« Péter, in meinem Greisenalter interessiert mich nichts so heftig wie das Geheimnis: Warum ertragen wir diejenigen nicht, die wir lieben? Wir sterben für sie, ja, und wir leben auch für sie, jede Stunde des Tages und der Nacht. Aber dabei sind wir verschämt, und da liegt das Problem. In meinem ganzen langen Leben war ich verschämt gegenüber denen, die ich geliebt habe. Nur gegenüber Fremden konnte ich manchmal schamlos sein. Edit versteht das nicht, weil sie anders liebt, ein wenig so, wie ein Stern einen anderen Stern, und ein wenig so, wie ein Delfin eine Birke; irgendwie gehorcht sie dem Wetter, wenn sie liebt. Für mich ist diese Art ein bisschen tierisch. Ich habe sehr jung, schon aus der Literatur, lieben gelernt, aber ich weiß nicht, ob dies tatsächlich die beste Methode ist. Mit Emmánuel kann man darüber nicht reden, denn er hat Prinzipien, an die er nicht glaubt, aber er mag es, wenn die anderen sich an sie halten. Das kann auch gar nicht anders sein, so beschäftigt, wie er ist, und man muss sich auch nicht wundern, wenn man sich seinen ausgedehnten Geschäftskreis ansieht! Emmánuel kennt nur Mutter- und Vaterliebe, dann die eheliche Liebe, dann kennt er die Liebe außerhalb der Ehe, das Abenteuer und die bezahlte Liebe. Von Delfinen will er nichts wissen und auch nicht davon, dass wir eigentlich vor denen fliehen, die wir lieben. Bei Ihnen in der Firma haben Sie sich wahrscheinlich so gründlich mit der Frage der Verliebtheit beschäftigt wie mit den Kugellagern, der Musik, dem Krieg, der Atomzertrümmerung und dem Feuerschaden. Aber ich glaube, die Verliebtheit, genauer gesagt, ihr Inhalt, die Liebe, gerade diese eigentliche Liebe ist es, mit der man sich nicht »gründlich« beschäftigen kann. Man kann sich überhaupt nicht mit ihr beschäftigen. Ich beispielsweise liebe Sie, lieber Péter, und als Sie abgereist sind, habe ich aufgeatmet, was in meinem Alter schon ungehörig ist. Ich habe überhaupt kein Recht aufzuatmen, wenn Sie von zu Hause abreisen. Edit und ich sind allein geblieben und hatten den ganzen Tag ungehörig gute Laune. Am Nachmittag haben wir uns mit Emmánuel getroffen, und er hatte auch gute Laune. Er hat uns gesagt, dass das Flugzeug heil in Ihre Stadt gekommen ist, über die Berge und den Sturm hinweg. Denn an dem Tag, an dem Sie abgereist sind, hatten wir über dem Kontinent einen starken Sturm, falls Sie das nicht wussten. Wahrscheinlich wissen Sie es nicht, so, wie man niemals etwas Wesentliches über den Inhalt der Lage weiß, in der man sich gerade befindet. Jetzt, nachträglich, schreibe ich es Ihnen, damit Sie es wissen. Am Abend sind wir ins Theater gegangen. Edit hat sehr schön gesungen. Es schien, als hätte sie den Mund beim Singen überhaupt nicht geöffnet. Irgendwie hat sie nicht mit der Kehle, der Brust, der Lunge gesungen, sondern mit ihrem ganzen Wesen, das ein wenig launisch ist. Sie hat gesungen, als wäre irgendwo eine Stimme erklungen, irgendwo in der Welt, und sie, Edit, würde den Ton nur weitergeben wie eine sehr empfindliche Lautsprecherkonstruktion, eine Maschine aus Fibern, Drüsen und edlem Gewebe, die die Melodien mit vollkommenem Klang aufnimmt und weitergibt. Nicht einmal Vögel können so singen. Dazu muss man schon eine Weile unter Menschen gelebt haben, um dieses Schwingen, dieses Klingen ins Lied geben zu können. Ich scheine noch nicht genug unter Menschen gelebt zu haben, denn diese Schwingungszahl fehlt allem, was ich schreibe. Aber das interessiert Sie wahrscheinlich nicht. Immer waren Sie so gütig zur Literatur. Jetzt kann ich es verraten, mir hat diese Güte wehgetan. Ich muss gestehen, Péter, dass ich taktvoll war und Sie nie mit meiner Literatur belastet habe. Wenn wir lieben, wenn wir jemanden wirklich lieben, ist das Größte, was wir für ihn tun können, dass wir ihm nicht unsere Werke vorlesen. Ich weiß, die Literatur ist meine Schamlosigkeit, aber vor Ihnen habe ich sie immer versteckt, so gut es eben möglich war, ich bin Ihnen nie mit nackten Abzügen vor die Augen getreten. Wenn wir Menschen – besonders wir Frauen – ein langes Leben hindurch nicht den einzigen Menschen finden, den wir ohne Schuldbewusstsein lieben können, geben wir uns zwangsweise der Literatur hin. Dieser Ersatz ist nicht vollkommen, aber man muss sich auch mit den Scherben zufriedengeben. Ich weiß, Sie haben eine andere Meinung über das Schreiben. Sie glauben daran, dass das Schreiben stärker ist als alles auf der Welt, stärker als Emmánuel. Sie glauben daran, dass die wirklichen Schriftsteller – nicht die »großen«, die auf den Marktplätzen der Literatur stehen, in den Harnisch glänzender Kritiken gegossen, auf einem Sockel von Exemplarzahlen, sondern die richtigen, die manchmal nur einzelne Zeilen schreiben – die Welt ganz von vorn beginnen. Wie schön muss es sein, die Welt von vorn zu beginnen! Ich habe sie immer nur fortgesetzt. Wo es mir gerade einfiel, wo es sich gerade anbot, habe ich sie fortgesetzt. Dann ist langsam alles zusammengeflossen: das Leben, die Zeit, mein Geschlecht, die Literatur, die Gefühle, die ich für Edit, für Sie und für Emmánuel habe. Jetzt gibt es keinen Unterschied mehr zwischen dem Leben und diesem Brief und meinen Gedichten. Sie möchten von Edit hören. Jetzt habe ich geseufzt. Edit hat gesungen, dann sind wir nach Hause gefahren, am Morgen ist sie ausgefahren, am Abend hat sie dieses bayrische Bauernmädchen angerufen, diese Karola, die Sie ausgezeichnet haben. Ich mag bayrische Bauernmädchen nicht. Ich weiß, Sie blicken streng auf diese Zeilen herab. Sie mögen es nicht, wenn jemand so allgemeine Sätze schreibt. Und wenn Sie antworten sollten (Ich hoffe, Sie antworten nicht!), würden Sie mir erklären, sehr gründlich, dass es sich hier nicht um ein »bayrisches Bauernmädchen« handelt, sondern um eine Frau, die Karola heißt und zufällig bayrisch und ein Bauernmädchen ist. Diese Frau war an dem Abend hier, und auch in der vergangenen Woche kam sie her, ich glaube, sogar zweimal. Ich gehe nicht jeden Abend in den Salon hinunter, denn Edits Gäste interessieren mich nicht immer, und überhaupt bin ich zu sehr mit meinen Werken beschäftigt. Ich lebe nicht mehr lange, und es interessiert mich sehr, ob es mir gelingt, am Ende, einmal im Leben, eine einzige echte Zeile zu schreiben. Ein bisschen fühle ich mich wie die alten Goldmacher, die ganze Wälder abgebrannt haben in der Hoffnung, dass am Ende im Kessel unter der vielen Asche ein stecknadelkopfgroßes Stückchen Gold zurückbleibt. Wie viele Wäl-

der muss ich noch verbrennen, lieber Péter? Ich habe schon alles verbrannt, was ich hatte. Aber Sie, ich weiß es, hören mir nur aus Höflichkeit zu, eigentlich möchten Sie etwas von Edit hören. Edit und das bayrische Bauernmädchen verstehen sich sehr gut. Diese Dame – seien Sie nicht böse, ich kenne ihre gesellschaftliche Stellung nicht und kann sie nicht anders nennen! –, diese Dame, deren Beruf ich nur erahne, aber nicht zu nennen wage, hat nach Ihrer Abreise Edits Vertrauen gewonnen. Sie hatten schrecklich viel zu besprechen. Das Thema waren natürlich Sie. Die beiden haben sich über Sie unterhalten wie zwei Gefangene, die jahrelang im selben Gefängnis gesessen haben und sich nun über das Leben dort unterhalten. Ein bisschen wie zwei Medizinstudenten, die auf dieselbe Universität gehen und eine Zeit lang dieselbe Leiche seziert haben. Sie haben in aller Ausführlichkeit über ihre Beobachtungen gesprochen mit der fachlichen Gründlichkeit, mit der nur Frauen und Ärzte von den Erscheinungen sprechen können, die den Körper und die Seele eines Mannes ausmachen. Ein bisschen haben sie so über Sie gesprochen wie über die Gesamtheit der Sinnesorgane, über die Lunge, die Leber und die Reflexe. Dabei sind sie zu dem gerechten Urteil gekommen, dass Ihre Reflexe erträglich sind. Es gibt eine Art Vertraulichkeit, die nicht einmal die Ärzte kennen; vielleicht kennen sie nur die Frauen im Zusammenhang mit dem Mann, den sie eine Zeit lang geliebt haben. Als hätten sie etwas von ihm erfahren, was man mit keinem Instrument an einem Menschen nachweisen kann. Mit so strahlenden Augen haben sie über ihre Wahrnehmungen gesprochen, und so ernst, ohne anzüglichen Ton! Von ihnen weiß ich, dass Sie gern mit verschränkten Armen am Tisch sitzen und zusehen, wie sich die geliebte Frau anzieht. Von ihnen weiß ich, dass Sie niemals vor dem Frühstück rauchen. Von ihnen, dass man vor Ihnen nichts sagen darf, was Ihre Familie oder Emmánuel beleidigt. Besonders von der Familie darf man nicht sprechen, weder Gutes noch Schlechtes. Das verstehe ich. Es gibt eine Art körperliche Scham, die nicht nur die Geheimnisse unseres eigenen Körpers verbirgt, sondern auch die Intimität jenes anderen, gemeinsamen Körpers, der die Familie ist. Mit diesem anderen, gemeinsamen Körper lebt man ebenso wie mit seinen eigenen Händen und Füßen. Es liegt eine übertriebene Intimität darin, dass man Familie hat, Menschen mit ähnlich geformter Nase und der gleichen Neigung zur Schrumpfleber. Ich frage gar nicht, wie Sie sich fühlen ... Denn etwas geschieht jetzt mit Ihnen und mit jenem anderen Körper, der Sie ebenfalls sind. Und ich denke ein bisschen so an Sie, als wenn nicht Ihr geschätzter Herr Vater krank wäre, sondern Sie selbst, Péter. Gott möge es verhüten. Bitte überbringen Sie Herrn Garren meine hochachtungsvollen Grüße. Denn Edit und die bayrische Frau haben übereinstimmend festgestellt, dass Sie jetzt ein körperliches Erlebnis durchstehen. Sie sagen, die Familie sei Körperlichkeit, und ein Mann, der von einer Frau unter irgendeinem Vorwand zur Familie zurückkehrt, kehrt in Wirklichkeit in die einzige gefährliche Körperlichkeit zurück – Frauen, das habe ich schon oft bemerkt, haben wegen nichts so sehr Angst um den geliebten Mann wie wegen Vätern oder Schwestern, mit einem Wort: wegen der anderen, besonderen Körperlichkeit. Edit hat gesagt – und die bayrische Frau teilt diese Sorge –, dass sie wegen einer zwanzigjährigen Frau nicht solche Angst um einen Mann hat wie wegen eines fünfzigjährigen Onkels.

Sie glauben, die beiden haben gescherzt? Nein, Péter, sie haben ganz im Ernst gesprochen! Sie haben über Ihre guten und schlechten Angewohnheiten geredet, gleichsam ein Urteil verkündet über Ihren Haarschnitt, über die Weise, wie Sie Ihre Nägel pflegen lassen, über Ihre Kleidung. Sie haben nur deshalb das eine oder andere gute Haar an Ihnen gelassen, weil sie gemeinsam festgestellt hatten, dass in Ihnen – jenseits aller Religiosität – ein natürliches Heidentum steckt wie in einer Frau oder in einem Künstler. Die bayrische Frau hat einmal sogar geweint, sie hat den Zettel vorgezeigt, mit dem Sie sich verabschiedet und ihr eine Nachricht geschrieben haben. Beim Weinen hat sie ein bisschen geschielt. Denn unsere gute Laune, Péter, diese angenehme, gesunde Heiterkeit, die uns alle befallen hat, als Sie am Morgen abgereist sind, hat am zweiten oder dritten Tag nachgelassen. Ich kann Ihnen nicht verschweigen, dass unsere gute Laune dahin ist. Auch das gehört zu den Symptomen: Man liebt jemanden und erträgt ihn nicht, man freut sich, wenn er fortgeht – selbst dann, wenn er in ein so erschreckendes, körperliches Abenteuer geht wie Sie jetzt, Péter! –, man freut sich eine Weile, lässt alles Mögliche kochen, öffnet die Fenster, empfängt verdächtige Gäste und benimmt sich überhaupt so, als wäre einem ausnahmsweise etwas Gutes geschehen, als wäre man einer großen Gefahr entkommen, sieh an, es tut nicht weh, es ist sogar alles um einen herum luftiger und weiter geworden; und dann, am zweiten oder dritten Tag, beginnt einem der Dienst zu fehlen. Denn die Liebe ist Dienst, aber das wissen Sie ja ohnehin. Nicht so sehr die Person fehlt – die Person ist immer unvollkommen, und man hat so viele Probleme mit ihr! –, sondern der Dienst. Die wütende und widerstrebende Bereitschaft, die einen erfüllt, weil das geliebte Wesen gleich ins Zimmer kommt und etwas Unangenehmes oder Unbequemes sagt und man sich dann wieder mit ihm befassen muss! Die bayrische Frau, die den Anzeichen nach mehr darüber weiß, sagt, ihr ganzes Leben sei ein solcher Dienst gewesen, manchmal habe sie sogar mehreren auf einmal gedient, und von zwanzig bis fünfundzwanzig habe sie keine freie Minute gehabt. Wenn Frauen nach dem Fortgang eines Mannes für sich bleiben und Tee trinken, vielleicht Leinen weben oder einen Roman schreiben, sind sie immer besonders feierlich; sie benehmen sich, als wäre ein außerordentlicher Festkreis aufgeblüht, mit himmlischen Zeichen und irdischen Pflichten, ein Festkreis, von dem auch das Weltall weiß, aber auf jeden Fall die Nachbarn und alle, die ein Telefon haben. Wir haben uns an diesen Tagen ganz anders gekleidet; Edit am liebsten in Dunkelgrün und ich in Lila. Dieser Feiertag ist ein Trauertag. Er beginnt mit einem Lächeln und »Ah!«-Rufen und überlegenen Handbewegungen, aber bald verwelkt die Feierlichkeit. Dann kommen der Reihe nach die Besucher wie nach einem Todesfall. Die Damen sitzen mit dem Hut auf dem Kopf im Salon, rühren in ihrem Tee und reden taktvoll von etwas anderem. An solchen Tagen redet man immer von etwas anderem. Das ist die vornehmste aller Todesarten: Wenn jemand, um den herum Dienst war und Liebe, fortgeht. Das Ganze ist wie ein chinesisches Fest, mit edlen und zarten Symbolen, die nur die Interessierten und die Ahnen verstehen. Denn wir wussten alle, lieber Péter, dass das Abenteuer, das Sie fortgerufen hat, gefährlich ist, und dass überhaupt nicht sicher ist, dass Sie wieder zu uns zurückkehren, zurück von den Löwen, Krank-

heiten und Verwandten. Die Ordnung in Ihrem Zimmer ist etwas verdächtig. Am ersten Tag haben wir natürlich Ihre Schubladen durchgesehen, Ihre Briefe gelesen, Ihre Briefe von den Frauen, die Sie in der alten Zeichenmappe versteckt hatten; alle Briefe, auch die, aus denen hervorgeht, dass Sie Edit betrogen haben, und die anderen, aus denen ersichtlich war, dass Sie später Karola betrogen haben. Die Frauen, mit denen Sie Edit betrogen haben, schreiben besser; nichts für ungut, aber es geht bergab mit Ihnen, lieber Péter. Und als wir alles durchgesehen, durchsucht und durcheinandergebracht hatten, haben wir das Zimmer verlassen, das jetzt ganz so ist wie das Zimmer eines Afrikareisenden – verdächtig und endgültig ordentlich, mit Hinblick auf die Gefahren, die dem Bewohner in der Fremde drohen, mit Hinblick auf die Verwandten und die Löwen. O Péter, geben Sie acht! Etwas flüstert mir zu, dass Sie achtgeben müssen! Sie werden nicht mehr nach Karnak zurückkehren, Sie sind geflogen und in die Tiefe zurückgekehrt, und ich habe manchmal Angst um Sie und bete, denn irgendwohin zurückzukehren, wo die Gespenster der Kindheit leben, ist beinahe gefährlicher, als wegen einer Frau in die Unterwelt hinabzusteigen. Glauben Sie der Literatur, Péter! Wir trauern schon ein wenig um Sie. Frauen können das. Verachten Sie uns nicht, Sie sollen nur wissen, dass wir schon ein bisschen um Sie trauern. Die bayrische Frau ist zweimal gekommen und hat mit Edit alles besprochen. Wie kommt es, dass die Frauen, die einen Dienst aufgeben, über den Mann sprechen, der dem Ruf des Lebens folgt und sich in ein Arbeitsgebiet oder in eine Familie entfernt, wie kommt es, dass die Frauen von einem solchen Mann sprechen, als hätte er etwas veruntreut? An-

scheinend können sie dem Mann einen solchen Fortgang nicht verzeihen. Sie glauben keine Begründung und verzeihen nicht. Die bayrische Frau hat viel gegessen, geweint, dann hat sie sich aufs Klavier gesetzt und gejodelt. Noch später hat sie ihren Hut aufs Ohr geschoben wie ein länger dienender Feldwebel den Tschako, hat salutiert, die Hacken zusammengeschlagen und ist erschreckend fröhlich weggegangen. Sie hat gesagt, sie werde erwartet, unter einem Baum, im öffentlichen Park. Eine echte Dame. Emmánuel kommt jeden Abend. Vielleicht interessiert es Sie, Péter, und darum schreibe ich es, dass über Emmánuel jetzt wieder schlechte Nachrichten umgehen, in der Geschäftswelt und allgemein überall in der Welt. Sie sitzen jetzt mitten in dem traurigen Abenteuer und im Kummer wie in einer Taucherglocke und wissen nichts von der Oberfläche und der Außenwelt. Auch ich sitze in der Literatur wie in einem Unglück, aber die Nachrichten aus der Welt dringen trotzdem bis zu mir. Emmánuel ist genauso ernst und aufmerksam, höflich und gütig, wie er bisher war; die beiden Musiker, Josua und der Junge, begleiten ihn genauso, aber Josua verspielt sich jetzt öfter in Anwesenheit Emmánuels, und manches Mal musste man ihm die Flöte schon aus der Hand winden, so taktlos ist er momentan … Emmánuel trägt unverändert einen dunklen, weiten Mantel und bringt immer irgendwelche Geschenke mit, Haifischzähne oder alte Messbücher oder eine neue Art Büstenhalter, weil er weiß, dass er gezwungen ist, immer zu schenken, wenn er geliebt werden will. Seine Güte war niemals so vollkommen wie jetzt, wo – wieder einmal – schlechte Nachrichten über ihn in der großen weiten Welt umgehen. Vielleicht interessiert er sich für diese Nachrichten. Emmánuel ist jetzt so gut, als hätte er die Güte nicht nur gelernt, sondern auch endlich verstanden. Manchmal sieht er sich freilich noch um, während des Gutseins; misstrauisch sieht er sich um, als fürchte er, dass flinke Augen etwas bemerken. Die Firma, lieber Péter, läuft vielleicht »gut«, so etwas kann eine einsame alte Dichterin wie ich nicht beurteilen … Aber über Emmánuel, über seine persönliche Güte, spreche ich voller Misstrauen. Wie war noch gleich Ihr Fachwort für diese Güte? Bonitas? *Das ist der Kredit, diese* bonitas, *der wichtiger ist als das Geld in den Panzerschränken und die Schiffe und die Waffenfabriken und Musikhochschulen, über die Emmánuel verfügt, diese* bonitas, *die Emmánuels eigentliche Kraft war, dieser persönliche Zauber, den Emmánuel ausgestrahlt hat, der auf die Kunden, die Arbeiter und Angestellten gleichermaßen ausgeströmt ist, der hat etwas nachgelassen – so heißt es. Ich habe einen Artikel gelesen in einer ausländischen Zeitung, einen Artikel, der mit Argumenten belegt, dass man sich die Weltgeschäfte auch ohne Emmánuel vorstellen kann. Ich will von so etwas nicht einmal hören. Emmánuel ist mein persönlicher Freund und mein Chef, wie er der Freund und Chef so vieler Menschen hier auf Erden ist; und ich will nichts wissen von einer Welt, die man sich auch ohne Emmánuel vorstellen kann. Nein, von einer solchen Welt will ich nichts wissen. Ich sage nicht, dass ich nicht auch schon manchmal an Emmánuels Güte gezweifelt habe, denn ich bin schwach, und schlimme Bedenken führen mich in Versuchung. Manchmal habe ich gezweifelt, ob Emmánuel und die Art, wie er hier unter uns einhergeht, wie er kündigt und einstellt, erfindet und zukommen lässt, und wie er immer derselbe ist, wie er ein wenig feierlich und ein wenig – nichts für ungut, Péter, wir Frauen sehen das besser! –, auch ein wenig lächerlich ist, mit seinem Bart, seinem schwarzen Gehrock, seinen großen staubigen Schuhen, seinem Kneifer, seiner ewigen Güte und Aufmerksamkeit! Manchmal habe ich daran gezweifelt, ob Emmánuel für seine Rolle überhaupt geeignet ist. Und dann scheint er alt zu werden. Denken Sie, Péter, dass eines Tages auch Emmánuel alt wird? Manchmal beobachte ich ihn, wie er dem Spiel von Josua und den Musikern zuhört oder wie er Edit ansieht oder ein Telegramm diktiert und dabei seinen Tee umrührt, und dann nehme ich Hinfälligkeit an ihm wahr, und das tut mir weh. Als wäre ihm all das gar nicht mehr so wichtig, was um seine Unternehmen herum geschieht, als würde er seinen Geschäftsbereich gern gegen einen einfacheren Beruf tauschen, als sehne er sich manchmal nach einem braveren Schicksal und würde sich vielleicht gern zur Ruhe setzen, wenn diese Idee nicht so kränkend und unmöglich wäre in Verbindung mit einem Emmánuel. Nein, Emmánuel kann sich nicht zur Ruhe setzen, man kann sich die Unternehmen nicht ohne ihn vorstellen. Sie wissen, dass er immer Blumen gebraucht hat, Blumen und Musik. Manchmal bin ich erschrocken, wenn ich ihn gesehen habe, mit halb geschlossenen Augen, wortlos, inmitten von Telegrammen, Blumen und Musik. Er wirkte dann ein bisschen hoffnungslos, grausam und unmenschlich. Und immer heißt es, er organisiere seine Unternehmen um, bringe seine Angestellten von einem Erdteil auf den anderen, zettle einen neuen Krieg an und lasse währenddessen ein paar Kinderheime und Kirchen bauen –, aber manchmal fürchte ich, dass all das planlos geschieht, manchmal zittere ich, dass ihn seine Geschäfte in Wirklichkeit gar nicht mehr interessieren, vielleicht sind sie ihm langweilig geworden, ja, möglicherweise ist er all dessen überdrüssig. Er selbst sagt natürlich kein Wort. Und manchmal ist er so grausam. Von den Verstorbenen spricht er nie, zu Beerdigungen geht er auch nicht, als würde alles, was mit Toten zu tun hat, nicht zählen! Wir kennen ihn nicht, Péter, machen Sie sich nichts vor, ich weiß ganz sicher, dass auch Sie ihn nicht kennen. Edit ist die Einzige, die sich nicht vor ihm fürchtet; sie sagt, Emmánuel sei hilflos, er habe keine so freie Hand, wie wir glauben, er wolle sehr gern heiraten und eine Familie gründen. Was für ein schmerzlicher Gedanke: Emmánuel als Familienvater! In seinem Alter und in seiner Position! Man erzählt sich, dass überall Streiks und Protestversammlungen stattfinden, dass die Arbeiter und Ingenieure nicht mehr bedingungslos an Emmánuels Absichten glauben, dass in den Zeitungen Artikel gegen ihn erscheinen, dass diese Schmierfinken Emmánuel in diesen Artikeln verleugnen und beschimpfen; dass sie behaupten, die Welt sei ohne ihn einfacher, gesünder und menschlicher. Das hat die bayrische Frau auch gesagt. Sie hält auch nicht viel von Emmánuel. Sie hat davon geschwatzt, dass Emmánuel einmal bei ihr gewesen sei und sie mit unmissverständlichen Angeboten gelockt habe, sich zu ihm zu bekehren, an ihn zu glauben und es mit ihm zu halten. »Alle will er haben!«, hat die bayrische Frau gesagt, hat sie mit ihrer unangenehmen und gewöhnlichen Stimme gekreischt. »Alle will er unter Vertrag nehmen; er lockt mit Geld, Perlenketten und Tränen. Es wäre so gut für ihn, wenn ich ihm helfen würde! Da!«, hat sie geschrien und den Daumen mit einer unschicklichen und respektlosen Bewegung zwischen Zeige- und Mittelfinger herausgestreckt. Ist es vor-*

stellbar, Péter, dass Emmánuel die bayrische Frau braucht, kann man glauben, dass Emmánuel überhaupt jemanden auf der Welt braucht? … Eine traurige Annahme. Ich wage es nicht, diesen Gedanken weiterzuspinnen. Sicher ist, dass um die Firma herum Aufregung herrscht, lieber Péter; man glaubt nicht mehr so unbedingt an Emmánuels bonitas. *Man betont nicht mehr, dass er ein Genie ist. Auch die Arbeiter murren. Dabei hat die Firma, wie ich gehört habe, den Markt in diesem Frühjahr mit wunderbaren Neuigkeiten überrascht: Sie bringt ganz neue Seidenstoffe heraus, einen metallartigen Stoff, in dem die Frauen an mittelalterliche Kreuzritter erinnern werden, bis zum Hals im Harnisch, in kalter Begeisterung, inmitten von Abenteuern und Syphilis. Und für die Männer hat Emmánuel besondere, glatte, einfarbige Anzüge geplant, Kleidung mit ebenmäßigem Schnitt, und in diesen Anzügen wird jeder Mann ein bisschen zum Maschinisten, ein bisschen zum Mönch und ein bisschen zum Soldaten; Emmánuel sagt, so sei es am modischsten. Und er wird jetzt im Frühjahr auch ein neues Flugzeug herausbringen, das so schnell und hoch fliegt, dass kein Geschoss es erreichen kann, und aus dieser Maschine fallen jede Sekunde mehrere, jeweils tausend Kilogramm schwere Bomben und Flugschriften hinab. Die Firma stellt in diesem Frühjahr ganz neue Damengürtel vor, aus Vogelfedern, und einen neuen Dichter, der Hymnen an Emmánuel geschrieben hat. Vielleicht erinnern Sie sich daran, dass die Firma jetzt im Frühling eine neue Partei herausbringen wollte, aber Emmánuel überlegt noch, er sagt, die alte arbeite erträglich, und er stellt vorerst lieber das neue Singspiel vor, in jeder Oper der Welt, in Moskau und New York zugleich. Zwei Bürgerkriege wird es auch geben, der eine ist schon ganz fertig, an dem anderen wird noch gefeilt. Emmánuel ist wirklich weise. Er übereilt nichts. Nur die Blinden und Tauben versichern, dass er profitgierig ist. Emmánuel will kein Geld mehr verdienen, am Krieg will er ebenso wenig verdienen wie am Frieden. Wozu sollte er überhaupt Geld brauchen? Die Ahnungslosen wissen ja nicht, dass Emmánuel auch Geld macht, echtes, in verschiedenen Staaten, weil ihn seine Verträge dazu berechtigen. Wie erstaunlich, Péter, dass wir, gerade wir, in Emmánuels unmittelbarer Umgebung und in seinem Bannkreis leben! Dafür kann nur Edit etwas, denn so mächtig Emmánuel auch ist, braucht er doch jemanden, der ihn durchschaut und nicht an ihn glaubt. Edit gegenüber ist Emmánuel machtlos; er kann nicht auf die einzige Frau verzichten, die ihm nicht glaubt. Und die schönsten Werke der Firma plant er mit Edit zusammen; jetzt haben sie davon gesprochen, dass Emmánuel in diesem Frühling auf der Leipziger Messe einen ganz neuen Wald präsentieren könnte, mit blauem Laub. Wie schön wäre es, wenn das gelänge, Péter! Und es gibt noch Menschen, die an ihm zweifeln, an Emmánuel, seiner Macht und seinen Ideen! Alles, was er aufgebaut hat, ist so vollkommen – und vielleicht erfindet er eines Tages das Glück in Pulverform und wirft es auf die Märkte. Jetzt glaubt man wieder einmal nicht an ihn, aber das ist nur eine Laune und wird bald vergehen. Wir, die das wunderbare Schicksal in Emmánuels Nähe angesiedelt hat, wissen, dass für ihn nichts unmöglich ist, und wenn wir seine Gesichtspunkte manchmal nicht völlig verstehen, wenn unser Glaube an seine Güte manchmal ins Wanken kommt, können wir uns damit zufriedengeben, dass wir ihn kennen und sein besonderes Wesen irgendwie immer hinter uns spüren, im Wachen und im Schlaf. Jetzt, in der letzten Zeit, hat er etwas zugenommen, aber sprechen Sie darüber mit niemandem dort oben. Mehr, Neueres und Interessanteres kann ich von hier nicht schreiben. Ich bin alt, mein Haar ist feuerrot, und bald werde ich sterben. Gegen den Tod kennt nicht einmal Emmánuel etwas. Und vielleicht ist der Tod das Einzige, was mich dazu bringt, manchmal an Emmánuels Macht und Bedeutung zu zweifeln, denn mir ist klar, dass nicht wirklich groß sein kann, wer hilflos ist und nichts gegen den Tod auszurichten vermag. Aber er sagt, der Tod sei nur ein Mittel, ein bewährtes und erprobtes Mittel, niemand kenne ein besseres, und dass man in solchen großen Organismen wie der Menschheit und dem Weltall auf diese Art von Hilfsmitteln nicht verzichten kann. Ich diskutiere nicht mit ihm, ich bin müde, manchmal schon gleichgültig, ich gebe mich mit Emmánuels Willen zufrieden. Jetzt, da Sie dort oben ringen, im Kreis der Verwandten, des Todes und der Löwen, musste ich Ihnen das schreiben. Ich denke viel an Sie und flehe Emmánuel an, Ihnen zu helfen. Edit lässt Ihnen ausrichten, dass Sie auf Ihren Hals achten sollen, in der Nacht, im Nebel und im Mythos, und wenn Sie sich erkälten, trinken Sie früh auf nüchternen Magen Selterswasser mit heißer Milch. Und wenn Sie doch zurückkommen sollten, wenn auch nur für kurze Zeit, bringen Sie irgendein Erkennungszeichen mit: einen kleinen Strauß Edelweiß oder eine Legende, die für ein Hemdband reicht.*

Unter dem Brief war noch eine Nachschrift.

P.S., schrieb die Baronin. *Die bayrische Frau ist verbrannt. Gerade habe ich davon gehört. Auf offenem Platz ist sie verbrannt, und sie hat stark geraucht wie früher die Opferlämmer und später die Hexen. Auch daraus wird ersichtlich, dass niemand ungestraft gegen Emmánuel sündigen darf, lieber Péter.*

Der Zauber

Sie gingen über den Marktplatz auf das alte Haus zu; Péter erkannte das Ärzteschild von Ábels Vater an der Hauswand neben dem Tor. »Er lebt noch?«, fragte er leise und blieb stehen. Wer sie sah – aber in diesem Augenblick gingen nur einer von den neuen, dunkelblauen Generälen über den Platz und ein Schornsteinfeger, den sie kannten, ein Schornsteinfeger nach der Arbeit, gewaschen, in dieser peinlichen, gesteigerten bürgerlichen Sauberkeit, als wäre er nach der Arbeit immerzu auf dem Weg zu einer Hochzeit –, der hätte glauben können, dass Tamás Péter ein wenig mit sich zerrte.

»Nein, er lebt schon lange nicht mehr«, sagte er ebenso leise und geheimnisvoll und fügte verlegen, mit weggedrehtem Kopf, hinzu: »Genauer gesagt … aber nein, das verstehst du noch nicht.« Péter stampfte nervös mit dem Fuß auf, auch er spürte, dass etwas Lächerliches in der Situation lag, als würde er irgendwo hingezerrt, als zögen ihn Tamás' Absichten und der Wille des unsichtbaren Ábel zur Wohnung des Zauberers hin. Das Gefühl der Hilflosigkeit, einer leichten Bedrohung, und diese wenigen Schritte über den Markplatz hin zu dem alten Haus von Ábels Vater, alles, was sich aus dem Traum, den er noch niemandem erzählt hatte, plötzlich zur Wirklichkeit verdichtete, während die Wirklichkeit zugleich umgekehrt zum Traum zu verblassen begann, der Brief in seiner Tasche, die erste Nachricht, die er nach seiner Abreise aus Karnak bekommen hatte – all das zusammen gab Péter ein wenig das Gefühl, gedemütigt zu werden. Trotzig blieb er im Tor stehen, blass, das Gesicht lächerlich verzerrt. Er verzog den Mund, als wolle er weinen und um sich beißen.

»Genug!«, rief er, doch auch dieser Schrei klang so weich und matt, wie wenn jemand im Traum schreit, aber keine richtige Stimme hat. »Genug der Demütigung! Was willst du damit sagen? Erkläre deine Worte! Es reicht mit den gemeinen Anspielungen! Was soll das heißen, dass Ábels Vater nicht lebt, genauer gesagt … dass er lebt, aber dass ich das noch nicht ganz verstehe? … Ich protestiere!« Er schrie und spürte dabei, wie erbärmlich all das war, was er Tamás jetzt, gegenüber dem Eingang zum Haus des Zauberers, sagen konnte. Und tatsächlich schüttelte Tamás traurig den Kopf, als wäre er viel älter. »Ich habe nicht gesagt, dass er lebt!«, sagte er wohlwollend und geduldig. »Ich wollte nur sagen, dass es ihn in gewissem Sinn noch gibt … und das ist es, was du, der du noch nicht mit Ábel gesprochen hast, nicht verstehen kannst. Schrei nicht herum, ich bitte dich. Man sieht schon her.« Er fasste den widerstrebenden Péter am Arm und riss ihn mit einer kräftigen Bewegung durchs Tor.

In der Einfahrt brannte eine Öllampe, und Péter sah sich unzufrieden um. Alles war so künstlich und willkürlich unverändert, als ob Ábel, den Tamás mit diesem lächerlichen Wort hartnäckig als »Zauberer« bezeichnete, die Tür und den Eingangsbereich so angeordnet hätte, um Péter zu ärgern. Der Mülleimer stand neben der mit großen Steinen beladenen Mangel, das Schutzglas der Öllampe war schon vor zwanzig Jahren zersprungen, die Glastür mit der Klingel, die in die Praxis von Ábels Vater führte, war auch jetzt mit einem elfenbeinfarbenen Spitzenvorhang verhängt. Péter regte diese Wiederholung auf, dieses Unveränderte, diese Vergangenheit, die – so empfand er es – einzig und allein hier ausgestellt war, um ihn zu ärgern und zu verwirren. »Glaub nur nicht«, sagte er unwillkürlich leiser, wie man in einer Krypta oder einem Museum spricht, »glaub nicht, dass ich so dumm bin und diesen Schwindel schlucke.« Tamás schüttelte den Kopf, noch immer gütig wie ein Erwachsener, der ein wutstampfendes Kind beruhigt. »Doch, Schwindel«, wiederholte Péter leidenschaftlich und heiser. »Bevor wir hochgehen, sage ich es dir. Wieder die alte Dummheit. Der alte Ábel mit seinem geheimnisvollen Nichtstun, seinen überheblichen Arrangements. Es reicht. Ich hatte schon vor zwanzig Jahren genug davon. Ja, einmal habe ich von ihm geträumt ... aber dieser Traum ist meine Privatsache. Ábel hat in meinem Traum nur eine sehr bescheidene Rolle gespielt. Es ging dabei auch überhaupt nicht um irgendeinen Zauber. Ich glaube sowieso weder an Zauberer noch an Zauberei. Was für eine Albernheit, heute Zauberworte zu benutzen, im Jahrhundert der Aufklärung und der Vernunft!« Quäkend deklamierte er, als hätte er Fieber, und stammelte im Fieberwahn solche wichtigtuerischen, leeren Worte. »Nein, Tamás, ich will nur sagen, es ist klüger, wenn wir wieder gehen. Ich habe keine Angst vor dem Zauber, und ich glaube nicht, dass uns Ábel bei irgendetwas helfen kann. Dieses Arrangement hier ... sei nicht böse, aber ich weiß keinen anderen Ausdruck für alles, was ich in diesem Haus sehe … diese künstlich bewahrte Vergangenheit, diese auf Kosten der Sauberkeit und Modernheit bewahrte Toreinfahrt … nun, das ist Ábel, sein lächerliches und wichtigtuerisches Arrangement. So war er immer!« Er blieb am Rande des Hofes stehen und verschnaufte. Am Zaun erkannte er im Dunkeln einige alte Bäume.

Tamás antwortete geduldig, und seine Stimme klang andächtig in der Dunkelheit. »Ábel kann nichts für all das. Sein Vater will es so.«

»Sein Vater?«, flüsterte Péter. Sein Atem bildete eine graue Wolke in der Dunkelheit. »Sein Vater ist tot!«

»Ich sage doch, du verstehst es nicht«, wiederholte Tamás in klagendem, halb lautem Flüsterton. »Er ist tot, aber er trifft Verfügungen.«

In diesem Augenblick öffnete sich auf dem Flur im Obergeschoss eine Tür, und Licht fiel in den Hof. Péter wollte gerade antworten, er bereitete sich auf eine Antwort mit heftigen Worten vor, aber als ihm das Licht in die Augen fiel, wandte er den Kopf ab, hielt sich mit einer leichten Bewegung die Hand vor die Augen, beugte sich ein bisschen zur Erde, als wäre er ins Schwanken gekommen, und taumelte. In der Tür stand eine dicke, gedrungene Gestalt, ein Mann, den das Licht von hinten beleuchtete, dessen Gesicht und Hände sich in der Dunkelheit verloren. Dieser Mann – vielleicht ein Mieter oder Ábels Famulus – stand breit und protzig in der Tür und sah wortlos in den Hof hinab, in abwartender Haltung, als würde sich sein großer und ungestalter Leib mit ängstlicher Vorsicht über den Hof beugen. Der Mann stand eher vorsichtig als aggressiv im Licht und in der Höhe, und so schwerfällig sein aufgeblähter Körper auch wirkte, so hatte Péter doch vom ersten Augenblick an das Gefühl, die Erscheinung schwebte. Sogar Gehilfen hält er sich!, dachte er missmutig, und diese Vorstellung erschreckte ihn ein wenig. Aber die Erscheinung rührte sich nicht. Dick und besorgt stand sie über ihnen, beugte sich übers Gitter, und Péter glaubte zu hören, wie sie schnaufte. Nein, lächerlich, dieser Mann kann nicht Ábel, der Zauberer, sein!, dachte er beunruhigt. Einige Augenblicke vergingen in dieser vorsichtigen, lauernden Stille. Péter richtete sich auf und sah zu der Gestalt empor. Jetzt bemerkte er Tamás, der beinahe gebannt mit schielendem, hingerissenem Blick in die Dunkelheit starrte, seine fleischigen Lippen teilten sich, und er lächelte matt wie ein Augenzeuge eines wundersamen Anblicks, wie jemand, der in den Himmel sieht, in seinen besonderen Himmel, wo alles anziehend und angenehm ist.

»Kommt herauf!«, sagte die dicke Gestalt. Jetzt erkannten sie seine Stimme. Es war Ábel. Sofort drehte er sich wieder um und schlurfte in die Wohnung zurück, aber die Tür ließ er hinter sich weit offen stehen. Tamás pfiff und folgte mit auffallend lebhaften Schritten dem Ruf; zwei Stufen auf einmal nehmend, eilte er zu der offenen Tür hin.

Beginnt so der Zauber?, dachte Péter und schüttelte den Kopf. Ábel war dünn gewesen und groß. Diese Gestalt hingegen, die mit Ábels Stimme zu ihnen aus der Höhe gesprochen hatte, war klein und dick. Langsam folgte er Tamás, als hätte er sich noch nicht entschieden, als zögerte er noch und wäre sich nicht sicher, ob er der Einladung Folge leisten sollte. Auf dem dunklen Hof wehte der Wind und ließ die vertrauten Bäume ächzen. In der Nähe in einem Stall, an den sich Péter dunkel erinnerte, wieherte ein Pferd, dann kläffte wütend ein Hund. Die Nebentreppe, auf der sie jetzt ins Obergeschoss gingen, roch nach Spülwasser, als hätten die Dienstboten das Abwaschwasser auf die Steinstufen geschüttet. Ein ekliger Zauber, dachte er. Und dann: Ja, all das war auch im Traum gewesen. Er hörte sein Herz schlagen. Aus irgendeinem Grund – vielleicht, weil die Ärzte am Nachmittag lange beratschlagt hatten und er deshalb schon beim Aufwachen das Gefühl gehabt hatte, es dämmere zu einem bösen und beängstigenden Feiertag – hatte er am Morgen seinen schwarzen Anzug angezogen und war jetzt froh, dass er sich so festlich gekleidet hatte, als könne ihn diese Verkleidung vor irgendetwas schützen. Der Brief der Baronin lag schwer in seiner Tasche, als wäre sie mit Steinen vollgestopft.

Und wenn er noch so ein großer Zauberer ist, dachte er jetzt, den Brief werde ich ihm doch nicht zeigen, und über Emmánuel schweige ich auch. Zauberer, was für eine lächerliche Idee! Er spielt noch immer, er hat keinen Beruf gewählt und gelernt, er ist von derselben Art wie Tamás, und sie verzaubern einander!

Aber alles hatte jetzt so einen sonderbaren Geruch. Von dem Brief der Baronin hatte er nur verstanden, dass Emmánuel zunahm und müde war, dass er jetzt nicht auf die Menschen wirken konnte. Péter kannte diese Ermattungsphasen seines Vorgesetzten und dachte jetzt beinahe freundschaftlich an ihn, wäre gern in seiner Nähe gewesen, um ihn anzufeuern und zu bestärken, denn Emmánuel brauchte die Hilfe in diesen bangen Zeiten, wenn sich seine Anhänger wie in einem Aufstand gegen ihn wandten. Immerzu wiederholte er sich auch die Nachschrift. Er spürte, dass die Nachricht wahr war, dass Karola tatsächlich verbrannt war. Und so unwahrscheinlich, ja, so lächerlich und reißerisch diese Mitteilung auch war, konnte er sich doch weder wundern noch entsetzen. Jetzt sah er den Augenblick scharf vor sich, in dem er Karolas Zimmer zum letzten Mal verlassen hatte und in diesem Zimmer alles so verhängnisvoll zurückgeblieben war: Karolas Geruch, die Möbel, die Requisiten in den Schränken. In jenem Augenblick hatte Karolas Sterben begonnen. Noch ging sie irgendwo die Straße entlang, wurde von einem Mann bedrängt, hörte seiner unterdrückten, lächerlich zitternden Stimme und seinen einfältig bestürmenden Worten zu; aber schon lag sie ein bisschen im Sterben, ihr Schicksal begann sich aufzulösen, das Material, das den Sinn und das Geheimnis ihres Wesens ausmachte, verflog, verwandelte sich. Vielleicht war in jenem Augenblick schon eine andere Frau mit diesem Material angefüllt worden, mit dem Geheimnis und Material der Liebe. Sie war diese Sorte Frau – dachte er jetzt und wunderte sich überhaupt nicht, dass er sich an Karola in so vorgefertigten Sätzen erinnerte, die in eine Trauerrede gepasst hätten –, eine Frau, die nur so lange lebt, bis sie das Material der Liebe verschwendet hat, das sich in ihr angesammelt hatte. Dann verbrennt sie qualmend auf öffentlichen Plätzen. Und schon lebt irgendwo eine andere Frau, die an ihre Stelle tritt, ihre Rolle übernimmt, die Rolle der Liebe. Diese Frau hatte schon ihren Hut aufgesetzt und war auf die Straße gegangen, hatte sich zu den Männern auf den Weg gemacht. Er senkte den Kopf. Tamás war ins Vorzimmer getreten, er stand auf der Schwelle und sah zurück, als fürchte er, dass Péter im letzten Augenblick doch noch ausreißen könne. Das Vorzimmer war leer.

Es war ein kleinbürgerliches Vorzimmer, wie sie in den alten Häusern gebaut wurden; von einem kleinen Vorraum gingen drei braun gestrichene, an den unteren Rändern schon etwas abgenutzte und verfaulte Türen ab; Türen, die wahrscheinlich zum Abtritt, in die Küche und ins Badezimmer führten. Auch hier im Vorzimmer lag jener durchdringende Küchengeruch, der Péters Nase schon im Treppenhaus gepeinigt hatte; der Geruch nach Spülwasser und Zwiebeln, gleichsam der schwüle und fettige Verwesungsgeruch der innerlichsten, schamlosesten Unsauberkeit der Menschheit, und darüber hinaus die Ausdünstungen einer überpersönlichen, allgemeinen Körperlichkeit, als würden in der Küche nicht nur Speisen gekocht. Der Geruch war so stark, dass Péter niedergeschlagen an der Tür stehen blieb und einen Augenblick zögerte einzutreten. Hier lebt er, dachte er vorwurfsvoll und bitter. Und ich habe manchmal von ihm geträumt! Im Traum war er dünn und blass, wie jemand, der Kräuter isst und halb verrückte deutsche Dichter aus dem vorigen Jahrhundert liest! In diesem Geruch lebt er.

Tamás sah lächelnd zu Péter zurück, mit einem ermutigenden Lächeln, als hielte er selbst diesen Geruch auch für unerträglich, als bäte er aber zugleich um Verzeihung und ermutige den Bruder, mit ihm durch das Vorzimmer zu gehen, diese Kränkung zu ertragen: Drinnen würde alles besser. Im Vorzimmer stand eine Spiegelkommode, an der Wand hing ein gestickter Bürstenhalter, und der Hut war auf einem Garderobenständer in Form eines Hirschgeweihs abzulegen. Péter sah Tamás nicht an, als er Hut und Mantel ans Geweih hängte, aber er spürte, dass sich der jüngere Bruder etwas schämte. »Wo ist Ábel?«, fragte er leise. »Was für ein Empfang!« In allem, in den Gerüchen, in dem Vorzimmer, lag etwas Grobes und Primitives. Auf dem Schrank lagen einige Quitten. Péter sah sich vorsichtig und spöttisch um. Er erwartete nichts besonders Gutes von diesem Besuch, so beginnt kein Zauber, dachte er enttäuscht. In der Küche schien jemand mit Töpfen zu klappern. Aber jetzt erinnerte er sich, dass er einmal hier gewesen war und dass damals alles genauso gewesen war, auch dieser Geruch und dieses Klappern hatten ihn mit derselben Schattierung empfangen. Die Erinnerung war so stark wie die Wirklichkeit, und Péter verstand jetzt, dass beides dasselbe war. Hier vom Flur ging nach links die Tür zur Praxis von Ábels Vater ab, hier auf diesem Bänkchen hatten die Verrückten gewartet. Es gab noch einen anderen Aufgang in die Wohnung, eine breite Treppe, mit bunten Flickenteppichen bedeckt, wo an der Wand Krüge und glasierte Schüsseln hingen, jetzt erinnerte er sich. Aber diesen anderen, herrschaftlicheren Aufgang hatte der Arzt nur selten benutzt. Auch die Quitten beruhigten ihn ein wenig, das hier war freilich eine bescheidenere Welt als die alte aus der Kindheit im Garren-Haus; Ábels Familie stand auf der gleichen Rangstufe, aber irgendetwas fehlte ihnen dennoch an ihrem Rang, als wären beide Väter Stabsoffiziere, aber einer von ihnen ohne den Verdienstorden für Tapferkeit – ein Mangel, den man nicht mehr ausgleichen kann, weil der Anlass fehlt, eine solche Auszeichnung zu erwerben. Ábel hatte mit seiner alten Tante hier gelebt, mit Aranka oder Etelka, einer vermögenden, entfernten Verwandten, die ihn anstelle seiner verstorbenen Mutter erzogen hatte, während der Vater draußen auf den Schlachtfeldern kurierte. Später verlautete, Ábel habe die Tante beerbt, aber die Aktien, die die Tante ein Leben lang in einer Blechdose aufbewahrt hatte, seien zum Zeitpunkt des Erbes nichts mehr wert gewesen. All dies fiel ihm nur verschwommen ein, während er im Vorzimmer die Quitten und den hirschgeweihförmigen Garderobenständer betrachtete; als ob in einer fremden Stadt, in der er vor sehr langer Zeit schon einmal auf der Durchreise gewesen war, in Dämmerung und Regen jemand auf einem öffentlichen Platz zu ihm spräche. Dann trat Ábel aus dem mittleren Zimmer, verbeugte sich, lächelte mit einem stummen und fremd-höflichen Lächeln wie ein Arzt, der mit hölzerner Stimme sagt: ›Der Nächste bitte!‹ – und winkte ihnen, voranzugehen.

Péter blieb in der Mitte des Zimmers stehen, neben dem rechteckigen, mit abgewetztem Plüsch bedeckten Esstisch, und wartete auf die Begrüßungsworte, auf irgendeine symbolische Geste des Wiedersehens, aber eine ganze Weile geschah nichts dergleichen. Im Zimmer war es angenehm warm. Dieses Zimmer musste, davon zeugte die Mehrzahl der Einrichtungsgegenstände, das Speisezimmer sein, aber Ábel schien es auch ein wenig als Werkstatt zu benutzen. Auf den ersten Blick wäre es schwer gewesen zu sagen, welche Art von Werkstatt dies war, in die sie der Hausherr so wortlos, mit solch grinsender und händereibender Bereitschaft geführt hatte. Zwischen den beiden Fenstern stand eine Anrichte, eine altmodische, altdeutsche Kredenz, auf deren Marmorplatte in schöner Ordnung alte Tässchen aufgereiht waren, ein Samowar und silberne Zuckerdosen, Mokkatassen und Kannen. Das Silbergeschirr glänzte, sogar ein wenig zu sehr, wie in armen Haushalten, in denen man nicht viele solcher Schätze besitzt, wo aber die Hausbewohner die wenigen Stücke, zu denen sie in ihrer bürgerlichen Laufbahn gekommen sind, umso eifriger in Ehren halten und sie bei Tag und Nacht scheuern und polieren. An der Wand hingen billige Bilder, Ölgemälde, ein alter Soldat mit Montur und Felleisen, gerahmt, wie er – mit fachmännischem Blick – sein gezogenes Schwert betrachtet; dann ein Mädchen an einer Quelle, und es gab auch einige Pferdekopfstudien. Diese Bilder, das bemerkte Péter mit einem einzigen, intensiven Blick – manchmal können wir so wahrnehmen, wenn wir Gegenstände und Umgebung mit einem einzigen Blick auf ihren wahren Gehalt prüfen müssen, als wäre es eilig und als stünde zu befürchten, dass sich im nächsten Augenblick alles in Luft auflöst –, waren vielleicht etwas künstlerischer als der Durchschnitt, den man als Besucher in Zimmern von ähnlichem Rang und Geschmack erwarten konnte; nicht gerade Meisterwerke, aber dennoch Werke von Künstlern, die ihr Handwerk verstanden, nur eben von feigen Künstlern von niederem Rang, dachte Péter, die die Stimmungswünsche ihrer Auftraggeber bereitwillig bedienten. Auf dem rechteckigen Esstisch stand ein Fernsprechgerät, und auf einem Stuhl lagen bekannte französische Zeitschriften. Auch ein Haussegen hing an der Wand und neben ihm ein Kalender, aber ein ganz gewöhnlicher Bürokalender, wie ihn Kaufleute ihren treuen Kunden zu Neujahr schenkten. Das war alles, was vom Charakter des Speisezimmers abwich und an eine Werkstatt oder ein Büro denken ließ.

»Habe die Ehre!«, sagte Ábel und verbeugte sich schwerfällig. Wie viele dicke Menschen schien er sich für jede Bewegung seines missgestalteten Körpers zu schämen.

»Mein lieber Freund!«, sagte Péter. »Wie ich mich freue.«

Tamás lächelte verlegen wie jemand, der eine außerordentliche Tat vollbracht, zwei zusammengehörende Menschen zueinander geführt hat und nun bescheiden seinen Triumph genießt und etwas ganz Außerordentliches erwartet, das Lied eines Vogels oder das Pfeifen einer Lokomotive.

»Oh, ich freue mich auch«, sagte Ábel mit tiefer Stimme, aber ihm war anzusehen, dass er sich überhaupt nicht freute. In den ersten Minuten benahmen sie sich beide, als spielten sie den »alten Freund«, den »alten Knaben«, als führten sie eine schöne Szene des Wiedersehens auf und schlügen sich nur deshalb nicht gegenseitig auf den Bauch, weil sie nicht mehr gleichrangig waren, weil die Rangfolge der Jugend nicht mehr galt. Péter hatte es weit gebracht und zählte auch reiche Männer zu seinen persönlichen Bekannten, während Ábel etwas zurückgeblieben und dick geworden war und man nicht einmal ausschließen konnte, dass er Schulden beim Buchhändler hatte. Sie verbeugten sich nicht gerade, aber sie lächelten sich mit so übertriebenem Wohlwollen und erwartungsvollem Nicken an, als wären sie sich nicht ganz sicher, dass sie einander schätzten, aber als gebe es keine Notwendigkeit, diesen Verdacht auszusprechen. Ja, Ábel hatte zugenommen, natürlich war auch er im Wachstum stehen geblieben, und alles in allem schien er jetzt etwas kleiner zu sein als vor zwanzig Jahren; und so unmöglich, so wirklichkeitswidrig auch dieser Gedanke war, hatte Péter das Gefühl, als wären Ábels Knochen zusammengebrochen – irgendwo hatte er von einem solchen Krankheitsfall gelesen – und als hätte sich das Fett dann reichlich auf den verkümmerten Knochen niedergelassen, um gleichsam in der Waagerechten auszugleichen, was die Natur seinem ehemaligen Schulkameraden an Höhe verweigert hatte.

»Ja, ich bin dick geworden.« Ábel lächelte jetzt demütig, als hätte Péter seinen Verdacht ausgesprochen. »Die sitzende Lebensweise, die viele Arbeit«, sagte er entschuldigend. Dann, als hätten sie plötzlich beide genug von dieser notwendigen, aber verlogenen Einleitung, sagten sie beinahe gleichzeitig: »Zwanzig Jahre ist es her.«

Alle drei atmeten auf. Als wäre das das Zauberwort gewesen, begannen sie übergangslos zu verhandeln. Tamás beschrieb den Charakter dieses Dialogs später so: Es war, als ob sie verhandelt hätten wie zwei Kaufmänner – die sie ja ein wenig auch waren –, als wäre nach einem langwierigen und hoffnungslosen Briefwechsel endlich der Augenblick gekommen, das Geschäft auch persönlich zu besprechen. Ihre Verhandlungsweise glich ein bisschen der von Kaufleuten, versicherte Tamás. Es war, als hätten sie über die Details schon in ihren Briefen erschöpfend diskutiert und könnten sich jetzt, da sie sich wirklich trafen, auf das Dringendste beschränken und nur über das reden, was so brennend aktuell war, dass sie nicht die Möglichkeit hatten, weiter Höflichkeiten auszutauschen, dass sie gezwungen waren, sofort über die Qualität der Ware und die Preise zu sprechen, grausam offen und erbittert vorsichtig: So saßen sie an beiden Seiten des Tisches und fielen mit verschränkten Armen sofort übereinander her.

»Ich höre, du zauberst«, sagte Péter.

»Ja«, antwortete Ábel. »Aber erst seit einiger Zeit. Vorher habe ich geschrieben. Doch jetzt ist die Zeit vorbei, in der die Worte noch wirken konnten. Ich bin gezwungen zu zaubern.«

»Der Zauber«, fragte Péter ein wenig von oben herab, »ist stärker als das Schreiben?«

Sofort bereute er die Frage. Ábel blinzelte. Er trug einen grauen, abgetragenen Straßenanzug, dazu eine fertig gebundene Krawatte, seine Schuhe und sein Taschentuch hatten etwas von verschämter Beamtenarmut. Das Zimmer, in dem sie saßen und das mit so wundersamer Einheit die Bequemlichkeit eines kleinbürgerlichen Speisezimmers und die Requisiten des Zaubers vereinigte, war behaglich, aber es war deutlich zu spüren, dass nur Ábels Anwesenheit es bequem und heimelig zauberte. Péters Frage mochte Ábel schmerzlich berühren, denn er begann, nervös und schnell zu blinzeln. Die Art, wie er manchmal die Hand an die Augen nahm, wie er lächelte, erinnerte an den alten Ábel; ihm fehlt nur die jugendliche, sanfte Vornehmheit, dachte Péter. Es war, als wäre er einmal verprügelt worden. Oder als würden ihn die Fremden jeden Tag verhören und aushorchen. Er war linkisch, aber an seinen Bewegungen und seinem Lachen war zu spüren, dass diese Ungeschicklichkeit künstlich war, als hätte er sie eingeübt. In allem, auch in seinem Lachen, lag etwas von einer Verkleidung. Leise antwortete er: »Nicht stärker.« Er griff nach der Petroleumlampe und schraubte mit den Spitzen seiner dicken Finger sanft die Flamme höher. Péter bemerkte erst jetzt, dass im Zimmer kein elektrisches Licht brannte. »Dasselbe, nur wirkungsvoller. Eine andere Gattung. Eines Tages habe ich gemerkt, dass die alten Gattungen nicht mehr wirken. Das Schreiben muss weiterentwickelt werden. Sie haben mich dazu gezwungen.«

»Die Fremden?«, fragte Péter.

Ábel hob besorgt den Zeigefinger, als wolle er seine Gäste zur Vorsicht mahnen.

»Sie auch. Alle. Die Erwachsenen. Die die Heimat besetzt haben.«

»Und wir, Ábel?«, fragte Péter und wurde plötzlich traurig. »Wir sind auch schon erwachsen.«

»Du ja, vielleicht«, sagte der Zauberer murmelnd und ernst. »Ich habe aufgepasst. Irgendjemand muss sie bewahren.«

»Was?«, fragte Péter und bemerkte erstaunt, dass seine Stimme zitterte.

»Die Heimat«, sagte der Zauberer.

Jetzt klingelte das Telefon. Mechanisch streckte Ábel die gedrungene Hand nach dem Hörer aus und sprach mit völlig veränderter Stimme, ruhig und routiniert. »Ja«, sagte er. »Wie viel? Achtunddreißig zwei? Nein, das ist natürlich. Gegen Abend können Sie ihm noch einmal Chinin geben. Lesen Sie ihm Gedichte vor. Nein, nicht von Rimbaud. Etwas Sanfteres. Vielleicht zwanzig oder dreißig Zeilen Rilke. Ja, einen Kamilleneinlauf können Sie auch geben. Rufen Sie mich gegen Mitternacht an.« Er legte den Hörer ab, rieb sich die Augenbrauen und sah mit einem müden und missmutigen Blick auf das Telefon, das in diesem Augenblick wieder zu rasseln begann. »Verzeihung«, sagte Ábel mit der entschuldigenden Stimme des viel beschäftigten Mannes. »Nur einen Augenblick. Das ist leider die Stunde, in der sie sich melden … Bitte!«, rief er in den Hörer. »Verkaufen? Nein, jetzt würde ich nicht verkaufen. Warten Sie bis Ostern. Die Betonpreise steigen. Ich werde darüber nachdenken.«

Ohne Abschied und Gruß, wie man mit sehr vertrauten Menschen spricht, die einen mehrmals am Tag belästigen, beendete er das Gespräch mit dem unbekannten Interessenten. Gerade als er sich mit entschuldigendem Lächeln wieder zu Péter wandte, signalisierte die Klingel erneut, dass jemand dringend Ábels Rat brauchte. »Siehst du, so geht das den ganzen Nachmittag. Wo man hinsieht, besonders in der letzten Zeit … Sie halten es nicht mehr aus … Nur noch diesen einen, wenn du gestattest.« »Haben Sie sie geheiratet?«, fragte er jetzt, ruhig und freundschaftlich, und stützte sich, schwerfällig schnaufend, auf den Ellbogen, den Hörer in der Hand, und beugte sich über den Tisch. »Sind Sie glücklich?«, fragte er sehr sanft und – wie Péter schien – mit einer selbstbewussten Stimme, der die Selbstzufriedenheit und der Stolz anzuhören waren. »Nein, jetzt bleiben Sie nur noch glücklich«, sagte Ábel resolut. »Bleiben Sie glücklich und beten Sie jeden Tag, morgens und abends. Über die Opale sprechen wir in der kommenden Woche. Ich habe mich schon erkundigt. Der Himmel sei mit Ihnen, mein Freund.« Er seufzte und lehnte sich auf dem Stuhl zurück. Das Telefon klingelte noch ein oder zweimal, aber Ábel nahm den Hörer nicht mehr ab.

»Zauberst du auch am Telefon?«, fragte Péter sanft und höflich.

»Das gehört dazu«, sagte Ábel schlicht und etwas verschämt. »Es geht nicht anders. Sie wissen nichts, nicht einmal die einfachsten Dinge, sie wissen nicht, dass es manchmal auch hilft, eine Zeile aus einem Gedicht zu hören oder eine halbe Stunde lang allein in der Dämmerung in einem Zimmer zu sitzen. Ich sehe, du verstehst es nicht. Natürlich, du arbeitest in so einem gewaltigen Betrieb … Ich weiß es, ich habe von ihm gehört, von dem berühmten Emmánuel. Aber es ist auch jemand nötig, der so kleinteilig, mit so einfachen Griffen alles anordnet, was ihr da oben, in der Zentrale, so großartig und allgemein festsetzt und entscheidet. Die Absicht ist vielleicht gut, ich weiß es nicht … aber die Ausführung ist zu allgemein, sie passt nicht zu jedem. Ja, eine Zeit lang habe ich geschrieben.« Seine Stimme füllte sich mit warmen Schattierungen, als erzähle er eine Geschichte. »Als Ernő sich umgebracht hat und der Oberst aus dem Krieg kam, als wir den Sattel und das Silber zurückgestohlen haben und du abgereist bist und auch die anderen aus der Stadt geflohen sind, war ich einige Zeit ganz einsam. Ich habe geglaubt, dass es reicht zu schreiben. Aber dann habe ich gemerkt, dass man mit dem Schreiben keines einzigen Menschen Schicksal verändern kann. Das war eine schmerzhafte Erkenntnis. Was man mit dem Schreiben höchstens erreichen kann, ist, dass es der Musik ähnelt, dass das Geschriebene gleichsam die Musik des Sinns ist, dass es etwas in uns weckt und dann wieder etwas einschlafen lässt – etwas, was ihr da drinnen, in den Zentren, nur grob und in offiziellen Schriftstücken verarbeiten könnt. Erst musste die Welt geschaffen werden, ja … aber dann waren noch ein paar Dichter nötig, die sie mit Sinn erfüllten, mit Traurigkeit und mit dieser stummen, lautlosen Musik, mit der Melodie des Verstandes. Ja, eine Zeit lang habe ich geschrieben«, sagte er nachlässig, beiläufig und verzog etwas spöttisch den Mund. »Aber dann, als ich gemerkt habe, dass die Buchstaben nicht mehr tief genug wirken … Im Mittelalter griffen die Mönche, die die Kodizes schrieben, manchmal zum Schwert. Eines Tages legte ich die Feder hin und griff nach dem Telefon. Die Heimat musste gerettet werden, denn alle waren ihr untreu geworden.« Er sah an die Decke. Mit glasigem Blick, etwas schielend, sah er neugierig zur Zimmerdecke empor. Dann sagte er schlicht: »Da begann ich zu zaubern.«

»War ich auch untreu?«, fragte Péter.

»Ich habe so etwas gehört«, sagte Ábel höflich, aber streng. »Ich habe eine Weile gebraucht, bis ich es verstanden habe. Es gibt nichts anderes als die Heimat, und dann haben sie alle verraten. Mit Maschinengewehren haben sie sie verraten und mit schlechten Romanen, sie haben sich falsche Bärte angeklebt, haben sich sogar echte Bärte und Schnurrbärte wachsen lassen. Mit Aktentaschen haben sie sie verraten, mit bewegten Bildern, mit einer neuen Art zu lachen, mit fremden Verneigungen. Sie haben eine andere Sprache gesprochen und andere Dinge geträumt ... so haben sie sie verraten. Es gab eine Heimat, eine geliebte, echte. Aber dann kamen die Fremden und all die anderen, die mit ihnen Freundschaft schließen wollten, die Erwachsenen ... manchmal glaube ich schon, alle Erwachsenen sind fremd ... und sie haben angefangen sich zu tummeln und haben sie verraten. Mit Spießen und Bajonetten sind sie gekommen, mit Wandanschlägen und Tratsch, mit misstrauischen Blicken und Wörtern wie Frist und Zielstellung, und haben diese geliebte Heimat besetzt. Ich konnte die echten Landschaften meiner Heimat vor lauter Worten fast nicht mehr sehen. Da habe ich beschlossen, dass ich etwas anfange. Dein Vater hat das auch getan. Einmal hat er einen Ball veranstaltet; das war gut, aber es hat nicht gereicht. Nur mit Zauberei kann man gegen sie kämpfen, gegen die ... also gegen die anderen. Der Zauber hat die Heimat verborgen, wie früher die Tarnkappe die Auserwählten versteckt hat. Sie haben geglaubt, die besetzte Heimat gehöre ihnen, aber sie haben nur die Steine, die Wälder und die Häuser besetzt. Die echte Heimat ist im Zauber verschwunden. Das war sehr schwer. Ich gebe sie ihnen nicht mehr«, sagte er leise mit zusammengebissenen Zähnen.

»Vielleicht geben sie sich mit den Wäldern und Häusern zufrieden, Ábel«, sagte Péter jetzt mit einer kindlichen, ängstlichen Stimme. »Vielleicht reicht ihnen die Wirklichkeit.«

»Sie geben sich nicht zufrieden!«, rief der Zauberer triumphierend und richtete sich im Sitzen auf. »Das ist das Erstaunliche, dass sie sich nicht zufriedengeben. Gerade das suchen sie überall, die echte Heimat. Sie möchten sie registrieren, sie neu streichen, von Polizisten bewachen lassen, aber ich gebe sie ihnen nicht. Dein Vater wusste davon. Auch er hat etwas bewahrt, vorbereitet und verborgen, von dem in der Stadt viel gesprochen wurde; man erzählte sich, er arbeite an einem größeren Werk. Er hat es ihnen auch nicht gegeben, den Fremden und den Verrätern. Das Werk, was ist dieses Werk?« Laut und leidenschaftlich rief er diese Frage aus. »Das Werk ist immer dasselbe. Die Treue zur Heimat! Wovon wir träumen! Was wir im Zauber retten! Verzeih«, sagte er schließlich höflich und breitete mit einer vorsichtigen Bewegung die Arme aus.

»Vater war Musiklehrer«, sagte Péter nachdenklich, »Musiklehrer und Kaufmann.«

»Das meinst du doch selbst nicht ernst«, sagte Ábel. Ruhig und ein wenig von oben herab sah er seine Gäste an.

Tamás stand ab und zu auf und setzte sich auf einen anderen Stuhl. Seine Pfeife hielt er mit ausgestrecktem Arm sorgfältig hoch, als müsse man befürchten, dass sie ihm im Eifer des Wortgefechts jemand aus der Hand reißt. Mit glänzenden Augen, hingerissenem und erstauntem Lächeln beobachtete er, wie Péter und Ábel diskutierten. Manchmal unterbrach er sie, aber er zeigte eher nur mit Ausrufen, dass er am Gespräch beteiligt war. »Die Heimat, ja!«, sagte er einmal.

Jemand war im Vorzimmer.

»Wirst du nicht belauscht?«, fragte Péter besorgt.

»Ach i wo«, antwortete Ábel ruhig mit der Überlegenheit des Hausherrn, der sich seiner Sache sicher ist und seine Gäste unter allen Umständen beschützt. »Das ist nur mein Gehilfe … Einer von den Alten.«

Péter verstummte gekränkt. Vielleicht erwartete er, dass Ábel jenen einen von den »Alten« aus dem Vorzimmer hereinrief, aber der Zauberer blinzelte, schwieg und hatte sichtlich keine Lust, den alten Kumpan vorzustellen.

»Jemand aus der Clique?«, fragte Péter blass, eifersüchtig und mit einem gequälten Lächeln. Er bemühte sich, die Frage mit einer ganz leichten Betonung zu stellen, als wäre es gar nicht wichtig, ob noch jemand aus der Clique lebte, ob er hier in der Nähe war und ob Ábel Péter keines Wiedersehens mehr würdigte. »Ist es vielleicht gerade Béla, der sich den gelben Frack hat machen lassen?«, fragte er noch, aber der Zauberer antwortete eine Weile nicht. Die Schritte im Vorzimmer verklangen. Péter bemühte sich, spöttisch zu fragen, als hätte es keine Bedeutung, dass durchs Vorzimmer vielleicht Béla ging, der einst Mitglied der Clique gewesen war und sich – aus einer lächerlichen Idee heraus – einen gelben Frack hatte schneidern lassen. Aber der Zauberer schüttelte nur den Kopf, schnaufte und stützte sich schwerfällig und vertieft auf den Esstisch. »Einer von den Alten«, wiederholte er abweisend und beiläufig. »Es ist nicht wichtig, dass du ihn siehst. Ja, jemand … ist noch nicht ganz erwachsen und hängt an der alten Heimat.« Péter verstand jetzt, dass der Zauberer ihn beleidigen wollte.

»Ist er vielleicht ein Zwerg geblieben«, fragte er spöttisch und stand auf, »oder verkrüppelt?« Er war blass und zitterte.

»Setz dich wieder hin«, sagte Ábel gleichgültig. »Nein, keineswegs. Er ist nur Mitglied der Clique geblieben«, sagte er gnadenlos.

Péter verschränkte die Arme.

»Was soll das, Ábel?«, fragte er. »Hast du mich deshalb rufen lassen? Ich dachte, du willst mich trösten. Vielleicht kann ich dir helfen«, sagte er, leiser und unbeholfen, mit bittendem Ton. »Wir da draußen, die Firma … ich meine … wir kennen auch mächtige Leute. Vielleicht kann ich helfen. Beim Zaubern und dabei, wie du die Heimat retten willst … Verfüge über mich«, sagte er weltgewandt.

Aber er spürte, dass sein Angebot falsch war, hoffnungslos und unsinnig. Der Zauberer sah ihn jetzt beinahe traurig an. Nun war wieder alles so wie in dem Traum, als er von La gekommen und vor dem Plakat stehen geblieben war. Aus dem Körper des veränderten, dick gewordenen und verzerrten Ábel sprach die Stimme zu ihm, die er im Traum gehört hatte – aber nur die Stimme erinnerte an den Ábel aus dem Traum, der Körper schien sich in der Lichtbrechung der Wirklichkeit spöttisch gewandelt zu haben. Jetzt sprach der Zauberer langsam und sah Péter von unten herauf ins Gesicht. Blinzelnd und spöttisch und trotz alledem traurig sagte er: »Ich will nichts von dir.« An diese Worte erinnerte sich Péter. Dann schien er etwas zu murmeln und fuhr wieder laut fort: »Du hast geglaubt, du könntest für immer weggehen? Das wäre ja noch schöner. Aber so billig ist es nicht zu haben.« Wieder murmelte er nur. Tamás beobachtete ihn besorgt, und seine Lippen wiederholten stumm die Worte des Zauberers. »Du bist damals abgehauen, vor zwanzig Jahren«, sagte Ábel weiter, »und jetzt bist du zurückgekommen, weil jeder einmal zurückkommen muss, der nicht geantwortet hat …« Seine Worte verloren sich wieder im Murmeln, als bete er leise oder fluche.

»Verzeih mir«, sagte Péter.

Der Zauberer sah ihn ruhig und mit heiterem Blick an. »Das kann ich nicht«, sagte er sanft. »Ich habe keine Zeit.« Er stand auf, als würde er höflich ankündigen, dass das Verhör zu Ende war. Auch Tamás stand auf, diensteifrig und ein wenig erschrocken. »Du bist zurückgekommen, und du wirst antworten«, sagte Ábel sachlich und gnadenlos. »Geh zu deinem Vater zurück und gib acht. Vielleicht kannst du noch bei etwas helfen. Nein, Herr Emmánuel und die Firma können nicht mehr helfen. Die Welt ist grässlich, so kindisch und fürchterlich zugleich … ihr habt gemacht, dass es so ist, ihr, Emmánuel und die anderen. Aber wir, wir wenigen, die wir an unserem Platz geblieben sind, in dieser Stadt und anderswo, wir sind nicht viele, aber vielleicht nicht so wenige, wie ihr glaubt. Wir sorgen für Widerstand. Wenn es dämmert, beginnen wir zu telefonieren und helfen einander. Denn das ist der Zauber, falls du es nicht wusstest: den Widerstand in der Welt zu bewahren, auf die Heimat aufzupassen, den echten Sinn des

Lebens zu verbergen wie einen heiligen Bund, der so erhaben und kostbar ist, dass man ihn nicht einmal auf Rollen schreiben darf, weil die Rollen gestohlen und vielleicht gefälscht werden könnten … erinnerst du dich noch an den Sinn des Textes? Sechzehn warst du, und du wusstest es. Im gelben Frack saßen wir in einem Zimmer und wussten, dass alles, was die Erwachsenen und die Fremden tun, Verrat ist, Aufstand und Untreue gegen Sinn und Freiheit. Schon das Schreiben ist Verrat … so ist die Welt, es kann nicht anders sein. Deshalb bin ich Zauberer geblieben. Du glaubst natürlich, dass man zum Zaubern Katzenfett braucht, Spinnenleber, vielleicht einen spitzen Hut und alle möglichen blubbernden Ekelhaftigkeiten in einem Topf. Nein, Zaubern ist viel einfacher. Dein Vater wusste etwas darüber … manchmal glaube ich, die Väter wussten überhaupt etwas darüber, in ihrer Welt gab es mehr Zauber. Aber die hier, mit ihren Panzern, Motorrädern und Glashäusern, in denen sie gewinnbringend allen möglichen Kram verkaufen, nur die Utensilien des Zaubers haben sie nicht im Angebot … in den alten Geschäften haftete allen Waren ein Hauch Zauber an, ein feiner Belag, etwas Menschliches und etwas Zauberhaftes … das gibt es heute nicht mehr. Sag Herrn Emmánuel, ich lasse ihn grüßen«, sagte er laut und spöttisch. »Die Märkte haben sie gründlich organisiert, das muss ich schon sagen. Dein Vater, siehst du, hat im Aiolos-Geschäft nichts von den Dingen verkauft, mit denen Emmánuel die Welt vollstopft. Der Aiolos, ja …«, murmelte er milder. »Aber wie viele solche Geschäfte gibt es heute noch auf der Welt? Nicht viele. Geh zu deinem Vater, setz dich an sein Bett und sieh zu, wie seine Seele davonfliegt. Vielleicht erfährst du etwas.

Ich habe es auch dabei erfahren ... Die Väter sterben nicht sofort in dem Augenblick, wenn es die Ärzte sagen. Sie haben auch später noch eine Art Leben hier auf der Erde. Du verstehst das noch nicht. Das versteht nur, wer es schon erlebt hat, wie ich auch. Vielleicht kannst du noch zu uns zurückkommen, wenn du gut aufpasst. Aber dann musst du alles vergessen, was du in Emmánuels Geschäften gelernt hast. Für den Zauber muss man vor allem vergessen. Und den Abend braucht man dazu, den Augenblick, in dem die Gegenstände ihren praktischen Wert verlieren, sich ausdehnen, sich auf ihre Weise verwandeln und lebendig werden. Geh zurück in die Welt und gib acht auf Emmánuel, dass er nicht bei allem Schaden anrichtet, für das es sich zu leben, zu träumen und zu zaubern lohnt. Ich weiß, dass du seine Taten nicht verhindern kannst, aber vielleicht kannst du manchmal die Absichten mildern, mit denen er an die Welt denkt. Er will die Welt besetzen und aufregen ... was für ein bestialisches Verlangen! Pass auf ihn auf! Vielleicht sind seine Absichten gar nicht schlecht, ich kenne ihn ... ich glaube, ich kenne ihn. Sein Wesen ist gewöhnlich, und er hat etwas Hilfloses an sich wie alle, denen es ums Ganze geht. Pass auch auf dich selbst auf, Péter!«, sagte er dann und streckte seine Hand nach der Lampe aus, deren äußere Flammen in diesem Augenblick zu erlöschen begannen; und als wären das Licht und die Stimme des Redners gleichzeitig ermattet, sagte er die letzten Worte im Halbdunkel, sehr leise, als zöge er sich in dieses Halbdunkel zurück, in eine andere Sphäre, in die ihm nicht folgen konnte, wer sich nicht auskannte. »Der Sinn ist nicht ganz genau das, was man in der Welt, in Emmánuels Welt und in den Lesebüchern so bezeichnet. Der Sinn, denk nur zurück, kann in ihren Augen manchmal auch sinnlos sein. Der Sinn war die Freiheit, etwas anderes kann ich nicht sagen. Vielleicht verstehst du einmal, dass man ihm nur mit dem Zauber treu bleiben kann. Kannst du noch spielen? Das Spiel begleitet alle wundersam, die der Clique treu geblieben sind. Jetzt brauchen wir keine Verkleidung und keine Requisiten mehr dazu, siehst du, auch ich kleide mich wie jeder andere, wie ein Pferdehändler. Aber das Spiel wird immer tiefer, immer abwechslungsreicher – und wer ihm treu geblieben ist, wird eines Tages bemerken, dass das Spiel das wirkliche Leben ist. Dazu braucht man keinerlei Spinnenleber, kein Katzenfett, kein … Was habt ihr mit der Welt gemacht?«, fragte er aus dem Dunkel, leise, aber anklagend, von weither. Der Lampendocht glühte, sie konnten einander im Zimmer kaum noch sehen. »Warum hast du zugestimmt, Péter?«, fragte er ganz leise und traurig. »Es geht immer nur um die wenigen Menschen, die nicht zustimmen, die dem Zauber treu bleiben, die nicht von ihrem Brot essen, nicht von ihrem Wein trinken und nicht berühren, was ihnen Freude und Stolz ist. Ich hasse sie nicht einmal mehr.« Seine Hand schien in der Dunkelheit eine abwehrende Bewegung zu machen. »Ich will den Zauber so weit entwickeln, dass ich sie vollständig leugne, alles, was ihnen gefällt, wohin sie in Massen wandern, was sie mit ihrem triefenden Speichel beschmieren, was sie anbeten und was sie benutzen. Das wird sehr schwierig … aber darin besteht das letzte Ziel des Zaubers. Nur so kann ich dem Sinn dienen, nur so kann ich den Spielregeln treu bleiben. Jetzt wirst du leiden und staunen. Ich will dich noch einmal sehen, bevor das andere Leben für dich beginnt. Wenn die Väter sterben, beginnt für jeden das andere Leben. Jetzt wird es deine Sache sein, auf das Werk und den Nachlass zu achten. Ich werde dich im Auge behalten«, sagte er etwas lauter und hart. Dann trat er zum Tisch und drehte mit einer plötzlichen Bewegung den Docht hoch. Licht erfüllte das Zimmer.

Er hob die Lampe an und begleitete die beiden Brüder mit demütigem, etwas grinsendem Blick und einer unmissverständlichen Bewegung zur Tür. Dort blieb er stehen und pfiff. Im Vorzimmer sprang jemand auf und eilte mit flinken Schritten davon. »Immer ist er so neugierig«, sagte er missbilligend, mit einer entschuldigenden Schattierung in der Stimme, als wolle er jemanden vor seinen Gästen verteidigen. »In allem hat er sich schon bekehrt, nur die Neugier kann ich ihm nicht abgewöhnen. Aber ansonsten ist er vollkommen zuverlässig.« Es ließ sich nicht ganz genau entscheiden, ob er von einem Menschen sprach oder von einem gezähmten Haustier, vielleicht von einem Hund oder Fuchs. Wortlos gingen sie vor ihm her. Das Vorzimmer war schon leer, ganz wie bei ihrer Ankunft. Péter und Tamás zogen ihre Mäntel an, der Zauberer stand mit hocherhobener Lampe vor ihnen, etwas gekrümmt und fremd, mit einem unpersönlichen, übertrieben demütigen Lächeln, aber er kam ihnen nicht zu Hilfe. Der dichte und schlechte Geruch, der einen zur Ohnmacht reizte, der sie beim Eintreten empfangen hatte, schien geliert zu sein, während sie sich im Zimmer aufgehalten hatten. Diesen Geruch konnte man wahrhaftig ertasten, und Péter atmete schwer. Der Zauberer bemerkte in Péters Gesicht den kaum verhohlenen Ekel und lachte auf. »Ja, der Geruch«, sagte er gut gelaunt und zuckte mit den Schultern. »Das geht leider nicht anders. Wir haben schon darüber nachgedacht, in der

Küche einen Geruchsfänger anzubringen. Den ganzen Tag kocht er dieses Gebräu. Geschmolzene Seife riecht nun einmal so.« Und er winkte mit seiner kurzen, dicken Hand ab, gut gelaunt, als hätte er sich mit den Umständen eines gefährlichen, unangenehmen Handwerks abgefunden, verstünde aber, dass diese Umstände Fremde erschreckten und mit Ekel erfüllten.

»Seife?«, fragte Péter leise und verwirrt. »Was für Seife?«

Der Zauberer lachte jetzt auf. »Hörst du, Tamás?«, fragte er vertraulich, als wüsste Tamás alles und hätte nur aus Taktgefühl noch nichts gesagt. »Er fragt: ›Was für Seife?‹ Im Allgemeinen ist jede Seife dazu da, dass man sich mit ihr reinigt. Das hier ist eine besondere Seife ... meine Erfindung ... aber wir sind noch nicht fertig damit. Eine Seife, die den Menschen ihren natürlichen Geruch wiedergibt ... ich sage ja, sie ist noch nicht vollkommen. Und dann, weißt du, muss sich ja jemand auf der Welt mit dem Seifensieden beschäftigen. Das Zaubern bringt nicht viel ein ...« Seine Augen strahlten vor guter Laune; mit leuchtendem Blick, als wäre es ihm gelungen, Péter irrezuführen, und als täte es ihm nicht besonders leid, wenn die Besucher seine Worte nicht glaubten, sah er seine Gäste an.

Drinnen im Zimmer klingelte das Telefon. Kreischend und fordernd rief es, gleichsam in äußerster Gefahr. Der Zauberer wurde ernst. »Geh, geht jetzt«, sagte er drängend und ernst, »jetzt beginnt meine Arbeit.« Er blieb an der Eingangstür stehen wie zuvor, als er sich über den Hof gebeugt und mit seiner Lampe den Weg auf der Dienstbotentreppe beleuchtet hatte. Die Telefonklingel schrie durch die Nacht. Dann sprach ein Mann mit fremder Stimme, schimpfend, und die Lampe verschwand über ihren Köpfen. Sie traten auf die Straße und atmeten tief den Abendwind ein; die Luft schien sich erwärmt zu haben, während sie bei Ábel gewesen waren.

»Und jetzt, Tamás?«, fragte Péter und sah sich ratlos um.

»Tu, was er gesagt hat«, murmelte Tamás. »Geh hinauf zu Vater und gib acht.«

Er zog sich den Hut in die Stirn und eilte mit krummbeinigen Schritten in Richtung des Hotels wie jemand, der dringend etwas zu erledigen hat. Auf dem Platz war jetzt niemand. Péter sah ihm hinterher und begann zu laufen.

»Tamás!«, rief er. »Bleib stehen, Tamás! Ist das der Zauber? Den du mir versprochen hast?«

Der Bruder wandte sich um. Von der Kirche her fegte ihnen ein Windstoß entgegen, der die Schöße von Tamás' langem Mantel flattern ließ. Er griff mit beiden Händen nach seiner Hutkrempe und stand, in Wind und Dunkelheit vorgebeugt, da, fremd und feindlich.

»Es ist schon geschehen«, sagte er dumpf und lachte. »Was hast du dir vorgestellt? Mit dir, mit ihnen«, er ließ die Hutkrempe mit einer Hand los und wies auf die Häuser, »ist es schon geschehen. Eines Tages werdet ihr es alle merken.«

Eine Zeit lang stand er noch da, maß Péter mit mitleidigen und boshaften Blicken, dann zuckte er mit den Schultern, stemmte sich mit gesenktem Kopf gegen den Wind und ging rasch fort. Der Wind ließ seinen aufgeknöpften Mantel flattern und hob ihn hoch in die Luft, und die Mantelschöße lagen waagerecht in der Luft, als flöge er.

Die Fachmänner

Die Ärzte waren übereinstimmend der Meinung, der Vater habe gegen Ende des Herbstes zu kränkeln begonnen. Anna war die Einzige in der Familie, die mit dieser Bestimmung des Zeitpunkts nicht einverstanden war. Die Ärzte – der alte Lacta, der Hausarzt der Familie, dann Kenta, der berühmte Internist, der vor einigen Jahren aus der Hauptstadt zurück in seine Geburtsstadt gezogen war und hier zur Freude und Beruhigung der Bevölkerung der Provinz eine Praxis eröffnet hatte, und schließlich der junge Zorner, ein Anhänger der Bestrahlung – hatten nach Weihnachten, als die Krankheit sich voll entfaltet hatte und mit unmissverständlichen Symptomen schrie, festgestellt, die Erkrankung habe »mit einer Erkältung begonnen«. Diese etwas allgemeine Feststellung beruhigte offensichtlich alle: sowohl die Ärzte als auch den Kranken. Nur Anna schüttelte den Kopf. Frau Erzsébet begnügte sich wortkarg damit, unablässig zu seufzen und so sachlich, wie man vom Regen oder Hagel spricht, zu sagen: »Es ist ihm leider an die Nieren gegangen.« Auch die Ärzte erkannten an, dass es ihm – in gewisser Hinsicht – an die Nieren gegangen war. Nur sprachen sie nicht darüber, was es denn war, das ihm da an die Nieren gegangen war. Darüber und allgemein über alles, was offensichtlich zur Krankheit des Vaters gehörte und vielleicht der Inhalt dieser Krankheit war, sprachen sie nie.

Anna war anderer Meinung, und die Ärzte hörten sich ihre Einwände an, mit reserviertem Interesse, wie der Fachmann sich von den Angehörigen ihre Irrmeinungen erzählen lässt. »Alles ist möglich«, sagte Lacta freundlich. Kenta war nervöser, er hatte es immer eilig, als wohne er noch in der Hauptstadt und hätte Unmengen von Patienten zu behandeln. Er hielt sich einen Wagen, einen Einspänner, und saß einsam in der geschlossenen Karosse, als führe er zu Besuch zu einer Gesellschaft. Auch er war der Ansicht, es sei dem Vater »an die Nieren gegangen«, aber im Übrigen legte er den Kopf zur Seite, sah erst in die Luft, dann auf die Uhr, denn er wurde, leider, irgendwo zu einem viel dringenderen, wenn auch nicht ernsthafteren Fall erwartet, und er stand wirklich nur aus Höflichkeit noch hier im Salon, nach der Untersuchung, im schwarzen Gehrock, den sorgsam frisierten, etwas pomadigen Kopf zur Seite geneigt, und hörte Annas ganz und gar unprofessionellen Vermutungen zu. Der junge Zorner kam morgens und abends, sehr gut gelaunt, unvoreingenommen und mit einer komplizenhaften Jugendlichkeit, wie jemand, der nicht reden darf, den der hippokratische Eid und das Mitgefühl verpflichten und der ein wenig für seine Kollegen mitverantwortlich ist, der aber im Geheimen, mit einem vorsichtigen Funkeln in den Augen, doch verraten kann, dass Lacta und Kenta und all die anderen, die noch am Krankenbett des Vaters auftauchen könnten, ausgezeichnete Männer seien, aber dass man nicht jedes ihrer Worte ganz ernst nehmen müsse. Zorner war sechsunddreißig Jahre alt, hatte im Ausland studiert und schwieg in Gegenwart seiner älteren Kollegen so wohlerzogen, spöttisch und unverschämt, als wüsste er sehr wohl, dass seine Zeit noch nicht gekommen war, und müsste sich also mit den altmodischen Anschauungen abfinden, die seine Kollegen verlautbarten, als seien aber all das für ihn selbstverständlich veraltete Auffassungen, in Zürich wisse man schon etwas über diese Dinge, über die Lacta und Kenta einerseits nichts wussten und die sie andererseits – aus Voreingenommenheit, vielleicht auch aus politischem Argwohn – nicht glaubten; nur er, Zorner, glaube daran und wisse Bescheid. Seine besondere Meinung betonte er auch mit seinem Auftreten und seiner Kleidung. Denn während Lacta, ältlich und geduldig, sich ohne ärztliche Eigenheiten kleidete und im tabakfarbenen Straßenanzug zu den Kranken kam, unterm Arm die Arzttasche mit dem Hörrohr, dem Blutdruckmesser, dem Thermometer und zugleich mit einer kleinen, flachen Flasche Rum, weil er in den letzten Jahren schon stark trank, während Lacta Tamás beispielsweise ohne jeden besonderen Grund, gleichsam der Einfachheit halber, als »Seemann« bezeichnete, ihm seinen Flachmann zum Trinken anbot, wann immer er ihn erwischen konnte, und scherzhaft sagte: »Ein Seemann trinkt Rum!«, während Lacta auf seinen Rundgängen auch frivole französische Illustrierte mit sich herum trug oder unanständige Postkarten aus der Tasche zog und alles in allem seiner äußeren Erscheinung nach ebenso als Anwalt oder Immobilienmakler durchgegangen wäre, derweil war Kenta, jedenfalls was seine Manieren und seine Kleidung anging, der fleischgewordene Wissenschaftler, ganz wie die westlichen Ärzte von vor fünfzig Jahren auf den populären Stichen, Ärzte, die im Gehrock und mit Bart um einen nackten Menschen herumstehen und sich am Kopf kratzen.

Kenta trug immer einen langen schwarzen Gehrock, und wenn er zum Konsil gerufen wurde, zog er Lackschuhe an und band eine taubenblaue Seidenkrawatte um. Er kam wie jemand, der weiß, dass am Ende alle, die Kranken, die Gesunden, sogar die Ärzte, sterben müssen, und als täten ihm die Menschen schon im Voraus leid und er drücke ihnen ein wenig sein Mitgefühl aus. Diese Unheil verheißende Feierlichkeit schadete seiner ärztlichen Praxis nicht. Wenn Kenta das Krankenzimmer betrat, wurden die Siechen – so auch der Vater – heiter und sahen den Wissenschaftler, der die Krankheit so achtete, dass er sich in Paradeuniform warf, freundlich an. Der schwarze Gehrock, die Lackschuhe, der sorgsam gestutzte Schnurrbart und das goldgerahmte Monokel, all das war eine Ehre für den Kranken. Es war zu erkennen, dass Kenta, der reife Mann und erfahrene Arzt, die Krankheit hoch achtete, dass er sich beim Anblick eines Sterbenden nicht überheblich die Hände rieb, dass er das Fieber nicht geringschätzte und dass er ständig im Grenzland zwischen Leben und Tod unterwegs war, woher auch seine Feierlichkeit rührte. Kenta trug niemals Arzttaschen mit verdächtigem Inhalt bei sich, sein Benehmen erinnerte eher an die Manieren eines Priesters oder vielleicht eher an die eines Staatsmannes, der noch bei der Verhandlung der bedeutendsten Fragen unbedingt die gesellschaftlichen Vereinbarungen einhält, sie mit der Akte zusammen anlegt – die Akte bestand immer aus dem Patienten und der aus Klagen, Meinungen, Aberglauben, Überraschungen, Blutdruck, Ausschlag, Verstopfung, spezifischem Gewicht des Urins und Blutsenkung gesponnenen Verschwörung, in deren Gespinst sich ein sterblicher Mensch niemals ausgekannt hätte; nur gerade er, Kenta, urteilte ohne Instrumente, aber in Kenntnis sämtlicher Einzelheiten, Zeugenvernehmungen, Klage- und Verteidigungsschriften und Spionageberichte schließlich mit einem Wort oder dem Zucken einer Augenbraue, höflich, aber unwiderlegbar! Am liebsten würde er seine Patienten in einem mit Gobelins und alten italienischen Gemälden vollgehängten, mit menschengroßen chinesischen Vasen und alten französischen Möbeln bestückten Salon behandeln wie ein Außenminister, der seine Fingernägel betrachtet und lässig die Beine baumeln lässt, wenn er über die entfernten Provinzen und das Schicksal von Millionen von Menschen, also über etwas Unbegreifliches, Übermenschliches entscheidet. Kentas Erscheinung war feierlich, und der Kranke spürte, dass diese Feierlichkeit viel guten Willen und schließlich auch eine gewisse ehrbare Hilflosigkeit verbarg, als wolle der Arzt sagen: »Wir sind kultivierte Menschen, wir wollen schön sterben.« Und tatsächlich, Kentas Patienten starben ausnahmslos »schön«; der Doktor war dafür bekannt, dass er nicht duldete, dass seine Kranken überflüssig litten, und dass das einzige Instrument, das er in der Innentasche seines Gesellschaftsanzugs bei sich trug, eine Spritze mit einem opiumhaltigen Betäubungsmittel war – Kenta gab den Schwerkranken gern Spritzen, wie die Erwachsenen einem beleidigten und brüllenden Kind Zucker geben, etwas Süßes und Sinnloses, damit es aufhört zu schreien. Kenta war nicht überheblich, wie sich auch aus dieser Neigung und Betrachtungsweise sehen lässt, er war sehr sensibel für den Schmerz und für seine eigene Hilflosigkeit. Aber trotz seines feierlichen Ernstes und alles guten Willens betrachtete er den Kranken immer mit brummelndem Misstrauen wie ein halb fertiges Wesen, das auf einer nicht allzu hohen Stufe der Entwicklung stehen geblieben ist – ein Übergangswesen zwischen Kind und Erwachsenem, das selbst nicht weiß, was sein Problem ist, das nur brüllt – wahrscheinlich, weil es heimlich etwas angestellt hat. Wenn man es tröstete, schadete es nicht, es auch ein bisschen zu bestrafen und zu erschrecken, vor allem im Hinblick auf die Zukunft des Kranken und die allgemeine Vorbildwirkung. In die Zukunft des Kranken setzte Kenta zugegebenermaßen kein großes Vertrauen. Er saß mit einem Gesicht am Krankenbett, als ob er diese »Zukunft«, um die der Patient und sie, die Ärzte, so verzweifelt kämpften, in jedem Fall vorher kenne, aber nicht darüber reden könne, weil auch ihn der hippokratische Eid band. Kenta hatte natürlich schon Heilungen gesehen, und in dieser Praxis konnte er auch mit geheilten »Fällen« prahlen – diese »Fälle« hatten sich begeistert und genau an Kentas Vorschriften gehalten, alles eingenommen und zur rechten Zeit geschwitzt –, aber Kenta wusste, dass sie heimlich noch etwas anderes getan hatten, gleichsam intrigenartig neben den Vorschriften und Übungen: Sie waren auch einfach gesund geworden, aber es wäre überflüssig gewesen, davon zu sprechen. Nein, Kenta hatte im Allgemeinen keine allzu schmeichelhafte Meinung von den Kranken und glaubte auch nicht besonders an ihre Zukunft. Die Patienten waren gleichsam im moralischen Wachstum stecken geblieben, so dachte er, und als Wesen mit einem verminderten Verantwortungsgefühl verübten sie dann einmal die Krankheit. »Es tut nicht weh«, sagte er geduldig und griff auch schon nach der Spritze. Der Kranke blickte voller Vertrauen und Hoffnung auf Kenta, auf dieses übermenschliche Wesen, das Wunder tun konnte und den Schmerz beendete, ein wenig wie auf den Erlöser und Wundertäter und ein wenig wie auf einen Scharfrichter, der gegen seinen Willen höheren Befehlen gehorcht und dessen eigener Beitrag einzig darin besteht, dafür zu sorgen, dass die Patienten keine zusätzlichen Schmerzen mehr leiden. Er kleidete sich auch so wie der Henker in Frankreich.

Ganz gewiss war Kenta nicht nur ein berühmter, sondern auch ein kluger Arzt. Aber seine Kollegen mochten ihn nicht. Lacta beispielsweise, der alte Lacta mit der Arzttasche unter dem Arm, in der sich gelegentlich auch etwas Rum fand, schaute achtungsvoll auf Kenta, musterte aber zugleich misstrauisch dessen Rezepte und Verordnungen. Lacta war viel sanfter und demütiger gegenüber der Krankheit und dem Patienten, er hielt den Kranken nicht unbedingt für schuldig, als hätte er einmal begriffen, dass der Mensch schwach ist und man nicht nach idealen Tabellen, spezifischen Dichten und Punktwerten leben kann, sondern manchmal auch einen Schluck Rum braucht und alles andere, was dem Organismus schadet, aber Körper und Seele guttut. Lacta saß demütig am Krankenbett, zwischen seinem berühmten Kollegen und dem Kranken, blinzelte, rieb seine dicken Finger sanft aneinander, beugte sich von Zeit zu Zeit kurzsichtig, mit einem wohlwollenden, erstaunten Lächeln auf seinem dicklichen, weichen Gesicht über den Nachttisch, hob mit einer erfreuten Bewegung einen Gegenstand auf – beispielsweise den Siegelring des Vaters oder eine Zigarettenspitze, die er vorher nicht bemerkt hatte – und sagte »Ah!« und »Sieh an!«, hielt den Gegenstand ans Licht und besah ihn sich zufrieden und interessiert. All das sagte und tat er, während Anna Kenta gerade den Schreckensroman der Nacht erzählte: Der Vater habe bis halb zwei nicht geschlafen, dann habe er über Hitze geklagt, man habe für einen Augenblick das Fenster öffnen müssen, und das Fieber des Patienten sei auf vierzig hochgeschnellt. Kenta hörte sich diesen Bericht mit der fachmännischen Ruhe eines Feldherrn an, nickte, als wisse er, dass alles, leider, auf diese Weise gut und richtig geschehen sei, dass sogar vielleicht noch weitere Varianten vorstellbar seien, dass er selbst bereits auf noch schlechtere Nachrichten vorbereitet sei und dass das alles zu dieser rätselhaften Schlacht gehöre, zur Krankheit, deren letzter Ausgang überhaupt noch nicht feststehe. Lacta schien nicht einmal zuzuhören. Kenta fasste sich mit fünf Fingern ans eckige, sorgfältig rasierte Kinn, sah zu Boden, prüfte die Spitzen seiner Lackschuhe, dann sah er den Kranken an und blinzelte, schließlich starrte er der vortragenden Pflegerin oder Anna kühn und hart ins Gesicht, als höre er den Bericht eines Spions und vertraue grundsätzlich niemandem …

»Hatten Sie Stuhlgang?«, fragte er dann leise, aber misstrauisch und in drohendem Ton den Kranken und riss die kornblumenblauen Augen auf. In seiner Stimme mischten sich Misstrauen und Angriff. Als würde er sagen: »Reißen Sie sich zusammen und antworten Sie endlich einmal im Leben vollkommen ehrlich. Hören Sie mir zu? Gut. Also, ich frage noch einmal: Hatten Sie Stuhlgang?« Und wenn der Kranke nachdachte und dann erfreut, ein wenig stolz, wie Schwerkranke es zu tun pflegen, und selbstbewusst antwortete: »Ja, und zwar sehr schön«, nickte Kenta, als freue ihn diese Nachricht, aber als wolle er auch den Kranken und dessen Angehörige darauf aufmerksam machen, dass noch nichts vollkommen in Ordnung war. Nein, Kenta achtete den Kranken nicht gering. Die Rezepte beispielsweise erklärte er den Patienten gern, und überhaupt weihte er auch Sterbende bereitwillig in das ein, was gerade geschah, er hob den Kranken gleichsam in die höhere, wissenschaftliche Sphäre der Krankheit, wo sich deren eigentlicher Sinn zeigte, und diskutierte mit dem Kranken freudig die Begleitsymptome der Schrumpfleber, als wäre der arme Leidende ein rechtmäßiger Verhandlungspartner, jemand vom Fach, nur natürlich von viel geringerem Rang als er selbst, ungefähr so wie ein Angeklagter neben Richter und Staatsanwalt im Gerichtssaal – auch er ist zur Hälfte eine juristische Person, aber trotzdem viel unbedeutender als die anderen beiden. Die Kranken freuten sich zumeist über diese Auszeichnung und diskutierten gern mit Kenta, sie sagten beispielsweise: »Heute ist meine Blutsenkung erträglich, aber mein Grundstoffwechsel ist ein bisschen mangelhaft.« Kenta korrigierte dann sanft, sachlich und unter Berücksichtigung aller Details die Worte des Kranken und verordnete noch ein wenig Kalk in Sirup. »Von dem Kalk bekommen Sie gute Laune«, sagte er freundlich, »und der Sirup kann nicht schaden.« Immer noch misstrauisch, aber sehr freundlich und feierlich verließ er das Zimmer, blickte von der Tür aus noch einmal zurück und verabschiedete sich in einwandfreiem Zustand, in Lackschuhen und vornehm, mit einem Kopfnicken.

Lacta blieb meist noch kurz da, nachdem Kenta gegangen war. Niemand verlangte, dass er blieb, und tatsächlich hatte er nichts mehr zu tun, was den Vater anging: Kenta hatte alles verordnet, und der junge Zorner, feixend und mit jovialer Geringschätzung, aber im Grunde genommen treu und vertrauenswürdig, befolgte Kentas Anordnungen. Der alte Lacta blieb trotzdem. Er war dafür bekannt, dass er immer »Zeit hatte« – wenn ein Kranker einmal in seine Praxis kam, konnte er stundenlang dort bleiben, Lacta schickte niemanden weg, er unterhielt sich gern mit den Patienten, er hörte gleichzeitig den Anekdoten zu und dem Herzschlag des Kranken, als wäre das, was Thermometer, Puls und Blutdruckmesser erzählten, genauso wichtig wie das, was der Kranke so beiläufig sagte, als ob er nur die Zeit füllen wolle, wenn er es erzählte; beispielsweise, dass er gestern schlecht geschlafen habe, dass ihm der kalte Schweiß ausgebrochen sei, dass er aber am Abend eine Frau mit veilchenblauen Augen getroffen habe, die habe einen runden Strohhut getragen mit kleinem Schleier und ihm sehr gefallen ... Lacta ging dann auf und ab in seinem Sprechzimmer, das am ehesten an einen kleinbürgerlichen Salon vom Ende des letzten Jahrhunderts erinnerte und dem alles Fachliche fehlte. Es hatte nichts von einem häuslichen Operationssaal, die Patienten bekamen nirgends einen Glasschrank mit Scheren, Messern, Verbandsmaterial und Spritzen zu sehen, bei deren bloßem Anblick sie schon zu zittern anfingen und sich schlechter fühlten. Nein, in Lactas Sprechzimmer wurde der Patient von einem bequemen Sofa empfangen, einem Schaukelstuhl, einem altmodischen Schreibtisch, einer griechischen Marmorbüste und einem Bücherschrank, von Regalen voller gebundener Jahrgänge von Familienzeitschriften, einigen – im vergangenen Jahrhundert gedruckten – englischen und französischen Medizinbüchern, und auf dem Sofa, auf das Lacta seine Patienten sich manchmal hinlegen ließ, indem er sie gleichsam aufforderte, sich einen Augenblick auszuruhen in dem großen Abenteuer und Zweikampf mit der Krankheit, lag ein Kopfkissen mit der gestickten Aufschrift: *Nur für ein halbes Stündchen*. Wenn sich der Kranke auf Lactas Sofa ausstreckte, fühlte er tatsächlich, dass er jetzt – nur für ein halbes Stündchen – weniger krank war, genauer gesagt, dass Lacta eine Pause verordnet hatte und dass für diese halbe Stunde die vielerlei komplizierten, unverständlichen und abscheulichen Schrecklichkeiten, Regeln, Verfahren und Überraschungen, die in der Summe die Krankheit ergaben, nicht galten. Lacta setzte sich neben seinen Patienten aufs Sofa, zündete sich eine Zigarette an, prüfte ausgiebig die Gesichtsfarbe und die Augen des Patienten, stieß dicke Rauchwolken aus und fragte dann freundlich, ob der Kranke gern Spinat esse. So vergnügte er sich mit dem Kranken, in vertrauter Zweisamkeit, manchmal stundenlang; und schließlich schrieb er irgendein lächerliches, allgemein bekanntes Mittel auf, beispielsweise Kamille oder ein Abführmittel oder Digitalis, oder er schickte denjenigen einfach nur nach Hause und versicherte ihm, er werde keinerlei Probleme mehr haben, und er, Lacta, werde am nächsten Tag gegen Mittag bei ihm vorbeischauen. Nein, Lacta war alt geworden und kannte nicht mehr alle Methoden und Hilfsmittel der modernen Behandlung. Ein wenig schien er schon immer auf diese Weise ältlich gewesen zu sein in ärztlicher Hinsicht, auch in jungen Jahren. Eigentlich war überhaupt nicht zu verstehen, dass seine Patienten dennoch an ihm festhielten, dass sie sich zu dem alten und etwas rückständig ausgebildeten Lacta hingezogen fühlten, wo doch jetzt auch Kenta und der junge Zorner in der Stadt praktizierten und Letzterer sogar über Maschinen und Strahlen verfügte. Aber auf unverständliche Weise hielten die Kranken trotzdem an Lacta fest, besonders die alten Familien, die ihn als ihren Hausarzt betrachteten. Wenn sie manchmal, in Augenblicken der Panik, Kenta oder Zorner rufen ließen, verlangten sie immer, dass auch Lacta zum Konsil erscheinen solle. Manchmal geschah es auch, dass Kenta Dinge verordnete, und Lacta, sehr vorsichtig, alles gutheißend und nickend, nach Kentas Weggang noch eine Weile dablieb und kein Wort sagte oder übers Wetter sprach oder darüber, in welchem Monat man den Bienen am besten den Honig wegnehmen sollte, oder Ratschläge im Zusammenhang mit dem herbstlichen Großreinemachen gab – dass er über vieles sprach, ältlich und einfach, besonders das Leben der Ameisen interessierte ihn, und als er schließlich ging, fühlte sich der Kranke tatsächlich besser, und Kenta stellte am nächsten Tag zufrieden fest, dass seine Hinweise und seine Behandlung richtig gewesen waren. Nein, Lacta glaubte keinen Augenblick, dass er irgendjemanden heilen könne. Aber die Kranken wurden tatsächlich manchmal gesund – beispielsweise kam es vor, dass sie am Abend noch krank waren, fiebrig und unruhig, und Lacta blieb an ihrem Krankenbett sitzen, trank eine Flasche Wein, erzählte vom Leben der Ameisen und ging dann, mit nicht ganz festem Schritt, fort, und der Kranke schlief in der Nacht tief und war am Morgen gesund. Wer oder was hatte ihn geheilt? Lacta? Keineswegs! Der Wein, den Lacta getrunken hatte? Lächerliche Annahme. Der Schlaf, der tiefe Schlaf mit seiner rätselhaften Kraft, der den Organismus des Kranken in einer einzigen Nacht mit Kraft und Widerstand erfüllt hatte? Möglich, sagte Lacta und wechselte das Thema.

Lacta hatte keinerlei Methode und auch keine Theorie. Er war einfach Arzt, und obwohl er niemals einen Gehrock trug und sich auch keinen Bart stehen ließ, obwohl es in seinem Sprechzimmer kaum Instrumente gab und er nach Möglichkeit keine lateinischen Ausdrücke verwendete, obwohl er sich seiner Sache überhaupt nicht sicher war und immer ein wenig erschrocken am Krankenbett stand wie jemand, der wirklich für nichts etwas kann, der sehr gern geholfen hätte, der es aber für das Klügste hielt, dem Kranken zuzuhören und ihm dann einen Rat zu geben, nach bestem Wissen, aber ohne jegliche Verpflichtung, weil die Krankheit, besonders die Krankheit eines fremden Menschen, eine Handlung voller so rätselhafter und überraschender Möglichkeiten war. So war er, er trug tabakfarbene, ungebügelte, faltige Anzüge, und man wusste auch von ihm, dass er ein wenig trank, nicht viel, aber genug dafür, dass seine alten, klebrigen Augen sich beim Anblick eines schwereren Falles mit Tränen füllten – dennoch spürten alle, dass Lacta Arzt war. Nein, von einem großen Arzt war nicht die Rede. Nicht einmal ein Facharzt war Lacta, den zur Seite geschlagenen, kessen Spiegel auf der Stirn oder das Stethoskop in der Zigarrentasche des weißen Kittels. Er war nur so Arzt, wie eine Nonne, die ins Zimmer kommt, nichts anderes sein kann als eine Nonne, wie ein Homosexueller auch dann ein Homosexueller ist, wenn er sich gerade wie ein Dompteur anzieht, und wie ein Musiker auch dann Musiker ist, wenn er gerade nicht ins Horn bläst. Lacta war Arzt, bescheiden, aber unmissverständlich. Er hatte mit seinen Fähigkeiten kein Vermögen erworben, aber er besaß ein kleines Haus und Pferd und Wagen, und so fuhr er zu seinen Patienten in der Stadt. Irgendetwas wusste er jedenfalls, was Kenta und Zorner nicht wussten. Er kannte den Organismus der Stadt. Er wusste, dass Tokár das Bitterwasser half, dass der Bischof aber besser daran tat, einen Einlauf anzuwenden. Er wusste, dass Anna Garren das Aspirin guttat, aber Edgár verschrieb er lieber Pyramidon. Er wusste, dass Kalb noch lange leben würde, wenn er keinen großen Fehler machte, aber er wusste auch, dass der Zunftmeister der Devotionalienhändler vergeblich ausländische Bäder besuchte – obwohl er keine besonderen Probleme hatte, würde er vor der Zeit sterben, an einer schwer feststellbaren Krankheit, die in den französischen und englischen Medizinbüchern keinen genauen Namen hat, und sogar Kenta würde den Sterbenden verwirrt ansehen, und die schönsten lateinischen Ausdrücke würden an der Krankheit des Zunftmeisters der Devotionalienhändler kraftlos abprallen. Lacta wusste, dass sich eine Krankheit nicht immer mit vollem Namen und Titel vorstellte, und musterte misstrauisch die Ärzte, die mit der Krankheit ein überhebliches Versteckspiel spielten, die das versteckte Leiden fanden, wenn sie nur wollten, und zufrieden sagten: »Kuckuck – da!« Lacta hatte niemals so etwas gesagt. In den meisten Fällen hatte sich die Krankheit schließlich tatsächlich verraten, wie auch bei Gábor Garren – das Blutbild zeigte zweifellos Veränderungen, der Stoffwechsel war mangelhaft, der Urin voller Fremdstoffe und der Puls krankhaft verändert, zu flach –, Kenta konnte zufrieden auf Zusammenhänge zwischen den Unzulänglichkeiten der Nieren- und der Herzfunktion hinweisen. Lacta protestierte mit keinem einzigen Wort gegen die Annahmen und Verordnungen von Kenta und Zorner, er kommentierte sie mit keinem Mucks, demütig und bescheiden billigte er alles und folgte den Hinweisen des berühmten Internisten und des begabten jungen Kollegen, aber Anna und später auch Péter sagte er heimlich, dass es nicht schaden würde, wenn sie dem Vater jeden Mittag etwas Eingewecktes gäben – vielleicht Kirsche oder Aprikose, denn Lacta wusste aus Erfahrung, dass Frau Erzsébet diese beiden Arten hervorragend zubereitete –, und vielleicht wäre es auch nicht sehr schlimm, wenn sie dem Vater in diesen Wochen keine andere Arznei gäben als eben diese Nahrungsmittel und vor allem Speisen, auf die der Kranke Lust oder Appetit hatte. Dieser Ansicht war Lacta über die Krankheit des Vaters.

Manchmal sah er die Stadt jetzt schon als einen einzigen Organismus, als einen riesigen Körper – und dieser Riese war insgesamt krank. Und als wären die Menschen, Kalb, Tokár und die übrigen sechzigtausend – auch der Vater –, Zellen dieses großen Körpers, beobachtete Lacta lieber das Ganze. Wenn die einzelnen Körper starben oder krank wurden, wusste er, dass die ganze Stadt krank war – die Stadt war von einer Krankheit befallen worden, die keinen Namen hatte, irgendein *morbus* zweifellos, eine fremde, eingeschleppte Krankheit hatte die Stadt infiziert. Die Menschen waren natürlich jeder für sich krank; aber in der letzten Zeit starben sie massenweise, besonders die Alteingesessenen, und obwohl der fremde, ausgezeichnet ausgebildete Stabsarzt keine Anzeichen einer Seuche feststellen konnte – fachmännisch und gewissenhaft durchgeführte Untersuchungen des Gesundheitswesens hatten gezeigt, dass das Trinkwasser sauber war und der Anteil der Geschlechtskrankheiten zurückgegangen, dass die verpflichtenden Schutzimpfungen wohltuend die Tollwut neutralisiert hatten, die Lungentuberkulose dank der Bautätigkeit der Fremden nachgelassen hatte –, neigte Lacta zu der Annahme, dass der große Körper, die Stadt, von einer unbekannten Krankheit zerstört wurde, und dass dieser *morbus,* dieses namenlose Übel, vor allem die Alteingesessenen angriff. Lacta schwieg über diesen Verdacht, er stimmte vollkommen Kenta, Zorner und dem Leichenbeschauer zu, die in jedem Fall etwas an Hirn, Herz oder Niere fanden. Die Stadt konnte man nicht heilen, und Lacta, der der Hausarzt der Stadt war und wusste, wo in den Wohnungen das Thermometer aufbewahrt wurde und wo die Spritze für die Darmeinläufe, behandelte treu die Kranken, ging in ihren Häusern ein und aus, gab allgemeine Ratschläge, kostete das Mittagessen, richtete die Fenstergriffe im Zimmer des Kranken, ließ sich den Brief vorlesen, den der zum Militär einberufene Sohn der Familie aus der Ferne geschrieben hatte, kniff das Stubenmädchen und schalt die nachlässige Pflegerin – aber im Geheimen inspizierte er das Ganze, die Stadt. Über diesen Verdacht schwieg er. Nur als Anna ihm gegenüber ihre ähnlichen Zweifel zu erwähnen begann und zaghaft die Theorie andeutete, die sie sich über die Krankheit, die Fremden, die allgemeine Unpässlichkeit der Stadt, Kentas wohlwollende, aber hilflose Wichtigtuerei und die Hochstaplernatur des jungen Zorner und seine Fixierung auf die technischen Geräte gebildet hatte, ließ er sich zu einzelnen, vorsichtigen, aber im Großen und Ganzen zustimmenden und gutheißenden Äußerungen hinreißen. Nein, Lacta konnte seinen Verdacht auch nicht beweisen. Das Leben in der Stadt war gleichförmig, das Trinkwasser sauber, das Klima gemäßigt, wenn auch ein wenig windig. Aber die Alteingesessenen waren häufig krank und starben in einem Maß, das die einstigen Sterblichkeitsraten der Stadt überschritt. Etwas geschah in der Stadt, aber Lacta, der immerhin doch Arzt war – wenn auch kein besonders fortschrittlicher und gebildeter Arzt –, konnte darüber nicht sprechen. Deshalb schwieg er lieber. Und er kam zu

Gábor Garren, den er von Herzen liebte, jeden Morgen und auch jeden Abend stellte er sich ein, ließ es zu, dass Sebestyén aus dem Keller oder aus dem Büro des Aiolos eine Flasche alten Pálinka heraufholte, saß manchmal bis Mitternacht in dem mit bläulichem Licht erleuchteten Krankenzimmer, streckte seine alte Hand aus und streichelte dem Kranken den Arm. Das war alles, was er tun konnte. Gegen Mitternacht, wenn der Kranke endlich eingeschlafen war, ging er fort. Dann ging er zu Fuß nach Hause, durch die ganze schlafende Stadt, mit dem Stock schlug er hier und da an die Ecksteine der alten Häuser, inspizierte den abbröckelnden Putz, blieb vor der Kathedrale stehen und lauschte, in der Nacht, im Mondlicht, als hörte er einen fernen Herzschlag ab. So viel konnte Lacta tun. Zu Hause legte er sich auf das alte Sofa oder setzte sich in den Schaukelstuhl und blieb noch lange wach, beobachtete die Geräusche der Stadt, ältlich und schlaflos, meistens bei offenem Fenster, ganz wie der Arzt in den kritischen Stunden bei einem Schwerkranken wacht. In den meisten Fällen ging er erst gegen Morgen schlafen, wenn die nächtlichen Frauen von den Straßen nach Hause gingen und in den Wohnungen die fremden Säuglinge zu weinen begannen.

Nicht so Zorner. Immer kam er etwas keuchend beim Vater an, als triebe er gerade Sport. Er trug eng anliegende Anzüge aus weichen, ausländischen Wollstoffen in hellen Farben, sandalenartige Schuhe und apfelgrüne und rosa Hemden ohne Krawatte. Er war wendig, schlank, Anhänger des Liberalismus, hatte auch eine englische politische Wochenzeitung abonniert, spielte jeden Morgen Tennis und schwamm und sah sich ständig forschend in den Wohnungen der Kranken um auf der Suche nach der vorteilhaftesten Lösung, einer Montagemöglichkeit, die es gestattete, dass er seine Maschinen anbrachte und die Patienten bestrahlte. Zorner war zweifellos ein erstrangiger Sachverständiger der Bestrahlung als Behandlungsmethode; auch die Gesunden bestrahlte er gern, wenn sie sich seinem Wort beugten, besonders die jungen Mütter und die Frauen, die gerade ein Kind erwarteten. Aber wenn sich ein Kranker an ihn wandte, konnte er eine so interessante, überraschende und allen Anzeichen nach nützliche Menge von Lampen, Generatoren, drehbaren Liegestühlen und Seitenscheinwerfern für die untere und obere Bestrahlung gruppieren, dass der Patient einfach zur Kenntnis nehmen musste: Nach so viel vergeblichem Herumlaufen, Suchen und Bemühen geschah jetzt endlich tatsächlich etwas in seinem Interesse. Zorner konnte auch von unten nach oben bestrahlen, mit einem elektrischen Glasstab in der Hand, und dann stand der Kranke minutenlang im Funkenstrom, ergriffen und stolz, weil aus seinem Haupt- und Brusthaar Funken hervorschlugen. Zorner schickte grünliches Licht auf die Patienten, und die Uneingeweihten kreischten auf, weil sie sich manchmal in diesem Augenblick im Spiegel sahen und sich ihr krankes Gesicht im grünlichen Strahl tödlich veränderte, die Lippen wurden brombeerfarben, und der Glanz der Augen erlosch. Wenn Zorner eine Wohnung betrat, wo ein hilfloser Kranker lag, begann er sofort, Dinge anzubringen. Natürlich hatte er es lieber, wenn der Kranke in seine Praxis kam, die dann doch ein ganz anderer Behandlungsort war als Lactas braves, familiäres Sprechzimmer: Von der Decke und vom Boden schossen dem Patienten verschiedenfarbige Lichtbündel entgegen, überall rauschten Maschinen, Lampen leuchteten auf, und Zorner stand im weißen Kittel, auf der Nase die dunkle Brille, um den Hals die Bleischürze und in dicken Bleihandschuhen, vor den Maschinen mit ihren Schaltern und Griffen, die die Spannung anzeigten, im großen Rauschen und Knistern, und beschwor die äußersten Elemente ins Zimmer, Strahlen, die diesseits von Ultraviolett und jenseits von Karminrot waren. Zorner hatte immer gute Laune, er fragte den Patienten, der nackt in der ultravioletten Lichtflut bibberte, ob er den neusten englischen Roman gelesen habe und was seine Meinung über die gesellschaftliche Entwicklung sei. Ja, Zorner verstand seine Sache. Als man ihn zum Vater rief – auf Kentas Rat, der zwar nicht unbedingt Anhänger der Strahlenbehandlung war, sich aber in hoffnungslosen Fällen doch verpflichtet fühlte, alles zu versuchen –, begann er in der Wohnung sofort mit der Installation. Zorner war anzusehen, dass er den hilflosen, sonderbar matten Vater am liebsten auf den Armen in seine Praxis getragen hätte, wo er Mandeln, Milz und Herz gleichzeitig bestrahlen konnte; er stürzte sich mit außerordentlichem Ehrgeiz in die Behandlung des Vaters und gab sich vorerst auch damit zufrieden, die kleineren seiner Maschinen und Anlagen ins Garren-Haus zu schleppen, im Salon Leitungen zu verlegen, den Gleichstrom gegen Wechselstrom auszutauschen, Wärmeschränke herbeizuschaffen, unablässig zu schalten, Knöpfe zu drücken und es knistern zu lassen. Alles in allem erinnerte er dabei eher an einen jungen und ehrgeizigen Elektroinstallateur als an einen Arzt.

Albert war der Einzige in der Familie, dem Zorners hartnäckige Installationsarbeiten gefielen. Anna mochte Zorner nicht, misstrauisch hörte sie sich seine Vorträge über den englischen Roman und die Vorteile der Bestrahlung der Milz an, und Tamás zerschnitt zweimal heimlich die wichtigeren Leitungen und Drähte. Gewiss wollte Zorner Gutes. Kenta wollte auch Gutes. Lacta war vielleicht der Einzige, der nichts wollte, er kam nur, trank Wein, besah sich interessiert Zorners gespannte Drähte und Kentas Rezepte, nickte, setzte sich in den Lehnstuhl neben dem Bett und bedauerte den Vater. Aber alle drei waren unzweifelhaft Fachmänner, und in der Stadt wurde allgemein gemunkelt, dass Gábor Garren in den Händen von Fachleuten sei, Gott sei Dank, und alles in seinem Interesse geschehe, was die Ärzte nach dem heutigen Stand der Wissenschaft für einen Kranken tun können. »Er ist in guten Händen«, hieß es in der Stadt. Die Garrens empfingen die Ärzte morgens und abends, hörten ihre Bemerkungen an, erfüllten ängstlich besorgt und genau ihre Vorschriften, verhängten Zorners geliehene Geräte zur Nacht mit Tüchern und hatten auch selbst das Gefühl, alles zu tun, was man tun kann. Nur Anna hatte dieses Gefühl nicht.

Das Krankheitsbild

Die Ärzte sagten: Es hat mit einer Erkältung angefangen und ist dem Patienten leider an die Nieren gegangen. Die Erkältung verging, der Vater hustete noch eine Weile, saß mit einem gehäkelten Tuch um den Hals fröstelnd im Aiolos-Büro, aber er war lustlos. Mit Besuchern unterhielt er sich höflich, dabei sah er zerstreut an die Decke und zuckte manchmal zusammen, als überliefe ihn ein kalter Schauer.

An solchen Abenden ließ Anna – auch schon zu Herbstbeginn – einheizen, maß dem Vater die Temperatur, um dann beruhigt festzustellen, dass er kein Fieber hatte, dass er nur etwas schwächlich sei. Der Vater selbst hatte das Gefühl, er habe nichts, er sei nur nicht wieder ganz der Alte.

Es wurde davon gesprochen, dass es vielleicht gut wäre, in den Süden zu reisen; die Fremden hatten im Hafen regelmäßige Schiffslinien eingerichtet, sie ließen ganz neue, dunkelblaue Postschiffe auf ihnen fahren, mit Schwimmbad und Orchester. Der Vater war seit der Ankunft der Fremden nicht im Hafen gewesen. Jetzt, als man ihm von den prächtigen neuen Schiffen erzählte und ihn ermunterte, in den Süden zu fahren – besonders Lacta hieß den Gedanken einer Reise gut, er sagte, zu bestimmten Zeiten müsse man immer verreisen, weil die Veränderung die Seele begeistere und die matten Sinnesorgane neu belebe! –, widersetzte sich der Vater entschieden. Leise und streng antwortete er, er werde sich nicht in die neuen Schiffe setzen. Er sagte, seit »die« hier seien – immer sprach er so allgemein, mit so verächtlicher Betonung von den Fremden wie von einem untergeordneten Volk, im Geiste der betonten Ungerechtigkeit, die er laut verkündet und eingestanden hatte –, sei er nicht willens, das Gebiet der Stadt zu verlassen. Als hätte er hier einen Auftrag, eine geheime Mission, von der nur wenige wussten, als dürfe er sich nicht aus der Stadt bewegen, hätte hier zu tun, müsste auf etwas achtgeben, und wenn er einmal, wenn auch nur für kurze Zeit, verreise, könne es leicht geschehen, dass die Fremden den Aiolos angriffen oder einen anderen, edleren, widerständigeren Punkt der Stadt. Denn nach des Vaters Meinung hing alles am Widerstand. Solange die geheimen

Basteien wie der Aiolos sich verteidigten, seien sich die Fremden ihrer Sache nicht ganz sicher. Der Vater sprach selten von diesem geheimen Widerstand, und wenn, dann nur mit verdeckten Worten und zu wenigen Auserwählten, beispielsweise zu Sebestyén, zu Anna oder zu Lacta.

Wie, wo und wann der Aiolos Widerstand leistete, hätten die Fremden spöttisch fragen können. Aber sie fragten es nicht, weder spöttisch noch auf andere Weise. Vielleicht spürten sie auch, dass der Aiolos, mit der Harfe im Schaufenster und den verdächtigen und schwer verkäuflichen Büchern und Gegenständen in den Regalen, zu den nicht eroberten Gebieten der Stadt gehörte. Auch mit Maschinengewehren und Spionen konnte man ihm nicht beikommen, in seinen Räumen wurde etwas aufbewahrt, was wesentlich zur Stadt gehörte, und solange sie hier nicht eindrangen und ihre Fahne aufpflanzten, würden Eroberung und Besetzung unverändert strittig und fragwürdig bleiben.

Deshalb verreiste der Vater nicht zu Herbstbeginn, als er anfing, schwächlich zu werden. Lacta drängte eine Zeit lang zur Reise, aber später, als die Schwächlichkeit des Vaters nicht verging, sondern sich nur veränderte – die Hustenanfälle hörten auf, aber das Frösteln blieb weiter –, verstummte er und sprach nicht mehr von einer Reise, als hätten seine feuchten, aber dennoch scharf blickenden und geübten Arztaugen etwas bemerkt. Anna erwähnte die Reise auch nicht. Sie verstanden, dass der Vater jetzt an Ort und Stelle zu bleiben hatte und dass Kathedrale und Stadt all das überstehen mussten, was auf sie wartete und was geschehen sollte.

Anfang Oktober brach vom Meer her ein kalter Windstoß über die Stadt herein und fegte einen Teil der bunten

Dachziegel vom Turm der Kathedrale und eine groteske Steinfigur in Gestalt eines affenartigen Gnoms, der die Zunge herausstreckte, mit einer Narrenkappe auf dem Kopf und nicht ganz schicklichen Zeichen und Anspielungen am Unterleib. Diese Figur hatte ein unbekannter Steinmetzmeister im dreizehnten Jahrhundert geschaffen, und sie hatte seit sechshundert Jahren am Rand eines Turmfensters gehockt, mit unanständigem Grinsen auf die Stadt gestarrt und sich mit einer obszönen Bewegung über den Eingang der Kirche gestreckt. Die Nebenfigur hatte ohne Aufsehen am erhabenen Korpus der Kathedrale dahingelebt wie ein Schmarotzer, die Gläubigen und die Fremden hatten ihr keine besondere Aufmerksamkeit gewidmet, und überhaupt war sie um kein bisschen auffallender als die von den Dachtraufen der Türme heruntergaffenden Heiligen mit ihren verwitterten Heiligenscheinen, die wasserspeienden Steindrachen, die widersinnigen krötenartigen Verzierungen, die die alten Meister nach ausländischen Vorbildern und gleichsam zu ihrer eigenen Unterhaltung unter einige Winkel der Türme geklebt hatten; in diesen Gestalten lag etwas Weltliches und Verspieltes, und dennoch verletzten sie nicht das äußere Bild der Kathedrale, als ertrüge der riesige Körper auch diese Scherze, als könnten diese verzerrten Schmarotzer seine Erhabenheit nicht schänden, als hielte das Göttliche die menschlichen Sticheleien immer noch mit Leichtigkeit aus, als könnten sie nicht zu ihm hinaufreichen, und als könnte es sie, wenn es wollte, sowieso von sich abfallen lassen.

Diese unanständige hockende Figur mit der Narrenkappe, die vielleicht siebzig Zentimeter groß sein mochte, hatte ein unbekannter Meister geschaffen, nicht gerade ein

Künstler, aber ein begabter Steinmetz mit leichter Hand, der mit sichtlichem Behagen dieses lustige Ungeheuer aus dem Stein gehauen hatte – die wulstigen Lippen des grinsenden Mundes schienen in plumper und gut gelaunter Unflätigkeit zu heulen, mit den ausgebreiteten, stummelartigen Armen winkte die Figur herausfordernd und unverschämt. Der Sturm hatte sie unter einem Turmfenster der Kirche herausgefegt. Aus einer Höhe von vierzig Metern war der schwere Steinblock unmittelbar vor dem Haupteingang auf den Gehweg gestürzt, und nun verstellte er den Weg in die Kirche. Jetzt hockte das Ungeheuer da, unbeschädigt, in derselben Position wie vorher oben, ohne Brüche oder Risse, auf dem Gehweg vor dem Portal zum Mittelschiff der Kathedrale, mit einer verzerrten Grimasse und unverschämt, genauso, wie es sechs Jahrhunderte lang in der Höhe gegrinst hatte, etwas abstoßend, aber verblüffend und erschreckend unversehrt. Ringsumher lagen bunte Scherben von Dachziegeln.

Die Nachricht, dass das sechshundert Jahre alte Ungeheuer vom Turm gefallen und ihm nichts geschehen war, erregte eine Aufmerksamkeit in der Stadt, die die Bedeutung des Ereignisses weit überstieg. Ein Polizist, einer von den neuen mit Tropenhelm, stellte sich sofort neben ihr auf und bewachte sie mit so misstrauischem Gesichtsausdruck, als wäre jemand ohne Reisepass in die Stadt gekommen und als wäre es nicht unmöglich, dass diese Figur wegen Erregung öffentlichen Ärgernisses oder gemeingefährlicher Arbeitsscheu auf dem Weg der Abschiebung entfernt werden müsste. Er stand neben der Steinfigur, den Gummiknüppel in der Hand, misstrauisch und feindlich. Zum Glück war in dem gefährlichen Augenblick niemand in der Nähe der Kathedrale gewesen, der Orkan hatte die Spaziergänger für kurze Zeit in die Toreinfahrten und Geschäfte gedrängt, und nur die Bettler bemerkten die vom Himmel gefallene Figur, die Bettler, die selbst seit Jahrhunderten vor dem Eingang kauerten in ihren sonderbaren, vorschriftsmäßigen Lumpen, gar nicht mehr Männer und Frauen, sondern übergeschlechtlich, zeitlos, als bewachten sie etwas, als käme auch der Tod nicht, sie zu holen, als wären sie mit der Kathedrale zusammen geboren, vor sechshundert Jahren oder noch früher – selbst auch verkrüppelte Verzierungen, Lumpenfiguren, wie der Fremde mit der Narrenkappe, der plötzlich zwischen ihnen aufgetaucht war und dort hockte wie sie, hämisch und gleichgültig eingeschlossen in die einzig mögliche Form seiner Existenz. Die Bettler drängten sich um die Figur und schrien Zeter und Mordio. Bald legte sich der Wind. Jetzt wagten sich immer mehr Menschen um das unversehrt gebliebene Kunstdenkmal und diskutierten aufgeregt, wie es in solchen Fällen üblich ist, die Wahrscheinlichkeit eines Unglücks. Es begann ein lautes Lamentieren im Stil von: »Was wäre gewesen, wenn« und »Ein paar Minuten vorher bin ich dort noch langgegangen«; aus den Geschäften liefen die Kaufleute und Kunden herbei und standen so feierlich und erschrocken um das himmlische Geschenk herum wie die Menschen im Orient um den Heiligen Stein. Später kamen der Stadtingenieur, einige Polizeioffiziere und zum Schluss – weil er gerade in der Gegend war – auch der Henker mit seinen Gehilfen und dem kleinen, grün gestrichenen Wagen, in dem sie streunende Hunde einsammelten; denn der Henker war in seiner Freizeit auch Abdecker. Sie alle standen um die spöttische Statue herum und sahen sie ratlos an, sie verrenkten sich die Hälse, um zum Turm zu sehen, sprachen schaudernd von dem Unglück, dem sie knapp entgangen waren, schätzten das Gewicht der steinernen Statue und stellten Überlegungen über die Maßnahmen der Behörden an. Das Publikum versammelte sich immer zahlreicher um die Statue, und nach einer halben Stunde maßen die Polizeioffiziere die Menschenmenge besorgt mit den Blicken. Der Stadtingenieur äußerte halblaut die Vermutung, auch andere Verzierungen der Türme, vielleicht die Heiligen, die Steindrachen und die Kröten, könnten eine Gefahr für die öffentliche Sicherheit darstellen; offenbar sei die Kathedrale verwittert und müsse dringend restauriert werden, vielleicht müsse man auch einzelne Spitzen und Vorsprünge abreißen.

Diese Überlegungen regten die Gaffer auf. »Die Kirche hat überhaupt nichts«, sagte laut ein alter Bürger, ein Kürschner namens Zerzen, »die Kirche hat sechshundert Jahre lang fest gestanden und Sturm und Winden getrotzt, nur eine menschliche Hand kann die Statue gelockert haben.«

Die Masse pflichtete dem Ausbruch bei. Das Stimmengewirr wurde immer gereizter. Und wie es in solchen Fällen zu sein pflegte, begannen die Alteingesessenen, die die Anwesenheit der Fremden mit hilfloser Ruhe und angespanntem innerem Protest, manchmal zähneknirschend, manchmal schicksalsergeben, aber doch zwei Jahrzehnte lang bis jetzt diszipliniert ertragen hatten, die sich seit dem Morgen der Besetzung, ja, seit Gábor Garrens großer Ballnacht kein einziges Mal zu lauten Protesthandlungen hatten hinreißen lassen, jetzt, anlässlich dieses unbedeutenden Zufalls, weil sich eine zweitrangige Steinfigur seit sechshundert Jahren zum ersten Mal gelockert hatte und auf den Gehweg gestürzt war, aufgeregt zu schreien und zu protestieren, als wäre ein sehr kostbarer und wertvoller Sakralgegenstand geschändet worden, als wären intrigante Hände, wahrscheinlich die der Fremden, mit geheimem Ziel gegen die Kirche vorgegangen. Die Polizeioffiziere verstanden die grundlose Aufregung nicht. »Der Wind ist schuld«, sagten sie und zeigten der Masse eine offizielle Miene, feindlich und überheblich, schulterzuckend; aber ihrem Benehmen war eine gewisse Besorgnis anzumerken, und einer von ihnen ging ins benachbarte Zigarrengeschäft, um zu telefonieren und um Verstärkung anzufordern. Der Wind, der inzwischen in Richtung Meer abgedreht hatte, als wäre sein Angriffsarsenal erschöpft, kehrte jetzt in die Stadt zurück und peitschte besonders um die Kirche herum mit kreischender Wut und Verbitterung. Die Masse duckte sich besorgt und drängte sich im Eingang der Kirche zusammen, manche betraten das halb dunkle, durch blaue und gelbe Fensterscheiben nur ahnungsvoll beleuchtete Kirchenschiff, und als es auch noch zu regnen begann – ein rauer, schwerer, körniger Regen voller Eiskörner, zu dieser Jahreszeit und in dieser Gegend die größte Seltenheit und Überraschung! –, folgten ihnen immer mehr, die in den dunklen Bänken niederknieten oder stumm vor den Altarbildern standen, als wäre tatsächlich ein Unglück geschehen, als planten die Elemente oder die Fremden etwas gegen die Stadt, und als könnten die Alteingesessenen nichts anderes und Klügeres tun, als in diesem akuten Schrecken zusammenzukommen, zu beten und das Ende des Sturms und des bösen Augenblicks in der Kirche abzuwarten. Im eisigen Hagel kamen immer mehr Menschen in die Kirche, drangen in das Heiligtum ein, besetzten die Bänke und versammelten sich ohne Priester, ohne heilige Handlung, ohne feiertäglichen Vorwand zahlreicher als in einem sonntäglichen Hochamt mit Musik. Sie knieten, als erwarteten sie in der Demut und Spannung eines willkürlichen Feiertags die göttliche Botschaft. Die Stadtbewohner, die alten, kamen gruppenweise mit der unverständlichen Informiertheit, mit der Menschen aus gleichem Fleisch und Blut von allen wesentlichen Dingen wissen, von Unfällen, vom Tod, von feindlichen Absichten, die irgendeinen ihrer Angehörigen bedrohen, und drängten sich um die Kirche; vor dem Eingang hatten die zu Hilfe gerufenen Polizeitruppen bereits ein Spalier gebildet und ließen willkürlich einige durch, die ihre vornehmere Kleidung oder ihr besonders erschrockener, aufgeregter Gesichtsausdruck zu dieser Ausnahme berechtigte und die den Anzeichen nach ratsamer- und taktvollerweise nicht zurückgedrängt werden durften. Die Menge drinnen in der Kirche und die andere, die im körnigen Hagel, im röchelnd und wahnsinnig, mit grausamem Schnauben brüllenden Sturmwind vor dem Tor herumstand, um die grinsende Steinfigur, löste sich nicht auf. Es war, als warteten sie auf ein Zeichen. Die Polizeioffiziere murmelten vor sich hin und standen zögernd da. Ihr Instinkt, der durch den ständigen Kontakt mit der Menge und den menschlichen Affekten selbst die leichteste Gefahr sensibel signalisierte, sandte jetzt Alarmsignale aus. »Es ist nichts passiert«, sagten sie in ermutigendem Ton, »bitte gehen Sie weiter.« Aber die Stadtbewohner klebten im Wind zusammen, sie schlugen die Mantelkragen hoch, hielten mit beiden Händen die Hutkrempe fest, schimpften, der Wind trieb ihre Worte fort und verstärkte sie gleichermaßen, und man konnte den Inhalt ihrer Proteste und erregten Reden nicht genau verstehen. Irgendwer hatte inzwischen den Bischof informiert. Er kam mit zwei seiner Domherren, blieb im Kircheneingang stehen, der Wind ließ seine weißen Locken und den Seidenrock des Priestergewandes flattern. Mit verschränkten Armen stand er vor der Kirche, betrachtete die heruntergewehte Statue mit feindlicher Miene, als sähe er sie jetzt zum ersten Mal – lange sah er sie an, dann ließ er seinen kühlen, herrschaftlichen, düsteren Blick über die Polizeioffiziere und den Stadtingenieur gleiten, einen Blick, als wäre der Verdacht der Masse in seiner Seele mächtig geworden, als spüre auch er, dass die Steinfigur nicht ohne Grund vom Kirchenfenster gestürzt war, aber als wäre er viel zu diszipliniert und weise, um laut über diesen komplizierten Verdacht zu sprechen: Mit einem solchen Blick, überheblich und beiläufig, winkte er einen hochrangigen Polizeioffizier zu sich und fragte ihn, was dieses Spalier und diese Aufregung bedeuten sollten, und wieso sie es nicht gestatteten, dass die Masse auf ihre eigene Weise einen Unfall würdige, diesen menschlichen oder göttlichen Schaden, der die Kirche betroffen habe. Der Polizeioffizier antwortete verlegen. Der Bischof wollte wissen, was also mit der Statue geschehen würde. Jetzt mischte sich auch der Stadtingenieur ein, er sprach von Untersuchungen, von Überprüfungen – und der Bischof verschränkte die Arme, als verletze es seine Würde, dass er hier, vor dem Eingang der Kathedrale, über Angelegenheiten verhandeln musste, die niemanden etwas angingen als ihn, den Bischof, seine Priester und die Gläubigen; er warf den Kopf zurück und antwortete nicht. All das geschah bei starkem Wind. Im ersten Augenblick bemerkten nur wenige, dass ein Straßenjunge eine der um die Statue herumliegenden Scherben nach dem hochrangigen Polizeioffizier warf.

Auch der Vater stand in der Menge. Er sah den Straßenjungen, wie er, den Ziegel in der Hand, auf den Beamten zielte, er sah es und streckte schon die Hand nach ihm aus, um den Arm des Attentäters festzuhalten. Aber dann bewegte er sich doch nicht. Er sah, wie der Dachziegel flog, wie er gegen den Helm des Polizeioffiziers prallte und sich der Beamte nicht einmal erschrocken, sondern eher beleidigt umsah, als wäre nicht seine Person, sondern eine Idee, ein erhabener Gedanke gekränkt worden. Die Polizisten begannen hastig, mit ihren Gummiknüppeln auf die Menge einzuprügeln, als gehorchten sie mechanisch einem Befehl. In dem Kreischen, in dem aufgeregten Schreien bewegte sich nur der Vater nicht von seinem Platz, er blieb ruhig, verteidigte sich ausschließlich mit Handbewegungen, wie man im Sturm oder gegen gewalttätige Wellen kämpft. Ein Polizist rannte an ihm vorbei und schlug ihn leicht gegen den Kopf. Sein eines Auge schwoll zum Abend hin etwas an. Die Menge wurde mit Leichtigkeit zerschlagen. Vor der Kirche blieb niemand, nur der Bischof, der Vater, die Polizisten und ihre Vorgesetzten – und die Steinstatue, die grinsend den Zwist beobachtete, deren unvernünftiger und plumper Verursacher sie war. Drei stämmige Polizisten warfen sich jetzt auf die Statue, als müssten sie einen fremden Ruhestörer und Wetterzauberer bändigen, mit Anstrengung ergriffen sie sie und schleppten sie ächzend zum Wachzimmer hin, ganz so, wie ausschweifende Demonstranten, die sich widersetzen, oder betrunkene Übeltäter offiziell von wütenden Männern der Behörde verhaftet werden. Der Orkan fegte in diesen Augenblicken mit bösartigem und unvoreingenommenem Geprassel über den Platz wie ein Maschinengewehr. Die Demonstranten waren schon in den Toreinfahrten und Geschäften verschwunden. Der Bischof reichte dem Vater die Hand und zog ihn mit sich in die Kirche, deren Tor der Küster und die Kapläne hinter ihnen eilends zuschlugen. Schwer atmend standen sie im Halbdunkel. Der Bischof beugte sich besorgt zum Vater. »Haben sie dir etwas getan?«, fragte er leise.

Die Menge der Gläubigen versammelte sich wortlos um sie. Sie standen im Halbdunkel zwischen den blauen Fenstern. Der Vater senkte den Kopf und dachte nach.

»Es beginnt«, sagte er dann mit gesenktem Kopf, nachdrücklich.

Der Bischof erwiderte nichts. Gemeinsam gingen sie zwischen den Gläubigen hindurch an den Bankreihen vorbei, durch die Sakristei, von der man unmittelbar in den Flur des Bischofspalais kam. Dies war der Augenblick, in dem der Bischof Gábor Garren zum letzten Mal sah. Wortlos verabschiedeten sie sich, der Bischof fragte nicht, was »begann«, er senkte beim Abschied den Kopf, sah dem alten Garren nicht in die Augen, als wüsste er, dass dies der Augenblick war, in dem die Intrige der Elemente oder eine andere Intrige, die der Bischof in der Seele kannte und akzeptierte, aber nicht laut bezeugte, tatsächlich etwas gegen die Stadt begangen hatte, als wüsste er, dass die Demonstration, die sie gerade erlebt hatten, einer der gar nicht so seltenen Augenblicke war, in denen, anscheinend sinnlos und unbegründet, etwas »begann« – und dass das Leben voll ist von solchen Augenblicken, die zugleich einen Anfang und ein Ende bedeuten. So sah der Bischof dem Vater hinterher, mit trüben, kurzsichtigen Augen. Der Vater ging klein und gebrochen durch den niedrigen, weißen Gewölbekorridor, stolperte unentschlossen auf den Eingang des Palais zu – und der Bischof spürte, dass ihn dieser Gegner trotz Rousseau und all der unerlaubten Lektüre, mit der Gábor Garren ein Leben lang gegen ihn gekämpft hatte, vielleicht mehr anging als normalerweise die Gläubigen. Er spürte, dass er ihn zum letzten Mal sah. Und er spürte in diesem Augenblick auch, dass mit dem Fortgehen des Vaters und mit diesem windigen Vormittag tatsächlich etwas »begann«, das nicht nur für den Vater, die Kirche und die Polizeioffiziere galt, sondern sich auch auf den Bischof auswirken konnte und auf die Menge, die vorhin vor der Kirche gelärmt hatte. Mit gesenktem Kopf stand er verstört da, lange, selbst noch, als der Vater schon hinter der nach Weihrauch und Brunolin riechenden, dunkelbraunen Eichentür verschwunden war, als sich Ruhe und Einsamkeit um ihn ausgebreitet hatten und nichts anderes mehr zu hören war als das Stöhnen des Windes und die abgehackten, zerrissenen Klänge des Mittagsläutens. Erst als ihn seine Kapläne ansprachen, kam er zu sich und ging mit gebeugtem Körper – als hätte er etwas Endgültiges und nicht Wiedergutzumachendes erlebt – über die niedrigen, breiten Treppen zu seiner Wohnung im Obergeschoss.

Die Steinstatue blieb eine Weile im Wachzimmer; in der Stadt wurde ihr Schicksal noch lange und aufgeregt behandelt, man versicherte, die Polizisten hätten die schamlose Figur verprügelt, vielleicht auch in Stücke gehauen, sie schwer misshandelt. Später erzählte man sich, die Statue sei aus dem Wachzimmer fortgebracht und in einen Keller des städtischen Museums gestellt worden, zwischen versteinerte Baumstämme, Gerippe aus der Völkerwanderungszeit, Pferdegeschirr gepidischer Kämpfer und anderen Kram, der für die topografische und historische Vergangenheit der Gegend charakteristisch war und in der Umgebung so reichlich vorkam – besonders in den vom Meer verlassen Buchten –, dass die Funde in den oberen Sälen des Museums keinen Platz mehr hatten. In dieser geschichtlichen Rumpelkammer der Stadt, im Keller des Museums, verkam die Statue eine Zeit lang und erwartete ihr Schicksal, ihre neue Rolle, in der sie wieder ihren Platz am Rand eines Kirchenfensters einnehmen und Alteingesessene wie Fremde weitere Jahrhunderte lang ein wenig unanständig und geheimnisvoll angrinsen könnte. Aber die Statue kam nicht an ihren alten Platz zurück. Auf der Stadtversammlung wurde ihr Schicksal noch ein- oder zweimal erwähnt, der neue Bürgermeister antwortete auf alle Fragen nach ihr ausweichend. Die fremden Behörden sprachen nicht gern von der Statue, gelegentliche Fragesteller beruhigten sie, sie sei am besten Ort, über ihr Schicksal würden die Sachverständigen in der Hauptstadt entscheiden, mit der Statue werde das geschehen, was sie verdient habe. Und für alle Fälle wurde die allgemeine Restaurierung der Kirche und anderer öffentlicher Gebäude angeordnet.

Diese Restaurierung war, wie die Ereignisse der folgenden Monate zeigen sollten, tatsächlich nötig geworden. Das Dach der Kirche zeigte in den Tagen nach dem Sturm schwere Beschädigungen, der Wind hatte eine Seite des alten, bunten Ziegeldachs heruntergefegt, er hatte dem alten, in der Stadt besonders geschätzten heiligen Bonifatius die Nase und den linken Arm abgebrochen, die Regenrinnen verbogen und die betagte Kirche überhaupt schmachvoll zurückgelassen. In den ersten Tagen bemerkten sie es nicht sofort, aber einige Wochen später erzählte man sich erschrocken, dass ein Flügel des Bischofspalais, zwischen der Bibliothek und dem Verschlag mit den Paradewagen, versank. An der Fassade des Rathauses, die zwei Jahrhunderte früher erbaut worden war als die Hofflügel, zeigten sich unerwartet Risse. Der große Glockenstuhl, in dessen dreißig Meter hohem Turm noch immer die alte, mehrere Zentner schwere Bronzeglocke hing, die von Zeit zu Zeit zur Kanone umgegossen wurde, aber dann, wenn die Gefahr vorbei war, gleichsam ihre Verkleidung auszog und wieder in den Turm zurückkehrte, zu ihrer wahren Berufung, und über der Stadt die beruhigenden und leidenschaftlichen Glockentöne des Friedens und des Krieges läutete, dieser Glockenstuhl war eingesackt; man musste ihn mit Balken stützen, er neigte sich auch ein wenig zur Seite wie sein Rivale, der berühmte und ferne italienische Turm. Auch aus dem Hafen kamen schlechte Nachrichten. Das Meer hatte, zum ersten Mal seit Menschengedenken, den mittelalterlichen Damm überflutet, der die Stadt der Fischer schützte; und in den Stunden der Flut war das Wasser weit in die Straßen eingedrungen, in denen kleine Häuser mit spitzen Dächern dicht aneinandergedrängt standen, hatte die niedrig gelegenen Küchen überflutet und, als es sich dann zurückzog, Töpfe, Wiegen, Heiligenbilder sowie kleine, erschrockene Landtiere mit sich gerissen, mit gierigem Schwung, gefräßig und mit unbändigem

Klatschen, als ob es laut und gemein lachte. All das war natürlich Zufall, das grausame Zusammenspiel der besonders aufgeregten und angeschwollenen Elemente, nichts weiter. Wahnwitzige Alte wie der Kürschner Zerzen sahen in diesen Zeichen ganz unbegründet Zusammenhänge. Gewiss waren die alten Gebäude der Stadt, so die Kirche, das Bischofspalais und das Rathaus, ja, auch der Damm zwischen Meer und Fischerstadt, in den letzten Jahrzehnten etwas vernachlässigt worden, jetzt munkelte man, dass alles, was zur alten Stadt gehörte, sich gelockert habe, versunken und eingerissen sei; vielleicht war man in den vergangenen zwei Jahrzehnten, in denen die Fremden über die Stadt hereingefallen waren und sie besetzt hatten, übermäßig und eitel mit der neuen Fassade beschäftigt gewesen, mit den Warenhäusern aus Glas und Beton, mit dem Bau der Kolonialhäuser und ihrer Flachdächer, und hatte die Pflege der alten, aus der Mode gekommenen Gebäude etwas vernachlässigt, deshalb versank alles. Aber möglicherweise war das auch nur Klatsch, abergläubische Vermutung, der aufgeregten Fantasie wahnwitziger und eifersüchtiger alter Stadtbewohner entsprungen. Der Stadtingenieur ordnete sicherheitshalber an, die alten, baudenkmalartigen, baufälligen Häuser zu restaurieren. Und als vor Weihnachten das alte Gefängnis einstürzte, wo man in der letzten Zeit nur noch die Betrunkenen für eine Nacht eingesperrt hatte, damit sie zwischen Ratten und verwilderten Katzen ihren Rausch ausschliefen, schlug die Erregung von Zerzen und einiger ähnlich fantasiebegabter alter Männer hoch, und sie lamentierten in diesem Winter in den alten Wirtsstuben über das Unglück der Stadt und verbanden so einfache, natürliche Erscheinungen wie den Zusammenbruch des uralten, baufälligen Gefängnisgebäudes oder das Versinken des Glockenstuhls mit einfältigen Prophezeiungen. Ernsthaftere Menschen mit fortschrittlichem Geist, wie beispielsweise Tokár, lächelten über diese Vermutungen. Doch der Winter war in diesem Jahr besonders streng, auf eine Laune der Natur folgte die nächste, am Tag nach Neujahr brach in der Vorstadt eine Feuersbrunst aus, und das Armenviertel brannte ab. An diesem Tag stellte Lacta fest – und seine Annahme wurde von Kenta und Zorner gebilligt –, dass die Erkältung, die sich der Vater Monate zuvor im Sturm vor der Kirche zugezogen hatte, bösartige Nachwirkungen in seinem Organismus ausgelöst hatte und dass irgendein infektiöses Material, das von einem unbekannten Herd aus in den Körper des Vaters strömte, die Nieren angegriffen hatte. Es bestand keine unmittelbare Gefahr, aber Lacta hatte schlechte Laune.

»Überlegen Sie doch, Herr Doktor«, sagte Anna leise und zog Lacta in eine Ecke des Zimmers, damit die anderen beiden ihre Worte nicht hörten. »Ich bitte Sie sehr, erinnern Sie sich. Vater hat sich dort vor der Kirche verkühlt. Am Abend hatte er schon Fieber. Sie erinnern sich, Herr Doktor, schon am nächsten Tag haben wir Sie gerufen, und Sie haben Aspirin verschrieben. Schon damals war er so still. Dann ist er ins Geschäft hinuntergegangen und hat gearbeitet, so, wie er es eben tat … ja, er hat vielleicht sogar ein bisschen eifriger gearbeitet. Sebestyén erzählt, dass er in jenen Wochen, nach der Erkältung, alles wissen wollte, was mit der Familie und dem Geschäft zusammenhing, dass er alle Briefe und Fotos verlangt hat und die Harfe aus dem Schaufenster hereinbringen ließ und gründlich betrachtet hat … er hat gearbeitet, auf seine Weise, als hätte er etwas Dringendes zu erledigen, als müsse er rasch etwas abschließen. Damals hat es angefangen. Dann begannen im Haus des Bischofs der Schuppen und die Bibliothek zu versinken, und Sie, Herr Doktor, haben festgestellt, dass Vaters Augen ein bisschen trübe waren. Durchblutungsstörungen, haben Sie gesagt ... Am selben Tag ist er am Mittag aus dem Geschäft gekommen und hat sich hingelegt, er sei müde, hat er gesagt, aber er blieb den ganzen Tag liegen. Fieber hatte er nicht, aber auch an den folgenden Tagen lag er noch, ohne Fieber, mit etwas blutunterlaufenen Augen, Sie erinnern sich doch. Und als der Glockenstuhl sank und Bonifatius der Arm abbrach, und als die Häuserreihe in der Vorstadt abgebrannt ist ... das hatte alles Auswirkungen auf ihn, denken Sie nicht, Herr Doktor? Ihm war alles so wichtig, was zur alten Stadt gehörte. Lachen Sie mich nicht aus?«

Lacta musterte seine Uhrkette.

»Nein, liebe Anna«, sagte er lächelnd. »Aber es wäre schwierig, all das nachzuweisen.«

»Beweise sind ja gar nicht nötig«, sagte Anna hoffnungsvoll. »Ich fürchte mich nur ein bisschen vor den Herren Doktoren. Sie selbst, Herr Doktor, wissen alles über uns. Denken Sie nicht, dass etwas sich schädlich auf den Vater auswirkt ... ich meine, wir verheimlichen ihm die Dinge vergeblich. Was auch mit der Stadt geschieht, er weiß es. In der Nacht, als das alte Gefängnis eingestürzt ist, war er unruhig, hatte Fieber und hat wirr geredet. Er hat auch dieses Gefängnis gemocht. Es war so italienisch mit seinen Gewölben und Säulen ... einmal hat er gesagt, das sei gar kein richtiges Gefängnis, nur eine Art Vorpurgatorium, wo die Strafe noch nicht wehtut. Es heißt, man müsse den Grund für die Krankheit feststellen, das Krankheitsbild, das sei am wichtigsten. Ich glaube auch, dass das am wichtigsten ist. Aber wenn alles so stark auf den Vater wirkt – alles, was mit der Stadt geschieht –, wenn wir ihm die Nachrichten nicht verheimlichen können, den Wind, das Wasser, das Feuer, die Ränke der Menschen … und wenn er das Gefühl hat, dass etwas mit der Stadt geschieht … kann es sein, dass vielleicht nicht die Erkältung der Grund für die Krankheit war? Kann es sein, dass ihm etwas an die Nieren gegangen ist, das man nicht nachweisen und bescheinigen kann?«

Sie presste eine Hand aufs Herz und sah Lacta an, ganz blass. Jetzt war Anna wirklich hässlich. Angst und Zweifel gruben ihr Falten ins Gesicht, ihre Unterlippe hing ein bisschen herab vor Sorge, sie blinzelte nervös. Anna glaubte Kenta nicht. Sie zerschnitt nicht Zorners Kabel wie Tamás, weil sie sich in ihrer Ratlosigkeit und erschrockenen Furcht zu allem hingezogen fühlte, was Hilfe versprach, und wenn Albert oder Tokár oder jemand aus der Stadt ihr geraten hätte, eine Wahrsagerin oder einen Geisterseher kommen zu lassen, hätte sie gern nach einem solchen geschickt. Anna wusste, dass der Vater, wie es in der Stadt hieß, »in den besten Händen war«. Sie wusste, dass sich Kenta ausgezeichnet auf die Untersuchung des allgemeinen körperlichen Zustands des Vaters verstand, dass er hervorragend in den Berichten der Labore lesen und weitreichende Schlussfolgerungen aus der Menge des Blutzuckers oder des Eiweißes ziehen konnte. Kenta tat wahrscheinlich alles, was ein Mensch tun konnte, um den Vater zu retten. Aber Anna hatte das Gefühl, dass dieses »Alles« zu wenig war. Sie bestritt nicht, dass der junge und etwas selbstsichere Zorner sein Handwerk verstand, sie betrachtete ehrfurchtsvoll seine Lampen, die Strahlen mit ihrer unterschiedlichen Qualität, Stärke und Temperatur wirkten tatsächlich auf die menschliche Haut; wenn der Patient zu lange unter der einen Lampe saß, wurde er braun wie in der Glut eines Sommertages, und der andere Strahl ließ die Haut schrumpeln, und alle zusammen richteten – Zorner zufolge – eine wahre Apotheke im menschlichen Organismus ein und trieben die Haut und die einzelnen Sinnesorgane zur Produktion von genau sechsunddreißig verschiedenen heilsamen Arzneien. Genau sechsunddreißig, sagte Zorner zufrieden, als hätte er sie selbst gezählt. Anna glaubte auch Zorner. Jeder wollte Gutes. Jeder konnte etwas. Im Stadtbad arbeitete ein Hühneraugenschneider, der sich hervorragend auf den Aderlass verstand, und wie die alten Barbiere und Bader zog er heimlich geschickt Zähne, führte Abtreibungen durch und massierte. Anna glaubte auch an diesen Hühneraugenschneider. Aber hier gab es etwas, das die Ärzte nicht glaubten und das Anna besser wusste. Jetzt war das Unglück freilich schon geschehen, jedenfalls hatte es den Anschein, dass der Ursprung der Krankheit spurlos in ihren Symptomen aufgegangen war – aber wie ein vergifteter Kranker, in dessen Körper man den Stoff und die Symptome der Vergiftung untrüglich nachweisen kann, trotzdem weiter stirbt, weil unbekannte Hände ihm auf rätselhafte Weise das Gift immer weiter zuteilen und alle Kunst und Geschicklichkeit vergeblich ist – denn was der Arzt tagsüber zusammenflickt, zertrümmert der rätselhafte Giftmischer in der Nacht wieder –, so hatte nach Annas Auffassung irgendetwas oder irgendwer (oder mehrere) den Vater vergiftet. Lacta hatte recht: Es wäre schwierig gewesen, das nachzuweisen. Aber Anna wusste, sie wusste ganz sicher, dass hinter allem, was sich auf die Menschen bezog, etwas stand, was schwierig oder sogar unmöglich nachzuweisen war, und dass diese andere Wirklichkeit die echte war. Die Ärzte hatten den Grund für die Krankheit des Vaters untrüglich festgestellt; aber hinter dem untrüglich und wissenschaftlich bestätigten Grund gab es noch etwas, von dem nur Anna wusste: Zusammenhänge, über die Zerzen und die anderen in der Stadt wirr, aber nicht ganz grundlos munkelten. Anna wusste, dass die grinsende und schamlose Figur nicht zufällig vom Turmfenster heruntergefallen war und dass all das, was in den einzelnen gefährdeten Gebieten der Stadt geschehen war – das Versinken der Häuser, der Aufstand von Wasser und Feuer, die Krankheit des krummen Glockenstuhls und alles, was auch Lacta bemerkt hatte –, so war, als wütete unter den Alteingesessenen irgendein *morbus*, eine Sorte *morbus*, der keinen Namen und keinen unter dem Mikroskop nachweisbaren Erreger hatte, und der nach der geheimen Natur der Krankheit auf alle wirkte, die für das Leiden der Stadt empfänglich waren. Anna glaubte nicht mehr daran, dass Strahlen oder Salbe, Tropfen oder das Messer dem Vater helfen konnten. Die Krankheit klebte im Haus wie ein Geruch, Anna spürte sie im Zimmer des Vaters, im Salon und auch draußen auf der Straße, sie erschnupperte sie beim Gehen, die ganze Stadt war voll von diesem unerträglichen Geruch. Die Erscheinung, die Tamás unverständig als »Erdbeben« bezeichnete – und um diese Entdeckung zu beweisen, betonte er lächerlicherweise, dass sich »etwas in der Stadt bewegt hatte« –, diese geografisch schwer beweisbare Erscheinung war für Anna jetzt, als sie Lacta und die Ärzte endlich verstand, gleichbedeutend mit der Krankheit. Mit der Stadt war etwas geschehen, und der Vater war krank. Anna konnte nicht entscheiden, mit welcher Kraft die »Zusammenhänge« aufeinander einwirkten, von denen Zerzen und andere unernste Elemente munkelten; sicher ist, dachte sie, dass man die Stadt nicht heilen kann, Zorner würde die Häuser vergeblich bestrahlen und Kenta der bischöflichen Bibliothek ganz unnütz einen Einlauf verordnen. Die Stadt war krank, und der Ingenieur, der Bürgermeister, die fremden Polizisten und Beamten standen dieser Krankheit ratlos und vielleicht nicht ganz ohne Schadenfreude gegenüber.

Vielleicht ist das, was die Stadt nicht hingegeben hat, dachte Anna, was wir ihnen verschwiegen haben, wovon Vater nie gesprochen hat, was man nicht »regeln« konnte, wie es Albert gern wollte, vielleicht ist das das Krankheitsbild. Und sie setzte sich in ihrem Zimmer aufs Bett – hässlich war sie und Kamel –, vergrub das Gesicht in den Händen, seufzte und begann still zu weinen. Lange weinte sie so, jeden Tag. Dann trocknete sie ihre Tränen und ging, um die feierlichen Garrens zu speisen, oder besuchte das Zimmer des Vaters, schnupperte taktvoll, setzte sich ans Krankenbett, und es begann der ewige Dialog, die hoffnungslose Diskussion über das Fieber und darüber, ob der Patient zur rechten Zeit seine Arznei bekommen hatte. Anna wusste, dass all das hoffnungslos war. Aber das Krankheitsbild konnte man nicht nachweisen.

Der letzte Schliff

Als der Vater in der vierten Woche nach der Erkältung – in der Zeit, als der Glockenstuhl abzusacken begann und sich krümmte – fest bettlägerig wurde, hatte er unten im Geschäft alles so weit geordnet, jedenfalls glaubte er das. Sebestyén ging in der ersten Woche noch jeden Abend hinauf ins Krankenzimmer und berichtete über das Geschäftsleben, aber später, als die Garrens eintrafen und die Kräfte des Vaters sichtlich schwanden, hörte er mit den Berichten auf und begnügte sich mit einfachen Höflichkeitsbesuchen, gegen neun Uhr, kurz nach dem Abendessen; und er ging auch nicht mehr jeden Abend ins Krankenzimmer, er gab sich damit zufrieden, sich ins Nachbarzimmer zu setzen, immer ein wenig auf dem Rand des Stuhls, in Kleidung und Benehmen die Grenzlinie ausmessend und unterstreichend, die er, der Gehilfe und Verwandte, niemals von sich aus zu übertreten bereit war. Zu diesen Besuchen zog sich Sebestyén, sie schamhaft betonend, immer um; zur Pepitahose legte er einen schwarzen Gehrock an, der nicht so lang und feierlich war wie der von Kenta, den Beruf und Würde zu dieser Feierlichkeit verpflichteten, aber trotzdem etwas anderes, als er tagsüber trug – als wäre ein Feiertag, aber nicht gerade ein großes Fest, nur Allerheiligen oder Heilige Drei Könige. Sebestyén kannte die Gepflogenheiten des Vaters vollkommen und hatte jeden Abend die Abrechnung in der Tasche, als stünde zu befürchten, dass man ihn in dem feierlich erregten Zustand energisch angriff und Rechenschaft über die Geschäftsgeheimnisse verlangte. Diese Abrechnung zeigte natürlich nicht die Einnahmen des Tages, denn die Firma Aiolos hatte schon Jahre vor der Krankheit des Vaters ihre gemeinnützige Geschäftstätigkeit reduziert und sich mit dem Tagesgeschäft nach Möglichkeit überhaupt nicht mehr befasst. Nein, die Daten und Fakten der Abrechnung verewigten eher die Vergangenheit: »Durchgangsposten«, sagte Sebestyén beiläufig in Hinblick auf einige größere Ausgaben, deren Gegenwert sich der Vater von Zeit zu Zeit bei den lokalen Kreditquellen hatte leihen müssen im Interesse des Werks. Diese »Durchgangsposten« füllten den finanziellen Teil der Abrechnung vollkommen aus; was das Finanzielle betraf, gab es im Budget der Garren-Firma schon seit einem Jahrzehnt keine anderen Posten mehr als Durchgangsposten. Aber das interessierte niemanden ernsthaft; wahrscheinlich interessierte es auch Anna und die Kreditgeber nicht ernsthaft. Albert oder »Herr Albert«, wie ihn Sebestyén hartnäckig nannte, erkundigte sich von Zeit zu Zeit mit klagendem Ton, warum die Garren-Firma nicht neue Handelsartikel einführte, beispielsweise Füllhalter oder Schreibmaschinen; in diesen peinlichen Augenblicken verlor auch der bescheidene und höfliche Sebestyén die Geduld des Verwandten und Sozius, er fuhr Albert energisch an und verteidigte mit deutlichen Worten die Würde der Firma:

»Seien Sie so gut und meißeln Sie sich in Ihr Gedächtnis ein«, sagte er mit zitternder Stimme, »dass Herr Garren die Umsätze nicht mochte. Die Firma Aiolos hat nicht gewinnorientiert gearbeitet. Die Firma Aiolos hat im Interesse des Werks gearbeitet.«

Das war die Wahrheit, und jeder musste sich Sebestyéns Argumentation beugen; auch Albert trollte sich mit seinen schmerzhaften und unwürdigen Einfällen, wobei er leise etwas von »Zukunft«, »Umsatz« und »zeitgemäßen Handelsprinzipien« murmelte. Sebestyén sah ihm kopfschüttelnd nach. Die Garren-Firma arbeitete nicht für die Zukunft. Der Aiolos arbeitete für die Vergangenheit. Das wusste jeder.

Er arbeitete so wenig für die Zukunft, dass der spärliche Warenbestand, der in der Zeit der Krankheit des Vaters noch in den Regalen des alten Geschäftsraumes geblieben war, eher museal auf die Besucher wirkte, auf die alten Kunden und Freunde der Firma, die jeden Vormittag im Geschäft vorbeisahen, ein Glas Kaiserbirnen- oder Vanillelikör tranken, sich die Nachrichten über die einzelnen Abschnitte und die täglichen Entwicklungen der Krankheit des Firmenchefs anhörten und dann, mit Rücksicht auf diese schweren Wochen, vorsichtig und taktvoll ihre Kaufbereitschaft ausdrückten, sich verlegen zu den Regalen wandten, wo sie keinerlei verkäufliche Handelsware mehr vorfanden. Es war, als ob die Memoiren der Generäle und Schlachtenverlierer, die der Vater in kaufmännischer Voraussicht im Geschäft angeschafft hatte, sich plötzlich als modische und begehrte Lektüre in den Buchläden der Stadt und der Provinz verbreitet hätten; nur hier und dort fand sich im Lager noch ein fleckiges oder zerknittertes Exemplar, aber der große Vorrat war verbraucht, und an seiner Stelle war nichts geblieben. Plötzlich stellte sich heraus, dass der Vater, mit wundersamem Gespür für die späte, von niemandem erahnte Nachfrage, richtig gehandelt hatte, als er diesen Buchbestand, der nur geringen Gewinn versprach, in größerer Menge aufgehäuft hatte; es stellte sich heraus, dass die alten Buchkäufer der Stadt und der Provinz mit der Zeit alles lieber lasen als die zeitgenössische Literatur, die sich in den Schaufenstern der neuen Buchläden der Stadt mit bunten Titelblättern feilbot. Jeder Buchstabe, der noch vor der Ankunft der Fremden gedruckt worden war, war plötzlich kostbar für die, die sich mit immer größerer Neugier der Vergangenheit zuwandten und immer lieber über die Gegenwart schwiegen. Die Generäle schrieben über die Vergangenheit, mit etwas eigenwilliger Anordnung von Subjekten und Prädikaten, aber mit Überzeugung und mit jener sympathischen, zornigen Voreingenommenheit, die charakteristisch ist für gestürzte Zeitgenossen, die einst handelnd an der Geschichte beteiligt waren.

In den Regalen des Aiolos fand sich kaum noch Ware. Auf Sebestyéns Abrechnungen waren sorgfältig die Fotos und Briefe aufgezählt, die im Besitz der Firma verblieben waren, jeder kleine Gegenstand, jede Erinnerung war erfasst, die sich auf die Garrens bezog; und Sebestyén hatte die Abrechnung immer in der Tasche für den Fall, dass der Vater oder einer der Garrens plötzlich von ihm Rechenschaft forderte über die Substanz des Vermögens der Familie und der Firma. Sebestyén hielt die Angelegenheiten des Geschäfts in Ordnung, und er hütete diese Ordnung besorgt und eifersüchtig. Aber der Vater wünschte keinerlei Abrechnung mehr zu sehen.

Als er aus dem Bischofspalais nach Hause gegangen war, hatte er gewusst, dass etwas »begonnen« hatte; tatsächlich hatte er sich im Sturm erkältet und hustete einige Tage lang. Kenta hatte vollkommen recht: So hatte es begonnen, mit der Erkältung. Der Vater sprach nie über seine Krankheit. Vom ersten Augenblick an, in dem dieses Etwas begonnen hatte – ein Prozess, vielleicht ein Erlebnis oder ein Phänomen –, das Anna, Frau Erzsébet und die Familienmitglieder hartnäckig und berechtigt als »Krankheit« bezeichneten, stimmte der Vater allem zu, was die Frauen und später die Ärzte ihm rieten, höflich nahm er die Pulver ein, ließ es zu, dass Kenta sein Herz abhörte und seine Hüfte betastete, ertrug Zorners Strahlen und freute sich ehrlich, wenn Lacta manchmal am Abend noch da blieb, Wein trank und den Vater auf seine Weise behandelte, auf diese bescheidene und demütige Weise, mit Worten und Blicken, die dem Vater schließlich doch guttaten und ihn in den Schlaf wiegten. Wie nett er ist!, dachte er im Halbschlaf gerührt. Wie nett sie alle sind mit ihren Zitronenwassern, ihren Strahlen und Pulvern! Wie sanft Kenta meinen Puls fühlt, mit welcher Liebe die Pflegerin das Kissen unter meinem Kopf zurechtrückt! Jetzt geben sie mir Zeichen der Liebe, sogar die Fremden; sie geben sie, weil sie hilflos sind und nichts anderes zu geben haben! Man muss ihre Güte ertragen, man muss auch die Behandlung ertragen. Jetzt wird es bald zu Ende sein, weil es begonnen hat. Warum soll ich also nicht alles ertragen, was diese Leute mir antun? Sie haben ja gute Absichten, aber sie wissen nichts.

Von dem Augenblick an, in dem er sich ins Bett gelegt hatte, ergab sich der Vater vollkommen dem, was die Ärzte »Krankheit« nannten. Etwas geschah, manchmal geschah es fieberhaft und manchmal beinahe ohne äußere Zeichen wie Fieber und Durchfall. In der ersten Zeit suchte Kenta aufgeregt und gekränkt im Körper des Vaters nach Spuren wie ein Privatdetektiv, der feststellt, dass ein Attentat verübt wurde, und keine Anstrengung scheut, weil man doch am Tatort des Anschlags Beweisstücke finden musste. »Die Lungengeräusche sind klar«, sagte er, »die Herzfunktion ist zufriedenstellend. Das Darmröntgen beruhigt mich sehr«, sagte er hingerissen, beinahe wonnevoll. Der Magen arbeitete annehmbar und schön, manchmal war die Säure etwas mehr, manchmal etwas weniger als wünschenswert, »aber alles in allem arbeitet der Magen schön«, sagte Kenta und schnalzte zufrieden mit der Zunge.

Der Vater schwieg. Auch später schwieg er, als Kenta nicht mehr schnalzte, nach den Untersuchungen keine zufriedenen Ausrufe von sich gab, sondern immer wissbegieriger und unzufriedener im Körper ermittelte, der sein Geheimnis nicht preisgab. Der Vater hätte Kenta und Zorner gern geholfen. Auf ihre begierigen Fragen antwortete er bereitwillig, und weil er sah, dass er ihnen mit gelegentlichen Klagen eine Freude bereitete, erwähnte er ab und zu beiläufig, dass Kenta ganz richtig vermutete und Zorner mit hervorragendem Instinkt ahnte, dass es war, als ob im Unterkörper, unter dem Magen, nicht hier, nein, ein wenig weiter links, etwas wehtäte.

Die Ärzte warfen sich bei solchen Gelegenheiten mit ihren feinen und sensiblen Instrumenten auf das verdächtige Gebiet, hörten ab, fühlten und ertasteten schließlich tatsächlich Unregelmäßigkeiten – dem Vater taten sie leid, und er konnte ihnen nicht helfen, denn die Unregelmäßigkeiten, die sie so routiniert, mit so feinem Gehör und edlen Fingern ertasteten, stellten sich am nächsten oder übernächsten Tag als normale organische Erscheinungen und gesunde Lebenszeichen heraus oder gingen als solche vorüber, und dann pfiff Kenta, trotz all seiner Überlegenheit und Geduld, wütend, und Zorner lächelte wohlerzogen und dennoch, als wolle er ja nichts sagen, aber solange man ihm den Vater nicht mit Haut und Haar überließe, überraschten ihn solche Missverständnisse nicht. Die Magensäure, ja, die Magensäure verhielt sich völlig willkürlich. Manchmal war zu viel davon da und manchmal ganz wenig, aber der Magen verdaute eigentlich rechtschaffen – gründlich, nur freilich ohne Appetit, denn der Vater musterte die sorgsam zubereiteten Speisen immer matter und kostete eher aus Höflichkeit von ihnen, als sei er dankbar und wolle die Sorge und Liebe erwidern, die ihm entgegenstrahlten. Familienmitglieder und Ärzte waren sich einig, dass man den Patienten gut ernähren müsse; das sei das Wichtigste, sagten sie. Und wenn der Vater nicht oder wenig aß, wenn er appetitlos ein paar Löffel von dem kräftigen Gemüsesud schlürfte oder mit kraftlosem Lächeln das eingemachte Huhn betrachtete, seufzten alle und redeten mahnend und vorwurfsvoll auf ihn ein: Freilich, wenn der Vater nicht mithelfe, wenn er nicht »arbeite«, wenn er nicht so kräftig und mit so gierigem Appetit esse wie ein dreißigjähriger Steinbrecher mittags nach der Arbeit, dann brauche man sich auch nicht zu wundern, wenn alle Geschicklichkeit und Wissenschaft der Ärzte versage und die Krankheit »an Boden gewinnt«, wie sie fachmännisch sagten.

Aber der Vater wollte ihnen helfen, besonders Anna hätte er gern geholfen. Ja, Anna fütterte den Vater nicht künstlich und mit Gewalt, sie schaute nur und gab acht. Anna hoffte noch immer auf ein Geheimnis, sie hoffte nicht so sehr auf die Ärzte, auf die Behandlungsmethoden und die Pflege als vielmehr auf ein Ereignis von außen, einen gesellschaftlichen, polizeilichen oder politischen Zufall oder vielleicht auf ein Wunder. Für Anna war ein »Wunder« überhaupt keine so fremde, seltene und unwahrscheinliche Erscheinung wie beispielsweise für einige Garrens oder für die Fremden, die lauthals verkündeten, dass man die Möglichkeiten der wahrnehmbaren Welt beim Namen nennen könne und es für den Menschen nichts anderes auf Erden gebe als das Schicksal und das, was er wahrnehmen kann. Anna glaubte an Wunder. Für sie existierten Wunder ganz einfach, ohne Donner und grünliches Licht, und man musste nicht auf die Knie fallen vor ihnen. Anna kannte Wunder, sie war ihnen schon begegnet in ihrem nicht gerade kurzen, aber auch nicht unschicklich langen Leben, und sie empfand angesichts eines Wunders keinerlei Schaudern, sondern eher eine angenehme Befriedigung, wie jemand, der plötzlich bemerkt, dass sich hinter der ungeordneten, abenteuerlichen und unverständlichen Wirklichkeit eine einfache, ruhige und verständliche höhere Ordnung verbirgt und sich manchmal zeigt. Darin bestand für Anna das Wunder. Und sie wusste auch, dass man Wunder nicht mit Gebeten und Ritualen auf die Erde zaubern konnte, sondern dass sie nur dann wahr wurden, wenn sich die unerträgliche Unordnung, die Unordnung der Wirklichkeit, eines Tages ohne besondere menschliche Hilfe und wiederum nur für eine Übergangszeit unverständlicherweise zu einer Ordnung ausrichtete – was gestern fiebrig gewesen war, war heute nicht fiebrig, was zerbrochen war, fügte sich wieder zu einem Ganzen zusammen, und das Wunder war eher ein Nebenprodukt dieses Vorgangs.

Anna hatte schon Wunder gesehen und erlebt, nebensächliche und zweitrangige Wunder, ohne Rauch und Explosion. Diese zweitrangigen Wunder hatten in ihren weiteren Folgen das Leben oder die Situation dieses oder jenes Menschen gründlich erschüttert. Es war schwer, ein Wunder heraufzubeschwören, und noch viel schwerer, es zu ertragen – die meisten Menschen schienen an dem festzuhalten, was im Leben unerträglich, abenteuerlich und gefährlich war, an der Krankheit oder einer schädlichen Beziehung, einer unzuträglichen Leidenschaft; so hatte sie festgestellt. Trotzdem glaubte sie an Wunder. Auch für den Vater hoffte sie nicht auf lautstarke Wunder, sie vertraute nicht darauf, dass ein himmlischer Bote ein Zeichen geben oder ein neuer Arzt in die Stadt kommen würde, der den Vater mit Handauflegen oder Arznei heilen könne. Auch auf die wundertätige Kraft der familiären Pflege, des fürsorglichen und aufmerksamen Dienstes vertraute sie nicht. Aber sie hätte sich nicht gewundert, wenn sie eines Tages gehört hätte, dass in der Stadt etwas geschehen sei, dass sich der schiefe Turm in der Nacht von selbst aufgerichtet habe, dass die Fremden mit Paketen in den Händen von Haus zu Haus gingen und die Alteingesessenen höflich und etwas betreten um Verzeihung baten für alles, was sie ihnen in den vergangenen Jahren angetan hatten, dass sie verlegen sagten: »Wir haben Befehle ausgeführt« oder »Wir sind auch nur Menschen«, und dass die Stadtbewohner ihnen frostig zuhörten, und der Vater gesund wurde. An diese Art von Wunder glaubte Anna. Und sie, die niemals Zeitung las, breitete jetzt, seit der Vater krank war, jeden Morgen mit besorgtem Interesse die Blätter aus, buchstabierte aufmerksam die ausländischen Telegramme, suchte zwischen Meldungen über Hochwasser, über Gastspiele betagter ausländischer Schauspielerinnen, über beruhigende und zuversichtliche Verlautbarungen von Staatsoberhäuptern, über Manöver der Fallschirmjäger, Taschendiebstähle, Morde und pikante Unterwäschemode des Frühjahrs das

Wort, das sich auf die Stadt, den Vater und das Wunder bezog. Aber gerade dieses Wort fand sie nirgends. Offenbar wollte der Vater das Wunder nicht. Deshalb saß Anna hilflos dem Krankenbett gegenüber, blass und aufmerksam, und dann ging sie hinauf in ihr Zimmer, weinte ein Gedicht und überlegte nicht nur mit dem Verstand, sondern mit ihrem ganzen Körper, mit Nieren, Brust und Muskulatur, was dem Vater wohl helfen könnte.

Traurig war sie und aufgeregt, aber eigentlich nicht verzweifelt, denn sie wusste, dass man auch ohne Wunder eine Zeit lang helfen konnte, dass man den Vater trotz Kentas und Zorners Rezepten und Methoden behandeln konnte, doch dass diese andere Heilmethode kompliziert war und man Menschen dazu brauchte. Vielleicht hätte ihn auch gerettet, wenn man ihn davon überzeugt hätte, dass das Werk, oder was der Vater so nannte, überhaupt noch nicht fertig war, dass sein Schöpfer nicht sterben dürfe, ja, dass das Werk so lange nicht vernichtet werden dürfe, wie es noch nicht fertig war – so, wie es sich schickte, im Sinne der höheren Etikette, deren Regeln und Vorschriften Anna weniger mit dem Verstand als mit dem Herzen ahnte. Aber der Vater schwieg, und auch die Garrens schwiegen, aßen und gingen mit den verdächtigen Zeichen und der Ernsthaftigkeit der Vortrauer in der Stadt umher, und der Vater, der immer heiter gewesen war wie jeder wirklich vornehme Mensch, der nebenbei auch Künstler war, der Vater sprach nicht mehr vom Werk.

Auch auf Frau Erzsébet konnte Anna nicht zählen; jetzt, da der Vater körperlich und mit seinem Benehmen beteuerte, dass der gefährliche Augenblick, in dem »etwas begann«, sich eingestellt hatte, spürte Anna erschrocken, dass Frau Erzsébet keine Feindin war, aber auch nicht der Übereinkunft, dem Bund oder Vertrag angehörte, der die Garrens und ihre Bekannten verband; sie war keine Verräterin wie Márta, aber auch keine Verwandte, da half es nichts, dass sie mit dem Vater in einem Bett geschlafen hatte, und vergeblich hatte sie auch aus der Umarmung des Vaters den schönen und kalten Edgár empfangen und geboren.

Der Vater, der alles veredelt hatte, was er in seinem Leben berührt hatte – wahrscheinlich auch die unbekannten Mädchen, mit denen er sich früher, als ihn das Werk noch interessierte, nachmittags am Meeresstrand getroffen hatte, in einem schmucken, etwas verfallenen und zweitrangigen Hotel mit grünen Rollos vor den Fenstern –, hatte Frau Erzsébet nicht veredeln können. Jetzt, als es nötig gewesen wäre, bemerkte Anna, wie wenig Erzsébet helfen konnte; sie saß am liebsten in der Küche, scheu und mit der Begründung, »für sie sei es dort auch gut«, und die Garrens, besonders Péter und Tamás, schüchterten sie so ein, dass sie vor Verlegenheit arrogant antwortete und sich schon so benahm wie eine Witwe, der die Nation nicht dankbar genug ist.

Erzsébet trug die Bettpfanne des Vaters hinaus, wenn es sich so ergab und die Pflegerin gerade nicht zur Hand war, sie kochte dem Kranken eigenhändig stärkende Suppen und achtete auf die Zimmertemperatur. Aber die Bewegung oder der Blick, der, Annas Auffassung nach, das Wunder für einige Zeit ersetzen konnte, die »Heilmethode«, deren Möglichkeit auch der brummelnde Lacta anerkannte, die Fähigkeit, die einen Menschen vor dem Verderben retten konnte, fehlte Frau Erzsébet.

Ein Fremder kann nicht helfen, dachte Anna. Und Tamás sah manchmal von der Türschwelle ins Zimmer, misstrauisch und scheu, aber er war mit seinen Gedanken anderswo, in Peru, oder er zerbrach sich den Kopf über lächerliche Zaubereien; Tamás war arm, irgendwo hatte man ihn beraubt, und er hätte gern, wenn es nötig gewesen wäre, alle verbliebenen Schätze hergegeben, seinen Tabakbeutel, sein Gefühl und seinen Willen, aber dieser Rest war zu wenig. Und Péter, wo war Péter? Anna kaute an den Nägeln, und manchmal, wenn es niemand hörte, wimmerte sie hilflos.

Péter war immer noch ein wenig in Karnak, und jetzt würde er auch für immer dort bleiben. Nicht ganz, nicht bedingungslos, nur so sehr, dass hier zu Hause niemand auf ihn zählen konnte. Anna war allein geblieben, und sie hatte das Gefühl, schwach zu sein. Sie ging ins Zimmer, der Vater öffnete die Augen, lächelte, bat gütig und höflich um etwas, ein neues Kopfkissen oder sanfteres Licht, oder er stimmte einfach allem zu, mit Blicken und mit kraftlosem Nicken: den Arzneien, der Anwesenheit der Garrens, Annas Hoffnungen, ihren Vorstellungen über das Wunder und geheimnisvolle Heilmethoden, die er kannte, obwohl sie beide niemals über Derartiges gesprochen hatten. Der Zustand, in dem die heimkehrenden Garrens den Vater vorfanden, ähnelte sonderbar der edlen Müdigkeit, der vollkommenen Ausgeraubtheit und glücklichen Erschöpfung, mit der Frauen kurz nach der Geburt in den Kissen liegen, im Arm das Neugeborene. Aber der Vater war keine Frau, und nirgends weinte ein Neugeborenes. Trotzdem hatte er in diesen Wochen etwas Weibliches an sich, als hätte die Krankheit die charakteristisch männlichen Züge von seinem Wesen abgelöst, als hätte er an der Schwelle des Todes seinen Geschlechtscharakter verloren – nach Lactas Ansicht, der sich einmal mit Péter über diese Erscheinung unterhielt, verblassten bei Sterbenden tatsächlich die Geschlechtsmerkmale; wie am Anfang des Lebens im Mutterleib habe der Mensch auch am Ende seines Lebens kein ausdrückliches Geschlecht mehr –, er bestand nur noch aus Zustimmung und Warten, er wollte nichts mehr tun, aber er war bereit, das Erlebnis zu empfangen, das mit seinen Schatten um ihn herumschlich.

War er weiblich? Péter diskutierte manchmal, in einem fernen Abschnitt seines Lebens, über die letzten Geschlechtsmerkmale des Vaters, mit Tamás, der sich so erinnerte, dass der Kranke in diesen Wochen eher einem großen Künstler ähnelte, einem Künstler, der am Ende seines Werks und seines Lebens erschöpft sein irdisches Verhalten aufgibt wie der Urzeuger, der Vater und Mutter zugleich war und dem jetzt, da er sein Werk beendet hat, der irdische Rollenkreis gleichgültig ist, der sich selbst aus dem Bereich der scharf und praktisch unterschiedenen Geschlechtsunterschiede zurückzieht. Die Erinnerung zeigte, dass der Vater vielleicht nie so bedingungslos Künstler gewesen war wie in diesen Wochen, in denen das begann und andauerte, was die Ärzte und einzelne Familienmitglieder hartnäckig als »Krankheit« bezeichneten und das Péter später so vorkam wie der Augenblick im Leben eines Künstlers, wenn das Werk fertig ist und sein Schöpfer nichts mehr zu tun hat, als dem Werk mit müder, leichter und dennoch sicherer Hand den letzten Schliff zu geben.

So lag er im Bett. Manchmal hob er die kraftlose Hand von der Decke und winkte jemandem, der herbeikam; seine

Bewegung war merkwürdig zärtlich, sanft und selbstbewusst, als milderte oder betonte er mit einem Pinselstrich eine Farbe auf dem großen Bild, jetzt, da schon alles fertig und gut war und der Künstler sich vollkommen verausgabt hatte.

Mit diesem »letzten Schliff« konnte sich der Vater zu jeder Tageszeit beschäftigen. Er war müde, still erregt und selbstbewusst erschöpft. Manchmal glättete er noch eine seiner Schöpfungen, beispielsweise Annas wirklich schöne, lange Hände oder die Schultern des jungen Edgár, aber ansonsten mochte er es nicht, wenn die Gestalten zu nah an sein Bett traten, und er winkte sie mit Fingerbewegungen fort, sie sollten in zwei oder drei Schritt Entfernung bleiben, gleichsam in malerischer Distanz, damit er sie besser sehen konnte. Jetzt musste er mit seinen Kräften haushalten, jeder Blick drückte etwas aus, was mit Worten zu sagen überflüssig war. Die Garrens, aber auch die Ärzte und die Pflegerin beobachteten unruhig seine kraftlosen Bewegungen und seine vorsichtigen und selbstbewussten Blicke, weil die Krankheit unablässig schwatzte und der Vater ihr nur selten antwortete und dann immer so überheblich und etwas angewidert, wie ein in Gefangenschaft geratener vornehmer Herr seinem barbarischen Zwangsherrscher antworten mag. Der Vater verachtete die Krankheit sichtlich. Er hielt sie für einen Zustand, für den er nicht verantwortlich war, für eine unsaubere Situation, und stimmte Kenta vollkommen zu, der in seinem kranken Körper nach den Anzeichen eines Anschlags suchte. Als er bemerkt hatte, dass das, was nur er kannte und was »begonnen« hatte, seinem Körper ganz nahe gekommen war, dass es schon nach seiner Leber und Niere griff, hatte er immer überheblicher auf die Krankheit herabgesehen wie ein Dompteur auf ein meuterndes Tier – vielleicht würden, wenn er sehr laut brüllte, noch die Wärter und Pfleger hereingerannt kommen. Vielleicht könnten sie ihn noch ret ten. Aber er wollte nicht mehr laut brüllen. Das Ungeheuer hielt sich noch geduckt, aber es strich schon in allernächster Nähe um ihn herum, manchmal spürte er seinen stinkenden Atem, die Funken seiner unterweltlichen Blicke. Er sah es ruhig an. Manchmal bat er um Zitronenwasser. Die Garrens kamen nach Hause, und jetzt hatte er nichts mehr zu tun. Nur den letzten Schliff musste er ihnen noch geben, nach den Gesetzen der Kunst. Deshalb besah er sie sich gut, der Reihe nach, und wo es möglich war, richtete er noch etwas – er vertiefte einen Schatten, wischte einen Fleck weg, zog hier und dort eine Linie kräftiger nach.

Tamás war etwas zu bunt geraten, aber daran konnte er jetzt nichts mehr ändern. Keine schlechte Figur, dachte er in seinen Kissen mit geschlossenen Augen. Einmal hatte der Vater Tamás auf dem Arm getragen, das Kind mochte vier Jahre alt gewesen sein; sie waren über die Wiese gegangen, und Tamás hatte weder auf die Umgebung noch auf den Himmel geachtet, er hatte dem Vater immerzu in die Augen gesehen, als wolle er dort eine Antwort lesen. Lucy war unwürdig gewesen, und der Vater lächelte. Trotzdem hatte sie eine Süße gehabt, etwas Leichtes und Unschuldiges. Als der Vater sie kennengelernt hatte, stand sie in der linken Ecke der Bühne, vor den Chorsängern, sie hatte einen Silberblick und ein blaues Band um die Stirn geschlungen; mit ihren hübschen, gedrungenen und sinnlichen Beinen teilte sie ab und an Tritte zu den Logen aus und sang falsch: »Dein ist all meine Wirklichkeit.«

Was war Lucys Wirklichkeit? Im Zimmer war ein Kommen und Gehen, der Vater schloss die Augen und rief sich Lucys Wirklichkeit in Erinnerung. Sie hatte einen Körper, als wäre sie minderjährig; wenn man sie umarmte, war es, als täte man etwas Verbotenes, beginge ein Verbrechen, auf das nach allgemeiner Auffassung Gefängnis stand. Lucys Körper war witzig gewesen, wie der eines wohlgenährten Kindes, und zugleich hatte auch sie selbst ihren Körper nicht ganz ernst genommen, er war dicklich und gepolstert, und manchmal setzte sie sich am Morgen im Bett auf, nahm ihren großen Zeh in den Mund und küsste ihn, darauf war sie besonders stolz. In der ersten Zeit ihrer Ehe konnte Lucy noch Kopfstand machen und ein paar Schritte auf den Händen gehen, aber im zweiten Jahr, nach Tamás' Geburt, war sie ein bisschen schwerfälliger geworden und begnügte sich damit, manchmal im Bett Purzelbäume zu schlagen. Gábor Garren war zu dieser Zeit kein junger Mann mehr, und vielleicht hatten diejenigen in der Stadt recht, die flüsterten, dass sich für den Inhaber der Garren-Firma, für den Gründer des Aiolos und den Schöpfer des Werks keine Ehefrau gehöre, die in der linken Ecke der Bühne falsch »Dein ist all meine Wirklichkeit« sang und zu Hause morgens im Bett Purzelbäume schlug.

Wie war Lucy eigentlich gewesen? Tamás hatte das Gesicht der jungen Mutter geerbt; wenn er jetzt misstrauisch und gekränkt-besorgt auf der Schwelle stand, erkannte der Vater in seinem aufgedunsenen, etwas verzerrten Gesicht zufrieden die Züge der unwürdigen Lucy, diese possenreißerische Bescheidenheit und Verwirrung, als wüsste der Besitzer des Gesichts, dass man ihn nicht ganz ernsthaft zu den Familienmitgliedern zählen konnte, und wäre deshalb wütend, bitte aber zugleich auch um Verzeihung. Der Vater freute sich über Tamás, aber diese Freude versteckte er hinter der Maske der Krankheit. Er wollte überhaupt keinen unmittelbaren Kontakt mit den Garrens mehr, er wollte sie jetzt nur noch betrachten wie Figuren im Werk, unvoreingenommen. Tamás und Lucy standen scheu und bescheiden etwas abseits hinter den Hauptfiguren. Der Vater hatte Lucy nie wirklich böse sein können, auch später nicht, als sie zur Zeit des Winterhochwassers durchgebrannt war und Tamás zurückgelassen hatte, der den Vater von diesem Augenblick an immer fragend ansah. Im Werk standen sie etwas abseits, schuldbewusst, als wüssten sie, dass sie die große Ehre nicht verdient hatten, weil sie schuldig und unvollkommen waren und sich vergeblich bemühten, sich in das Ensemble einzufügen, sie aßen nicht gern am gemeinsamen runden Tisch und verreisten möglichst immer in unsichere Länder zu verdächtigen Zielen und waren hier niemals ganz zu Hause gewesen.

Wie war Lucy gewesen? Ein Clown war sie gewesen, ein weiblicher Clown. Ihre Augen suchten und forschten immer, auf der Straße und im Kaffeehaus, wo der Vater nächtelang sitzen musste, bei schlechter Musik und Knickebein und in Gesellschaft durchreisender Pseudojournalisten aus der Hauptstadt; Lucys glänzende und neugierige Augen suchten unablässig jemanden, unbewusst und mit blitzendem Blick. Jeden Mann wollte sie, sie war wie ein sexueller Taschendieb, der blitzschnell die Tat begeht, im Geschäft, im Kaffeehaus oder in der Menge, und dann mit unschuldigem Gesicht vor sich hinschaut. Eine unruhige Zeit war das gewesen, die Zeit von Lucy und Tamás. Der Vater war in dieser Zeit immer so vorsichtig nach Hause gegangen, als würde es ihn nicht überraschen, im Vorzimmer von einem Geheimpolizisten empfangen zu werden, der ihm eine taktvoll formulierte, aber sehr unangenehme Nachricht überbrachte. Eine unruhige Zeit war es gewesen, eine unwürdige und unschickliche Zeit, aber vielleicht war sie nicht die schlechteste gewesen, die ihm das Leben gegeben hatte. Wenn er jetzt Tamás' schuldbewusstes Gesicht an der Tür sah, erinnerte er sich wieder und spürte, dass nicht diese Zeit die schlimmste gewesen war, es lag etwas von einer Loslösung darin, eine Leichtigkeit, etwas wie Kühnheit und Mut. Jetzt, da das Werk fertig war – in großen Zügen und unvollkommen, aber es war doch fertig, so sehr, dass man es sogar schon zerstören konnte! –, wusste er endlich, dass im Leben nur einige wenige Bewegungen und Handlungen wirklich zählten und die Gefühle, die diese Handlungen begleiten: Wenn man seinen Mut zusammengenommen und endlich das getan oder verübt hatte, wonach einem wirklich der Sinn stand und wovon man immer gewusst hatte, dass man ihm vergeblich auswich. Aber die meisten Menschen wichen aus. Immer ging es nur um so wenig: Man musste ein Wort aussprechen oder die Hand zu einem Menschen ausstrecken – es ging nur um den Augenblick, in dem man das Gefühl hat, etwas zu überspringen. Dieser Sprung, dieses Wort, diese Bewegung ist der Sinn des Lebens. Die meisten kennen ihn nicht.

Der Vater betrachtete Tamás' Gesicht und verstand jetzt, dass es in seinem Leben einen Augenblick gegeben hatte, in dem er wirklich mutig gewesen war. Zu Lucy hatte er Mut gebraucht – zu allem, was ein wenig schäbig ist, aber süß und wohltuend, hatte er Mut gebraucht. Wo mochte Lucy jetzt leben, sang sie noch irgendwo »Dein ist all meine Wirklichkeit«, oder tanzte sie vielleicht auf dem Seil, schwerfällig, traurig und ältlich? An Tamás konnte man nichts mehr ändern, man musste es aber auch nicht. Er würde jetzt auf ewig so wandern, so sorgsam und in peinlicher Ordnung, völlig ziellos, hier zu Hause und in der Welt; in jede Einfahrt würde er hineinsehen, immerzu aufpassen, etwas suchen. Vielleicht sucht er Lucy, dachte der Vater. Und er setzte sich ein wenig auf, denn man brachte das Eingeweckte, und dies war die Stunde, in der Zorner kam und die Strahlen auf ihn losließ.

Er spürte das Warten und wollte ihnen einen Gefallen tun. Sie waren nach Hause gekommen und standen mit dem ehrfürchtigen Staunen und Warten um sein Bett, als hätte er sie gerufen und als würde jetzt gleich eine Rede oder eine Vorführung folgen, vielleicht ein Seiltanz, eine feierliche Äußerung, in der sie etwas erfahren würden. Der Vater bemühte sich, diese Erwartung zu erfüllen. In seiner Krankheit lag ganz zart und körperlich etwas von einer Aufführung. Er schlief, setzte sich auf, hatte Fieber, ließ Wasser – über all das wurde um ihn herum leise gesprochen, im Krankenzimmer und in den anderen Zimmern, nicht einmal mehr so wie von einfachen körperlichen Erscheinungen, sondern wie von einer Art feierlichen Vorstellung, von einem Kapitel einer rätselhaften Offenbarung. Diese rätselhafte Offenbarung war die Krankheit, genauer gesagt, die mit scheuer Neugier und mit Schaudern wahrgenommene Erscheinung, dass der Vater, der sie gezeugt und erzogen hatte, jetzt sterben und nicht mehr da sein würde. Diesen Tod hätten sie gern hinausgeschoben, aber zugleich warteten sie auch verzweifelt und ungeduldig auf ihn. Tamás blinzelte mit seinen glänzenden und unruhigen Augen immer erwartungsvoller zum Bett hin, und der Vater wusste, dass Tamás zu allen Opfern bereit war, er würde vielleicht auf den Kirchturm steigen und persönlich die Glocken läuten oder täglich dreißig Vaterunser beten oder zu Fuß in die Nachbarstadt gehen und die notwendigen Medikamente herbeischaffen, aber zugleich erwartete er auch den Tod wie eine abscheuliche Sehenswürdigkeit, auf die er vorbereitet war. Nein, Tamás war weder »schlecht« noch »gefühlsarm«, beispielsweise in dem Sinn, wie Frau Erzsébet die Menschen beurteilte, vielleicht war er sogar zu sensibel, wie alle Garrens, die Krisztina und Lucy geboren hatten. Dieser Reichtum an Empfindsamkeit trieb sie zu gesteigertem Warten. Der Vater wusste, dass Anna in diesen Tagen alles gegen den Tod unternahm – dass sie hinter dem Rücken von Kenta und Zorner mit Lacta paktierte, als könnten das Mädchen und der alte, schon etwas trunksüchtige Freund den Tod einfach mit dem Zauber des Willens und der Liebe abschrecken.

Eine Zeit lang ja, dachte der Vater. Und wenn die gesamte Familie an seinem Krankenbett zusammenhalten würde – was man nicht hoffen konnte, denn die Neigung zum Warten war stärker als alles andere in ihnen –, hätten sie die Vorstellung oder Äußerung vielleicht hinausschieben können, vor der sie sich so fürchteten und mit der sie dennoch in jedem Augenblick rechneten. Der Vater setzte sich im Bett auf und sah die Garrens an. Jetzt liebte er sie nicht mehr, jedenfalls nicht in diesem groben, etwas selbstsüchtigen Sinn wie früher, als die Mütter und die alten Stadtbewohner noch lebten; jetzt verstand er sie nur noch.

Sie waren nicht gerade unvollkommen, zufrieden sah er,

dass das, was er geschaffen hatte, nicht schlecht war, dass Schwung und Geheimnis darin lagen. Und wenn einige der Gestalten – beispielsweise Anna oder Tamás – auch ein wenig skizzenhaft geblieben waren; das Ganze, das Werk, die Garrens, das Haus, der Aiolos, die Stadt, die gesamte Daseinsweise, all das hatte Leben und Ausstrahlung, hatte die Kraft und Farbigkeit echter Werke. Ja, Anna war noch ein wenig skizzenhaft, doch der Vater vertraute darauf, dass er sie mit einigen Worten oder Bewegungen, im letzten Augenblick oder sofort nach dem letzten Augenblick, vollkommener zaubern konnte, sie würde entschiedener sein, aus der Skizze heraustreten und schön werden. Tamás hatte er aufgegeben. Péter würde auf Tamás achtgeben, nicht gerade aus Güte, sondern weil sie in der inneren Anordnung des Werks miteinander zu tun hatten und er dieser Rolle deshalb nicht entgehen können würde. Achtgeben würde er, unwillig, verlegen; ein wenig würde er ihn verachten, diesen jüngeren Bruder, der so peinlich und blamabel auf der unschicklichen Ordnung bestand, ohne die er nicht mehr leben konnte; vergeblich würde er sich bemühen, Tamás jene andere Unordnung beizubringen, die schließlich die Gesundheit und das Leben bedeutet. Beide würden abreisen, nach Peru und nach Karnak, aber auch ohne Briefwechsel würden sie voneinander wissen, und wenn der eine in große Probleme geraten sollte, würde der andere an ihn denken. Mehr konnten sie nicht füreinander tun. Péter würde in Emmánuels Dienst zurückkehren, aber möglicherweise würden für ihn jetzt erst die Lehrjahre beginnen; bislang hatte er nur gelebt, jetzt würde er arbeiten müssen, die Liebe kennenlernen und den Tod. Schon waren beide hier in der Nähe, und der Vater wusste, dass diese beiden Lehren auseinander folgten; wer den Tod gekostet hat, verspürt einen unstillbaren Durst danach, auch die Liebe kennenzulernen. Der Tod und die Liebe kamen gleichzeitig in Péters Leben, untergehakt wie zwei Engel, ein weißer und ein schwarzer, aber Péter war noch dabei, zur Besinnung zu kommen, er drehte den Kopf hin und her und erkannte keinen von ihnen wirklich. Der Vater wusste von Emmánuel, aber er hatte über diesen Dienst und diese Beziehung niemals mit Péter sprechen mögen. Das Geschäft, Emmánuels Unternehmen, hatte ihn immer mit Misstrauen erfüllt; in den Zeitungen war viel darüber geschrieben worden, doch Péter war – zum Glück – zu sehr Nebenfigur, als dass die Blätter auch den Namen Garren im Zusammenhang mit den einzelnen Unternehmungen erwähnt hätten. Ein großes Unternehmen, ja, seine Macht und sein Interessenbereich erstreckten sich über die ganze Welt, aber der Vater betrachtete die Ausmaße der Firma mit Zweifeln. Als ob alles, was eine so unendliche Ausdehnung annahm, die Moral der Proportion verlöre; und der Vater wusste, dass es ohne Moral kein Werk gab. Deshalb machte er sich ein wenig Sorgen um Péter. Aber jetzt, da er heimgekommen war und hier an seinem Bett saß, spürte er beruhigt, dass Péter ein Künstler war – selbstverständlich ohne besondere Gattung, wie die Garrens im Allgemeinen, aber trotzdem ein echter Künstler, der wusste, dass es ohne Werk kein Leben gab und ohne Moral und Proportionen kein Werk; eines Tages würde er Karnak endgültig verlassen, aus Emmánuels Welt hinausgehen und etwas schaffen, auf seine eigene Weise, etwas Weltartiges, das bescheiden sein würde, aber angenehm und wohlproportioniert.

Péter ist nicht dafür geeignet, ein großes Werk zu schaffen, dachte er. Aber er wird etwas machen, was spannend ist und in sich auf bescheidene Weise formschön; mehr bringt er nicht zustande. Für die Größe und den Reichtum braucht es auch gute Laune, ein freches und hämisches Gemüt, und Péter war eher traurig, nicht gerade auffällig, nur so wie ein Lebewesen, das in Emmánuels Dienst steht, das die grausamen und stumpfsinnigen Ausmaße der Welt kennengelernt hat, das nirgends Grenzen sieht und sich damit abgefunden hat, dass der Betrieb für sich selbst, ohne besonderes Ziel, wirkt. Péter war nicht Künstler genug, um erfolgreich gegen diese Ziellosigkeit aufzubegehren – denn nur ein Künstler kann ohne Traurigkeit und ohne Schuldbewusstsein revoltieren. Etwas Hübsches wird er schaffen, dachte der Vater und schloss die Augen, weil Zorner die Strahlen gerade auf seinen Kopf richtete.

Die Traurigkeit war Krisztinas Geschenk; alles, was das Leben gab, auch die Freude, hatte Krisztina durch diese feine Traurigkeit gefiltert, hatte die Lichter der Freude gleichsam durch einen Schleier an sich herangelassen, als fürchte sie, durch die Freude könnten ihre Schönheit und ihr Gleichgewicht Schaden nehmen. Denn Krisztina war ganz Schönheit und Gleichgewicht gewesen. Zart war sie gewesen und früh gegangen ist sie wie alle, die die Schönheit kennen, die einmal von ihr erfüllt wurden und dann nur noch vorsichtig und auf Zehenspitzen auf der Welt sind, als hätten sie Sorge um etwas. Péter und Anna hatte sie zurückgelassen und ein chinesisches Seidentuch, irgendwo in einer Schublade. Und jetzt, da er sie aus der Entfernung der Krankheit, aus dieser etwas feierlichen Höhe, betrachtete, waren die Lebenden und die Toten für ihn gleichermaßen in seinem Krankenzimmer zugegen – die Lebenden etwas verschwommen, als hätte er mit ihnen eigentlich nichts mehr zu schaffen, als wären sie eher Erinnerungen, Formeln und Aushilfsfiguren im Werk, und die Toten mindestens so wirklich wie Einzelne von den Lebenden, schattenhaft und dennoch wahrnehmbar. Alle lebten sie jetzt um ihn herum im Haus.

Zorner drehte die Strahlen ab und stand zufrieden, die Hände in die Hüfte gestützt, neben dem Bett wie nach einem Tennisspiel, das er dank seiner jugendlichen Fähigkeiten gewonnen hatte. »Nur immer mit der Ruhe«, sagte er überlegen. »Völlige Erholung. Denken Sie an nichts, Herr Garren. Lassen Sie Ihre Glieder los, ruhen Sie ganz leicht und locker, wollen Sie nichts.«

Der Vater lächelte, höflich und mit einer sanften Verachtung. Zorner war noch jung und überheblich wie alle, die als junge Menschen Krankheit und Tod begegnen und glauben, sie hätten persönlich noch nichts mit ihnen zu schaffen. Diese Überheblichkeit war so kindisch. Der Vater konnte nichts anderes tun, als sie höflich und leise anzunehmen, diese fachliche Vertraulichkeit, die ihn ein wenig kränkte, aber nur so, wie die Märtyrer, die mit den Löwen kämpften, vom Gelächter und der guten Laune des Volkes auf den Bänken des Zirkus gekränkt waren. Der Vater kämpfte mit dem Tod, und Zorner konnte hier nichts mehr tun. Aber es gehörte sich nicht, ihm das zu sagen. Und es war auch richtig, Kenta taktvoll zu verschweigen, dass alles, was er tat, aufschrieb und verordnete, überflüssig war. Man musste sie ertragen, weil sie mit ihrem Fachwissen und ihrer Assistenz zur Krankheit und zum Abschluss dazugehörten. Der Vater spürte die Form, ohne die es kein Leben gibt und keinen Tod; mit dem Gespür des Künstlers empfand er, dass er die Ärzte und Heilmethoden brauchte, weil ohne sie der Abschluss formlos und unvollkommen wäre. Nur heilen konnten sie ihn eben nicht, weder sie noch jemand anders. Nicht dass die Arzneien und Strahlen, die Ratschläge und das Abklopfen dem Vater geschadet hätten, nein, die Ärzte arbeiteten hervorragend. Nur der Vater arbeitete nicht so, wie es nötig gewesen wäre und wie man es von ihm erwartete. Er lag wohlerzogen im Bett und war müde.

Manchmal kam Péter ins Zimmer und hinter ihm Krisztina oder Lucy. Jetzt merkte er plötzlich, dass der Tod verschiedene Stufen hat; Krisztina beispielsweise war gestorben, ihr Körper zerfiel draußen in der Gruft der Garrens zu Staub, aber Lucy lebte noch irgendwo, sang oder tanzte auf dem Seil, in fremden Städten; auf polizeilichen Meldeformularen waren noch ihr Name und ihr Alter zu lesen, aber dieses Leben, Lucys Leben in der Fremde, war für den Vater auch schon ein wenig Tod, und wenn Lucy zufällig in der Stadt wäre und theatralisch durch die Tür zum Krankenzimmer des Vaters käme, würde sie dann tatsächlich noch zu den Lebenden gehören? Die Wirklichkeit des Lebens trog mindestens so sehr wie die Wirklichkeit des Todes.

Die verstorbene Krisztina lebte vielleicht mehr in diesem Haus als Erzsébet, die gekränkt draußen in der Küche saß, oder Albert, der mit seinen Kindern unten in der Notendruckerei kampierte und von Zeit zu Zeit darum bat, mit dem kleinen Mädchen Klavier üben zu dürfen – natürlich nur traurige Stücke und *pianissimo,* denn Albert war das Taktgefühl in Person. Auch die Toten lebten, jetzt bemerkte er es, sie lebten nach ihrer eigenen Rangfolge. Hier vom Bett aus konnte er sie deutlicher sehen: Lebende und Schatten, Gegenstände und Erinnerungen, alles, was nach der inneren Anordnung das Werk ausmachte. Hier vom Bett aus sah er auch die Stadt deutlicher. Er hatte ihr gegeben, was er ihr schuldig war, im Namen der lebenden und der toten Garrens – er hatte um die Stadt gekämpft und sie mit seinem Werk beschenkt. Sie wagten auch gar nicht zu leugnen, dass er sie, getreu der Tradition der Garrens, beschenkt hatte. Selbst der junge und etwas unverschämte Zorner senkte respektvoll die Stimme, wenn er von dem Werk sprach. Er war der Aufgabe nicht untreu geworden, die die Garrens jahrhundertelang gegenüber der Stadt auf sich genommen hatten. Wieder war im Leben der Stadt etwas durch einen Garren geschehen. Die Familie, das Geschäft, Péter, Tamás und Anna, die Bereitschaft zum Widerstand, das Geheimnis und die Weise, wie er der Stadt beigebracht hatte, sich nach innen zu wenden, innerhalb der unsichtbaren Tore zu leben und das Erhabene gegenüber den Fremden zu bewahren – und das Verhalten, die Art und die Bewegung, wie die Alteingesessenen grüßten und aßen, die Anlässe, zu denen sie, im Geist der Gesetze des Werks, zu lachen oder zu weinen begannen, die Leutseligkeit und Höflichkeit, Rousseau und den Springbrunnen und die Erinnerung an den Ball, die in einigen Privatschulen schon heimlich als Heldengedenken gelehrt wurde –, all das hatte er der Stadt gegeben, weil er ein Garren war und der Stadt all dies schuldete.

Aber jetzt war er sonderbar müde und wollte nichts mehr bekommen oder geben. Als hätte er nicht länger vorrangig mit der Stadt und der Familie zu tun – er sprach es nicht aus, aber innerhalb der Müdigkeit spürte beiläufig auch er wie Tamás, dass sich in der Stadt etwas »bewegt« hatte, dass die Spannung und Haltung des Widerstands nachließ, kein Wunder, wenn die Heiligen von den Türmen fielen, die Häuser einsanken und die alten, edleren Menschen auszusterben begannen. Die Garrens waren heimgekehrt, und das war das Zeichen, dass das Werk abgeschlossen werden musste und die Vernichtung begann. Wie wird es sein?, dachte er und richtete sich im Bett auf. Er stützte sich auf die Seite und starrte blinzelnd ins Halbdunkel.

Das Zimmer war schon ein bisschen umgeräumt worden, im Interesse des gemeinsamen Ziels, und dieses Ziel konnte die Heilung sein, aber auch der Tod. Alles war jetzt so kulissenartig angeordnet wie auf einer Bühne oder in einer Kirche. Den Schreibtisch hatte man von seinem Platz gerückt, den Schaukelstuhl mit einem Tuch abgedeckt, in der Ecke brannten zwei Schirmlampen, Zorners Geräte hockten auf den Schränken, im Bücherregal lagen Schüsseln, Rohre und Glastassen. All das kann man nicht mehr in Ordnung bringen, dachte er. Es hat auch hier begonnen. Die Auflösung hatte in der Niere und im Arbeitszimmer, in der Leber und in der Kirche, im Herzen und in der bischöflichen Bibliothek gleichzeitig begonnen, aber das hätten Zorner und Kenta beim besten Willen nicht verstehen können. Man musste sich damit abfinden, dass die Welt mit Dingen und Absichten weiterströmte und sich mit neuen Menschen füllte, die den Eindruck erweckten, sie würden ständig Sport treiben wie der begabte und junge Zorner, mit neuen Stilen und neuen Werken, und dass alles, was zum Alten gehörte, beschämt zu Staub zerfiel. Man musste sich damit abfinden, aber er hatte keine

Lust mehr, mit ihnen zu diskutieren, mit all den Zorners, Generälen und Steuereintreibern. Er war so müde, wie wenn man sich beim Schwimmen auf eine Welle legt und zulässt, dass das weiche Element einen hochhebt und zu unbekannten Vernichtungsarten, zu einer Koralleninsel oder auf den Meeresgrund, trägt. Denn alle agierten und schrien um ihn herum, vor dem Haus fuhren die Wagen leiser, der Bürgermeister hatte sich mehrfach nach ihm erkundigt, und alle wollten ihn retten, aber er wollte nichts und niemanden mehr retten. Jetzt musste er noch die Bereitschaft vorspielen, ihnen zu helfen. Aber der Tod war schon hier im Zimmer, der Vater spürte seinen Geruch, einen Geruch wie die Luft Ende Februar, wenn sie sich plötzlich mit Gärung füllt.

Der Vater schloss die Augen und nahm den Geruch des Todes in sich auf. In diesen Monaten hatte jede Stunde etwas aus dem Leben zurückgebracht und noch einmal die Varianten gezeigt, diesen verkehrten und wirklicheren Gehalt, der sich hinter den Erlebnissen und Erscheinungen verbarg. Der Vater wusste, dass Anna sich noch widersetzte und dass der Tod hilflos hier im Zimmer umherstrich und auf den Augenblick wartete, in dem Anna erschlaffte. Auch die anderen kämpften noch, etwas misstrauisch, aber anständig. Jetzt, da alles an seinem Platz war, da der Vater den letzten Schliff gegeben hatte und der Augenblick nahte, in dem alles, was die Garrens gebaut hatten, zerfallen würde – das Haus, die Familie, der Aiolos, die Ordnung, die Sebestyén errichtet hatte, auch die Erinnerungen und Rituale –, jetzt streckte er manchmal durch die Müdigkeit hindurch, die ihn trieb und wiegte, noch die Hand aus und glättete etwas. Alles war so wunderbar an seiner Stelle.

Auch Albert war am rechten Platz, mit Márta, die Anna nicht mochte, der Vater blickte verzeihend auf Albert, der sich pünktlich um halb fünf einstellte, jeden Nachmittag um halb fünf, und mit denselben Worten, ehrfürchtig und besorgt, überhaupt nicht ungeduldig, und dennoch mit einem Blick, als wollte er freundschaftlich fragen: »All das ist ja ganz in Ordnung, aber trotzdem, was soll aus uns werden?«

Und Edgár, der kleine, elegante Edgár, der nur selten ins Zimmer kam. Mit einem kalten blauen Blick kam er, ehrlich und gleichgültig, als würde er gern helfen, könne aber schließlich überhaupt nichts tun und hätte deshalb auch keine Zeit, künstliche Sorge vorzuspielen, und als sähe er es, ehrlich gesagt, gern, wenn endlich etwas geschehen würde. Gutes oder Schlechtes, das war ihm eigentlich egal.

Der Vater wusste nur wenig von Edgár. Er war so elegant, so kalt und so beängstigend elegant! Die Garrens waren anders elegant, lässiger ... Und die junge Frau, die er irgendwo gefunden hatte und die jetzt aufmerksam durchs Haus ging, neugierig und taktlos – die beiden sind so unschicklich jung, dachte der Vater beunruhigt –, die noch irgendwo in der Unterwelt lebte, außerhalb der Kreise der Garrens, außerhalb des Einflussbereichs der Krankheit, und etwas zu suchen schien, die junge Frau kam immer ins Krankenzimmer, als wolle sie nicht stören und wiche taktvoll einem fremden, körperlichen Ereignis aus!

Sie waren ziemlich viele. Alle warteten sie auf etwas. Und alle waren sie an ihrem Platz, vorbereitet, schon im Voraus verzweifelt und ausgesöhnt, und alle warteten darauf, dass der Vater das Zeichen gab und sie sich jammernd und orientierungslos in die Welt zerstreuen konnten. Anna würde vielleicht das Haus hüten, zumindest eine Zeit lang. Und Erzsébet würde zum Friedhof hinausgehen und die Gräber in Ordnung halten, manchmal würde sie in der Krypta ein Großreinemachen veranstalten, mit Staubsauger und Kampfer. Dann, eines Tages, würden auch Anna und Erzsébet das, was von dem Haus und dem Werk geblieben war, den Fremden übergeben. Und dann würde es keinen Aiolos mehr geben; der Inhalt der Stadt würde verfliegen, und nichts würde mehr sein.

Daran dachte er. Kenta war der Ansicht, es könne nicht schaden, gelegentlich die Nieren zu spülen. Aber Lacta widersetzte sich. Der Vater bat Lacta ab und an stumm, mit flehenden Blicken, seine Kollegen nicht völlig selbstvergessen ihr Unwesen treiben zu lassen. Sie sollten sich mit den Strahlen, den chemischen Untersuchungen und einfachen Medikamenten zufriedengeben.

Als die Garrens heimkamen, verteidigte sich der Vater noch gegen die Ärzte, als hielte er, bescheiden und mit dem Anstand des Hausherrn, aber dennoch an gewissen Reserven fest. Er hatte sich Kenta noch nicht vollkommen überlassen, und manchmal, wenn Zorner nicht aufpasste, schützte er sich gegen die Strahlen und zog sich die Decke über. Aber als die Garrens der Reihe nach kamen und sich im Haus einrichteten und die Zeit des Wartens begann, hatte er auch selbst das Gefühl, dass es keinen Sinn habe, das hinauszuzögern, was begonnen hatte. Mit scharfem Blick betrachtete er noch manchmal die Besucher, das Zimmer und alles, was aus der Stadt und aus dem Aiolos zu ihm drang. Dann schloss er die Augen, schwieg und grübelte in Gedankenfetzen, nicht einmal mehr mit Worten, eher nur mit Bildern und Melodien. Die Wörter empfand er in diesen letzten Wochen als etwas primitiv. Sie haben es eilig, dachte er, oder spürte er eher nur, als ob er in dieser Zeit alles in Noten spürte, was um ihn geschah. Diese Feststellung empfand er als etwas grob, aber er wusste, dass er keine Zeit zum Erbarmen mehr hatte.

Camping

Natürlich war ihnen nicht bewusst, dass sie es eilig hatten. Vielleicht hätten sie aufgeschrien, wenn der Vater oder Anna ihnen ins Gesicht gesagt hätten, dass sie in Eile waren. Sie hatten das Gefühl, sich genau im Takt der Krankheit zu bewegen, zu schlafen, zu reden und voranzukommen – genau so, wie es sein musste, ohne Eile, düster und mit trotzigem Widerstand. Sie hatten das Gefühl, etwas zu gehorchen, das begonnen hatte. Zufrieden bemerkten sie, dass sie genauso waren, wie es die Lage und ihre Rolle vorschrieben: zärtliche Pfleger, aufmerksame Familienmitglieder, liebende Kinder, voller Kummer und Bereitschaft zum Guten.

Aber drei Wochen nach Péters Ankunft bemerkte Anna, dass sie sich langweilten. Diese Feststellung verblüffte sie. Anna hatte schon manchmal gehofft, alles würde sich sanfter, gnädiger entwickeln. Es war, als hätte die Familie sich zusammengeschlossen, in dem Sinn, wie Anna es ihnen stumm nahelegte; denn eine Ermutigung mit Worten nützte nichts. Anna wusste: Je lückenloser die Verteidigung war, je dichter die Leibwache, mit der die Familie und die Freunde den Vater umgaben, umso weniger konnten die Krankheit, die Fremden, Zorner, Kenta und der bescheidene Lacta dem Vater schaden. Manchmal hatte sie schon das Gefühl, sie wetteiferten darum, wer von ihnen den Vater mit seinem eigenen Leib schützen durfte. Der Dienst als Leibwächter und Kämmerer, der sich in diesen Wochen herausbildete, stachelte den Ehrgeiz der Familienmitglieder an. In der dritten Woche hielt sich bei Tag und Nacht immer ein Garren im Krankenzimmer auf, ein anderer wachte im benachbarten Salon wie ein Kurier und diensteifriger Kämmerer, er empfing die Besucher und unterrichtete die Außenwelt düster oder in gedämpftem Ton, hoffnungsvoll, wie es die sich verändernde Lage und die täglichen Berichte erforderten, über die Wendungen des Augenblicks.

Die Lage hatte etwas Erhabenes. Die Exterritorialität begann schon im Salon, einige Schritte vor dem Krankenzimmer. Der Garren, der gerade an der Reihe war, saß meist mit einem Buch in der Hand hier – Albert beispielsweise immer mit einem »ernsten« Buch, das er dem Besucher bereitwillig zeigte, gleichsam ein Alibi nachwies, dass er nicht betrog, keine schelmischen Geschichten las, sondern ehrlich arbeitete, im Geiste des Augenblicks und der Lage, die Trauerreden von Bossuet in der Hand! –, und setzte sich möglichst unbequem in die Nähe der Tür zum Krankenzimmer, nicht gerade in den besten Sessel, eher auf den wie eine Laute geformten Lehnstuhl, jeden Augenblick bereit, aufzuspringen und mit leiser Stimme oder eiligen Bewegungen eine Nachricht weiterzugeben oder einen Bedarf, der aus dem Krankenzimmer kam. Für die Stunden dieser Dienste zog sich Albert ordentlich an, von dem, was der Kostümvorrat seiner bürgerlichen Garderobe eben hergab – Márta kleidete Albert etwas zu grau, als müsse man befürchten, dass zu individuelle Kleidungsstücke, vielleicht Tamás' schlechtes Beispiel, seine Chancen auf einen Aufstieg im Büro verderben könnten! –, und lieh sich manchmal von den Brüdern Kleidungsstücke, die dem frommen Zweck entsprachen, etwa eine dunkle, aber dennoch gepunktete Krawatte, mit bescheidenem und furchtsam selbstbewusstem Takt, als wolle er mit den Punkten betonen, dass er noch nicht alle Hoffnung hatte fahren lassen, aber mit der Grundfarbe bestätigen, dass er die Lage als ziemlich trostlos ansah.

»Dann also ab halb fünf ich«, sagte er beim Mittagessen salbungsvoll und eifrig, als ob er sich mit natürlicher Bereitschaft und Großmut zu einem bedeutungsvollen Opfer bereit erklärte, das seine Verhältnisse eigentlich überstieg. »Ich werde pünktlich sein«, sagte er noch mit ernster Betonung und ließ den Blick zufrieden über den Tisch gleiten, sah den Sitzenden offen und ehrlich in die Augen, opferbereit und verzichtend. Auf diese Ankündigungen wurde bei Tisch mit missmutiger Stille reagiert. Man konnte Albert diesen Dienst natürlich nicht verbieten, er hatte alles Recht im Himmel und auf Erden, auf seine eigene Weise dafür zu sorgen, dass dem Vater die Krankheit erleichtert wurde – auf diese wichtigtuerische und dennoch gutgläubige Weise, denn Albert wollte tatsächlich Gutes. Zwar war er nach der ursprünglichen Zeiteinteilung nur von halb fünf bis halb sieben mit der Wache an der Reihe und forderte Edgár oder Péter sorgenvoll auf, ihn auch ganz gewiss »abzulösen«, weil er vor dem Abendessen noch zu tun habe, aber wenn seine Zeit abgelaufen war und niemand zum Wachwechsel erschien, wachte Albert gern noch stundenlang, freiwillig und erschrocken, vor sich hinstarrend und bereitwillig, wie jemand, der zwar Unpünktlichkeit missbilligt, aber mit erregter Begeisterung dort bleibt, trotz Hunger und Durst und auch die Nacht über, wenn dieses Opfer jemandem hilft. In Wirklichkeit war die Wache, von der man Albert – mit seinem eigenen, etwas lächerlichen Kunstwort – »ablösen« musste, vollkommen überflüssig und war nichts und niemandem eine Hilfe. Aber Albert bestand auf diesem Dienst; ja, sogar der kühle und überhebliche Edgár fragte manchmal: »Nun? Wann bin ich an der Reihe? Sagt mir nur Bescheid …«

Und sie »lösten einander ab«, manchmal auch in den späten Nachtstunden. In diesem Dienst lag etwas Unredliches, und alle außer Albert saßen mit gesenktem Kopf im Zimmer und vermieden es, einander anzusehen, als wüssten sie, dass der Vater diese Wache überhaupt nicht brauchte, sie selbst aber diesen Dienst umso heftiger und wahrhaftiger benötigten – Notwendigkeit und Bestätigung, weil sie hilflos waren gegenüber dem Tod und wenigstens sich gegenseitig ihre Bereitschaft beweisen mussten, wenn sie schon für den Vater nichts tun konnten. Die Zeit musste mit Heldentum gefüllt werden. Deshalb atmeten sie ein wenig auf, als Albert in der dritten Woche den Zeitplan für den Dienst und die Wache festlegte.

Der Plan wurde im Großen und Ganzen auch eingehalten. Das Haus war voll mit Krankheit wie mit dem Ritual einer düsteren Feierlichkeit. Die Krankheit bildete sich langsam heraus, sie lebte ein eigenständiges Leben, beinahe unabhängig vom Kranken und von den Pflegern. Schon sprachen sie mit den Ärzten nicht mehr über den Vater, sondern über die Krankheit; dieser Ausdruck war viel bequemer. Der Vater »konnte« vielleicht etwas für seine Krankheit, vielleicht auch nicht – diese Frage hatte nur Zorner einmal angerissen, sachlich und mit schlauer Betonung, als wolle er die Verantwortung für alles, was geschehen war und noch geschehen würde, auf den Täter übertragen, den er nicht gern beim Namen nannte –, aber schamhaft und taktvoll, wie sie waren, fanden sie es unschicklich, die Frage der Verantwortung zu klären. Wie wenn ein großer Herrscher eine Straftat begeht und seine Untergebenen, die Würdenträger des Hofs, die Angestellten, Kämmerer und Beamten in aktenartiger Ordnung, mit der peinlichen Genauigkeit der Prozessordnung die Umstände der Straftat behandeln und nicht einmal die winzigsten Details vergessen, jedoch niemals über die Person des Straftäters sprechen, so mieden Zorner, Péter und Anna, die sich manchmal noch zusammensetzten und die Hoffnungen, Aufgaben und Verpflichtungen der momentanen Lage diskutierten, nach Zorners gelegentlichen, aber sofort zartfühlend und taktvoll zurückgewiesenen Anspielungen sorgsam die Frage der Verantwortung. Es gehörte sich nicht, über die Person des Vaters zu sprechen, und besonders gehörte es sich nicht, die »Verantwortung« zu erwähnen. Mit umso leidenschaftlicherer Verbitterung, ja, mit Wut und zischendem Hass sprachen sie über die Krankheit. Niemand fragte mehr, wie sich der Vater fühlte, wie er die Nacht verbracht habe, ob er gut gelaunt sei oder erschöpfter, als würde der Schleier eines eigenartigen Verbots alles bedecken, was mit der Person des Vaters zusammenhing.

Aber die Krankheit! »Was macht die Krankheit?«, fragten einander die Familienmitglieder und die Ärzte. Die

Krankheit hat sich schon wieder ausgebreitet! Sie schimpften über das Fieber, die Verdauung, die Hitze und die Stimmungen der Krankheit, über die Intrige, mit der sie sich, nach verhältnismäßig ruhigen und friedlichen Tagen, wieder näher an den Vater wagte, nach seinem Herzen griff oder einen hinterhältigen Angriff gegen seine Nieren führte. Als gäbe es den Vater gar nicht mehr, sprach man im Haus am liebsten nur von der Krankheit. Und wie alles, von dem Menschen mit Anteilnahme, Interesse und ausgiebig sprechen, begann die Krankheit tatsächlich langsam zu leben – in einem verzerrten und furchtbaren Verhältnis begann sie zu leben, und je länger der Vater im Sterben lag, desto mehr blühte die Krankheit, je mehr der Vater an Kraft verlor und sich von den Interessen des Lebens entfernte, desto lebendiger wurde die Krankheit. Sie nistete sich im Haus ein, und man konnte nicht ganz genau wissen, wo genau sie ihr Lager aufgeschlagen hatte. Den Ärzten zufolge in der Niere, aber vielleicht auch in einem Zimmer oder Schrank, und Anna sah manchmal misstrauisch und zerstreut auch unters Kanapee – die Krankheit musste gesondert gespeist werden, man kochte für sie nach Regeln, nur die Krankheit musste noch ernährt werden, denn der Vater, der Ärmste, nahm sichtlich ab und aß kaum noch etwas. Der Dienst und das Ritual betrafen nicht mehr die Person des Vaters, sondern hatten sich um die Krankheit herausgebildet, die sich mit schamlosen und unschicklichen Forderungen gegen das Hausvolk und die Ärzte wandte.

Gegen Ende der zweiten Woche hatten sie sich abgewöhnt, sich nach der Gesundheit des Vaters zu erkundigen; »was ist mit der Krankheit?«, »wie entwickelt sich die Krankheit?«, »hat die Krankheit nachgelassen?«, »darf man hoffen, dass die Krankheit kehrtmacht und sich aus dem Haus schleicht?«, so fragte man. Die Krankheit hatte persönliche Formen bekommen. Es war, als hätte sie die Gestalt des Vaters angenommen. Und als lebte der Vater irgendwo weit weg, blass und dünn, hinter der Krankheit.

Der Tag, an dem Anna bemerkte, dass die Geschwister, die Hausbewohner und ein wenig auch die Ärzte in Eile waren – als hätten sie nach einem Termin in einem unbekannten, aber grausam gültigen Kalender eine Frist erreicht, über die zu reden sich nicht schickte, deren Gültigkeit man aber nicht länger leugnen und verstecken konnte –, fünf Monate nach dem Windsturm und drei Monate nach dem Tag, an dem sich der Vater endgültig hingelegt hatte, die Ärzte auch offiziell im Garren-Hause erschienen waren und angefangen hatten, Anordnungen zu treffen mit der düsteren Amtlichkeit und Unhöflichkeit, die ihre einzige, fachgemäße Sanftheit und Höflichkeit in diesen Wochen sein konnte: also in Wirklichkeit fünf und laut Zorner drei Monate nach dem offiziellen Beginn der Krankheit und drei Wochen, nachdem Péter in sein Elternhaus gekommen war, bemerkte Anna es eines Abends am Ende des Abendessens. Im Salon war gerade Edgár an der Reihe, und ehe er aus dem Speisezimmer hinüberging, um den Dienst zu beginnen, blieb er am Tisch stehen, trank noch ein Glas Wein, zündete sich eine Zigarette an und fragte über die Schulter, leise und kalt: »Was denkt ihr, wie lange kann es noch dauern?«

Es geschah zum ersten Mal, dass jemand danach fragte. Denn über die Eventualitäten hatten sie vorher schon gesprochen, aber immer nur allgemein, wie über ein Erdbeben oder über den Krieg – Ereignisse, die eintreten können, weil alle nur Menschen sind und hier auf Erden leben, die aber ebenso gut ausbleiben können. Tamás hatte, eher rhetorisch und emotional als praktisch, schon gefragt, was werden würde, wenn der Vater einmal starb. Aber dieses »einmal« war in der Zeit nicht fixiert, es konnte im nächsten Augenblick sein oder in zwanzig Jahren. Und was nicht in der Zeit fixiert ist, schwebt in der Unendlichkeit und hat nichts mit der Wirklichkeit zu tun, mit den Gesetzen der Schwerkraft, so dachten sie. Edgárs Frage klang praktisch. Es war eine grausame Frage, und Anna war schmerzlich verblüfft, weil diese Frage ehrlich und zeitgemäß klang, jetzt, als sie endlich jemand von den Geschwistern ausgesprochen hatte, und alle den Fragenden ernst anstarrten. Auch Anna hatte das Gefühl, dass die Frage reif war, sie war erklungen, sie hätte keinen einzigen Augenblick früher erklingen können und musste genau in dieser Form gestellt werden: »Wie lange kann es noch dauern?«

Edgár hatte sich leise erkundigt, wie ein Landwirt wissen will, wann die Saat reif sei oder wann es aufhöre zu regnen. Die Frage war ganz natürlich und berechtigt. Der Takt und die Feinfühligkeit, mit der die Garrens die Frage bisher einander und sich selbst verschwiegen hatten, diese nicht ganz wohlwollende und kriecherisch moralische Schonung, mit der sie duldeten, dass die Wirklichkeit zwischen Himmel und Erde schwebte, wirkte in diesem Augenblick beschämend auf Anna, und die Verteidigung, der Widerstand und der Kampf, die Anna ohne Worte, aber mit umso eifrigerer Einflüsterung organisierte, waren in diesem Augenblick vernichtet und zerfaserten kraftlos. Anna wurde blass und stand auf. Alle sahen sie an. Sie nahm die Hand an die Stirn und sah mit solchem Entsetzen über den Tisch und in die Runde, als wäre sie Augenzeugin eines abscheulichen Anblicks geworden. Eines nach dem anderen besah sie sich die Gesichter, gründlich und mit düsterer Neugier, als verstünde sie jetzt endlich etwas von diesen Verwandten, als begriffe sie ihr Geheimnis, die Wirklichkeit, die sie bedeuteten – als verstünde sie in diesem Augenblick die Menschen, alle Menschen, das Leben. Sie konnten ihrem Blick nicht standhalten. Péter schlug die Augen nieder, als der Strahl von Annas Blick seine Stirn traf.

An diesem Abend waren sie ausnahmsweise alle zusammen. Obenan am Tisch saß Péter, wie immer; Frau Erzsébet sträubte sich auch heute Abend, sich zwischen Péter und Tamás zu setzen, sie hatte sich etwas zurückgezogen, sich an einer Ecke des Tisches niedergelassen, in auffallend unbequemer Stellung, das schwarze Seidentuch um die Schultern, um den Hals die schwarze Emaillespange, den einzigen Schmuck, den sie seit der Heimkehr der Garrens trotzig und demonstrativ trug. »Schließlich hat man ja Selbstachtung!«, schienen ihr Blick und die Spange zu sagen. Und weil die Garrens, die sie nicht ganz genau kannte, und besonders Péter, dessen Anwesenheit sie mit Furcht und Misstrauen erfüllte, ausgesucht höflich zu ihr waren, witterte sie in allem einen Angriff und bestand instinktiv, schon in den Morgenstunden, auf dem schwarzen Seidentuch und der Spange. Ihr Benehmen strahlte Anspruch aus und eine verstockte und zähe Entschlossenheit, als wüsste sie, dass ihr Rang in der Familie noch nicht endgültig festgelegt war, und als hätte sie sich entschlossen, Titel, Rang und Interessen ihrer selbst und ihrer Angehörigen mit Zähnen und Klauen zu verteidigen. Und weil alle wussten, dass Frau Erzsébets Misstrauen berechtigt war – die Höflichkeit, die gesuchte, auffallende Freundlichkeit und Zuvorkommenheit, mit der sie das Wort an sie richteten, konnte vonseiten der älteren Garrens ebenso eine ausgesuchte und ausgeklügelte Kränkung sein wie verlegener Selbstschutz, und weil Höflichkeit innerhalb der Familie immer verdächtig und eine Art des Angriffs war –, sprachen alle von der leutseligen Höhe des schweigsamen und arglistigen Selbstschutzes zu ihr. Schließlich konnte man Erzsébet nicht verleugnen. Sie war hier, sie hatte mit dem Vater geschlafen, in der späteren Zeit, als die Schöpferlust des Vaters schon nachzulassen begann und er sich vielleicht nach einem streng moralischen und künstlich sauberen Zuhause sehnte, nach Krisztina und Lucy, nach der süßen Traurigkeit und dem Abenteuer mit Orchesterbegleitung; deshalb hatte er Erzsébet in sein Leben eingelassen wie eine milde Strafe, wie zehn Vaterunser und Fasten. Doch sie war hier, sie hatte dem Vater ein Kind geboren, den kalten und höflichen Edgár, was sollten sie mit ihr anfangen? Erzsébet wusste genau, dass sie sich verteidigen musste, und sie hatte sich vorbereitet. Das schwarze Tuch und die Emaillespange reichten vielleicht nicht einmal aus für die Verteidigung. Deshalb setzte sie sich zum Essen in die Küche, und überhaupt, seit Tamás und Péter angekommen waren, wischte sie immer mit verdächtigem Eifer mit dem Zipfel ihrer Schürze eine Stuhl sauber oder wies eine Gefälligkeit zurück, brachte alles in dem Tonfall von »für mich ist das gut genug«, »was soll ich noch damit«, »lasst mich nur, ich komme schon zurecht« vor, und alle wussten, dass Erzsébet damit nur ihren Titel und ihren Rang schützte und dass sie recht hatte, wenn sie sich so überheblich und beherzt verteidigte. Erzsébet stammte aus niedrigeren bürgerlichen Verhältnissen als die Garrens und sie war nicht ganz ohne Vermögen, weil sie – so behauptete Anna – vom Haushaltsgeld abgezweigte Summen in der Stadt anlegte und auch Geld gegen Zinsen verlieh; und wenn sie sich auch in ihrer Herkunft und ihrer körperlichen und seelischen Freundlichkeit nicht mit der Erinnerung an Krisztina messen konnte, so konnte sie es in moralischer Hinsicht auf alle Fälle mit Lucy aufnehmen, mit der Lucy, die im Chor gesungen hatte und zur Zeit des Winterhochwassers durchgebrannt war! Aber Erzsébet machte auch um Tamás einen Bogen, als hätte diese zweite Generation die gesellschaftliche und familiäre Situation der neu hinzugekommenen Dame und ihrer Angehörigen bislang noch nicht geklärt.

Erzsébets Vater war Goldschmied gewesen und infolge eines kaufmännischen Missverständnisses arm und im Gefängnis gestorben, aber auch die Garrens konnten sich nicht mit irdischen Gütern brüsten; sie hatten eher Ansprüche, von dem Springbrunnen gar nicht zu reden, den Erzsébet immer scheel betrachtete, als Tand einstufte und etwas verachtete. Hatte sie nicht einen Grund, in der Küche zu essen, besonders jetzt, da auch Edgár und Judit im Haus lebten? Aber Judit lachte. Sie lachte am liebsten immer nur, wenn der Name von Erzsébet, Edgár oder einem anderen Garren in ihrer Gegenwart erwähnt wurde.

»Die Rangfolge«, sagte sie und legte die Spitze ihres kleinen, weichen Fingers an den Mund und lachte dazu geheimnisvoll. »Die Rangfolge ist noch nicht endgültig.«

Als Edgár es jetzt ausgesprochen hatte, wurde Erzsébet aufmerksam. Als hätte sie dringend etwas zu tun, ging sie zur Lampe und richtete etwas an ihrem Schirm. Das war sie, so benahmen sie sich, Erzsébet und ihre Sippschaft: Sie sprachen etwas aus, das schmerzte, von dem die anderen schwiegen, und dann wandten sie sich mit unschuldigem Gesicht von der heraufbeschworenen Wahrheit ab, flüchteten gleichsam vom Tatort. Péter beobachtete blinzelnd und kurzsichtig Erzsébets knochige, duckmäuserische Hände, dann sah er sich hilfesuchend am Tisch um. Der gedeckte Tisch mit den Resten vom Abendessen, mit den Mokkatassen, deren Untertassen die im Ausland etwas verrohten Garrens entgegen Annas Verbot und der Hausordnung mit Asche bestreut hatten, mit den Weingläsern, den zerbrochenen Zahnstochern und den aus Brotkrumen gekneteten hässlichen kleinen Tieren, diesen schnell verderbenden Erzeugnissen von Mártas ekelerregender künstlerischer Bereitwilligkeit: Der Tisch war jetzt leer und grob gemütlich wie nach einem Schlachtfest, Edgár hatte gefragt, wie lange es noch dauern könne, und stand noch in der Tür, bereit, in den Salon hinüberzugehen und seinen Wachposten vor dem Krankenzimmer einzunehmen, aber bereit auch dazu, die Antwort zu hören, aufmerksam und kalt, und sich sofort auf die mit Worten fixierte Möglichkeit einzustellen.

Aber er hat ja recht, dachte Péter. Deswegen sind wir zusammengekommen. Immer reden wir von anderen Dingen, von der Krankheit oder vom Zauber oder davon, dass man einen weiteren Arzt hinzuziehen muss, aber wir wissen alle, dass es nur eine »Frage der Zeit« ist und dass eines Tages das geschehen wird, was kennenzulernen oder zu erledigen wir uns im Haus versammelt haben. »Eine Frage der Zeit.« An irgendwem liegt es ... vielleicht an den Ärzten. Vielleicht an der Krankheit, vielleicht am Vater. Jetzt sah er Anna an und bemerkte, dass die Schwester erschrocken, blass, gekränkt, schaudernd und zugleich neugierig zu ihm blickte, als erwarte sie von ihm die Antwort. Sie saßen hier wie Verschwörer, die zugleich ihre eigenen Richter waren, Femrichter. Es musste entschieden werden. Auf Tamás warteten seine Geschäfte in Peru – von dringenden Geschäften konnte nicht die Rede sein, aber er konnte nicht ewig im schönsten Zimmer des Hotels wohnen, nicht unendlich lang zur Umbehandlung zu Ábel gehen und nicht allezeit auf den Straßen seiner Geburtsstadt auf Menschen lauern, die ihm gelegentlich mit bescheideneren Geschenken aushalfen und seinen Bedarf an Zuneigung deckten. Und Albert und seine Familienmitglieder machten, taktlos und unmissverständlich, entgegen der Übereinkunft der Garrens, in den letzten Tagen des allgemeinen Wartens immer schamloser Urlaub – am Vormittag erkundigten sie sich noch, wie das Blutbild aussehe, aber sofort danach spielten sie Tischtennis, und Albert sprach manchmal sachlich, mit begründeten und peinlichen Anspielungen auch davon, dass dieser Aufenthalt seine Chance auf einen Aufstieg im Büro schmälerte und alles in allem auch Geld kostete. Von alledem sprach er in leicht singendem Ton, mit unverhohlener und entwaffnender Offenheit, man konnte gar nicht mit ihm diskutieren. Die Notendruckerei war, so rührig Albert auch im Haus nach Einrichtungsgegenständen geforscht hatte, auch mit den gefundenen Kronleuchtern und dem Klavier eher eine Art improvisierte, vorübergehende Bleibe, gleichsam eine

Ferienwohnung geblieben und eignete sich wenig dazu, dass Albert und seine Familie längere Zeit in diesen Zimmern verbrachten; vielleicht passte auch die Umgebung nicht zu Alberts und Mártas gesellschaftlicher Stellung. Péter seufzte. Leider musste er Anna eine Antwort geben. Dies war der Augenblick, den Péter sein ganzes bisheriges Leben lang instinktiv gehasst hatte und dem er immer ausgewichen war: der Augenblick, in dem man jemandem mit allen Konsequenzen eine Antwort geben musste. Und diese Antwort, auch das wusste er, war nicht unbedingt in Worten zu geben. Die ganze Zeit hatte die Frage unausgesprochen in der Luft gelegen, und sie hatten nicht darauf geantwortet. Das Haus und der Aiolos hatten sich auf die Krankheit eingestellt wie auf ein zufälliges und furchtbares Abenteuer – als tobte ein Krieg in der Stadt, mit Einquartierung und Verwundeten, als hätten sich in der Wohnung die Möbel von ihrem Platz bewegt, als gelte auch das Eigentumsrecht nicht mehr wie vor der Besetzung und der Krankheit, und vielleicht hatte Albert nicht einmal unrecht gehandelt, als er die allen bekannten und als Familienbesitz ins Grundbuch eingetragenen Gegenstände »gefunden« hatte – Teppiche und Spiegel, silberne Krüge und Schmuckstücke, alles schwebte ein bisschen in der unmoralischen, ungeschriebenen und zufälligen Rechtsordnung und wartete auf seinen neuen, echten Besitzer. Wie in jedem Haus, in dem die Krankheit die Gesetze des Zusammenlebens auflöst und eine neue Rechtsordnung verkündet, die der düsteren und lebensgefährlichen Ordnung des Kriegsrechts ähnelt, wankten die Gegenstände in ihrer ursprünglichen Lage und warteten auf den Räuber oder den tugendhaften, aber die Zähne in kaltem Willen zusammenbeißenden, höhnischen und gierigen Erben.

»Camping«, sagte Tamás jetzt zufrieden und hielt die Pfeife hoch. Anna konnte das fremde Wort nicht genau übersetzen, aber sie verstand seinen Sinn. Péter betrachtete unruhig die Kaffeeflecken auf der Damast-Tischdecke. Das »Camping« mochte für Tamás ein zeitgenössisches Abenteuer sein, mit gezähmten Indianern, Zeltwohnungen, Spieldosen, Erkältungen und relativ freier Liebe. Er sah sich im Zimmer um und verstand Tamás' Wort »Camping«; die momentane Auflösung führte zu Unordnung, provisorischen Wohnlösungen, Übergängen, Aluminiumbesteck und dem vorübergehenden Urzustand der Gegenstände und Teilnehmer außerhalb der zivilisierten, friedlichen Zollgrenzen der Stadt und der Menschheit. Tamás drückte seinen allgemeinen Seelenzustand immer mit so kurzen, fremden Worten aus; die Garrens verstanden sein Gleichnis nicht, Albert beispielsweise begriff es ganz sicher nicht, und Márta sah ein wenig gekränkt zur Lampe wie immer, wenn ihr etwas nicht klar war. Aber Anna begriff. Und Péter nickte kalt, als verstünde er, vermute aber eine Kränkung in dem Wort und billige es nicht.

Nur konnte man eben nicht leugnen, dass Tamás recht hatte – die Wohnung hatte sich in diesen Wochen unversehens aufgelöst. Es war keine Wohnung mehr, sondern ein sturm- und windgebeuteltes Zelt in einem abscheulichen Abenteuer – eher ein zufälliges Kampieren als die heilige Werkstatt, in der das Werk entstanden und die Garrens aufgewachsen waren. Nicht nur im Krankenzimmer verschwanden und rebellierten die Gegenstände, je mehr das drohende und schwer verständliche Inventar der Krankheit in Erscheinung trat: Auf dem Schreibtisch lag, neben einigen ledergebundenen Rousseaus, manchmal die Bettpfanne, und Zorners Maschinen hockten schwerfällig auf den Möbeln, mit Kabeln und Rohren, als habe ein Einbrecher hier einen rätselhaften nächtlichen Anschlag vorbereitet – mit diesen Maschinen hatte er den Panzerschrank aufbohren wollen, in dem die Familie ihren einzigen Wert aufbewahrte, aber dann war er gestört worden oder hatte das Vertrauen in sein Handwerk verloren, war erschrocken, hatte sich davongestohlen und seine lächerlich beängstigenden und geheimnisvollen Werkzeuge am Tatort vergessen.

Im Krankenzimmer verstanden sie diese Unordnung. Aber was suchte der elektrische Windmacher im Salon, oben auf der Glasvitrine, wohin ihn Anna einmal in Aufregung und fahrigem Eifer gestellt und dann vergessen hatte, weil der Elektroinstallateur, von dem man ihn ausgeliehen hatte, um die Luft im Krankenzimmer zu erfrischen, sich schämte, ihn von dem Kranken zurückzufordern? Die Wohnung hatte sich mit solchen ungewohnten Gegenständen gefüllt, als könne man gegen die Krankheit nicht nur mit Glauben, Willen, Medikamenten, Vorschriften und Strahlen kämpfen, sondern auch mit Gegenständen, Windmachern, einem neuen, kleinen Eisschrank, einer Augentropfenpipette, die auf dem Notenständer liegen geblieben war, einem Wärmekissen, das sich auf das Sofa im Salon verirrt hatte – mit allem, was in der Wohnung herumlag, gesetz- und ordnungswidrig, was die alte Sitte und Ordnung auflöste und die hexenhaften Symbole der Krankheit an ihren Platz setzte. Aber gegen diese Unordnung konnte Anna nicht mehr kämpfen. Ja, diese Willkür und dieses revolutionäre Chaos war schon die Krankheit selbst, das Vorspiel von Zerstörung und Auflösung, Symptom und Zeichen, etwas Ähnliches wie die Krise oder der Verfall, der zugleich im Organismus des Vaters und in den vor langer Zeit erbauten und jetzt plötzlich zerfallenden und einstürzenden öffentlichen Gebäuden der Stadt vor sich ging. Die Ordnung in der Wohnung war zerfallen, wie als ein Zeichen, dass die Krankheit doch mächtiger war als Anna, als der Widerstand, als die Ärzte und der besondere Schutz, in dessen Dienst sie sich wortlos zusammengeschlossen hatten, als spürten sie, dass der Zerfall, der der Tod war, schon das ganze Haus durchdrang und man sich nicht mehr gegen ihn schützen konnte.

Edgár wartete noch immer auf eine Antwort. Jetzt stand Péter auf und ging mit verschränkten Armen durchs Zimmer. Drei Wochen lang hatte er am Bett des Vaters gesessen und achtgegeben, wie Ábel ihm geraten hatte, methodisch und auch anders, planlos, liebevoll, eifersüchtig, alarmiert, sich abfindend und neugierig. Niemals war der Vater so vornehm und edel gewesen wie in diesen Wochen. Auch in der niederträchtigen Höhle der Krankheit lag er sauber und gewaschen, rasiert, mit gepflegten Nägeln, zog jeden Morgen ein frisch gebügeltes weißes Hemd an und kämpfte mit Kölnischwasser gegen den Äther und den Geruch der Krankheit, rührend und zärtlich. Péter trug den Brief der Baronin in der Tasche, dessen einzelne Abschnitte er wieder und wieder las – besonders die Nachschrift, die von Karolas Scheiterhaufentod berichtete, und diese Schreckensbotschaft überraschte ihn überhaupt nicht, als hätte er in dem Augenblick, als er aus dem Zimmer der bayrischen Frau fortgegangen war, die Freundin ihrem Schicksal überlassen, zwischen den Gefahren von Leoparden und

Stromunfällen –, und im Herzen die Erinnerungen an Karnak, an Edit und Emmánuel, von denen er jede Nacht träumte. Jetzt wog er die Reserven ab.

Die Familie saß mit gesenktem Kopf, aber aufmerksam um ihn herum. Anna half ihm auch nicht. Anna wusste, dass dies der Augenblick war, in dem die Familie gezwungen war, über Leben und Tod zu entscheiden. Sie wusste, dass dies der Augenblick war, den man weder hinausschieben noch beschleunigen konnte: Entweder stimmten sie der Krankheit zu, die dann mit lärmenden Symptomen, gleichsam mit Federn und Lanzen, mit wilden Liedern und Sprüngen die Herrschaft im Haus übernehmen würde, oder sie kämpften und protestierten noch eine Zeit lang, pflegten und beteten, seufzten und wachten – diese Praktiken hatten jede für sich vielleicht keine Auswirkung auf das Schicksal des Vaters, aber das Ganze zusammen, die Kraft, die sich in der Familie verdichtete, der Wille, den die Familie ausdrückte, konnten das Verhängnis hinausschieben. Nicht lange. Vielleicht nur einige Jahre.

Die »Heilung« war für Anna eine vorübergehende Erscheinung, eine Form des einfachen, anlassgebundenen Wunders. Die Familie, diese Vereinigung, konnte jetzt noch entscheiden: Wollte sie weiter dulden, was Tamás »Camping« nannte, die Unordnung und das Chaos, und dagegen kämpfen, mit Zeitplänen, verstärktem Dienst zu Hause, neuen Behandlungsweisen und vor allem peinlicher, angespannter Aufmerksamkeit; und dann würde der Vater eines Morgens lächeln, um Milch bitten, sich in den Garten setzen und vielleicht sein Werk fortführen – oder hatten sie verstanden, dass sie nicht stark genug, nicht heldenhaft und demütig genug waren, um gegen das Niederträchtige und Unterweltliche aufzubegehren, das in die Stadt eingedrungen war, in das Werk und in den Körper des Vaters; es war aufgebraucht, was Anna mit einem allgemeinen Wort, für den Hausgebrauch, »Liebe« nannte, und was nach der Interpretation der Schwester ein viel härterer, ja, grausamerer und erbarmungsloserer Wille war, als man gemeinhin glaubte: Dann überließen sie den Vater seinem Schicksal.

Péter blieb in der Ecke stehen, betrachtete die verstaubten Blätter der Palme und erwiderte Annas Blick. Jetzt spürten sie, zum ersten Mal in ihrem Leben, dass sie etwas gemeinsam hatten: Charakter oder Blut oder den gleichen Takt im Filtern und Abscheiden der Drüsen oder eine Erinnerung, die gemeinsam war und deren Ursprung in der Zeit man nicht suchen konnte, und vielleicht auch eine geschlechtliche Gemeinsamkeit, geheim gehalten, eine Verwandtschaft, die komplizierter war als eine Familienbeziehung – mit einer solchen Vertrautheit sah Péter Anna an, eingeweiht und traurig. Anna erwiderte seinen Blick hart und kalt. Auch sie hatte die Arme über der Brust verschränkt. »Jetzt sind wir an der Reihe!«, sagte ihr Blick. Und dann, roh und heiser, als riefe sie im Schlaf, fragte sie: »Warum antwortest du nicht? Warum schweigt ihr? Edgár möchte wissen, wie lange es noch dauert!«

Jetzt, als würden sie revoltieren, begannen alle auf einmal zu reden. Erzsébet weinte; Márta weinte auch, aber so unverschämt und gewöhnlich – Anna beobachtete scharf in diesen Augenblicken der Krise, sie bemerkte und notierte dieses gewöhnliche Weinen –, als wäre ihr in der Elektrischen Geld gestohlen worden. Sie weinte, weil sie der Augenblick wie der Schlag eines unbekannten Stromes erschüttert hatte; alle sprachen laut, weinten, standen auf, Judit und Erzsébet umarmten sich, jammerten leise und wischten sich die Tränen aus dem Gesicht, Tamás schlug mit beiden Händen auf den Tisch, weiß und blass, Albert breitete die Arme aus und brüllte mit greller Stimme.

»Unmöglich!«, schrie er mit ungezügelter Schamlosigkeit. »Ich kann diesen Schmerz nicht ertragen! Der Ärmste, ach, der Ärmste!«

Anna nickte, als hätte sie genau das erwartet und wüsste jetzt schon, dass Albert den Vater aufgegeben hatte – vielleicht weniger den Vater als vielmehr den Kampf, den Widerstand, er protestierte nicht länger gegen die Krankheit, er zuckte mit den Schultern, weinte und schrie, aber alles in allem stimmte er doch zu.

Tamás' Worte konnte man bei dem großen Lärm nicht verstehen. Später erinnerten sie sich an diese Szene zurück, als wäre ein Aufstand ausgebrochen. Tamás versicherte, dass es in diesem Augenblick aus dem Himmel geblitzt und gedonnert habe. Péter eilte zum Tisch, streckte einen Arm nach Anna aus und sprach mit zitterndem Mund und protestierender Stimme, aber auch seine Worte waren nicht zu verstehen. Wahrscheinlich hatten die Worte in diesem Augenblick ihren wörterbuchgemäßen Sinn verloren, es war, als sprächen sie in einer Ursprache, in der Sprache des Stammes, die in keinem Lesebuch zu finden war, in der Sprache der Garrens, in die sie immer in Augenblicken der Gefahr und Krise verfielen und wenn über etwas entschieden werden musste: über das Schicksal Róberts, des Geschwätzigen, über die Reiserichtung, ob sie sich gen Süden halten sollten oder gen Nordosten ... in dieser Sprache sprachen sie auch jetzt, minutenlang. Eher mit Zeichen und Lauten als mit Worten und besonderen Mienen, mit erschreckenden Grimassen begleiteten sie die unmelodischen Silben der Ursprache, niemand verstand die Worte des anderen; und viele, viele Jahre später, als Tamás und Péter versuchten, den Sinngehalt dieser Szene festzuhalten, erinnerten sie sich an keinen einzigen Satz. Aber alle sagten dasselbe, die Gedanken und Gefühle berührten sich mit Kurzschriftzeichen, und alle schrien verzweifelt durcheinander, weil sie nicht helfen konnten, weil sie zu schwach waren, weil sie erschöpft waren, weil sie zu tun hatten, weil das Haus, der Vater und das Werk für die Vernichtung reif waren, weil sie ein bisschen niederträchtig waren, weil sie Menschen waren. Deshalb schrien sie durcheinander. Nur Anna schwieg.

»Mörder!«, sagte sie dann in der plötzlichen Stille, kurz, leise und ruhig. Aber das Wort schmerzte nicht. Sie sahen sie an, forschten in ihrem Gesicht, murmelten etwas und beruhigten sich. Das Wort knackte und knallte durch die Luft, ziellos, wie eine aufs Geratewohl abgeschossene Gewehrkugel. Sie sahen einander von oben bis unten an, als wollten sie sich befühlen, um zu untersuchen, ob nicht jemand verwundet worden war. Dann setzte sich jeder an seinen Platz zurück, mit keuchender Brust, stumm, und sie atmeten schwer.

Anna hatte das Wort ausgesprochen, hatte sie angeklagt, Mörder zu sein. Das ist natürlich eine Übertreibung, dachte Péter. Diese Bezeichnung ist zu streng. Eher nur Familie, einfach Familie. Aber jetzt spürte er wie ein scharfes Stechen in der Herzgegend, dass die Familie in gewissen Augenblicken so entschlossen Verträge über Leben und Tod abschloss wie eine Verbrecherbande. Tamás senkte den Kopf und starrte schuldbewusst auf den Teppich, als wolle er sich nicht verteidigen, sondern gäbe männlich alles zu. Albert blinzelte verlegen, als wüsste er nicht, was richtig war – vielleicht war es zielführender, sich an die Brust zu schlagen und nach einem demütigen Geständnis sein Schicksal zu erwarten, oder konnte er die Folgen vermeiden, wenn er Anna rechtzeitig wegen Ehrenbeleidigung anklagte? Er knabberte an seinem Daumen; noch hatte er nicht entschieden.

Man kann es nicht beweisen, dachte er, und sein Gesicht hellte sich auf. Nein, Anna konnte ihre Anklage nicht beweisen. Sie spürten nur eben, dass sie recht hatte: Mörder waren sie, gestern waren sie es noch nicht gewesen, aber heute waren sie schon ein bisschen Mörder. Ja, schlimmer als Mörder, dachte Péter, eine wahrhaftige Verbrecherbande, offiziell die besten Eheleute, Kinder und Enkel, mit den Worten des ewigen Lichts auf den Lippen, aber im Geheimen eine Räuberbande und Mörder. Denn jeder von ihnen hatte sich bereits einen Schrank oder Wandspiegel auserkoren und ein paar Bücher aus der Bibliothek des Vaters ausgewählt oder in Gedanken einige Silbertassen und Kristallgläser markiert, Gegenstände, Beute, die sie später einmal – nach dem Mord, wenn die Flucht gelungen war und niemand etwas bemerkt hatte – an die heimatliche Adresse schicken würden. Natürlich nur zur Erinnerung. Der materielle Wert der Gegenstände, mein Gott … Nein, das Klavier wollte Albert nur zur Erinnerung haben – das wollte er auf alle Fälle –, für Márta würde die goldene Kette, die Krisztina hinterlassen hatte, für Tamás der Spazierstock des Vaters mit dem goldenen Knauf eine Erinnerung sein, und Péter hatte beschlossen, Edit Krisztinas weißen chinesischen Seidenschal und den großen Bücherschrank mit den gesamten Rousseaus und den alten französischen Erstausgaben als Erinnerung mitzubringen, diesen einen würde er unbedingt mitnehmen, als Erinnerung, nach Karnak. Edgár hätte zur Erinnerung gern das Haus gehabt.

Die stille und hartnäckige Sehnsucht danach, Beute zu machen, schwebte und wirkte in den Stunden des Dienstes und des Rituals stärker als alles andere in ihnen; wenn sie im Salon saßen, mit einem ernsten und moralischen Buch in der Hand, bereit, sich für den Vater aufzuopfern, zerbrachen sie sich schon seit Wochen den Kopf über die Beute – diese peinlichen Gedanken und Sehnsüchte kamen mit ekelhaftem Drängen wieder, und Tamás, der wirklich nicht an irdischen Gütern hing, kämpfte verzweifelt gegen den Spazierstock mit dem goldenen Griff und eine alte, englische, silberne Zuckerdose, die ein bisschen an ein Vogelnest erinnerte. Mörder und Räuber, dachte Péter, sie hatten die Krankheit satt und die erschöpfende Spannung, von der die Wochen des Wartens und des Dienstes durchdrungen waren, sie waren erfüllt mit schlimmen und schleichenden Sehnsüchten, träumten vom Siegelring des Vaters und davon, dass Tamás auch den Zylinder des Vaters bekäme, dass er sich, mit dem Zylinder auf dem Kopf, ins Kontor des Aiolos an den Tisch des Vaters setzen und Sebestyén mit Siegelring und Zylinder Befehle erteilen könne. Mörder und Räuber, dachte Péter, Komplizen, die während eines barmherzigen Dienstes still über die Verteilungschancen grübelten – Albert teilte ehrlich und ruhig, fachgemäß, betrachtete gründlich die Gegenstände und Möbel und rechnete dabei schon versunken, sogar auf

Deutsch, wie er es im Büro gewohnt war. Mörder waren sie und Räuber, aber das konnte man nicht beweisen. Doch sie waren es auch ohne Beweise. Schon hatten sie den Vater dem meuchelmörderischen Abenteuer überlassen, zerbrachen sich die Köpfe über die Beute, schon wären sie gern geflüchtet, mit unschuldigem Gesicht, in der Dämmerung, wenn die Straßen nur wenig belebt waren. Mörder sind sie, dachte Péter, weil jeder ein Mörder ist, der nicht genügend liebt. Ein Mord war geschehen, weil sie am liebsten schon abreisen wollten und schon vor Tagen die schwarze Kleidung zum Schneider zum Bügeln geschickt hatten, weil sie schon heimlich schwarze Lederhandschuhe gekauft hatten und Albert in seinem Taschenbuch schon einige Namen aufgelistet hatte – Namen entfernter Vornehmheiten, denen er unbedingt eine Traueranzeige zuschicken würde. So töten wir einander, dachte Péter müde. Und er blieb am Fenster stehen und wandte sich vom Tisch ab, von der Familie, er senkte den Kopf, sah auf das dunkle Fenster und antwortete nicht.

Dann, als hätten sie verstanden, dass der Wille, der in ihnen lebte, stärker und grausamer war als alles, was sie zu ihrer Verteidigung vorspielen und lügen konnten, begannen sie sich leise, aber ruhig, gleichmütig und sachlich zu unterhalten. Edgár stand noch eine Zeit lang an der Tür und wartete aufmerksam und gnadenlos höflich; dann, als hätte er die Antwort auf seine Frage vernommen, zuckte er mit den Schultern und ging aus dem Zimmer. Anna setzte sich an den Tisch zurück, aber niemand fing an, mit ihr zu diskutieren. Jetzt hatte sie die Anklage ausgesprochen und wurde selbst ruhig, sie war sehr blass, aber sie saß ruhig da, weil sie wusste, dass die Familie geurteilt hatte, das nicht

Wiedergutzumachende war geschehen, sie hatten den Vater seinem Schicksal übergeben, und sie allein konnte nichts mehr ausrichten. Sie sprachen leise und beinahe freundschaftlich, bis Mitternacht saßen sie so beisammen – an diesem Abend und auch an den folgenden Abenden.

Anna wird schön

Jetzt, nachdem sie ihr Urteil gesprochen hatten, ging alles überraschend schnell. Als hätte die Krankheit nur auf ihr Einverständnis gewartet, übernahm sie lärmend und ungeduldig die Herrschaft im Haus, scheppernd und eilig, mit boshaften Überraschungen, alle Verspätungen und Versäumnisse ersetzend. Kenta verstand diese Eile gar nicht.

»Es besteht kein Grund zur Unruhe«, sagte er am Tag nach Edgárs Frage und Annas Anklage, »ich sehe keine unmittelbare Gefahr.« Auch Zorner blieb ruhig.

»Nichts Interessantes, keine Veränderung«, sagte er gelangweilt, mit klagender Stimme, und versprach, in der kommenden Woche die Strahlen zu ändern, immer abwechselnd Ultraviolett und Infrarot.

Doch Lacta blieb an der Tür stehen, die Hände in den Taschen, unterm Arm die Aktentasche mit dem verdächtigen Inhalt, und beobachtete den Vater blinzelnd, bevor er sich ernst und unwillig daranmachte, Vorkehrungen zu treffen. Auf Annas Fragen antwortete er ratlos; Kenta werde wohl recht haben, murmelte er mürrisch, zur Unruhe bestehe kein Grund, es wäre lächerlich, von unmittelbarer Gefahr zu sprechen. Laienhafte Worte, sagte er wütend und schickte Anna aus dem Treppenhaus zurück, die

»unmittelbare Gefahr« sei natürlich eine unwissende Vorstellung, das Leben sei im Allgemeinen gefährlich, und manchmal sei sogar eine Krankheit gefährlich. »In jedem Augenblick kann etwas geschehen«, sagte er und zog nervös seinen Überschuh hoch, »auch ein Spaziergang ist gefährlich, und zu Hause im Zimmer zu sitzen, ein Buch zu lesen und von nichts zu wissen, was in der Welt geschieht, ist besonders gefährlich, denn eines Tages kommen Fremde in das Zimmer, verschleppen und ermorden den ahnungslosen Menschen, auch dafür gibt es Beispiele«, sagte er beinahe wütend. Vom ärztlichen Standpunkt aus sei der Zustand des Vaters genau so, wie er sein müsse, insbesondere, was die Nieren und das Herz betreffe. »Trotzdem«, sagte er beiläufig und etwas streng, »es scheint, dass seine Nieren unruhig sind. Tja, die Nieren.«

Mit seitlich geneigtem Kopf und scherzhafter Strenge sah er Anna an und drohte ihr zum Abschied ein bisschen mit dem Zeigefinger, als wollte er sagen: »Diese schlauen Nieren.« Dann drehte er sich auf dem Absatz um und ging, mit nicht ganz sicheren Schritten, als träumte er, eilig davon.

Aber nach anderthalb Stunden, kurz vor der Mittagszeit, kam er wieder. In diesen Tagen kam er auch außer der Reihe, zu überraschenden Stunden des Tages und der Nacht, beispielsweise früh um vier oder nachmittags um drei. Mit dem Vater sprach Lacta in einem ebenbürtigen Ton, bei dem der Kranke aufmerksam wurde; er hatte ihn lange Zeit nicht mehr gehört, weil Kenta und Zorner, aller weisen Erfahrung und jeglichem verständnisvollen guten Willen zum Trotz, sich angewöhnt hatten, mit ihren Patienten, sogar mit vornehmen Patienten, zu sprechen wie ein Anwalt mit einem einfältigen Einbrecher. Lacta kam wütend an und sagte sachlich zum Vater: »Der Teufel soll dich holen, Freundchen, reiß dich zusammen.«

Lacta forderte in diesen Tagen Zorner auf, die Strahlenbehandlung – vorübergehend – auszusetzen, er gab in der Küche sorgsam acht, dass in die Kraftbrühe von Frau Erzsébet alles hineingekocht wurde, was er vorgeschrieben und empfohlen hatte, und er bat Zorner, dem Vater die Traubenzuckerspritzen persönlich, mit seiner geübteren und jüngeren Hand, in die Adern zu geben, denn Lactas Hände waren schon alt und zitterten, und er gab überhaupt lieber nur Betäubungsspritzen. Nein, von unmittelbarer Gefahr konnte nicht die Rede sein, aber Lacta kam früh um vier, weil er »nicht schlafen konnte«, wie er beschämt sagte, er weckte die Pflegerin, betastete und beobachtete den Puls des Vaters, nickte, öffnete das Fenster, beruhigte das Herz seines Patienten mit einem eiskalten Umschlag und benahm sich überhaupt etwas lebhaft – nicht gerade unruhig, aber auf alle Fälle lebhaft. Und weil die Krankheit auch den Takt gewechselt hatte, bemerkten am Tag nach Edgárs Frage und Annas Anklage alle, dass der schwebende, feige, beschämende und zähe Vorgang, der mit einer Erkältung begonnen hatte und dann auf die Nieren übergegangen war, jetzt beinahe verschwunden war und sich in einer neuen, namenlosen, nicht tastbaren Gefahr aufgelöst hatte, die vielleicht, dank Kentas Ruhe, nicht unmittelbar bestand, die aber Lacta jedenfalls bewegte. Als wäre in dem Augenblick, in dem die Möglichkeit der Gefahr ausgesprochen worden war, die Krise eingetreten. Die Zeit begann plötzlich zu rennen. Als brüllte ein Sturmwind durchs Haus, flogen die Vorhänge und wurden die Türen zugeschlagen. Überhaupt war es ein verschneiter, windiger Frühling. In den Zimmern vergaß man zu heizen; manchmal setzten sie sich im Mantel zum Mittagessen.

Von einer unmittelbaren Gefahr konnte nicht die Rede sein, sie bemerkten eben nur, dass der Vater im Sterben lag. Jetzt gingen sie im Haus auf und ab und schlugen die Türen zu. Ständig klingelte das Telefon, jetzt rief der fremde General an, der dunkelblaue, der in den vergangenen Jahren die Bälle veranstaltet hatte, und erkundigte sich ritterlich, mit einer etwas strammen und geschwollenen Ritterlichkeit, als täte es ihm zwar leid, aber als freute er sich im Geheimen, weil er Gelegenheit bekommen sollte, dem Land und der Welt zu zeigen, dass der Tod die vornehmen Feinde versöhnt. Inzwischen hatte er schon die Aufschrift für das Band des Totenkranzes verfasst, in etwa: *Meinem großen Feind* oder *Meinem edlen Widersacher* oder einen anderen feierlichen und wirkungsvollen Text dieser Art, der ihn zu nichts verpflichtete. Auch der Bürgermeister rief an, und der Bischof schickte seinen Sekretär, um Erkundigungen einzuholen. Alle erkundigten sich, in etwas drängendem Ton, als wäre es jetzt an der Zeit, dass der Vater starb.

Wer hat es eilig?, dachte Péter. Er stellte fest, dass alle es eilig hatten – im vierten, fünften Monat hatte die Stadt genug von der Krankheit des Vaters, sie waren abgestumpft im Mitleid und wollten ihn töten. Auch sie mordeten den Vater: Tokár und der Bürgermeister, Kalb und Zerzen, alle riefen an, schrieben Briefe, hielten Anna auf der Straße an und erkundigten sich – und in ihren Stimmen, Seufzern und Blicken war die Ungeduld zu spüren; an ihren tröstenden Bemerkungen erkannte man, dass sie den Vater in der Seele aufgegeben hatten, und wenn sie sagten: »Leider gibt es Gesetze des menschlichen Lebens«, war es, als verkündeten sie ein Urteil. Anscheinend können wir die Krankheit nicht ertragen, dachte Péter. Als wäre sie eine Sünde, eine Sünde, die man in der zivilisierten Gesellschaft nicht lange ertragen kann und deren Spuren rasch beseitigt werden müssen, wenn sie irgendwo vorkommt – entweder der Kranke wird gesund, oder man muss seine Leiche in der Grube verscharren, eilig, weil die Krankheit ein schlimmes Vorbild ist, eine Variante der Erregung öffentlichen Ärgernisses. Und als spürte auch der Vater, dass man den Abschnitt der Krankheit erreicht hatte, in dem man sich taktvoll und zivilisiert ergeben muss, begann er sich zu beeilen.

Sie wussten nicht, wie es sein würde, sie wussten auch nicht genau, wie man sich bei solchen Gelegenheiten benimmt – wochenlang hatten sie nur darüber gesprochen, sich nur darauf vorbereitet, und jetzt, da das Ereignis eintrat, starrten sie es so überrascht an wie die Folge eines schuldhaften Versäumnisses, eine Ordnungswidrigkeit, für die letztlich jemand verantwortlich ist.

Es geschah plötzlich, von einer Nacht auf die andere. Am Abend legten sie sich noch mit dem beklemmenden Bewusstsein schlafen, dass sie zwar Mörder und Räuber waren, aber nur in einem ideellen, abstrakten Sinn, dass die Prozessordnung und das Strafgesetzbuch ihnen nichts anhaben konnten, und als sie am Morgen erwachten, bemerkten sie, dass der Mord schon geschehen war, das Opfer in den letzten Zügen lag, dass man verteilen konnte und mit der Beute weglaufen.

»Das Herz«, sagte Lacta. Und mechanisch wiederholten sie es untereinander und gaben die Nachricht den Bekannten auf der Straße weiter, redeten auch am Telefon davon: »Das Herz, das Herz!« Und weil bisher immer von den Nieren die Rede gewesen war, fragten sie aufgebracht: »Wie? Das Herz?«, als hätte Kenta sie betrogen.

»Ja«, sagte Zorner, »so ist es immer, am Schluss beginnt das Herz zu rebellieren.«

»Noch ist nicht alles verloren«, sagte Kenta.

Und Lacta ging ins Vorzimmer hinaus, setzte sich auf eine Bank unter den glasierten Krügen, rauchte und schwieg.

Den Ärzten zufolge lag der Vater schon im Sterben, aber gerade an diesen Tagen fühlte er sich, wie es häufig vorkommt, erträglich.

»Ich werde sterben«, sagte er am Morgen zu Anna. »Vielleicht heute Abend, vielleicht in zwei oder drei Tagen. Sag ihnen, ich will sie sehen. Sie sollen mich der Reihe nach besuchen, der Rangfolge nach, es ist ein bisschen theatralisch, wenn sie auf einmal kommen.« Weiter sagte er nichts. Die Besucher empfing er stumm, sah sie mit glänzendem Blick an, als wollte er sich noch einmal von ihren körperlichen Formen überzeugen, von den Zeichen und Stempeln, die sie an die Familie und ans Werk banden – mit glänzenden und besonders weit geöffneten Augen sah er sie an und atmete dabei schnell und mit kurzen Seufzern, als ginge er einen steilen Weg bergauf, zu einer Freude und einem Licht, schwer atmend, aufgeregt und glücklich.

Die Augen des Vaters hatten niemals mit einem so eigenartig flammend neugierigen und geheimnisvoll bedeutenden Strahlen geglänzt wie in diesen letzten Tagen. Sie blieben an seinem Bett stehen, sahen ihm in die Augen, küssten ihm die Hand und verließen dann das Zimmer, wie sie gekommen waren, stumm und auf Zehenspitzen. Die Garrens, im Mantel und mit einem Tuch auf den Schultern, waren in einer rätselhaften Tätigkeit eifrig zugange, jeder wollte jetzt helfen, aber alles, was sie tun konnten, war, von Zeit zu Zeit vom Stuhl aufzuspringen, ins Nachbarzimmer hinüberzueilen, den einen oder anderen Gegenstand überflüssigerweise von seinem Platz zu rücken oder vor dem Fenster stehen zu bleiben und einfältig vor sich hin zu starren.

Dennoch funktionierten alle im Haus. Ständig ging die Klingel, wie vor einem Feiertag, wenn die Lieferanten die Pakete bringen. Die Ärzte kamen unregelmäßig, gaben dem Vater Spritzen, drückten den Familienmitgliedern die Hände, standen noch eine Zeit lang im Vorzimmer, in der Gesellschaft eines Garrens, betrachteten ihre Fingernägel und verließen dann das Haus, wie sie gekommen waren, versiert und hilflos.

Der Vater lag im Sterben. Aber in der Wohnung herrschte eilige Betriebsamkeit, als könne ihm noch jemand helfen. Nachmittags um vier Uhr wurden im Speisezimmer und im Salon die Lampen angezündet; Márta aß zu Mittag, mit roten Augen, aber sehr gründlich, sie speiste etwas hastig, aber ehrlich und gewöhnlich wie jemand, der auch im allgemeinen Entsetzen nicht den Kopf verliert und einem niederen, aber gesunden Befehl folgt, dem Leben, das – mit Mártas Worten – »sein Recht forderte«. So aß sie, bei Lampenlicht, um vier Uhr am Nachmittag, zwei Kalbsschnitzel mit Spinat.

Die Kinder hatte man in der Notendruckerei schlafen

gelegt. Die Kleinen, besonders das gefräßige Bübchen, witterten aufgeregt, dass im Haus etwas passierte; etwas Feierliches, man konnte nicht genau wissen, was – vielleicht ein Fest oder so etwas Ähnliches, bei dem die Erwachsenen singen und weinen, aber auf alle Fälle etwas anderes als der Alltag, und am Ende – das spürten sie – würde ein Festmahl stehen und Geschenke würden verteilt werden.

Albert aß nicht, weil er sich schämte. Mit dem Mantel über den Schultern saß er neben Márta, sah auf die Schnitzel und den Spinat, rieb sich das Gesicht manchmal mit allen zehn Fingern rot und sagte leise und mechanisch: »Aber so schnell! Wer hätte das gedacht?«

Die Erscheinung, die Albert jetzt als »schnell« empfand, war gestern noch zeitlos und in kaum wahrnehmbarem Takt abgelaufen, aber das Haus, die Möbel, die Nerven der Garrens, die Stadt waren jetzt von diesem »schnellen« Takt erfüllt, erfüllt von dem Erstaunlichen, das sie nicht verstanden, das sie verdutzt ansahen, das unverständlicher war als alle Schreckensbilder und Träume, die ihm vorangegangen waren. Edgár, der sich gestern Abend noch erkundigt hatte, wie lange es dauern konnte, saß nun blass im Salon, hatte den Kragen seines Jacketts hochgeschlagen, sah mit gekränktem Blick an die Decke und fror heftig. Jetzt war Edgár nicht kalt und vornehm, jetzt war er verlassen und unglücklich. Ahnte er schon, wie lange es noch dauern konnte? Und plötzlich, bibbernd, spürte er, dass die Zeit nicht nur ein Begriff ist, sondern Wirklichkeit, dass sie ein Volumen hat und so knapp sein kann wie eine Zelle, in der man sich nicht einmal umzudrehen vermag. Es war, als herrschte ein Tumult im Haus.

Manchmal nahm er nervös den Kopf hoch und sah sich um. Nein, Edgár war in diesem Augenblick nicht vornehm. In seinem weißen und feinen Gesicht brannten zwei rote Flecken, als wäre er geschminkt, an Handflächen und Stirn schwitzte er.

In diesen Augenblicken war der Vater schon ein bisschen fremd. Als hätte er sich dem Gesetz der Garrens entzogen. Seine zerzausten Haare, sein abgemagertes und jetzt, in der unverständlichen Morgenstunde vernachlässigtes, unrasiertes Gesicht, seine verschwitzte Stirn, die etwas in die Länge gezogene Nase und die blutleeren Lippen zeigten einen fremden Mann, der ein unbekanntes, unbegreifliches Abenteuer durchstand, ein körperliches Abenteuer den Anzeichen zufolge – das einzige Abenteuer, bei dem er ganz auf sich gestellt war, bei dem er nicht an die Familie dachte und bei dem er zum ersten Mal in seinem Leben das Werk vergaß, das ihm gleichgültig geworden war.

Manchmal öffnete er noch die Augen. Er sah Anna an und nickte, als würde er etwas billigen. Anna kniete vor dem Bett nieder, nahm des Vaters zarte, im Abenteuer und in zivilisierter, nutzloser Arbeit veredelte Hände in die ihren, spürte das unzählbar schnelle Pulsieren der bläulichen Adern, wischte dem Vater die Stirn ab, passte auf und gab leise Anordnungen. Jetzt, jetzt verstehe ich es, die Wirklichkeit ist anders, dachte Anna. Die Vision, die in dieser Stunde dämmerte, war nicht »abscheulich«, sie war nicht einmal schmerzhaft, Abscheu und Schmerz verbargen sich noch taktvoll hinter dem Ereignis wie zwei Ungeheuer in der Sage über die Unterwelt hinter einer stummen Handlung; die Wirklichkeit bestand nur aus Pulsschlag und Kampfer und aus den Blicken, mit denen der Vater Anna bisweilen noch wahrnahm, aus den Schritten der Menschen im Zimmer und daraus, wie Lacta, etwas nach Tabak riechend, sich mit zitternden Händen in der Nähe des Vaters zu schaffen machte – und am ehesten aus der Eile, mit deren Takt sich das Zimmer gefüllt hatte, mit der sich auch die Gegenstände gefüllt hatten, als hätten sie etwas versäumt.

Jetzt begann alles zu rennen, was zum Vater gehörte: die Erinnerungen und das strömende Blut, der Stundenzeiger und die keuchende Lunge, alle rannten, beinahe ohne Ziel, als wäre es ein Wettrennen, ein Wettrennen ohne Ziel und Sinn, ein Stürmen zum Selbstzweck, eine Art Amoklauf am gleichen Ort, dessen Ende, wenn auch nicht Ziel, der Tod war.

Anna spürte, dass sie zusammen mit dem Vater rannte; dieses Gefühl war ein benommener Wettlauf der Nerven oder des Bewusstseins, ein Wettrennen mit einem gleichgültigen und grausam entschlossenen, halsstarrigen Mitstreiter. Die Taschenuhr des Vaters, die man mit einem Schlüssel aufziehen musste, lag auf dem Nachttisch, und Anna sah mit einem Auge, dass sich die Zeiger noch bewegten. Dieses Ticken, dieses bescheidene und trotzige Zeichen des mechanischen Lebens, beruhigte sie für einen Augenblick. Die Uhr geht noch, dachte sie, und: Die Uhr kann nicht stärker sein als das Leben.

Anna blieb im starken Licht stehen und sah sich blinzelnd um, als käme sie aus dem Dunkeln, als beleidige die Helligkeit ihre Sehnerven, als sähe sie ein ganz neues Bild, eine Variante der Welt, die sie überraschte. Mit ausdauernder Neugier betrachtete sie den Springbrunnen und den

Garten, die Licht und Wolken in diesem Augenblick feierlich erschienen ließen.

Schlank stand Anna da, sie schien in diesen Tagen oder vielleicht nur in den letzten Stunden etwas abgenommen zu haben. Als hätten Schmerz und Angst, diese wunderbaren Meister, Annas Figur mit ihren modellierenden Fingern berührt, etwas an den Proportionen ihrer Linien korrigiert, und der junge, wenn auch nicht unanständig junge Körper schritt jetzt mit erneuerter Frische und voller Selbstbewusstsein durch diesen Garten, mit sicherem und verschämtem Stolz. Ihr Haar, das sie immer so sorgsam kämmte, ihr glatt gelecktes und in der Mitte gescheiteltes Haar, fiel ihr jetzt in aufgelöster Unordnung auf die Schultern – ein wenig hetärenartig schritt sie, als käme sie aus einer durchzechten Nacht oder aus einem Abenteuer von unverständlichem Gelage und Körperlichkeit, als hätte sie sich weggeworfen, ihr altes Ich, wie ein orientalisches Mädchen, das geopfert und von einer sinnlichen, körperlichen Kraft berührt und für ihr neues Schicksal geweiht worden war. So ging sie durch den Garten, ruhig, kerzengerade, mit offenem Haar, in der grauen, glatten Uniform, die an die weltlich-sinnliche Uniform eines Ordens gemahnte – Annas Ordens –, ein wenig war es auch Verkleidung der Krankheit, des Todes des Vaters und des Dienstes.

Jetzt hörten sie den Glockenklang. Die Stadt kannte die Nachricht schon. Vielleicht hatte Albert dem Küster Bescheid gegeben, vielleicht hatte der Bischof nachgefragt, aber vielleicht musste man auch gar keine Botschaft schicken, und die Stadt erfuhr die Nachricht mit der wundersamen Informiertheit von Organismen, die aus verwandten Stoffen bestehen, so wie auch sie es wussten, ohne Wort und Zeichen, hier auf der Bank, vor dem Gartenhaus, gegenüber dem Springbrunnen, dem Haus und dem blaugrauen, hellen und unruhigen Himmel.

Den Glockenklang hörte man oben auf dem Berg und in dem fernen, verlassenen Schloss hinter dem Berg, in der Bucht; der Glockenklang strömte über das Meer, und die Fischer in ihren Kähnen ließen die Netze los, nahmen die Lederhüte ab, schlugen ein Kreuz und sagten leise: »Garren, der alte Garren ist gestorben. Einer weniger.«

Oder sie dachten: Es sind nicht mehr viele von den Alten übrig. Und in den Wohnungen erwachten die Alteingesessenen, setzten sich im Bett auf, dachten an den Vater, sahen zur Decke, sogen tief die verbrauchte Luft des Zimmers ein und murmelten verschlafen: »Und er war doch ein Künstler. Jetzt gibt es keinen Künstler mehr hier in der Stadt.«

Und sie wussten, dass auch sie nicht mehr lange leben würden. Der Glockenstuhl sackte ab, das Bischofspalais auch, die Steinfiguren der Kirche verwitterten, die alte Stadt verschwand langsam vom Angesicht der Erde, und die Erde, die alte Erde, füllte sich mit Steinen und Knochen, mit den Knochen der Garrens und mit denen der alten Stadtbewohner, mit Menschen, die in ihrem Bewusstsein und ihren Nerven noch etwas von dem Werk des Vaters bewahrt hatten: eine Verbeugung, einen Dank oder eine vornehme Bewegung.

Einige verwelkte Frauen, die der Vater vor langer Zeit, in seiner schöpferischen Periode, am Ufer des Meeres in dem Hotel mit den geschlossenen Rollos geliebt hatte, wurden auf diese Töne aufmerksam und begannen, sich mit geheimer Vertraulichkeit an den Toten zu erinnern.

Auch der Bischof horchte auf, als er die Glocke hörte; schlaflos lag er auf seinem Feldbett, jetzt rappelte er sich langsam auf, trat mit unsicheren Schritten ans Fenster, sah auf die Stadt und das Tal hinab, hörte die Totenglocke läuten, dachte an den Gegner und daran, dass das Leben ohne Gegner keinen rechten Sinn hat, dachte an Rousseau, und auch er schlug ein Kreuz. Dann kniete er sich auf den Betschemel, senkte den Kopf auf die gefalteten Hände und begann stumm zu beten.

Haus und Stadt, Berg und Bucht füllten sich mit der Todesnachricht, und nun saßen die Geschwister untätig da, wie wenn man in einem Abschnitt des Lebens plötzlich innehält, sich umschaut, feststellt, dass etwas zu Ende ist und man nichts mehr zu tun hat: So saßen sie, müde und etwas bibbernd, im kalten Morgenlicht und rückten dichter aneinander.

Lange saßen sie so. Die Sonne hatte schon ihre Gesichter erreicht, ihre Körper schickten einander Botschaften, in winzigen, zitternden Wellen, friedlich und selbstbewusst. Dann stand Anna auf und ging ins Haus zurück. Im Gänsemarsch liefen sie ihr hinterher.

Abschied und Fest

Der Vater wurde im Mittelschiff der Kathedrale aufgebahrt. Der Bischof wünschte es so, weil er an der Bahre eine Trauerrede halten wollte. Er sagte: »Der Mann, der hier ruht, hatte Großes vor. Er wollte das von seiner Seele retten, was unsterblich ist. Ihr alle, die ihr in dieser Stadt geboren seid, kanntet ihn. Ihr habt ihn oft in den Straßen dieser Stadt gesehen, wie er Dinge erläuterte, mit erhobener Hand, demütig, freundlich und bescheiden. Gott hat es so gewollt, dass er vor mir gehen musste, vor mir, der ich älter bin und mich auf den Tod vorbereitet habe. Wir sind in dieser Stadt nicht mehr viele von den Alten. Jetzt bin es trotzdem ich, der Ältere, der ihn verabschiedet. Ich habe diesen Mann geschätzt und geliebt. Er hat zur Stadt gehört und für sie gelebt. Und ihr, die ihr zur Stadt gehört, die ihr nach göttlichem und menschlichem Gesetz hier lebt, sollt wissen, dass Menschen selten sind, die nicht mit Gedanken gegen das Gesetz verstoßen, dem sie ihre Seele verpflichtet. In ihm lebte die Seele, die unsere Stadt geformt hat, die Seele der Ahnen loderte in ihm, die vor Jahrhunderten diese Kirche errichtet, die Basteien dieser Stadt erbaut, die Häuser mit lieben und edlen Gebräuchen gefüllt hat, mit dem Geist der Kultur, des guten Benehmens und den Ritualen des angenehmen Umgangs. Diese Seele lebte in ihm. Er gehörte zur Stadt, und ein bisschen gehörte die Stadt auch zu ihm, er war ein Teil des Ganzen, voller Erinnerungen, Verpflichtungen und Gewissen. Denn ich sage euch, nicht der ist der Gerechte, der immerfort den Namen des Herrn im Munde führt. Das hat er nicht getan. Aber er hat gefühlt und geschaffen. Alle kannten wir ihn und ahnten auch sein Werk, das er demütig schuf, so demütig, dass keine Spur von ihm geblieben ist, weder auf Stein noch auf Leinwand und auch nicht in geschriebenen Worten. Er war ein Künstler, so bescheiden und edel, dass er sein Werk nicht einmal mehr festhalten wollte. Aber wir, die wir ihn gekannt haben, kannten auch dieses Werk. Wir bewahren sein Gedenken und halten sein Werk in Ehren.«

Der Bischof hustete und hielt sich die Hand mit dem

spitzenbesetzten Chorhemd und dem Taschentuch in einer ältlichen Bewegung vor den Mund. Dann fuhr er lauter fort: »Denn es gibt viele, die Gott beschenkt und die der Welt ein Andenken hinterlassen, ein Gebäude oder große Gedanken. Und es gibt andere, die nur in der Gnade leben, bescheiden und unauffällig, die namenlos bleiben und doch etwas erschaffen, das in der Welt weiterlebt, und das Erschaffene hat Proportionen und Moral, und die Zeit kann es nicht vernichten. So ein Schöpfer war der Mann, der hier vor uns ruht, in dieser Kirche, die seine Ahnen zu bauen halfen, in dieser Stadt, in der er geboren ist, die er mit künstlerischem Inhalt gefüllt hat und in der er jetzt zur Ruhe einkehrt. Wenn ich mir sein Leben ansehe, empfinde ich es als rund. Ich bewundere Gott. Dieses Leben war so wahr und andächtig, wie es nur sein konnte. Er war unser Verwandter in einer Welt, die immer fremder wird, die manchmal schon bis zur Unkenntlichkeit fremd ist. Kraft war in ihm und Widerstand, er kannte die Macht der Liebe, aber er kannte auch die Macht der Rache, und an diesem Sarg sage ich euch, dass auch die Rache moralisch sein kann. Legt ihn zurück in die Erde, in der seine Ahnen zu Staub zerfallen. Er hatte keinen weltlichen Rang unter uns, aber jetzt, da wir ihn begraben, spüren wir alle, dass er zu den Ersten, zu den Kostbaren gehörte.«

Er verstummte und begann leise lateinisch zu beten. Sie warteten mit dem Gesang, in der Hoffnung, er würde noch etwas sagen. Aber er streckte schon die Hand nach dem silbernen Sprengel aus und segnete den Toten mit einer leichten, einfachen Bewegung aus. Da merkten und verstanden sie, dass der Bischof alles gesagt hatte, was man über den Vater sagen konnte, und begannen verlegen zu singen. Lange sangen sie, auch auf Lateinisch, Totenlieder, die die Verstorbenen in dieser Gegend seit Jahrhunderten auf ihrem letzten Weg begleiteten, aber die Fremden kannten diese Melodien nicht.

Die Kirche hatte sich beunruhigend mit Fremden gefüllt. Die Zeremonie hatte gegen halb vier begonnen, und eine Stunde später drängten sich auch in den Nischen der Kapellen und vor den Nebenaltären Menschen, vor allem Männer, mit Blumen in der Hand und in festlicher, schwarzer Kleidung. Die Alteingesessenen verloren sich beinahe zwischen den Fremden. Düster standen sie da, neugierig, höflich und geschoren, denn in diesen zwei Jahrzehnten hatten sie in der Stadt schon vieles gelernt, und es gab gerade einmal zwei oder drei unter ihnen, die zur Beerdigung, zum schwarzen Anzug, gelbe Schnürschuhe angezogen hatten. Als hätte der Vater, der in seinem Leben nur zwei oder drei Mal mit den Fremden gesprochen hatte – einmal am Morgen auf dem Markt, als sie die Stadt besetzt hatten und der Vater protestierte, einmal in der Notendruckerei, als der Beamte mit Aktentasche, gelben Schuhen und Jackett ihm ein nicht ganz freundlich gemeintes Bündnis angeboten hatte, und vielleicht noch einmal, als die hässliche Steinfigur vom Sims des Kirchenfensters heruntergestürzt war, sich die Menge unruhig benommen und der Vater dem die Mannschaft leitenden Polizeioffizier ein paar Worte hingeworfen hatte –, als hätte er dennoch auf sie gewirkt und als wären sie jetzt gekommen, um noch einmal oder zum ersten Mal in ihrem Leben tot den Mann zu sehen, um den sie sich im Leben nicht viel gekümmert hatten, von dem sie insgesamt nur wussten, dass er ein vernachlässigtes, altmodisches Geschäft auf dem Hauptplatz hatte, in seinem eigenen Saft schmorte, im Schaufenster des Geschäftsraums eine Harfe aufbewahrte.

»Er war Harfenhändler«, murmelten Einzelne unwissend, die Blume in der Hand, reckten sich und spähten zum Sarg hin, denn sie hatten ihn nicht ignorieren können. Überrascht nahmen sie jetzt zur Kenntnis, jetzt, da der alte Mann gestorben war, dass er sie etwas anging, dass sie ihm etwas schuldeten. Sie kamen zu mehreren, auch die Gerichtsvollzieher, gleichsam als Körperschaft; sie standen etwas abseits im Mittelschiff der Kirche, einige Schritte hinter den Offizieren.

Der fremde General war an der Spitze seiner Stabsoffiziere erschienen; er stand neben dem Bürgermeister, dem Sarg gegenüber, in Paradeuniform, an der Brust besondere und wenig bekannte Orden, mit weißen Handschuhen, streng und zufrieden wie jemand, der ritterlich seine Pflicht erfüllt, weil es im Tod keinen Gegner gibt und sich die Konkurrenten versöhnen. Auch einen Kranz hatte er geschickt, wie geplant, einen etwas demonstrativen und symbolischen Kranz, auf dessen Band er nach langem Nachdenken mit goldenen Buchstaben diesen bescheideneren Text schreiben ließ: *Dem vortrefflichen Bürger*.

Der Kranz des Generals wurde abseits abgelegt, ganz abseits, in etwas Abstand zu den Kränzen der Familie und der alten Bekannten. Zwischen den feierlichen Blumen lagen auch kleine Sträuße, ungekennzeichnete Blumen ohne Band und Inschrift, Sträuße aus Vergissmeinnicht und auffällig schmucklose Veilchensträuße, die sichtlich von weiblichen Händen gebunden und dem Verstorbenen geschenkt worden waren. Die Blumen bedeckten die Bahre, mit der Bereitschaft und Üppigkeit, wie die Lebenden eilig bemüht sind, das Beschämende, das Verdächtige, die Niederlage, den Tod mit etwas Duftendem und Prächtigem zu verdecken. Der Duft lag schwer und träge in der Luft der Kirche, und die Menge, die auch nach der Ansprache des Bischofs noch hereinströmte und sich versammelte, atmete schwer, mehrere blasse Frauen mussten hinausgeführt werden. Die Zeremonie dauerte lange. Nach der Rede des Bischofs und der Aussegnung rührten die Totenträger noch eine Weile nicht an den Sarg, die Masse sang nicht mehr, sie standen nur da, starrten einander an und die trauernden Familienmitglieder, die Blumen und den Toten. Manchmal ging der eine oder andere einsame Mensch aus der Menge los, nahm vorsichtig, mit neugieriger und scheuer Miene, die mit schwarzem Stoff verhüllten Stufen, reckte sich und beugte sich über den Sarg. Der Kürschner Zerzen sah dem Toten lange ins Gesicht, suchte dann mit winzigen Bewegungen sein Monokel hervor und besah sich das Gesicht noch einmal, gleichsam vergrößert, in Überlebensgröße. Er schüttelte den Kopf und tippelte davon, wie er gekommen war, mit kleinen Schrittchen und kurzsichtig.

Péter stand auf der linken Seite des Sargs neben dem hohen, silbernen Fackelhalter, dessen Spiritusflamme das Gesicht des Vaters und die trauernde Menge mit zitternden, bläulichen Blitzen erleuchtete. Er stand neben Anna und Tamás, ein wenig seitlich und extra, und schämte sich. Seit zwei Tagen schämte er sich, immer heftiger, mit körperlichen Symptomen, so, wie man sich einer Krankheit schämt. Ohne Wort und Zeichen hatten sie sich neben dem Sarg aufgestellt, zu dritt, ein wenig wie ein Gruppenbild, gegenüber der anderen Partei der Familie, gegenüber Márta, die in ihren schwarzen Schleiern neben Albert beinahe zusammengesunken an der rechten Seite des Sargs kniete und ein Kreuz nach dem anderen schlug. Sie trauerte zu sehr, und Tamás machte Péter mit einem wütenden und verzerrten Zucken der Lippen auf die unschicklichen, unberechtigten und gekünstelten Ausmaße dieser Trauer aufmerksam. Es war, als trauere sie über eine familiäre Übereinkunft, über ihren Rang hinaus, und in der Kirche, wo sich viele aufhielten, die den Rang der Garrens untereinander kannten, bemerkte man diese Übertreibung und schüttelte den Kopf. Albert trauerte eifrig und scheu. Er wollte gern ordnungsgemäß trauern, seinem Rang entsprechend, so, wie man seinem Rang gemäß heiratet. Ab und an sah er sich unruhig um, forschte in den Gesichtern, vergewisserte sich mit hilfesuchendem Blick, ob er richtig trauerte, würdig und düster genug, bescheiden und selbstbewusst genug, wie es sich für einen Garren, für einen – in diesem Augenblick spürte er es peinlich – nicht ganz erstrangigen Garren gehörte. Denn die Rangfolge, von der Judit vor wenigen Tagen festgestellt hatte, sie sei noch nicht »endgültig«, bildete sich in diesem Augenblick am Sarg heraus, ohne Worte und Diskussionen: Péter schien etwas hinabgestuft worden zu sein, Albert landete ganz hinten, hinter Edgár, und an der Spitze stand Anna, aufrecht, im schwarzen Kleid, ohne Tränen. Am Sarg stand Anna in der ersten Reihe. Nach den Jahren des Dienstes, nach dem Leben als Kamel in der Wüste, war sie jetzt die Erste in der Reihe, am Fuß des Sargs, aufrecht, im schwarzen Schmuck. Frau Erzsébet saß dem Sarg gegenüber in der ersten Bankreihe, aber trotzdem wie jemand, der überheblich Platz macht, weil es für ihn so auch gut ist. Edgár und Judit hatten sie bescheiden und scheu in ihre Mitte genommen. Die Kinder hatte man nicht zur Beerdigung mitgenommen, sie waren zu Hause, weil das Bübchen beim etwas reichlichen Mittagessen vor der Beerdigung aus Aufregung mehr als gewöhnlich gegessen und sich den Magen verdorben hatte.

Sebestyén stand hinter Péter, genau einen Schritt weiter hinten als die Geschwister, zwischen Sarg und Menge, mit wunderbarem Ranggefühl: Auch die Fremden bemerkten, dass der ältere Herr, der sich in der Nähe der Garrens aufhielt, kein herumlungernder, gleichgültiger Trauernder war, sondern ein Gehilfe und Verwandter. Seine Hände steckten in schwarzen, gestrickten Handschuhen, und in ihnen drehte auch er einen Zylinder, wie Tamás, der endlich auch öffentlich diesen ausländischen Kopfputz mit dem glänzenden Fell aufsetzen konnte – nicht nur nachts in Nebenstraßen.

Tamás und Sebestyén waren die Einzigen aus der Familie, die bei der Beerdigung einen Zylinder trugen, und unter den Trauernden war noch der Rechtsanwalt Tokár mit Zylinder in der Hand gekommen – mit einem sonderbaren, verbeulten, altertümlichen Röhrenhut, wie ihn der Henker bei der Arbeit trug. Tamás blinzelte misstrauisch und beschämt zu Tokár, dem Zylinderrivalen. Aber Sebestyén sah nur den Vater an. Als sähe er ihn zum ersten Mal, betrachtete er mit vorgestrecktem Kopf, sonderbar selbstvergessen, vertieft und neugierig das Gesicht des Toten, und manchmal reckte er sich für einen Augenblick in Richtung des Sargs, aber immer blieb er an seinem Platz hinter Anna und Péter, in einem Schritt Entfernung, unter instinktiver Einhaltung der Ordnung.

Im Sarg, unter dem schwarzen Seidentuch, das den Körper des Vaters verbarg, hatte Sebestyén dem Toten den *Con-*

trat Social, das in Leder gebundene Werk Rousseaus, in die Hand gegeben. Von dieser Wegzehrung wusste niemand in der Kirche außer Anna – auch die Familienmitglieder nicht. (Wie die Verstorbenen in früheren Zeiten, dachte Péter, als er Jahre später von dieser sonderbaren Übertreibung hörte, wie die alten Toten, die alles mit ins Grab nahmen, was sie bei der Auferstehung nötig haben könnten.) In diesen Tagen näherte sich Sebestyén so natürlich mit allen Fragen, Sorgen und Überlegungen Anna, als wäre der Rang der Garren-Tochter verkündet worden, als hätte Anna, ohne Schrift und Urkunde, im Sinne der inneren Kraftverhältnisse der Familie den Thron bestiegen – nicht Péter, der an Jahren älter war, sondern Anna, die Erste auf dem weiblichen Zweig, Tochter von Gábor und Krisztina, und als sei in Zukunft sie allein berufen, über das Archiv, das Geschäft und die Angelegenheiten der Garrens zu entscheiden.

Anna hatte Sebestyéns ehrfürchtig und etwas zaghaft vorgebrachtes Angebot angenommen; sie war einverstanden gewesen, dass er das Buch, in dem der Vater oft und gern gelesen hatte, unter dem schwarzen Tuch verbarg, in den Fingern des Toten im Sarg.

»Eine etwas sentimentale Idee«, hatte sie höflich, aber kühl bemerkt.

»Er hat es so gewollt«, erwiderte Sebestyén mit gesenktem Kopf und blieb hartnäckig.

In diesen Tagen sprach Anna gemessen und ruhig. Sie empfing die Fremden mit so kalter Überlegenheit, stand so würdevoll vor dem Bischof, als hätte sie ihm an den Mittwochnachmittagen nicht alles erzählt, das Geheimnis und den Traum, und sie sprach so überlegen und in Anordnungen mit Erzsébet und Albert, als wäre sie ausgezeichnet worden. Als wäre sie nicht die Anna, die irgendwann – ihr Zeitgefühl funktionierte in diesen Tagen nur lückenhaft – gegen vier Uhr am Nachmittag einen unschicklichen, krampfhaften Hunger verspürte, ein körperliches Verlangen, das sie sich unverzüglich zu befriedigen bemühte. Die Stunden, in denen sie sich vom Vater verabschiedeten, vom Haus, von diesem abgeschlossenen Zeitalter des Garrentums, füllten sich mit der unmenschlichen und grausamen Stimmung einer bisher nie gekannten Feierlichkeit. Die Spiegel wurden mit Tüchern verhängt, die Garrens kleideten sich vom Scheitel bis zur Sohle in Schwarz, aber über dieses übliche Zubehör der Trauer hinaus ließen all ihre Worte und Bewegungen den Eindruck eines ungeschriebenen und geheimnisvollen Festes entstehen, einer unbekannten Sonntäglichkeit, die dennoch spürbarer war als alle offiziellen, mit roten Buchstaben in den Kalender eingetragenen Feiertage, in der sie blass, mit erhobenem Haupt und ein wenig stolz einhergingen, in der sie anders kochen ließen und zu sonderbaren Zeiten zur Ruhe gingen, weil sie von Zeit zu Zeit unsystematisch müde wurden.

Tamás beispielsweise legte sich am ersten Tag – denn seit dem Augenblick, in dem der Vater gestorben war, zählten sie die Tage anders, es gab einen »ersten Tag« und einen »zweiten Tag«, und später eine »erste Woche« und ein »zweites Jahr«, als hätten der gregorianische Kalender und überhaupt die christliche Zeitrechnung ihre Gültigkeit verloren –, Tamás legte sich am »ersten Tag« um elf Uhr am Vormittag nieder und schlief fast bis Mitternacht, erwachte dann ausgeruht und bat heiter um etwas zu essen. Seine Bitte verursachte keine Verlegenheit im Haus, denn alle waren wach, schlummerten in Lehnstühlen, aßen und kleideten sich an; das Personal wusch, nähte und kochte auch zu nächtlicher Stunde; die Familienmitglieder adressierten Traueranzeigen, besonders Albert, der mit einer umfangreichen Namensliste ankam, bescheiden, etwas beschämt und dennoch zufrieden, weil – nach Mártas Ansicht – »an alles irgendjemand denken muss«. Das Haus füllte sich mit Feiertag und Abschied, als würden ständig Reden gehalten oder als würde jemand erhabene Melodien auf dem Klavier spielen.

Und es schien, als hätte dieses feierliche Vorgefühl die ganze Stadt überflutet. Überall flatterten schwarze Fahnen, die Kaufleute – die alten, die noch in den Geschäftsräumen mit dem Gewölbedach arbeiteten und von Glashallen und vom Kolonialstil nichts wissen wollten – hatten beschlossen, in der Stunde der Beerdigung die Rollos ihrer Geschäfte hinunterzulassen. Sebestyén war mit gemessenen Schritten im Haus und in der Stadt unterwegs und traf Verfügungen. Und schließlich flohen alle Bitten und Verlegenheiten, Zweifel und Absichten zu Anna und ruhten bei ihr aus. In der Kirche sahen sie viele an, wie sie so aufrecht und stolz vor dem Sarg stand, ohne Tränen, im langen, schwarzen Gewand, und die Fremden flüsterten einander neugierig ihren Namen zu.

»Anna Garren!«, sagten sie. »Ja, das ist sie!« Mit Anna schien etwas geschehen zu sein, über Feiertag und Abschied hinaus.

Jetzt, da er Bischof den Toten ausgesegnet hatte und der Gesang verstummt war, als sich die Totenträger nicht rührten, weil Sebestyén das Zeichen noch nicht gegeben hatte, sahen sie den Vater noch eine Weile an, ohne Zeremonie.

Sie sahen ihn verschämt an, mit jener schmerzlichen Verschämtheit und scheuen, entsetzten Neugier, wie jeder Mensch in Gegenwart Fremder einen Toten ansieht, zu dem er eine Blutsverbindung hat. Der Vater hatte im Tod ein strenges Gesicht.

In seinem Leben ist er nie so streng gewesen, dachte Péter. Priesterhaft war jetzt das Gesicht, unversöhnlich, etwas spöttisch. Als schämte sich der Körper, dass sie ihn Fremden zeigten, in diesem mit Blumen und Pracht bedeckten, aber alles in allem doch beschämenden und erniedrigenden Augenblick. Als hätte er etwas verstanden, gar nicht mehr der Vater, sondern der Körper, dieser besondere Stoff, der siebenundsechzig Jahre lang folgsam dem Geist des Vaters gehorcht hatte: Spott und Lächeln waren aus dem Gesicht verschwunden, nur eine strenge Gleichgültigkeit war geblieben. Mit diesem Gesicht konnte man nicht mehr diskutieren. Es war weder gefühlvoll noch furchterregend – statuenartig war es, eher gelb als grau, und so starr und ruhig wie die Gesichter der Heiligen in der Kirche, wie sie um den Altar und auf den äußeren Simsen angeordnet sind. In diesem Augenblick erinnerte er stark und beängstigend an den Großvater Mátyás Garren, dessen Bild an der Prachtwand des Ratssaales hing, als ob alles, was der Geist des Vaters diesem Gesicht dazugegeben hatte, verflogen und nur das Garren-Material geblieben wäre: die große Nase, das knochige, eckige Kinn, die vorspringende Stirn und um die eingefallenen, geschlossenen Augen eine Milde und Nachdenklichkeit – körperliche Züge, die in jedem Garren-Gesicht auftauchten und sich manchmal vergeblich hinter Vollbärten oder Auslandsreisen versteckten. Im Augenblick des Todes begannen diese Züge zu schreien, mit verräterischer Betonung, gnadenlos. Im Gesicht des Toten zeigte sich eine andere Art von Garrentum, als man es beim Lebenden kennengelernt hatte – trotziger, härter und beständiger.

Das sind wir, dachte Péter. Er reckte sich ein wenig und sah ihn sich aufmerksam an. Dieses Kinn, diese Stirn, ja. Alles andere ist nur Licht und Schatten. Dann nahmen sie einander beim Arm und wandten sich ab, weil die Totenträger den Deckel auf den Sarg legten.

Der Bischof hatte angeordnet, dass während der Beerdigung unermüdlich die Glocken läuten sollten – natürlich nicht nur die Totenglocke, die normalerweise die Verstorbenen verabschiedete, sondern alle Glocken: die mit dem silbernen Klang im unvollendeten Turm der Kirche und die große Glocke mit dem dröhnenden Laut im ersten Geschoss des versinkenden Glockenstuhls, diese mehrere Jahrhunderte alte Glocke, die von Zeit zu Zeit zur Kanone umgegossen worden und dennoch Glocke geblieben war, deren Klang man weithin hören konnte, auch außerhalb des Lautkreises der Stadt, über der Bucht und dem Meer. Als sich der Zug in Bewegung setzte, begannen die Glocken zu läuten, mit so übertriebenem Schall und ohrenbetäubendem Dröhnen, wie sie zuletzt nur an dem Morgen geläutet hatten, an dem die Fremden in die Stadt gekommen waren und der Vater auf seine eigene Weise protestiert hatte. Der Zug formierte sich langsam, jeder achtete auf seinen Rang, vor der Kathedrale versuchte ein hochrangiger Polizeioffizier – derselbe, der an dem stürmischen Morgen im Dienst gewesen war, als der Wind die etwas ordinäre Steinfigur vom Sims eines Turmfensters gefegt hatte – mit unterdrückten Kommandoworten, aufgeregt und in weißen Handschuhen, dem General, dem neuen Bürgermeister und den Gerichtsvollziehern einen Weg zu bahnen. Denn jetzt, als der Sarg vor die Kirche getragen und in die Trauerkutsche gestellt wurde, drängte sich die Menge unablässig um den Wagen, die Kränze und Sträuße hatten nicht genug Platz auf den Karren, einige von den Alteingesessenen halfen, die Blumengebinde zu tragen, und es dauerte seine Zeit, bis sich um den Sarg und die Kutsche herum eine Art Marschordnung nach Rangfolge und Zusammengehörigkeit gebildet hatte und sie endlich losgehen konnten.

Der General ging mit seinen Offizieren und dem Bürgermeister hinter der Familie, in gebührender Entfernung, gerade nur so nah, wie es sein offizieller Rang erforderte. Der Pfandleiher Kalb schritt in Tamás' Nähe, schlecht gelaunt, als hätte er das Gefühl, dieses eine Mal auch selbst Trost oder Zuneigung nötig zu haben. Er dachte daran, dass die Pfandleihe nur so lange einen Sinn ergibt, wie Menschen leben, denen man nicht nur etwas leihen kann, sondern bei denen sich das auch lohnt. Die einfache Leihe an sich, dachte er, ist langweilig. Er keuchte beim Gehen, denn er war sehr dick. Der Polizeioffizier blieb immer wieder zurück, er behielt seine Männer im Blick, lief auf und ab zwischen den Familienmitgliedern und dem General mit seinen Offizieren – jetzt, da die Trauerkutsche und der Zug vom Kirchenvorplatz losgegangen waren und das, was, mit dem dunklen Wort des Vaters, vor Monaten »begonnen« hatte, gleichsam Form und Abschluss bekommen hatte, versammelte sich um den Vater und die Kathedrale wieder die Menge, die sich Monate zuvor so unruhig benommen hatte, und der Polizeioffizier beobachtete nervös die sich bildende, leise flüsternde, neugierig blinzelnde, manchmal innehaltende Menschengruppe. An jeder Straßenecke standen seine Polizisten auf der Wacht, in Paradeuniform, mit Tropenhelm und Gummiknüppel. Der General schritt ernsthaft und vornehm voran, als erfülle er seine Pflicht, aber auch er sah sich, ebenso wie seine Offiziere, von Zeit zu Zeit um und vergewisserte sich der Gegenwart der Ordnungskräfte, dann ging er mit herausgestreckter Brust und strammen Schritten weiter. Sie kamen langsam voran. Ein lauwarmer Regen nieselte auf sie nieder, eine milde Dusche, dann kam die Sonne heraus. Die Bäume waren schon voller Laub. In kalter und scharfer Helligkeit zogen sie weiter.

Vielleicht lag es daran, dass der Vater auf Wunsch des Bischofs von der Kathedrale aus beerdigt wurde, vielleicht, weil während der Beerdigung pausenlos alle Glocken der Stadt läuteten, vielleicht, weil die Kaufleute in der Stunde der Beerdigung die Rollos ihrer Läden hinuntergelassen hatten: Der Polizeioffizier hatte das Gefühl, dass auf dem Platz oder in der Stadt etwas Außerordentliches geschah. Die Fremden drängten sich neugierig in dem Trauerzug, aber als sich die Menge auf dem Hauptplatz, irgendwo vor dem Garren-Haus, in ihren wahren Ausmaßen entfaltete, schlichen sich mehrere angespannt davon. Der Vater hatte keinerlei offiziellen Rang gehabt – er war nicht einmal Stadtrat gewesen –, niemals hatte man von außergewöhnlichen Taten von ihm gehört, und alles, was man mit halbem Ohr erlauscht hatte, war, dass er »Buchhändler« gewesen war, aber nebenbei auch »Künstler«, dass er der Stadt irgendein »Werk« hinterlassen hatte, und alles, was die Rede des Bischofs an Anspielungen und Lob enthalten hatte, konnte für sie so wenig verständlich gewesen sein, dass sie untereinander mit missbilligendem Kopfschütteln halblaut zu diskutieren begannen, ob diese halb offizielle Trauerehre dem Toten überhaupt zustand. Sie rätselten, welche Intrige und welches Geheimnis sich hinter dieser Beerdigung verbargen, und maßen die Alteingesessenen mit feigen, feindlichen Blicken, als wäre die Beerdigung dieses undekorierten Mannes ohne Titel und Rang der Vorwand für eine schwer beweisbare, aber böswillige Verschwörung. Die Fremden, die nur aus Neugier in der Stunde der Beerdigung des Vaters um die Bahre und vor der Kirche zusammengeströmt waren – weil sie von dem »Wohlfahrtsausschuss« gehört hatten, von einem Garren, der »irgendwann auch Bälle veranstaltet hat« –, die sich zusammengeschart hatten, weil sie den Vater nicht ignorieren konnten, waren im Großen und Ganzen derselben Meinung wie der General und der Polizeioffizier: Sie flüsterten und stichelten, diese Beerdigung sei nicht ganz ungefährlich, es werde gut sein, den Tag am Abend zu loben, und man müsse sich freuen, wenn alles ohne Lärm und Verletzung der Ordnung abgehe. Und weil die Glocken mit unversöhnlichem, ohrenbetäubendem Dröhnen schrien, als wollten sie Anklage erheben, und weil sich der Bischof nach der Aussegnung in seine Wohnung zurückgezogen hatte – nur seine Hofpriester begleiteten den Sarg auf den Friedhof –, und weil der Friedhof weit entfernt war und sie überhaupt voller Misstrauen waren und sich schlecht fühlten, blieben die Fremden langsam hinter dem Zug zurück. Als die Trauerkutsche vor dem Garren-Haus ankam, waren die Alteingesessenen beinahe unter sich – allein mit dem Toten und den Familienmitgliedern.

Langsam zogen sie weiter, stolpernd, in unsicherem Wogen, nach einem inneren Takt und noch langsamer als gewöhnlich, als wäre es nicht eilig mit der Zeremonie, als müsste man den Weg jetzt genau bis ans Ende gehen, ohne Umwege und ohne Eile, weil dies ihr Weg war, der Weg des Vaters und der Stadtbewohner, als müsste man von Zeit zu Zeit stehen bleiben und singen – und wer das nicht verstand, der mochte sich abwenden oder Abstand halten. Durch die hinuntergelassenen Rollos der Geschäfte wirkte die Stadt ein wenig so, als wäre Sonntag, und ein wenig so, als wäre sie ausgeraubt worden.

Die Kaufleute, Gábor Garrens entfernte Berufsgenossen, gingen im Trauerzug mit, als Körperschaft, einige Schritte hinter den Kerzengießern und vor den Fischern. Den Geschäftsraum des Aiolos hatte Sebestyén natürlich an diesem Tag geschlossen, aber er hatte vergessen, das Rollo hinunterzuziehen – vielleicht, weil er nicht daran gedacht hatte, vielleicht, weil er es so als schicklich empfunden hatte –, und so war im Schaufenster die Harfe zu sehen, der einzige Rest vom großen Warensortiment, als Symbol und Erinnerung.

Tokár und Zerzen diskutierten flüsternd, ob der Vorsitzende des Wohlfahrtsausschusses wohl recht handelte, wenn er beizeiten die Hand auf dieses Kunstobjekt legte und die Harfe rettete. Über eine Sammlung und einen neuen Verein verhandelten sie. Sie gingen am Garren-Haus vorüber, an der hohen Steinmauer des Gartens entlang – die Akazie blühte schon, ihr süßer, kräftiger Duft überströmte den Straßenabschnitt –, dann bog der Zug in Richtung des Krähenbergs und des Friedhofs ab. Sie zogen die von Pappeln gesäumte Straße entlang, die geradewegs zum

Meer führte und die zu Krisztinas und Lucys Zeiten der liebste Spazierweg des Vaters gewesen war. Das Glockengeläut strömte ihnen in kompakten, dichten Wellen hinterher. Als sie auch die Straßen der Vorstadt verlassen hatten, stiegen der General und die Vornehmheiten in Automobile und fuhren dem Trauerzug langsam hinterher. Für die Familienmitglieder hatte Sebestyén Mietwagen bestellt, aber alle begleiteten den Vater zu Fuß, sogar Judit, die im fünften Monat schwanger und in den vergangenen Wochen etwas schwerfällig geworden war.

Die Pferde mit den schwarzen Federbäuschen blieben vor dem engen Tor des Friedhofs stehen, die Garrens hoben den Sarg herunter – Péter und Tamás auf der einen, Edgár und Albert auf der anderen Seite, vor ihnen ging Sebestyén und wies die Richtung – und brachten ihn zu Fuß auf den Friedhof. Der Sarg war nicht besonders schwer; Péter erinnerte sich später so, als wäre er nicht viel schwerer gewesen als ein Kind, das man auf den Arm nimmt.

Vor der Krypta blieben sie stehen, setzten den Sarg ab, der mit dem Körper des Vaters gefüllt war, mit dem *Contrat Social* und noch mit einem geheimnisvollen Inhalt, dessen Namen sie in diesem Augenblick nicht wussten, und sahen sich verlegen um. Jetzt traten die Kapläne hervor und ein dicker Domherr, den der schwache und erschöpfte Bischof an seiner statt geschickt hatte; die Priester begannen zu singen, sie beteten auf Lateinisch, und der Domherr segnete den Toten noch einmal aus. Die Familie stand um den Sarg und wartete; sie warteten mit einem Gesichtsausdruck, als könne noch etwas geschehen. Auch die Stadtbewohner standen um die Krypta und den Sarg herum – hier am Berghang, auf dem Friedhof waren es noch immer viele, vielleicht mehrere Hundert. Hier standen die Gruppen der Fischer und der Kaufleute und alle, die noch lebten von den einstigen Mitgliedern und Leitern des Wohlfahrtsausschusses, und die alten Ratsmitglieder, sozusagen alle, die in der Stadt geboren waren und den Vater persönlich gekannt hatten – nur ganz Alte wie Zerzen und Lacta waren am Tor des Friedhofs zurückgeblieben, sie waren auf dem letzten Abschnitt des mit Pappeln gesäumten Weges umgekehrt, weil sie es nicht schafften, den Berg hinaufzusteigen.

Lacta mochte Beerdigungen sowieso nicht. Missgelaunt schlenderte er zurück, blieb manchmal stehen und sah sich um. Das Krankheitsbild, dachte er grummelnd, und nachdenklich schlug er mit seinem Stock die Blätter des wilden Spinats, der im Graben neben dem Weg wucherte. Ja, er ist gestorben, weil er es nicht mehr ausgehalten hat, weil etwas in ihm gekränkt worden ist, dachte er. Alle Menschen sterben, wenn das in ihnen gekränkt wird, an das sie glauben, was ihnen wichtig ist, was ihre Würde und ihr Werk in der Welt ist. Wer hat ihn gekränkt?, überlegte er. Die Fremden? Die Kinder? Die Frauen? Oder nur das Leben ganz allgemein, die Erscheinung und der Prozess, der in Romanen und in Medizinbüchern beschrieben wird und eigentlich keinen benennbaren und festhaltbaren Inhalt hat? Lacta konnte diese Fragen nicht beantworten, langsam ging er weiter und hakte sich bei dem alten Zerzen ein, der beim Gehen mit greisenhafter Gesprächigkeit über sein Ohrensausen klagte und ganz nebenbei gern einen kostenlosen ärztlichen Rat gehabt hätte.

Jetzt stehen sie dort um seinen Sarg, Kenta und Zorner, die hervorragenden Kollegen, dachte Lacta. Sie sind wirklich hervorragend. Was sie nicht alles wissen! Schade, dass ich nichts weiß, dachte er bedauernd. Und da stehen sie alle, die Alten, die sich manchmal noch an diesem oder jenem Sarg treffen, aber jeden Tag weniger werden, die mich vergeblich rufen lassen, vergeblich auch den hervorragenden Kenta und den sympathischen, jungen Zorner, vergeblich, dachte er. Sie werden immer weniger, und eines Tages wird die Stadt ohne sie sein, und dann wird auch sie verwittern, die Häuser werden verschwinden – vielleicht hat Anna Garren recht, das Krankheitsbild ist nicht so leicht festzustellen, wie Kenta glaubt. Mach dich bereit, alter Arzt!, dachte er. Mach dich bereit, es wird Zeit zu sterben.

So ging Lacta neben dem schwatzenden Zerzen zurück in die Stadt. Die Sonne schien noch, es mochte halb fünf Uhr am Nachmittag sein, die Luft war voller warmer Maibläue. Um die Krypta herum standen ratlos die Trauernden und die Fremden, niemand hatte die Lust und den Mut, ein Zeichen zu geben, sie starrten nur in die Luft und auf die Blumen. Die Garrens wandten sich ab, betrachteten ihre Schuhe und besahen sich in großer Verlegenheit den Sarg. Die Fischer hatten ihre Ledermützen abgenommen und kratzten sich zögernd den Bart. Der Sarg verschwand in der Krypta, die Gittertüren wurden verschlossen, und jetzt setzte sich die Menge in Bewegung: Einzeln traten sie vor die Krypta, warfen durch das Gitter Blumen auf Gábor Garrens Sarg und schlugen ein Kreuz. In einer langen Reihe zogen sie Schritt für Schritt an der Krypta vorbei.

Der General stand, etwas von der Menge entfernt, im Halbkreis seiner Offiziere und Beamten und betrachtete erstaunt die Prozession. Eigentlich kannte er diese Familie wenig. Jetzt hatte er das Gefühl, er erfahre etwas über sie – nicht nur über die Familie, sondern auch über die Stadt, über die fremde, besetzte, aber nicht ganz eroberte Provinz, und er wandte sich taktvoll ab und unterhielt sich halblaut mit seinem Flügeladjutanten, als wolle er die Familienszene nicht stören.

Es dauerte ziemlich lange, bis die Stadtbewohner, die alten Familienmitglieder, die Fischer, die Kaufleute und alle, die Gábor Garren gekannt hatten, die etwas von seinem Werk gehört hatten und den Künstler in ihm geachtet hatten, vor der Krypta vorbeigezogen waren. Es dauerte lange, vielleicht war es schon nach fünf Uhr, und noch immer standen die Garrens und einzelne Alteingesessene da und verabschiedeten sich auf ihre Weise von Gábor Garren. Von hier, vom Krähenberg, konnte man die Stadt scharf sehen, und der General wandte sich von der Menge weg und betrachtete mit kurzsichtigem Blick die Landschaft, ernst und beklommen. Dann winkte er seinen Offizieren, hob die Hand an die Mütze, salutierte vor Anna, Erzsébet und den Garrens und ging zu seinem Auto.

Der Flügeladjutant schwieg auf dem Rückweg höflich. Als sie an die Stadtgrenze kamen, blickte der General zum Friedhof und sagte freundlich: »Schön haben sie ihn begraben.« Der Flügeladjutant nickte.

»Ja, diese alten Familien«, sagte er. »Es sind nicht mehr viele. Offenbar halten sie zusammen. Eines Tages werden sie verschwinden, alle«, sagte er, als wolle er sich Mut zusprechen.

»Aber die Toten bleiben hier«, sagte der General.

Mit seiner behandschuhten Hand wies er zum Friedhof und zum Krähenberg, der jetzt, in den Strahlen der sich verabschiedenden Sonne, sonderbar gewachsen war, er schien ein wirklicher Berg zu sein und türmte sich hoch über der Stadt auf, voller Särge, Marmorsteine und Erinnerungen, mit allem, was die Stadt geschaffen hatte und was man nicht ganz erobern konnte. Der Flügeladjutant schwieg ehrerbietig.

Die Toten?, dachte er und empfand eine leichte Beklemmung. Die Toten können auch etwas tun?

Die Frage wagte er nicht auszusprechen, er verschwieg sie, wie wir im Allgemeinen die Fragen verschweigen, auf die wir tief, im Geheimen, von der Ewigkeit her die Antwort wissen. Stramm saß er da, mit verschränkten Armen; schweigend fuhren sie durch die Stadt, die inzwischen ihr vertrautes Alltagsbild wiederbekommen hatte, der Glockenklang war verstummt, und in der eingetretenen Stille zogen die flinken Gehilfen wie auf ein stummes Signal die Rollos der Geschäfte hoch.

Die Seele schaut zurück

Gábor Garren war gegen sieben Uhr am Morgen gestorben. Seine Seele schwebte noch eine Weile im Sterbezimmer und strömte über alles hin, was zu den Garrens gehörte.

Nach der Beerdigung spürten sie noch lange die Gegenwart der Seele im Haus. Natürlich war sie kein Wiedergänger, sie schlug keine Türen zu und ließ nicht die Fenstervorhänge wehen. Sie spürten nur ihre Gegenwart, wie man das Sonnenlicht oder den Hauch der Nacht spürt. Die Seelen der Väter bleiben nach ihrem Tod noch eine Weile bei denen, die sie geliebt haben: Die Zimmer füllen sich mit ihnen, und sie berühren die Seelen ihrer Lieben. Diese Berührung ist viel sanfter, als die verzweifelten Seelenbeschwörer, die enttäuschten Hexen glauben: Die Seelen der Väter lassen natürlich keine Tische tanzen, sie antworten nicht auf einfältige Fragen und vermitteln keine braven Wünsche. In den irdischen Angelegenheiten der Menschen haben sie nicht mehr mitzureden, sie können keine Krankheiten heilen und wirken nicht auf menschliche Charaktere. Sie sind nur noch eine Weile in dem Haus anwesend, in dem sie gelebt haben und wo die Familienmitglieder schwarz gekleidet sind, erniedrigt und befreit, beraubt und neugierig, in dem sie Schubladen herausziehen, in Taschen wühlen, die Geheimnisse der weggezogenen Seele suchen, unermüdlich ermitteln, als würde jeder Mensch in seinem Leben etwas bewahren und verbergen, was nur ihm gehörte, und als wäre dieser eigentümliche Schatz jetzt freie Beute.

Die Seele nimmt ihnen diese Neugier nicht übel. Hass und Übelnehmen sind für sie schon unbekannte Empfindungen. Sie kann nicht mehr zu den Lebenden sprechen, sie ist nur im Zimmer, wenn sie suchen und forschen, sie fließt über den Betten aus, wenn sie sich in den Schlaf weinen, und manchmal erscheint sie ihnen im Traum, in vertrauten Kleidern, ernst und mit mahnendem Blick.

Noch tagelang spürten sie die Gegenwart der Seele und sprachen leiser. Die Seele nimmt nach dem Tod anders wahr als zu der Zeit, in der sie noch zum lebenden Körper gehört: viel feiner und vielleicht auch gleichmütiger. Worte interessieren sie nicht mehr und Taten auch nicht; sie steht in Berührung mit dem, was in den Lebenden echte, unsichtbare Wirklichkeit ist, mit dem Gehalt der Seele und mit der Individualität. Gábor Garren blickte in der halben Stunde nach seinem Tod auf sein Leben zurück, auf die Familie, die Stadt und das Werk; und mit dem feinen Staunen, das nur die Seelen der Verstorbenen und vielleicht noch Septemberblumen und die edleren wilden Tiere empfinden können, bemerkte er, dass das Werk nicht ganz vernichtet war, dass es in den drei Geschwistern, in Anna, Péter und dem fremden Tamás, weiterlebte. Diese Feststellung erfüllte ihn mit besonderer Ruhe und Zufriedenheit.

Die Seele konnte dem Haus, seinen Bewohnern und der Stadt natürlich nicht mehr helfen, so wie sie niemandem auf der Welt mehr helfen konnte. Sie sah ihnen nur zu und stellte fest, dass im Augenblick ihres körperlichen Todes die rätselhafte Auflösung ihren Anfang genommen hatte, die immer eintritt, wenn ein Vater stirbt: Noch waren sie zusammen, aber schon trennten sie sich voneinander, tauschten noch die Gegenstände des Erbes untereinander aus, doch in ihrer Vorstellung rissen sie schon das Haus ab; am liebsten hätten sie auch die Fenster und die Dachziegel auseinandergenommen und jede Erinnerung abgerissen. Sie packten noch, aber schon teilten sie Fotografien und Silberlöffel untereinander auf, stopften Erinnerungen an Wörter und Szenen in ihr Gepäck.

Das Gebäude und das Werk, das die Familie zu Lebzeiten des Vaters gewesen war, begannen schon in der Viertelstunde nach seinem Tod zu verwittern und zu zerfallen. Albert sprach in diesen Stunden schon in einem anderen Ton mit seinen Kindern, in einem väterlichen Ton, im Ton des echten Vaters, anders als bisher; als wäre ihm ein Vollbart gewachsen. Auch Márta sprach höflicher mit Albert, als erkenne sie seinen neuen Rang stillschweigend an und streichele mit untertänigen Fingern seinen unsichtbaren Vollbart. Albert übernahm die Macht in gewissen Zimmern des Hauses, er zog sofort aus der Notendruckerei ins Obergeschoss, öffnete den Kleiderschrank des Vaters und wählte – mit Tränen in den Augen – den Pelzmantel, einen karierten Jagdanzug, den Frack und einen Strohhut aus. Später, nach der Beerdigung, kehrte er noch ins Sterbezimmer zurück, steckte sich die goldene Uhr des Vaters in die Tasche und ein Taschenmesser mit Emaillegriff und Korkenzieher. Während er diese Gegenstände auswählte, allein im Zimmer, seufzte er mehrmals.

Die Seele des Vaters sah dies alles, nahm es ihm aber nicht übel, weil Albert, als er so stahl und weinte, nur dem Gesetz gehorchte, das in ihm lebte. Die Seele wusste schon, dass niemand gegen seinen Charakter und gegen das Schicksal handeln konnte. Etwas unruhig beobachtete sie Edgár, der in diesen Tagen ziemlich gleichgültig und niedergeschlagen gewesen war und in der Nacht nach der Beerdigung seine junge Frau verlassen und in Erzsébets Zimmer geschlafen hatte, auf einem Sofa, in der Nähe der Mutter – als empfände er sich auf ganz besondere Art als Waise. Die Seele konnte das Schicksal des Lebens nicht mitverfolgen, aber sie hatte jetzt erkannt, was in diesen Charakteren unveränderlich war; und das Schicksal, jetzt ahnte sie es bereits, war nichts anderes, als diesem Charakter zu folgen. Deshalb beobachtete sie etwas unruhig Edgár, der in Erzsébets Nähe schlief und im Schlaf manchmal aufschrie und sich schüttelte.

Die junge Judit lag ruhig da. Mit dem Kind unter dem Herzen, dem neuen Garren, der schon Herz und Hirn hatte – ja, auch Charakter und Schicksal hatte er schon –, weich und fremd schlief sie in dem fremden Haus, das sich in der ersten Nacht wundersam gefüllt und geleert hatte, als der Körper des Vaters in die Krypta gebracht worden war: Es war voll von Garrens und dennoch so, als hätte man aus den Zimmern das ausquartiert, was dem Haus und der Familie Sinn und Inhalt gegeben hatte.

Sie werden das Haus verkaufen, dachte die Seele. Wahrscheinlich wird Kalb es kaufen, bei der Versteigerung; er wird es abreißen lassen und an seine Stelle etwas aus Glas und Beton bauen, mit Dachterrasse und Zentralheizung. Jetzt erinnerte sich die Seele, dass sie Kalb noch Geld schuldete; aber die Schuld hatte weder Sinn mehr noch Bedeutung. Ja, Albert nimmt den Pelzmantel mit, und Edgár wird das Haus verkaufen, dachte sie. Auch Judit wird arm und beginnt ganz von vorn. Irgendetwas hat auch dieser Garren mit der Kunst zu schaffen: Statt Haus und Pelzmantel erbt er vielleicht die Kunst, die künstlerische Neigung der Garrens, und vielleicht – dachte die Seele hoffnungsvoll – wird er der Erste, der diese Neigung in irgendeiner Form festhalten kann. Diese Möglichkeit erfüllte sie mit Befriedigung. Tamás wird weitergehen in der Welt, wie es ihm sein Charakter gebietet, dachte sie noch; neugierig und ein bisschen nervös wird er wandern, überall den Zauber wittern und unzufrieden sein, wie ein Mensch, der unermesslich viel Zuneigung nötig hat. Manchmal würde er anrufen, von Übersee, mit Péter oder Ábel sprechen, und es war nicht wahrscheinlich, dass er sich irgendwann zur Mittagszeit an einen gedeckten Familientisch setzen würde – er würde auf ewig in Hotelzimmern hausen und leider vielleicht nicht immer in den schönsten

Zimmern. Sein Charakter und seine etwas schwachen Nerven würden ihn vielleicht zwingen, die Zuneigung in der Welt mit gewalttätigen Mitteln zu suchen. Dem Vater tat Tamás leid, aber er konnte ihm nicht helfen. Jetzt, in der Nacht nach der Beerdigung, schlief er im Hotelzimmer, so unbeholfen waisenhaft, pausbäckig und grauhaarig, sanguinisch und hilflos, die Faust mit einer kindlichen Bewegung ans Gesicht gepresst, verzweifelt und mit klagendem Gesicht, als wüsste er, dass sein Weg noch lang war, dass er durch die Zimmer vieler Hotels und durch vielerlei Perus führte, aber dass er den richtigen Weg jetzt ganz allein und ohne Zauber finden musste; und beklommen spürte der Vater, dass das sehr schwer sein würde. Nein, Tamás konnte man nicht mehr helfen. Zerzaust und scheu lag er im Bett, um ihn herum im Zimmer die peinliche Ordnung, jedes Kleidungsstück, jeder Gegenstand genau an seinem Platz, der Zylinder mitten auf dem Tisch, wie ein gezähmtes ausländisches Tier mit glänzendem Fell. Die Seele dachte an Tamás' Mutter, die junge Lucy, die zur Zeit des Winterhochwassers mit dem Kinoschauspieler in der großen weiten Welt verschwunden war und als Erbe Tamás zurückgelassen hatte, ohne Zuneigung, in ewigem Mangelgefühl. Jetzt wird er schon grau, dachte die Seele. Péter und Anna können ihm noch manchmal helfen, aber nur so, wie man einem Sterbenden Limonade reicht. Nein, niemandem kann man helfen.

Péter und Anna konnten in der ersten Nacht nicht schlafen; sie saßen mit Sebestyén im grünen Salon, mit roten Augen, tranken Mokka, sehr starken Mokka, weil Anna das Gefühl hatte, auch sie brauche ein kaltes, intensives Belebungs- oder Betäubungsmittel. Sie unterhielten sich leise über die Gegenwart und die Zukunft, die Beerdigung, Edgár, das kleine ungeborene Kind, und Sebestyén rechnete ab und zeigte sämtliche Fotografien und die Akten.

»Die Substanz des Nachlasses ist nicht gerade schlecht«, sagte er vorsichtig und unsicher; und sie senkten den Blick und sahen auf den Teppich, schwiegen zärtlich, als spürten sie die Gegenwart der Seele und wollten ihre Empfindlichkeit mit keinem einzigen Wort verletzen. Nein, die »Substanz des Nachlasses«, wie Sebestyén gesagt hatte, war nicht gerade schlecht. Wahrscheinlich war sie auch nicht besonders gut, und sie ahnten dunkel, dass es zwischen schlecht und gut noch einen Zustand gab, das Nichts, und dass es am besten wäre, darüber nicht zu sprechen. Deshalb schwiegen sie.

Péter dachte an Karnak, an Emmánuel und das fremde Leben, das aus seinem Charakter folgte. Und daran, dass etwas zu Ende war und etwas begann, und neugierig schauderte er. Anna saß im schwarzen Tuch fröstelnd da und dachte daran, dass es jetzt ihre Aufgabe sein würde, alles vom Garrentum zu retten, was zu retten war. Vielleicht würde sie mit Péter nach Karnak gehen und sich neu einkleiden, vielleicht würde sie hierbleiben und die Harfe und das Geheimnis der Garrens bewahren; sie war sehr müde und sonderbar aufgeregt.

Die Seele hörte ihr leises Gespräch und wusste, dass auch sie nicht gegen ihren Charakter handeln konnten: Péter würde jetzt für immer zwei Zuhause haben, und er würde auf seine Weise mit dem unmenschlichen Emmánuel ringen. Die Seele wusste, dass das Garrentum in unendlichen Varianten weiter wirkte, in der Zeit und in der

Welt, aber mit diesen Begriffen, mit der Zeit und mit der Welt, hatte sie eigentlich nichts mehr zu tun.

In diesen Augenblicken hatte die Seele noch Empfindungen, und sie hätte gern etwas von ihrem Gefühl den schlafenden und den wachenden Garrens gegeben, sie wollte sie aussöhnen. Aber sie hatte nicht die Möglichkeit dazu. Sie schliefen und wachten, und die Seele verschwand langsam aus ihrem Leben. Der genaue Zeitpunkt ließ sich nicht feststellen, doch eines Morgens wachten sie auf und merkten, dass sie allein waren. Da zitterten sie, gähnten, blickten an die Decke und wunderten sich. Sie waren allein, sie waren Garrens, aber anders als bisher. Sie standen auf, zogen sich an und machten sich auf in ihr neues Leben, jeder so und dahin, wie es ihr Charakter vorgab und ihr Schicksal befahl. Später rissen sie auch das Haus ab, und Kalb, der Geldverleiher, kaufte Grundstück und Harfe bei der Versteigerung. Als Kalb die Harfe berührte, neugierig, weil er noch nie eine Harfe berührt hatte, begann sie zu klingen; eine Saite sprang ab und ließ einen sirrenden Ton hören. Dies war der letzte Ton, der von Gábor Garrens Werk in der Welt kündete.

Aber das hörte die Seele nicht mehr.

Von Sándor Márai liegen im Piper Verlag vor:

Befreiung
Bekenntnisse eines Bürgers
Die Eifersüchtigen
Die Frauen von Ithaka
Die Fremde
Die Glut
Die Gräfin von Parma
Himmel und Erde
Ein Hund mit Charakter
Die jungen Rebellen
Land, Land
Literat und Europäer. Tagebücher 1
Die Möwe
Die Nacht vor der Scheidung
Schule der Armen
Die Schwester
Tagebücher 1984–1989
Unzeitgemäße Gedanken. Tagebücher 2
Das Vermächtnis der Eszter
Die vier Jahreszeiten
Wandlungen einer Ehe
Das Wunder des San Gennaro